근대시의 전장

지은이

이순욱(李淳旭, Lee, Soon-Wook) 경남 밀양에서 나서 부산대학교 국어국문학과를 졸업하고 같은 학교 대학원에서 문학박사 학위를 받았다. 저서로 『한국 현대시와 웃음시학』, 『근대 부산 지역 문학사회와 매체』, 『근대 부산 지역 동인지 문학집성』 1이 있으며, 공저로 『현대시와 패러디』, 『한국서술시의 시학』, 『파성 설창수 문학의 이해』 들이 있다. 『김정한전집』(전5권), 『밀양설화집』(전3권), 『밀양민요집』(전2권) 들을 함께 엮어 내기도 했다. 경남대 연구교수를 거쳐 현재 부산대학교에서 강의하고 있다.

근대시의 전장

초판 인쇄 2014년 11월 5일 **초판 발행** 2014년 11월 10일
지은이 이순욱 **펴낸이** 박성모 **펴낸곳** 소명출판
출판등록 제13-522호 **주소** 서울시 서초구 서초중앙로6길 15(란빌딩 1층)
전화 02-585-7840 **팩스** 02-585-7848 **전자우편** somyong@korea.com **홈페이지** www.somyong.co.kr

값 37,000원

ISBN 979-11-85877-85-3 93810
ⓒ 이순욱, 2014

근대시의 전장
戰場

BATTLEFIELD OF MODERN POETRY

이순욱

소명출판

■ 책을 내면서

  문학사는 문학의 역사이자 문화사의 일부이기도 합니다. 최근 들어 근
대문학 연구는 여러 길에서 기존 문학사의 틀을 가파르게 재편하고 있습
니다. '문학권력'과 '명성'이라는 특권화된 상징자본으로부터, 서울중심주
의와 남성중심주의의 서술 방식으로부터, 그리고 시·소설 위주의 갈래
편향성으로부터 서서히, 그러나 강력하고도 방대하게 과거의 문학적 현
실을 재구성하려는 도도한 물결로 넘쳐납니다. 연구 환경의 물리적·제
도적 변화와 연구방법론의 다변화가 이를 과감하게 추동했습니다. 과거
의 방법과는 확연히 다른 관점으로 문학사를 재구성하거나 새로 서술하
고 있는 셈입니다. 특히 문학사의 가장자리 또는 변두리 영역을 무서울
정도로 배제·차단해 왔던 친숙한 현실이 오히려 '낯선' 것으로 여겨지는
점은 가장 뚜렷한 변화 가운데 하나입니다. 역사적이면서도 문화적인, 때
로는 지역적이면서도 지역을 횡단하는 이러한 방식은 기존의 문학사에
대한 반성을 넘어 분명 새로운 문학사를 구축하기 위한 시도로 읽힙니다.
  이 책은 공식적인 문학사에서 철저하게 잊혔거나 소홀하게 다루어진
지점에 대한 탐구입니다. 크게 두 부분으로 나누어 묶었습니다. 제1부는
카프의 어린이문학과 매체 투쟁, 문학대중화와 서술시의 특성을 해명한
글을 비롯하여 계급주의 문학운동의 핵심인물인 권환·박석정 시인의 삶
과 문학, 국민보도연맹시기 명망가 문인 정지용 시의 변화와 비탄의 기록
을 다루었습니다. 이 과정에서 특권화된 기존의 관점을 재평가하고 연구

에 활력을 불어넣을 새로운 자료를 발굴하여 소개하기도 했습니다. 제2부는 1960년 남북한 4월혁명문학의 매체 기반과 성격을 논의한 글들을 수록하였습니다. 실로 우리의 근대문학은 종이 위의 항쟁이라 할 수 있을 만큼 사회 정치적 계기로부터 결코 자유로울 수 없었던 셈입니다. 표제를 '근대시의 전장(戰場)'이라 한 것도 이러한 문학의 이념적 기반과 존재방식을 고려했기 때문입니다.

이 책에는 벌써 20년 가까이 묵혀 두었던 글도 있습니다. 「카프의 문학 대중화와 서술시」가 그것입니다. 이때 지니게 된 계급주의 문학운동에 대한 관심은 오롯이 이 책의 제1부를 구성하고 있는 매체론과 작가론의 영역으로, 제2부 4월혁명문학의 실체를 규명하는 작업으로 확대되는 계기가 되었습니다. 특히 제2부는 2005년부터 3년에 걸쳐 '남북한 4월혁명 문학 연구'라는 과제를 지원해 준 한국연구재단의 실질적인 도움으로 이루어졌습니다. 4월혁명은 근대문학의 정신사를 이해하고 문학의 정치성을 되새기는 필요성을 거듭 제기했습니다. 이러한 문제의식을 심화시켜 나간다면 우리 문학사에서 항쟁문학이나 민주문학의 전통을 오롯이 세울 수 있으리라 봅니다.

이제껏 논문을 쓸 당시 미처 확인하지 못했던 자료들도 찾을 수 있었습니다. 4월혁명문학의 역동성을 보여주는 『민주신문』과 『청조』·『지축』들의 고등학교 교지들, 『남녘땅에 기'발 날린다』와 더불어 북한문학의 성과를 오롯이 보여 주는 『항쟁의 불'길』들이 바로 그것입니다. 이러한 성과들을 집약적으로 반영하지 못한 것은 여전히 서투른 까닭입니다. 연구 주제나 대상에서도 논의가 중복되는 부분이 적지 않습니다. 치밀하게 다듬고 부족한 논의를 기워야 하나 훗날을 기약하고 말았습니다.

돌아보면 근대문학사의 새로운 지평을 열고자 하는 의욕은 충만했으나 이론과 실증의 어느 길로든 새로운 사유와 실천을 보여주지 못했던 것 같습니다. 계급주의 문학운동을 통해 4월혁명을 사유했으니, 이를 매개로 다시 10월인민항쟁, 부마민주항쟁, 광주민주화항쟁으로 동심원을 그리면서 일파만파 번져가는 물결을 상상합니다. 4월혁명 55주년을 맞게 될 내년에는 민주주의사회연구소 기획물로 4월혁명자료총서(전 5권)를 발간할 예정입니다. 시, 소설, 희곡, 방송시나리오, 어린이문학, 수기와 증언, 일기, 비평, 공론, 좌담회, 대담, 설문, 현장보도로 나누어 부산 지역 4월혁명의 경험을 갈무리할 것입니다. 이를 통해 지식인과 대학생, 서울중심주의로 전유된 4월혁명의 주류적 관점을 반성하는 충분한 계기를 마련할 수 있으리라 여깁니다.

늘 그렇듯이 이 책을 발간하면서도 보람 못지않게 아쉬움이 큽니다. 여러 선생님들과 동학들의 독려에 힘입어 근대문학에 대한 성근 논의들을 세상에 내놓게 되었습니다. 웅숭깊은 바다와 같은 근대문학을 탐사하는 길, 앞으로 만조와 간조의 어느 자리에서 길을 잃고 헤매게 되더라도 이들의 후의를 소중하게 간직하겠습니다. 어려운 여건 속에서도 선뜻 출판을 맡아 준 소명출판의 박성모 사장과 편집부 최지선 선생에게도 고마운 인사를 드립니다.

2014년 가을
산빛이 깊은 금정산 두류재(頭流齋)에서
이순욱

차례

책을 내면서   3

제1부
근대시와 종이 위의 항쟁

제1장 **카프의 매체 투쟁과 프롤레타리아 동요집 『불별』**   11
   1. 들머리   11
   2. 카프의 문예운동과 『불별』   13
   3. 『불별』의 매체 성격과 실천 방향   23
   4. 마무리   35

제2장 **카프의 문학대중화와 서술시**   37
   1. 들머리   37
   2. 서간체시의 형식과 서술적 특징   39
   3. 서간체의 양식화와 누이와 오빠의 서사   52
   4. 마무리   65

제3장 **권환 문학 연구의 쟁점과 과제**   68
   1. 들머리   68
   2. 계급주의 어린이문학 활동과 1차 문학사료의 확보   70
   3. 박간농장(迫間農場)과 김해 시절   76
   4. 나라잃은시대 말기의 친일 의혹   84
   5. 광복기의 문학 활동과 남한 잔류   89
   6. 마무리   93

제4장 **권환의 소설 「알코 잇는 영(靈)」의 자리**   97
   1. 권환 문학의 빈자리   97
   2. 『학조』의 매체 성격과 「알코 잇는 영」의 됨됨이   101
   3. 권환의 심장을 되지피며   108
   |자료| 「알코 잇는 영(靈)」   110

제5장 박석정의 삶과 문학 활동　122

　　1. 들머리　122

　　2. 소년운동과 매체 투쟁　124

　　3. 광복기와 월북 후의 문학 활동　142

　　4. 마무리　148

　　|자료| 작가 해적이　151

　　|자료| 작품 해적이　155

제6장 북한문학사에서 시인 박석정의 문학적 복권과 재평가　160

　　|자료| 「삶도 문학도 그 품속에서」　167

제7장 정지용과 국민보도연맹　187

　　1. 들머리　187

　　2. 국민보도연맹 문화실의 선전 활동과 기관지『애국자』　189

　　3. 정지용의 가맹(加盟)과 선무 활동　199

　　4. 국민보도연맹시기 정지용의 발굴시 세 편　206

　　5. 마무리　214

제2부

4월혁명과 '1960년' 남북한문학

제1장 4월혁명시의 매체적 기반과 성격　219

　　1. 들머리　219

　　2. 4월혁명시의 창작 환경과 매체　223

　　3. 4월혁명시의 창작 주체와 현황　237

　　4. 마무리　242

　　|자료 1| 4월혁명시선집 수록시 목록　245

　　|자료 2| 신문 매체 수록 4월혁명시 목록　258

제2장 **4월혁명과 조선작가동맹 중앙위원회 기관지『문학신문』** 262

    1. 들머리 262
    2. 4월혁명과 북한문학계의 동향 265
    3. 4월혁명시의 성격과 특징 281
    4. 마무리 295

제3장 **4월혁명과 북한 어린이문학** 298
    -『남녘땅에 기'발 날린다』를 중심으로

    1. 들머리 298
    2. 4월혁명문학의 창작 의도와 매체 환경 302
    3. 어린이문학집『남녘땅에 기'발 날린다』의 성격과 의미 309
    4. 마무리 319
    |자료|『남녘땅에 기'발 날린다』 323

제4장 **4월혁명문학과 부산** 426
    1. 들머리 426
    2. 4월혁명문학의 창작 환경과 부산 429
    3. 4월혁명문학과 민주주의적 동원 450
    4. 마무리 469

제5장 **부산 지역의 4월혁명과 청소년** 472
    1. 2013년 겨울 대자보문화의 감성 정치와 1960년 4월 거리의 정치 472
    2. 비겁한 자여! 네 이름은 방관자니라 475
    3. 젊은 혼은 통곡한다. 그들의 죽음을 헛되이 하지 말라 479
    4. 마무리 485
    |자료| 「4월혁명을 말한다」(경남공고 주최 타교생 초빙 좌담회) 487

참고문헌 507
찾아보기 516

제1부

|

근대시와 종이 위의 항쟁

제1장 카프의 매체 투쟁과 프롤레타리아 동요집 『불별』
제2장 카프의 문학대중화와 서술시
제3장 권환 문학 연구의 쟁점과 과제
제4장 권환의 소설 「알코 잇는 영(靈)」의 자리
제5장 박석정의 삶과 문학 활동
제6장 북한문학사에서 시인 박석정의 문학적 복권과 재평가
제7장 정지용과 국민보도연맹

카프의 매체 투쟁과
프롤레타리아 동요집 『불별』

1. 들머리

이즈음 경남・부산 지역문학에 대한 논의가 한결 깊어지고 있다. 특히 계급주의 문학과 어린이문학에 대한 관심은 지역 차원의 문학 활동에서 나아가 근대문학사의 지평을 한껏 넓히고 있다.[1] 어린이문학은 기

---

1 박태일과 박경수의 논의가 대표적이다.
　박태일 : 「이주홍의 초기 아동문학과 '신소년'」, 『현대문학이론연구』 18, 현대문학이론학회, 2002; 「경남 지역 계급주의 시문학 연구」, 『어문학』 80, 한국어문학회, 2003.6; 『경남・부산 지역문학 연구』 1, 청동거울, 2004.
　박경수 : 「계급주의 동시 이해의 밑거름—프롤레타리아동요집 『불별』에 대하여」, 『지역문학연구』 8, 경남・부산지역문학회, 2003; 「잊혀진 시인, 김병호(金炳昊)의 시 세계」, 『한국시학연구』 9, 한국시학회, 2003; 「김병호의 동시와 동시비평 연구」, 『국제어문』 29, 국제어문학회, 2003; 「일제강점기 이주홍의 동시 연구」, 『한국문학논총』 35, 한국문학회, 2003; 「일제강점기 이주홍의 시 연구」, 『우리말글』 29, 우리말글학회, 2003; 『잊혀진 시인, 김병호의 시와 시세계』, 새미, 2004.

존의 문학사 서술에서 변두리로 내몰려 정당한 평가를 받지 못했다. 이 영역은 근대 경남·부산 지역문학의 성격과 실체, 지역 문학사회의 형성 과정, 문인들의 이념적 성향, 서울 중앙문단과의 영향관계를 살필 수 있어 섬세한 손길을 기다리고 있는 자리다. 최근 잇따른 자료 발굴로 경남·부산 지역 어린이문학 작가·작품론은 1920~30년대 이 지역 문학 활동의 현황과 지역적 연대, 개별 작가들의 문학적 특성과 갈래 선택의 논리를 고찰함으로써 지역문학에 대한 이해를 심화시키고 있는 셈이다.

이제껏 근대 어린이문학에 대한 연구가 의외로 부족한 까닭은 일차적으로 자료 부족에 연유한다. 어린이문학 관련 단행본과 신문 잡지 매체의 전모를 파악하기 어려운 현실이고 보면 어린이문학에 대한 무관심과 폄하가 어느 정도였는지 짐작할 수 있다. 또한 문학을 규정짓는 잣대의 편향성에다 계급주의 문학에 대한 이념적 거리, 시와 소설 중심의 갈래 편향성, 문학적 명성에 기댄 문학 연구 풍토가 암묵적으로 작용한 결과라 하겠다.

이 글은 프롤레타리아 동요집인 『불별』을 대상으로 문학의 실천성을 강조했던 카프의 매체 투쟁 논리를 살펴보고, 그 과정에서 발간된 동요집 『불별』의 매체 성격과 실천 방향을 고찰하는 데 목적을 둔다. 이를 통해 경남·부산 지역 문학인들의 문학적 위상을 점검할 수 있으며, 『불별』의 발간이 근대 경남·부산 지역 어린이문학사 나아가 근대 계급주의 문학운동사에서 갖는 문학사적 의의를 밝힐 수 있을 것이다.

이외에 류종렬의 논의도 이즈음 경남 지역문학의 연구 경향과 성과를 단적으로 보여주는 저작이다. 류종렬, 『이주홍과 근대문학』, 부산외대 출판부, 2004; 류종렬, 『이주홍의 일제강점기 문학 연구』, 국학자료원, 2004.

2. 카프의 문예운동과『불별』

계급주의 예술운동은 조직을 통한 실천운동에 초점을 둔다. 그런 까닭에 운동의 실천적 기반으로서 매체의 확보는 필수적이다. 매체는 조직의 이념적 지향성과 조직 구성원들의 결속과 연대의식을 드러내고, 독자대중과의 연대를 확보하는 효과적인 수단이다. 계급주의 예술운동이 실천형식인 매체를 통해 이념적 선명성과 운동성을 강조했다면, 매체 활용은 상당히 중요한 의의를 지닌다.

카프 또한 연속간행물을 발행하여 사상적 논전을 이끌어 내거나 단행본 매체 발간을 통해 계급주의 이념을 폭넓게 확장하려는 시도가 있었다. 특히 산하 조직을 재정비한 2차 방향전환 이후에는 시각매체의 활용에 대한 강조가 두드러졌다. 각지에서 소작쟁의와 파업이 치열하게 전개되던 1930년대 카프 미술부가 보여준 활동은 매체의 효용성을 잘 드러낸다. 카프미술부는 파업 현장에 미술가들을 파견하여 삐라나 선전 포스터, 만화 들의 시각매체를 활용하여 노동자들의 계급투쟁을 이끌기도 했다. 또한 출판물에서도 카프 기관지와 카프의 영향 관계에 있었던 진보적 월간 잡지, 카프 작가들의 단행본 표지의 장정과 삽화를 그릴 때도 선전성과 전투성을 드러내고자 했다.[2] 방향전환에 따라 부문별 활동이 두드러지면서 미술부원들이 연극 무대미술에 적극 참여하게 되는 것도 이러한 시각매체의 선전성과 직접적으로 관련 있는

---

2   이때 중심적인 역할을 한 사람이『불별』에 삽화를 그렸던 이주홍, 정하보, 강호, 이갑기 들이다. 강호, 「카프 미술부의 조직과 활동」, 『조선미술』 5, 조선미술사, 1957, 10~11쪽.

셈이다.

연속간행물 가운데 대표적인 것이 잡지다. 먼저, 기관지의 발행을 들 수 있다. 카프는 준기관지 『문예운동(文藝運動)』(1926.2 창간, 통권 2호로 종간)과 기관지 『예술운동(藝術運動)』(1927.11 창간, 통권 2호로 종간)을 간행함으로써 조직 개편을 발빠르게 추구하였다. 물론 카프 자체의 요구에 따라 기관지를 발간했지만, 매체 발간은 당대 사회운동론의 방향 전환과 같은 맥락에서 이론 전개와 투쟁의 성격을 띠고 있었다. 특히 헤게모니를 장악하는 과정에서 이론 투쟁은 방향 전환을 부추기는 분기점으로 작용했다. 1929년 들어 조선프로예맹 동경지부와 경성본부 간 분열이 두드러졌던 시기에 『예술운동』의 발간 중단과 동경지부 주도의 잡지 『무산자(無産者)』(1929.3) 발간은 이론투쟁에서 결합과 분리의 양상을 극명하게 드러내는 사례라 할 만하다. 그만큼 기관지는 매체 투쟁으로서의 성격이 강하다.

실제로 권환은 『예술운동』의 간행 중단 이후 대중적 아지프로 잡지와는 다르게 노동자 농민 계급이 아닌 예술운동가를 대상으로 한 새로운 기관지의 필요성을 제기하면서 소박한 양식이더라도 잡지 매체를 끊임없이 간행해야 한다고 주장하였다.[3] 기관지는 노농 대중을 겨냥한 대중잡지와 성격이 다른 셈이다. 따라서 이들 기관지는 카프 회원이나 당대 지식인들을 독자층으로 겨냥한 까닭에 강령이나 이념, 조직노선을 표방하면서 내부 구성원들의 결속력과 이념적 기반을 강화하고, 조직원을 확보하려는 성격이 두드러지는 간행물이라고 할 수 있다.

---

3   권환, 「조선예술운동의 당면한 구체적 과정 (8)」, 『중외일보』, 1930.9.13, 1면.

카프의 기관지는 아니지만 계급주의를 선명하게 표방했던 잡지로 『신소년(新少年)』과 『별나라』가 대표적이다.[4] 공식 기관지와는 달리 이들 잡지 매체는 일반 독자층, 주로 소년층을 향하고 있어 계급주의 이념을 내면화시키고 계급문단을 형성하는 촉매 역할을 충실하게 수행했다. 그것은 이들 잡지 매체에서 두루 소개하고 있는 것처럼, 서울의 조선청년동맹이나 조선공산당 하부 조직 활동으로서 지역 안쪽에 마련된 청년동맹, 소년동맹, 독서회 활동들이 지역 계급주의 세포 확산과 계급문학관을 뿌리 내리게 하는 데 결정적인 역할을 했기 때문이다.[5] 아울러 『시대일보』, 『동아일보』, 『중외일보』와 같은 신문 매체 또한 유·무명 문사지망생들의 습작활동을 지원하며 신인 등용문의 역할을 충실히 수행하였다. 특히 어린이잡지 매체에서 문학적 기반을 쌓은 김병호, 이주홍, 이구월, 손풍산, 신고송, 엄홍섭 들이 경남 지역 어린이문단을 두텁게 형성했다. 이들은 이념 투쟁이 치열했던 1930년대 들어 카프의 전면에 자신의 존재를 부각시키며 프롤레타리아 동요집 『불별』을 내놓는다. 이처럼 『신소년』과 『별나라』는 계급주의 어린이문학인의 성장을

---

4   카프가 독립적인 아동분과를 두지 않았던 까닭에 이들 매체를 카프의 기관지로 볼 수는 없다. 그러나 카프의 활동이 비합법적이어서 일제의 감시를 피하기 위해 카프 지도부는 이들 어린이 매체를 전략적으로 활용했다. 이는 카프 미술부가 주도한 '전국 무산아동 작품 전람회'를 통해 간접적으로 확인할 수 있다.
    "일제 경찰의 눈을 가리우기 위하여 카프 미술부가 표면에 나선 것이 아니라 송영, 박세영 두 동무가 직접 지도하고 있던 소년잡지 『별나라』를 주최자로 내세우고 『별나라』가 지고 있던 광범한 지사망을 통하여 전국 각지의 아동 작품을 현상으로 모집했다. 수천 점의 응모 작품 중에서 우수한 천이 점을 경성일보사 2층에 전시하였다. (…중략…) 여기에는 새로 자라는 미래의 주인공들을 혁명 의식으로 교양하며 그들을 앞날의 혁명 투사로 육성하기 위한 카프 아동문학가들의 의식적 노력과 『별나라』의 삽화, 만화 등을 통하여 새로운 세대들에 대한 계급적 교양에 진지하게 노력한 카프 미술가들의 영향력이 적지 않게 작용했던 것이다." 강호, 앞의 글, 12쪽.
5   박태일, 「경남 지역 계급주의 시문학 연구」, 『어문학』 80, 한국어문학회, 2003.6, 294쪽.

북돋은 잡지 매체로서 각별한 의미를 지닌다.

종합 문예지 가운데 빼놓을 수 없는 것이 『음악(音樂)과 시(詩)』(1930.8)다. 창간호로 끝난 이 잡지는 경남의 계급주의 시인들이 활발하게 계급 문단 중심으로 편입되어 가는 과정을 엿볼 수 있는 매체다. 훗날 『불별』에도 참여하고 있는 이주홍, 엄흥섭, 김병호, 손풍산, 양우정, 신고송, 이구월 들이 대표적인 필진이다. 곡보와 함께 수록한 동요 네 편[6] 가운데 양우정의 「알롱아·달롱아」를 제외하고는 「편싸홈 노리」(이주홍), 「거머리」(손풍산), 「새 홋는 노래」[7](이구월)는 『불별』에 재수록 되었다. 이를 통해 음악운동의 중요성을 제기하고 있는 이 매체가 『불별』과 같은 맥락에 놓인다는 사실을 알 수 있다.

단행본으로 손꼽을 수 있는 것은 『카프시인집』과 『불별』(신소년사, 1931.3.5), 『농민소설집』[8]을 들 수 있다. 1931년 11월에 간행한 『카프시인집』(집단사)은 '조선푸로레타리아예술동맹문학부'에서 엮은 단행본으로 김창술, 권환, 임화, 박세영, 안막의 시를 싣고 있다.[9] 이들 가운데 권환, 안막, 임화 들은 조선공산당 재건 운동을 계획하면서 카프 조직을 장악하고 조직 재편을 추구했던 소장파 문인들이다.[10] 이들은 예술운동의 실천성을 강화하기 위해 본부에 가담하여 조직 재편을 추구했던 것으로

---

6 『음악과 시』 창간호, 음악과시사, 1930, 2~5쪽.
7 『불별』에 수록할 때는 「새 쫓는 노래」로 제목을 바꾸었다.
8 1933년 10월 별나라사에서 발행한 『농민소설집』은 카프의 논객이었던 세 사람의 소설 5편을 싣고 있다. 수록작품을 열거하면 다음과 같다. 「홍수」, 「부력(賦力)」(이기영), 「목화와 콩」(권환), 「군중정류(群衆停留)」, 「오전 9시」(송영).
9 김창술이 「기차는 북으로 북으로」 외 3편을, 권환이 「가랴거든 가거라」 외 6편을, 임화가 「우리 옵바와 화로」 외 6편을, 박세영이 「누나」 1편을, 안막이 「3만의 형제들」 외 1편을 실었다.
10 아직 조직의 실체가 분명하게 드러나지 않았지만, 권환과 안막은 조선프로예맹 동경지부가 경성본부와 분리된 독자적인 조직으로서 합법적인 출판사인 무산자사를 설립할 때 가세한 인물로 여겨진다. 권영민, 『한국 계급문학 운동사』, 문예출판사, 1998, 200~206쪽.

보인다. 예고 기사를 보면, 김창술을 제외 하고는 『농민소설집』과 『카프시인집』에 참여했던 문인들 대부분이 중앙위원회 위 원으로 선임된 까닭에 이들이 이미 조직 을 장악하고 있음을 알 수 있다.[11] 카프의 세대교체가 표면화되었던 셈이다. 따라 서 이들 단행본 매체는 조직 재편과 1931 년 1차 검거 이후 소장파들이 동맹 내의 계 급적 입지와 전위의 관점을 대외적으로 표명한 구체적 산물이라 볼 수 있다.

<그림 1> 『불별』 표지

그러나 이들보다 앞서 간행된 『불별』은 『농민소설집』이나 『카프시인집』과는 또 다른 의미를 내포하고 있다. 표지에 '푸로레타리아 동요집'이라 명기했듯이, 변방의 어린이문학인 들이 문예운동에서 어린이문학의 역할론을 부각시키는 동시에 소장파 의 세대교체 요구를 적극적으로 지지하는 방향에서 나온 간행물이라 하 겠다. 이것은 서문을 쓴 권환과 윤기정이[12] 엄흥섭과 함께 중앙위원으

---

11 「조선푸로예맹 서면(書面)대회 소집」, 『조선일보』, 1930.4.29, 2면.
12 박경수는 서문의 필진을 통해 알 수 있는 사실이 "이 동요집이 당시 카프의 핵심부로부터 지
   지 내지 후원을 받고 있다는 점을 은근히 내세우는 셈이 되고, 아울러 이 동요집의 시인들이
   카프의 일원이거나 카프에 동조적인 인물들로서 카프의 문학이념을 지지 내지 동조하는 차
   원에서 이 동요집을 간행했음을 드러내는 것"이라고 보았다. 박경수, 「계급주의 동시 이해
   의 밑거름—프롤레타리아 동요집 『불별』에 대하여」, 『지역문학연구』 8, 경남·부산 지역
   문학회, 2003, 205쪽.
   『불별』의 필진은 대부분 카프 회원이다. 하지만 김병호나 이구월, 이일권이 카프에 참여했
   다는 기록은 아직 발견할 수 없다. 당시 교사로 일했던 까닭에 계급주의 문학단체에 쉽게 이
   름을 올릴 수 없었던 사정을 짐작할 수 있을 뿐이다. 그러나 김병호와 이구월은 『신소년』이
   나 『별나라』에 필자로서 활동하고 있으며, 또 카프 지도부는 이들 어린이 매체를 표면에 내
   세워 영향력을 행사하고 있었다. 따라서 『불별』은 "카프의 문학이념을 지지 내지 동조하는

로, 강호와 정하보가 미술부 위원으로 선출된 사실을 통해 짐작할 수 있다.[13] 카프 내부 조직체계에서 어린이문학 분과를 따로 두지 않았고, 또한 아직까지 이 부분을 명시적으로 밝힌 문건이 발견되지 않았지만 『불별』은 카프의 어린이 기관지임에 틀림없다. 따라서 『불별』은 계급문학 운동사에서 예술운동의 볼셰비키화와 카프의 조직 재편 욕구와 맞물려 있는 카프의 어린이 매체라 하겠다.[14]

『불별』은 당대의 명망가이자 문화자본가 신명균이 1931년 3월 10일 자신이 경영하던 중앙인서관에서 발행한 동요집이다.[15] 신명균이 『불별』의 발간을 후원한 데에는 몇 가지 계기가 작용한 것으로 보인다.

우선, 1928년 진주지역에서 간행된 동인지 『신시단(新詩壇)』[16]을 발행했을 만큼 낯설지 않은 매체 발간 경험과 경남 지역에 대한 연고를 들 수 있다. 이 동인지에 참여한 김병호, 엄흥섭, 이구월[17]은 『불별』의 주요

차원"이 아니라 카프의 매체 투쟁의 일환으로 볼 수 있다. 이는 "동요집이 발간되는 것이 우연한 일이 아니"며, "푸로 동요가 성장되엇다는 표상"이자 "여러 동무의 의식적 활동인 동시에 문화전선에 잇서 한 부분의 계급적 사업"이라 한 윤기정의 서문에서도 확인할 수 있다. 윤기정, 「서문 (2)」, 『불별』, 신소년사, 1931, 3쪽(이하 책명만 표기).

13 『조선일보』, 1930.4.29.

14 이러한 점 때문에 『불별』은 1933년 5월 18일 치안 문제로 판금 처분을 받았다. 『조선총독부 금지 단행본 목록』, 조선총독부 경무국, 1941, 273쪽.

15 박경수가 『불별』을 학계에 처음 발굴·소개하여 성격을 규명하였다. 『불별』의 서지와 판형, 편집체제, 필진의 면모와 노랫말의 성격에 대해서는 박경수, 「계급주의 동시 이해의 밑거름―프롤레타리아 동요집 『불별』에 대하여」, 『지역문학연구』 8, 경남·부산지역문학회, 2003, 201~232쪽을 참고할 것. 이 책의 235~280쪽에 걸쳐 『불별』 전문을 소개하였다. 그러나 이 글은 다음과 같은 한계를 지닌다. 첫째, 노랫말을 쓴 8명의 시인들을 중심으로 노랫말의 성격을 규명하는 데 치중함으로써 매체의 전반적인 성격을 규명하지 못했다. 둘째, 표제에 분명히 동요집이라 표기되어 있는데도 동요를 포함한 개념의 '동시'로 보아 노래운동의 의의를 제대로 살리지 못했다. 마지막으로, 노랫말과 곡보, 그림을 그린 필진들의 관계를 피상적으로 파악함으로써 매체 발간의 의의를 뚜렷하게 부각시키지 못했다.

16 『신시단』에 대해서는 강희근, 「『신시단』 연구」, 『우리 시문학 연구』, 예지각, 1985, 207~223쪽을 참고할 것.

17 김병호(「살생(殺生)」)와 엄흥섭(「산천리 물천리」)이 시가를, 이구월(「참깨고리」)이 각각 동

필진이다. 또한 민병휘는『불별』동인인 양우정과 함께『군기(群旗)』사건의 핵심 인물이기도 하다. 그만큼『신시단』은 개성, 인천, 통영, 남해 지역 출신을 망라하고 있어 단순한 지역 동인지의 수준을 뛰어넘는다. 출판계에 널리 알려진 신명균을 후견인으로 삼아 전국 단위의 필진을 포진시킨 데서 이 동인지의 수평적인 지역 연대의식을 엿볼 수 있다.

다음으로, 1923년부터『신소년』에 작품을 투고하면서 맺게 된 신명균과 이주홍의 인간적 관계를 찾을 수 있다. 이주홍은 1929년 봄에 일본생활을 청산하고 서울로 올라가『신소년』편집기자로 일하게 된다.『불별』에 함께 시를 싣고 있는 박세영이 신명균에게 이주홍을 이끌었던 것으로 보이는데, 신명균(1918년 졸업)은 박세영의 배재고보 4년 선배다. 또한 박세영은 엄흥섭과 함께『별나라』를 내면서 향파와는 이미 교분을 쌓아왔던 경험이 있다.[18] 이러한 학연과『신소년』과『별나라』로 대표되는 공통적인 매체 편집 경험이 박세영과 엄흥섭, 이주홍을 한데 묶는 고리로 작용했을 것이다.

신명균의 이러한 후원과 인적 교분에 힘입어 이미 계급주의 문학운동의 영역에서 기성문인으로 활동하고 있던 경남·부산 지역문학인들이 어린이문학 쪽으로 실천 방향을 초점화한 것이 바로『불별』의 발간이다.

> 이제 우리들의 동요작가들의 손으로 동요집이 발간되는 것이 우연한 일이 아니다. 그만치 푸로 동요가 성장되엇다는 표상이며 쏘한 여러 동무의 의식적 활동인 동시에 문화전선에 잇서 한 부분의 계급적 사업이다.[19]

요 1편씩을 실었다.

18 박태일, 「이주홍론 ─ 교육자로서 걸었던 길」, 『소설시대』 6, 교수작가회의, 2003. 10.

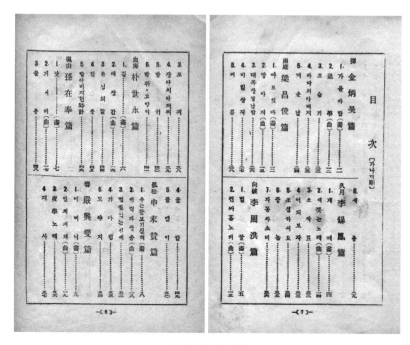

〈그림 2〉『불별』목차

　　너의들은 이 책을 뜻 잇게 보아다고. 모르는 것이 잇스면 엽헤 동무한테
서라도 무러서 기어코 알고 읽어다고. 그러면 너의들은 우리가 무엇 때문
에 이 책을 만드럿슬까 하는 것을 깨달으리라. 그러치 그래서 너의들이 어
떤 처지에 잇고 어떤 길로 나아가야 할 것을 아려야 된다. 또 우리는 이 다
음에도 이런 책을 만히 만드러 내여 노흐런다. 그리고 차츰차츰 너의들도
올흔 길로 눈이 떠는 사이에 우리들의 힘도 한정 업시 커질 것이다.[20]

　　동요집을 엮은 시인들이 계급주의 어린이 매체 운동의 목적과 방향

19　윤기정, 앞의 글, 3쪽.
20　이 책을 꾸며낸 여듧 사람, 「동생들아! 누이들아!」, 『불별』, 6쪽.

을 분명히 드러낸 글이다. 비록 카프의 논강을 직접적으로 제시하지
않았지만 『불별』은 카프의 어린이 기관지임에 틀림없으며, 장차 자라
날 가난한 "어린 누의동생"들을 계급주의의 영향권으로 이끌기 위한
아지프로적 성격이 강한 대중적 어린이지라 할 수 있겠다.

　『불별』에 노랫말을 쓴 시인으로는 김병호(5편), 양우정(6편), 이구월
(7편), 이주홍(6편), 박세영(5편), 손풍산(5편), 신고송(5편), 엄흥섭(4편) 들
이며, 권환과 윤기정이 각각 서문을 썼다. 그림을 그린 사람은 이주홍
(2편), 이갑기(3편), 강호(2편), 정하보(1편)이며, 이일권(3편), 이구월(3편),
이주홍(1편), 맹오영(1편)이 노랫말에다 곡을 붙였다. 시, 음악, 미술이
어우러진 종합예술의 양상을 띠고 있는 『불별』의 목차를 〈표 1〉에서
제시하였다. 노랫말과 그림, 곡보를 분석하면서 『불별』의 필진 성격과
교분관계를 살펴보자.

<표 1> 『불별』 목차

연번	지은이	노랫말	곡보	그림
1	탄(彈) 김병호(金炳昊)	1. 가을 바람		이주홍
		2. 퇴학(退學)	이일권(李一權)	
		3. 모숨기		
		4. 바다의 아버지		
		5. 더운 날		
2	우정(雨庭) 양창준(梁昌俊)	1. 따로 잇다		이갑기(李甲基)
		2. 망아지	이석봉	
		3. 대목장 압날 밤		
		4. 비밀상자		
		5. 씨름		
		6. 새총		

연번	지은이	노랫말	곡보	그림
3	구월(久月) 이석봉(李錫鳳)	1. 게떼		이갑기
		2. 새 쫓는 노래	이구월	
		3. 소작료		
		4. 어듸 보자		
		5. 조심하서요		
		6. 중놈		
		7. 자동차 소리		
4	향파(向破) 이주홍(李周洪)	1. 벌꿀		이갑기
		2. 편싸홈 노리	이향파	
		3. 모긔		
		4. 장아치 아저씨		
		5. 방귀		
		6. 박쥐·고양이		
5	혈해(血海) 박세영(朴世永)	1. 길		강호(姜湖)
		2. 대장간	맹오영(孟午永)	
		3. 손님의 말		
		4. 단풍		
		5. 할아버지 헌 시계(時計)		
6	풍산(楓山) 손재봉(孫在奉)	1. 낫		이주홍
		2. 거머리	이일권	
		3. 물총		
		4. 불칼		
		5. 물맴이		
7	고송(孤松) 신말찬(申末贊)	1. 우는 꼴 보기 실허		강호
		2. 미럭과 장승	이석봉	
		3. 껍질 먹는 신세		
		4. 기다림		
		5. 도야지		
8	향(響) 엄흥섭(嚴興燮)	1. 어머니		정하보(鄭河普)
		2. 인쇄기계(印刷機械)	이일권	
		3. 야학(夜學) 노래		
		4. 제사(祭祀)		

3. 『불별』의 매체 성격과 실천 방향

1) 노랫말의 계급성과 투쟁성

〈그림 3〉 신소년 1930년 8월호—지상좌담회
'여름방학 지상좌담회'에 참석한 불별 동인들. 뒷줄 왼쪽부터 이구월, 손풍산, 한 사람 건너 양우정, 이주홍, 엄흥섭, 앞줄 왼쪽부터 신고송, 김병호. 뒷줄 세 번째는 통영 출신의 늘샘 탁상수. 『신소년』, 1930.8.

1930년대 들어 계급주의 문단은 카프 동경지부 문인들과 신진 시인들의 약진으로 단연 활기를 띠었다. 이런 상황에서 지역적 연대와 학연이 복합적으로 작용한『불별』의 발간은 실천 운동의 성격이 다분하다. 그것은 서로 다른 분과에서 활동하던 경남·부산 지역 문학인들이 계급주의 문단의 전면에 나서 활동하기 시작했음을 알리는 표지다. 곡보를 붙이지 않은 시들이 모두 동요[21]의 노랫말로 지어졌으며, 계급의식을 엿볼 수 있다는 점

---

21 근대 한국에서 동요라는 말을 처음으로 제목에 붙인 이는 현직 교사였던 엄필진이다. 엄필진, 『조선동요집』, 창문사, 1924. 노랫말을 번역해서 활자로만 독자에게 제공했을 때 노랫말은 '눈으로 보기 위한 시', 즉 '동시'가 되고 만다. 사나다 히로코, 「'노래'가 '시'가 될 때까지—동시의 기원에 얽힌 여러 문제들」, 『문학과 사회』 43, 1998 가을, 883~884쪽. 박경수는 동시의 관점에서 고찰하고 있지만, 『불별』 동인들은 곡을 붙여서 노래로 만드는 것을 전제로 '동요'의 노랫말이라는 분명한 의식을 가지고 시를 썼다. 이 점은 권환의 「서문 (1)」에서도 확인할 수 있다. "이 『불별』은 우리들의 노래 짓는 아저씨들이 우리들의 부르는 노래만 지어 모아서 우리들게 보내는 책이다. 이것은 우리 조선에서는 가장 처음되는 우리들의 노래책이다." 권환, 「서문 (1)」, 『불별』, 2쪽.

에서『불별』이 놓인 매체 투쟁의 위상을 짐작할 수 있다.

　　부자 영감 논에서 놀고 먹는 거머리

　　거머리 배를 찔너라

　　모 심으는 아버지 피를 빠는 거머리

　　거머리 배를 찔너라

— 손풍산, 「거머리」 전문[22]

　계급주의 동요의 전범이 되는 시다. "모 심으는 아버지 피를 빠는 거머리"가 상징하는 바는 바로 "부자 영감"으로 대표되는 부르주아 계층이다. 지주(마름)/소작인 대립적인 관계를 통해 소작쟁의가 거듭되던 1930년대 초반 농촌경제의 파탄 속에서 무산계급의 고통과 분노를 효과적으로 드러내고 있다. 곡보에서 "찔너라"를 반복적으로 되풀이하여 노래하도록 되어 있어 투쟁성과 공격성이 한층 강화된다.

　손풍산은 김병호, 엄흥섭, 이일권과 함께 경남공립사범학교[23] 출신이다. 수업연한의 차이가 있어 김병호나 엄흥섭과는 같은 시기에 학교를 다니지 않았다. 김병호[24]와 엄흥섭이 교우회지에 시를 발표[25]하며

22　『불별』, 17쪽.
23　근대학교 제도로서 교원양성을 위한 경상남도 공립 사범학교가 설립된 해는 1923년이다. 1920년 경상남도 임시 교원 강습회와 1921년 경상남도 임시 교원 양성소의 개설과정을 거쳐 탄생한 학교다. 1923년 3월 31일 조선총독부 고시 제125호로 경상남도공립사범학교 설치 인가를 받았다. 같은 해 4월 24일 특과와 강습과가 문을 열었다. 1940년 관립 진주사범학교를 거쳐 오늘날 진주교육대학교의 전신이다. 진주교육대학교발전사 편집위원회, 『진주교육대학교발전사』, 진주교대·진주교대 동창회, 1994, 109~110쪽.
24　김병호의 문학 활동에 대해서는 박경수, 「잊혀진 시인, 김병호의 시 세계」, 『한국시학연구』

문학적 교분을 쌓고 있었던 반면, 이즈음 손풍산이 지역에서 문학 활동을 한 흔적은 발견할 수 없다.[26] 이들이 함께 만나게 되는 매체는 1929년 무렵의 『별나라』다. 오히려 수업기한 3년 과정을 거친 특과 3회 졸업생(1928.3)인 이일권이 엄흥섭, 손풍산과 친교를 맺었을 것으로 보인다.[27] 이처럼 『불별』의 인적 구성은 학연 관계에 크게 기대고 있는 셈이다.

학연 못지않게 출신 지역도 무시할 수 없다. 손풍산과 이주홍, 이일권이 합천 출신이다. 훗날 이주홍이 동향 출신의 이들을 이끌었을 가능성이 크다.[28] 김병호와 엄흥섭은 지연·학연으로 연결된 경우다. 김

9, 한국시학회, 2003. 11, 59~107쪽과 박경수, 「김병호의 동시와 동시비평 연구」, 『국제어문』 29, 국제어문학회, 2003. 12, 325~360쪽을 참고할 것. 또한 이미 문덕수의 『세계문예대사전』(성문각, 1975)에서 되풀이되며 김병호의 첫 시집이라 알려진 『황야(荒野)에 규환(叫喚)』(평화당인쇄, 1949)에 대한 검증은 이상옥이 「식민지 백성의 우수와 우울한 낭만—계림(鷄林) 김병호 시 재조명」, 『경남문학연구』 창간호, 경남문학관, 2002, 71~78쪽에서 이미 다루었다.

25 경남공립사범학교의 교우회지인 『비봉지록(飛鳳之綠)』에 당시 특과 2년생이던 김병호가 일어시 「春」을 발표했다. 국견미태랑(國見米太郎) 편, 『비봉지록』 1, 경남공립사범학교, 1925, 47쪽.

26 박경수는 김병호가 "엄흥섭, 손풍산과는 2~3년 선후배 관계로 교유하면서 문학의 길을 같이 걸어갔던 것으로 판단된다"고 보았다. 박경수, 『잊혀진 시인, 김병호의 시와 시세계』, 새미, 2004, 200쪽. 손풍산은 1907년 3월 15일 경남 합천군 초계면 초계리에서 태어났다. 손풍산에 대해서는 정상희가 자세하게 살폈다. 정상희 「풍산 손중행의 길」, 『지역문학연구』 7, 경남지역문학회, 2001, 51~81쪽.

27 경남공립사범학교는 1920년 3월 수업연한 6개월 과정의 '경상남도 임시교원 강습회'를 열어 같은 해 9월 17명의 졸업생을 내었다. 그러다가 1921년 3월 수업연한 1년의 '임시교원양성소'를 열어 2회 졸업생을 배출하였고(1923.3), 이후 1년 과정의 '강습과(講習科)'와 2년 과정의 '특과(特科)'를 개설하였다. 김병호는 특과 1회(1925.3), 엄흥섭은 특과 2회(1926.3) 졸업생이며, 손풍산은 강습과 4회 졸업생이다(1927.3). 따라서 김병호와 엄흥섭은 1924년 한 해 동안 문학적 교분을 나누었지만, 1926년 3월 입학한 손풍산은 김병호, 엄흥섭과는 같은 시기에 학교를 다니지 않았다. 그러나 특과의 수업연한이 3년으로 바뀌어 1928년 3월 졸업한 이일권(특과 3회 졸업생)은 입학시기가 1925년인 까닭에 엄흥섭, 손풍산과 문학적 친교가 있었을 것으로 보인다. 진주교대 동창회, 『진주교육대학 동창회원명부』, 영남인쇄소, 1967, 27~45쪽.

28 이일권은 『불별』을 제외하고는 『신소년』이나 『별나라』들의 다른 매체에서 이름을 발견할 수 없다. 동향 출신이라는 점을 제외하고는 이주홍과 어떤 교분관계가 있었는지 현재 알 길이 없다.

병호는 하동 출신으로 주로 진주에서 문학적 훈련을 거쳤으며, 엄흥섭은 논산군 채운면 양촌리에서 태어나 소학교 5학년 때 바로 위의 형과 진주로 돌아와 숙부 밑에서 학창시절을 보냈다.[29] 창원군 진전면 오서리 출신의 권환이 서문을 쓴 일이나 진전면 봉곡리 출신의 계급주의 미술가 강호[30]가 삽화를 그린 일도 이러한 지역적 연대의식의 발로라 하겠다.

우리는 논 직히는 새 잘 훗는 아히들
휫바람 군호 마처 석유통 북소리
량팔을 내흔들며 후이 후이 후이

우리는 논 직히는 말 잘 듯는 아히들
아버님 핏땀 흘려 애태우며 지은 곡식
한 쪼각도 못 주겄다 후이 후이 후이

다라나선 오고 오고 짹―쩍쩍 울어도
놀고 먹는 놈들에겐 주지 말자 하시든데

---

29 엄흥섭, 「나의 수업시대 : 작가의 올챙이 때 이야기 (8)―상·중·하」, 『동아일보』, 1937.7.
30~31·8.3. 이후 엄흥섭은 박세영과 『별나라』 동인으로 참여했으며, 1931년 민병휘(개성 출신), 양우정(함안 출신)과 『군기』 사건으로 카프에서 제명당한다.

30 강호의 본적은 경상남도 창원군 진전면 봉곡리 525번지다. 본디이름은 윤희(潤熙)로, 1907년 8월 7일 강상형(姜尙馨)과 황동림(黃同林)의 3남 5녀 중 장남으로 태어났다. 「호적등본」 참고. 월북한 까닭에 우리 영화계나 미술계에서도 강호의 행적을 소상하게 알 수 없었다. 『한국 영화감독―1923~1984년 극 영화 연출 작품 총목록』(영화진흥공사, 1985)에서는 이름만 제시하고 있을 뿐 생몰연대를 밝히지 않았다. 다만 연출작품으로 「지지마라 순이(順伊)야」(1918), 「지하촌(地下村)」(1930)을 목록으로 제시하고 있다.

갓가히도 못 올 게다 후이 후이 후이

— 이구월, 「새 쫓는 노래」 전문[31]

『불별』 소재 노랫말은 대체로 계급 갈등을 노골적으로 형상화하고 있는 편이다. 손풍산의 「거머리」와는 달리 투쟁의식이 약화되어 있지만, 인용시 또한 "놀고 먹는" "새"와 "아버님 핏땀 흘려 애태우며 지은 곡식"을 "직히는" "아히들"의 대립 구도가 선명하게 제시되어 있다. 새가 지주로 대표되는 부르주아 계층임은 두말할 나위 없다. 이처럼 경남·부산 지역 어린이문학인들이 전개했던 계급주의 동요운동은 빈부 격차와 계급 갈등을 작품의 전면에 내세우면서 무산계층 아이들의 의식적 각성을 유도하고 어린이문학에 대한 욕구를 지닌 소년문사들의 계급적 투쟁의식을 이끌어내는 데 목적을 두었던 것으로 보인다. 그것은 이미 전승동요로 구전되던 새 쫓는 노래의 기조를 유지하면서 계급의식을 덧씌워 향유층에게 쉽게 다가서고 있는 인용시에서 확인할 수 있다.

2) 곡보의 대중성과 선동성

계급주의 예술운동사에서 1930년 4월 조직 개편[32]과 1934년 10월 조선프로예맹의 결성과정과 강령, 조직구성을 언급하고 있는 신건설사

---

31 『불별』, 14쪽.
32 '기술부 위원 설치의 건'을 보면 기술부, 문학부, 영화부, 연극부, 미술부만 위원을 선임했다. 「조선푸로예맹 서면대회 소집」, 『조선일보』, 1930.4.29, 2면.

건 공판 내용[33]을 보더라도 음악부는 여전히 '결원'으로 명시되어 있다. 그만큼 조직적인 측면에서 음악운동의 지속적인 활동 흔적을 발견할 수 없는 실정이다.

그러나 1930년대 들어 신고송과 양우정의 동요와 동시 구별 논쟁,[34] 『음악과 시』 발간 이후 신고송과 홍난파 간 계급음악 논쟁을 통해 음악운동의 실상을 가늠할 수 있다. 실제로 『음악과 시』에 곡보를 쓴 이주홍, 이구월, 손풍산, 양우정은 음악에 관한 전문적인 자질과 능력을 갖춘 인물이 아니었다. 그러나 나라잃은시대 처음이자 유일한 음악운동 잡지인 『음악과 시』의 이념적 동일성은 선명하게 부각되고 있다. 그것은 이 동인지에 수록된 네 편의 "시론(詩論)"[35]과 "악론(樂論)"[36]을 통해 짐작할 수 있다. 계급의식을 선명하게 표출하고 있는 노랫말에다 5음계에 대한 관심은 비전문가들로 구성된 『음악과 시』의 필진들이 지닌 음악운동의 지향점과 한계를 고스란히 드러내는 것이다.

〈그림 4〉 〈편싸홈 노리〉의 노랫말과 곡보를 지은 이주홍이 밝혔듯이, "그들에게 아조 쉬운 노래에다가 가장 그들의 음악적 감각을 날카로웁게 씰너 줄만한 곡"(24쪽)을 지음으로써 노래운동을 유지할 수 있다는 전제는 틀리지 않다. 가장 의식하기 쉽고 부르기 쉬운 음악을 제작하기 위해서는 "쑤렷하고 환─한 선(線)과 리듬과 템포와 색채", 프롤

---

33 「신건설사건 공판」, 『동아일보』, 1935.10.28, 2면.
34 양우정, 「작자로서 평가(評家)에게─부적확한 입론의 위험성(동요평가에게 주는 말)」, 『중외일보』, 1930.2.5~6.
35 엄흥섭, 「노래란 것」, 『음악과 시』 창간호, 음악과시사, 1930.8.15, 6~7쪽; 양창준, 「민요소고」, 같은 책, 8~9쪽.
36 신고송, 「음악과 대중」, 위의 책, 21~23쪽; 여인초(旅人草), 「음악운동의 임무와 실제」, 같은 책, 24~25쪽.

레타리아의 "음악적 전통을 함부로
버리지 말고" "미조직해 잇는 그들의
가진 노래를 살"(24쪽)려야 한다고 보
았다. 부르주아 음악의 "쌔이올인"과
는 다른 "퉁수"나 "초적(草笛)", "하모
니카"(25쪽)를 이용할 수 있도록 배려
한 점도 눈에 띈다.

〈그림 4〉 이주홍 작사작곡, 〈편싸홈 노리〉

　엄흥섭은 기존의 유한계급이 상정
한 '노래'라는 통념을 비판한다. 노래
가 "사람의 마음을 한것 흥분식히며 굿세게 자극 주며 감동식히는
것"(6쪽)라고 인식하고 노동자와 농민들의 "억울과 저주와 울분과 애탄
과 투쟁"을 노래를 통해 들을 수 있다고 보았다. 그만큼 노래는 운동성
을 획득할 수 있는 가장 효과적인 무기인 셈이다. 민요를 "상놈의노
래"(9쪽), 즉 무산계급의 노래라 정의한 양우정의 시론 또한 『음악과
시』가 지닌 이념적 지향성을 잘 드러내고 있다. 신고송이 당대의 부르
주아 음악을 "전당(殿堂)과 상아탑(象牙塔) 속의 음악"(21쪽)이라 비판하
면서 그 대안으로 소년잡지 매체에서는 곡보를 매월 게재하자고 했을
때, 당시 부르주아 진영의 음악계를 대표하던 홍난파가 민감하게 반응
한 것은 당연한 일이었다.

　이상의 시평과 악평은 이념적 지향에서 상당한 유사성을 드러내고
있다. "당초 지명(誌名)을 「푸로레타리아 음악과 시」라고 한 것이엿스
나 사정으로 푸로레타리아는 쌔엿다"는 「사고(社告)」[37]를 통해서 알 수
있듯이, 노래운동의 차원에서 분명하게 계급주의 동요를 상정하고 있

는 것이다.

그러나『음악과 시』가 동인지를 지속적으로 낼 수 없었던 까닭은 예술의 볼셰비키화를 주장한 소장파가 조직을 장악했음에도 1931년 제1차 검거사건으로 위기를 맞는 상황과 관련 있다. 더욱이『군기』사건으로 카프의 내부 갈등이 노골적으로 표면화되었기 때문이었다. 개성지부가 주도한『군기』사건의 핵심멤버가 양우정과 엄흥섭이었다는 사실 또한 크게 작용하였을 것이다. 이러한 안팎의 사정으로 활동이 위축된『음악과 시』동인들이 다시 결집한 자리가 바로『불별』이다. 여기에서 엄흥섭의 노랫말 「어머니」에 삽화를 그린 월북미술가 정하보가 개성출신이란 점이 눈길을 끈다.

『음악과 시』에 실린 동요를 재수록한 향파의 〈편싸홈 노리〉를 살펴보자. "무섭게 힘차게 벗적벗적 불여라"는 지침에서 알 수 있듯이, 무산계급 어린이의 투쟁성을 고취시키고 있다. 이처럼『불별』에 실린 곡보는 계급의식이 농후한 노랫말의 의도를 충분히 살리는 방향에서 어린이들이 쉽게 따라 부를 수 있는 단조롭고도 힘찬 곡조가 우세한 편이다. 특히 일본 창가의 흔적보다는 전통 민요의 가락을 수용하고 있는 〈퇴학 (退學)〉(김병호 요(謠) · 이일권 곡(曲))과 〈대장간〉(박세영 요 · 맹오영 곡)은 양우정의 악론에 적절히 들어맞는다.

곡을 붙인 사람 가운데 이구월[38]과 이일권, 이주홍은 지역적 연대가

---

37 『음악과 시』창간호, 음악과시사, 1930.8.15, 31쪽.
38 "거제에는 구월 이석봉이 1930년경부터 동요를 써 해방 후 동요집까지 낸 적이 있으나 지금은 병마와 싸우면서 완전히 붓을 꺾고 있다." 이주홍, 「4장 예술─제1절 문학」,『경상남도지』중, 경상남도지편찬위원회, 1963, 1058쪽; 박태일,『두류산에서 낙동강에서』, 경남대 출판부, 1997, 457쪽.

두드러지는 사람들이나, 맹오영은 출생지뿐 아니라 성장과정과 활동 지역, 카프운동에 관여한 흔적을 발견할 수 없다.

3) 그림의 사실성과 선전성

음악운동과는 달리 1930년 조선 프로예맹은 중앙집행위원회에서 경남 창원 진전면 출신의 강호와 정하보, 이상대, 안석영을 미술부 위원으로 선임하여 조직을 개편했다.[39] 이는 카프의 미술운동이 초기 이론가인 김복진이나 안석영을 비롯한 미술운동가들의 성과에 기대고 있음을 드러내는 것이다.

<그림 5>는 엄흥섭의 「어머니」에 삽화를 그린 월북미술가 정하보의 작품이다. "쭈굴쭈굴"한 "얼골"과 "울

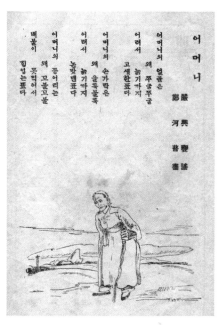

<그림 5> 정하보의 그림

툭불툭"한 "손가락", "꼬불꼬불"한 "등어리"의 어머니 형상을 사실적으로 묘사하고 있다. 노랫말에서 보는 바와 같이 어머니가 보여주는 인물상의 본질은 "늙기까지" "고생"하고 "논밧 맨 표"이며, "못 먹어서 힘없는 표"다. 「가을바람」(김병호 요(謠) · 이주홍 화(畵))에서 보이는 부르주아 "영

39 「조선푸로예맹 서면대회 소집」, 『조선일보』, 1930. 4. 29, 2면.

〈그림 6〉 강호의 사진

감"의 형상과는 대조적인 특징을 보인다.

일본에서 조선에 드나들던 프로예맹 미술부 중앙집행위원이었던 정하보[40]는 1930년 3월 29일과 30일 이틀 동안 수원에서 프롤레타리아 미술전람회를 개최하기도 했다.[41] 이 해 4월 20일 정하보가 이주홍, 이갑기와 함께 카프 미술부 위원으로 이름을 올리고 있는 것도 이채롭다.[42] 개성지부에서 활동했을 정하보가 이주홍과 자연스럽게 만나는 일은 엄흥섭의 역할이 컸을 것이다. 대구 출신 문인이자 화가인 이갑기는 1930년 11월 신고송과 함께 극단 '가두극장'을 이끌었기도 했다.

강호는 창원에서 가난한 소작농의 맏아들로 태어나 1920년 서울로 왔다가 다음해 일본으로 건너가 미술공부를 한 인물이다. 귀국 후 1927년 조선프로예맹에 가입하였으며, 1928년 김복진이 체포 구금당하자 카프 미술부를 실질적으로 이끌었다. 영화 〈암로〉(1928), 〈지하촌〉(1932)을 연

---

40 개성 출신인 정하보는 1908년부터 1941년까지 살았다고 알려져 있다. 그림에 남다른 취미를 가지고 있던 그는 어린 나이에 해외에 나가 신문배달을 하면서 고학으로 미술학교를 다녔다. 1930년에 일본에서 돌아와 노동계급에 이바지하는 미술운동에 발 벗고 나서 수원에서 프롤레타리아 미술전람회를 개최하였다. 1931년부터 프롤레타리아문학예술동맹 미술부를 책임지고 활동하다 일제 경찰에 체포되었다. 출옥 후 쇠약해진 몸을 추스르기 위해 고향인 개성으로 내려가 있으면서 생활 때문에 염색장사도 마다하지 않았다. 일제의 가혹한 탄압으로 신념이 약했던 사람들이 전향할 때 그러한 경향을 냉혹하게 비판하면서 끝내 지조를 지켰다. 1938년 몸을 회복하여 서울에 갔으나 또다시 병이 도져 30세를 넘겨 짧은 생을 마쳤다. 그는 판화, 만화, 선전화, 유화 들의 여러 가지 미술형식 작품들을 창작하였는데, 선진적이었고 형상 수준도 높았다. 대표적인 작품으로는 유화 「공판」, 「경전차고에서」, 「싸우는 농민」, 「소년 피케」, 「성 밖의 여인들」, 「초가집」, 「농촌」 들이 있다. 리재현 편저, 『조선력대미술가편람』, 문학예술종합출판사, 1999, 259~260쪽 참고.
41 최열, 『한국근대미술의 역사』, 열화당, 1998, 260쪽.
42 「부서 변경, 부내 확장, 프로예맹의 신진용―20일 중앙위원회에서 결정」, 『중외일보』, 1930. 4. 22, 2면.

출하기도 했다. 특히 1930년대 중반까지 정하보, 이주홍과 카프미술부에서 뚜렷한 성과를 남긴다. 강호는 권환의 고향인 진전면 오서리에서 그리 멀지 않은 마을에서 태어나 성장기를 거치면서 권환의 집안이 운영하던 경행재의 전통과 이 지역 특유의 계급주의적 성향의 세례를 받으면서 성장한 것으로 여겨진다.[43]

　다음 면의 〈그림 7〉의 특징 또한 사실주의 기법이다. "숨이 맥히"는 집을 나와 "큰길로 뛰여나가니" 부르주아가 탄 자동차 먼지에 "천 사람"의 무산계급이 겪는 고통스런 현실을 실감나게 표현하고 있다. 이주홍의 「낫」(손풍산 요(謠))이 전투적이고 투쟁적인 계급의식을 펼쳐 보인 것과

43　강호는 경상남도 창원군 진전면 봉곡리에서 가난한 소작농의 맏아들로 출생하였다. 아홉 살 때부터 마을에서 10리나 떨어져 있는 사립학교에서 공부하였고, 1920년에는 서울의 사립중등학교에 입학하였으나 학비 때문에 한 학기를 넘기지 못하고 쫓겨났다. 1927년 프롤레타리아문학예술동맹에 가맹하여 김복진의 뒤를 이어 미술부를 책임지고 일했으며, 영화부에도 관여하였다. 이 시기 그는 진보적인 미술 창작활동을 지도하여 창작된 적극적인 주제의 작품을 가지고 수원에서 미술전람회를 조직하는 사업에 발벗고 나섰다. 출품된 많은 작품들이 노동계급의 단결과 투쟁을 형상적 비유의 방법으로 그렸거나 일제의 착취와 압박을 신랄하게 폭로하고 있었다. 한편 동화극인 〈자라사신〉(1928)과 〈소병정〉(1928)의 무대미술과 영화 〈암로〉(1928), 〈지하촌〉(1931)의 연출을 담당하기도 했다. 1932년『우리 동무』사건으로 일제 경찰에 체포되어 3년간 옥살이를 했다. 출옥 후 서울에서 추방되어 부산에서 간판점 화공으로, 신문사의 광고부원으로 도안을 하면서 연재소설 「황진이」(1935~1936)의 삽화를 그리기도 했다. 광복 후 서울에서 남조선연극동맹을 조직한 후 서기장으로 일했으며, 서울에서는 연극 〈3・1운동〉, 〈폭풍우〉, 〈불길〉 들의 무대미술을 담당하기도 했다. 1946년 7월 송영, 박세영 들과 함께 박헌영의 문화노선을 반대하는 성명서를 발표하고 월북했다. 출판화 분야에서 삽화가 두드러졌는데, 단행본『해방 전 우리나라 살림집과 생활양식』,『해방 전 우리나라 옷 양식』의 부록으로 들어간 삽도에서 뚜렷하게 표현되었다. 월북 후, 무대 미술 창작과 후배 육성, 도서 집필 사업을 통하여 북한 미술발전에 크게 기여하였다. 1984년 7월 3일 사망했다. 맏아들 강신범은 북한에서 공훈예술가로, 둘째아들 강신일도 미술가로 활동하고 있다. 리재현 편저, 앞의 책, 260~263쪽.
　강호는 1929년 진주의 봉곡동 진주강씨 재실 아랫채에 영화사무소를 두고 향리 인근지역에서 영화 〈암로〉를 촬영했다고 한다. 2003년 2월 11일 마산시 합포구 진전면 봉곡리에 살고 있는 사촌동생 강문희(90세) 씨와 대담. 강문희 씨는 강호가 1950년 3월경에 부인과 자식들을 데리고 고향을 방문하고는 월북했다고 증언하고 있다. 하지만 북한에서의 활동을 감안하면 기억의 착오로 보인다.

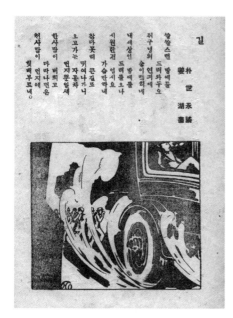

〈그림 7〉 강호의 그림

달리, 코를 막고 있는 부르주아와의 대비를 통해 계급주의의 이상을 밑자리에 깔고 있다.

『불별』이외에 강호가 경남 지역 문인들과 함께 매체 활동을 한 흔적은 발견할 수 없다. 연극 분야에서는 울산 출신의 신고송과 결합했으며, 이주홍과 카프 미술부를 이끌며 작품 활동을 펼쳐 나갔다.[44] 이처럼 경남 지역 쪽에서는 계급주의 미술 운동의 전통이 의외로 엷은 편이다. 강호와 이주홍이 대구의 이갑기, 이상춘 들의 예술가들과 교류하며 지역적 연대를 구축한 점은 기억할만하다. 특히 강호가 주도한 카프 미술부는 1930년대 학생극 운동을 직접 지도할 만큼 학생 연극뿐만 아니라 소년극에도 관심이 많았다고 한다.[45] 이를 통해 『불별』은 동인들과 친목을 나누는 단순한 결사체가 아니라 카프 산하 조직이 두루 참여한 어린이 매체 운동의 산물이라 규정할 수 있다.

---

44 강호는 이갑기, 이주홍, 정하보 들과 함께 평양 고무공장 파업을 비롯한 파업 현장에 참가하여 활동하였으며, 출판매체의 표지와 장정, 선전 포스터 작업, 각종 전람회를 개최하기도 했다. 강호, 「카프 미술부의 조직과 활동」, 『조선미술』 5, 조선미술사, 1957, 10~12쪽.

45 카프 미술부는 1930년대 카프의 직접 지도하에 조직된 연희전문학교, 보성전문학교, 세브란스의학전문학교, 중앙불교전문학교, 이화여자전문학교, 여자의학강습소 들의 학생극 공연에 무대미술을 지도하였으며, 송영과 박세영이 지도하던 '앵봉회'의 소년극에도 적극적으로 참가했다. 위의 글, 11쪽.

4. 마무리

프롤레타리아 동요집 『불별』은 카프의 어린이 기관지다. 계급성을 선명하게 부각시키고 있는 노랫말이나 사실적인 그림, 대중에게 쉽게 다가서는 곡보를 통해 카프의 계급주의 문예이념을 고스란히 드러내고 있다. 『불별』이 갖는 문학사적 의의는 다음과 같다.

첫째, 『불별』은 매체 투쟁의 성격이 짙은 근대 최초의 프롤레타리아 동요집이다. 망치를 든 프롤레타리아 소년의 전투적인 형상을 담은 표지와 더불어 '푸로레타리아 동요집'이라 명시한 데서 명확하게 드러난다. 이는 전투적인 노랫말뿐 아니라 그림과 곡보에서도 두루 확인할 수 있었다.

둘째, 주요 필진의 성격과 인적 관계를 통해 알 수 있듯이, 『불별』은 경남 지역 중심의 어린이문학인들이 계급주의 예술운동에서 어린이문학의 역할론을 부각시키는 동시에 세대교체를 요구하는 소장파의 요구를 적극적으로 지지하는 방향에서 간행된 어린이 매체다. 예술운동의 볼셰비키화와 카프의 조직 개편과 맞물려서 간행된 동요집으로, 매체 투쟁의 성격을 강하게 담고 있었다. 출판계에 널리 알려진 신명균을 후견인으로 내세워 박세영, 정하보, 이갑기 들의 전국 단위 필진을 포함시킨 데서 『불별』의 수평적인 지역 연대의식을 엿볼 수 있었다.

셋째, 『불별』 소재 43곡의 노랫말과 8곡의 악보, 8편의 그림을 통해 투쟁성과 공격성을 강조하는 계급주의 예술운동의 뚜렷한 지향점을 확인할 수 있었다. 노랫말은 당대의 빈부 격차와 계급 갈등을 작품의 전면에 내세우면서 무산계급 어린이들의 의식적 각성을 유도하고, 어린이문학에 대한 욕구를 지닌 소년문사들의 계급적 투쟁의식을 이끌어내는 데 주력하고 있었다. 문학이나 음악, 미술 운동이 놓인 '운동'으로서의 문예운동을 적극적으로 표방한 매체라 할 만하다. 그만큼 『불별』은 카프 소장파의 논리를 적극적으로 지지하고 동조하는 입장에서 쇠퇴의 기로에 선 계급주의 문예운동의 역량을 다시 결집하여 대중성을 선취하려는 의도의 산물이라 하겠다.

넷째, 『불별』은 단순한 지역 동인지의 성격을 넘어 카프의 해체 빌미를 제공했던 카프 2세대 맹원들의 위상을 드러내는 동시에, 경남 지역 어린이문학인들이 계급문단의 전면에 나서게 되는 계기가 된 매체다. 1920년대 중반 이후 『신소년』과 『별나라』, 『음악과 시』를 통해 서서히 문학적 입지를 굳혀 가던 경남 지역 문학인들이 자기 자리를 획득해 가는 과정을 보여주고 있어 근대 계급주의 문학사에서 경남 지역 어린이문학이 지닌 역할과 위상을 잘 드러내는 매체임에 틀림없다.

제2장 카프의 문학대중화와 서술시

1. 들머리

시의 서술성에 대한 논의는 갈래 귀속 문제를 제기할 정도로 논쟁적인 주제다. 그것은 갈래 분류의 관습적 근거에 기대어 특이한 시적 현상으로 바라보거나 시의 영역을 확장시켜 보려는 충동과 관련된다. 카프시는 연구자들의 이러한 충동이 뒤섞인 지점이다. 용어 사용의 논란이 존재하지만 이제는 서술시라는 방향에서 논의를 진행하고 있는 듯하다.[1] 현재까지 다양한 잣대를 통해 카프시의 서술구조나 서술방식,

---

[1] 카프시를 포함하여 나라잃은시대의 서술시에 대한 기존 연구는 김동환의 서사시와 임화의 단편서사시, 백석, 이용악, 안용만 들의 시에 한정하여 서사지향성이나 시의 리얼리즘이라는 측면에서 검토하고 있다. 개별적인 연구성과를 들면 다음과 같다. 윤여탁, 「1920~30년대 리얼리즘시의 현실인식과 형상화 방법에 관한 연구」, 서울대 박사논문, 1990; 윤여탁, 「1930년

화자 문제 들에 관한 다양한 성과가 생산되고 있다.

그러나 서술시를 논의하는 자리에서조차 서간체의 양식화와 의미를 소홀하게 취급하였거나 적어도 그 접근을 유보하고 있다.[2] 그것은 서간을 변두리 양식 정도로 인식하는 학문적 태도와 무관하지 않다. 물론 서간은 그 개념이 확장적이어서 본질 규명이 쉽지 않다. 하지만 대중적 서간 양식에 대한 폄하가 체계적인 연구를 방해한 것으로 보인다. 또한 서간체시라는 관점보다도 서술시(논자에 따라서는 단편서사시 혹은 서사지향적인 시)에 초점을 맞춘 연구경향과도 관련 있다.

서간은 문학 창작의 오래된 형태로 대중에게 익숙한 양식이다. 러시아 형식주의자들은 하위 형식이나 변두리 양식의 격상과 주류화에서 문학사의 리듬을 찾기도 한다. 따라서 우리 문학사에서 서간체의 양식

대 후반의 서술시 연구」, 『선청어문』 19, 서울대 국어교육과, 1991; 고형진, 「1920~30년대 시의 서사지향성과 시적 구조」, 고려대 박사논문, 1991; 오성호, 「1920~30년대 한국시의 리얼리즘적 성격 연구」, 연세대 박사논문, 1992; 이명찬, 「1930년대 후반 한국 현실주의 시의 내면화 과정 연구」, 서울대 석사논문, 1990; 최두석, 「한국현대리얼리즘시연구」, 서울대 박사논문, 1995; 김은영, 「경향시의 서사지향성 연구」, 부산대 석사논문, 1992; 이수남, 「한국 현대 서술시의 특성연구」, 부산외대 석사논문, 1995. 그리고 서술시에 대한 장르 비평적 접근을 시도하고 있는 김준오의 「서술시의 서사학」(『시와 사상』, 1996 여름)과 서술시와 리얼리즘이라는 관점에서 서술시의 역사를 개괄적으로 살피고 있는 윤여탁의 「서술시와 리얼리즘」(『시와 사상』, 1996 여름)은 서술시의 첨예한 논점들을 다루고 있다.

2   소설 쪽의 사정은 시와 다르다. 서간체소설에 대한 선행 연구로 다음이 대표적이다. 이재선, 『한국 단편소설 연구』, 일조각, 1993; 윤수영, 「한국 근대 서간체소설 연구」, 이화여대 박사논문, 1990; 조진기, 『한국 근대 리얼리즘 소설연구』, 새문사, 1989. 최근 연구로 서간체소설의 서술적 특징과 표현적 의미를 분석한 최인자(「1920년대 초기 편지체소설의 표현적 의미」, 『국어교육연구』 1, 서울대 국어교육연구소, 1994)와 욕망의 담론이나 발신자의 자각적인 글쓰기에 주목하여 서간체소설의 특성을 밝힌 황국명의 글(「욕망의 담론과 설득의 수사」, 『작가세계』, 1997 여름)을 눈여겨 볼 필요가 있다. 그리고 연구대상이나 범위를 확장시켜 서간의 한 종류인 상소문의 표현방식을 살핀 다음의 글은 그동안 소홀하게 다루어온 우리의 전통 표현론을 고찰하고 있다는 점에서 시사하는 바가 크다. 최인자, 「조선시대 상소문에 나타난 설득방식과 표현에 관한 연구」, 『선청어문』 24, 서울대 국어교육과, 1996; 염은열, 「상소문의 글쓰기 전략 연구」, 『국어교육연구』 3, 서울대 국어교육연구소, 1996.

화가 어떠한 역사적 단계를 밟고 있는가를 고찰하는 것은 의미 있는 일이다. 시의 개념과 존재 방식이 역사의 특정 시기마다 달라질 수 있다는 개방적 사고를 유도할 수 있기 때문이다.[3] 시는 사회구성원들에 의해 역사적으로 형성되어 온 하나의 제도다. 제도는 시대에 따라 변화한다. 따라서 시라고 믿는 시적 관습과 규범에만 함몰되어 시를 바라보는 태도는 다양한 시적 현상을 배제하고 생산적인 비평을 방해할 수 있다. 서술시나 서간체시는 기존의 시에 대한 원칙이나 정의로서는 효과적으로 설명할 수 없는, 시의 창조적 가능성을 다양하게 열어 놓은 현상 가운데 하나다.

이 글에서는 서간이 카프의 주요한 독자로 간주되는 노동자 계급에게 친숙하게 다가갈 수 있는 대중적 형식이라는 점을 염두에 두고, 카프 서간체시의 서술적 특징과 의미를 고찰하고자 한다. 이를 통해 대중성 확보와 관련하여 카프시가 지닌 문학사적 의의와 한계를 밝힐 수 있을 것이다.

2. 서간체시의 형식과 서술적 특징

서간은 근원적이고 역사적인 장르다. 서간의 영역은 매우 넓으며, 명칭도 다양하다. 고대에서 서(書)는 문자로 기록하는 것을 통칭했으나[4] 차

---

3   이런 점에서 죠지 딕키의 예술제도론은 큰 도움이 되는 글이다. 죠지 딕키, 오병남 역, 『현대미학』, 서광사, 1985, 1 · 7장.

춤 사람들이 일상적으로 교환하는 서간만을 가리키게 되었다. 시인이 주로 교육자나 윤리학자로 인식되던 시대에 서간은 도덕적·교훈적 내용을 전달하는 교육수단이거나 문예비평의 주요한 수단이었다. 그것은 일기와 마찬가지로 개인적인 의사표현의 주요한 형식이었던 셈이다. 그러다가 근대적 우편제도의 발달과 함께 서간이 대중화되면서 실용성이 더욱 강화되었다. 서간의 대중화에 힘입어 서간 작법과 관련된 출판물이 발간되는 것은 자연스러운 현상이었다. 이를 통해 사신(私信)으로서 서간의 자기 고백성과 비공개성은 탈색되고 서간의 허구화, 즉 문학 양식화가 가능하게 되었다. 우리의 경우 서간이 실생활에서 큰 구실을 하는 편지시대가 도래하고 문학의 한 갈래로 인정된 시기는 1920년대다.[5]

서간은 발신자가 특정의 수신자에게 사연을 전달하는 문자 소통 양식이다. 다른 글쓰기와는 달리 자신의 내면세계를 솔직하게 드러내는 고백적인 글쓰기다. 서간에서 가장 중요한 것은 발신자와 수신자의 관계 양상이다. 수신자와의 관계의 친밀성 정도에 따라 이야기의 질이 달라질 수 있는 것이다. 카프의 서간체시는 대체로 격의 없는 가족관계를 다루고 있다는 점에서 신뢰성과 고백의 진실성을 확보하고 있다. 그런 까닭에 독자들에게 미치는 영향력은 매우 클 수밖에 없다.

서간체시는 허구적 산문체인 서간을 시적 형식으로 수용한 시를 말한다. 이 때문에 서간체시는 서술시만큼 필연적으로 갈래 문제를 제기

---

4   유협은 서기(書記)가 문자로 기록하는 것을 총칭하거나 서신(書信)이라는 두 가지 의미를 지닌다고 보았다. 이 중에서 그가 가장 중요하게 다루는 것은 서신이다. 서신은 자신의 감정을 충분히 나타내고 풍채(風采)를 갖추어야 한다. 유협, 최동호 역편, 『문심조룡』, 민음사, 1994, 311~323쪽.

5   조동일, 『한국문학통사』 5, 지식산업사, 1997(제3판), 562쪽.

한다. 대부분의 서간은 일정한 이야기를 지니고 있으므로 필연적으로 서술이 개입된다. 그만큼 서간체시는 산문 서간과 서술, 시가 결합되어 있어 갈래 성격을 쉽게 규정하기 어렵다. 독일에서는 서간체시(das Briefgedicht)를 편지 대신에 어느 특정인을 수신인으로 삼아 보내는 시로 규정하기도 하나,[6] 이는 서간과 시를 분리해서 갈래 명칭을 부여한 개념이다.[7]

먼저, 서간의 일반적인 특징과 관련시켜 서간체시의 서술적 특징을 살펴보자. 서간은 수신자와의 관계에 따라 예법을 고려해야 하는 글이다. 단지 뜻만 통해서는 안 되는,[8] 무엇보다도 발신자의 언어 사용 능력이 중시되는 글쓰기다. 상소문이나 유서, 축문 들의 다양한 종류만큼이나 개성이 강하며 서술방식도 다양하다. 서간의 서정과 문채, 문학성을 중시한 사람은 유협이다. 그는 서간의 본령이 서정술지(抒情述志), 즉 자기의 뜻을 말하고 심정을 표현하는 데 있다고 본다. 서간의

---

6 독일의 경우, 빌페르트(Gero von Wilpert)는 서간(Epistel)을 편지시(Briefgedicht)와 동일시하지만 모취(Markus Motsch)는 이 둘을 구분한다. 모취는 서간문학을 문학 산문 서신(der literarische Prosabrief)과 시적 서간(die poetische Epistel), 편지시(das Briefgedicht)의 세 갈래로 나누어 설명하고 있다. 문학 산문 서신은 어떤 특정한 수신인보다는 일반인을 상대로 한 문학적 편지를 말한다. 처음에 문학으로 광범위한 독자층을 상대하다가 그후 편지로 배달되는 특정인의 수신인을 갖게 된 시적 서신은 교육적이고 도덕적인 내용이 특징적이다. 이 둘은 편지의 성격이 농후하다. 그러나 편지시는 시 형태의 편지가 아니라 편지 대신에 심부름꾼으로 보내는 시를 말한다. 안진태, 『괴테문학의 여성미』, 열린책들, 1995, 586~587에서 재인용.
7 이 글의 초점이 서간체시의 서술적 특성을 밝히는 데 있으므로 서간체시의 장르적 성격에 관한 논의는 다음 기회로 미룬다.
8 김일근은 서간문의 형식적 특징을 "① 구두담화의 대용이 되는 문장이기에 직접 대면해서 담화하는 대신 글로 쓴다는 것이 서간의 첫 출발점이며, ② 서간은 독자가 특정되어 있어 반드시 수신자가 있다. 혹은 한 사람, 혹은 수인, 혹은 단체 상호간에 수수되는 것이니, 여하튼 독자는 있어야 한다. 그러나, 개인 간에 오가는 것이 가장 서간문다운 특질을 갖춘 것이다. ③ 이미 독자가 특정된 이상 그에 대한 위치 관계에 의해서 적절한 예법의 고려가 필요하니, 단지 뜻만 통하면 되는 것이 아니다"라고 본다. 김일근, 『언간의 연구』, 건국대 출판부, 1991, 11쪽.

표현이 "마치 얼굴을 마주하고 말을 하는 것처럼 생생하다"[9]는 진술은 서간의 효과를 지적한 말이다. 서간의 본질이 마음에 있는 말을 남김없이 하는 데 있듯이, 서간체시는 서술의 직접성을 살려 독자를 이야기의 세계로 쉽게 동참하도록 유도한다. 또한 서간체시의 서술시점이 대부분 현재라는 사실도 같은 맥락에서 이해할 수 있다. 진필상도 표현방식의 직접성, 개체성, 진실성, 서정성을 다른 산문과 구별되는 서간의 특징으로 든다.[10] 그러나 서간이 화자와 청자의 대면성을 전제로 하는 고백성이 두드러진 글쓰기라는 점에서 네 가지 표현적 특징은 큰 차별성이 없다.

언어 기능면에서 서간체시는 능동적 기능이 우세하기 때문에 청자 지향적이며 대화적인 글쓰기 양식이다. 서간체시(Epistel)는 근본적으로 능동적 서정시의 영역에 속한다. 람핑에 따르면 언어의 다섯 가지 기능 중 능동적 기능은 청취자 혹은 독자 연관적인 모든 서정시에서 우세하게 나타난다. 이 유형의 시는 언제나 대화적인 서정시며, 어떤 형태로든 상대에 대한 부름이고 그 유희 양식에 의한 말붙임 혹은 노래를 통한 인사다. 능동적 서정시의 영역은 서간체시와 종교적 찬가, 정치적 투쟁가에 이르기까지 매우 광범위하다.[11] 그러나 시에서는 어느 한 기능이 지배적이라는 사실을 환기할 뿐 나머지 네 기능이 무화된다고 보기 어렵다.

---

9   유협, 앞의 책, 312쪽.
10   진필상, 심경호 역, 『한문문체론』, 이회, 1995, 215~221쪽.
11   람핑은 서정시에서 언어의 다른 보편적인 다섯 가지 기능 —지시적, 감정 표시적, 능동적, 친교적, 메타 시적 —이 각기 드러날 수도 있으며, 지배적인 언어적 기능이라는 견지에 따라 시를 지시적, 감정 표시적, 능동적, 친교적 혹은 메타 시적 서정시로 유형화하고 있다. 물론 서정적 발화는 다기능적이라고 본다. 여기서 그는 친교적 서정시 또한 능동적 서정시와 마찬가지로 대화적이며 독자에게 말을 거는 시지만 발화방식 면에서 다르다고 보았다. 디이터 람핑, 장영태 역, 『서정시—이론과 역사』, 문학과지성사, 1994, 178~185쪽.

감정 표시적 기능이 지배적인 1920년대 초반의 감상적 낭만주의시를 거부한 카프의 서간체시는 투쟁의식을 고양시키는 정치적 투쟁가와 크게 다르지 않으며 말붙임 자체를 위한 능동적 서정시다. 또한 사건을 보고하거나 해명하는 언어의 지시적 기능이 강한 이야기시, 즉 서술시라는 점에서 지시적 서정시로 볼 수 있다. 따라서 서간체시는 언어의 다섯 가지 기능 중에서 능동적 기능과 지시적 기능이 지배적인 시인 셈이다.

서간체시의 소통구조는 화자와 청자가 이야기를 사이에 두고 말하기-듣기(Oral-aural) 방식을 취한다. 물론 어느 한 사람이 특정 수신자에게 사연을 전달하는 일방 소통이 지배적이어서 쌍방 소통은 아주 드물게 나타난다. 이 경우 발신자는 수신자를 지속적으로 의식할 수밖에 없다. 그만큼 서간체시는 이야기의 구술성을 복원하는 셈이다.[12] 옹(Walter. J. Ong)은 구술성을 집단의 문제와 성스러움과 연관시켜 설명한 뒤, 이러한 구술문화에 입각한 정신적 틀이 서간문에서 압도적으로 나타난다고 보았다.[13]

목소리로 된 말(the spoken word)은 소리라는 물리적인 상태로 인간의 내부에서 생겨나서 의식을 가진 내면, 즉 인격을 인간 상호 간에 표명한다. 그

---

12 황국명은 서간체소설에서 구전성의 회복이 두 가지 의의를 지닌다고 본다. 먼저, 대상의 객관적 재현보다는 평가 분석하는 주석적 언어가 지배적임을 뜻한다. 이때 화자는 분석·평가하고 반성, 판단, 해석을 시도하는 연행자에 가깝다. 따라서 전통적인 의미의 리얼리즘에 충실할 수 없다. 다음으로, 화자와 청자 사이의 대면적 상황을, 이야기 소통의 직접성을 환기한다. 따라서 서간체소설은 들려줌의 청각적 동인이 지배적이어서 청자로 하여금 정서적 감응과 감정이입적 동일시를 유도한다. 황국명,「욕망의 담론과 설득의 수사」,『작가세계』, 1997 여름, 339~340쪽. 그러나 카프의 서간체시에서는 서간체소설처럼 발신자의 자각적인 글쓰기가 직접적으로 드러나지 않는다. 이는 이념의 보고적 서술에 치중한 결과로 보인다. 화자의 망설임이나 머뭇거림이 개입될 경우 운동성이 약화될 우려가 있기 때문이다.
13 월터 J. 옹, 이기우·임명진 역,『구술문화와 문자문화』, 문예출판사, 1995, 118쪽.

러므로 목소리로 된 말은 사람들을 굳게 결속하는 집단을 형성한다. 한 사람의 화자(speaker)가 청중에게 말을 하고 있을 때, 청중 사이에 그리고 화자와 청중 사이에도 일체가 형성된다. 그런데 만약 화자가 청중에게 자료를 건네주어 읽도록 하여 청중의 한 사람이 홀로 독서의 세계에 들어가면 청중의 일체성은 무너지고 재차 구술하는 이야기가 시작할 때까지는 그 일체성은 회복되지 않는다. (…중략…) 구술된 말의 내면화된 힘은 인간존재의 궁극의 관심인 성스러운 것과 어떤 특수한 방식으로 결부되어 있다.[14]

문화사적으로 텍스트를 소리 내어 읽는 습관은 19세기까지 지속되었다. 옹은 연행되는 언어, 구술되는 언어, 글로 쓰이는 언어라는 구별이 활자시대에 의미를 갖기 위해서는 제시형식에 대해서 말하지 않으면 안 된다고 본다. 활자시대에도 서정시가 인쇄되지만 이러한 우연적 변화에 따라 갈래가 변화할 수는 없기 때문이다.[15] 카프의 서간체시 역시 낭독성을 창작방법적 문제로 제기할 만큼 구술성을 전략적으로 고민한다. 고도의 구술성을 담고 있는 필사문화에서 말로 나타내는 일은 글로 쓴 텍스트라 하더라도 곧바로 상기하기 좋도록 만든 기억술을 따르고 있기 때문이다. 따라서 낭독성의 강조는 운동으로서의 시라는 프로문학의 정체성 확립과 관련되는 것이다.

제시형식의 관점에서 서정시는 노래로서 읊조려지거나 영창(詠唱)된다. 그러나 서정시가 '나-너'라는 관계를 가설적인 형식으로 나타내더라도 결국 시인과 자신 사이의 대화이므로 청중(혹은 독자집단)[16]은 시인

---

14 위의 책, 117쪽.
15 위의 책, 345쪽.

으로부터 숨겨져 있다. 반면 서사장르인 에포스(epos)는 청중 앞에서 널리 구술된다. 시인이 청중과 직접적으로 대면하기 때문에 작중인물은 청중으로부터 숨겨진다.[17] 가령 임화의 「우리 옵바와 화로(火爐)」를 낭독할 때, 시에서 누이가 오빠에게 직접 말하는 방식을 취하더라도 시인은 이론적으로 구술자리에 존재한다. 누이가 시인으로서 발화하는 것이지 시의 한 인물로 얘기하는 것이 아니기 때문이다. 결국 카프시의 주요한 독자층이 노동자 계급이므로 가창(혹은 낭독)되는 시는 본질적으로 쉬워야 한다.[18]

소통구조와 관련하여 서간체시는 메시지 흐름에 따라 발신인 중심의 일방적인 서간체시와 쌍방적인 서간체시로 나눌 수 있다. 카프의 서간체시는 특정 화자가 수신인에게 일방적으로 발화하는 경우가 지배적이다.

1

"언니!

우리들의 믿어운 동무─나의 사랑하는 남편인 그가

---

16 옹은 독자를 나타내는 말 중에 청중에 대응하는 집합명사나 집합적인 개념이 없고, 집합적인 독자집단(readership)이라는 말은 상당한 추상들이 겹쳐진 뒤에 생겨난 개념이라고 본다. 독자를 하나로 결부된 집단으로 생각하기 위해서는 마치 그들이 청자이거나 한 것처럼 독자를 '청중'이라고 부르는 데까지 되돌아 오지 않으면 안 되기 때문이다. 위의 책, 117쪽.
17 N. 프라이, 임철규 역, 『비평의 해부』, 한길사, 1982, 348쪽.
18 카프시가 구호에 가깝다는 지적은 카프시의 본질을 직접적으로 드러내는 것이라 생각한다. 따라서 예술성이 결락되어 있다는 비판은 카프시의 해명에 결정적인 평가기준이 될 수 없다. 예술성 또한 상대적이고 가변적인 개념이기 때문이다. 이 경우 운동성과 그것을 선취하기 위한 방법으로서 낭독성의 강조는 카프시를 해명하는 주요한 자질이다. 따라서 계급주의 예술운동의 한 부문이었다면 '운동성'의 측면에서 카프시의 성공여부를 중점적으로 다루어야 하겠다.

이 세상을 떠난 지도 벌서 삼 년인가 보우

△

그때 그의 마지막 길을 배송하는 만흔 동무들의 비창한 행열!
상여는 침통한 기분에 싸여 고요히 전진하고 잇섯섯소
언니! 나는 소복도 안 입은 채 언니와 함끠 상여의 뒤를 따랏섯지!

△

불빛으로 타오르는 석양 노을이 적막한 묘지에 빗겻슬 때
새로 된 무덤 앞에 묵연히 서 잇는 만흔 동무들!
머리 숙으린 나의 모양 오르나리는 나의 두 억개!
언니! 그것은 나의 슯음과 분노의 상중이엿소

△

그러길래 나는 그의 뜻을 받으리라고 맹서하지 안 엇소
언니! 그런대 나는 요동안 새삼스럽게 슯음을 늣기오
나의 젊은 피는 그를 그리워하는 슯음을 비저 주오
언니! 이것은 내가 한 거름 물너섯다는 증거이겟지요."

2

숙아!
이 갓흔 너의 글월을 받엇슬 때 나는 얼마나 놀낫겟느냐?
그러길래 그때 우리들은 이성의 사랑을 깨끗이 씨서버리고
물 갓치 뜨거운 동지의 사랑을 대신하자고 맹세하지 안엇느냐?

△

숙아!

믿어웁든 동무인 그를 나인들 그러치 안으랴면 슯어한 적은 업다

그런데 너는 그리운 남어지에 슯어까지 하얏더니 —

우리들은 녀성인 것을 완전히 니저바리자든 맹세를 생각하여 보아라

△

숙아!

나는 너의 뒤거름을 막어야 할 임무를 늣기고 잇다

그러나 약삭빠른 나의 충고가 너의 슯음을 업시하지는 못할 것이다.

그러길래 너는 스스로 삼 년 전 그날의 용감하든 너를 도리켜 보아라

도리켜 보는 그 방법만은 내가 가르처 주어야 겟다

"사랑하는 남편 — 우리들의 믿어운 동무여! 당신은 임이 이 세상을 떠낫다 하오려니와 당신의 끼치신 뜻과 우리들의 한결갓흔 바람 그것이야 엇지 영원히 업서질 리 잇스릿까?

다만 당신이 우리의 만흔 동무들과 함끠 그날을 마지할 수 업게 되엿슴을 슯어하나이다

△

사랑하는 남편 — 우리들의 믿어운 동무여 —

당신의 죽음이 우리들의 가삼에 이 갓치도 무서운 불길을 도들 줄이야 누가 뜻하얏스리까?

우리들은 우리들의 할 일이 너머나 만흠을 늣기고 잇나이다

그러길래 당신을 이 갓치 적막한 곳에 외로히 뉘여 노코도 우리들은 속히 도라가지 안으면 안되겟나니다

그러면 가나이다"

△

숙아!

이것이 삼 년 전 그날 묘지에서 도라올 때 네가 읽은 축문인 것을 기억하 겟느냐?

네가 만일 이것을 기억할만한 양심이 잇다면 나의 사랑하는 동무!

숙아! 나의 충고는 참으로 필요치 안켓치―.

― 1934 「勞動葬」의 후편 ―

― 박아지, 「숙아」 전문[19]

인용시는 예외적으로 쌍방적인 서간체시다. 이 시는 동생의 서간체 시와 축문, 언니의 답신이라는 세 개의 서간을 담고 있다. 쌍방의 서간 이 모두 제시되어 있어 독자는 동생의 현재 상황을 엿볼 수 있고 언니 의 충고를 통해 동생의 태도 변화를 확신하게 된다. 특히 축문은 화자 가 남편의 죽음을 애통해하는 데 그치지 않고 죽음의 의의를 재확인하 고 현재의 나약한 자아를 갱신하기 위한 장치로 삽입되었다.

다음으로, 서간체시가 어떠한 구성방식을 취하는지를 검토해 보자. 서간체시는 서간의 일반적인 형식을 그대로 따른다. 그것은 ① 호칭과 계절인사, 안부(발신자 / 수신자의 안부), ② 서간의 핵심인 사연(이야기), ③ 끝인사와 연월일, 서명, 붙임말로 구성된다. 물론 서간의 내용이나 종류, 그리고 수신인에 따라 구성방식이 달라질 수 있다. ①은 사연을 전달하기 위한 기본 전제로 수신자의 공감을 끌어들이는 역할을 한다.

---

19 『형상』 창간호, 신흥문화사, 1934.2, 43~43쪽.

특히 호칭은 시 전체에 걸쳐서 작용하므로 매우 중요한 요소다. 호칭의 반복적 사용은 시의 음악성을 보증하는 기능을 한다. 이러한 단어의 반복은 반복구라 하여 현대시와 구비서사시에서 두루 발견되는 현상이다. 특히 민요시에서 반복구는 음악적인 어법 때문에 기억에 효과적이다. 따라서 서간체시에서 호칭의 반복적 사용은 시 전체가 지닌 음악적인 원천으로서[20] 서정적인 것의 특질이다. 「숙아」에서도 한 연에서 한 번 이상 되풀이될 정도로 호칭은 청자의 감정적 몰입을 유도하는 데 효과적이다.

> 아! 아들아 이 밤은 참말노 寂寞하고나
> 여기저기선 無智한 地主님들이 내어 쫏느라고
> 회차리질을 한다 발노 찬다 주먹으로 부신다
> 야단법석이고
> 한편에서는 골이 터진다 다리가 부러진다
> 病身이 된다 죽는다 왁짝벅싹 뒤끌코 잇다
> 그리하야 우리 貧弱한 農民들은
> 갈 바 올 바를 아지 못하고
> 눈물을 쑤리며 가삼을 치며 大聲痛哭을 하며 운다⋯⋯.
>   ◇
> 쑤룩쑤룩 빗소래 눈물겹고
> 고요한 밤 우름소래 처량한대

20 에밀 슈타이거, 이유영·오현일 역, 『시학의 근본개념』, 삼중당, 1978, 9쪽.

압흔 가삼을 어루만지며 우는

아! 불상한 푸로레타리아야

너의들의 갈 곳은 어대 잇느냐?

(…중략…)

아! 아들아 참자 그래도 우리는 참자

(此間二行削除)

터저나오는 우름 소사나오는 눈물

그놈의 賤待 그놈의 虐待 모도다 참고 익여 싸호자!

아! 아들아 工場의 勞働者인 나의 아들아

싸호자 힘써 싸호자……

일하자 힘써 일하자……

— 七月 十日 아츰 —

> — 김명순, 「노동자인 나의 아들아—어느 아버지가 아들의게 보내는
> 편지」 가운데서[21]

이 시는 아버지-아들의 서사가 중심이다. 만주에서 지주계급의 착
취와 폭력에 시달리고 있는 아버지는 아들 세대와의 연대를 호소한다.
작품의 마지막에 제시된 구호성 짙은 시구는 "참자", "참고 익여 싸호
자"라는 시구와 결합하여 투쟁성을 강화하고 있다. 이는 독자가 시를
개인적으로 읽기 위한 것만이 아니라 노동현장에서의 낭독(혹은 가창)
을 고려한 언어구사다. 따라서 "아들아", "불상한 푸로레타리아야", "사

---

21 『비판』, 1931.7・8, 107쪽.

랑하는 아들아"라는 호칭의 반복과 구호는 카프시에서 아주 효과적으로 기능한다.

반면 서간체시에서 안부와 계절인사는 생략되는 경우가 많다. 계절인사는 글을 부드럽게 하고 서정적 분위기를 형성하는 특징적 요소다. 발신자의 자기 근황에 대한 언급은 노동자 계급의 의식적 각성을 보여주는 부분으로, 오빠의 부재에 대한 비탄과 절망에서 새로운 다짐과 의지의 피력으로 뚜렷하게 발전하는 모습을 보인다. 그러나 수신자의 안부를 묻는 경우는 찾아보기 힘들다. 서간처럼 서간체시에서도 안부나 계절인사는 다분히 의례적이기 때문이다.

서간에서 사연(②)은 필수적인 사항이다. 그러나 서간체시에서 이야기는 요약·생략되어 당부나 다짐이 압도적으로 우세한 편이다. 마지막으로 ③ 또한 카프시에서 표면적으로 잘 드러나지 않고 생략되는 경우가 많다. 왜냐하면 「누나」(박세영), 「옵바의 편지회답」(강경애), 「숙아」(박아지), 「오빠의 영전(靈前)에 엎드려」(김해강), 「노동자(勞動者)인 나의 아들아―어느 아버지가 아들의게 보내는 편지(片紙)」(김명순)처럼 대부분 제목에서 발신자가 명시되어 있고, 수신자보다도 발신자의 개인적 발화내용이 시를 지배하고 있기 때문에 발신자의 지배적인 담론으로 마무리된다.

3. 서간체의 양식화와 누이와 오빠의 서사

시의 리얼리즘에 대한 관심은 문학 위기론의 산물이다. 그것은 문학 지형의 변화와 밀접하게 관련되어 있으므로 다분히 역사적인 성격을 지닌다. 특히 방향전환기에 전개된 일련의 논쟁들이 대중성을 확보하기 위한 창작방법의 문제를 다루고 있다는 점에서 시의 리얼리즘과 무관하지 않다. 따라서 시의 리얼리즘에 관한 논의는 예술성의 결여를 지적한 비카프 계열 논객들의 비판에 대한 적극적인 대응의 산물이다.[22] 궁극적으로는 카프가 자체 논쟁을 거치면서 프로문학의 독자성을 확립하려는 의도에서 비롯된 것이다. 특히 카프시의 주류로 여겨지는 노동시가 생경한 관념을 직접적으로 표출함으로써 대중적 지지를 얻지 못한 점은 문학대중화 논의를 촉발시킨 직접적인 계기로 작용했다.

1927년 조직 개편의 핵심은 대중성 확보와 밀접한 관련을 갖는다. 이러한 문제를 해결하려는 노력은 크게 세 가지 측면으로 전개된다.[23] 먼저 임화를 비롯한 전위예술의 영향을 입은 몇몇 시인들이 시도한 전

---

22 염상섭과 박영희 사이에 벌어진 프로문학의 예술성에 관한 논쟁이 대표적이다. 이 논쟁에서 염상섭은 프로문학의 문제점으로 "예술적 표현 형식에 대한 지나친 무시", 즉 예술성의 결여를 지적했다. 「계급문학을 논하여 소위 신경향파에 여함」, 『조선일보』, 1926.1.22~2.2. 이는 내용과 형식 논쟁에서 박영희의 「지옥순례」와 「철야」에 대해 "작품구상은 옳지만 문학적으로 형상화되지 못했"다는 김기진의 비판과 같은 맥락에서 이해할 수 있다. 박영희, 「문예월평」, 『조선지광』, 1926.12.
23 이 글이 논쟁 과정이나 의의를 살피는 데 있지 않으므로 세부 내용은 고찰 대상이 아니다. 대중성 획득과 관련하여 카프시의 양식적 모색 과정을 살핀 김정훈의 글에서 구체적인 내용을 살필 수 있다. 「1920년대 말 프로시 양식 논의 고찰」, 『국제어문』 18, 국제어문학연구회, 1997. 이 글에서는 다만 논쟁 과정에서 제기된 카프 내부의 시에 대한 태도를 염두에 둘 뿐이다. 따라서 카프시의 지향으로 제기되는 양식적 특징에 대한 언급은 서간체 서술시를 가능하게 한 내재적 원인으로 고찰할 것이다.

위시 양식의 차용을 들 수 있다. 그러나 "이러한 괴형(怪形)을 가진 시는 아무리 프롤레타리아를 부르짖을지라도 프롤레타리아의 시가 아니며 인텔리겐챠의 형식 유희"[24]에 불과하다는 박영희의 비판이 단적으로 보여주듯이, 대중에게 익숙한 형식으로 볼 수 없다. 중요한 것은 박영희의 주장처럼 내용과 일치된 평이한 형식이다. 같은 맥락에서 김기진은 카프시가 갖추어야 할 양식적 대안으로 일정한 음악적 특성을 갖춘 시를 만들어야 한다고 주장한다. 그러나 구체적으로 전통적인 민요 양식 차용을 주장한 사람은 김동환이다. 그는 기존의 시가를 "모두 난삽하고 까다로운 이론들 차지"라고 전제한 뒤, "새끼를 꼬며 읽어도 전후 맥락을 다 알도록 그렇게 간소하게 사건을 만들어서 못 보아도 남의 읽는 것을 듣고라도 휑 알아지게 그렇게 쉬운 말"로 쓸 것을 주장한다.[25] 박완식 또한 국민문학파가 제기한 시조부흥론의 대타적 입장에서 제기된 민요 양식 차용론을 되풀이한다.[26] 그러나 민요가 낙천적·애욕적·절망적 비애의 노래이며 전투성이 부족하다는 소장파들의 강력한 비판에 부딪혀 민요 양식은 주류화되지 못하고 다만 소재적 차원으로 전락하고 말았다.

그러나 이러한 논쟁과는 달리 임화의 단편서사시에 대해서는 구체적이고 실천적인 비평이 전개된다. 여기에는 상반된 평가가 존재한다. 당대적 사건을 사실적으로 수용하고 프롤레타리아 계급의 낙관적 전

---

24 박영희, 「문예평론-'문예시평과 문예잡감' 2」, 『조선지광』, 1927.9, 79~83쪽.
25 김동환, 「초춘잡감(初春雜感)」, 『조선지광』, 1928.2, 55~58쪽.
26 박완식, 「푸로레타리아 시가의 대중화 문제 소고 (1)~(4)」, 『동아일보』, 1930.1.7~10; 박완식, 「푸로 시가에 대한 당면적 임무 소고-우리 시가의 대중화 문제 (1)~(4)」, 『조선일보』, 1930.2.1~5.

망을 훌륭하게 형상화했다는 긍정적인 평가와 소시민성과 감상성을 표출하고 시어의 선택과 표현이 미숙하다는 부정적 평가가 그것이다. 김기진은 프로시의 대중화론이 시라는 특수형태로는 대중에게 접근하기 어려웠기 때문에 폭넓게 시가로 통칭하여 대중에게 통속화되어야 하며,[27] 통속화의 요건으로서 센티멘탈적 서정을 들고 단편 서사시를 지향할 것이라 했다.[28] 그 표준으로서 「우리 옵바와 화로」를 들고, "사건적 소설적 소재에 주의할 것, 노동자들의 낭독에 편한 그들의 용어로 된 문장" 들의 프로시가 지향해야 할 양식적 특성을 제시한다.[29] 이 자리에서는 팔봉이 주목한 단편서사시보다는 서간을 시적 형식으로 수용한 서간체시에 초점을 맞추어 논의를 전개하고자 한다.

> 사랑하는 우리옵바 어적게 그만 그럿케 위하시든 옵바의 거북紋이 질火
> 爐가 깨여젓서요
> 언제나 옵바가 우리들의 '피오닐' 족으만 旗手라 부르는 永男이가
> 地球에 해가 비친 하오의 모—든 時間을 담배의 毒氣 속에다
> 어린 몸을 잠그고 사온 그 거북紋이 火爐가 깨어젓서요

27 김기진, 「프로시가의 대중화」, 『문예공론』 2, 1929.6, 109~112쪽.
28 김기진, 「단편서사시의 길로」, 『조선문예』 창간호, 1929.5, 43~48쪽.
29 이어서 그는 프로시가 "무엇보다도 대중에게 가져가 보여주지 못했으며, 대중들이 알아보기 쉬운 말로 쓰지 못했고 대중들이 흥미를 가지도록 입맛에 맞추지 못했다"는 사실을 지적한다. 김기진, 「프로시가의 대중화」, 앞의 책. 그러나 그의 논의는 시적 형상화의 측면에 주목함으로써 세계관의 문제를 소홀하게 취급했기 때문에 소장파들의 반발에 부딪히게 된다. 소장파들의 비판이 시인 의식의 선명성과 세계관에 초점이 맞추어져 있었으므로 단편서사시 양식 역시 정치적 논리에 의해 주류로 부각될 수 없었다. 결국 카프는 자체 논쟁을 거치면서 문학적 논리보다도 정치적인 논리를 강조했기 때문에 대중과의 괴리는 당연한 귀결이었다.

그리하야 지금은 火적가락만이 불상한 永男이하구 저하구처럼

쏙 우리 사랑하는 옵바를 일흔 男妹와 갓치 외롭게 壁에 가 나란히 걸넛서요

옵바 ················

저는요 저는요 잘 알엇서요

웨 − 그 날 옵바가 우리 두 동생을 써나 그리로 드러가실 그 날 밤에

연겁허 말는 卷煙을 세 개식이나 피우시고 게섯는지

저는요 잘 아럿세요 옵바

언제나 철업는 제가 옵바가 工場에서 도라와서 고단한 저녁을 잡수실 째 옵바 몸에서 新聞紙 냄새가 난다고 하면

옵바는 파란 얼골에 피곤한 우슴을 우스시며

········· 네 몸에선 누에 쏭내가 나지 안니 − 하시든 世上에 偉大하고 勇敢한 우리 옵바가 웨 그 날만

말 한 마듸 업시 담배煙氣로 房속을 메워버리시는 우리 우리 勇敢한 옵바의 마음을 저는 잘 알엇세요.

天窄을 向하야 긔여올나가든 외줄기 담배연긔 속에서 − 옵바의 鋼鐵가슴 속에 백힌 偉大한 決定과 聖스러운 覺悟를 저는 分明히 보앗세요

그리하야 제가 永男이에 버선 한아도 채 못 기엇슬 동안에

門지방을 째리는 쇠ㅅ소리 마루로 밟는 거치른 구두소리와 함께 − 가버리지 안으섯서요

그러면서도 사랑하는 우리 偉大한 옵바는 불상한 저의 男妹의 근심을 담배煙氣에 싸두고 가지 안으섯서요

옵바-그래서 저도 永男이도

옵바와 쏘 가장 偉大한 勇敢한 옵바 친고들의 이야기가 세상을 뒤줍을 째

저는 製絲機을 쩌나서 百 장의 一 錢짜리 封筒에 손톱을 쑤러트리고

永男이도 담배냄새 구렁을 냇좃겨 封筒꽁문이를 뭄니다

只今-萬國地圖 갓흔 누덕이 밋헤서 코를 고을고 잇슴니다

옵바-그러나 염려는 마세요

저는 勇敢한 이 나라 靑年인 우리 옵바와 피ㅅ줄을 갓치한 계집애이고

永男이도 옵바도 늘 칭찬하든 쇠갓흔 거북紋이 火爐를 사온 옵바의 동생
이 아니에요

그리고 참 옵바 악가 그 젊은 남어지 옵바의 친구들이 왓다갓슴니다

눈물 나는 우리 옵바 동모의 消息을 傳해주고 갓세요

사랑스런 勇敢한 靑年들이엇슴니다

世上에 가장 偉大한 靑年들이엇슴니다

火爐는 쎄어저도 火적갈은 旗ㅅ대처럼 남지안엇세요

우리 옵바는 가섯서도 貴여운 '피오닐' 永男이가 잇고

그리고 모-든 어린 '피오닐'의 싸듯한 누이품 제 가슴이 아즉도 더웁슴
니다

그리고 옵바……

저뿐이 사랑하는 옵바를 일코 永男이뿐이, 굿세인 믾님을 보낸 것이겟슴
니가

슬지도 안코 외롭지도 안슴니다

世上에 고마운 靑年 옵바의 無數한 偉大한 친구가 잇고 옵바와 믾님을 일
흔 數업는 계집아희와 동생 저의들의 貴한 동모가 잇슴니다

그리하야 이 다음 일은 只今 섭섭한 慣한 事件을 안쓰잇는 우리 동무 손에서 싸워질 것입니다

　　옵바 오날밤을 새어 二萬 장을 붓치면 사흘 뒤엔 새 솜옷이 옵바의 썰니는 몸에 입혀질 것입니다

　　이럿케 世上의 누이동생과 아오는 健康히 오늘날마다를 싸홈에서 보냄니다

　　永男이는 엿해 잠니다 밤이 느젓세요

　　— 누이동생 —

　　　　　　　　　　　— 임화, 「우리 옵바와 화로(火爐)」 전문[30]

　카프의 서간체시는 대부분 탈시(mask-lyric)다. 오빠가 감옥에 갔거나 남편을 상실한 화자가 자신의 현실적 삶을 보고하는 데 초점을 맞춘다. 인용시의 이야기는 현재시점이 과거와 당위적 미래에 걸쳐 있다. 화자는 오빠가 누군가에게 잡혀 간 어느 날 밤의 일이나 영남이와 자신이 공장에서 쫓겨난 과거 체험을 현재 시점에서 회상한다. 이 시의 담화 시점이 현재인 것은 화자의 체험과 정서를 수신인에게 전달하는 데 효과적이기 때문이다. 이를 통해 독자는 화자가의 현재 상황과 현실인식을 자연스럽게 엿볼 수 있다.

　수신자인 오빠는 누이의 발화 행위를 제한하고 그것에 적극적인 영향을 끼치는 존재다. 오빠와 친구들의 일이 발신자가 공장에서 쫓겨나는 계기가 된다는 점에서 누이동생의 발화는 시의 후반부에 이르면 오빠의 신념과 행동을 자기화하고 신념화하는 단계로 나아간다. 누이와

30　『조선지광』 83, 1929. 2, 117~119쪽.

오빠의 서사는 당대 노동 계급 일반의 삶과 맺는 현실적 연대감을 의지적으로 표출한 것이다. 또한 누이는 현실공간에 부재하는 오빠에게 고백하는 방식으로 서술의 직접성을 살리면서 친밀감을 확보한다. 이를 통해 독자는 이야기의 세계 속으로 적극적으로 동참하게 된다. 여기에서 소통관계가 일차 집단인 가족이라는 점은 이야기의 진실성을 확보하기 위한 효과적인 장치다.

그러나 수신자가 부재하는 이유는 구체적으로 제시되어 있지 않다. 일차적으로는 일제의 고본검열제도(稿本檢閱制度) 때문이라 여겨진다. 특히 잡지의 논조가 사회주의적 노선을 표방한 『개벽』이나 『신천지』, 『신생활』, 『조선지광』 들은 세밀하고도 가혹한 탄압을 받았다.[31] 따라서 감옥행의 동기가 묘사된다고 하더라도 아주 막연하며, 오빠를 감옥에 들어가게 한 직접적인 동기가 노동운동이었음을 추정할 수 있을 뿐이다. 이러한 결손가족의 모습은 당대 노동자 계급이 처한 현실의 등가물이다. 이것은 카프시가 객관적 현실성[32]을 지향하기 때문이다. 이

---

31 일제는 검열을 통하여 그들이 부당하다고 생각하는 기사가 게재되면 삭제했을 뿐만 아니라 그 경중다과(輕重多寡)에 따라 ① 간담(懇談), ② 주의(注意), ③ 경고(警告)를 거쳐 급기야는 발행 정지·금지에까지 미쳤다. 검열은 공공의 안녕과 질서를 방해하는 사항에 집중되어 있는데, 「검열표준」에 수록된 사항을 몇 가지만 제시하면 다음과 같다. ① 황실의 존엄을 모독할 우려가 있는 사항, ② 신궁·황릉·신사 등을 모독할 우려가 있는 사항, ③ 국기·국장·군기 또는 국가에 대하여 이를 모독함과 같은 우려가 있는 사항, ④ 군주제를 부인함과 같은 사항, ⑤ 공산주의·무정부주의의 이론 내지 전략 전술을 지원하든가, 선전하든가, 또는 그 운동의 실행을 선동하는 사항, ⑥ 혁명운동을 선동하든가 또는 이것을 상앙(賞揚)함과 같은 사항, ⑦ 폭력직접운동, 대중운동 또는 각종 쟁의, 동맹파업, 동맹휴교 들을 선동하든가 지원 또는 상앙함과 같은 사항, ⑧ 조선독립을 선동하든가, 또는 그 운동을 시사하든가 혹은 상앙함과 같은 사항. 이상의 항목들은 「일반검열표준」 중 '안녕질서(치안)'를 방해하는 사항 28개 중에서 가려 뽑은 것이다. 자세한 내용은 김근수, 「1920년대의 언론과 언론정책 ─잡지를 중심으로」, 『3·1운동 50주년 기념논집』, 동아일보사, 1989, 731~734쪽.

32 람핑은 사실적인 것에의 연관을 객관적 현실성과 주관적 현실성이라는 두 개의 관점에서 설명한다. 전자는 정치적 혹은 사회적인 사건이 동기가 되어 씌어진 형태로 기회시

를 통해 임화의 분명한 정치적 의도를 읽을 수 있다. 그런 면에서 "깨어진 질화로"를 공연한 군더더기[33]로 보거나 발상의 근저를 골동품 취미[34]로 보는 데는 무리가 따른다. 질화로가 가족의 따뜻함과 유대를 드러내는 상징물이라면, 그것은 적어도 가족 공동체의 붕괴나 해체를 상징적으로 보여주는 이미지다. 따라서 질화로가 깨어졌다는 것은 독자 참여를 유도하는 상징적 사건으로서 그들로 하여금 작품을 끝까지 읽어낼 수 있도록 한다.

서간체 서술시의 결손 가족서사는 이미 아버지 세대에게서 어떠한 낙관적 전망도 기대할 수 없다는 인식을 함축하고 있다.[35] 즉 누이와 오빠를 중심으로 한 새로운 세대들에게서 혁명 가능성을 찾으려는 소장파 그룹의 의식이 간접적으로 투영된 것이라 볼 수 있다. 여기서 주목할 점은 가족 구성원만의 단결이 아니라 "세상에 고마운 청년 옵바의 무수한 위대한 친구"나 "옵바와 형님을 일흔 수업는 계집아희와 동생 저의들의 귀한 동모", 즉 타자와의 혈연적 연대로 확대되면서 한 세대의 혁명화를 기도한다는 사실이다.

또한 여기에는 임화나 권환을 비롯한 소장파 그룹이 헤게모니 쟁탈전을 벌이는 과정에서 팔봉을 비롯한 기성 비평가들에 대한 실망이나 불신도 암묵적으로 작용했을 것이다. 그러나 1935년 5월 카프의 공식

(Wirklichkeit)에 효과적이며, 후자는 저자의 생애기적인 체험을 가공한 형태로 개인적 체험시에 유효하게 활용된다고 보았다. 디이터 람핑, 앞의 책, 196쪽.

33 김용직, 『현대경향시 해석 / 비판』, 느티나무, 1991, 90쪽.

34 조동일, 『한국문학통사』 5, 지식산업사, 1997(제3판), 512쪽.

35 가족서사는 사회 구조나 사회구성원들의 문화적 성숙과 밀접하게 관련을 맺는다. 누이와 오빠라는 한 세대의 가족서사가 지배적인 카프시를 부모와 자식의 서사가 중심인 광복기 시와 비교하면 대단히 흥미롭다. 카프시의 가족서사에 대한 집중적인 논의는 다른 자리에서 고(稿)를 달리할 생각이다.

해산 직후에 발표된 「다시 네거리에서」(『조선중앙일보』, 1935.7.27)에서 지난날 네거리에서의 투쟁을 회상하는 화자가 "모든 새롭은 세대의 얼골을 하나도 모른다"고 했듯이, 새로운 세대, 즉 "내 귀한 동생 순이"와 "그가 사랑한 용감한 이 나라 청년"들에 의한 혁명적 가능성은 카프 해산과 함께 좌절되었다.

그러나 가족서사를 주된 내용으로 삼았다는 것만으로 대중성을 확보할 수 있었을까? 문제는 대중적 형식 못지않게 이야기의 내용이다. 카프의 가족서사는 "골격을 이루는 사건이 현실적"이고 "감격으로 가득찬 생생한 소설적 사건"이라는 김기진의 평가[36]에도 당대 공장 노동자 계급의 가족적 배경과 가족생활에 대한 구체적인 탐구가 결여되어 있다. 두루 알다시피 가족해체는 오빠가 노동운동을 하다 감옥에 가는 경우보다도 1920~30년대 식민지 자본주의화 과정에서 급격하게 진행되었다.[37] 이를 감안하면 카프시가 노동자, 농민의 가족현실에 얼마나 피상

---

36 김기진, 「단편서사시의 길로」, 『조선문예』, 1929.5.
37 어린이 유기나 기아, 자살, 범죄, 걸인집단의 증가, 아사 들은 가족 관계의 해체 현상들이다. 당시 조선 전체의 걸인 총수가 16만 3,000여 명을 넘어서고 있다는 기사(『동아일보』, 1931. 10.7)에서 알 수 있듯이, 식민지적 자본주의화의 영향은 심각했다. 이러한 현상이 조선의 자본주의화 과정에서 노동력의 재생산이 위기에 직면했을 때 발생했음을 감안하면, 가족 현실의 변화를 초래한 근본 원인은 일제가 독점자본을 축적하는 과정 속에서 해명되어야 할 것이다. 가족 관계의 변화에 대해서는 다음을 참고할 것. 문소정, 「일제시대 공장 노동자 계급의 가족적 배경에 관한 연구」, 『한국의 사회와 문화』 14, 한국정신문화연구원, 1990. 따라서 누이의 입장에서 보면 상실과 부재는 이중적으로 경험된다. 아버지 부재와 아버지를 대신하는 오빠의 부재가 그것이다. 이 경우 아버지 부재의 의미를 고아의식(조국상실)으로, 오빠의 부재는 아버지의 부재가 야기한 현실적 조건 중의 하나로 간주할 수 있겠다. 따라서 계급적 선명성과 연대성을 표면적으로 노출시키는 것보다도 가족에게 경제적으로 기여하기 위해 성냥과 연초회사 직공으로 일하는 영남이나 누이의 열악한 노동현실을 구체적으로 형상화했더라면 대중성을 쉽게 확보할 수 있었을 것이다. 물론 김기진이 단편서사시라 명명한 것처럼 이야기성의 도입이 대중성을 확보하기 위한 장치임에는 틀림없다. 하지만 이야기의 내용이 중요하다.

적으로 접근하고 있는지 알 수 있다. 따라서 가족의 연대와 타자의 가족화를 통해 자본가와 노동자의 대립 체계를 극복하려는 시도는 카프시가 도식적이며, 이데올로기 전달에 초점을 맞춘 진술시(statement poetry)와 크게 다르지 않다는 점을 의미한다. 임화의 서간체시도 신경향파시의 한계를 그대로 노정하고 있는 셈이다. 따라서 가족의 의미 층위가 이러한 알레고리적 형식을 넘어서서 현실의 풍부한 내용을 함축하기 위해서는 가족 자체의 생활에 대한 진지한 탐색이 이루어져야 한다.[38] 임화도 스스로 "공장이나 신문의 3면 기사에다 눈물을 쏘다 본 적박게도 업섯다. 누구나 한 번이나 푸로의 몸으로 그 감정의 행동을 노래하여 보앗스며 (…중략…) 불행이도 우리는 조회 우에서 흥분하엿스며 머리 속에서 로동자를 만들고 철필(鐵筆)을 쥐고 ××의 심리를 분석하엿슬 쑨"이며 "이러한 푸로레타리아가 사실노 잇슬 수가 잇는가? 이 조선의 급전하는 현실 속에"[39] 탄식하듯 자신의 시에 표출된 소시민성을 비판했다. 이처럼 카프시는 노동자의 생활에 대한 구체적인 접근이 부족한 편이다. 이를 서술구조와 서술방식의 측면에서 구체적으로 살펴보자.

옵바!

오래간만에 보내신 당신 편지에

"사랑하는 누이야 엇지 사느냐?"고요

옵바!

당신이 잡혀가신 뒤 이 누이는

---

38 신범순, 『한국현대시사의 매듭과 혼』, 민지사, 1992, 265쪽.
39 임화, 「시인이여! 일보 전진하자」, 『조선지광』 91, 1930.6.

그럿케 흔한 인조고사 댕기 한 번 못드려 보고

쌀독 밋을 긁으며 멋 번이나 입에 손 물고 울엇는지요

옵바! 그러나 이 누이도

언제까지나 못나게시리 우는 바보는 아니랍니다

지금은 공장 속에서 제법 고무신을 맨든답니다

옵바 이 팔쑥을 보세요!

옵바의 팔쑥보담도 굿세고 튼튼해젓답니다

지난날 옵바 무릅에서 엿먹든 누이는 아니랍니다

옵바! 이 해도 저물엇습니다

거리거리에는 바람결에 호외가 날고 잇습니다

오— 옵바! 아르십니까? 모르십니까?

옵바! 깃버해 주세요 이 누이는

옛날의 수집든 가슴을 불쑥 내밀고

수만흔 내 동모들의 압잡이가 되여

얼골에 피가 올나 공장주와 ××답니다

　　　　　　　　　　—강경애, 「옵바의 편지 회답」 전문[40]

　　이 시는 카프의 서간체시에서 지배적인, 일방적인 서간체시의 하나
다. 가난한 누이동생이 오빠가 감옥에 간 뒤 투쟁의식을 고취해 나가
는 과정을 서술하고 있다. 논의의 편의를 위해 담론질서로 재편되기
이전 자연적인 시간에 따라 사건을 재구성하면 다음과 같다.

―――――――
40 『신여성』 5-11, 1931.12, 2쪽.

① 공장에 다니는 남매가 살다.

② 어느 날 오빠가 잡혀가다.

③ 누이가 절망하다.

④ 오빠의 안부편지가 오다.

⑤ 누이는 공장주와 열심히 투쟁하다.

이 시의 담론시점은 현재(⑤)이며, ①~④는 과거의 일로 누이의 현재시점에 의해 회상공간을 형성하고 있다. 여기서 중요한 것은 ②와 ③이 어떻게 누이의 행동 변화(⑤)를 초래했는가 하는 점이다. 오빠의 부재(감옥행)에서 촉발된 누이의 태도 변화는 카프의 서간체시에서 공통적으로 드러난다. 이는 아리스토텔레스가 비극 플롯의 두 부분으로 설명한 '급전'과 '발견'이라는 서술방식으로 설명할 수 있다. 급전은 사태가 다른 방향으로 변화하는 것[41]을 의미하며, 발견은 말 자체가 의미하는 것처럼 무지(無知) 상태에서 지(知)의 상태로 변화하는 것[42]을 뜻한다. 이때 급전과 발견은 플롯의 구성 그 자체로부터 발생해야만 하며 선행 사건의 필연적 또는 개연적 결과라야 한다. 발견은 급전과 결합될 때 연민이나 공포의 감정을 불러일으킬 수 있다. 그만큼 발견은 급전을 동반할 때 가장 훌륭한 것이 된다. 비극에서의 급전은 주인공의 운명이 일련의 개연적 또는 필연적 경로를 거쳐 불행에서 행복으로 또는 행복에서 불행으로 바뀔 수 있는 길[43]을 의미한다. 반면, 카프

---

41 아리스토텔레스, 천병희 역, 『시학』, 문예출판사, 1987, 65쪽.
42 위의 책, 65쪽.
43 위의 책, 54쪽.

시는 "공장주"와 "얼골에 피가 올나" 싸우는 "내 동모들의 압잡이"인 누이동생의 계급적 각성과 투쟁으로의 전화(轉化)를 가리킨다. 이를 통해 성취할 수 있는 것은 자본가 계급에 대한 노동자 계급의 승리, 즉 사회주의의 승리다.

그러나 이 시는 카프시의 한계로 지목되는 추상성과 도식성을 그대로 노정하고 있다. 우선, 화자의 신념과 행동 변화를 초래한 급전의 계기가 무엇인지 선명하게 드러나 있지 않다. 물론 오빠의 감옥행(②)으로 볼 수 있지만, 누이의 서사적 동기로 작용하기에는 명확하지 못하다. '급전'을 오빠의 부재 결과로 보기에는 필연성이 부족한 것이다. 둘째, 누이의 '발견'을 가능하게 하는 열악한 노동조건에 대한 서술이 전혀 없다. 오빠의 부재 뒤 공장주와 투쟁하는 누이동생의 모습만 제시함으로써 계급의식을 작품 전면에 과도하게 노출시키고 있을 뿐이다. 오빠의 감옥행에서 촉발된 억압적 노동현실에 대한 '발견'과 그 뒤에 필연적으로 '급전'이 동반되었더라면, 대중성을 확보할 수 있었을 것이다. 셋째, 소재의 편협성과 이야기의 상투성을 지적할 수 있다. 서간체 서술시에서 ②는 「우리 옵바와 화로」와 마찬가지로 거의 유사한 방식으로 반복된다. 동지인 남편이 죽었거나(박아지, 「숙아」) 오빠가 죽는 경우(김해강, 「오빠의 영전에 엎드려」), 그리고 지식인 동생이 누이에게 보내는 서간체시인 박세영의 「누나」에서는 "삼십이 넘은 누나가 늙엇다"는 이유로 공장취업을 거절당하는 사례가 제시되어 있다. ③도 마찬가지이다. 누이와 남동생이 공장에서 쫓겨나 힘겹게 노동하거나(「우리 옵바와 화로」) 남편이 죽은 뒤 슬픔에 빠져 있는 상황이 설정되어 있다. 다시 말하면 노동자의 삶의 조건과 과정에 대한 구체적인 서술이 결여되어 있고, 화자의 성격 자체가 지나치게 고정적이다. 그만큼 카프의 서간체시는 노동자의 삶에 대한 접근방식이 안일하고 추상적인 셈이다.

4. 마무리

서간체시는 허구적 산문체인 서간을 시적 형식으로 수용한 시를 말한다. 서간과 서술, 시가 결합되어 있어 갈래 성격을 규정하기 어렵다. 그러나 대화적이고 청자 지향적인 성격 때문에 독자를 이야기의 세계 속으로 쉽게 동참하도록 하는 데 효과적인 글쓰기다. 서간체시의 서술적 특징으로는 표현 방식의 직접성, 이야기의 진실성, 서술의 현재성, 구술성을 들 수 있겠다. 특히 서술의 직접성과 현재성은 수신자와의 관계를 전제로 발신자의 이야기를 효과적으로 전달하는 주요한 특징으로서 담화의 대면성을 부각시킨다. 카프의 비평가들이 낭독성을 강조한 이유도 구술성의 복원과 밀접한 관련이 있다. 따라서 카프의 서간체시는 구술성을 염두에 둠으로써 시에서 멀어져 간 독자를 끌어들여 카프시의 정체성을 확립하려는 의도의 산물로 볼 수 있다. 그리고 언어 기능면에서 서간체시는 능동적 기능 못지않게 지시적 기능이 지배적이다. 지시성의 강화는 이야기의 객관적 재현이나 반영보다는 보고적 서술이 우세하다는 점을 드러낸다. 이것은 서간체시가 신경향파시의 한계를 아직 극복하지 못했음을 드러내는 표지다. 지식인 화자에서 노동자 화자로 바뀌었을 뿐 이념을 작품 전면에 노출시킴으로써 계몽적 의도를 청산하지 못하고 있는 것이다.

카프시가 서간체를 양식화한 이유는 시와 대중과의 간극을 메우기 위한 새로운 양식의 모색과 관련된다. 서간이 문학의 한 갈래로 주류화될 만큼 1920년대가 본격적인 편지의 시대였다는 사실도 무시할 수 없는 외부적 조건이다. 당대의 문학작품이 서간체를 형식적으로 폭넓게 수용하고 있는 점은 이를 단적으로 드러낸다. 그러나 무엇보다도 카프가 운동 선상에서 독자의 중요성을 절감하고 있었기 때문에 계급의식을 쉽게 표출하기 위한 형식으로 서간을 이용했다고 볼 수 있다. 따라서 서간체시는 광범위한 독자에게 혁명적 이데올로기를 침투시키기 위한 적절한 양식의 모색과정에서 주류화된 시적 형식인 셈이다. 임화의 「우리 옵바와 화로」가 표적인 서간체시다.

형식 못지않게 소재 또한 중요하게 고려해야 할 사항이다. 카프의 서간체시는 주로 오빠와 누이의 가족서사를 이야기의 소재로 채택하고 있었다. 특히 결손 가족서사는 당대의 노동자 계급이 처한 현실의 등가물로 볼 수 있다. 누이와 오빠의 서사를 주로 다루고 있는 까닭은 아버지 세대에게서는 어떠한 낙관적 전망도 기대할 수 없다는 판단 때문이다. 이것은 소장파 그룹의 의지가 반영된 결과로, 가족과 타자와의 혈연적 연대를 추구하면서 한 세대의 혁명화를 지향했다고 볼 수 있다. 그러나 가족서사를 이야기의 주된 내용으로 삼고 있는데도, 노동자 계급의 가족현실에 대한 구체적인 탐구를 결여하고 있다는 점은 치명적이었다. 다시 말하면 카프의 서간체시는 삶의 구체성과 총체성을 확보하지 못한, 엘리티즘을 청산하지 못한 시라 하겠다.

마지막으로, 서간체시의 한계를 서술구조와 서술방식의 측면에서 고찰하였다. 먼저 발신자가 수신자의 부재 상황에서 신념과 행동의 변화를 초래한 이유가 선명하게 드러나지 않았으며, 노동현실에 대한 구체적인 서술도 결여되어 있었다. 또한 소재의 편협성 못지않게 이야기의 상투성과 추상성이 두드러졌다. 이는 서간체시가 수직적 차원에서 독자대중에게 일방적으로 이념을 전달하는 데 주력했음을 단적으로 드러내는 것이다.

　그러나 카프의 서간체시에서 중요한 것은 독자의 중요성을 자각했다는 점이다. 카프시가 양식적 실험을 통해 보여준 서술성의 도입, 서간체의 양식화, 가족서사 들은 카프 해산으로 단절될 성질의 것이 아니다. 그것은 1930년대 후반 백석과 이용악, 안용만, 김용호나 광복기의 서술시, 그리고 1970~80년대의 민중시로 연계되면서 독자와의 긴장관계를 놓지 않는 우리시의 한 흐름을 형성하고 있다. 한편으로는 카프시의 한계를 답습하거나 극복하면서 문학의 사회적 실천을 강조한다. 따라서 카프의 서간체시가 보여 준 것처럼 현실의 구체성에서 멀어져 간, 그러니까 사상이든 감정이든 '억지로 우기는 시'는 필연적으로 독자로부터 멀어질 수밖에 없다는 사실을 적극적으로 고려해야 할 것이다.

제3장 권환 문학 연구의 쟁점과 과제

1. 들머리

권환은 근대 민족문학사의 핵심 인물이자 경남 계급주의 문학의 1세대 문학인이다. 그런데도 이제껏 문학사적 위상과 문학 활동에 견주어 정당한 대접을 받지 못한 편이다. 일차적으로 정치적·이념적인 문제가 연구를 방해했다면, 해금 조치 이후에는 명망있는 일부 작가들에 치우친 연구자들의 편향적인 태도가 작용했다. 무엇보다도 문학세계의 전모를 밝혀 줄 1차 문학사료가 온전히 갈무리되지 않았기 때문이다. 그나마 최근 잇따른 자료 발굴 덕분에 연구 영역이 어린이문학, 소설, 희곡, 비평으로 확대됨으로써 섬세한 접근이 이루어지고 있다. 이를 통해 권환 문학은 근대문학사의 지평 속으로 온당하게 자리매김할 수 있을 것이다.

이 글은 기존 연구사를 비판적으로 검토하면서 도출한 몇 가지 의문점들을 나름대로 해명하고자 한 문제제기의 성격이 강하다. 불우했던 한 문학인의 삶의 이력과 문학 활동을 밝혀 줄 기록문헌이 존재한다면 문제가 다르겠지만, 권환 문학 연구의 빈자리는 의외로 넓고 깊은 편이다. 특히 카프 해체 이후 권환의 내면 풍경과 이데올로기적 지향, 삶의 행적이 어떠했으며, 그것이 나라잃은시대 말기의 문학과 어떠한 관련을 맺고 있는지를 해명해야만 광복기 권환 문학의 거점을 정확하게 파악할 수 있을 것이다. 실제로 권환의 후반기 생애와 문학 활동 전체가 문제가 되는 셈이다. 따라서 이 시기의 삶과 문학 활동을 구체적으로 해명할 수 있다면, 다소 기계적인 설정이지만 전반기(어린이문학 투고 활동과 카프 시대)와 중반기(카프 해체 이후~나라잃은시대 말기), 후반기(광복기~1954) 문학의 연속성을 발견할 수 있을 것이다.

이 글에서는 우선, 최근의 발굴 성과에 기대 1920년대 중반부터 1930년대 중반에 이르는 시기 권환의 어린이문학 활동을 고찰함으로써 그의 문학적 지향을 이해하는 중요한 근거로 삼을 것이다. 다음으로 여전히 불투명한 김해 박간농장(迫間農場)에서의 삶과 문학, 권환 문학 연구에서 종종 거론되는 친일시의 맥락을 살펴보고자 한다. 마지막으로 광복기에서 죽음에 이르는 시기의 문학 활동과 남한 잔류, 행적 들에 대한 쉽게 풀리지 않는 문제점들을 짚어볼 것이다. 이를 통해 기존의 연구 대상과 시각을 확대·보완함으로써 권환 문학 연구를 심화시킬 수 있는 유용한 시각을 얻을 수 있을 것이라 기대한다.

2. 계급주의 어린이문학 활동과 1차 문학사료의 확보

두루 알다시피 작가 연구의 기초는 삶을 복원하고 1차 문학사료를 갈무리하는 일에서부터 시작된다. 그동안 작가적 명성에 비해 권환 문학 연구가 깊이를 얻지 못한 까닭은 그의 문학적 생애와 작품서지를 제대로 정리하지 못했기 때문이다. 최근 휘문고보 생도학적부,[1] 1926년 교토제대 입학 문학과 학생 생도일람표와 학점 이수표, 졸업논문 제목,[2] 극단 신건설 사건 공판기록[3] 들이 발굴·공개되면서 생애의 빈 자리로 남아 있었던 부분들을 보완할 수 있게 되었다. 그런데도 경도 학우회 주도의 『학조(學潮)』 필화 사건과 카프 동경지부에서의 활동을 비롯하여 전향 후부터 광복기에 이르는 동안 김해 박간농장과 경성제 대 도서관에서 사서로 일하던 시절, 그리고 광복기에서 1954년 죽음에 이르는 시기까지 정치하게 다가서야 할 부분이 여전히 많다. 이 자리 에서는 초기 어린이문학 활동에 초점을 맞추어 서지사항을 검토하고, 권환의 문학 활동을 고찰하고자 한다.

우선, 그동안 불분명하게 제시되었던 어린이문학 관련 서지를 제시 함으로써 1920년대 권환의 어린이문학 활동을 점검해 보자.

---

1 이장렬, 「권환 문학 연구」, 경남대 박사논문, 2003.12, 10~11쪽; 김윤식, 「이념에서 서정으로, 카프시인 권환의 삶—사상적 편향성을 결정지은 교토제대, 기록성 발굴자료 검토」, 『문학사상』 392, 2005.6, 127쪽.

2 김윤식, 위의 글, 134~138쪽. 이보다 앞서 목진숙이 처음으로 발굴하여 학계에 소개하였다. 목진숙, 「권환 연구」, 창원대 석사논문, 1993.2, 8~9쪽.

3 권영민, 「카프 제2차 검거 사건의 전말, 공판기록 최초 공개」, 『문학사상』 308, 1998.6.

번호	갈래	제목	게재지	발행연도	비고
1	소년소설	아버지	『신소년』제3권 제7호	1925.7.	권경완(權景完)
2	소년소설	아버지(제2회)	『신소년』제3권 제8호	1925.8.	권경완
3	소년소설	아버지(제3회, 尖)	『신소년』제3권 제9호	1925.9.	권경완
4	단편소설	강제(康濟)의 꿈[夢]	『신소년』제3권 제10호	1925.10.	권경완
5	동화	세상 구경(求景)	『신소년』제3권 제11호	1925.11.	권경완
6	소년소설	언 밥[凍飯]	『신소년』제3권 제12호	1925.12.	권경완
7	소년소설	마지막의 우슴	『신소년』제4권 제2호	1926.2.	권경완
8	소년소설	마지막의 우슴(제2회)	『신소년』제4권 제3호	1926.3.	권경완
9	소년소설	마지막 우슴(제3회, 尖)	『신소년』제4권 제4호	1926.4.	권경완
10	동화	*처녀 장미꽃	『신소년』제4권 제5호	1926.5.	권경완 /『1920년대 아동문학집』(2), 169~170쪽
11	신시	地圖에 업는 아버지	『신소년』제5권 제7호	1927.8.	경완
12	신시	웨 어른이 안 되어요	『신소년』제5권 제7호	1927.8.	경완
13	신시	안 무서워요?	『신소년』제5권 제7호	1927.8.	경완
14	동화	카라[襟]—안데루센의 童話集에서	『신소년』제5권 제7호	1927.8.	권경완
15	감상문	나의 어린 째 記憶	『신소년』제6권 제4호	1928.4.	경완
16	과학	베[稻]가 쌀이 될 째까지	『별나라』제5권 제9호	1930.10.	권환 / 취미이과
17		通俗 少年唯物論	『별나라』제5권 제10호	1930.11.	권환 / 특별독물
18	수필	봄 업는 동무들 —우리들의 봄을 찾자!	『별나라』제6권 제4호	1931.5.	권환
19	강좌	辨證法이란 무엇인가(1)	『별나라』제7권 제2호 (2·3 합호)	1932.3.	권환
20	강좌	모든 것은 변화한다	『신소년』제10권 제4호	1932.4.	권환
21	소년시	**우리집	『신소년』제10권 제5호		권환 /『신소년』제10권 제4호의 광고, '『신소년』5월호 예고'
22		할 수 업스면 그 다음이라도	『신소년』제8권 제1호	1932.7.	권경완 / 소년에 대한 바람
23	강좌	미국의 영·파이오니아	『신소년』제10권 제6호	1932.7.	권환
24		**레—닌과 어린이	『신소년』제10권 제9호 (9월 임시호)	1932.9.	권환 / '지상(紙上)에 못 오르고마는 조흔 원고', 16쪽 광고
25		英雄 스팔탁스	『신소년』제10권 제9호	1932.10.	권환
25		**러시아 初等義務敎育	『신소년』제10권 제10호	1932.11.	권환 / '원고게재 불능', 52쪽 광고. 신독물(新讀物)
26		나 個人만 爲하는 사람이 되지 맙시다	『별나라』제9권 제1호	1934.1.	권환 / 〈신년표어〉, 3쪽. 조선중앙일보사

*는 집지 미확보, **는 미게재

권환의 어린이잡지 매체 투고는 "경완, 권경완, 권환"이라는 이름으로 이루어졌으며, 갈래 또한 소년소설, 동화, 동시, 수필, 강좌, 과학물들로 다양하다. 소설과 우화를 보면, 계급적 대립 체계를 구체적으로 드러내기보다는 무산계급 어린이의 가난한 현실과 체험을 형상화하거나 윤리적 계몽 의도를 강조하는 데 중점을 둔다. 시는 아이의 성장 욕구를 노래한 「웨 어른이 안 되어요」, 언니의 당찬 모습을 통해 현실 극복 의지를 내면화한 「안 무서워요?」가 있다. 「우리집」은 『신소년』 10권 4호에 수록된 광고에서만 발견할 수 있을 뿐 정작 10권 5호에는 실리지 않았다.

다음의 시는 1920년대 우리 현실에서 두루 발견할 수 있는 아버지 부재, 그러니까 가난으로 말미암은 가족해체와 이산의 상황을 질문방식을 통해 드러내고 있다.

先生님! 이 지도(地圖) 좀 보세요
누―런 여기가 륙지(陸地)
퍼―런 저기가 바다이지요?
붉은 당사실 갓치 쏘불쏘불
노여 잇는 이게 기차 가는 철도
적은 진주 갓치 쏭골쏭골 쉬여
잇는 이게 고을 일홈이지요?
(…중략…)

여기가 日本 가는 東萊釜山

여기가 이삿짐 만히 가는 北間島

그런데 우리 아버지 게신 데는 어델까요

여길까요 저길까요 아모리

차저도 업서요

　　　　　　　— 경완, 「지도에 업는 아버지」 가운데서[4]

『신소년』과『별나라』는 카프의 어린이 기관지는 아니지만[5] 계급주
의를 직접적으로 표방한 매체다. 이들 매체는 초기와 달리 1929년 이후
부터 계급주의적 색채를 두드러지게 표출함으로써 계급주의 어린이문
학인의 성장을 북돋았다는 점에서 각별한 의미를 지닌다. 계급주의 어
린이문학 운동이 이러한 어린이잡지 매체를 통해 이념적 선명성과 운
동성을 강조했다고 보면, 이 시기 권환의 작품 활동은 매체 투쟁의 성
격이 강하다. 『신소년』 창간호가 발행되었던 1923년 10월부터 1925년
6월 사이에 매체 활동을 했을 가능성이 농후하며,『별나라』 또한 사정
은 마찬가지인 셈이다.[6]

　일본에 머물렀던 1920년대 중반부터 시작되는 투고 활동은 권환의
문학적 지향점을 가늠하는 중요한 지표가 된다. 이러한 활동을 통해 권
환은 어린이문학 갈래와 매체의 중요성을 인식하였던 것으로 보인다.

4　『신소년』 5-7, 1927.8, 33~34쪽.
5　카프가 독립적인 어린이 분과를 두지 않았던 까닭에 이들 매체를 카프의 기관지로 볼 수는
　　없다.
6　희곡의 경우도 크게 다르지 않다고 본다. 『신소년』 10권 제9호(1932.9)의 광고 「연극운동지
　　도잡지『연극운동(演劇運動)』 9월호 금일 출래(出來)」를 통해서 권환이 아지프로적인 색채
　　가 농후한 시극 〈팔을 끼자〉 와 희곡 〈주생원(朱生員)〉도 발표하고 있음을 알 수 있다. 물론
　　현재 확인할 수 없다. 그만큼 권환 문학 연구에서 우선적으로 필요한 일은 1차 문학 사료를
　　확보하는 데 있다.

권환은 『예술운동』의 간행 중단 이후 예술운동가를 대상으로 한 새로운 기관지의 필요성을 주장하면서 소박한 양식이더라도 잡지 매체를 끊임없이 간행해야 한다고 주장함으로써 매체 투쟁의 중요성에 대한 인식을 드러내고 있다.[7]

자신의 문학적 출발이 되는 어린이문학에 관심은 프롤레타리아 동요집 『불별』(1931)과 프롤레타리아 소년소설집 『소년소설육인집(少年小說六人集)』(1932)의 서문을 쓴 데서도 단적으로 확인할 수 있다.

① 우리는 가난한 집 노동하는 아히들이다. 그래서 우리는 그러한 부자집 아히들과 이해(利害)도 다르고 생각도 다르다. 그들의 억머구리처럼 부른 배가 더불너 나올사록 우리들의 마른 북어 가튼 배는 더 훌줄어 들어간다. 그들은 언제든지 깃부고 교만한 생각박게 나지 안치마는 우리들은 언제든지 서러웁고 분한 생각박게 나지 안는다. 그런 째문에 그들의 노래와 우리들의 노래까지도 다르다. (…중략…)

우리들 조선의 가난한 집 수백만 아이들은 이 책이 나온 것을 다 가치 깁버하며 다 가치 한 책식 가지자! 그래서 부자집 아히들이 그들의 노래를 억머구리처름 부른 배로 뛰놀며 부를 때에 우리는 우리들의 노래를 마치소리와 광이소리에 마추어 힘찬 소리로 부르자![8]

② 가난한 집 어린 동무들아! 사랑하여야 할 그대들의 소설가들이 그대들을 읽히기 위하야 이 소설책을 지어 내엿단다. 그대들과 놀기조차 실혀

7   권환, 「조선예술운동의 당면한 구체적 과정 (8)」, 『중외일보』, 1930.9.13, 1면.
8   권환, 「서문 (1)」, 『불별』, 중앙인서관, 1931, 1~2쪽.

하는 부잣집 아히들은 읽어보든 안 보든 오즉 그대들만을 일키기 위하야 지어낸 것이란다. (…중략…) 우리들 가난하고 ××당하는 헐벗고 굶주리는 노동소년들의 생활을 거짓말 안코 글여낸 이야기들인 것이다. 그리고 이런 소설책이 조선서는 처음으로 나온 것이니 그대들은 이 책을 모두 다 읽어라! 모두 다 가저라!⁹

인용문에서 보듯이 동요집과 소년소설집을 엮어내는 목적과 방향은 분명하다. "가난하고 ××당하는 헐벗고 굶주리는" "조선의 가난한 집 수백만 아이들"을 계급주의의 영향 밑으로 이끌기 위한 아지프로적 성격을 선명하게 드러내고 있다. 특히 『불별』은 권환과 같은 경남 출신으로서 어린이잡지 매체 활동을 통해 문학적 기반을 쌓은 김병호, 이주홍, 이구월, 손풍산, 신고송, 엄흥섭 들이 1930년대 들어 카프의 전면에 자신의 존재를 부각시키며 소장파의 세대교체 요구를 적극적으로 지지하는 방향에서 나온 간행물이라는 점에서 각별한 의의를 지닌다. 따라서 이 시기 권환은 계급문학운동사에서 예술운동의 볼셰비키화와 카프의 조직 재편 욕구와 맞물려 있는 어린이 매체에 집중적으로 글을 발표함으로써 자신의 문학적 지향을 분명히 하고 있는 셈이다.

---

9 「푸로레타리아 소설집『소년소설육인집』(신소년사, 1932) 광고」, 『신소년』, 1932.8. 이 광고를 보면 권환과 임화가 서문을 썼으며, 구직회(具直會), 이동규(李東珪), 승응순(昇應順), 안평원(安平原), 오경호(吳庚昊), 홍구(洪九)가 필자로 참여했음을 알 수 있다. 이 소설집은 프롤레타리아 동요집『불별』과 함께 카프 어린이문학의 지향을 살필 수 있는 자료다. 최근 박태일이 이 소설집을 발굴하여 발간했다. 박태일 편, 『소년소설육인집』, 도서출판 경진, 2013.

3. 박간농장(迫間農場)과 김해 시절

김해 박간농장 시절은 권환의 삶에서 다가설 자리가 가장 많은 시기다. 많은 논자들이 카프 해체 이후 이른바 권환 문학의 성격이 선전 선동에서 신념을 배제한 순응주의로 선회한 시기로 보기 때문이다. 이 시기에 대해서는 대체로 두 가지 측면에서 깊이 있는 논의가 필요하다. 우선, 박간농장에 머물렀던 시기와 장소, 그리고 박간농장의 성격과 관련하여 권환의 행적을 밝히는 일이 중요하다.

① 慶南 昌原 出生. 山形高敎를 거처 京都帝大 獨文科 卒業. 中外日報社 記者. 朝鮮女子醫學講習所(京城女醫專 前身) 講師. 迫間金海農場員. 朝鮮日報社 記者 等을 거처 現 京城帝大 附屬圖書館 司書. 旣刊에 『自畵像』이 有함[10]

② 그는 광복 때까지 약 10년 동안 당시 태화숙(太和塾)[11]이던 경남 김해의 일본인 소유인 '박간농장(迫間農場)'의 농감으로 있었는데 그의 생애를 통하여 가장 유족하고 근심 없이 지낸 세월이었을 것이다. 일본인의 밥을 얻어 먹으면서 편안했다는 식민지 인텔리의 정신적 갈등은 물론 있었을 것이다.[12]

---

10 권전 환(權田 煥), 「저자약력」, 『윤리』, 성문당서점, 1944.12.25.
11 대화숙(大和塾)의 오기다.
12 조봉제, 「가난과 병고로 생애를 마치다—시인 권환의 경우」, 『문학세계』, 1993.3·4, 24쪽.

인용문은 이때의 일을 가장 소상하게 전하고 있는 기록사료다. ①은 시집 발간 당시 권환이 스스로 마련한 저자 소개글이며, ②는 후대의 기억에 의존한 글이다. 특히 ②는 이장렬[13]을 비롯하여 많은 논자들이 지배적으로 수용하는 견해이기도 하다.

②에서 문제가 되는 부분은 10년 동안 "대화숙"의 김해 박간농장에서 "농감"(농장의 사감)으로 일했으며, "가장 유족하고 근심 없이 지"냈다는 진술이다. 나라잃은시대 말기 좌파 지식인의 80% 이상이 가입했던 대화숙은 1941년 1월 사상보국연맹[14]을 발전적으로 해산하여 새로이 개편한 단체다. 주로 일본정신의 현양과 내선일체 강화, 전향자의 선도 보호와 사상선도지 발간을 목적으로 삼은 이른바 전향자 감시기관이었다. 그런 까닭에 조봉제가 박간농장을 대화숙의 외곽단체로 본 점이나 더욱이 농감으로 일했다는 지적은 신빙성이 없다.

반면 황현은 『윤리』의 저자 약력과 권환의 당숙인 권오엽의 진술에 기대어 1942년 근간에 김해 농장원으로 있었으며, 손아래 처남인 허담의 집에서 요양을 하기 위해 잠시 머물렀던 것으로 추정했다.[15] 이 또한 구술 증언이 갖는 한계를 오롯이 드러낸다는 점에서 말 그대로 추정에 불과하다.

권환의 김해 시절을 추적하는 과정에서 새롭게 발굴한 아래 자료를

---

13 이장렬, 앞의 글, 20쪽.
14 전향노선에 선 사상범들을 규합하여 '시국대응전선사상보국연맹'을 발족시킨 때가 1938년 7월이다. 1940년 12월 이 단체가 7지부 83분회 3,300맹원을 발전적으로 해산함으로써 새롭게 발족한 단체가 바로 대화숙이다.
15 황현, 「순결한 민족시인, 권환」, 『신생』, 1999 겨울, 251쪽. 황현은 『윤리』의 「저자약력」을 인용하면서 "근간에는 김해 농장원"이라 기술하고 있는데, 실제로 "근간"이라는 말은 원문에 없는 내용으로, 권오엽의 진술을 뒷받침하기 위하여 무리하게 삽입한 것으로 보인다.

통해 권환과 김해 박간농장의 고리를 비교적 사실에 가깝게 해명할 수 있을 것이다.

①R兄! 여기는 西洛東江 下流 兩便에 一望無際한 그러나 實은 크고 적은 十餘 島嶼가 集合해 되어 있는 金海平野의 한 구석입니다. **아우가 여기 오기는 지난 二月이었으니 발서 일곱달재나 되는가 봅니다**마는 그동안 한 번도 내 近況을 알리지 못한 것은 다른 理由는 없고 그동안 農土의 求得 그것의 開墾, 또 모심느니 물대느니 김매느니 하는 等으로 이 六七個月 동안은 文字 그대로 寸暇가 없었던 때문이었습니다. (…중략…) 이 金海平野는 十年 前만 해도 廣漠한 盧田이든 것을 農民들의 健全한 팔과 짜운 땀으로 至今은 거진 다 沃土化되었지마는 **아직도 一部分이 남어 있는 未墾地에서 나는 二町步의 耕作權을 所有자인 H農場으로부터 얻었습니다.** (…중략…) R兄! 兄님 같은 文化人 自身들의 慰安物도 必要하지마는 이들 文化에 遠隔해 사는 이들의 慰安物, 敎養物도 많이 創作해 주시면 이들은 얼마나 기뿌며 感謝히 생각하겠습니까? 그것은 이곳의 그들만의 慾求가 아닐 것입니다.

R兄! 아우의 오막사리 農幕마루 밑에는 洛東江물이 푸른 달빛과 함께 출렁 출렁 흘러가고 있습니다. 人間의 現實도 저와 마찬가지로 흘러갑니다. 자꾸자꾸 變轉해 갑니다.

나는 저 晝夜不息으로 흘러가는 洛東江물을 感懷無量하게 바라보고 있읍니다.[16] (강조는 인용자)

---

16 권환, 「R형(兄)에게 보내는 보고서」, 『조선명사서한대집(朝鮮名士書翰大集)』, 명성출판사, 1940, 213~216쪽.

② 數十年 前 駕洛古國의 王都로 아즉도 廢墟의 遺跡이 歷歷한 金海邑에서 南으로 西洛東江 沿岸을 二十餘里나 쭉 나려가면 누구든지 그 左右에 一望無際한 大平野을 볼 수 잇을 것이다. 그것이 卽 金海平野라는 들이다.

이곳은 耕作地 數萬町步 中 極少部分을 除한 外는 모다 日本 內地人의 大規模로 經營하는 數個農場의 所有인데 筆者가 至今 쓰려는 것은 其中에서도 가장 **大規模인 H農場 所有를 中心으로 하는 金海平野의 情景**이다.

첫째 이곳은 大部分이 西洛東江 下流의 多數한 大小島嶼로 되어 잇다. 例하면 海浦島, 黃魚島, 北□, 水□島, 順牙島 等等의 諸島嶼들이다. 그러면 讀者 中에는 흔히 日本 三景 中의 하나인 松島나 垂楊이 느러진 大同江의 綾羅島와 같은 風景 佳絶한 곳으로 想像할지 모르지마는 事實은 그와 正反對로 茫茫한 大野에 一色의 크나큰 보자기로 덮은 듯한 벼 或은 보리(一部分은 蘆草) 外에는 조고만한 樹林과 丘陵, 岩石 等을 볼 수 없는 말하자면 큰 沙漠을 聯想케 하는 殺風景인 곳이다. (□는 판독 불가, 강조는 인용자)[17]

일제가 토지조사사업을 통해 몰수한 토지를 일본인에게 염가로 불하하면서 김해군 내에는 수많은 일본인 농장이 설치되었다. 동양척식주식회사 부산지점은 김해, 가락, 대저 일대의 대토지를 수용해 김해농장을 설치했으며, 무라이[村井吉兵衛]는 진영 일대의 대토지를 헐값에 구입해 촌정논장을 설치했다. 1928년 이 농장을 하자마[迫間房太郞]가 인수해 박간농장을 운영하게 되는 것이다.[18]

---

17 권환, 「작가들의 재료수집첩에서 – 김해평야점묘(金海平野點描) (상)」, 『동아일보』, 1939.3. 7, 4면.
18 이준식, 「일제침략기 김해지방의 농민운동」, 『역사와 현실』 7, 한국역사연구회, 1992, 250쪽.

인용문 ①과 ②에서 보듯이 김해 박간농장의 주인은 "H", 그러니까 일본인 거부 하자마다.[19] 착취의 부동산왕[20]인 하자마의 농장은 주로 진영에 집중되어 있었으며[21] 그 외 여러 지역에도 산재해 있었다. ②에서 드러나듯이, 권환이 머물렀던 "해포도(海浦島), 황어도(黃魚島), 순아도(順牙島)"는 지금의 부산광역시 관할인 강서구 일대다. 황현이 말한 1935년 1월 19일 권환의 여동생 권조희가 시집간 김해읍 삼산리는 현재 김해박물관 동쪽 지역으로 권환이 머물렀던 강서구 해포도나 순아도와는 거리가 너무 멀다. 더욱이 농장 관리인[22]으로서가 아니라 2정보, 그러니까 6,000평의 소작지를 경영했으며 농막에 살았다는 기록을 볼 때, 요양 차 누이의 집에 머물렀다는 지적은 맞지 않는 셈이다.

이장렬은 권환이 1939년 무렵 서울로 올라왔기 때문에, 신건설사 사건으로 집행유예를 선고받고 풀려난 1935년 겨울부터 1938년 말까지 김해에 머물렀다고 추정하였다.[23] 그러나 그가 김해에 들고 나간 시기

---

19 하자마는 1860년 일본 화가산(和歌山)현에서 태어나 오사카의 오백정(五百井) 상점의 점원으로 일하다 1880년 부산에 지배인으로 건너와 1899년에 독립했다. 1904년에는 부산에 본점을 두고 블라디보스톡, 마산, 청진, 성진에 지점을 설치하여 활동을 넓혀갔다. 불법적인 사기와 국가권력의 비호에 힘입어 축재를 확대해 나갔다. 1920년대부터는 농지에 집중 투자하여 동래, 김해, 밀양, 산청, 진주, 울산, 사천, 마산, 창원, 부산을 비롯하여 전북 남원과 전남 해남에도 농경지를 확보했다. 1930년경의 소유 규모는 경남에서만 780만여 평이고, 도내 소작지의 3.5%를 차지할 정도였다. 그 핵심 농지는 김해군 진영면과 창원군 대산면, 동면의 3개면에 걸친 진영농장이었다. 소작농이 2,000여 호였으며, 일본인 소작농도 90호 가량 되었다. 최원규, 「동래별장 주인 하자마와 진영농민운동」, 부산경남역사연구소 편, 『시민을 위한 부산의 역사』, 늘함께, 1999, 161~165쪽.

20 최해군, 『부산의 맥』 하권, 지평, 1990, 137쪽.

21 1930년대 초반 김해 지역의 농민조합운동은 주로 진영에서 발생하였는데, 그것은 1905년 마산선이 개통되면서 역사(驛舍)가 설치되고 일본자본이 활발하게 진출함으로써 이 지역이 교통의 중심지이자 곡물 집산지로서의 기능을 담당하고 있었기 때문이다.

22 이 당시 조세와 농민 순화 교육을 담당했던 농장의 관리인은 대학 졸업자가 많았으며, 대체로 정미시설과 창고를 갖춘 관리소에 머무르거나 집에서 출퇴근했다고 한다.

23 이장렬, 앞의 글, 20쪽.

를 정확하게 알려줄 자료가 없다. 인용문 ①에서 분명하게 알 수 있는 사실은 그가 혹독한 겨울(2월)에 김해평야의 어느 농막에 들어 농토를 얻어 개간하고 농사를 짓느라 6~7개월 동안 잠시의 틈도 없을 만큼 바쁜 나날을 보냈다는 점이다. 카프 해체의 빌미가 된 신건설사 사건으로 피검되어 집행유예로 풀려난 1936년 2월에 곧바로 김해행을 감행했다고 단정하기는 어렵다. 이 경우는 박간농장이 대화숙의 외곽단체라면 가능한 일이다. 앞서 살폈듯이 권환은 농감으로 일한 것이 아니라 농장원으로 일했다. 더욱이 지병에다 옥살이로 지친 몸을 추스를 여유도 없이 고된 농사일을 감당하는 것은 쉽지 않은 일이다. 따라서 1936년 2월이라기보다는 1937년 2월일 가능성이 높다. 물론 인용문 ①에는 편지 작성 일자가 명기되어 있지 않아 권환의 김해 정착 시기를 확정할 수 있는 단서가 없다.

조봉제는 권환이 김해에 머문 시기를 "10년 동안"이라 기술했다. 오류가 적지 않은 글인데도 그의 진술을 모두 무시할 수는 없을 것이다. 지역 문학사회에서 명망가 문인 권환의 행적이 관심을 끌기에 충분하다고 보면, 설령 풍문에 기댄 과장이라 해도 적어도 권환은 경성제대 도서관 사서[24]로 일하기 직전까지 김해에 연고를 두고 머물렀을 수도 있다. 따라서 권환은 1937년 2월경 김해에 들어 적어도 1940년대 초반까지 머물며 문학적 모색을 거듭했다고 볼 수 있겠다.

비교적 평안했던 이 시절에 쓴 시를 통해 이 시기 권환의 내면풍경을 살펴보자.

---

24 이 기록 또한 자세히 조사해야 할 부분이다. 임시직이냐 정규직이냐에 따라 논의 수준과 성격이 달라지기 때문이다.

① 금년 보리는 오래간만에 필 만치 되었다

지낸 겨울 하눌이 말은 덕택으로

그리고 한 마지기에 二圜어치나 소금비료 밑거름을 한 탓인지

땅정기를 한껏 마음대로 빨어댕겨서

보리 싹이 송곳같이 곳곳하고 쪽(藍)같이 검푸르다

날시만 이 앞으로 잘 해주기만 하면

금년은 몇 해만에 처음 보리흉년은 면(免)하련만

나는대로 우리 입에 들어가는 것은 이것뿐이니

아모쪼록 하눌서 잘 보살펴주었으면

아 몇 해로 여름 가을 철마다

보리양식 때문에 지긋 지긋하게 헤매었더니

壽福아 고무래를 자주 자주 들어서

이쪽저쪽 힘껏 처라

그래서 흙거름이 골고루 한껏 보리를 덮게

아즉도 한 배미가 잔득 남어 있는데

해는 벌써 '먹골' 뒷산에 걸리려 한다

오늘은 이 논 보리를 다 덮어주고

내일은 '소징개'들 밭보리에 똥오줌을 주어야겠다

거름을 아무래도 똥오줌이 제일인니라

보리한텐 갈빗찜, 곰국 이상이다

— 「보리」 가운데서[25]

② 바다 같은 누른 洛東江 물이

뭉게뭉게 '밀치등' 거정 차올라와

삼대 같은 갈 버내고 심어논 모포기

三間 '새나리'집

항아리 바가치 외양간에 황소꺼정

모조리 둥둥 떠나간 四年 전 이얘기

오늘밤도 또 하라버지는

재미나게 이얘기하엿다

감을감을 타는 생선기름 등불 밑에

덕석 색기를 꼬면서

— 「추야장」 전문[26]

　김해 시절에 쓴 인용시 ①을 보면 노동자에 경도되었던 1930년대 초반의 경우와는 달리, "황소보다 순하고 충실한"(「농민(農民)」) 농민의 삶과 농촌의 풍경을 구체적으로 그리고 있는 점이 특징적이다. 자신의 농사 체험을 구체적으로 반영한 시로, 농사짓는 일의 과정이 잘 드러나 있다. 늦가을 저물 무렵의 들판 풍경을 묘사한 「왜가리」나 「농민」들이 인용시와 같은 범주에 속하는 시편들이다.

　반면 ②는 1938년 5월 김해 일대의 대홍수를 제재로 삼은 것 같다. 무엇보다도 김해 시절에 쓴 시 가운데 유일하게 "밀치등"이라는 김해

25　『조선문학』 17, 1939.4, 142〜143쪽.
26　『윤리』, 성문당서점, 1944.

지역의 구체적인 지명이 등장하는 시다. 밀치등은 창발섬의 동쪽에 있는 기름진 들판으로, 박간농장과 멀지 않은 화목동[27] 지역을 말한다. 인용시는 하천이 범람하여 못자리와 보리밭에 막대한 손해를 입히며 김해읍 앞 평야를 수국화(水國化)한 일[28]을 매개로 농가의 저녁 일상을 그렸다. 따라서 ①과 ②는 김해시절 일상의 경험을 구체적으로 형상화한 삶의 기록이라 할 만하다. 이처럼 이 시기의 문학은 대체로 이전의 계급적 선명성에서 벗어나 생활세계에 눈을 돌림으로써 삶의 구체성을 확보하고 있는 편이다. 물론 그 바탕에는 식민지 지식인의 정신적 고뇌와 갈등이 근원적으로 내재되어 있다고 볼 수 있다.

4. 나라잃은시대 말기의 친일 의혹

친일문학은 임종국의 앞선 연구에 힘입어 어느 정도 전체적인 조망이 이루어졌으며, 현재는 개별 작가·작품론과 주제론 중심으로 접근하는 방식이 지배적이다. 학문적 관심이 깊은 만큼 논란이 분분한 주제 또한 친일이다. 그만큼 친일문학 논의는 역사적 평가와 맞물리는 실천적·윤리적인 주제인 까닭에 정치한 접근법이 요구되는 셈이다.

---

27 당시 화목 3통은 창발섬, 이양지, 도모도, 밀치등, 신포답의 5개 동네를 포함하고 있었다.
28 「낙동강 하류에 수란(水亂)—상반천(上畔川) 각각(刻刻) 증수(增水)로 김해읍 위험 절박」, 『동아일보』, 1938. 5. 29, 1면.

경남 지역의 친일문학 논의는 박태일이 연구 바탕과 방향을 마련해 놓았다. 이 연구를 통해 친일과 반일, 순응과 저항이라는 단순한 이분법적 역사 인식에서 나아가 친일문학의 개념과 양상, 구조, 내·외적인 논리나 계기를 살필 수 있는 기준을 마련한 셈이다.[29]

창씨개명 흔적이나 경성제대 도서관 사서직과 관련된 행적과는 별도로 권환 문학에서 친일시로 거론되는 시는 다음의 네 편이다. 한결같이 두 번째 시집 『윤리』에 수록되어 있다.

① 아리랑고개는 항용 열두고개라한다 巫山十二峰을 본바더 그러나 이때까지 넘겨달라는 사람은 있어도 넘봤다는 사람은 일즉 보지 못하엿다 그 넘어엔 따라서 푸른 湖水가 있는지 넓은 沙漠이 있는지 '튼드라'가 있는지 極樂이 있는지 地獄이 있는지 알 길이 없엇다 무엇 때문에 그러케 많은 사람들이 넘겨 달라는지도 그들밖에는 아는 이가 없엇다 (…중략…)

그러나 아리랑고개엔 작년 봄 다시 큰 事實이 생겻다 가장 큰 事實이엇다 전체가 花崗巖으로된 아리랑고개가 이편서 저편까지 막 구멍이 뚤러진 것이다 卽 이 隧道로서 海岸線과 連結시킨 Y線 鐵道가 開通된 것이다 고개 밑엔 붉은 기와집 停車場이 섯는 동시에 매일 두 번식 普通行 列車가 힌 煙氣를 품으면서 이 隧道를 들어가도 나오곤 한다 허리 굽은 늙은 驛長은 '타불렛트' 박휘를 건너주고 汽車를 보낸 뒤엔 한참 동안 붉은 夕陽 햇빛이 싸고 잇는 아리랑고

---

29 박태일은 부왜문학의 성격을 규정하기 위한 7가지 고려 사항, 즉 "① 표기언어의 문제, ② 문학양식에서 왜풍의 답습과 모방, ③ 작품의 내용과 주제, ④ 작품이 실린 매체 성격, ⑤ 뚜렷한 사회활동이나 공개입장 표명, ⑥ 부왜작품과 부왜문인 또는 부왜인의 분리, ⑦ 사실과 해석 사이의 거리 조정"을 구체적으로 제시하였다. 박태일, 「경남 지역문학과 부왜 활동」, 『경남·부산 지역문학 연구』 1, 청동거울, 2004, 100~102쪽

개를 물그럼이 보는 것이 버릇이엇다 우렁찬 汽笛소리가 왼골을 울렷다

이 驛서 오르내리는 者—시집오는 색시 장가가는 新郞 고향 떠나는 남녀 서울 가는 制服學生들이 많기는 하나 옛날 이 고개 넘기 어렵던 그때를 꿈에도 생각하는 이는 없엇다 그저 默默히 어더컴컴한 굴을 기내갈 뿐이다

어제는 멀리 出征가는 莫乙童의 아들 젊은 兵士를 歡送하느라고 많은 男女가 國旗를 흔들며 萬歲를 불럿다 그 소리에 아리랑고개는 문허질 듯 흔들흔들하엿다

― 「아리랑고개」 가운데서(강조는 인용자)

②갈가마귀 한 떼 휙 날러가다 / 山마을 감나무 숲 위로 // 힘찬 波紋이 이러나다 / 맑은 가을 하눌에 / 개개 궁궁 짓다 // 어머니는 또 생각하엿다 / 먼 南녁 하눌 날러다니며 / 마음대로 太平洋을 짓밟는 / 勇敢한 荒鷲의 아들을 // 大空의 아들을 그는 생각한다 / 날러가는 새짐승을 볼 때마다

― 「황취(荒鷲)」 전문

③平安히 가시옵소서 / 北녁 '튼드라'가 오죽이나 추우렷가 // 平安히 가시옵소서 / 南녁 '장글'이 오죽이나 더우렷가 // 몸 고이 조심 하시옵소서 / 길은 멀고 背囊은 무거운 몸이오니 / 나라의 소중한 몸이오니 // 부대 도라오질랑 마시옵소서 / 높은 凱旋歌가 왼 山河를 덮을 때까진 // 뉘가 부질없시 기다리오릿가 / 나라 爲해 가시는 임을

― 「송군사(送君詞)」 전문

④그 사람 몸도 억세고 튼튼하더니 / 거짓말 아니라 쇠방앗공이도 같더니 // 키도 장승처럼 컷거니와 / 두 눈엔 불방울이 펄펄 날더니 // 그래도

늙은 홀어니 앞엔 / 羊색기처럼 順하디 順하더니 // 좋다면 두 볼을 맛대 부
비고 / 미웁다면 이빨로 꺽꺽 십으려 하더니 // 누구나 한 번은 죽고 마는
것이나 / 나라 위해 죽는 게 얼마나 神聖하냐고 // 말버릇처럼 짓그리더니 /
인제 빙그려 웃으렷다 그대의 靈魂은!

—「그대」 전문

    인용시에 명시적으로 친일 혐의를 두거나 오해 가능성을 제기한 견
해를 살펴보자. 먼저, 오성호는 ②와 ④를 들어 1940년대 들어서면서
권환이 실천을 포기하고 생활인으로 돌아가는 그 순간부터 시국에 협
조하는 작품을 발표하게 되는 것이 피할 수 없는 운명으로 강조되고
있었다고 본다.[30] 김호정은 ③과 ④를 들어 일제 군국주의의 대동아주
의와 침략전쟁을 미화하거나 합리화하고 있다고 보았다. 그러나 권환
이 1940년대 친일문학단체에 가입한 흔적이 보이지 않고, 친일적 내용
의 시를 잡지나 행사장에서 발표한 예가 없으므로 친일파 시인으로 보
기 어렵다고 진단한다.[31] 허정 또한 ③과 ④는 "나라"의 애매성 때문에
일제의 침략전쟁을 합리화시킨 황민시로 오해될 소지가 농후한 시로
보았다. 민병기도 「황취(荒鷲)」가 태평양 전쟁에 참여한 전투 조종사를
연상하여 일제의 태평양 전쟁을 미화시키려는 의도를 담고 있는 것으
로 보아 친일 혐의를 두었으며, 「아리랑 고개」에서 마지막 부분을 들
어 「황취」보다 친일 혐의가 더 강하다고 했다.[32]

---

30 오성호, 「권환 시의 변모와 그 의미」, 이선영 편, 『1930년대 민족문학의 인식』, 한길사, 1990,
    99・106쪽. 그러나 권환을 친일시인으로 규정할 수 있는가 하는 문제에 이르러서는 판단을
    유보하고 있다.
31 김호정, 「권환 시의 변모양상 연구」, 부산대 석사논문, 1993.8, 37쪽.

반면, 박태일은 「황취」, 「송군사(送君詞)」, 「그대」를 들어 권환이 지병을 핑계로 뒤로 물러나 있었을 것이며, 모두 친일잡지나 신문에 발표한 것이 아니라 시집에 실렸다는 점에서 이들 "부왜작품은 빛깔이 엷다"고 보았다.[33] 그러나 김형수는 박태일의 논점을 정면으로 공박하면서 ②, ③, ④를 대동아공영권의 논리를 발산하거나 내선일체론에 부합하는 "부일협력시"로 보았다.[34]

오성호를 제외한다면 대체로 경남·부산 지역에서 이루어진 논의들이다. 우선, 권환의 시에 친일 혐의를 두는 이러한 견해들은 초기시가 지녔던 강인한 신념이 내면화되는 과정을 지나치게 폄하한 결과로 읽힌다. 권환의 전향이 신념의 변화에서 촉발된 것이라기보다는 외적 상황에 따른 선택이라 볼 때, 나라잃은시대 말기의 시 또한 같은 맥락에서 이해할 수 있다. 이는 광복기 『동결(凍結)』을 묶어내면서 밝힌 글에서도 구체적으로 드러나 있다.

이 詩들은 모두 日帝가 바야흐로 太平洋戰爭을 이르키고 가진 暴惡을 다 할 때 말하자면 가장 不利한 條件 밑에 發表된 것이므로 그 內容에 있어 많은 制約을 받은 것은 더 말할 것도 없다.[35]

그리고 무엇보다도 ①을 제외하고는 『자화상(自畫像)』(조선출판사, 1943)

---

32 민병기, 「아지·프로시의 선구자 권환」, 『마산문학』 25, 마산문인협회, 2001, 52~54쪽.
33 박태일, 「경남 지역문학과 부왜활동」, 『한국문학논총』 30, 한국문학회, 2002.6, 349쪽.
34 김형수, 「부일협력, 그 기억과 망각 사이를 떠도는 망령 ─ 유치환과 권환의 '부일협력' 의혹에 대하여」, 『인문논총』 11, 창원대 인문과학연구소, 2004, 19~22쪽.
35 권환, 「서」, 『동결』, 건설출판사, 1946.8.20, 5쪽.

과 『윤리』에서 가려 뽑아 광복기에 낸 『동결』(건설출판사, 1946)에는 실리지 않았다는 점이 중요하다. ① 또한 『동결』에 수록하면서 고쳐 실어 의혹의 여지를 없애고 있다.[36] 권환 스스로 친일로 읽힐 수 있는 의혹의 소지를 없앴다고 볼 수도 있을 것이다. 그러나 작품의 내적 논리를 따져 보아도 ①의 경우 아리랑 고개의 내력이나 의미망은 대단히 넓다. 따라서 오해의 소지가 있는 후반부는 단순히 특정 시기 아리랑 고개의 풍경을 객관적으로 형상화한 것으로 읽을 여지가 다분하다. ③과 ④도 아이러니로 읽을 수 있는 충분한 가능성을 안고 있다.

5. 광복기의 문학 활동과 남한 잔류

광복기 권환 문학 연구에서 쟁점이 되는 것은 단연 월북을 선택하지 않은 까닭이다. 이는 권환의 삶과 문학 활동을 실증적으로 해명할 수

---

36 "고개 밑에는 그 전에 안보이던 크고 적은 주막집이 많이 생겼지마는 그 전 그 주막집에선 여전히 끓는 동태국과 부─현 막걸리를 팔았다. 그러나 술人상 앞에 앉아있는 이는 그 전 그 주부가 아니였다. 왼 가르마 타고 금人이를 반작이며 손구락 새 권연도 끼워 피우는 그 전 주부의 맏메누리였다. 그 전 주부는 벌서 반이나 희여진 머리털을 날리며 긴 담배人대를 물고 손수 아이들이나 보살피고 있다. 다섯 살 먹는 손주 아이는 汽車가 굴을 나오고 들어갈 때마다 혼자 뛰며 만세를 불렀다.
주막집은 驛常用人夫로 다니는 그 집 큰아들의 同僚들로 언제던지 繁昌하다. 그들은 밤마다 술을 마시며 노래를 부른다.
아리랑 아리랑 아라리어 / 아리랑 고개다 날 넘겨주소 / 청천 하늘에는 별도 많고 / 요내 가슴에는 수심도 많네
노래소리는 깊은 밤 靜寂에 쌓인 아리랑고개를 흔들었다." 권환, 『동결』, 건설출판사, 1946, 112~113쪽.

있는 1차 문헌사료와 관련 기록이 턱없이 부족한 데서 연유한다. 지금으로서는 권환의 남한 잔류를 해명할 수 있는 어떤 단서도 발견할 수 없는 실정이다. 1947년 가을을 기점으로 자발적 월북이 마무리된다는 점을 고려할 때, 1948년 남한의 단독 정부 수립 이전에 권환이 고향 마산에 은둔한 것은 많은 연구자들이 지적하듯이 단순히 결핵 치료[37] 때문만은 아닐 것이다. 이러한 점을 포함하여 권환의 광복기와 전쟁기 행적에 대한 논의는 대부분 증언에 의존하고 있다.[38] 그러나 실제로 증언은 어떤 경우에도 충분하지 못하기 때문에 증언 자료를 활용하더라도 채록자의 입장에서 증언을 재구성할 필요가 있다.[39]

최근 들어 김윤식과 한정호의 글은 기존의 논의에서 한 걸음 나아간

---

37 황선열은 "1945~50년", 그러니까 광복기는 권환의 생애를 밝히는 데 가장 많이 가려진 부분으로, 가장 가까운 시기에 있으면서도 남겨진 자료가 거의 없는 까닭에 생존해 있는 친척들의 구술에 의존하여 그의 생애를 재구성할 수밖에 없는 사정을 밝힌 바 있다. 어떻든 이러한 증언에 의존하여 전쟁기 인민군이 마산 지역을 점령했을 때, 월북에 대한 종용이 있었을 것이라 추측하면서도 결국에는 병환이 깊어 남한에 잔류할 수밖에 없었다고 본다. 황선열, 「'아름다운 평등'을 꿈꾸며―권환론」, 『아름다운 평등』, 전망, 2002, 469쪽. 이장렬 또한 같은 맥락에서 권환의 남한 잔류를 이해하고 있다.

38 "一九四八年 봄 馬山高校 敎師로 부임한 數箇月 뒤에 忠武에서 轉勤해 온 金春洙 氏와 馬山大學까지 十年을 함께 勤務한 것이 나의 人生에 많은 영향을 미쳤으며, (…중략…) 이 무렵 病苦를 무릅쓰고 糊口를 위해 出講하던 詩人 權煥 氏가 赤貧에 子女도 없는 臨終을 보고 人間的으로 文學하는 先輩로서 슬픔을 느꼈다." 이석, 「나의 문학수업 반생」, 『향관(鄕關)의 달』, 현대문학사, 1973, 8쪽. 이러한 증언은 권오신의 증언과 함께 이후 권환 문학 연구자들에게 아무런 검증 없이 수용되고 있다. 김윤식과 서경석이 지적했듯이 일종의 '풍문'에 그칠 우려가 있으며, 아예 증언 자체가 의심받을 수도 있다. 김윤식, 「이념에서 서정으로, 카프시인 권환의 삶―사상적 편향성을 결정지은 교토제대, 기록성 발굴자료 검토」, 『문학사상』 392, 2005.6, 132~133쪽; 서경석, 「카프 문학 운동의 주역들」, 김대행 외, 『어두운 시대의 빛과 꽃』, 민음사, 2004, 43쪽. 따라서 독일어 강사로 일한 근무 기록을 찾아내어 구술증언과 기록증언이 지니는 틈새를 정확하게 고증할 필요가 있다.

39 증언은 구술 자료에 바탕을 두고 있으며, 노래나 연설, 인터뷰, 공식·비공식의 대화들을 모두 포함한다. 이 가운데 증언의 출처로서 가장 많이 쓰이는 것은 개인적인 기록이나 인터뷰 자료다. 물론 증언자들에 따라 내적 경험의 자질들은 다르게 구현된다. 이순욱, 「4월혁명과 증언문학」, 『제주작가』 16, 제주작가회의, 2006, 59쪽.

성과로 볼 수 있다. 우선 김윤식은 문학사적 맥락에서 권환이 카프의 정통성을 대표한다고 보고, 권환의 남한 잔존이 카프문학의 남한 잔존을 의미하며 그것은 북로당이나 남로당과 일정한 선을 긋는 지표라 보았다. 그러나 이러한 판단은 권환이 제국대학 출신이고 카프가 제국대학 지향성을 무의식 속에 간직하고 있었다는 점을 전제로 삼고 있다. 더욱이 권환만이 카프의 정통성을 담지한 인물이라 보았다는 점에서 단선적인 시각이다. 과연 카프의 무의식에 깔린 의미망을 제국대학 지향성으로만 설명할 수 있을지 의문이다. 그가 주장한 것처럼 카프의 본질이 지식인 문학이며 전위운동의 일종이라 하더라도 나라잃은시대 계급주의 문학의 지향과 거점 자체를 권환 한 사람으로 축소시킬 수 없는 일이다. 더욱이 권환의 남한 잔존이 남로당이나 북로당과 선을 긋는 지표와 같다고 할 때도 광복기 권환의 문학 활동과 조직 활동을 염두에 둔다면 이념적 차별성을 구별하기가 쉽지 않다. 오히려 신념에 따른 월북이 광복 직후부터 1946년 사이에 이루어졌다고 본다면, 악화된 결핵이야말로 권환의 북행을 가로막는 가장 큰 장애요인으로 작용하였을 것이다.

한정호는 권환이 북행을 감행하지 않은 이유를 폐결핵의 악화뿐만 아니라 이데올로기의 좌절과 자기반성, 고향사랑과 장남 콤플렉스에 두고 있다. 권환의 남한 잔류를 가족사와 나라잃은시대 말기의 행적과 연관시켜 해명하고 있는 것이다.[40] 그러나 이데올로기의 좌절이라는 관점에서 접근할 때 의문은 더욱 증폭된다. 가령, 권환이 제1차 전국문

40 한정호, 「권환의 문학 행보와 마산살이」, 『지역문학연구』 11, 경남·부산지역문학회, 2005.5, 110~128쪽.

학자대회에서 2대 서기장을 맡았던 사실과 조선문학가동맹으로 조직을 정비한 뒤 중앙집행위원회 위원, 시부 위원, 평론부 위원, 농민문학부 위원장으로 이름을 올린 일을 어떻게 해명할 수 있을지 의문이다. 이런 관점에서 본다면 권환이 조선문학가동맹의 서기장으로 추대된 사실은 단순히 명목에 머물렀다는 평가를 내릴 수밖에 없을 것이다. 어떻든 한정호의 논의는 한 문학인의 선택을 다층적인 관점에서 조망했다는 데 의의가 있다.

다음으로, 이 시기의 행적을 밝혀 줄 기록문헌이 남아있지 않다는 데 있다. 카프의 맹장으로서 남한에 잔존하고 있었을 때 국민보도연맹에 가입하지 않았는지도 의문이다. 독어과 강사 이력 또한 같은 맥락에서 이해할 수 있다. 당시 요산 김정한을 비롯한 경남 지역 명망가 문인들의 국민보도연맹 가입이 신문에 기사화되었다는 점을 고려한다면 계급주의 문학을 대표하는 권환의 가입은 좌파문인에 대한 선무공작의 일환으로 크게 보도되었을 가능성이 높다. 하지만 현재 신문 매체를 통해서는 확인할 수 없다. 그리고 1952년 무렵 마산공립중학교에서 독일어 강사로 일했다는 점도 이를 뒷받침해 줄만한 구체적인 기록이 없다. 권환의 지속적인 투병 생활을 알고 있었던 지역 인사들이 배려했다 하더라도 학교 제도 안쪽에서 남한에 잔류한 카프 문인이 강사로 활동한 사실은 단순한 문제로 볼 수 없다. 이 시기가 전쟁기라는 점을 감안한다면 권환이 어떻게 이념의 문제로부터 자유로울 수 있었는지는 그의 남한 잔류와 깊은 연관을 지니고 있을 것이다.

마지막으로, 권환의 죽음은 중앙 일간지에 보도될 정도로[41] 일종의 문학사적 사건으로 보아야 한다. 사망일자는 막내 동생 권경범의 진술을 존중하여 7월 30일로 보는 견해가 지배적이지만,[42] 신문기사(7.29)와 제적등본(7.7), 안동권씨 족보(7.30)의 기록이 각각 달라 새롭게 다가설 여지가 있다. 그리고 권환의 죽음이 신문지상에 보도되는 상황에서 그가 억압적 국가장치를 비켜서 교사 노릇을 할 수 있었던 궁극적인 이유를 구체적으로 해명해야 할 것이다.[43]

6. 마무리

근대 계급주의 문학운동의 핵심 인물인 권환은 문학사적 위상이나 문학 활동과는 달리 정당한 평가를 받지 못한 불우한 문학인이다. 이 글에서는 권환의 초기 어린이문학의 실체를 규명함으로써 그의 문학

---

41 "시인 권경완(일명 권환) 씨는 그동안 숙환으로 신고하던 중 지난 7월 29일 상오 11시 마산시 완월동 4가 15번지의 우거에서 별세하였다. 그런데 씨는 향년 52세로 그 저서에는 시집 『동결』 외 수 편이 있다." 「시인 권경완 씨 별세」, 『동아일보』, 1954.8.4, 2면.
42 목진숙과 이장렬이 대표적이다.
43 권하석(權河石)이라는 필명으로 발표된 「병상독서수상록(病床讀書隨想錄)」은 당시 권환의 처지를 조금이나마 이해할 수 있는 실마리를 품고 있는 글이다. 일부를 소개하면 다음과 같다. "나는 요양생활에 들어간 후부터 근 10년간 인생의 낙이란 전연 모르고 지내왔다. 부귀, 공명(功名), 강녕(康寧) 등등 모든 낙이 나에겐 하나도 없을 뿐 아니라 그와 반대인 병(病), 빈(貧), 고독, 우배(憂盃), 고통이 있을 뿐이다. 청춘시절에만 가질 수 있는 행복과 쾌락은 더구나 있을 수 없다. 한 잔 술, 한 모금 담배의 일시적 낙(樂)은 원래부터 나에게 없다. 그래서 근 십년간(近十年間) 찰나 동안이라도 낙과 기쁨은 느껴본 적이 없으며 단 한 번이라도 간담(肝膽) 속에 우러나온 유쾌한 웃음을 웃어본 일이 없다. 말하자면 풀 하나 꽃 한 포기도 오아시스 하나도 없는 황량하고 긴 사막의 길을 걸어 왔으며 앞으로도 이러한 길이 언제 끝날 지 예상할 수 없는 일이다." 권하석, 「병상독서수상록(病床讀書隨想錄)」 - 고전을 주로」, 『경남공론』 25, 경상남도, 1954.12, 66쪽. 이 시기 권환의 문학 활동에 대해서는 박태일, 「권환의 절명작 연구」, 『현대문학이론연구』 56, 현대문학이론학회, 2014, 229~346쪽을 참고할 것.

적 출발점을 이해하는 토대를 마련하고, 전향 후 김해 박간농장(迫間農場)에서의 삶과 문학 활동, 그리고 이 시기 의혹을 받고 있는 친일시의 맥락과 광복기 남한 잔류의 문제를 해명하고자 했다.

첫째, 권환 문학 연구가 활성화되지 못한 이유는 그의 삶과 문학 활동이 제대로 정리되지 못했기 때문이다. 특히 1920년대 중반에서 1930년대에 걸친 어린이문학 활동은 그의 문학적 지향을 해명하는 까닭에 작품의 서지 사항을 정확하게 조사할 필요가 있었다. 권환의 어린이문학 활동은 대부분 계급주의 어린이문학 매체인 『신소년』과 『별나라』를 중심으로 이루어졌다. 소년소설, 동화, 동시, 수필, 강좌, 과학물 등의 여러 갈래를 넘나들며 "경완, 권경완, 권환"이라는 이름으로 작품을 발표하였다. 현재까지 확인한 것은 모두 25편이었다. 아직 미발굴 상태로 남아 있는 이 시기의 어린이 매체를 감안한다면 작품 수는 더 많을 것으로 생각한다. 일본에 머물면서 시작된 어린이문학 활동은 그의 문학적 지향점을 해명하는 중요한 거점이 되는데, 이때 어린이문학 갈래와 매체의 중요성을 인식하였던 것으로 보인다. 이러한 사실은 프롤레타리아 동요집 『불별』(1931)과 프롤레타리아 소년소설집 『소년소설육인집』(1932)의 서문을 쓰고 있는 데서 단적으로 확인할 수 있었다. 이처럼 권환은 초기의 어린이문학 활동과 일본에서의 조직 활동에 힘입어 예술운동의 볼셰비키화와 카프의 조직 재편 욕구를 구체적으로 실천했다고 볼 수 있다.

둘째, 권환 문학 연구에서 큰 논란이 되고 있는 나라잃은시대 말기 박간농장에서의 삶과 문학 활동을 살펴보았다. 글쓴이가 새롭게 발굴한 권환의 수필 「작가들의 재료수집첩에서—김해평야점묘」(『동아일보』, 1939.3.7~10)를 통해 권환이 지금의 부산시 강서구 지역에 머물렀으며, 관리인이 아니라 농장원으로 농막에 머물면서 6,000평의 소작지를 경작하였다는 사실을 확인하였다. 그리고 권환은 전향 후 1937년 2월 경부터 1940년대 초반까지 김해에 머물며 문학적 모색을 거듭했다고 보았다. 이후 김해 생활을 정리하고 상경한 계기가 무엇인지, 특히 경성제대에서의 행적을 정확하게 고증하는 일은 과제로 남아 있다.

셋째, 『윤리』를 발간하면서 드러난 창씨개명 흔적[權田 煥]이나 경성제대 도서관 사서직과는 별도로 친일적 성향이 있다고 혐의를 두는 시편들을 검토하였다. 대체로 이 시기는 권환 문학의 성격이 선전 선동에서 신념을 배제한 순응주의로 변화했다고 보는 시각이 지배적이다. 논란이 되고 있는 시들은 모두 두 번째 시집 『윤리』에 수록되어 있으며, 「아리랑 고개」, 「황취」, 「송군사」, 「그대」 네 편이었다. 작품 내적 논리를 따져 읽어도 친일적 성향이 분명하지 않다는 점, 현재까지 권환이 친일문학단체에 가입한 흔적을 찾을 수 없다는 점, 이 시들이 친일잡지나 신문 매체가 아니라 시집에 실렸다는 점에서 친일시로 쉽게 확정할 수 없었다. 카프 해체 후 그의 전향이 신념의 변화에서 촉발된 것이라기보다는 외적 상황에 따른 선택이라 볼 때, 나라잃은시대 말기의 몇몇 시들을 친일시로 보는 견해는 초기시가 지녔던 강인한 신념이 내면화되는 과정을 지나치게 폄하한 결과에서 연유했다고 볼 수 있다.

넷째, 권환의 광복기 문학 활동에서 의문으로 남아 있는 광복기 남한 잔류 문제를 검토하였다. 1948년 정부 수립 이전에 마산으로 은둔한 까닭은 많은 연구자들이 지적하듯이 전적으로 지병 탓으로 돌릴 수는 없는 일이다. 더욱이 고향사랑이든 장남 콤플렉스에 기인하든 그의 남한 잔류를 단순히 신념이나 이데올로기의 좌절로는 읽을 수 없었다. 그리고 광복기 권환의 문학 활동이 초기 어린이문학 활동만큼이나 알려진 바가 적은 까닭에 문학작품을 갈무리하고 국민보도연맹의 가입 여부나 마산에서의 독어 강사 생활이 가능할 수 있었던 이유를 해명하는 일은 과제로 남아 있다.

마지막으로 권환의 삶과 작품 해적이를 재구성함으로써 장차 이루어질 『권환 문학전집』의 밑바탕을 튼튼하게 구축해야 한다. 물론 새롭게 발간될 전집에는 어린이문학, 시, 소설, 수필, 비평문학뿐만 아니라 시인의 삶과 관련된 각종 기록과 증언 자료를 아울러야 하겠다. 동시대 작가인 정지용만 보더라도 『정지용 전집』과 『정지용 평전』이 거듭 재생산되고 있으며, 『정지용 사전』까지 나올 정도로 자료 조사와 연구가 상당한 수준으로 축척되고 있다. 이러한 사정을 감안한다면 권환 또한 그 이름에 걸맞은 대접을 받아야 마땅하다. 이를 통해 그동안 편향적으로 이루어졌던 권환 문학 연구의 토대를 구축할 수 있을 것이다.

제4장 권환의 소설
「알코 잇는 영(靈)」의 자리

1. 권환 문학의 빈자리

　해마다 5월 말이면 보리타작으로 분주하거나 더러는 모내기가 한창
인 한 민족시인의 고향 들녘을 어김없이 걷는다. 한국 계급주의 문학
의 핵심인물인 민족시인 권환을 기리는 문학제가 열리는 마산 진전면
오서리가 그곳이다. 2004년 첫 깃발을 올린 권환문학제는 올해로 벌써
8회를 맞았다. 예나 지금이나 지자체와 지역 문학사회의 관심은 여전
히 부족하다. 문중(門中)의 관심 또한 엷어진 지 이미 오래다. 이들에게
계급문학의 중심에 서서 시대의 질곡과 온몸으로 맞서 싸운 민족시인
에 대한 인식의 변화와 현창(顯彰)을 기대하기란 애초부터 어려운 일이
었는지도 모른다. 다만, 몇 해 전부터 마산 삼진(진북면, 진동면, 진전면)

지역의 '더불어사는내고장운동본부' 주민들과 보행권 확보를 위한 시민모임인 '걷는사람들'이 자발적으로 참여하기 시작한 것은 문학제가 지역사회에 미친 긍정적인 변화 가운데 하나다.

그동안 권환기념사업회가 앞장서서 생가 복원을 비롯한 몇몇 현양사업을 의욕적으로 추진해 왔다. 2007년 5월 19일 제4회 권환문학제에서는 '권환민족문학관 건립과 그 운영'이라는 주제로 문학정담회를 개최하여 문학관 건립의 당위성과 시급성을 알리는 자리를 마련하기도 했다. 최영호(해군사관학교) 교수의 사회로 박태일 교수가 발제를 하고 글쓴이를 비롯하여 오인태(경남민족문학 작가회의 회장), 하영 시인이 토론에 나선 자리였다. 권환민족문학관이 단순한 전시 공간을 넘어 "한국 근대민족문학사의 새로운 발굴과 보존, 연구, 재구성을 위한 이음매 역할, 경남·부산 지역문학사에 깃들어 있는 잘못된 명성의 인습을 재조정하면서 지역문학 전통을 마땅하게 세워 나갈 디딤돌 역할, 마산을 중심으로 한 지역 정신사의 한 고리 복원"[1]이라는 의의를 지닌 공간으로 자리할 수 있으리라는 기대와 열망이 너무 컸던 탓일까? 시인이 보여준 계급 실천의 한결같은 그 길이 두려웠던 것일까? 가난과 오랜 병마에 꺾이고 만 그의 삶처럼, 문학관 건립 자체가 이런저런 이유로 무산된 아픈 기억이 있다.

오늘날까지도 세상의 인심은 크게 변하지 않은 채 세월의 풍화에다 문학사회의 무관심까지 더해 유택 표지석의 명문조차 가파르게 빛이 바래 간다. 인근 지역 진해의 김달진문학제나 하동의 이병주국제문학제

1 　박태일, 「문학 정담회 – 권환민족문학관의 건립과 운영」, 『권환과 그의 벗들』(제4회 권환문학제 기념자료집), 경남지역문학회·권환문학제전위원회, 2007, 114~115쪽.

에 견주어 턱없이 부족한 대접이다. 무엇보다도 지역 문학사회의 자성이 요구된다. 이번 문학제의 기념자료집의 표제가 하필이면 80여 년 전시인이 형형한 눈빛으로 '우리 진영 안에 있는 소(小)부르주아지'에게 주었던 시 「가려거든 가거라」였을까? 참으로 가슴 서늘하고 부끄러운 일이다. 연구와 실천의 영역, 그 어느 길에서든 신발 끈을 다시 맬 필요가 있을 것이다.

이제껏 근대 계급문학운동사나 경남 지역문학사에서 권환에 대한 연구는 소홀한 편이었고, 그런 만큼 새롭게 파고들어야 할 자리가 적지 않다. 문학적 삶을 재구성할 일차문헌이 턱없이 부족한데다 그 흔한 자전적 기록조차 찾아보기 힘들다. 그런 까닭에 연구의 디딤돌을 놓았던 황선열이나 본격적인 연구라 할 수 있는 이장렬의 관점에서 크게 나아가지 못하고 있는 실정이다.[2] 그나마 오류가 적지 않을뿐더러 미처 수습하지 못한 작품도 더러 있다.[3] 이미 오래 전에 한 연구자가 수습해 놓은 작품[4]조차 확인하지 않고, 뒤늦게 발굴이라는 이름으로 작품목록에 추가하는 경우도 있다. 작품을 온전히 수습하는 일 못지않게 이미 몇몇 연구자들이 공통적으로 지적했듯이, 권환 연구의 넓은 빈자리를 채우는 일은 묵은 과제다. 특히 전기 연구와 관련하여 기존 연구가 과도하

---

2   황선열 편, 『아름다운 평등』, 전망, 2002; 이장렬, 「권환 문학 연구」, 경남대 박사논문, 2003.
3   황선열은 권환의 소설로 「앓고 있는 영」, 「목화와 콩」, 「참」 3편을 든다. 황선열, 위의 책, 476쪽. 그러나 「참(眞)」은 소설이 아니라 시다. 나아가 이장렬은 권원소(權元素), 원소(元素)를 권환의 필명이라 보고, 『조선지광(朝鮮之光)』에 발표된 「썩은 안해 — 감옥내(監獄內)의 환몽(幻夢)」(1927.7)과 「자선당(慈善堂)의 불」(1927.12)을 추가시켰다. 이장렬, 위의 글, 63쪽. 이장렬의 견해를 따라 '원소'라는 필명으로 투고하여 입선한 「아즈매의 사(死)」(『조선문단(朝鮮文壇)』 3, 1924.12)까지 더하면 권환의 소설은 모두 5편이 되는 셈이다.
4   양승국이 엮은 『한국근대희곡작품자료집』(아세아문화사, 1989)에는 권환의 「광(狂)!」, 「인쇄(印刷)한 러브레터」, 「아버지」가 영인되어 있다.

게 의존해 온 구술증언의 한계를 넘어설 수 있는 기록문헌을 확보하는 일이 급선무다. 1990년대 후반 이후 많은 자료가 발굴되었다. 하지만 교토제대에서의 학문적 관심과 사상적 성격을 가늠할 수 있는 졸업논문을 비롯하여 김해 박간농장과 경성제대 도서관 사서 생활, 국민보도연맹시기와 한국전쟁기 그의 행적 들을 실증적으로 밝혀줄 기록들을 발굴해야 한다. 다른 작가들도 마찬가지겠지만, 권환의 경우에는 문학적 생애의 전 시기에 걸쳐 일차문헌 사료가 미발굴 상태로 남아 있는 셈이다. 전향 이후의 고행을 구체적으로 밝혀 줄 단서인 박간농장 관련 기록이 5·16군사쿠데타 이후에 망실되었던 사정을 고려한다면, 연구자의 발품만으로 쉽게 해결될 수 있는 일만은 아닌 것 같다.

반면, 매체 발굴을 통해 문학작품을 수습하는 일은 가시적인 성과가 예정된 일이었다. 『신소년』 제10권 제9호(1932.9)의 광고 연극운동지도 잡지 『연극운동』 9월호 「금일 출래(出來)」를 통해서 알 수 있었듯이, 아지 프로적인 색채가 농후한 시극 「팔을 찌자」와 희곡 「주생원(朱生員)」, 그리고 김근수의 『한국잡지개관 및 호별 목차집』(한국학연구소, 1988재판, 444쪽)을 통해 알려진 『학조(學潮)』 제2호 소재 「앓고 있는 영(靈)」 들의 작품이 대표적이다.

이 자리에서는 한국 근대 계급문학의 중심에 있었던 권환의 첫 소설로 평가받고 있는 「알코 잇는 영」 전문을 원문 그대로 공개한다. 글쓴이가 권환 문학 연구의 쟁점과 과제를 짚은 「권환의 삶과 문학 활동」을 준비할 당시에도 좀체 눈으로 확인할 수 없었던 소설이었다. 그저 제목만으로 알려진 이 소설의 수록매체인 『학조』 제2호의 복사본을 입수한 것은 작년 여름이었다. 애타게 찾던 자료는 아주 가까운 자리에서 느닷없이 다가왔다. 우연한 기회에 정년과 더불어 연구실 장서를 정리하시던 교수님의 일을 거들다 복사자료 더미에서 이 매체를 발견하였다. 목차에 '한국정신문화연구원 장서 등록번호 029332'라는 직인이 찍혀 있었던 까닭에 한국학중앙연구원 장서각에 원본 소장 여부를 확인해 보았으나 역시 복사본만을 보유하고 있었다. 이 글을 쓰는 과정에서 김윤식 교수가 이 작품을 발굴하여 실체를 규명하였다. 그러나 원문을 함께 공개하지 않았던 터라 이 작품의 전문을 학계에 공개하여 후속 연구를 촉발할 수 있는 계기로 삼고자 한다.[5]

2. 『학조』의 매체 성격과 「알코 잇는 영」의 됨됨이

『학조』는 경도학우회의 기관지다. 2호 발간 이전 학우회의 조직은 전(全)대표(송을수)와 4개 부서인 서무부(송을수), 재무부(도 범), 학예부(박제환), 운동부(김승문) 대표와 그 부원들로 구성되어 있다.[6] 회장인 송을수는 당시 경도제대 농학부 졸업반이었으며, 학예부 부장을 맡았던 박제환(朴濟煥)은 정지용과는 휘문고보 동문으로 동지사대학에 다니고 있었다.[7] 이처럼, 경도학우회는 교토의 중학교, 전문학교, 대학교에 다니던

---

5   김윤식, 「'제목'으로만 존재하던 권환의 처녀작 「앓고 있는 영(靈)」 발굴」, 『문학사상』, 2011.5, 24~36쪽.
6   임원 명단은 1926년 5월부터 1927년 4월까지를 기준으로 삼아 작성했다. 「학우회보」, 『학조』 2, 경도학우회, 1927.6, 115쪽.

〈그림 1〉『학조』 제2호 속표지

조선인 학생들의 연합체라 볼 수 있다. 「학우회보(學友會報)」에는 1927년 2월 학교별 졸업생의 명단을 제시하고 있는데, 그 수가 30명에 이른다. 제국대학(9명), 동지사대학(4명), 대곡대학(1명), 입명관전문부(2명), 동지사여자전문부(1명), 제3고등학교(5명), 용곡대학(1명), 약학전문학교(1명), 경도중학(1명), 동지사중학(5명), 동지사여자보통부(1명), 평안고등여학교(1명) 들이다.[8]

　　1926년 5월부터 1927년 3월까지의 주요 활동을 보면, '신도(新渡)학생환영회', '정기총회'와 '임시총회', '시사강연회', '사건으로 수감된 동포를 위한 의연금 모집', '내지동포 수재 구제금 모집', '개천절 기념강연', '졸업생환영회'를 개최한 것으로 되어 있다. 특히 수감자를 위한 의연금의 절반을 재일본조선인노동동맹에 분배하기로 결의한 내용을 보아 경도학우회가 당시 재일본 조선인 사회단체와도 일정한 관련을 맺고 있었음을 알 수 있다.

　　『학조』 2호는 당시 교토 유학생들의 친목 강화와 지식 생산의 장으로서 기능했던 것 같다. 전체 쪽수는 115면으로, 정가 30전의 유가지다. 편집발행 인쇄인은 박제환, 발행소는 경도학우회(경도시 제국대학 기독교청

7　박제환은 당시 학생 신분으로 신간회 경도지부장을 맡기도 했다. 인정식(印貞植)과의 교유를 비롯하여 경도 유학 시절에 대한 짧은 회고가 남아 있다. 박제환, 『지봉한담(芝峰閑談)』, 학민사, 1992, 26~32쪽.

8　「학우회보」, 앞의 책, 115쪽. 소설가 김말봉(동지사여자전문부 영문학 전공)과 수필가 이양하(제3고등학교)의 이름이 졸업생 명단에 올라 있다.

년회 기숙사 내 박병곤 방), 1927년 6월 15일 내외출판주식회사인쇄부(경도시 서동원 7조남)에서 찍었다.

本誌는 一定한 主義主張이 업슴은 勿論이다. 會員 諸君은 엇더한 研究發表든지 自由로 할 수 잇고 쏘 歡迎하는 바이다. 여기에서 더욱히 우리 學徒의 本分과 本誌의 使命을 發揮할 수가 잇슬 줄 밋는다.

주로 회원의 자발적인 투고로 지면을 채웠으며, 제1호와 마찬가지로 "원고모집이 제일난사(第一難事)"였다. 인용문「편집여적(編輯餘滴)」을 통해 알 수 있듯이, 뚜렷한 발간 지침이나 편집 방향이 없었던 것으로 보인다. 『학조』2호의 내용은 이미 김근수 선생이 제시한 적이 있다. 하지만, 발행일자(1927.7.27)와 서지사항(국판 150면)에 대한 정보가 다를 뿐 아니라 목차 또한 일부분만 제시하고 있어 필진과 매체 성격을 파악하기 위해 『학조』제2호 목차를 제시하면 다음과 같다.

自己批判	卷頭言
露西亞는 資本主義로 되도라 가는가?	郭鍾烈(譯)
四次元幾何란 것은?	辛永默
歷史學派와 心理學派	盧東奎
國家說에 關한 一考察	韓鍾建
生理化學의 使命	李泰圭
文化價値論	黃義東
勞働苦와 그 理想化	郭鍾烈

×　×　×　×

◇모스코日記 　　　　　　　　　ㄹ·ㅅ·별 抄譯

◇新舊女性의 對話 　　　　　　　耳風生

◇鬼嘯三吟 　　　　　　　　　　寸棒子

◇衣 　　　　　　　　　　　　　許璇土乙

×　×　×　×

(詩) 船醉 外 一篇 　　　　　　　鄭芝溶

(評論) 짱·뜨·라왼텐論 　　　　　金英達

(詩) 哀唱 外 一篇 　　　　　　　鄭哲

(詩) 뒷山 　　　　　　　　　　　曹沃鉉

(詩) 旅魂 　　　　　　　　　　　許璇土乙

(小說) 알코 잇는 靈 　　　　　　權景完

(小說) 層下人의 感傷 　　　　　柳仁卓

◇學友會報

◇編輯餘滴

　논문을 발표하고 있는 황의동과 노동규는 경도제대 경제학부, 신영
묵과 이태규는 이학부를 졸업했으며,[9] 곽종열은 동지사대학 문과를 졸
업했다. 한종건은 법학부에 재학 중이었다. 「편집여적」에서 밝히고 있
듯이 당초 '졸업생 기념호'로 발간할 계획이었으나 내용을 채우기 위해
시기를 늦추다가 결국 2호로 냈다고 한다. 그런 만큼 필진들은 1927년

9　『회원명부』, 경도제국대학조선학생동창회, 1943.6, 8~12쪽.

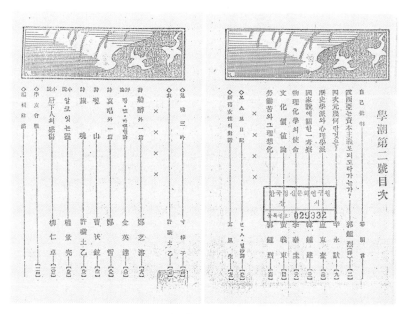

〈그림 2〉 『학조』 제2호 목차

3월 졸업생일 가능성이 높은 셈이다.

　목차에서 주목할 이는 정지용, 정철(정노풍), 권 환(권경완)이다. 이 매체에 발표된 정노풍의 시 「애창(哀唱)」과 「번열(煩熱)」은 원문 그대로 갈무리되었으나,[10] 정지용의 시 「선취(船醉)」와 「압천(鴨川)」은 『정지용시집』(시문학사, 1935) 소재 작품을 저본으로 삼아 전집에 실려 있다.[11] 『학조』 2호를 발간할 당시 이들이 서로 교류를 했는지 현재 소상히 알 수 없다. 다만 정노풍(제국대학)과 정지용(동지사대학)은 이미 서로 집을 오갈 정도로 친분이 두터운 사이였다. 그렇다면, 정지용이 휘문고보를 졸업하던 해(1922.3) 4월 같은 학교에 편입학한 권환은 경도에서 선배 정지용과 어

10　박경수 편, 『정노풍 문학의 재인식』, 역락, 2004, 17~19쪽.
11　『정지용전집』1, 민음사, 2003(개정판), 68~69쪽.

떤 관계를 맺고 있었을까? 같은 대학의 정노풍과는 또 어떠했을까?

　권환이 사형고등학교 문과를 거쳐 경도제국대학에 입학한 시기는 1926년 3월 31일이다. 소설의 끝에 '1926, 경도하압(京都下鴨)서'라는 부기를 통해 소설 「알코 잇는 영」을 썼던 해 권환은 경도제대 1학년 학생이었다. 이 창작 부기를 바탕으로 이장렬은 「썩은 안해 ― 감옥내(監獄內)의 환몽(幻夢)」과 「자선당(慈善堂)의 불」을 권환의 작품으로 확정지었다.[12] 그렇다면, 『조선문단』 1924년 12월호에 발표한 「아즈매의 사(死)」에는 왜 창작일자와 장소를 밝히지 않았을까? 당시 권환이 교토에 머물고 있었다는 사실을 염두에 둔다면 작가 '원소(元素)'를 권환으로 쉽게 규정할 수 있을까 하는 의문이 든다. 하지만 의외로 관련이 깊다. 원소를 권환의 필명으로 확정한다면 어린이문학을 포함하더라도 권환의 처녀작은 단연 「아즈매의 사(死)」다.

　「알코 잇는 영」을 중심에 놓고 「아즈매의 사」와 「썩은 안해 ― 감옥내의 환몽」와 「자선당의 불」을 앞뒤로 두고 서로 견주어 보자. 「아즈매의 사」에서 주인공인 제국대학생 성경열은 동향의 일가 성필수와 함께 일본에 온 집안 어른에게 인사하기 위해 공장노동자들이 살고 있는 "지옥같은 집"을 찾아간다. 그곳에서 남편을 찾아 시가인 동래를 무작정 떠나왔으나 만나지 못하고, 뱃삯과 빌린 돈을 마련하기 위해 공장에 다니면서 어쩔 수 없이 노동자들의 뒤치다꺼리를 하며 살고 있는 한 여성을

12　김윤식 또한 이러한 추정을 수용하여 논의를 진행하고 있다. 희곡작품 「광!」, 「인쇄한 러브레터」, 소설 「썩은 안해 ― 감옥 내의 환몽」과 「자선당의 불」, 「목화와 콩」이 성격상 현실과 무관한 관념의 산물이라는 점을 들어 졸업논문의 대상 작가인 에른스트 톨러의 표현주의 운동과 바로 연결된다고 보았다. 김윤식, 「이념에서 서정으로 ― 카프 시인 권환과 교토제대」, 『작가론의 새 영역』, 도서출판 강, 2006; 김윤식, 「혁명시인 에른스트 톨러와 카프 시인 권환 ― 두 개의 자료를 중심으로」, 같은 책, 13~73쪽.

만난다. 이 여성은 성필수의 먼 친척으로 그를 따라 일본에 왔다. 경열은 노동자들의 숙소에서 모욕을 당하는 이 여성을 처지를 보다 못해 공장 근처에 방을 구해 준다. 그러나 한 노동자의 "유세(誘說)와 위혁(威嚇)"에 못 이겨 "순결한 정조"를 훼손 당한 이 여성이 "양심(良心)이 부끄럽고, 고국에 돌아가 부모형제를 대할 면목이 없을 줄" 알아 자살한다는 내용이다. 이야기의 중심은 여성의 고난과 죽음에 이르는 과정이다. 이 소설에서 경상도 아낙의 자살 동기와 「알코 잇는 영」의 주인공 S의 윤리 감각이 상당히 유사하다. 자신의 불륜으로 결국 자살에 이른 남편에게 속죄하기 위해 여승이 된다는 내용이 그것이다. 액자소설의 내화에서 주인공 S가 "그러나 그리 되고 안 되는 것은 나의 발밑에 뻗쳐 있는 신앙의 앞길과 내 가슴속에 수련돼 가는 영의 힘에 있겠지요"라는 말을 세 번에 걸쳐 반복하고 있다는 점은 「알코 잇는 영」과 「아즈매의 사」가 놓인 자리가 상당 부분 겹친다는 점을 단적으로 드러낸다. 비록 꿈속이지만 「썩은 안해 – 감옥내의 환몽」에서도 술집작부로 전락한 아내는 출옥한 남편을 만나 자신이 "육체(肉體)고 정신(精神)이고 다 썩어진 여자", "죄(罪) 덩어리 된 여자(女子)"라 말한다. 따라서 자신을 버리고, 자신과 같은 "비참한 경우에 있는 많은 여성들, 아직 썩지 않은 사람들이나 구원"하라고 당부하는데, 이것은 「아즈매의 사」나 「알코 잇는 영」의 문제의식에서 한 걸음 나아간 것이다. 급기야 「자선당의 불」에서는 악질자본가 김남작의 실체를 파악한 손두열이 빈민구호시설인 '자선당'을 방화하는 고발소설로 나아가게 된다. 내용적인 측면에서 이러한 유사성 이외에도 "야단을 직이다", "욕을 좀 보다" 들의 경상도 지역말의 사용흔적 또한 '원소'가 경상도 출신의 작가임을 강하게 환기하는 것이다.

3. 권환의 심장을 되지피며

권환 초기작의 실체를 규명하는 일은 여전히 과제로 남아 있다. 자전기록이 있어 원소가 의심할 여지없이 권환이라면, 카프문학의 주류로 나아가는 한 문학인의 신념과 그 과정을 읽어내는 데 중요한 시사점을 얻을 수 있을 것이다.

언제나 그렇듯이 한 명민한 문학인의 삶과 문학 활동을 재구성하는 학문적 모험심과 성실성이 요청된다. 글을 마무리하면서 제8회 권환문학제 기념자료집 『가려거든 가거라』(권환기념사업회, 2011.5) 표지를 장식한 시 「석탄」 전문을 읽는다.

> 내 심장은
> 새까만 석탄 덩어리
> 내 혈액을 봐도 알 것이다
>
> 새까만 석탄!
> 그렇지만 불에 탈 때엔
> 새빨개지는 석탄

시인이 온 밤을 자지 않고 생각해 내려 했던 고향의 뒷산 이름(「뒷산」)과는 달리, 우리는 권환이라는 이름을 너무나 손쉽게 망각 속으로 내몰고 있지 않는가 거듭 되새긴다. 지역을 넘어 근대 민족문학사의 넓은 마당에서 "깜박 잊어버린 그 이름" 권환의 심장을, 그의 문학과 삶을 붉게 지필 불쏘시개가 되어야 하지 않겠는가.

〈그림 3〉 권환 시인 생가(창원시 마산합포구 진전면 오서리 565번지, 2012.9)

〈그림 4〉 권환 시인 유택(2013.11)

알코 잇는 靈
─엇든 尼僧의 懺悔談

權景完

S는 관세음보살(觀世音菩薩) 압혜서 읽든 경(經)을 마치고 나와서 약속대로 니약이를 시작한다.

× × ×

내가 이 절(寺)로 오기는 오 년 전 수무네 살 적임니다. 내가 저 번화하고 환락(歡樂) 만혼 속계(俗界)를 도망해서 이 적막한 산ㅅ속 적은 절을 차저 온 것은 과거의 더럽고 죄악 만혼 생활을 모다 쟁화(淨化)식혀 맑고 밝은 세계를 털끗만치라도 보고 십허 그리 햇지마는 과연 엇더케 될난지요. 되고 안되는 것은 모두내 발 미테 쩟처 잇는 신앙(信仰)의 압길과 가슴속에 수련(修鍊)돼 가는 령(靈)의 힘에 잇겟지요.

× × ×

내가 열일곱 살 먹든 해에 R이란 사람과 결혼생활을 하게 됏엇슴니다. 그것은 물론 두 사람의 열열한 련애로 된 것이지요.

「알코잇는 靈」 첫 쪽

결혼하고 얼마 안 돼서 그의 직업장소(職業場所) ── 그때 어느 중학교원으로 잇섯습니다 ── 인경성으로 올라가 서계산(桂山) 밋 어느 한적하고 깨끗한 초가집 한 채를 빌녀 잇섯습니다. 그 집은 서울 보통 집과는 좀 달러서 집에 비례하면 맛지도 안는 쐬 큰 정원(庭園) 하나를 가젓습니다.

나는 본래부터 화초 갓흔 것을 퍽 조하함으로 그 화원에다 백일화 목련 수선화 '짤리아' '야쿠토마소' 갓흔 쏫들을 지상 업시 심어노코 아츰 저녁이면 쏫나무 사이로 다니면서 그 중에 보기 조흔 것이 잇스면 쩍거서 R의 책상 우 화병에 꼽아 주기를 무엇보다도 깃버햇습니다.

내가 수무 살 먹든 해 봄 아직도 안 이것습니다. 오월 초 다샛날 저녁이엿습니다. 단선(團扇) 가치 둥근 달이 쓸 압 '포푸라' 나무가지에 걸녀 잇고 화원에 쏫들은 싸뜻한 저녁 바람을 마저 가진 채무(彩舞)를 추고 잇섯습니다. 집 뒤ㅅ 학생 하숙에서는 중학생들의 '하모늬카' 부는 소리가 들녓습니다.

그날이 마침 토요일인 째문에 R은 마음노코 마루 쓰테 안저 달빗헤 신문을 보고 잇고 나는 그전처럼 행주치마 입은 채 그 화원에 들어가서 쏫나무 사이로 이리저리 건니럿습니다. 그리다가 맨 안 구석 소철(蘇鐵) 나무 미테 큰 장미쏫 한 송이가 볼그레하게 피여 잇는 것을 보앗습니다. 나는 그것이 하도 사랑스러워 한참 동안 쏫봉오리를 잡고 냄새도 마터 보며 키쓰도 해보다가 혼자만 그러기가 안 돼서 마루에 안젓는 R을 불럿습니다.

"여보세요. 이리 와 이 장미쏫 좀 보세요. 엇저녁에는 봉오리만 잇더니 오늘 저녁에는 죄다 봉실돼엿서요. 이것 보세요."

"멧 송이나 돼요?" R은 신문을 들고 그냥 안저서 물엇습니다.

"하나, 둘, 셋, 넷 ……… 아홉 모두 아홉 송이애요. 이것 보세요. 참 좃습니다. 아이구 엇저면 이러케나 곱게 피엿슬가."

"어대 좀 봅시다. 얼마나 조컨대 그러케 야단을 직여요?" 역시 그냥 안저서 물엇습니다.

나는 기가 막힌 듯이 우스며

"거기 가만이 안저서 여기 가만이 달녀 잇는 장미꼿을 엇더케 보나요. 그리 말고 이리 와 보세요" 하고 어리광의 말을 햇습니다.

"그러면 못 보지요. 장미꼿 한 송이 보려고 일부러 게까지 갈가 가만 잇서요. 오늘 저녁 신문에 자미잇는 기사가 잇서요" 하고 다시 두 눈을 신문 우에 던젓습니다.

"뭣 놔두세요. 당신 안 보려 와도 나는 조곰도 답답한 것 업스니." 나는 좀 실망한 어조로 우스며 말햇습니다.

"그럼 이것 한 송이 짜서 들일가요 당신 화병에 꼿게?"

"그러시유. 그것은 마다 안 할테니."

나는 큰 꼿송이 서넛 달닌 가지 하나를 썩것습니다. 그래 그것을 들고 서서

"여보세요. 이것 감니다. 자 — 바드세요" 하고 꼿가지를 R의게 휙 던젓습니다. 막 던지고 나자말자 "아 — ㅅ" 하며 R은 와락 두 눈에 손을 대고 마루 우에 업더젓습니다. 나는 엇잔 일인가 십허 불이나게 다라갓습니다. 그래 R의 억개를 흔들고

"왜 이리슈 왜 이리슈?"

"가만 잇서요 가만 잇서요." 그는 머리를 흔들고 그냥 업더져 잇섯습니다.

"어대 다첫세요?"

"쩔녓서요. 쩔녓서요. 그놈의 가시한테 두 눈을 쩔녓서요."

"응, 쩔녓세요 만이 쩔녓서요?"

"뭣 그러케 만히 쩔니지는 안햇지마는 ………"

하며 니러나서 두 손을 쩨보엿습니다. 그러나 바도 그다지 대단케 닷치 보이는 대는 업고 다만 두 눈에서 붉은 피가 조곰 흘러나올 짜름이엿습니다. 그래 나는 곳 병원에라도 가 보라고 햇지마는 게까지는 갈 것 업다 하고 그만 방에 들어가 잣습니다.

그 이튿날 니러나더니 눈이 암만 해도 좀 맛득잔타고 두 눈을 웅겨잡고 어느 병원으로 갓습니다. 가더니 위선 만히 썰닌 눈을 벼로 싸매고 와서

"안구(眼球)가 좀 다첫지마는 오륙 일만 다니면 전치되겟스니까 그다지 염여할 것은 업다드라" 하엿습니다. 그래 R도 별 걱정 안하고 나도 적이나 안심하고 잇섯습니다.

그 이튿날부터는 R은 학교를 쉬고 병원에 다녓습니다. 하로 다녀 이틀 다녀 거진 이주일이 다 돼도 쾌치가 안 되엿습니다. 그리더니 두 눈이 차차 화롱성결막염(化膿性結膜炎)으로 되엇습니다. 그때는 그이도 나도 큰일 낫다 십허 C병원에 입원치료를 시작햇습니다.

×   ×   ×

R이 입원한 지 한 달 이틀 만에 소경이란 명명(命名)을 바더 가지고 나왓습니다. 뉘가 알겟서요. 장미꼿 한 가지(枝)가 우리 두 사람의 밝고 따뜻한 세게를 하로 아츰에 어둡고 차게 맨들 줄을?

S는 이 말을 하고는 슬픈 추억(追憶)을 못 익인 듯시 몸서리를 한 번 치고 말을 한참 동안 씃엇다가 다시 한다.

눈은 R의 눈만 어두워 젓지마는 어둡기는 두 사람의 압히 다 어두워젓습니다. 나는 그 째의 내 마음을 지금도 기억합니다. 그 째 만일 내 눈을 쌔서 R의 눈을 밝게 할 수만 잇스면 얼마나 깃버할가를 몰랏습니다. 그런 쯧으로 어느 의사의게 물어도 봣지마는 어리석다는 말만 듯고 말엇습니다. 그러나 내가 암만 걱정한다 드래도 R 자신만 못할 게야 두 말 할 것 잇슴까. 그는 그전에 보든 남산(南山)에 불그레하게 빗최는 아름다운 석양빗 종로나 안동 네거리 가튼 복잡한 거리에 째마다 생기는 인생극(人生劇)도 보고 십허 햇겟지요. 그러나 그의게는 해조(諧調) 안 된 왁삭한 소리만 들닐 쑨이엿습니다. 그는 쏘 책상 압헤 안지면 보이는 聖母마리아의 화상과 '궤－테'의 석고상(石膏像)도 보고 십허 햇겟지요. 그러나 그는 다만 차고 밋그러운 조이 바닥과 놉고 나즌 요철

(凹凸) 밧게 만저 볼 수 밧게 업섯습니다. 그는 또 밤낫 읽고 읇던 고금(古今) 사람의 걸작 시(傑作詩)도 보고 십허 햇겟지요. 그러나 그 책들은 모두 몬지 찬 서장(書欌) 안에 제들끼리만 쉽혀 잇고 감은 활자(活字)는 제들끼리만 쪼록쪼록하여 잇는 것을 생각할 째 오직이나 답답하고 심장이 타섯겟슴니까.

그래서 나는 아츰마다 니러나서 내 엽혜 누어 잇는 그를 볼 째 나는 곳 그이가 깨여 니러나면 엇지할가 한 걱정이 니러낫습니다. 그이가 깨서 책이 보고 십허 더듬거리면 아츰 볏치 보고 십허 두 눈을 불근거리면 엇지할가 한걱정이 되엿습니다. 그래 나는 곳 밧그르 나가서 한참 동안 이리저리 다니다가 들어오군 햇습니다.

나는 R의 그러케 된 것이 고의(故意)는 아니지마는 전혀 내 손의 소위란 생각이 깁히 마음속에 박혀 잇섯슴으로 늘 안탁가웁고 불안한 마음을 억제할 수 업슬 뿐아니라 그러치 안트래도 다만 부부의 정의(情義), 안해되는 의무로서도 그를 마음것 힘것 위안해 주려고 애써 날마다 그의 엽혜 안저 시(詩)도 랑독해 주고 또 그의 손을 쓰을고 산으로 공원으로 다녓습니다.

그러나 R은 내가 마음으로나 입으로나 손으로나 위안해 주랴고 애를 쓸사록 그는 도로혀 머리를 흔들며 혜를 차고 귀찬케 넉엿슴니다 그럴 째는 나는 가슴이 센 활살에 쏘인 것 가치 압헛슴니다.

침울한 R은 더욱 침울해지고 랭정한 R은 더욱 랭정해젓섯습니다. 그는 밥만 먹고 나면 벽에 기대 안저 뭣을 명상하는 듯이 붉으레한 두 눈알을 이리저리 돌니며 잇는 그 째의 정경(情景)은 지금도 어제 본 것 가치 내 눈 압헤 박혀 잇습니다. 그린 정경을 볼 째마다 나는 곳 어대로 가서 한썻 울며 내 일생은 엇던 방법으로든지 R의게 다 바쳐 그의 눈동자는 밝게 못할지언정 그의 세게는 얼마큼 밝게 해주겟다고 맹서하고 결심햇습니다.

여보세요. 내 생활이 그러케만 계속 해왓드라면 얼마나 동정 깁흔 생활이며 경근한 생활이며 참된 생활이엿겟슴니까. 멀지 안은 동안에 엇던 금실(金

絲) 갓흔 광명의 한 줄기 빗치 어느 틈 사이로 뚤코 들어올 줄도 몰랏겟지요.

×　　　×　　　×

내가 R에 대한 사랑과 동정이 차차 업게 되기는 R이 소경 되고 난 그 이듬해 겨울이엿슴니다. 엇잔지 그째부터는 늘 적막함을 몹시 늑기게 되고 쏘 생활에 무슨 쒜매지 못할 큰 결함이 잇는 것을 의식하게 되엿슴니다. 쏘 여자 동무들이나 남자 손님들이 차저오면 엇잔지 붓그럽고 화가 나며 더구나 R을 다리고 어대로 가치 가기는 죽기보다 실혓슴니다. 그래서 혹 R이 "여보 어대 좀 나가서 산보나 하고 옵시다" 하면 나는 화내는 소리로 "혼자 더러 가시구려. 어린애처럼 늘 사람을 다리고 갈 것은 뭣이애요. 그러치 안어도 귀찬어 죽겟는대"라고 하는 말이 절로 나왓슴니다.

내 생활이 그러케 공허(空虛)와 적막을 늑기는 동시에 나는 쏘 그것을 메우(塡)며 쌔트릴랴구 안을 수 업섯슴니다. 그래 나는 그째부터 우리 집에 늘 다니는 K란 사람을 사랑하게 되엿슴니다. 그리된 그째에 나는 벌서 나의 아름다운 령 속에 무섭고 독한 균(菌)들이 집을 짓기 시작햇슴니다. 그래 그 독균들은 시시각각으로 번식하며 시시각각으로 령의 쑤리와 입흘 갈거 먹엇슴니다.

K는 R과 중학 동창생으로 그째 어느 회사에 근무하고 잇섯는대 몸이 건강하고 쾌활한 남자이엿슴니다. 그는 그 전부터 R을 퍽 조하함으로 우리 집에 늘 자주 놀러와 R이 눈먼 뒤에도 조곰도 다름업시 차저 왓슴니다. 그러나 R은 그 전부터 너머 침울하고 말이 적음으로 K가 놀러오면 R보다도 나하고 니약이를 만히 하며 쏘 나하고 놀기를 조하햇슴니다. 싸라서 나도 언제든지 그를 못내 조하하며 R의 다른 친구들보다는 유달히 알엇슴니다.

그러나 R의 눈이 어두워지고 싸라 날날이 침울해짐애 나는 차차 K가 몹시도 그리워젓섯슴니다. 그리다가 K가 놀러오면 나는 못 견댈만치 반가우며 치운 날에 햇빗 본 것 갓치 싸뜻함을 늑겻슴니다. 쏘 혹 멧칠이라도 안 오면 못내 그리워서 내가 그이 집으로 차저가군 햇슴니다.

그 이듬해 봄 어느 짜쯧한 날이엿습니다. R은 어대 놀러가고 업고 나 혼자 마루 끗헤 안저 쓸 압헤 쏫들을 물그럼이 보고 잇스니

"인환(仁煥)이!" 하고 불으는 소리가 낫섯습니다. 정신을 일코 먹먹히 안저 잇든 나는 와락 놀라 처다보니 곳 K엿섯습니다.

"인환이 방에 잇슴니싸?" 그는 늘 빙그레 웃는 얼굴로 쓸에 단장을 집고 서서 물엇습니다.

"인제 막 어대로 혼자 나갓세요. 아주 요새는 단장이 불이 나게 잘 나가다녀요."

"놀러갓서요 그러면 ………" 하고 갈랴는 듯이 머뭇거리는 것을 보고 나는

"올러오세요. 인환이 업스면 못 올라오나요. 언제는 인환이하고 놀엇세요?" 하고 방으로 들어가면서 들어오란 쯧을 보이니

"그러면 잠간만 놀다가 갈가요?" 하고 마지못한 듯이 구두끈을 쓸으고 올라와 섯습니다.

"요새 자미가 엇더하신지요?" 그는 붉시레 한낫헤 쌈을 닥그며 물엇습니다.

"내 생활이야 아시는 바로 늘 그럿치요." 나는 무슨 의미 잇는 듯한 말을 하며 쏘 그런 표정을 보엿습니다.

"상식(尙植)씨는 뭣 무를 것도 업지요 말이지 애옥(愛玉)이는 – 그의 안해 엿습니다 – 늙지도 안켓지요." 나는 질투의 어조로 말하니

"홍, 말도 마세요. 늙고 안 늙고 나는 요새 리혼하겟서요." 그는 별다른 낫 빗도 안코 예사말과 가치 햇습니다.

"리혼이라니요 그게 무슨 말슴이얘요 아니 무슨 까닭으로 한단 말슴이야요?" 나는 놀라며 물엇습니다. 그러나 나는 의심 업시 놀램보다 깃붐을 만히 늑긴 것을 내 혼자 의식하엿습니다.

"인형(人形)의 집도 분수가 잇지요. 기름하고 흙하고 익혀서 엇더케 질그릇을 맨듭니싸?" 하고 아무말 업시 머리를 숙이고 안젓습니다. 나도 머리를

숙이고 아무 말 업시 안젓습니다. 침묵은 한참 동안 게속 됏습니다. 그러나 그 침묵은 납 가치 무겁고 활시울 가치 긴장된 침묵이엿습니다.

"그러면 쏘 놀러 오겟습니다" 하고 그는 니러나서 나를 힘잇게 한 번 볼 째에 나도 힘잇는 시선을 그의 눈에 마주 던지니 그는 무슨 의미 잇는가는 우슴을 한 번 우스며 여전히 쾌활한 거름으로 나갓섯습니다.

나는 그를 보내노코 방에 도라와서 한참 동안 여러 가지로 생각해 보앗습니다. 그래서 이째까지 나만 그를 사모하고 잇는 줄 알앗더니 그도 나를 사모하고 잇는 것을 알고 나는 행복의 극광(極光)이 보이는 듯이 깃버햇습니다.

그 뒤로부터는 K와 나는 서로 사모할 쑨만 아니라 서로 사랑하기도 되엿습니다. 그의 성질은 R과는 왼통으로 달러 열정이 쓸는 사람이엿습니다. 그래서 사랑하기 시작하더니 참으로 못 견대게 사랑하엿습니다.

K는 쏘 얼마 안 지내 자긔 안해와 리혼햇다고 나한테 와서 자랑 가치 말햇습니다. 그리되니 두 사람의 사랑은 더욱 깁허가고 더욱 롱후해지고 더욱 로골적이 되엿섯습니다. 그래서 둘이는 만나면

"사랑은 장갑자동차(裝甲自働車)입니다. 사랑의 압헤 뭣이 겁날 것이 잇슴니까?"

"모든 인류사회가 다 대적(對敵)이 돼도 조치요. 하늘과 신(神)이 다 대적이 돼도 조치요. 우리는 그이들을 위해 사는 것이 아니고 우리의 사랑만을 위해 사는 것이니까요."

"도덕이니 의리니 윤리니 그다위 말은 다 몃 세기 전 케케묵은 풋소리이지요" 하고 서로 구든 사랑을 맹서햇습니다.

우리는 쏘 다른 사람보다 R을 더 두려워하지 안햇습니다. 말하자면 R의 존재는 거진 무시해 버럿습니다. 그래 우리는 R이 못볼세라 하고 R을 엽헤 두고 가진 정욕을 다 부릴 쑨 아니라 틈만 잇는대로 둘이는 손을 마주잡고 공원으로 극장으로 쩌림 업시 다녓습니다. 그러케 하니 아무리 눈 어두운 R이라도 못

알 니가 업섯습니다. 태양을 못 봐도 남산을 못 봐도 질투에는 눈이 잇섯습니다. 아니 눈으로 보는 게 아니라 그가 공간(空間)으로 피부(皮膚)의 촉각(觸覺)으로 알드시 내게 대한 사랑의 촉각으로 알엇습니다.

그러나 그는 늘 아무 말도 업시 다만 두 눈을 펏득여 가며 시(詩)나 읇고 '바이오링'이나 탈 쑨이엿습니다. 그리는 것이 나를 오히려 불안케 하며 독침(毒針) 가치 가슴을 찔럿습니다.

×　　×　　×

그해 가을 아직도 안 니젓습니다. 시월 구일 밤이엿습니다. 푸른 달비치 장안성 안에 빈틈 업시 찻고 찬 바람은 마른 나무가지에서 가을을 울닐 째엿습니다. 나는 K와 가치 남산으로 한강으로 종일토록 놀다가 열두점쯤 되여 도라오니 집은 죽은 듯이 고요해 잇는대 R이 혼자 어두운 방에서 '바이오링'을 타고 잇섯습니다. 그 곡조가 그래 그런지 내 마음이 그래 그런지 그 전보다 유달히도 슬푸고 처량하게 들넛습니다. 무엇을 저주하는 것도 갓고 하소연 하는 것도 가탓습니다. 나는 한참 동안 창문 압헤서 아무 소리도 업시 서서 듯고 잇스니 부지불각 중 왼몸에 심줄이 곳곳마다 썰니고 쌔가 마디마디 압헛습니다. 그래 나는 나도 모르게 쓰거운 눈물방울을 두 볼로 쩌러트럿습니다. 어두운 방에 혼자 바이오링을 타고 잇는 R보다 문밧게서 머리를 숙이고 듯고 잇는 내가 훨신 더 불상하게 보엿습니다. 창문 우에 쩌러저 잇는 나의 거림자가 무엇보다도 가엽고 아처럽게 보엿습니다. 외로운 나의 령이 홀홀 썰고 잇는 양이 보엿습니다.

나는 긴 한숨을 한 번 내쉬고 몸서리를 부르르 첫습니다. 그래 용기를 내여 기침을 한 번 하고 방으로 들어가니 그는 여전이 부처가치 안저서 '바이오링'만 타고 잇섯습니다.

나는 그 전과는 다르게 R의 엽헤 안저 부드러운 소리로 "이째까지 안 주무세요" 하엿습니다. 그러나 그는 아무 대답도 업시 그냥 안저 '바이오링'만 타

는 것을 보고 나는 또 좀 더 큰 소리로

"밤이 올애 됏는대 안 주무시렴니까?" 하는 소리는 분명히 썰엇습니다. 그는 또 대답이 업섯습니다. 나는 서럽고도 겁이 나서 다시는 더 말할 용기도 업시 가만히 안젓습니다.

R은 '바이오링'을 한참 동안 타고나더니 그것을 책상 우에 노코 나를 불럿습니다.

"혜순(惠順)씨!"

"예一"

"이리 좀 다가 안즈시요."

나는 그의 무릅 압헤 다가 안젓습니다. 그는 내 한쪽 팔을 힘겻 쥐고 써는 소리로

"혜순씨! 혜순씨는 나의 소경인 것을 얼마나 행복으로 알엇슴니까. 그러나 나는 당신 행복 주기에는 너머도 괴롭고 염증이 낫습니다."

나는 아무 대답도 업시 다만 왼 몸을 가을 입 가치 썰며 그댐 나오는 말만 기다렷습니다. R은 내 손을 와락 압흐로 당기며

"그러타고 나는 혜순씨를 미워하지는 안는다. 나는 혜순씨를 참으로 사랑한다" 하더니 내가 무슨 말할랴는 것도 기다리지 안코 품고 잇든 칼 하나를 내여 내 억게를 와락 썰럿습니다. 나는 놀라서 "아이구ㅅ" 하고 방바닥에 업더젓습니다. 나는 그가 내 가슴을 찌를랴고 하다가 내 억개를 그릇 썰넛는 줄을 혼몽 중에도 알엇습니다. 그러나 나는 그를 조곰도 원망하지도 안코 겁내지도 안코 도망하려고도 안햇습니다.

"한참 동안 나는 의식을 일코 잇다가 겨우 닐어나 볼 째는 엇지 안 놀랏겟습니까. R이 내 억게 썰럿든 그 칼로 제 가슴에 깁히 박고 죽어 잇는 것을 볼 째 나는 그를 부르고 또 불럿습니다. 그러나 영원히 간 그가 무슨 대답이 잇겟습니까. 그는 나도 벌서 죽어 잇는 줄을 알고 안심하고 누어 잇섯습니다.

그는 물론 망령국(亡靈國)에 가서 내 령을 찻느라고 방황하겟지요.

나는 그를 위해서라도 나의 죄악을 속바치기 위해서라도 그 칼로 기어히 내 손으로 내 가슴을 찌를랴고 몃 번이나 결심햇지마는 차생에 미련 만는 나는 그런 용기도 못 내고 말엇습니다.

또 말하자면 R은 내 손으로 쥑인 것과 조곰도 다름업지마는 법률은 그러타고 안 해서 아무 제재도 주지 안햇습니다. 사회에서는 더럽다고 아무 말도 쑤지람도 안 햇습니다. 그래서 나는 여전히 쏘록쏘록한 두 눈을 쓰고 살어왓습니다. 그러나 나의 령은 벌서 깁고 어두운 죄악의 굴엉 속에 머리도 발도 다 빠젓습니다. 그는 독사 입에서 나온 새색기처럼 병들고 말럿습니다. 그래서 째마다 가슴속에서 이상한 소리로 신음하고 잇섯습니다. 그럴 째마다 나는 울며 부르지젓습니다. 그리 할사록 그는 더욱 큰소리로 더 아처러운 소리로 알엇습니다. 나는 쏘 그째부터 밝은 낫에나 어두운 밤에나 언제든저 내 압헤 큰 유령 하나가 나오기시작햇습니다. 더럽고 찌저진 누덕이 입고 압니 빠진 유령 그 전 어릴 때 할머니 이약이에서 들은 유령 촉루 가튼 유령이 밤낫으로 내 압헤 서 잇섯습니다. 그러나 자세 보니 그것은 다른 게 아니고 내 가슴속에서 말러가는 내 령이엇습니다.

나의 정신과 육체는 갈사록 마비되고 피로해젓습니다. 그래 나를 그런 무서운 유령 안 보이는 곳 주문

「알코잇는 靈」 마지막 쪽

(呪文) 만히 부터 잇는 곳을 찻고 찻다가 이 절로 오게 되엿습니다

나는 날마다 부처님쎄 내 죄악의 옷을 벗겨달라고 래세에 나 깨끗한 사람
이 되게 해달라고 쏘 R이 저런 쏫핀 극락세게(極樂世界)로 가게 해달라고 염
불하며 빔니다. 그러나 그러케 되고 안 되는 것은 모두 내 발 미테 쌧처 잇는
신앙의 압길과 내 가슴속에 수련돼 가는 령의 힘에 잇겟지요.

나는 아직까지 그 전 R과 가치 잇든 그 집 쓸에 봉실봉실 피어 잇는 쏫들이
보임니다. 불근불근 도라간 R의 붉은 눈알이 아직도 보임니다. 고요한 달밤
에 슬프게 울녀나온 R의 '바이오링' 소리가 아직도 들님니다. 나는 그 광경이
안 보일 때까지 그 소리가 안 들일 때까지 저 관세음보살의게 빌려고 함니다.
그러나 그리 되고 안 되는 것은 나의 발 미테 쌧처잇는 신앙의 압길과 내 가슴
속에 수련돼 가는 령의 힘에 잇겟지요.

×　　　×　　　×

S는 이러케 이약기를 마치고는 쓰거운 눈물을 하염업시 흘닌다. 그러나 그는
쏘 눈압헤 무슨 거림자가 보이는 것 가치 무슨 소리가 들니는 것가치 몸서리를
치더니 관세음보살 잇는 대웅전(大雄殿)으로 다시 간다. 조곰 지내 염불하는 소
리가 고요한 산 절 공기를 깨트리고 나온다. 그 음파(音波)는 한 토막식 한 토막식
멀니 산밧게 잇는 쎄겔 세상으로 다라간다. ㅡ 끗 ㅡ

一九二六, 京都下鴨서

제5장 박석정의 삶과 문학 활동

1. 들머리

월북문인에 대한 연구가 상당한 수준으로 진척되고 있는데도 대체로 명망 있는 작가에 편향되어 있다는 느낌을 지울 수 없다. 연구자의 접근 방식도 그러하거니와 자료 확보가 어려운 현실적 조건이 이러한 연구 경향을 더욱 부추기고 있다. 이 글의 대상인 박석정 또한 월북문인 가운데서 비교적 오랫동안 문학적 생명을 유지했는데도 온전한 작가·작품론이 없는 시인이다.

박석정은 우리의 근대문학사나 북한문학사에서 전혀 알려지지 않은 시인이 아니다. 남한의 민족문학사에서 이름만 한두 차례 거론되었을 뿐, 여태껏 구체적인 실상에 다가선 논의는 드물었다.[1] 북한문학사에서도 박석정의 문학 활동은 주로 1950년대 시문학을 언급하는 자리에서 간헐적으로 등장할 뿐이다.[2] 그것은 그가 근대 계급주의 문학이나 북한 문학의 흐름에서 핵심적인 존재로 부각된 적이 없었기 때문이다.

　계급문학 운동사에서 볼 때, 박석정은 카프 조직이 해체 위기를 맞은 1930년대 초반 동경에서 계급문학 운동의 조직 재건을 주도한 핵심인 물이라는 점에서 각별한 존재다. 무엇보다도 이른 시기 소년운동에 투신한 이후 동경에서 조직 활동을 하면서도 매체의 중요성을 인식하고 매체 투쟁을 지속하였다는 점에서 시인으로만 일방적으로 규정하기 힘든 측면이 있다.

　이 글은 경남의 계급주의 1세대 문학인으로서 사회운동가, 특히 조직 활동가로 이름이 드높았던 월북시인 박석정의 삶의 궤적과 문학 활동 을 살피는 데 목적을 둔다. 특히 1920년대 중후반의 매체 환경 속에서 문학 활동과 소년운동에 투신하게 된 계기를 밝히고, 계급문학 운동의 전위에 서게 된 경로를 해명하는 데 강조점을 두고자 한다.

1　김용직,『현대 경향시 해석 / 비판』, 느티나무, 1991; 권영민,『한국 계급문학 운동사』, 문예 출판사, 1998. 박석정에 대한 본격적인 논의는 차민기가 처음이다. 차민기,「박석정(朴石丁) 의 삶과 문학」,『지역문학연구』7, 경남지역문학회, 2001.10, 140～167쪽.
2　신형기・오성호,『북한문학사』, 평민사, 2000; 김경숙,『북한현대시사』, 태학사, 2004.

2. 소년운동과 매체 투쟁

    박석정은 1911년 7월 25일에 경남 밀양군 밀양읍 내이동 928번지에서 나서, 1971년 4월 10일 자강도 강계시 중앙병원에서 간암으로 사망했다.[3] 본디 이름은 해쇠(亥釗)다. 부친 박상길(朴尙吉)과 이향이(李香伊) 사이에 장남으로 태어났으나 빈한한 가계에다 소년시절부터 사회운동에 몸담으면서 1930년대 이후로 고향땅 밀양에 머문 흔적이 거의 없다. 그의 월북 이후 이른 시기 세 명의 남동생(정쇠, 광쇠, 말수)과 여동생(봉섬)도 일본으로 이주한 까닭에 현재 밀양에는 살붙이가 없으며 족친조차도 확인할 수 없는 실정이다.

    동경에서 옥살이한 이후 일시 귀국하여 1936년 2월 17일 울산군 울산면 북정동의 김순오와 결혼했다.[4] 아들을 낳았으나 백일해(百日咳)로 돌을 넘기지 못하고 죽고 말았다. 다만 그의 호적등본에는 1943년에 태어난 딸 수미자(壽美子)가 등재되어 있는데,[5] 그녀는 시인이 동경에서

---

3 박석정의 맏딸 수미가 고모인 박봉섬에게 보낸 1971년 4월 21일 자 편지에서 확인한 사실이다. 시인은 지병이었던 고혈압으로 신의주에서 1개월 이상 입원하면서 투병생활을 했는데, 결국 위출혈 수술을 받던 중 사망했다. 최종 병명은 간암이었다. 현재 일본 동경도(東京都) 대전구(大田區) 남마입(南馬込)에 살고 있는 박석정의 남동생인 박정쇠(89세)와 누이동생 박봉섬(72세)과의 전화통화와 서신 교환, 면담을 통해 박석정의 삶을 복원할 수 있는 귀중한 자료들을 확보할 수 있었다. 북한에서 박석정이 누이동생에게 보낸 편지나 장조카인 수미가 고모에게 보낸 편지는 그 가운데 하나다.

4 두 사람은 김순오의 둘째 언니인 김덕만의 소개로 결혼한 것으로 보인다. 김덕만은 1930년 밀양면 내이동 965번지의 김종봉과 혼인하여 박석정의 이웃에 살고 있었다. 「김명찬(金命讚) 호적등본(戶籍謄本)」(밀양시청) 참고. 김순오는 남편의 일본행과 거듭된 옥살이와 외유로 밀양 땅에서 내내 고단한 삶을 살다 1949년 3월 9일 사망했다. 광복기에는 밀양부인회동맹에서 활동하다 유치장 신세를 지기도 했다.

5 「박해쇠(朴亥釗) 호적등본(戶籍謄本)」(밀양시청)

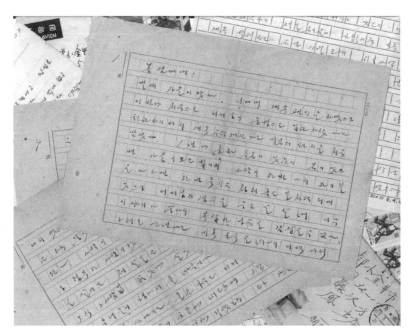

〈그림 1〉 박석정 시인과 딸 수미가 박봉섬에게 보낸 편지들

동거했던 밀양읍 내일동 출신인 이영자[6]와의 사이에서 났다. 1946년 초에는 둘째딸 수경이 태어났으며,[7] 월북 이후 아들 수동과 딸 수진, 수선을 두었다.[8] 슬하에 1남 4녀를 둔 셈이다. 남로당 계열이 숙청되던 때도 박석정은 북한 권력의 중심부에 있었으나,[9] 1967년 이후 숙청되어 탄광에서 생활하다 지병이 악화되어 삶을 마감했던 것으로 보인다.

6   이영자는 남편 박석정이 돌아간 이듬해인 1972년 6월 28일 사망했다.
7   남한의 표균(밀양 출신의 소설가 표문태 ─ 글쓴이)에게 보내는 편지 형식의 수필 「쓸쓸히 웃고 있을 때가 아니네」(『문학신문』, 1965.3.9, 4면)에서 이를 확인할 수 있다. "내가 공화국 북반부에 넘어 온다는 것을 알았을 때 자네는 반대도, 찬성도 하지 않았네. 그날이 바로 우리 둘째 아이의 백날이었고 그 아이가 금년에는 대학엘 가게 되었으니 아득한 옛날 이야기이네."
8   1971년 9월 28일 셋째 딸 수진이 고모인 박봉섬에게 보낸 편지에서.
9   박봉섬에 의하면 1950년대 초반 박석정이 방송국장을 지냈다고 한다.

박석정은 문학 활동 내내 석정(石丁)이라는 필명을 썼다.[10] 문학에 뜻을 두었던 시절 "패기만만해서 이 이름 저 이름으로 함부로 신문 잡지에 시를 발표"[11]하였다고 하나 현재 확인하기 어렵다. 아마도 석정(夕停, 石丁)이라는 필명을 사용한 까닭은 약산 김원봉과 함께 의열단을 조직하며 광복항쟁을 이끌었던 동향 출신의 석정(石正, 石鼎, 石井) 윤세주 열사의 삶을 본받으려는 의식이 강하게 작용했기 때문으로 보인다. 실제로 10년 위인 윤세주가 태어난 곳은 내이동 880번지로 박석정의 집과는 아주 가까운 거리다. 윤세주는 5년여의 옥고를 치른 후에 1927년경 밀양으로 돌아와 그해 10월 밀양청년회 집행위원으로 활동했다. 이후 신간회 밀양지회 설립과 밀양공립농잠학교 분규에도 관여하면서 밀양 지역 사회운동가로서 명망이 높았다. 그런 까닭에 같은 시기 밀양소년회를 이끌었던 박석정은 윤세주를 사숙할 수밖에 없었을 것이다.[12]

이처럼 박석정의 사회의식은 1920년대 밀양 지역에서 활발하게 전개되었던 사회운동의 분위기 속에서 형성되었다고 볼 수 있다. 이러한 지형에다 1920년대 초 신문 잡지 매체를 통한 독서 경험이 식민지 조선의 모순을 깨닫는 데 큰 영향을 미쳤다. 특히 『신소년』이나 『별나

---

10 신문 잡지 매체에 시를 투고했던 1929년까지는 한결같이 본디이름을 사용하였다. 다만 『동아일보』 1929년 10월 18일에 「유치장(留置場)에서」를 발표할 당시 단 한 차례 '석정(夕亭)'이라는 필명을 사용했다.

11 박석정, 「후기」, 『개가(凱歌)』, 북조선문학예술총동맹 문화전선사, 1947.10.18, 89쪽.

12 원래 밀양소년회는 밀양청년회의 산하 조직으로 운영되었다. 그러다가 1927년 11월 13일 독립적인 조직체로 분리되는데, 이후에도 밀양소년회 주최 각종 행사에서 신간회 밀양지회가 장소를 제공하는 등 실질적으로 후원했다. "밀양소년회에서는 조선소년총연맹 경남도연맹 설립대회를 기화하야 지난 7일 오후 8시부터 신간회 밀양지회관 안에서 동화대회를 열고 정홍교 씨를 청하야 동화대회를 열엇다더라." 「밀양소년회 동화대회(童話大會)」, 『동아일보』, 1928.7.10, 3면.

라』 열독과 이와 관련 있는 여러 소년문예 동아리 활동이 계급문학 교양을 형성하는 밑거름으로 작용하였다. 실제로 1900~1910년대에 태어난 남녀는 공통적으로 한국 옛소설과 도스토예프스키 · 투르게네프를 비롯한 러시아 문학가들의 소설을 읽으며 자라났기 때문에[13] 1910년대 초반에 태어나 1920년대에 학교를 다닌 박석정 세대의 문학 독서경험은 이전까지는 엿볼 수 없었던 사회변화의 한 지표였던 셈이다. 박석정의 경우에는 밀양소년회 활동이 그의 계급적 각성을 추동하는 주요한 경험이 되었다.

　① 와장개야 자장개야

　나의 동생 잠들엇다

　쓸에 잇는 쌈동개야

　짓지 말고 고요하라

　엄마 쌜내 하로 가서

　아직까지 안이 오니

　너가 짓서 아기 쌔면

　엄마 업시 못 달갠다

— 「나의 동생」 전문[14]

13　천정환, 『근대의 책읽기』, 푸른역사, 2003.11, 336~345쪽. 천정환은 1900년대에 태어나 1910년대에 중등학교 교육을 받은 경우와 1900년대 후반이나 1910년대 초반에 태어나 1920년대에 학교를 다닌 인텔리 여성들의 독서경험을 언급하면서 두 세대의 독서경험은 서로 차이가 없고, 남성들의 그것과도 다르지 않은 일반성을 드러내고 있다고 보았다.

14　『신소년』, 1925.9, 53쪽.

② 한울엔 달도 썻스런만

어둠은 물러갈 줄 모르고

가을의 맑은 바람이

세상엔 넘치런만

여긔는 알지 못할 내음새뿐

오—고달픈 留置場의 몸

내가 무슨 罪를 지엇노?

아버님 어머님쎈

"거짓 엄는 내 자식"

나의 동무 K에겐

"健實한 朴君"이라고

쪽가튼 칭찬을 들어왔건만

오늘날 이 신세는

罪 아닌 罪이라오!

　　　　　　　　　　　— 「유치장(留置場)에서」 전문[15]

　①은 밀양공립보통학교 시절에 쓴 박석정의 첫 작품이다. 박석정은 1926년 제16회 졸업생으로 밀양공립보통학교를 졸업하였다.[16] 인용시는 사회적 현실에 대한 자각을 담고 있으며, 전래동요 자장가를 모사한 흔적이 역력하다. 이때는 전국적으로 문학지망생 소년문사들의 투고

15　『동아일보』, 1929. 10. 18, 4면.
16　「졸업생 및 재학생 명단」, 『밀양백년청사』, 밀양초등학교백년청사편찬위원회, 1998. 4, 571쪽.

문단이 활성화된 시기다. 박석정 또한 인용시와 더불어『어린이』지의 '5백명대현상(五百名大懸賞) 당선발표(當選發表)'[17]에도 이름을 올리고 있다. 이를 통해 그가 어린이잡지와 신문 매체를 넘나들면서 활발한 투고 활동을 벌였음을 알 수 있다.

②는 1928년 10월로 창작일자를 덧붙이고 있으며, "석정(夕亭)"이라는 필명으로 발표한 유일한 시다. 계급의식을 뚜렷하게 표출하고 있지는 않지만, 밀양소년회 활동 때문에 "죄 아닌 죄"로 유치장에 갇힌 자신의 심정을 잘 피력하고 있다. 초등학생 신분으로 단순 습작에 머물렀던 ①에 비해서 뚜렷하게 사회현실과 맞서는 주제의식을 드러내고 있는 셈이다.

밀양소년회는 1927년 8월 11일 기존의 밀양소년단과 밀양소년군이 통합된 단체다. 밀양소년회에서 박석정의 이름은 1927년 11월 6일 하오 7시 "소년에게 지식을 배양시키기 위하야" 마련한 "제1회 토론회"의 토론자로 나서면서부터 확인할 수 있다.[18] 이때 그는 밀양공립농잠학교 1학년에 재학 중이었다. 이 날의 연제는 "지(智)이냐 근(勤)이냐"였다. 박석정(박해쇠)은 "김종태, 정순호, 김삼쇠, 이정화, 권해쇠와 함께 지편(智便)"이었으며, 근편(勤便)에는 "윤치창, 조용복, 박진오, 이수용, 윤기용"이 속해 서로 토론을 벌였다. 밀양청년회 산하 조직이었던 밀양소년회는 1927년 11월 13일 독립한 후, 12월 28일 제2회 정기총회를 개최하여 박경수 외 8인을 위원으로 선정하고, 밀양청년회 위원인 조용숙 외 2인을 지도자로 선정하여 조직 구성을 완료했다.[19] 이를 통해

---

17 『어린이』 2-11, 1924.11.
18 「밀양소년회 임총(臨總)」, 『동아일보』, 1927.11.1, 3면.
19 「밀양소년회 정총(定總)」, 『동아일보』, 1927.12.31, 3면.

밀양소년회와 밀양청년회의 밀접한 관련성을 짐작할 수 있다.

　그러다가 밀양소년회는 1928년 2월 27일 제7회 집행위원회를 열어 "소년소년 연합회 대표위원을 선거하얏는바 박해쇠 외 2인"을 선정하 였으며, "긔관지 발행은 교양부에 일임하고 그 외에 새벗 지사를 경영 키로 결의"하였다.[20] 특히 어린이 매체인『새벗』지사를 경영하거나 문 예전람회[21]나 독서회, 등산회, 동화대회(童話大會)[22] 들을 개최함으로써 밀양소년회는 지역 소년들을 문학 활동이나 사회운동으로 이끄는 주 요한 역할을 담당하였다. 7월 8일에는 밀양에서 조선소년총연맹 경상 남도소년연맹을 조직하게 된다.[23] 이때 박석정은 설비교섭(設備交涉) 위원으로 선출되었다. 밀양소년회관에서 개최된 경남소년연맹 창립 대회에서는 도연맹 위치를 밀양으로 결정하고, 밀양의 김종태를 중앙 집행위원장으로, 박해쇠와 김규직(동래)을 중앙상임서기로, 안봉중(밀 양), 정기주(합천), 전수근(동래) 들의 10인을 중앙집행위원으로 선출하 였다.[24] 경남소년연맹에서 밀양 지역과 박석정의 위상을 알 수 있는 부 분이다.

　이러한 활동 과정에서 이른바 밀양 문예동인사 사건이 발생한다. 밀 양소년회 집행위원인 김종태가 11월 2일 모종의 사건으로 검거되어 3 주간의 "류치 처분"을 당하였는데, "일본잡지 전긔(『戰旗』)에 기재된 불

---

20 「밀양소년위원회」,『동아일보』, 1928.3.6, 3면.
21 「밀양소년회 문예전람회(文藝展覽會)」,『동아일보』, 1927.10.7, 3면.
22 「밀향소년회 동화대회」,『동아일보』, 1928.7.10, 3면. 이 행사는 조선소년총연맹 경남도연 맹 설립대회에 맞추어 7월 7일 개최되었다.
23 「조선소년총연맹 경남연맹조직, 7월 8일 오전 10시에 밀양소년회관에서」,『동아일보』, 1928.7.5, 3면.
24 「경남소년도연맹 성황리에 설치, 지난 8일 밀양청년회관에서」,『동아일보』, 1928.7.11, 3면.

온문을 번역하야 잡지 문예(『文藝』)에 게재하야 돌려보든 것이 발각된 것"[25]이다. 『문예』를 발간하기 위하여 '문예동인회'를 조직한 일로 검거되었으나, 김종태를 제외하고는 어린 소년이므로 용서한다는 훈계를 듣고" 석방되었다.[26] 그러나 그해 연말 이들은 다시 치안유지법 위반으로 검거되어 부산지방법원에서 여러 달 고생하게 된다. 1929년 4월 26일 예심에서 이팔수와 박진호는 무죄로 방면되었다.[27] 김종태와 박해쇠는 공판으로 넘겨져 김종태는 징역 1년 반을, 박해쇠는 1년의 논고를 받았으나, 5월 30일 "김종태는 징역 1년, 박해쇠는 무죄" 판결을 받았다.[28]

문예동인사 사건을 통해 알 수 있는 사실은 박석정을 비롯한 밀양소년회 회원들이 체계적인 이론 학습과 토론을 병행했으며, 매체 발간에 적극적이었다는 점이다. 『문예』 이외에도 밀양소년회에서 『활살』을 발행하기 위해 허가 원고를 경찰서에 제출했다[29]는 데서 이들의 매체에 대한 관심을 알 수 있다. 그만큼 이 시기 박석정은 밀양소년회를 통해 체계적인 이론을 학습함으로써 언제든지 청년 조직에 나아가 활동할 역량을 갖추고 있었던 것으로 보인다. 이것은 일본 프롤레타리아 문예잡지 『전기(戰旗)』를 회람하거나 가택수사에서 『맑스 자본론(資本論)』을 압수당했다는 사실을 통해서도 짐작할 수 있다.

25 「밀양서(密陽署) 긴장, 소년 다수 검거」, 『동아일보』, 1928.11.28, 2면.
26 「소년회원 방면 한 명만 유치」, 『동아일보』, 1928.11.30, 5면.
27 「밀양소년회 공판에 회부」, 『동아일보』, 1929.5.2, 5면.
28 「무죄된 박군 무사히 귀향」, 『동아일보』, 1929.6.5, 5면. 이 기사는 "즉일 자기 집으로 돌아온 박해쇠 군이 김종태가 나오지 못함을 한하고 목 메인 말로 섭섭함을 견딜 수 업다"고 쓰고 있다.
29 「밀양소년회 회보 『활살』 발행」, 『중외일보』, 1928.6.9, 4면.

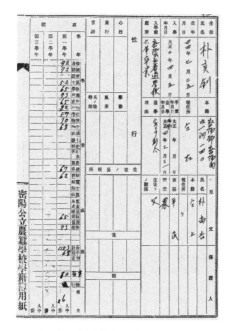

〈그림 2〉 박석정의 밀양공립농잠학교 학적부

박석정은 1927년 4월 5일 밀양공립 농잠학교에 입학하여 1929년 3월 31 일 자로 퇴학당했다.[30] 학적부에는 퇴학 사유가 "가사사정"으로 기록되어 있다. 1928년 11월의 문예동인사 사건이 퇴학처분의 직접적인 계기로 작용하였던 것으로 이해할 수 있다. 물론 정확한 시기는 알 수 없지만, 이 사건과 더불어 일본인 악덕 고리대금업자의 횡포로 인한 가계의 파탄도 퇴학과 출향에 큰 영향을 미쳤다.[31]

1929년 5월 말 문예동인사 공판이 끝난 뒤, 박석정의 행적은 인용시 ②와 같은 지면에 발표된 「침묵(沈默)」을 통해 추측할 수 있다.

沈默은 나의 님이다

바람에 마자 썰어진 닙피

갈 길을 몰으고 헤매일 째

---

30 박석정의 「밀양공립농잠학교 학적부」.

31 "모리도는 고리대와 전당포를 겸해 하다가 그 당시 조선에서 제일 적은 자본금 일만 원짜리 '밀양 은행'을 만들었다. 밀양 사람치고 모리도의 돈을 빌려 쓰지 않은 사람이 없었고 문전 옥답을 빼앗기지 않은 사람이 없었다. 내가 고향을 떠나게 된 것도 바로 이놈 때문이었다. 부친이 몇십 원의 부채를 갚지 못 해 일 년 농사는 입도 차압을 당하고 가재마저 경매를 당했다. 그 자는 인정사정이 없었다. 부친은 심화병으로 앓아눕게 되었으며 우리 일가는 영영 고향을 떠나지 않으면 안 되었다." 박석정, 「고향에 대한 생각」, 『문학신문』, 1966.3.25, 4면.

압산 잔듸 우에서

沈默의 님과 함께

압날을 속삭이엇다

沈默은 나의 同志다

못 먹고 못살아서

헤매는 쏠을 보고

빈방 한 구석에서

沈默의 同志와 함께

두 주먹에 피를 모앗다

(1929.10.10)

— 박해쇠, 「침묵(沈默)」 전문[32]

유치장에서 맞게 된 퇴학 소식은 박석정에게 정신적·육체적인 좌절과 상처를 주기에 충분했다. 옥살이와 퇴학이 밀양 지역에서의 조직 활동을 위축시키는 계기로 작용했던 까닭에 새로운 모색이 필요했을 것이다. 출옥 몇 달 뒤에 쓴 인용시에서 보듯이, 그는 "바람에 마자 떨어진 잎"처럼 갈 길을 모르고 헤매며 비탄에 잠겨 있었다. 침묵은 그에게 "님"이자 "동지"였다. 그는 동지적 관계로 격상한 침묵과 벗하며 "빈방 한 구석"에서 "두 주먹에 피를 모"으며 차가운 현실을 응시했던 것이다. 이러한 침묵의 기간을 거쳐 1929년 후반이나 1930년 초에 차가운 현해탄의 물길을 넘어 도일(渡日)했던 것으로 보인다. 이처럼 박석정은 고뇌에 찬

---

32 『동아일보』, 1929.10.18, 4면.

잠행의 시간을 지나 동경으로 건너가고, 밀양소년회에서의 매체 발간이나 조직 활동 경험을 바탕으로 사회운동에 투신하게 되는 것이다. 동경에서의 행적 또한 동지사나 일본프롤레타리아문화연맹(코프) 산하 조선협의회, 일본프롤레타리아미술가동맹(야프)에서의 활동 이외에는 자세하게 알려진 바가 없는 편이다.

조선프롤레타리아예술동맹 동경지부가 서울본부와 분리되어 독자적인 조직으로서 성격을 규정한 것은 출판사 무산자사를 설립한 1929년 5월의 일이다. 이것은 동경지부의 실질적인 해체를 뜻하는 것이기도 했다. 이 때 조직의 핵심 인물은 이북만, 김두용, 김남천, 안막, 권환이었다. 이들은 잡지『무산자』를 통해 계급문학 운동의 대중적인 진출과 정치 투쟁으로의 전환을 표명했으며, 1929년 11월 동경지부의 해체를 공식적으로 선언한다. 문학운동의 볼셰비키화와 맞물려 카프의 조직 개편 또한 신속하게 이루어졌다. 1932년의 조직 개편은 백철, 김용제, 이찬, 신고송 들의 일본 거주 문학인들을 가담시키고 있는 까닭에 주목할 필요가 있다. 이들이 모두 1931년 11월 결성된 동지사의 핵심 구성원이기 때문이다. 다시 말하면 동지사는 무산자사의 뒤를 이은 새로운 재일조선인예술단체인 셈이다. 박노갑과 김보현(김파우)은 서기국에, 신고송과 이찬, 김정한이 편집부에, 박석정은 조직부에 이름을 올리고 있다.

박석정이 어떻게 해서 동지사에 가입했는지는 알 수 없다. 신고송[33]

---

33 신고송은 1907년 경남 울산군 언양면 서부리 91번지에서 났다. 아호는 고송(孤松, 鼓松)이며, 별명은 야마구치 스스무(山口 進], 수다 신지(須田 伸軻)다. 1930년 당시 일본프롤레타리아 연극동맹에 관계하면서 그해 10월 우에노 경찰서에 감금되기도 했다. 동경 시절에 대해서는 신고송, 「우리를 격동시킨 10월 명절-일제 철창에서 맞이한 10월 혁명 기념일」, 『조선문학』

과의 관계 속에서 미루어 짐작할 수 있는 개연성은 있지만,[34] 단순히 지역 연고만으로 설명할 수는 없다.[35] 신고송이 일본으로 건너간 시기 또한 1930년 초반 교직에서 해임된 이후다. 두 사람은 동경에 머물면서 알게 되었다[36]고 하지만, 밀양소년회를 이끌면서 이미 조직 활동가로서 활약했던 박석정의 면모를 신고송도 알고 있었을 것이다. 마찬가지로 박석정도 이미 계급문사로서 이름이 드높았던 신고송의 존재를 의식하고 있었을 것이다.

이들이 직접 만난 때는 동지사 결성 당시다. 1932년 2월 동지사가 코민테른의 일국일당(一國一黨) 원칙에 따라 코프 내 조선협의회로 해소되면서 이들은 나란히 조선협의회 기관지 『우리 동무』의 편집에 종사하게 된다. 이 잡지는 카프 동경지부가 무산자사와 동지사를 거쳐 조선협의회로 통합되어 나가는 과정에서 일본 프롤레타리아 문화단체 안에서 자기 자리를 잡아가는 과정을 잘 보여주는 매체다.

1932년 6월 25일 창간된 『우리 동무』 창간준비 제1호는 6월 29일 치안방해로 발매 배포가 금지된 상태였다. 박석정은 서울에서의 배포망을 확보하고 발간기금을 마련하기 위하여 이미 3월에 국내에 들어와 있던 신고송에게 의뢰하나 발각되고 만다.[37] 8월 1일 발행된 『우리 동

119, 1957.7, 76~78쪽을 참고할 것.
34 차민기 또한 언양 출신의 신고송과 밀양의 박석정이 지역적 유대의식으로 결합했을 가능성을 언급한 바 있다. 차민기, 「박석정(朴石丁)의 삶과 문학」, 『지역문학연구』 7, 경남지역문학회, 2001.10, 24쪽.
35 또 하나 무시할 수 없는 존재가 바로 김용제다. 1927년경 동경에 유학하며 프롤레타리아 시를 쓰고 있었던 김용제는 의외로 박석정과 관련이 깊은 인물이다.
36 「출판법위반사건 기타에 관한 건」(경본경고비 제10082호), 경성지방법원검사국, 1932.9.13.
37 「출판법위반급기타검거(出版法違反及其他檢擧)에 관한 건(우리 동무 사건)」(경본경고비 제16786호), 경성지방법원검사국, 1932.12.15.

무』창간준비 제2호 또한 신고송이 머물던 서울의 문선여관에서 발각
돼 압수당하고 말았다. 이를 통해 박석정이 한일프롤레타리아 문화운
동사에서 식민지 조선과 일본을 매개하는 중요한 역할을 담당하고 있
었음을 알 수 있다.

12시 기적 소리
아, 얼마나 기다렸는가
긴장한 얼굴
주의 깊은 눈과 눈이 마주치며
이 기적 소리를 얼마나 기다렸는가
　　×　　　×
자 모여라 단결해라!
양팔을 굳게 끼고
×××를 습격해라
　　×　　　×
온 세계의 노동자와 농민들이
지구를 포위하여 외치는
농부의 노래!
제국주의 전쟁 타도
소비에트 동맹을 지키자!
　　×　　　×
너는 노동자가 아니어서
너는 살 수 있는 사람이 아닌가?

자기 목숨을 자기가 끊다니

그런 ×× 자가 어디에 있어

오늘 중국을 무장시킨 총이

내일은 우리들 □□□□□□

자 동지들 하나도 빠지지 않고

오늘은 8월 1일 반전 데이

죄가 있다면 우리들의 죄

우리를 위해 싸워 주는

우리의 전위들을

자본가 놈들과 더불어 사형·무기가 되도록 그대로 보고 있을 수 있느냐?

□□名 강한 힘의 데모(시위)는

형무소 철문을 파괴하며

높은 □□□를 파괴하고

우리의 전위를 우리 손으로

— 석정(石丁), 「반전 데이」 전문[38](□는 판독불가)

현재 확인할 수 있는 박석정의 유일한 일어시다. 당시 조선 내 카프 조직이 제1차 검거 이후 와해되던 이 시기, 박석정은 야프(ヤップ) 발행 의 『붉은 주먹(赤い拳)』[39]을 비롯한 『우리 동무(ウリトンム)』들의 발행

---

38 「反戰デー」, 『ウリトンム』, 1932.8.1.
39 1932.5.1. "일본 프롤레타리아 미술가동맹 동경지부의 박석정(朴石丁), 윤상렬(尹相烈) 외 에 수명의 조선인 회원이 최근 동회 내에 조선위원회를 설치하고 운동 중이던 바, 5월 1일 자 『붉은 주먹』을 발행하여 관계 방면에 발송했음." 「재일본 한국인 활동일지」(구 일본 내 무성 소장 특별고등경찰 자료), 『독립운동사자료집 별집 3 — 재일본 한국인 민족운동사 자 료집』, 독립운동사편찬위원회, 1985, 413쪽.

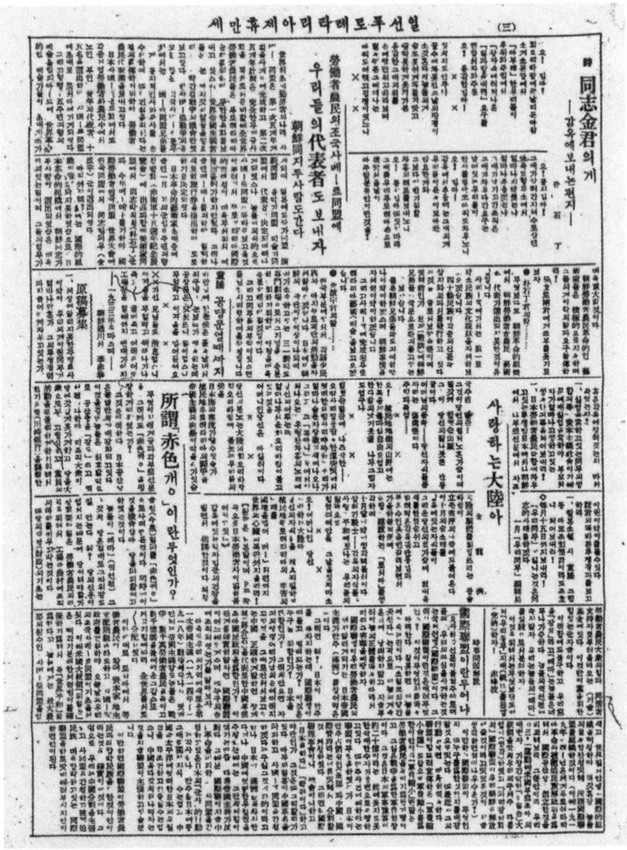
일선푸로레타리아제휴만세 (三)

詩 同志金君의게 —감옥에 보내는 편지—

勞働者農民의조국사베—트同盟에 우리들의代表者도 보내자 朝鮮同지두사람도간다

사랑하는大陸아

所謂「赤色개」이란무엇인가?

原稿募集

〈그림 3〉 박석정, 「동지(同志) 김군(金君)의게」, 『우리 동무』, 1933.1.1, 3면

금지물을 국내에 반입[40]시킴으로써 매체 투쟁에 힘을 기울이고 있었다. 그만큼 박석정은 매체 투쟁을 통하여 조선프롤레타리아 문화운동의 조직망을 재건하고 필진을 확보하고자 애썼던 것으로 보인다.

이 시기 박석정과 김용제의 관계도 주목된다. 1931년 일본프롤레타

40 「출판법위반급기타검거에 관한 건(우리 동무 사건)」(경본경고비 제16786호), 경성지방법원검사국, 1932.12.15.

리아작가동맹 회원으로 활동하던 김용제는 작가동맹이 코프에 참가한 후, 박석정과 만난 것으로 보인다. 미술과 문학 영역에서 활동하던 두 사람이 결합한 것은 기관지 『우리 동무』 발간 전후다. 김용제는 기관지 『대중의 벗(大衆の友)』 부록으로 발행된 『우리 동무』의 편집장으로 일하다 1932년 6월 구속되고 만다. 1933년 1월 1일 자로 발행된 『우리 동무』에 실린 「동지 김군의게 — 감옥에 보내는 편지」는 동지 김용제에게 바치는 박석정의 시다. 박석정은 동일한 지면에서 김용제의 초기 대표작인 일어시 「사랑하는 대륙아」를 우리말로 번역·게재함으로써 동지애를 과시했다. 조선프롤레타리아 혁명의 승리에 대한 낙천성과 일본제국주의에 대한 투쟁성을 고취하고 있는 이 시를 통해 박석정 또한 혁명의 승리를 굳게 믿고 싶었는지도 모른다.

동지사에 가입하기 이전 박석정은 이론 투쟁과 조직 활동을 전개하기 위한 준비를 하고 있었던 것으로 보인다. 동경으로 건너간 이후 그가 몸담았던 곳은 의외로 미술단체다. 박석정은 1931년경 일본프롤레타리아 미술연구소의 5기 연구생으로 참여하면서 미술 공부를 시작한 것으로 보인다. 연구소의 공동제작에 참여하는 동시에 야프 성남지구에 소속되어 활동했으며, 1932년부터는 야프 식민지위원회 위원장으로 일했다고 한다. 일본 프롤레타리아 미술전람회에 연이어 「일선(日鮮) 노동자 단결하자(日鮮勞動者團結せよ)」(제4회, 1931), 「조선인에게도 같은 임금을 지불하라(朝鮮人にも同じ賃金をよこせ)」(제5회, 1932)라는 작품을 출품한 것도 이 무렵이다. 또한 야프가 주도한 만화신문 『붉은 주먹』의 발행에도 깊숙이 관여하고 있었다.[41] 이처럼 코프시대 박석정은 매체 발간과 미술 활동을 통해 프롤레타리아 문화운동에 적극 나서고 있었던 셈이다.

이후 박석정은 코프 산하 조선협의회 의장으로 일하며 활발한 매체 투쟁을 벌이게 된다. 그러다가 1933년 4월 6일 그는 당 관계로 경시청에 검거·송치되었다.[42] 그 해 7월 1일에는 공청(共青) 관계로 검거되어 송치 중이던 김용제(金龍濟)가 징역 3년을 언도받게 된다.[43] 이를 통해 조선이나 일본에서 프롤레타리아 문화운동은 기관지의 폐간과 조직원의 검거로 조직 자체가 해산됨으로써 와해되고, 1930년대 후반기 들어 전향의 계절을 맞게 된다. 박석정이 일본에서 돌아온 해는 1936년 초순경이다.

꿈에도 잊을 수 없는 故鄕이라

病든 몸만 갖이고 이땅에 닥쳤드니

앞동산 嶺南樓가 미웁게 變해지고

거리마다 젊은 술ㅅ꾼만 늘었네

　　　　×

心臟은 말러지고 뼈만 남은 내 故鄕이

41　박석정을 비롯한 1930년대 재일한국인의 프롤레타리아 미술 활동에 대해서는 키다 에미코, 「한일 프롤레타리아 미술운동의 교류」, 김영나 편, 『한국 근대미술과 시각문화』, 조형교육, 2002, 139~164쪽을 참고할 것.

42　「재일본 한국인 활동일지」(구일본 내무성 소장 특별고등경찰 자료), 앞의 책, 436쪽. "1931년 말부터 일본 경찰의 추궁을 받게 되었고 그 후 체포되어 약 2년 여에 걸친 유치장살이와 3년간의 영오(囹圄)(영어(囹圄)─글쓴이) 생활이 계속되는 동안 나의 모든 소지품과 함께 창작 노트도 행방 불명이 되"었다. 「후기」, 『박석정시선집』, 조선작가동맹출판사, 1956.11 151~152쪽. 그러나 현재 관련 기록을 찾을 수 없는 형편이다. 「고향(故鄕)에 돌아와서」(1936.11)가 발표된 시점을 고려할 때, 1930년 초반 모종의 사건에 연루되어 유치장 신세를 졌으며, 3년간 옥살이를 했다고 볼 수 있을 것이다. 유족들도 5년간 옥살이를 했던 것으로 기억하고 있었다.

43　「재일본 한국인 활동일지」(구 일본 내무성 소장 특별고등경찰 자료), 위의 책, 439쪽.

숨차게 都市化하는 꼴이야 ……

팔려가는 사랑하는 색시에게

손목 잡고 呼訴하는 내 마음이네

　　　　　　×

죽어도 살어도 내 故鄕이니

精神 없는 술ㅅ군에게라도 물어볼가

못 먹고 몸살사록 가슴에 鼓動치든

이곳에서 蹂躙當한 心臟을 어데서나 찾어볼고

　　　　　　　　　　—「고향(故鄕)에 돌아와서」 전문[44]

　나라잃은시대에 발표된 박석정의 작품 가운데서 현재 확인할 수 있
는 마지막 시다. 박석정은 스스로 "오 년, 십 년 만에 한 번씩 고향을 찾
아 가는 기쁨도 찾아 가서는 가슴을 치게 되고 왜놈 등쌀에 사납게 변
모되어 가는 산천이며 살기 위해 몸부림치는 고향 사람들을 두고 붓을
들지 않을 수 없었"[45]다고 했다.

　이후 다시 일본으로 건너간 박석정의 삶에 대한 흔적은 발견할 수
없다. 1943년 동경에서 첫딸 수미자(壽美子)를 낳고 직접 출생신고를 했
던 일과 동생 정쇠와 함께 신문사 영업사원으로 일하며 생계를 꾸려나
간 일 이외에 알려진 사실이 없다. 많은 문학인들이 그러했던 것처럼
친일의 길을 걸었는지, 지하에서 조직 투쟁을 전개했는지, 그야말로
스스로를 유폐시킴으로써 훗날을 대비하고 있었는지는 모를 일이다.

44　『낭만(浪漫)』 1, 1936.11, 104~105쪽.
45　박석정, 「고향에 대한 생각」, 『문학신문』, 1966.3.25, 4면.

현재로서는 세 길의 가능성을 모두 배제할 수 없는 셈이다. 그러나 월북 후의 활동을 감안한다면 지하투쟁을 했을 가능성이 가장 높다.

나라잃은시대 박석정은 자신의 '붓'을 민족 모순과 계급 모순을 극복하기 위한 투쟁의 수단으로 삼았던 시인이다. 어쩌면 시인이라기보다는 민족해방·계급해방의 전위에 섰던 조직운동가이자 실천가로 보는 편이 타당할 지도 모를 일이다.

3. 광복기와 월북 후의 문학 활동

박석정은 광복 이전에 귀국한 것으로 보인다. 월북한 시점이 1946년 4월 이후라고 볼 때, 둘째딸을 출산(1946년 1월 초)하기 훨씬 전에 귀국했을 가능성이 높다. 현해탄의 험한 물길을 만삭의 몸으로 건너는 일이 그만큼 어렵기 때문이다. 또한 광복 직후 밀양땅에서 동향 후배인 소설가 표문태를 만났다는 데서도 이를 확인할 수 있었다. 그는 둘째 딸의 백일에 월북했다고 한다.[46] 그렇다면 그가 귀국한 시기는 1945년 중순으로 추정할 수 있다.

素砂는 나의 그리운 南朝鮮의 땅

---

46 박석정, 「쓸쓸히 웃고 있을 때가 아니네」, 『문학신문』, 1965.3.9, 4면.

안해와 자식을 그곳에 두고
우리 씩씩한 동무들이 싸우고 있는 곳

넉 달 전 이른 새벽 東珪와 내가 素砂를 떠나서 올 때
손 흔들며 우리 걱정만 해주던
동무들에게
뜻하였으나 惡魔의 白色테로를
아─ 이 소식이 참말이던가
(…중략…)

내 그리운 素砂여!
그 어느 때 놈들이 나라를 생각하였고
어느 때 놈들이 民族을 사랑했다고
아─ 몹쓸 同族도 있어
倭놈들 밑에 보다
더 무섭게 權勢를 부리고
永遠히 그놈들 世上같이 날뛰고 있다니
하늘엔 해도 없었고
별은 빤짝일 줄 몰랐단 말인가

素砂는 내 잊을 수 없는 南朝鮮의 땅
監獄과 病床에서 呻吟하는 동무들이여
南쪽 하늘도 暗雲을 물리치는 날

그대들 흘린 피에 꽃이 피리라

— 「소사(素砂)」 가운데서[47]

　광복 직후 8월 18일 조선문화건설중앙협의회 산하에 조선문학건설
본부가 결성되자, 9월 30일 카프 비해소파였던 이기영, 한설야, 윤기정
들이 조선프롤레타리아예술동맹 산하에 조선프롤레타리아문학동맹
을 발족하였다. 이때 박석정은 권환, 엄흥섭, 박세영, 한설야, 이기영
들과 함께 문학동맹 협의원[48]으로 추대되었다.[49] 이후 두 단체는 남로
당의 지령에 따라 통합하여 12월 13일 조선문학동맹으로 거듭난다. 그
러나 1946년 2월 9일 전국조선문학자대회에서 조선문학동맹의 명칭
과 조직 구성의 인선을 두고 촉발된 조선프롤레타리아문학동맹 계열
의 불만으로 남북한 문단재편이 가속화되었다.
　이러한 상황에서 박석정은 이미 월북해 있었던 이기영의 뒤를 이어
신고송, 박세영, 안막, 이동규 들과 함께 1946년 4월 중순에 월북했을
가능성이 높다.[50] 1946년 9월로 창작일자가 부기되어 있고 "넉 달 전 이
른 새벽"에 이동국과 함께 소사를 떠났으니, 박석정의 월북 시기는 대
략 4월 무렵이다.[51] 광복 후 박석정이 서울 소사에 머물렀다는 사실은
동생 박정쇠의 증언과도 일치한다. 월북 후에는 1946년 3월 26일 결성

47　『개가(凱歌)』, 북조선문학예술총동맹 문화전선사, 1947. 10. 18, 26~28쪽.
48　『매일신보』, 1945. 10. 1.
49　박석정은 1945년 11월 김용호, 이동규 들과 함께 조선문화창조사를 조직하여 종합월간지 『문
　　화창조(文化創造)』를 발간할 계획으로 편집인을 맡기도 한다.
50　이 부분에 대해서는 정영진이 자세하게 살폈다. 정영진, 『통한의 실종문인』, 문이당, 1989,
　　17~47쪽.
51　북한에서는 6월로 본다. 박진옥, 「삶도 문학도 그 품속에서」, 『평양신문』, 1991. 12. 28, 2면.

된 북조선문학예술총동맹에 가입하여 북노당선전부 군중선동과장을 맡고 있어[52] 북한문단 내에서 그의 문학적 입지와 위상을 가늠할 수 있다. 1947년 10월에는 첫 시집 『개가(凱歌)』를 묶어낼 정도로 여유를 찾았던 것으로 보인다. 나라잃은시대 말기의 행적을 구체적으로 알 수 없는 상황에서 북한에서의 이러한 역할을 두고 본다면, 1930년대 후반부터 귀국하기 직전까지 일본에서 조직 투쟁을 전개했을 가능성이 높은 셈이다.

박석정은 다작(多作)은 아니지만 창작적 성과 또한 꾸준했던 까닭에 『박석정시선집』을 발간했던 1956년까지 북한문단 내에서 상당한 영향력을 지닌 존재였다. 1956년 제2차 조선작가대회에서 조선작가동맹 중앙위원회 위원으로 추대되었으며, 백석, 박팔양 윤세평 들과 함께 『문학신문』 편집위원으로 이름을 올리고 있다.[53] 그것은 그의 문학이 북조선작가동맹의 지침과 요구를 벗어나지 않았기 때문일 것이다.

조국이여!

피로써 지킨 땅이여!

폐허를 헤치고 공장과 거리와 마을이

일떠서거니

우리 어찌 한신들 쉬이랴

(…중략…)

---

52 정영진, 앞의 책, 28쪽.

53 「작가동맹에서 ─ 동맹 각급 기관들의 선거와 각 부서 성원들의 임명」, 『조선문학』 111, 1956. 11, 202~204쪽.

한장의 벽돌

한 주먹 흙뎅이마저

쓰러진 전우들의 원한을 담고

폐허된 도시의 분노를 실어

우리는 성형공

우리는 축로공

— 「초소에서 우리는 왔다」 가운데서[54]

인용시에서 보듯이, 전후 복구와 사회주의 건설기에 숱한 작가들이 기업소나 농촌으로 파견되었는데, 그들의 임무는 노동자·농민들을 독려하고 사회주의 건설의 성과를 알리는 데 있었다. 이 시기의 「수령이 주신 말씀」이나 「토론만 하는 사람」, 「애산강 제방에서」 들은 시대적 요구를 적극적으로 반영하고 있는 시편들이다.

현재 확인할 수 있는 박석정의 마지막 작품은 「조국의 빛발 아래」(『조선문학』, 1969.5)다. 사망하기 직전에 쓴 시로 추정된다.

산 설고 물 선 이역 땅 한끝에서도

총련분회 하늘가에 휘날리는

공화국 기발 우러러보면

따사로운 조국의 빛발 한가득 안겨오는 듯

우리 마음 언제나 기쁨에 설레여라

---

54 『승리자들』, 평양: 조선작가동맹출판사, 1954.8.10, 52~54쪽.

(…중략…)

수륙만리 떨어져 우리는 살아도

수령님의 한없이 넓은 사랑의 손길은

멀고 가까운 곳 따로 없어라

불어오는 바람결에도 조국의 숨결 느끼며

동행의 물결도 우리 마음 담아 출렁이여라

어떤 시련과 풍파가 우리 앞을 막아도

가슴마다에 스민 조국의 빛발 막지 못하리

영원히 수령과 함께 오직 수령을 위하여 불타는

반석 같은 우리의 신념과 의지는 막지 못하리라

—「조국의 빛발 아래」 가운데서

　　북한문학사의 전개과정에서 볼 때, 1967년 이후의 주체시대는 수령을 유일하고 궁극적인 주인공으로 내세우는 공식을 반복해야 했다. 공식문학의 주된 소재적 원천으로서 수령은 역사적 지도자이자 해방자며 구원자다. 광복기 이후 한결같이 이러한 수령 형상이 요구되었으며 작가들은 이를 거듭 증폭시켜 왔다. 일종의 영웅담론에 가까울 만큼 수령은 북한문학의 근원이라 해도 지나치지 않다. 인용시 또한 화자의 "신념과 의지"는 오직 '수령'과 함께 '수령'을 위하여 불탈 뿐이다. 그럴 때만 화자의 존재 의의도 있는 것이다. 그만큼 이 시기 박석정의 문학은 주체시대가 열리면서 작가에게 부과된 북한문학의 일반적 흐름에서 크게 벗어나지 않는다.

신념으로 선택한 월북이었고 보면, 박석정은 각 시대의 문학적 요구에 걸맞게 수령과 당을 향한 신념을 지닌 인간으로 살다 간 셈이다. 그렇다 하더라도 그의 시와 수필 전반에 깔려 있는 고향땅 밀양에 대한 애잔한 눈길과 어머니에 대한 그리움은 사회주의적 신념을 지닌 인간 박석정이 처음 문학과 혁명의 길에 들어섰던 초심의 다른 이름이다.

4. 마무리

석정 박해쇠는 한평생 내내 혁명전선에서 충만한 삶을 살다간 시인이다. 월북으로 고향땅 밀양에서조차 잊혀진 존재였던 그가 광복항쟁의 유공자로 이름을 올리며 실천적 혁명가로 거듭난 것은 최근의 일이다. 이 글에서는 월북시인 박석정의 삶과 문학 활동을 복원하고자 했다. 물론 월북 후의 활동을 살필 수 있는 문학사료가 부족한 까닭에 성글게 다가선 점이 적지 않다.

우선, 박석정은 밀양공립보통학교 시절부터 『신소년』이나 『어린이』들의 어린이 매체에 작품을 투고하면서 습작활동을 벌였다. 신문 잡지 매체를 통한 투고 경험과 당시 밀양 지역의 사회운동 기류는 박석정이 소년운동에 투신하게 되는 직접적인 계기가 되었다. 밀양소년회과 경남소년연맹에서 주요한 역할을 맡으면서 체계적인 이론학습과 조직 활동, 매체 투쟁을 이끌었다. '문예동인사' 사건은 이 시기 박석정의 사회의식과 소년운동의 수준을 보여주는 상징적인 활동이었다.

둘째, 문예동인사 공판 이후 박석정은 동경으로 건너가 본격적으로 사회운동에 투신하게 된다. 동지사나 코프 산하 조선협의회와 야프의 조직 활동에서 엿볼 수 있듯이, 박석정은 매체 투쟁을 통하여 위기에 처한 조선프롤레타리아 문화운동의 조직을 재건하려는 노력을 기울였다. 이 과정에서 조선 내 비밀 연락망을 통해 기관지 『우리 동무』를 반입하려다 발각되었는가 하면, 1933년경에는 일본경시청에 검거되어 옥살이를 하기도 했다. 조직운동가로서 박석정의 면모가 가장 뚜렷했던 시기는 바로 이때였다.

셋째, 나라잃은시대 말기의 행적은 소상하게 알 수 없으나, 광복 이전에 귀국하여 1946년 4월 중순경 월북한 것으로 추정된다. 월북 이후 북노당 선전부 군중선동과장, 조선작가동맹 중앙위원회 위원, 『문학신문』 편집위원으로 활동하면서 북한문단 내에서도 상당한 영향력을 행사했던 것으로 보인다. 그러다가 1967년 이후 숙청되어 북한문학사에서도 잊혀진 존재가 되고 말았다. 북한에서 발행된 『문학예술사전』(사회과학원 주체문학연구소, 1988~1993)이나 『문학대사전』(사회과학원, 2000) 들에서도 박석정의 이름을 발견할 수 없는 것도 이와 관련이 있을 것이다.

소년운동에 투신했던 10대 후반부터 광복기에 이르는 박석정의 실천적 삶은 근대 계급문학운동사의 큰 흐름에서 볼 때, 결코 낮추어 평가할 수 없는 무게를 지녔다. 근대 밀양 지역문학사에서도 가장 앞선 시기에 문학으로써 대중투쟁을 전개했던 이가 박석정이다. 그만큼 박석정은 경남 계급주의 문학뿐 아니라 한국 근대 계급주의 문학의 전개

과정에서 한결같은 신념으로 일관한 시인이었던 셈이다. 앞으로 나라 잃은시대뿐만 아니라 광복기와 월북 후의 문학 활동을 깁고 보태는 일이 잇따라야 하겠다. 더불어 1950년대 후반까지 북한 문학권력의 중심부에 있었으나, 1971년 4월 자강동 강계시에서 간암으로 삶을 마감한 시인의 삶과 문학 활동을 밝히고 뜻을 새기는 일이 남았다.

1911(1세)　음력 7월 25일, 경남 밀양군 밀양면 내이동 928번지의 9에서 밀양박씨
　　　　　박상길(朴尙吉)과 모친 전주이씨 이향이(李香伊)의 4남 1녀 가운데 장남으로 태
　　　　　어나다(누이동생 박봉섬의 증언을 따르면, 모친은 11명의 자녀를 낳았으나 6명의 아이를
　　　　　일찍 잃었다고 한다). 본디이름은 해쇠(亥釗)다. 필명으로 석정(夕亭, 石丁)을 썼으
　　　　　며, 일본에서 활동하면서 박성희(朴性熙), 이시이 테르오(石井輝夫) 들의 이명(異
　　　　　名)을 썼다. 문인으로서 널리 알려진 이름은 박석정(朴石丁)이다.

1917　　　2월 동생 정쇠(丁釗) 태어나다

1919(9세)　기미만세의거가 일어나다. 밀양공립보통학교에 입학하다.

1924(14세) 이 무렵부터 어린이 매체인 『어린이』와 『신소년』 들에 동시를 발표하
　　　　　며 활발하게 투고 활동을 하다.

1926(16세) 밀양공립보통학교를 졸업하다. 11월 동생 광쇠(廣釗) 태어나다.

1927(17세) 4월 5일 밀양공립농잠학교에 입학하다. 학적부에 기재된 주소는 밀양
　　　　　군 밀양면 내일동 140번지다. 7월 밀양청년회 산하 조직인 밀양소년회에 가
　　　　　입하여 기관지 『문예』 외에 『활살』 들의 매체를 발간하다.

1928(18세) 2월 밀양소년위원회의 대표위원으로 선임되어 문예전람회, 독서회, 동
　　　　　화대회 들을 개최하다. 7월 경남소년연맹 창립 대회에서 중앙상임서기로 임
　　　　　명되다. 11월 문예동인회를 조직한 일로 검거되었으나 곧 석방되다. 12월 치
　　　　　안유지법 위반으로 피검되다.

1929(19세) 4월 부산지방법원 예심에서 여러 달 고생하다 공판에 회부되어 징역 1
　　　　　년의 논고를 받았으나, 5월 무죄 판결을 받았다. 이 과정에서 3월 3월 31일 밀
　　　　　양공립농잠학교(현 부산대학교 밀양캠퍼스의 전신) 퇴학 처분을 받다. 재학 중 『동
　　　　　아일보』, 『조선일보』, 『조선시단』에 시를 발표하다. 10월 이후에 일본으로 건
　　　　　너가다.

1931(21세) 8월 동생 말수(末秀) 태어나다. 일본프롤레타리아 미술가동맹 성남(城南)

지구에서 일했으며, 일본프롤레타리아 미술연구소의 5기 연구생으로 참여하였다. 제4회 나프(NAPF)가 개최한 프롤레타리아 미술전람회에 「일선(日鮮) 노동자 단결하자(日鮮勞動者團結せよ)」를 출품하다. 11월 재일조선인 예술단체인 동지사(同志社)의 발기인으로 조직부에 이름을 올렸다.

1932(22세) 2월 동지사가 일본프롤레타리아문화연맹(KOPF) 내의 조선협의회로 해소되다. 이때 박석정은 안막과 함께 해체선언문의 기초작업을 하다. 조선협의회 의장이자 기관지 『우리 동무(ウリトンム)』의 편집 책임을 맡아 편집에 종사하다. 6월 26일 일본프롤레타리아문화출판부(동경시 일비곡구 전정 2-3)에서 『대중의 벗(大衆の友)』 부록으로 발행된 『우리 동무』 창간 준비 제1호 100부를 서울로 밀송하려다 발각되어 피검되다. 우에노 유치장으로 송치되다. 프롤레타리아 미술가동맹 식민지위원회 위원장으로 일하다. 제5회 프롤레타리아 미술전람회에 「조선인에게도 같은 임금을 지불하라(朝鮮人にも同じ賃金をよこせ)」를 출품하다.

1933(23세) 2월 동생 봉섭(鳳燮) 태어나다. 4월 당 관계로 경시청에 검거·송치되다.

1936(26세) 2월 울산 출신의 김순오(金順五)와 혼인하다. 한동안 부모를 모시고 살다가 혼자 일본으로 건너가다.

1938(28세) 며느리의 처지를 딱하게 여긴 아버지의 결단으로 온가족이 모두 일본으로 건너가다. 당시 부친은 지병인 고혈압으로 무척 고생했다고 한다. 이 무렵 동경 대구보(大久保)에서 동생 정쇠와 함께 일본공업신문사의 영업과에 취직하여 가계를 돌보다.

1939(29세) 8월 19일 부친 박상길이 중풍으로 사망하다.

1940(30세) 모친과 봉섭이 밀양으로 귀국하다. 뒤이어 아내 김순오도 다다미방의 한기(寒氣) 때문에 아이를 가지지 못한다는 친정어머니의 권유로 귀국하여 친정에 머물다. 몸조리를 한 후에 밀양 시가로 돌아오다. 아들을 낳았으나 백일해로 돌 전에 사망하다. 이후 모친과 봉섭은 해방 직전까지 밀양과 동경을 오가다.

1941(31세)이 무렵 동경에 와 있던 밀양 내일동 출신의 이영자(李榮子)와 동거하다.

1943(33세) 맏딸 수미자(壽美子) 태어나다.

1945(35세) 일본 상황이 극도로 악화되자, 광복 직전(또는 1945년 중순경) 정쇠를 비롯한 가족들이 밀양으로 먼저 귀국하고, 뒤이어 아내와 함께 돌아와 부천 소사(素砂)에 머물다. 9월 조선프롤레타리아문학동맹 협의원으로 추대되다. 11월 김용호, 이동규와 조선문화창조사를 조직하여 종합월간지 『문화창조』의 발간 편집인을 맡다.

1946(36세) 둘째딸 수경 태어나다. 4월 둘째딸 100일에 이영자와 수미를 데리고 월북하다. 10월 북조선문학예술총동맹 중앙검열위원과 그 하부단체인 북조선문학동맹의 중앙위원을 역임하다.

1947(37세) 10월 북조선문학예술총동맹 문화전선사에서 첫 시집 『개가(凱歌)』를 내다.

1948(38세) 셋째딸 수진 태어나다.

1949(39세) 3월 남한의 아내 김순오가 결핵으로 사망하다.

1951(41세) 아들 수동 태어나다.

1953(43세) 전쟁이 소강상태를 맞던 때 동생과 가족들이 일본으로 건너가다(밀항).

1955(45세) 막내딸 수선 태어나다.

1956(46세) 제2차 조선작가대회에서 조선작가동맹 중앙위원회 위원으로 추대되다. 11월 조선작가동맹출판사에서 『박석정시선집』을 내다.

1958(48세) 『조선예술』 책임주필로 일하다.

1964(54세) 9월 모친 이향이 여사 별세하다. 이 무렵 박석정은 고혈압이 심해 병원을 드나들었으며, 일본에서 의사로 일하고 있던 매제(妹弟) 김정택(金正澤)이 약을 보내주고 있었다.

1971(61세) 환갑을 석 달여 앞둔 4월 10일 저녁 9시 15분 자강도 강계시 중앙병원에서 간암으로 타계하다.

1972 6월 탈모증으로 고생하던 아내 이영자가 사망하다.

1988 10월 납·월북작가의 해금 조치가 이루어지다.

2002 3월 10일 조선중앙방송에서 박석정의 삶과 문학을 다룬 〈한 시인을 당 사상전선에 내세워 주시여〉를 방영하다.

2003 9월 2일 조국통일상을 수상(조선민주주의인민공화국 최고인민회의 상임위원회)하다.

1. 시

제목	발표지	발표일자	비고
나의 동생	『신소년』제3권 제9호	1925.9.1.	동요, 독자문단
눈 어둔 이들아	『조선일보』	1927.12.11.	밀양농잠 박해쇠(朴亥釗)
失題	〃	1928.1.31.	밀양 박해쇠
한울이어	〃	1928.2.5.	밀양농잠 박해쇠
한숨	『조선시단』제3호 (2·3합병호)	1928.12.6.	목차에는 '밀양 박해쇠' 본문에는 '밀양 박성희(朴性熙)'
留置場에서	『동아일보』	1929.10.18.	밀양 석정(夕亭)
沈默	〃	〃	밀양 박해쇠
反戰デー	『우리 동무』	1932.8.1.	석정(石丁), 일어시
同志 金君의게-감옥에 보내는 편지	〃	1933.1.1.	
사랑하는 大陸아	〃	1933.1.1.	김용제의 일어시를 우리말로 옮긴 시
大空	『조선일보』	1935.9.27.	
獨房吟	『낭만』제1집	1936.11.1.	
故鄉에 돌아와서	〃	〃	
山으로 들로!	『신건설』창간호	1945.11.15.	
학교	『새동무』창간호	1945.12.1.	동요
邂逅	『예술운동』창간호	1945.12.5.	
日本 간 언니	『별나라』해방속간 제1호	1945.12.15.	동요
어머니	『여성공론』창간호	1946.1.1.	
赤星	『적성(赤星)』창간호	1946.3.1.	석정(石丁), 『적성』창간 축시
볼가江	『인민』제2권 제2호	1946.3.1.	
歸鄉	『전선(前線)』창간호	1946.3.10.	
밤車	『여성공론』제2호	1946.4.15.	
*우리 아버지	『별나라』3호	1946.4.	
어머니	『횃불』	1946.4.20.	해방기념시집
山으로 들로	〃	〃	
어머니	『거류(巨流)』	1946.8.15.	8·15해방1주년기념 중앙준비위원회
山으로 들로	〃	〃	〃
金日成 將軍의 過去는 몰라도 조앗다	『우리의 太陽』	1946.8.15.	북조선예술총연맹
八月의 노래	『조소문화』제2호	1946.9.25.	조소문화협회
祝詩 赤星	『解放詩選集』	1946.10.25.	재일본조선인연맹중앙총본부
볼가 江	〃	〃	
歸鄉	〃	〃	

제목	발표지	발표일자	비고
•남조선 그 땅도 우리의 조국	『공업지식』	1946. 11.	
딸에게 주는 詩	『문화전선』 제2집	1946. 11. 12.	
추수	『어린동무』 11월호	1947. 11. 15.	북조선교육국
邂逅	『1946년판 朝鮮詩集』	1947. 3. 20.	조선문학가동맹시부위원회
越境途中	『개가(凱歌)』	1947. 10. 18.	북조선문학예술총동맹 문화전선사
그날	〃	〃	
金日成 將軍	〃	〃	
딸에게 주는 노래	〃	〃	
八月에의 노래	〃	〃	
이 뜨거운 마음을 아는가	〃	〃	
또 다시 피를 흘려야 하는가	〃	〃	
素砂	〃	〃	
가자 選擧場으로	〃	〃	
레―닌에의 獻詞	〃	〃	
偉大한 十月의 노래	〃	〃	
凱歌	〃	〃	
그날의 感激	〃	〃	
歸鄕	〃	〃	
邂逅	〃	〃	
어머니	〃	〃	
밤車	〃	〃	
嗚呼海山先生	〃	〃	
南朝鮮이여	〃	〃	
눈 어둔 이들아	〃	〃	
옛 都邑터에서	〃	〃	
沈默	〃	〃	
留置場에서	〃	〃	
獨房吟	〃	〃	
아버지 靈前에	〃	〃	
故鄕에 돌아와서	〃	〃	
咀呪의 玄海灘	〃	〃	
洛東江	〃	〃	
너 米軍政이여	『조국(祖國)의 깃발』	1948. 7. 1.	종합시집
탄광지구 사택거리에서	『문학예술』 제3권 제2호	1950. 2. 1.	
현물세를 바치러 나도 간다네	『아동문학집』 제1집	1950. 6. 10.	
•중국 아저씨	『아동문학』 제8집	1951. 11.	
모택동 주석이시여	『문학예술』 제4권 제9호	1952. 1. 15.	

제목	발표지	발표일자	비고
모택동 주석이시여	『평화의 초소에서』	1952. 12. 20.	종합시집
기관사 아저씨	『항상 배우며 준비하자』	1953. 6. 20.	동요 동시집
*지원군과 최로인	『문학예술』 제6권 제9호	1953. 9.	
지원군과 최로인	『전우의 노래』	1953. 10. 30.	종합시집
*오늘의 부산		1954. 5.	
志願軍與崔老爺	『戰友之歌』	1954. 8.	북경 : 작가출판사
그림책	『아동문학』 8월호	1954. 8.	
수령이 주신 말씀	『승리자들』	1954. 8. 10.	종합시집
초소에서 우리는 왔다	〃	〃	〃
토론만 하는 사람	〃	〃	〃
애산강 제방에서	『서정시선집』	1955. 6. 30	종합시집
이와노브 기사와 나	『전하라 우리의 노래』	1955. 7. 25.	종합시집
위대한 친선과 평화의 말	『조선문학』 96호	1955. 8.	
위대한 친선과 평화의 말	『박석정시선집』	1956. 11. 1.	조선작가동맹출판사
애산강 제방에서	〃	〃	
초소에서 우리는 왔다	〃	〃	
이와노브 기사	〃	〃	
토론만 하는 사람	〃	〃	
오늘의 부산	〃	〃	
림진강반에서	〃	〃	
탁아소	〃	〃	
세포 총회	〃	〃	
모쓰크바의 목소리	〃	〃	
지원군과 최 로인	〃	〃	
오늘 전선에서 영웅이 오다	〃	〃	
자장가	〃	〃	
어느 한 목장에서	〃	〃	
첫 상봉	〃	〃	
집	〃	〃	
지원군	〃	〃	
구호물자	〃	〃	
어머니	〃	〃	
어느 리민 총회에서	〃	〃	
다리	〃	〃	
노래소리	〃	〃	
쏘련 기사	〃	〃	
감시초	〃	〃	

제목	발표지	발표일자	비고
길	〃	〃	
월북 도중	〃	〃	
딸에게 주는 노래	〃	〃	
소사	〃	〃	
그날	〃	〃	
탄광지구 사택 거리에서	〃	〃	
채탄공 김동무	〃	〃	
귀향	〃	〃	
어머니	〃	〃	
해후	〃	〃	
밤차	〃	〃	
눈 어둔 이들아	〃	〃	
침묵	〃	〃	
류치장에서	〃	〃	
독방염	〃	〃	
고향에 돌아 와서	〃	〃	
저주의 현해탄	〃	〃	
락동강	〃	〃	
쏘련 방문 시초-우리 류학생, 우크 라이나 춤, 네바 강 기슭에서	『조쏘문화』 1957년 3월호	1957.	
해와 달	『아브로라의 여운』	1957.9.15.	10월혁명 40주년 기념시집
아리랑	『조선문학』 123호	1957.11.	
지나가다 들린 집	『격류 속에서』	1957.12.5.	조선작가동맹출판사
평화를 위하여	『조선문학』 127호	1958.3.	
승리와 영광 속에	『청년문학』 1958년 4월호	1958.4.	
지원군 렬사릉 앞에서	『전우에게 영광을』	1958.4.25.	조선작가동맹출판사
이른 아침	『로동신문』	1958.6.13.	
밤거리	『로동신문』	1958.6.13.	
서울이여	『문학신문』	1958.6.26.	조선작가동맹중앙위원회 기관지
이른 아침	『아침은 빛나라』	1958.8.10.	조선민주주의인민공화국 창건 10주년 기념시집
너를 두고	『조선문학』 133호	1958.9.	
조국의 높이와 깊이 그 무게를 두고	『조선문학』 204호	1964.8.	
붉은별-'지리산의 녀장군'정순덕을 노래함	『문학신문』	1965.3.23.	
그 눈 그 눈으로	『조선문학』 217호	1965.9.	
동해의 파도소리	『조선문학』 222호	1966.2.	
랑림의 어머니	『조선문학』 224호	1966.4.	

제목	발표지	발표일자	비고
그 배 길 끊지 못한다	『문학신문』	1967.6.6.	
불타는 충성을 담아	『조선문학』 254~255호	1968.10~11.	
조골령	〃	〃	
우리 시대의 새 전설	『문학신문』	1967.11.10.	
조국의 빛발 아래	『조선문학』 261호	1969.5.	

2. 비평과 수필, 기타

제목	발표지	발표일자	비고
日鮮勞動者團結せよ	『プロレタリア美術』 2호 (1・2월 합병호)	1932.2.1.	그림 일본プロレタリア 미술가동맹 출판소
緊急動議 : 朝鮮委員會强化の爲めに	『プロレタリア美術』 3호 (3・4월 합병호)	1932.4.1.	
彈壓下の朝鮮プロ美術	〃	〃	
政治와 藝術	『조선인민보』	1945.10.	
붙일 수 없는 片紙	『인민』 제1권 제1호	1945.12.	수필
레-닌과 예술	『적성』 창간호	1946.3.1.	비평
*김일성훈장	『인민』 제2권 제1호	1947.1.	수필
反動文化와 抑壓속엣 鬪爭하는 日本民主主義 文化運動의 動向	『문화전선』 제5집	1947.8.1.	비평
*개인 맹성운동의 첫 봉화를 올린 김원경 동무의 투쟁	『로동자』 제9호	1949.	북조선직업동맹중앙위원회 기관지
새로운 승리의 길 위에서	『로동자』 제12호	1949.	〃
홍순철의 작품에 대하여	『문학신문』	1958.2.27.	비평
그 때를 생각하면	〃	1958.8.21.	
무대예술에 천리마의 기상을	〃	1958.10.30.	
한 장의 만화를 두고	〃	1963.9.13.	수필
쓸쓸히 웃고 있을 때가 아니네	〃	1965.3.9.	수필
고향에 대한 생각	〃	1966.3.25.	수필
한 로력 영웅의 효성을 두고	〃	1966.6.3.	수필

*표시는 글쓴이가 직접 눈으로 확인하지 못한 글을 말하며, 주로 문학잡지나 단행본 시집 매체의 책(旣刊・新刊) 소개란을 통해 확인하였다.

제6장 북한문학사에서 시인 박석정의 문학적 복권과 재평가

1.

박석정은 시인이자 매체 발행인으로 활동한 계급주의 문인이다. 본디 이름은 해쇠(亥釗)다. 신문 잡지 매체에 시를 투고하면서 한두 차례 박성희(朴性熙),[1] 석정(夕亭)[2]이라는 필명을 사용했으나, 문인으로서 널리 알려진 이름은 박석정(朴石丁)이다. 그리고 온 가족이 일본으로 건너간 1930년대 후반에는 동생 정쇠와 함께 신문사 영업과에 몸담으면서 이시이 테르외[石井輝夫]라는 이명(異名)을 쓰기도 했다. 석정이라는 필

---

1   1928년 『조선시단』 3호에 「한숨」을 발표하면서 목차에 드러난 본명과는 달리 본문에 표기된 이름이다.
2   『동아일보』 1929년 10월 18일 자 4면에 「유치장(留置場)에서」를 발표하면서 단 한 차례 사용했다.

명으로 문학 활동을 지속한 것은 동향 출신의 광복열사 석정(石正, 石鼎, 石井) 윤세주의 삶을 본받으려는 의식이 작용한 결과로 보인다. 그가 밀양공립농잠학교 시절 밀양소년회를 이끌고 있을 때, 윤세주는 밀양청년회 집행위원으로서 신간회 밀양지회 설립에 힘쓰고 있었다.[3]

밀양공립보통학교에 다니던 1925년 『신소년』 9월호에 동요 〈나의 동생〉을 발표하면서 창작 활동을 시작한 이후 투고문단을 거치면서 문학에 대한 뜻을 이어갔다. 밀양소년회와 경남소년

〈그림 1〉 1929년 무렵의 박석정

연맹에서 활동하던 중 문예동인사 사건으로 검거되어 옥살이를 하다 1929년 후반기에 일본으로 건너갔다. 1931년 재일조선인 예술단체인 동지사의 발기인으로 참여했으며, 동지사가 일본프롤레타리아문화연맹(KOPF) 내의 조선협의회로 해소된 후, 기관지 『우리 동무(ウリトンム)』의 편집 책임을 맡아 일했다. 이 시기 일본프롤레타리아미술가동맹 식민지위원회 위원장을 역임하기도 했다. 카프와 코프에 동시에 적을 둔 까닭에 한일 프롤레타리아 문화운동의 중요한 연결고리 역할을 수행했던 것으로 보인다. 무엇보다도 매체 발행을 통해 계급주의 문학운동의 조

---

3 자세한 내용은 이순욱, 「박석정의 삶과 문학 활동」, 『어문학』 91, 한국어문학회, 2006.3, 455~481쪽을 참고할 것.

직을 재건하는 데 앞장섰다.

1940년대 중반기 일본의 상황이 악화되자 광복 직전 밀양으로 귀국한 후, 부천 소사(素砂)에 머물렀다. 1945년 9월 조선프롤레타리아문학동맹 협의원으로 추대되었으며, 11월에는 김용호, 이동규와 조선문화창조사를 조직하여 종합월간지 『문화창조』의 발간 편집인을 맡기도 했다. 1946년 6월 박세영, 이동규 들과 월북한 박석정은 그해 10월 북조선문학예술총동맹 중앙검열위원과 그 하부단체인 북조선문학동맹의 중앙위원을 역임하였다. 월북 이후에는 당 중앙위원회 출판과장으로 일하면서 출판보도 부문에서 당의 사상전선을 강화하는 일에 힘썼던 것으로 보인다. 이런 가운데 그동안의 문학적 성과를 묶어 1947년 10월 첫 시집 『개가(凱歌)』(문화전선사)를 발간했다. 1956년 제2차 조선작가대회에서 조선작가동맹 중앙위원회 위원으로 추대되었으며, 1956년 11월에는 『박석정시선집』(조선작가동맹출판사)을 내기도 했다. 이후 『문학신문』 편집위원으로, 『조선예술』 책임주필로 매체 발간에 관여했다. 그러다 1960년대 초반 무렵 카프문학에 대한 재평가와 맞물려 북한문학계의 주변부로 밀려난 것으로 보인다.

박석정의 문학적 복권은 1990년대 민족문학예술유산에 대한 평가와 맞물려 카프문학을 사회주의적 사실주의문학 계열에 속하는 우수한 과거 문학유산으로 규정하면서부터다.

카프문학에 대한 평가와 처리를 공정하게 하여야 한다.

지금 문학 분야에서는 카프문학에 대한 평가를 매우 어정쩡하게 하고 있다. 어떤 사람들은 카프문학을 비판적 사실주의문학의 계열에도 넣지 않고 사회주의적 사실주의문학의 계열에도 넣지 않고 그저 프롤레타리아문학이라고 막연하게 규정하고 있다. 이것은 카프문학에 대한 공정하지 못한 평가이다. 카프의 작품에는 비판적 사실주의 작품도 있고 사회주의적 사실주의 작품도 있다. 특히 카프가 새로운 강령을 내놓은 이후 시기에 나온 작품은 기본적으로 사회주의적 사실주의 작품이라고 보아야 한다. (…중략…) 카프문학은 민족문학의 고유한 특성을 살리어 우리 인민의 민족적 감정과 지향에 맞는 우수한 형식을 창조하였으며 우리나라의 선행한 사실주의문학의 제한성에서 벗어나 사상 예술적으로 높은 수준에 이르렀다. 이것은 카프문학이 우리나라에서 사회주의적 사실주의 사조를 이루었다는 것을 말하여 준다.[4]

정치적인 문제로 숙청된 남로당계 작가들과는 달리 박석정은 문학유산과 전통을 강조하는 1990년대 북한문학계의 변화된 지형 속에서 자연스럽게 복권되었던 것으로 보인다. 항일혁명문학예술을 민족문화유산의 최고봉으로 평가하는 북한문학계에서 카프문학인들을 부분적으로 복권시킨 까닭은 민족문화유산에 대한 문제가 "당의 민족자주노선과 관련된 중요한 정치적 문제"였기 때문이다. 물론 민족문화유산의 외연을 넓히려는 이러한 정책 변화는 1988년 7월 남한에서 이루어진 월북문인 해금 조치에 따른 북한문학계의 공식적인 대응으로도 볼 수 있다.

최근 들어 연구 환경이 나아지기는 했지만, 광복 이후 북한 문학사회

---

4   김정일, 「유산과 전통」, 『주체문학론』, 조선노동당출판사, 1992.7, 77~78쪽.

의 동향과 작가들의 문학 활동을 실질적으로 복원하는 데 가장 큰 걸림 돌은 역시 1차문헌의 부족이다. 박석정 또한 북한문학사에서 공인된 작가로 대접받지 못했던 까닭에 문학 활동을 소상하게 밝혀줄 자료를 수습하기가 쉽지 않다. 문학적 복권이 이루어진 이후 사회과학원에서 발행된 『문학대사전』(2000)에서도 박석정의 이름을 발견할 수 없다.[5]

남북한문학사를 제대로 서술하기 위해서는 북한문학계의 공식적 입장에 따라 구축된 문학적 위계를 벗어나 정치적 이유든 개인적 이유 든 주류 문단에서 배제된 작가들을 과감하게 수용해야 한다. 우리의 문학사와 마찬가지로 정전(작가, 작품)의 해체와 재편성이 필요한 셈이 다. 무엇보다도 개별 작가의 '작가 · 작품 해적이'를 제대로 마련하는 일이 시급하고, 이를 바탕으로 작가론 문학연구를 수행해야 하겠다.

이 자리에서는 북한문학사에서 박석정의 문학적 복권을 공식적으 로 보여주는 신문기사 「삶도 문학도 그 품속에서 — 위대한 수령님께서 시인 박석정에게 베풀어 주신 사랑과 믿음」 전문을 소개한다. 통일부 북한자료센터에 소장되어 있는 『평양신문』 1991년 12월 28일 자(토요 일) 2면에 발표된 이 기사는 한 월북시인의 굴곡 많은 삶의 역정을 잘 보여주는 자료다. 이는 1991년 7월 김정일의 "위대한 수령님의 사랑과 믿음 속에서 재능 있는 시인으로, 우리 당 사상전선의 미더운 초병으 로 자라난 박석정에 대하여 인민들 속에 선전할 데 대한 조치"에 이은

5　남한 학계의 경우에도 마찬가지다. 최근 발행된 『문학과지성사 한국문학선집 1900~2000 — 북한문학』(신형기 외편, 문학과지성사, 2007)에서는 그의 생몰연대조차 정확하게 규명 하지 못하고 있다. 또한 비교적 정치하게 마련된 『약전으로 읽는 문학사』 1~2(근대문학 100년 연구총서 편찬위원회, 소명출판, 2008)에서도 근대문인으로서 박석정의 자리는 없 다. 이즈음 출간되고 있는 몇몇 선집이나 연구서를 보아도 박석정은 전후복구기의 북한시 를 언급하는 자리에서 간략하게 언급되고 있을 뿐이다.

보도라 여겨진다. 이 기사를 바탕으로 2002년 3월 10일 조선중앙방송에서 방영된 〈한 시인을 당 사상전선에 내세워 주시여〉 또한 북한문학계에서 그의 문학적 복권을 거듭 확인시켜 주는 공식적인 자료라 할 만하다.[6] 이러한 과정을 거쳐 박석정은 2003년 9월 2일 조선민주주의인민공화국 최고인민회의 상임위원회의 정령 「조국통일위업수행에 이바지한 일군들에게 조국통일상을 수여함에 대하여」[7]에 따라 신남철, 이용악 들과 함께 조국통일상을 수상하게 된다.

「삶도 문학도 그 품속에서」는 우리의 현행 어문 규정에 따라 표기하였으며, 분명한 잘못은 바로 잡았다. 북한말은 가능한 살려 썼으며, 몇몇의 경우에는 주석을 달아 독자의 이해를 돕고자 했다.

---

6   이 영상물은 2012년 8월 동서대학교 외국어교육원을 방문했던 일본 오타니대학교 문학부 국제문화학과의 키다 에미코(喜多惠美子) 교수가 직접 전해 준 것이다. 그녀는 「한·일 프롤레타리아 미술운동의 교류」(김영나 편, 『한국근대미술과 시각문화』, 조형교육, 2002, 139~164쪽)라는 논문을 통해 1930년 초반 일본 프롤레타리아 미술가동맹에서 박석정의 미술 활동을 처음으로 규명했다.

7   『로동신문』, 2003.9.6, 1면.

삶도 문학도 그 품속에서

위대한 수령님께서 시인 박석정에게 베풀어주신 사랑과 믿음

첫 임무

성장의 자욱자욱에

지지않는꽃

박진옥, 「삶도 문학도 그 품속에서」, 『평양신문』, 1991.12.28, 2면.

삶도 문학도 그 품속에서
- 위대한 수령님께서 시인 박석정에게 베풀어 주신 사랑과 믿음

시인 박석정은 오늘의 젊은 독자들에게는 거의 알려지지 않은 작가이다. 우리 혁명의 영웅적인 연대들인 1950년대와 60년대에 번성하는 조선문학과 더불어 쟁쟁히 울리던 시인의 이름은 세월이 흐르는 사이에 어느덧 망각의 안개 속에 묻혀 사람들의 기억 너머로 멀어져 갔다.

하긴 시인이 세상을 뜬 지도 벌써 20년이 되었다.

그런데 세 해 전이었다. 시인 박석정과 그의 문학, 아니 그의 정치적 운명에 있어서 분명 하나의 사변으로 되는 뜻 깊은 일이 있었다.

혁명의 수도 평양에서 위대한 수령님과 우리 당의 문학예술사업에 대한 빛나는 영도 업적을 집대성하여 보여주는 문화예술부사적관이 개관되었는데 거기에 그의 해방 후 첫 시집인 『개가』가 귀중한 혁명사적물로 전시된 것이었다.

혁명시인 조기천의 장편서사시 『백두산』과 더불어 우리 혁명의 고귀한 재보로 유리함 속에 정히 보관된 시집을 보는 시인의 동년배들은 지나온 격동적인 연대들이 그렇듯 친근하게 지면으로 얼굴을 익혀 온 시인의 이름을 다시금 마음속에 불러보며 감개무량함을 금치 못했고 오래 전에 대오에서 떠나간 전사에게 영생의 빛나는 삶을 안겨 주는 우리 당의 고마운 은정에 북받쳐 오르는 격정을 숨기지 못했다.

예로부터 말하기를 범은 죽어 가죽을 남기고 사람은 죽어 이름을 남긴다고 했지만 사람마다 다 이름을 남길 수 있는 것은 아니며 또 이름을 남겼다고 하여 그 이름이 다 명예로 되는 것은 아니지 않는가?

하다면 한생을 흔적 없이 미미하게 보냈을 수도 있었던 한 사람의 오랜 인 테리를 우리 당 사상전선의 일익을 담당한 출판보도 일꾼으로, 혁명적인 시 인으로 키워 주었고 죽어서도 그 이름이 영원히 살아 있도록 영예를 안겨 주 신 위대한 수령님과 당의 은덕은 얼마나 크고 숭고한 것인가!

여기에 다난했던 그의 삶에 크나큰 영예를 안겨 준 은혜로운 사랑과 믿음 에 대한 이야기를 적는다.

첫 임무

1947년 7월이었다.

어느 날 위대한 수령님의 부르심을 받고 한 일꾼이 북조선인민위원회 위 원장실로 찾아왔다.

커다란 체구와 진한 눈썹에서 고지식한 성품이 느껴지는 그 일꾼이 당시 당 중앙위원회 과장의 직책에서 당 출판보도 사업을 맡아보고 있던 시인 박 석정이었다.

위대한 수령님께서는 그가 방에 들어서자 자리에서 일어서며 "박석정 동 무가 왔습니까? 어서 이리 와 앉으시오. 그간 어떻게 지내고 있습니까? 시는 계속 쓰고 있습니까?"라고 하시면서 여간 반가워하시지 않았다.

그가 송구스러워하며 시를 계속 쓰고 있다는 대답을 올리자 위대한 수령 님께서는 아주 좋은 일이라고 하시면서 오늘 동무에게 새로운 과업을 하나 주려고 불렀다고 말씀하시었다. 그러시고는 시인을 자신의 곁에 가까이 앉 히고 오랜 시간에 걸쳐 미제와 남조선 괴뢰도당이 민족분열 책동과 북반부 민주건설 사업에 대한 비방선전 도수를 높이고 있는 데 대하여 이야기하시 면서 그에게 직접 그에 대처하는 중요한 임무를 맡겨 주시었다.

박석정은 위대한 수령님으로부터 또다시 중대한 과업을 받아 안게 되자 이 크나큰 신임과 기대에 어떻게 감사의 말씀을 드려야 할지 알지 못했다. 이것은 시인이 북반부에 들어와 두 번째로 받는 큰 임무였다.

박석정으로 말하면 한 해 전만 해도 남반부에서 활동하던 평범한 인테리였다.

본래 그는 고향이 남조선이었다. 1911년 경상남도 밀양군 밀양읍 미일동[8]이라는 곳에서 빈농가의 장남으로 태어난 그는 어려서부터 시문에 눈이 터 18살 때는 일본으로 건너가 고학으로 문학수업을 하고 시를 창작 발표하는 한편 좌익 문화운동에도 가담하고 출판사업에도 관계했다.

8·15를 서울에서 맞이한 시인은 해방의 환희를 안고 인민위원회 결성사업에 나섰으며 민족문화건설을 위해 투신했다.

그러나 새 조선의 인테리로서 민주건국에 이바지하려던 그의 부풀어 오르는 애국충정은 미제의 남조선 강점으로 하루아침에 물거품이 되고 말았다.

미제의 탄압이 우심해지고[9] 친일친미파, 민족반역자들이 활개 치는 남조선 천지에서 더욱 참을 수 없는 것은 '공산당'의 간판을 내건 종파분자들의 망동이었다.

양심적인 문화인들의 민족문화운동에도 손을 뻗친 이 자들은 소위 조선문화건설중앙협의회라는 것을 조작하여 놓고 음으로 양으로 진보적 문화인들을 모해·박해하였으며 장차 조선에 수립할 민족문화는 계급문화가 되어서는 안 된다는 부르주아적 정강을 이른바 '문화테제'라는 모자를 씌워 당의 문화노선으로 내려먹이려고 하였다. 물론 정의에 고지식한 박석정으로서는 놈들에게 동조할 수도 굴복할 수도 없었다. 그러다나니 그는 저쪽에서도 이쪽에서도 몰리는 몸이 되고 말았다.

---

8 내이동이다.
9 더욱 심해지고

산천을 진동하는 기적소리는

어미 찾는 망아지 울음인가

맷돌같이 이를 갈며 헐떡이는 바퀴소리

아, 옛날이나 지금이나

제 땅에서도 푸대접 받는 못난이

우리 마음 우리 꼴을 알고서 비웃는가

이것은 그때 그가 하도 답답한 심정을 어데다 호소할 데가 없어 푸념처럼 붓에 담아 남긴 시의 한 구절이었다(시 「밤차」, 1946년 2월).

남이 비웃는 줄 알면서도 "아, 옛날이나 지금이나 제 땅에서도 푸대접 받는 못난이"로 되지 않으면 안 되는 식민지 인테리의 가긍한[10] 처지, "어미 찾는 망아지"처럼 애절하게 구제의 손길을 바라는 가슴속의 이 간절한 소망은 마침내 시인으로 하여금 북으로 향하게 했다.

1946년 6월 그는 박세영 등 진보적인 시인, 소설가, 극작가들과 함께 연명으로 종파분자들의 '문화테제'를 규탄하는 의견서를 발표하고 38선을 넘었다.

평양에 도착하니 위대한 수령님께서 친히 수고가 많았다고 치하의 말씀을 주시고 당에서 환영연회도 차리고 직장 배치도 잘해 주라 하시며 따뜻한 관심을 들려주시었다.

이때부터 당 중앙위원회 출판과장의 직무를 맡게 된 박석정은 영광스럽게도 위대한 수령님의 지도를 받으며 보람찬 혁명의 길에 자신의 모든 지혜와 정열을 바치게 되었다.

한때 '서울중앙'을 표방하던 종파분자들이 자기들에게 반기를 든 박석정 일행이 북에서 일을 잘하고 있는데 배가 아파 사람을 들여보내어 조직적 '승

---

10 불쌍하고 가엾은

인' 없이 들어왔다느니 '당적'이 남에 있다느니 하면서 그들을 도로 남조선으로 끌어가려고 한 일이 있었다.

이 사실을 아신 위대한 수령님께서는 놈들의 불순한 의도를 간파하시고 그 동무들이 어디에 왔다고 문제가 되는가, 암흑에서 광명을 찾아온 동무들이 무엇이 나쁜가, 당 이동을 하지 못하고 왔다면 그것은 우리가 여기에서 처리할 것이며 그 동무들은 자기 의사에 의하여 절대로 되돌아가지 않을 것이라고 면박을 주시며 그들의 손가락 하나 다치지 못하게 하시었다.

이렇게 놈들의 마수에서 보호해 주신 위대한 수령님께서는 얼마 후에는 박석정에게 커다란 믿음을 주시면서 그를 우리 당의 첫 해외파견원의 한 사람으로 한 자본주의 나라에 파견하시었다.

그 시기 그 나라 당에서 우리 당에 편지를 가지고 사람이 온 일이 있었는데 우리 당에서도 그에 대한 답례로 사람을 보내어 회답서한을 전달하게 된 것이었다.

우리 당의 첫 대외사업의 하나로 되는 이 일은 갓 창건된 우리 당의 존엄과 권위와 관계되는 사업인 동시에 형제당과의 유대를 강화하는 계기였으므로 누구를 보내는가 하는 것은 신중한 문제였다.

위대한 수령님께서는 박석정이 이 사업을 잘할 수 있는 적임자라고 보시고 그에게 이 과업을 주도록 하시었다. 그리고 적후에서 활동하는 것만큼 신변에 각별한 주의를 돌리게 하고 가는 노정이며 가서 할 행동방향에 대하여 구체적으로 가르쳐 주도록 하시었다.

이렇게 되어 박석정은 1946년 11월 조국을 떠나 이듬해 3월까지 그 나라에 머무르면서 맡겨진 임무를 영예롭게 수행하였다.

그는 담화, 연회, 간담회 등 기회 있을 때마다 그 나라 당 지도부와 사회계 인사들, 문화관계자들을 비롯한 각계각층 인물들을 만나 우리 당 정책을 해설하고 신생하는 북반부의 민주건설 성과들을 선전하였으며 특히는 그 나라 출판물들에 위대한 수령님의 영웅적인 항일무장투쟁과 불멸의 혁명업적, 고매한 덕성을 소개하는 집필활동을 널리 벌여 커다란 사회적 반향을 일으켰다.

그 나라 당 수반은 "김일성 동지의 존함은 8·15 전부터 알고 있었으며 그 빛나는 무장투쟁에 대해서는 언제나 감탄하고 있었습니다. 그이는 아직 젊으신 분으로서 매우 현명하시며 너그럽고 인자하신 덕성을 지니시었습니다. 나는 늘 그이께 감동되고 있습니다. 조국으로 돌아가면 그분께 꼭 나의 개별적 인사도 함께 전해주기 바랍니다"라고 하면서 위대한 수령님에 대한 흠모의 정을 금치 못했다.

당시 위대한 수령님께서는 나라의 살림살이 형편이 곤란한 때였으나 막대한 자금을 내어 평양에 예술영화촬영소를 내오고 친히 현지에 나가 건설 부지를 잡아주시는 등 우리나라 영화예술의 터전을 마련하기 위하여 커다란 심혈을 기울이시었다.

당 중앙위원회에서 사업하면서 이런 사정을 잘 알고 있었던 박석정은 적후에서 단독임무를 수행하는 어려운 조건에서도 위대한 수령님의 의도를 조금이라도 받들어 드리려는 일념에서 과업을 받은 일도 없고 자기 사업과 직접 관계되는 것도 아니었지만 귀한 영화 기자재들과 서적들을 구입해 가지고 조국으로 돌아왔다.

위대한 수령님께서는 맡겨진 임무를 성과적으로 수행하고 돌아온 그의 사업에서 이러한 성실성과 창발성, 무한한 헌신성에 대하여 높이 평가하시며 매우 만족해 하시었다.

바로 이런 과정을 통하여 그를 더욱 깊이 요해하신[11] 위대한 수령님께서는 그에게 어떤 어려운 과업도 줄 수 있다고 보시고 다시금 그를 불러 새로운 임무를 주신 것이었다.

11 깨달아 알아내신

이날 위대한 수령님께서는 저으기[12] 긴장되어 있는 시인에게 인자하게 웃으시며 "남조선에서 들어온 가족들은 다 안착되었는가?"라고 물으시었다.

그의 가족들은 시인이 북반부로 들어올 때 미처 데리고 오지 못한 것을 위대한 수령님께서 그가 해외에 나가 있는 사이 사람을 보내어 평양으로 데려다가 좋은 집을 주고 쌀 두 가마니까지 보내주시어 불편 없이 살도록 하시었다.

그때 당에서는 낳은 지 백날 가까이 되도록 아버지 없어 이름을 짓지 못하고 있는 시인의 둘째딸에게 수경이라는 고운 이름까지 지어 주었었다.

박석정은 뒤늦게나마 이에 대해 감사의 인사를 올리면서 장군님께서 주신 임무를 목숨을 바쳐서라도 기어이 성과적으로 수행하여 믿음과 배려에 보답하겠다고 결의하였다.

위대한 수령님께서는 "좋습니다. 나도 그렇게 믿습니다"라고 하시면서 그의 손을 굳게 잡으시고 이번 과업도 위험을 동반하고 곤란과 애로가 한두 가지가 아닐 수 있지만 지난날 항일혁명투사들이 산에서 투쟁할 때에 비하면 문제가 되지 않는다고 격려하시었다.

성장의 자욱자욱에

해방 후 시인이 위대한 수령님으로부터 그렇듯 중요한 임무를 받으며 보람 있게 사업할 수 있은 것은 처음부터 정치 실무적으로 준비되었거나 수준이 높아서가 아니었다.

그렇지만 위대한 수령님께서는 그에게서 새 조선의 인테리로서 조국과 인민을 위해 헌신하겠다는 높은 자각과 열의, 성실성과 사업 의욕을 귀중히 보

---

12 '적이'의 북한말. 꽤 어지간한 정도로

시고 사업을 맡기시었으며 사업을 통하여 끊임없이 배워 주고 단련시키며 일꾼으로 내세워 주시었다.

어느 날 위대한 수령님께서 시인이 일하는 사무실로 몸소 찾아오시었다.

박석정은 마침 과 성원들과 같이 일제시기에 발행된 『조선일보』와 『동아일보』 신문철을 펼쳐 놓고 항일무장투쟁과 관련된 자료들을 뽑고 있었다.

위대한 수령님께서는 동무들이 매일 밤늦게 일한다는 것을 알면서도 바쁘다 보니 제때에 도와주지 못했다고 하시며 오늘은 좀 짬을 내어 우리 당 출판사업을 발전시킬 방도를 의논해 보자고 하시었다.

과에서 직접 원고도 쓰고 책도 발간하고 있다는 것을 요해하신 위대한 수령님께서는 "혁명적 출판물은 아주 중요한 작용을 합니다"라고 하시며 항일무장투쟁시기에 어려운 정황에서도 출판물 발간 사업을 계속하고 '행군도서관', '『행군벽신문』'도 운영한 경험을 이야기해 주시었다.

박석정은 위대한 수령님께서 항일혁명투쟁시기 출판경험을 말씀하시는 의도가 헤아려져 자못 엄숙해졌다.

위대한 수령님께서는 "오늘 우리는 항일무장투쟁시기에 비하여 얼마나 유리한 조건에서 출판물을 발행하고 있는가, 지금 우리는 해방된 조국 땅 위에서 자유롭게 출판활동을 하게 되었으니 얼마나 자랑차고 보람 있는 일인가?"라고 하시면서 그러나 우리의 현실을 놓고 볼 때 출판물이 매우 부족한 형편이며 그 질도 높지 못하다고 지적하시었다.

당시 당 출판 사업에서는 개선해야 할 점이 많았다.

공산당이 신민당과 합당하여 대중적 정당으로 발전한 실정에서 당원들을 당 정책으로 무장시키며 그들의 정치이론 수준을 높이기 위한 당내 사상교양자료를 많이 만들어내야 하겠는데 신문발간과 일반대중을 위한 도서출판에만 치우치고 있었으며 그나마도 양적으로 충분하지 못하고 사상이론 수준도 높지 못했다.

미제와 남조선 괴뢰도당의 '반공' 선전이 날을 따라 강화되는 조건에서 그에 대처한 사상공세를 들이대야 하겠으나 그것도 응당한 수준에서 하지 못했다.

그러한 실태를 낱낱이 헤아려 보신 위대한 수령님께서는 출판과에서 직접 책자까지 내자고 하니 자기 본신 임무에도 지장이 있고 전반적인 출판사업도 활발해지지 못한다고 정통을 찔러 원인을 밝혀 주시면서 당 중앙위원회 직속으로 당 문헌을 비롯한 당 사상교양자료들을 편집 출판하는 출판사를 빨리 내와야 하겠다고 말씀하시었다.

그동안 아름찬 과업을 안고 어느 것 하나 줄기가 서게 내밀지 못하고 당면한 책자나 발간하는 데 바삐 돌아쳤던 박석정으로서는 그이의 말씀을 듣고 보니 눈앞이 탁 트이는 것 같았다.

위대한 수령님께서 이미부터 전문적인 당 출판기관을 낼 구상을 하고 계신 것은 알고 있었지만 그것이 자신들의 사업 부담을 덜고 본신 사업에 더욱 집착할 수 있게 하기 위한 방도의 하나로 제기되는 것을 보고는 가슴 후더워지는 것을 어쩔 수 없었다.

그들이 다른 의견이 없자 위대한 수령님께서는 자신께서 동무들의 사업에 도움이 될까 하여 생각하고 있던 점을 몇 가지 더 이야기하겠다고 하시며 당 출판물이 가져야 할 사명에 대하여, 신문, 도서, 잡지들에서 당성, 노동계급성, 인민성을 철저히 구현할 데 대하여, 간부들과 당원들의 정치이론 수준을 높이기 위한 대책을 잘 세울 데 대하여, 출판인쇄의 질을 개선하며 인쇄기자재를 자체 힘으로 시급히 보장할 데 대하여 그리고 과에서 출판사업 전반을 틀어쥐고 당적 지도를 강화할 데 대하여 상세히 가르쳐 주시었다.

위대한 수령님께서는 항일혁명투쟁시기 사료들을 정리하여 그 고귀한 혁명정신과 경험으로 당원들과 대중을 교양할 데 대해서도 말씀하시었는데 사료가 부족한 형편에서 적들의 출판물 자료를 이용하는 것도 좋은 방법이라고 하시면서 책상 위에 펼쳐 놓은『조선일보』와『동아일보』철에서 항일무장투쟁과 관련된 기사들을 보시고 매우 감회 깊어 하시었다.

그이께서는 항일무장투쟁시기 왜놈들이 우리를 붙들겠다고 갖은 발악을 다했지만 매번 실패를 면치 못했고 그래서 우리가 동에 번쩍 서에 번쩍 신출귀몰하는 둔갑술을 쓴다는 소문까지 나게 되었다고 하시면서 우리가 무슨 특별한 사람이었겠는가, 과거에는 유격대원들이 한결같이 나를 추대해서 모두가 일심단합하여 인민과 함께 일제를 무찔렀을 뿐이며 해방 후에도 인민들의 추대를 받아서 당과 정권의 중책을 맡게 되었을 뿐이라고 말씀하시었다.

박석정은 그 말씀에서 겸손하시다고만 하기에는 너무나도 위대한 것이 느껴져 저으기 마음이 숭엄해졌다. 생각하면 자신을 평범한 인민의 위치에 놓으시는 바로 거기에 장군님의 위인의 고결함과 위대한 일면이 있는 것이 아닌가!

이렇게 귀한 시간을 내어 두 시간 가까이 귀중한 가르치심을 주신 위대한 수령님께서는 바래움[13]을 받으며 문 앞까지 나가시다가 생각나신 듯 웃으시며 "그동안 여러 번 사진을 찍었는데 왜 나에게는 한 장 주지 않소?"라고 물으시었다.

8·15 해방 한 돌을 비롯한 몇몇 기회에 과에서는 위대한 수령님을 모시고 중앙당 청사 앞에서 사진을 찍는 영광을 지녔었지만 어떻게 수령님께 평범한 일꾼들인 자신들과 함께 찍은 사진을 감히 올리겠는가 하는 생각에서 여태 드리지 못했다. 그런데 위대한 수령님께서 물으시니 박석정은 그 말씀에서 언제나 일꾼들과 함께 계시는 것을 기쁨으로 여기며 아래 일꾼들을 허물없이 대해 주시는 그이의 숭고한 풍모에 다시 한 번 뜨거운 것을 삼켰다.

시인이 벌써 1946년 월북 직후에 「김일성 장군」[14]이라는 시를 창작하여

---

13 '바램'(배웅)의 북한말
14 원래 이 시는 「김일성 장군(金日成 將軍)의 과거(過去)는 몰라도 조앗다」(『우리의 太陽』, 북

"장군의 과거는 우리의 영예"이며 위대한 "장군은 우리의 태양"이라고 하며

　그이께서 가시는 곳에 인민이 있고
　인민이 가는 곳에 장군님 계시다

라고 격조 높이 읊을 수 있었던 것은 이런 숭엄한 체험과 감정 축적의 메아리가 아니었던가 생각된다.

　잊지 못할 이 뜻 깊은 날이 얼마 지나서 위대한 수령님께서는 일꾼을 통해 몸소 쓰신 논문 원고 한 통을 보내주시었다.

　박석정은 위대한 수령님의 친필을 보기도 처음이거니와 그 바쁘신 속에서도 조선혁명 전반을 헤아려 분초를 아껴 논문을 쓰셨을 그이의 숭엄한 모습이 우렷이[15] 안겨 와 마음의 격정을 금치 못했다.

　이 논문이 『로동신문』 1946년 9월 어느 날 부와 『근로자』 창간호에 발표된 위대한 수령님의 불후의 고전적 노작 「북조선노동당의 창립과 남조선노동당의 창건 문제에 대하여」였다.

　박석정은 논문의 발행에 최선을 다하면서 실로 충격이 컸다.

　위대한 수령 김일성 동지께서는 논문에서 다음과 같이 교시하시었다.

　"공동의 목적과 공동의 이익을 기초로 한 근로정당들의 통일을 급속히 달성하여 반동분자들과 싸워 이겨야 할 것인가? 그렇지 않으면 뿔뿔이 갈라져 분산적으로 활동함으로써 원수들에게 참패를 당해야 할 것인가?

　(…중략…)

　단결은 승리를 가져오며 분열은 패배를 의미한다. 근로대중이 하나로 뭉

　조선예술총연맹, 1946.8.15)라는 제목으로 발표되었으나, 첫 시집 『개가』에 수록하면서 「김일성 장군(金日成 將軍)」으로 바꾸었다.

15　눈앞에 보이거나 떠오르는 모양 따위가 좀 희미한 가운데 은근하면서도 뚜렷하게.

치고 모든 민주역량이 단결하여야만 조선의 민주주의적 자주독립이 빨리 이루어질 수 있다."

노작의 자자구구에서 맥박 치는 심오한 사상과 정연한 논리, 설득력 있는 분석과 전투적 기백 그 자체도 훌륭했지만 당과 혁명이 제기하는 가장 절실하고 중요한 현실적 문제에 민감하게 얼굴을 돌리고 그것을 객관적 입장에서 수동적으로 전달하는 것이 아니라 대중을 깨우쳐 투쟁에로 불러일으키는 적극적인 조직자, 선전자의 입장에서 분석 평가하는 혁명적인 입장은 필봉으로 혁명에 이바지할 것을 각오하고 나선 시인에게 있어서 참으로 귀중한 표본이었다. 더욱이 논문 전반에 관통되어 있는 박력 있는 전투적 필치와 누구나 알아들을 수 있는 평범하면서도 뜻이 깊은 간명한 문장, 표현들은 인민을 위한 글을 어떻게 써야 할 것인가를 생동하게 느끼게 했다.

위대한 수령님께서는 이렇게 시인을 몸 가까이 두고 가르치시며 유능한 일꾼으로 키워 어려운 과업이 제기되는 곳에 남 먼저 파견하시었다.

당 사상사업에서 방송의 역할을 결정적으로 높여야 할 요구가 제기되었을 때도 그랬다.

그 얼마 전까지 중앙방송국에는 당세포도 조직되어 있지 못했다. 당원이라고는 한 사람밖에 없었는데 방송국장으로 일하는 사람조차 비당원이었다.

이런 데로부터 위대한 수령님께서는 방송선전을 우리 당의 의도에 맞게 하자면 빨리 방송국에 당세포를 내와야 한다고 하시면서 당 핵심파견 문제에 대하여 신중한 의의를 부여하시었다.

위대한 수령님의 의도를 받들고 당 중앙위원회 상무위원회는 1947년 5월 29일 "방송국 간부들을 강화 재배치하며 방송기 출력 확보와 기술 진영의 강화에 대한 대책을 단시일 내에 세"우며 "방송에 대한 당세포의 사업을 강화할" 것을 골자로 한 「북조선 라지오 방송사업 강화에 관하여」라는 결정서를 채택하였다.

이렇게 당적인 주목이 돌려진 곳으로 다름 아닌 박석정을 보내도록 하신 위대한 수령님께서는 시인이 생소한 데 가서 실수 없이 일을 잘하도록 세심한 관심을 돌려주시었다.

어느 날에는 전화로 외국 방송보다 우리 방송을 많이 내보내야겠다고 일깨워 주시고 또 어떤 날에는 요즘 방송에서 계속 같은 음악만 듣게 되는데 소리판이 없어서 그런가? 우리 음악과 노래를 더 많이 내보내며 지난날의 음악을 내보내는 경우에도 잘 선택하여 건전한 것을 내보내야 한다고 가르쳐 주시었다.

걸음걸음 손잡아 이끌어주시는 위대한 수령님의 이러한 보살피심 속에서 박석정은 신심과 확신을 가지고 복잡한 사업들을 선을 세워 줄기차게 내밀 수 있었다. 그가 얼마나 바삐 보냈는가 하는 것은 방송국 책임일꾼으로 사업하는 전 기간 평생 번지지[16] 않고 써 오던 일기를 단 하루도 쓰지 못했다는 사정에서도 알 수 있다.

'일기도 못 쓸 형편'으로 분주한 속에서 당세포를 확대 강화하고 기술 진영을 튼튼히 꾸렸으며 종파분자들, 사대주의자들과 정면으로 맞서면서 외국 방송시간을 대폭 줄이고 그 대신 우리 방송의 비중을 확고히 늘렸다. 또한 중앙방송 출력을 높이기 위한 시설 확장공사도 전격적으로 다그쳐 끝냈다.

늘 마음을 쓰시던 중앙방송 출력 확장공사가 성과적으로 진행되었다는 보고를 받으신 위대한 수령님께서는 매우 만족해 하시었다. 그이께서는 "수고했습니다. 방송출력이 높아져 전국적으로 우리 방송을 듣게 되었을 뿐 아니라 세계 여러 나라들에도 우리 방송의 영향력이 미치게 되었으니 반가운 일입니다"라고 그에게 과분한 치하를 주시면서 준공식을 잘 조직하고 각 정당, 사회단체 책임일꾼들을 초청하여 연설도 하게 하여 행사를 의의 있게 진행

---

16 시간이나 차례 따위를 지나거나 거르지.

하자고 말씀하시었다.

그리고 그 후에는 다시 그를 만나 이제는 우리 방송이 적들과의 전파전에서 애로 되던 문제들이 풀리고 넓은 곳에 영향을 미치게 되었다고 하시면서 이번에 다른 나라에 가서 보고 필요한 설비와 부속품들도 가져다가 대내외 선전을 더욱 강화해야 하겠다고 가르치시었다.

위대한 수령님께서는 한 사람의 오랜 인테리를 새 조선의 건국일꾼으로 키우기 위하여 이렇듯 정력과 사랑과 믿음을 기울여 주시었다.

이런 은혜로운 보살피심 속에서 어제날[17]의 평범한 시인이었던 박석정은 건국의 거창한 진군대오의 나팔수로, 당 사상전선의 미더운 전초병으로 성장했다.

지지 않는 꽃

이렇게 놓고 보면 박석정은 생애의 적지 않은 기간을 출판보도 일꾼으로 보냈다고 할 수 있다. 해방 전에는 먹고 살기 위하여 국내와 일본을 두루 다니며 신문사 지국이나 자그마한 산업신문의 광고 업무를 보는 말석기자로라도 취직하지 않으면 안 되었었다.

그는 1947년에 발행된 시집 『개가』의 후기에 지난 "20년 동안을 문학에만 정진 못하였고 정진할 수도 없었던 여러 가지 조건도 있었으나……"라고 쓴 일도 있지만 이렇게 작가의 신분을 떠나 있다 보니 창작에 온몸을 잠글 수 있는 여유를 많이 가지지 못했다.

그를 다작의 시인이라고 할 수 없는 이유의 하나가 여기에 있는지도 모른다.

---

17 '어젯날'의 북한말.

그러나 이러니저러니 해도 그는 시인이었다. 시인이 시를 쓰지 못한다면 무엇을 바랄 수 있겠는가.

시인의 이런 심정을 누구보다 이해해 주신 분이 위대한 수령님이시었다. 그이께서는 바쁘신 중에서도 그를 만나면 언제나 "시를 쓰는가?"라고 먼저 물어 주시었고 그가 시를 창작할 수 있는 조건을 가지도록 최선의 배려를 베풀어 주시었다.

시인이 당 중앙위원회에서 사업하던 다망한 나날에도 여유를 가지고 금강산에 휴양을 갔다 오고 시집도 낼 수 있었던 것이 이 때문이었다.

그는 보통학교 시절에 쓴 작문이 교원들의 주목을 끌게 된 것이 동기가 되어 작가가 될 것을 지망했다. 그 시절에 그는 자신이 장차 이런 크나큰 관심, 뜨거운 사랑 속에 시 창작을 하게 되리라고 상상이나 할 수 있었겠는가.

아니, 학생시절에 서울의 어느 신문사에 투고한 첫 시가 활자화되어 나온 것을 보고 온 천하를 선사받은 듯 기쁨에 도취하여 문학소년들과 둘러앉아 '문예동인사'라는 모임을 내오고 자신들이 쓴 소박한 작품을 돌려 읽으면서 평한 것이 '치안유지법 위반'이 되어 여덟 달을 부산형무소 콩밥을 먹지 않으면 안 되었던 그였다.

도꾜로 건너가 이찬, 이면상, 조용수 등 진보적인 문학예술인들과 '동지사'를 뭇고[18] 일본프롤레타리아문화연맹(코프) 중앙위원으로도 되며 본격적인 작가 생활을 시작했으나 1년 만에 역시 '치안유지법 위반'에 걸려 3년 동안 감옥살이하지 않으면 안 되었던 시인이었다.

그런 만큼 위대한 수령님의 관심 속에 창작하는 자신의 처지가 눈물겹도록 고마웠던 시인은 북반부에 들어와 1년 만에 첫 시집을 내면서 그것을 누구보다 먼저 위대한 수령님께 삼가 올렸다. 몸소 읽어 주시기를 바라서라기

---

18 (여러 사람이 한데 모여 조직 따위를) 만들고.

보다 자신의 감사한 마음을 표현하고 싶은 간곡한 심정에서 지성으로 올린 것이었다. 그것이 바로 해방 전 작품 9편과 남반부에서 쓴 작품 7편, 북반부에 들어와 창작한 작품 12편을 한데 묶은 시집 『개가』였다.

그런데 읽어 주시리라고는 생각지 못한 그 시집을 위대한 수령님께서 바쁜 시간을 내어 처음부터 마지막까지 다 읽으시고 과분한 치하의 교시를 주실 줄이야 어떻게 생각했으랴.

위대한 수령님께서는 시집을 보신 후 전체 작품이 일관하게 진실하고 소박하다고 하시면서 그 중에서도 해방 전 작품이 더 좋다고 하시었다. 그러시고는 앞으로 더 많은 작품을 써야겠다고 고무하시었다.

위대한 수령님께서 건국 초기 그리도 다망하신 속에서도 한 시인의 문학을 위하여 몸소 시간을 내어 읽어 주신 그 시집이 지금 문화예술부 사적관에 전시되어 있는 것이다.

이름 없는 시인을 위하여 바치신 이 사랑과 노고는 참으로 조선문학과 그의 창작가들인 우리 작가들이 영원히 간직할 자랑이며 영예이며 행복이다.

위대한 수령님께서는 그 후에도 시인의 사업과 창작생활에 깊은 관심을 돌리며 그를 새로운 성과에로 끊임없이 떠밀어 주시었다.

한때 시인이 사대주의에 물젖은[19] 종파분자들에 의하여 출당당하고 철직[20]되었으나 붓을 놓지 않고 계속 창작할 수 있었고 다시 우리 당 대오에 돌아와 출판보도 부문의 책임적인 위치에서 사업하게 된 것도 이런 관심 속에 있었기 때문이었다.

하기에 그는 그 은덕에 보답하고자 자신의 필봉을 더욱 가다듬었으며 "폭풍에 맞아 떨어진 잎이 / 갈 바를 모르고 헤매일 때 / 앞산 잔디 우에서 / 침묵의 님과 함께 / 닥쳐올 날을 속삭"(시 「침묵」, 1929년 10월)이기나 하던 해방

---

19 '물들은'의 북한말.
20 철직(撤職). 일정한 직책이나 직위에서 물러나게 함.

전의 그 연약하던 '침묵의 시인'이 아니라 "한 장의 벽돌에도 한 줌의 흙에도 / 쓰러진 전우의 뜻을 잇고 / 폐허된 거리의 울분을 실어 / 앞장서 가"는 (시 「초소에서 우리는 왔다」, 1954년 2월) 씩씩한 사회주의 건설자 – 전투적 시인이 되어 공장과 광산, 탄광, 건설장 이르는 곳마다에서 피가 끓는 격동적인 시구로 인민들을 영웅적 위훈에로 불러일으켰다.

그런 앙양된 창작적 열정 속에서 1956년에 그는 두 번째 시집을 냈다.

1958년 1월, 당 중앙위원회 상무위원회를 지도하시던 위대한 수령님께서는 영화창작사업에서 새로운 전환을 일으키기 위하여 영화예술인들을 부르시었다.

이때 잡지 『조선예술』 책임주필로 사업하고 있던 박석정도 함께 부르시었다.

이날 위대한 수령님께서는 영화창작사업에서 전환을 가져오기 위한 강령적 교시를 주시고 작가들이 좋은 작품을 계속 많이 쓸 데 대하여 강조하시면서 꽃은 어제만 필 것이 아니라 오늘도 피고 내일도 피고 계속 피어야 한다, 만일 그렇지 않으면 누구도 그런 꽃을 사랑하지 않을 것이라는 의미심장한 말씀을 하시었다.

박석정은 그 말씀이 바로 자기를 염두에 두고 하신 말씀이라고 생각했다.

당과 혁명에 필요한 좋은 작품을 계속 창작하여 영원히 지지 않는 꽃으로 피는 것, 이것이 위대한 수령님께서 자기에게 바라시는 것이 아닌가, 그래서 영화예술인들을 불러주신 이 뜻깊은 자리에 자신도 참석하게 하신 것이 아닌가! 또 그렇게 하는 것이 어버이 수령님의 대해 같은 믿음과 사랑에 보답하는 길이 있다는 것을 생각한 시인은 집무의 짬짬에 의도적으로 연설장을 찾아다니며 시상을 골랐다.

이런 속에서 나온 시가 1958년 6월 13일부 『로동신문』에 게재된 두 편의 시작품 「이른 아침」과 「밤거리」였다.

이날 이 시들을 읽으신 위대한 수령님께서는 여간 반가워하시지 않았다. 그이께서는 일꾼들을 만나시자 자랑스러운 어조로 "오늘 신문에 석정 동무가 좋은 글을 썼소"라고 하시며 대견해 하시었다.

오래간만에 신문에 발표된 시인의 작품을 보시고 그리도 기뻐하시는 그 사랑!

그 소식을 전달받은 시인은 가슴 가득히 안겨오는 행복감에 먼저 오히려 부끄러워지는 마음을 금할 수 없었다.

위대한 수령님께서 박석정이라는 석 자 이름이 붙은 글이면 이리도 반갑게 읽어주시는데 어찌 좀 더 잘 쓰지 못했는가 하는 뉘우침에서였다.

이런 남다른 뜨거운 체험을 안은 시인이기에 그는 생의 마지막 순간까지 '지지 않는 꽃'으로 붓을 놓지 않았으며 현실체험에 깊숙이 몸을 묻고 수많은 서정시들과 정론시들, 서사시들, 음악서사극과 수필들, 평론들을 집필하였으며 그 한 편 한 편을 그야말로 깨끗한 심정에서 충성심을 검열 받는 마음으로 심혈을 기울여 썼다.

> 펜이 아니라 창날
> 종이 우가 아니라 붉은 심장으로
> 포탄이 되게 기발이 되게
> 서투나마 나는 그런 시를 썼다
> (시 「그때를 생각하면」, 1958년 8월)

시인이 자신의 창작생활을 이렇게 긍지 높이 노래할 수 있었던 것이 어버이 수령님과 우리 당의 끊임없는 지도와 보살핌이 있었기 때문이었다는 것을 우리는 여기에 자랑스럽게 부언한다.

언젠가 우리나라에 일본신극대표단이 온 일이 있었다. 대표단 성원 중에

하지가다 요시라고 하는 사람이 있었는데 그는 그 전 해에 박석정이 조선작가대표단의 일원으로 소련을 방문한 것을 알고 자기 일만큼이나 기뻐하면서 매우 부러워했다. 박석정도 그와 이야기하면서 새삼스럽게 옛날 일들이 생각되어 감회가 깊었다.

25년 전, 도쿄에 있을 때 그는 하지가다 요시와 함께 일본의 진보적인 작가, 예술가대표 15명 중의 일원으로 모스크바에서 진행되는 10월혁명 15돐 경축행사에 참석해 달라는 초청을 받았었다.

그러나 일본 외무성이 여권을 발급해 주지 않아 끝내 가지 못했다. 그 15명의 대표들 가운데는 이미 철창 안에서 고인이 된 사람도 있고 불구가 된 사람도 있고 유독 조선 사람인 박석정만이 해방 후에 뜻을 이루었다. 하지가다 요시도 이 점에 초점을 두고 그를 복 있는 사람이라고 했다.

박석정은 말을 듣고 보니 과연 그렇구나 하는 생각도 들었다. 그러나 과연 '복 있는 사람'이어서 그렇게 된 것인가? 그것을 아무리 설명한들 제도가 다른 일본에서 사는 이 사람이 이해할 수 있겠는가? 그래서 그는 다만 이렇게 말했다.

"하지가다 선생, 일본에서는 우리를 글을 쓰지 못하게 하느라고 감옥에 들어가곤 했지만 우리나라에서는 글을 쓰라고 현실에도 내보내고 명승지에도 보내며 외국에도 보내주는 것이라오."

그 말을 하고 나니 그는 위대한 수령님의 관심 속에 글을 쓰는 조선의 작가된 긍지와 자부심에 새삼스럽게 가슴이 넓어지는 듯했다.

지난 7월 친애하는 지도자 김정일 동지께서는 위대한 수령님의 사랑과 믿음 속에서 이렇듯 재능 있는 시인으로, 우리 당 사상전선의 미더운 초병으로 자라난 박석정에 대하여 인민들 속에 선전할 데 대한 조치를 또 취해 주시었다.

시인은 오래전에 우리 곁을 떠나갔지만 그 이름을 영원히 인민들의 가슴 속에 살아 있게 하시려는 이 온정 어린 배려는 시인의 유가족들과 시인의 오랜 동지들 속에서 커다란 파문을 일으켰다.

위대한 수령님과 친애하는 지도자 동지의 품속에서 영생하는 우리 작가들과 우리 인민처럼 행복한 사람들이 어데 있는가!

본사 기자 박진옥

제7장 정지용과 국민보도연맹

1. 들머리

근대 문학사에서 정지용은 이름 자체만으로 하나의 정전이자 신화다. 2003년 탄생 100주년을 맞아 이러한 문학적 명성을 재확인하는 행사가 잇따라 개최되었다. 그러나 정지용의 문학적 생애에서 광복기는 이러한 명성과 신화가 더 이상 재생산될 수 없을 만큼 혹독한 정신적 파탄을 경험한 시기다. 이데올로기 재편에 따라 일련의 이념적 '선택'이 강요되었던 시기이기도 하다. 정지용은 광복 직후의 좌파 조직 활동이 빌미가 되어 감당할 수 없는 굴종과 모욕, 정신적 비탄과 공황을 경험할 수밖에 없었다. 1949년 6월 국민보도연맹의 결성으로 전향의 계절을 맞아 자연인 정지용의 삶뿐만 아니라 명망가 시인으로서의 삶 자체가 송두리째 위협받았던 셈이다. 나라잃은시대 말기에 견주어도 결코 가볍지 않은 선택의 순간에 직면한 것이다.

이 글은 국민보도연맹시기 정지용 시의 특징과 그의 정신풍경을 고찰하는 데 목적을 둔다. 이 시기에 쓴 작품은 여럿[1] 있으나, 이 글에서는 새로 발굴한 「처(妻)」, 「여제자(女弟子)」, 「녹번리(碌磻里)」 3편을 대상으로 삼는다. 그의 전향 과정과 국민보도연맹 문화실에서의 활동을 고찰하고, 새로 발굴한 3편의 시를 학계에 처음으로 공개하여 정지용 문학 연구의 지평을 넓히고자 한다.

정지용 문학을 이해하는 특정 시기로 국민보도연맹시기를 설정한 까닭은 두 가지다. 우선, 단정 수립 직후 문단 재편으로 좌파문인이나 좌파 활동전력을 가진 문인들의 입지가 급격하게 좁아지면서 정지용 또한 예외가 될 수 없었다. 조선문학가동맹 중앙집행위원회 시부 위원이자 아동문학위원회 위원장으로 이름을 올렸던 그의 전력이 문제되는 것은 당연한 일이었다. 이 시기는 문인들이 국가기구의 직접적인 통제를 받았던 때로, 정지용 또한 문학적 명성과 무관하게 이념의 칼날에서 자유로울 수 없었기 때문이다.

다음으로, 형식(방법)과 내용(사상)이 절묘한 조화를 이루었던 이전[2]과는 달리 광복기 정지용의 시는 상상력의 파탄 징후를 드러내고 있기 때문이다. 전체 10편의 작품에서 발견할 수 있는 지배적인 현상은 언어

1　현재까지 확인할 수 있는 이 시기의 작품은 총 7편이다. 「곡마단(曲馬團)」, 『문예』 2-2, 1950. 2; 「의자(椅子)」, 『혜성』 창간호(1950. 2); 「늙은 범」·「네 몸매」·「꽃분」·「산 달」·「나비」, 『문예』 2-6, 1950. 6.
2　가령 『백록담(白鹿潭)』(문장사, 1941)이나 광복기의 산문시들은 지식인의 갈등과 감정을 표현하는 데 적합한 방법이었다.

를 아끼되 감정을 최대한 절제함으로써 형식에 집착하고 있다는 점이다. 이 시기 이데올로기적 갈등과 혼란을 거듭했던 정지용의 처지를 생각할 때, 예사롭지 않은 변화다.

2. 국민보도연맹 문화실의 선전 활동과 기관지『애국자』

1948년 남한의 단독정부 수립 이후 한국전쟁 이전까지는 반공 이데올기가 지배이데올로기로 정착되던 시기다. 이를 위해 이승만 정권은 군경이나 미군사고문단, 대한청년단, 국가보안법과 같은 법적 제도뿐만 아니라 각종 법적·물리적 통제 기구를 작동시켰는데, 대표적인 기구가 바로 국민보도연맹(The Federation Protecting and Guiding the Public)이다.[3] 국민보도연맹(이하 보련)은 이승만 정권이 자신의 통치 기반을 강화하기 위해 만든 사상전향 단체다. 국가보안법을 위반한 사상범의 수가 급증하여 실질적인 통제가 불가능했던 상황에서 전향 가능성이 있는 좌익사범들을 별도로 관리할 필요가 있었기 때문이다.

두루 알다시피 1949년 6월은 이승만 정권이 국회프락치 사건과 반민특위에 연루된 진보세력들을 반공이라는 이름으로 탄압함으로써 자신

---

3   국가보안법은 1948년 12월 1일 법률 제10호로 공포되었으며, 국민보도연맹은 1949년 6월 5일 결성되었다.

의 정치적 헤게모니를 장악한 시기다. 국가보안법과 보련은 이를 뒷받침해 주던 가장 강력한 법적 장치였다. 특히 보련의 결성은 국가 감시체계를 발동하여 남한 전역에 걸쳐 반공전선을 형성하였음을 의미한다.

보련의 결성 목적은 사상전향을 통해 개선의 여지가 있는 사상범들을 보호 지도하여 반공국민으로 육성하는 데 있었다.[4] 이러한 선무공작을 담당하였던 부서가 바로 보련 중앙본부 문화실이다. 문화실은 7개 전문부서 — 문학부, 음악부, 미술부, 영화부, 연극부, 무용부, 이론연구부 — 로 구성되어 있었으며, 초대실장은 양주동이 맡았다.[5] 이 부서에서는 전향자뿐 아니라 좌익인사, 나아가 일반국민들을 사상적으로 선도하기 위해 반공궐기대회, 국민사상선양대회, 강연회, 영화상영들의 각종 문화사업을 잇따라 개최하였다.[6] 이처럼 문화실은 문화인들을 사상적으로 통제함으로써 반공이데올로기를 사회 전반에 확대 · 재생산하는 역할을 수행했던 것이다. 그런 까닭에 당시 명망가 시인 정지용의 자진 가맹과 활동은 엄청난 파급력을 지닐 수밖에 없었다.

---

4 국민보도연맹 창립준비위원회는 국민보도연맹 결성에 앞서 4월 21일 시경찰국 회의실에서 준비회를 개최하여 취의서를 마련하였다. 일부를 소개하면 다음과 같다. "대한민국 정부수립과 남로당의 멸족정책으로 탈당 전향자가 속출하나 차등(此等) 전향자 · 탈당자를 국민계몽 · 지도하여 명실상부한 대한민국 국민으로서 멸사봉공(滅私奉公)의 길을 열어 줄 포섭기관이 절대로 요청되는바 여사한 기관이 없음을 유감으로 생각한 나머지 오인(吾人)은 천학미력(淺學微力)을 무릅쓰고 결사보국(決死報國)의 지성 일념에서 감히 전향자 국민보도연맹을 기성(期成)하고자 하는 바이다." 「사상전향에 박차─국민보도연맹을 결성」, 『동아일보』, 1949.4.23, 2면.
5 선우종원, 「전향자의 계몽 선도단체 '국민보도연맹'」, 『사상검사』, 계명사, 1992, 167~176쪽. 모든 문화 활동은 문화실 책임자의 지휘에 따라 전개되었으며, 오제도 검사가 초대 지도위원을 맡았다.
6 물론 정부 공부처에서도 별도로 조직된 문인계몽대를 지방에 파견하여 선무공작에 힘을 쏟고 있었다. 공보처 선전대책 중앙협의회에서는 10월 23일부터 11월 3일에 걸쳐 남한 각 지방에 지방계몽을 위한 영화, 연극반을 특파하였다. 문학계에서는 박종화, 이헌구, 김영랑, 오종식, 유치진, 조연현 들이 강사로 참가하였다고 한다. 「문단동정」, 『문예』 2-3, 1950.3, 199쪽.

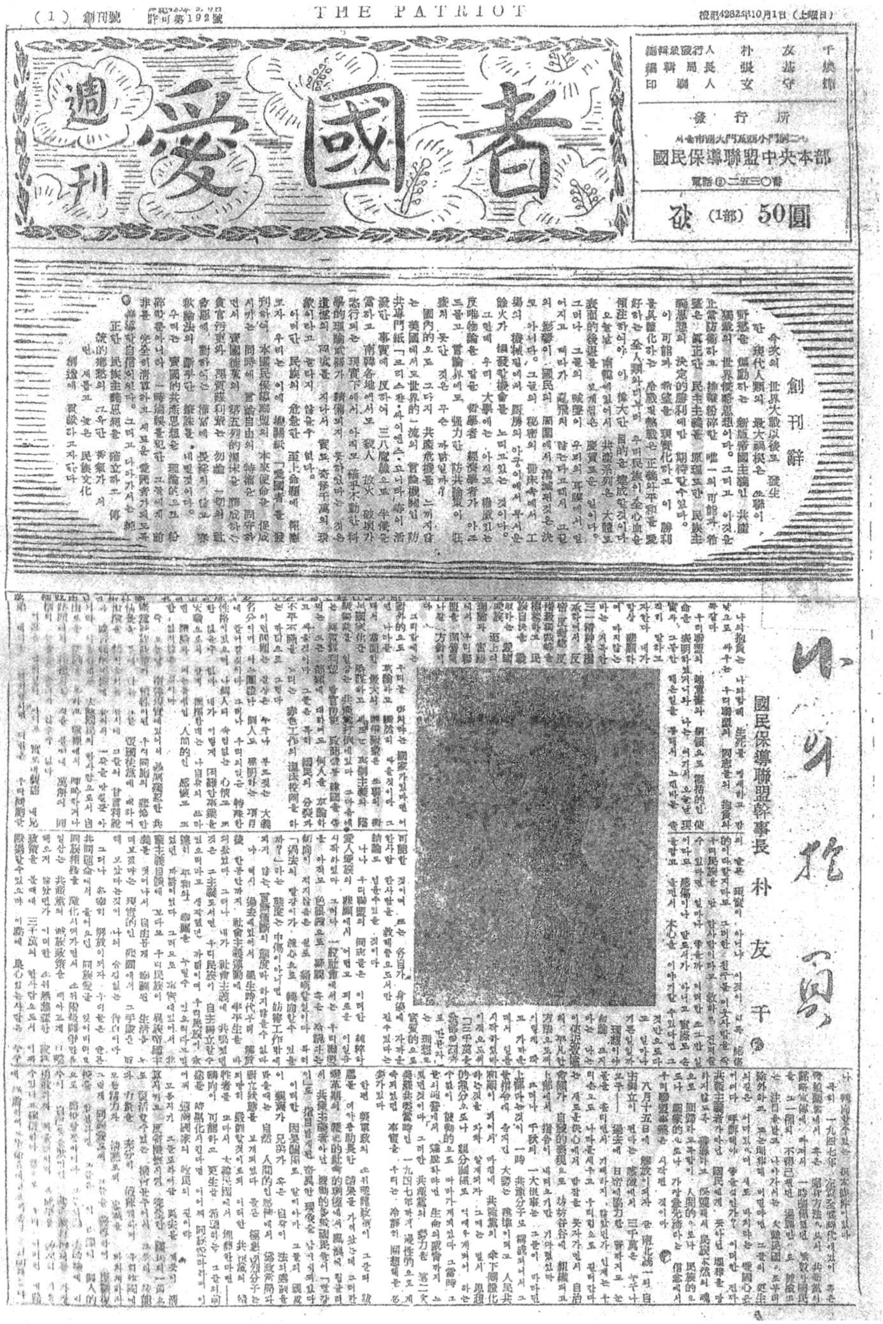

〈그림 1〉 『애국자』 창간호, 1면

문화실은 기관지를 발행하는 일 이외에도 대한교향악단, 신향극단들을 조직하여 명동시공관에서 연주회와 공연을 가졌는가 하면, 문학의 밤 행사를 개최하기도 했다.[7] 특히 이론연구부에서 주도한 기관지 발행은 맹원들의 사상을 교화하고 일반 국민들에게 반공이데올로기를 선전·선무하는 효과적인 전략이었다. 현재 확인할 수 있는 『애국자(愛國者)』 1~2호를 통해서 기관지의 성격을 짐작할 수 있다.[8]

〈표1〉 『애국자』 1~2호 내용

호수	저자	제목	게재면	비고
1호		창간사	1	
	박우천	나의 포부	1	국민보도연맹 간사장
	정민	思想(保導의 가능성과 방법론	2	
	박용서	(나는 왜 전향했는가) '民主學聯' 정체에 통분	3	서울 종로구 위원
	백경숙	(나는 왜 전향했는가)새로운 광명을 찾아서	3	서울 동대문구 여자반
	한갑석	(나는 왜 전향했는가) 교육자의 입장에서	3	서울 용산구 위원
	김사익	(나는 왜 전향했는가) 공산사회가 현실된대야	3	서울 성동구내 세포원
		국민보도연맹은 무엇하는 기관인가	4	
	박영회	현대적 의식과 새로운 과제 －인간성 탐구에 대한 一序文	5	
	이덕구	(시) 나는 그대를 사랑하련다	5	
		사상대책 좌담회	6~7	장재갑(서울지방검찰청 차장검사) 오제도(서울지방검찰청 검사) 최운하(서울시경찰국 사찰과) 이인상(서울시경찰국 사찰과) 박우천(보도연맹 간사장) 정산(보도연맹 간사)
		세계방공전선 - 빨칸지방	8	
	백여석	붉은 괴물이야기(제1회)	9	
		연맹일지	10	
		국민보도연맹가	10	중앙본부 撰定, 현제명 작곡

7 선우종원, 앞의 글, 173쪽.
8 주간지 『애국자』와 월간지 『창조(創造)』를 발행했다고 하나, 현재 글쓴이가 확인한 매체는 『애국자』 1호와 2호뿐이다.

호수	저자	제목	게재면	비고
		쏘련의 포로정책	11	
		日 포로 30만의 행방	11	
		(허풍선) 개구리	11	
	백일성	(실화) 崔君의 고백	12	보련 교화과에서 9월 9일 서울형무소 국가보안법 위반 수감자들에게 방송
2호		一死殉國하라	1	
	박우천	남북노동당의 망령정책 (上)	2	『애국자』 편집 겸 발행인
	김진구	(적색마굴을 박차고 나와서) 神의 이름으로	3	전 교육자협회 가입
	김병필	(적색마굴을 박차고 나와서) 민족도의심에서	3	전 전평(全評)출판노조원 현 국보련 서울 公印社 세포원
	안종수	(적색마굴을 박차고 나와서) 짓밟혔던 나의 동심	3	전 전평(全評)노동조합원 현 국보련 동대구(東大區) 세포원
	이봉섭	(적색마굴을 박차고 나와서) 대한민국에 대한 충성	3	문리대
	신상열	赤鬼의 손은 감옥 내에도 뻐쳐 있다! 그 속에 유포되는 모략선전 몇 가지	4	국보련 연맹원(9월 26일 서울형무소에서 석방)
	김해수	훈련을 통한 조직생활의 필요－간부훈련생을 보내며	4	중앙본부 훈련부 책임자
	지창록	민족은 동족간의 공동성체－수업시험답안	4	제2기훈련생(동국대학생), 마포구○○세포
	백여석	붉은 괴물이야기(제2회)	5	
		남로당 서울시당부 간부들에게－당내 비밀과 전향 심경을 듣는 좌담회	6~8	남노당 탈당인사 : 홍민표(남로당 서울시당부 부위원장), 조병수(同, K대대장), 이승윤(同, 무기제조과원), 홍태식(同, 제4부 책임자), 이은식(同, 조직부 부책임자), 김준연(국회의원), 양우정(언론인, 연합신문사 사장), 박순천(대한부인협회 회장, 부인신문사 사장)
		세계방공전선－독·이편	9	
	회월	(수필) 청자여화	10	
	김용제	(풍자시) 물 없는 풍경	10	
	오인만	문단의 정리와 보강	11	
		(허풍선) 어진 원님, 똥 묻은 돼지	11	
	방인근	(소설) 장부일언이 중천금 (上)	12	

『애국자』는 보련의 선전 기관지다. 편집 겸 발행인은 보련 간사장 박우천(朴友千)이며, 장기환이 편집국장을, 현수엽이 인쇄를 맡았다. 창간호는 1949년 10월 1일 발행되었으며,[9] 전체 분량은 12면이다. 당

9 「국민보도연맹 기관지 『애국자』 발간」, 『한성일보』, 1949.9.13. 원래 9월 25일에 창간호를

초 주간지를 지향했지만, 제2호가 10월 15일에 발행된 것을 보아 부정기적으로 발간되었음을 알 수 있다. 현재 제7호까지 발행된 기록[10]이 보이나, 통권 호수는 정확하게 알 수 없다. 『애국자』의 매체 이념은 아래 글에 잘 나타나 있다.

① 금차(今次)의 세계대전 이후로 발생한 현대 인류의 최대 화근은 쏘련이 야욕을 선동하는 신판 제국주의인 공산독재의 세계침략사상이다. (…중략…) 이러한 민족의 위급한 지상명제에 보응(報應)코자 우리는 이에 **기관지 『애국자』를 발간하여 본 국민보도연맹의 본래 사명을 촉성(促成)시키는 동시에 언론자유의 특권을 고수하면서** 매국도당의 제오열적(第五列的) 온상을 간성(簡成)하는 탐관오리와 악질모리배는 물론 일체의 사회악에 대하여는 권부(權富)에 외음(畏洺)치 않고 춘추논법(春秋論法)의 단호한 필주(筆誅)를 내릴 것이다.

우리는 매국적 공산사상을 이론적으로 분쇄할 뿐 아니라 일시 과오를 범한 그들에게 전비(前非)를 완전히 청산하고 새로운 애국자가 되도록 선도할 자신이 있다. 그리고 나아가서는 순정한 민족주의 사상을 확립하고 전통적 향수의 그윽한 향기가 서린 새롭고 높은 민족문화 창조에 공헌하고자 한다.

— 「창간사」 가운데서[11](강조는 인용자)

② 이러한 단계에 있어서 전향자는 좌익사상을 포기한 것만이 능사가 아

발간할 예정이었으나 발간 계획을 지키지 못했다.
10   "애국자 제6호 국민보도연맹발행", 「신간 소개」, 『동아일보』, 1950. 2. 11; "애국자 제7호, 국민보도연맹 발행 정가 1부 백 원", 『동아일보』, 1950. 3. 17, 2면.
11   『애국자』 창간호, 국민보도연맹중앙본부, 1949. 10. 1, 1면.

니라 과거의 정열과 희생심을 그대로 재생시켜 반공전선에 용사가 되어야
할 것이다. 아니다. **반공전선은 바로 그대들의 임지(任地)가 되어야만 한다. 민
족진영이여 일어나라. 전향자여 분발하라.** 그리하여 손에 손을 잡고 적색 토치
카를 향하고 돌진하는 실천과 투쟁에서만 완전한 결합이 있어질 것이다.

　때는 왔다! 조국과 민족을 참으로 생각하는가? 그러면 일사순국(一死殉
國)하라!

　　　　　　　　　　　—「일사순국(一死殉國)하라」 가운데서[12](강조는 인용자)

　①에서 알 수 있듯이 『애국자』의 발간 목적은 "국민보도연맹의 본래
사명을 촉성(促成)"시키고 "일체의 사회악"을 척결하는 데 있다. "공산
사상을 이론적으로 분쇄"하고, 전향자가 새로운 애국자가 되도록 선
도"하는 것이 주요한 목표다. 이를 통해 "순정한 민족주의 사상"을 확
립하고 "민족문화 창조"에 공헌할 수 있다고 본다. 여기서 순정한 민족
주의는 반공주의라 해도 틀린 말이 아니다. ②는 반공전선의 용사, 공
산계열에 맞서 사상전을 수행하는 전위대로서 전향자의 역할을 강조
한 글이다. 민족진영과 전향자의 분발을 요구하고 있지만, 전향자의
역할이 더 무겁다. 단지 좌익사상의 포기에 그치는 것이 아니라 "일사
순국(一死殉國)"의 자세로 반공전선을 "임지"로 삼을 것을 강하게 촉구
하고 있기 때문이다. 그럴 때 전향자는 국민 / 비국민의 경계에서 진정
한 국민이 될 수 있으며, 궁극적으로 "공산독재의 세계침략사상"을 분
쇄할 수 있는 반공전선의 전위대가 될 수 있는 것이다.

12　『애국자』 제2호, 국민보도연맹중앙본부, 1949.10.15, 1면.

이처럼 반공 선전 활동 못지않게 전향자 보도(保導) 사업은 보련의 주요 사업 가운데 하나다. 그런 점에서 『애국자』는 ①, ②의 논리를 효과적으로 선전하는 매체인 셈이다. 〈표 1〉에서 알 수 있듯이, 『애국자』 1~2호에 넘쳐나는 '폭로' 담론은 남북로당의 기만적인 정책에 대한 비판이 주류를 이룬다. 반공이 선전의 궁극적인 목표였던 만큼 폭로 대상은 "적색마굴(赤色魔窟)"로 악마화된다. 소련의 공산독재와 남북노동당의 허위성에 대한 폭로(「남북노동당의 망령정책 (상)」, 「쏘련의 포로정책」, 「세계방공전선」)와 남로당 탈당인사들의 참회록이나 경험담('적색마굴을 박차고 나와서', '나는 왜 전향했는가'), 남로당 서울시당부 탈당인사들과 양우정, 박순천, 김준연 들의 명망가가 참석한 좌담회(「남노당 서울시당부 幹部들에게 - 당내 비밀과 전향 심경을 듣는 좌담회」) 들에서 이러한 사실을 쉽게 확인할 수 있다.

『애국자』에서 이러한 글들을 대폭 수록한 까닭은 지하로 잠입한 잔존 좌익세력의 위험성을 경계하고 이들로부터 노동자·농민을 포함한 민중들을 분리시키는 데 있었다. 특히 월북하지 않고 암약하다 체포된 남로당 간부들의 폭로 담론은 미전향 당원에 대한 유화적인 전향공작이자 포섭 방편으로써 상당한 파급력이 있었던 것으로 보인다. 남로당원 자수 선전기간[13] 시행을 앞두고 발행된 이 매체를 통해 남로당과 민전 산하단체 활동가들의 자진가맹을 유도하고, 보련이 법적 보호를 받을 수 있는 신변 보호처라는 점을 효과적으로 홍보할 수 있었다.

앞의 〈표 1〉에서 알 수 있듯이, 문학작품은 시, 소설, 수필, 비평, 이

---

13 1949년 10월 정부는 남로당과 민전 산하의 133개 단체에 대한 등록 취소령을 내렸으며, 10월 25일부터 11월 30일까지 자수기간을 마련하여 대대적인 전향공작을 실시하였다. 이 시기 주요 일간지에는 남로당원의 전향성명서가 넘쳐났다.

야기물 들로 갈래가 다양한 편이다. 필진은 매체의 성격에 걸맞게 좌파 활동 전력이 있는 문인이나 전향한 활동가들로 구성되어 있다. 거물급 좌파 문학인들이 대부분 월북한 상황에서 과거 계급주의 문학운동에 투신했던 박영희와 김용제, 대중작가 방인근 들로 필진을 구성하여 선전효과를 달성하고자 했다. 또한 이덕구와 같은 전향자를 내세워 미전향 당원들의 탈당과 자진가입을 도모했던 것으로 보인다.

그러나 작품 내용을 볼 때 보련 문화실이 의도한 선전 효과를 달성했는지는 의문이다. 가령, 나라잃은시대에 계급주의 문예운동에 투신했던 김용제의 풍자시 「물 없는 풍경(風景)」만 보더라도 사상 선도와는 거리가 멀다. "여름밤의 꿈"의 형식을 빌어 물이 고갈된 삶의 조건 속에서 물을 찾아 헤매는 한 마을 사람들의 모습만을 보여주고 있을 뿐이다. '풍자시'를 내세웠지만, 풍자의 과녁이 늘 당대 사회를 지향한다고 보면 풍자 목적이나 대상을 명확하게 드러내지 못하고 말았다.

반면, 다음 시는 『애국자』의 발간 취지에 걸맞은 선전 계몽의 의도를 잘 드러내고 있다.

"朴동무" 하고 부르던
옛날의 友情이 人間的으로 그리워서
나는 지금도 그대의 헛된 犧牲을 同情하며
새로운 별 밑에서 웃을 때를 기다린다

그대는 아직도 나의 良心의 길을
轉向이니 背叛이니 욕할지도 모르나

나는 警察에서도 그대를 불지 않고
그대의 犯行까지 맡아서 罪를 받았다

그대가 속아서 섬기는 新版貴族과 暴君들이
自動車로 料亭에 가서 술을 마시고
붉은 사랑의 妾집에서 꿈꾸는 밤에
다리 밑에 숨어서 떠는 그대가 가엽구나

이른 아침에 연장을 메고 일터로 가는
그 휘미진 다리에서 무망결에 만나면
그대는 내 가슴에 短刀를 겨눌지도 모르나
나는 그대의 어깨를 싸안고 울어 보련다

만일에 지금쯤 監獄에서 呻吟한다면
나는 그대를 찾아가서 위로할 수는 없으나
어리석은 妄想이 스스로 쇠를 채운
그대의 가슴에다 友情의 열쇠를 보내련다

　　　　　　　　　— 이덕구, 「나는 그대를 사랑하련다」 전문[14]

　　인용시의 화자는 좌익전향자가 조직의 계보와 명단 들을 제공했던 것
과는 달리, 옛날 친구의 범행까지도 자기 죄로 껴안을 만큼 신의가 두터

14 『애국자』 제1호, 국민보도연맹중앙본부, 1949. 10. 1, 5면.

운 사람이다. 그와는 달리, 친구는 "신판귀족과 폭군"에 속아 그들을 섬기고, "어리석은 망상"에 사로잡혀 있다. 친구와 화자를 대비시켜 좌파 세력의 허위성을 폭로하면서도 노골적인 적의를 표출하지 않는다.

화자는 "다리 밑에 숨어서 떠는" 그런 친구의 "헛된 희생"이 안타깝다. 화자는 전향을 직접적으로 강권하지 않는다. 다만 친구가 "새로운 별 밑에서 웃을 때"를 기다릴 뿐이다. 그날은 친구 스스로 "어리석은 망상"을 버리고 자신이 걸었던 "양심의 길"을 걸을 때 비로소 가능하다. 이처럼 이 시는 과거 조직 활동을 함께 했던 동지에 대한 동정과 우정을 전면에 내세움으로써 미전향 활동가들의 전향을 간접적으로 촉구하고 있는 시라 하겠다. 미전향자에 대한 유화적인 포섭 전략을 보여주는 이 시는 좌파세력을 노골적으로 악마화하는 전향자들의 참회록이나 경험담과 일정한 차별성을 지니고 있는 셈이다.

3. 정지용의 가맹(加盟)과 선무 활동

보련은 기관지 발간을 통해 선무 작업을 진행하면서 "남로당원 자수 선전 주간"(10.25~31)을 실시하게 된다. 이 행사는 11월 1일부터 일주일 간 실시 예정인 '남로당 근멸주간(根滅週間)'에 앞서 마련되었으며, 관대한 처분으로 갱생의 길을 열어주겠다는 약속으로 전향자들의 자진 자수를 유도하고 있다.[15] 기관지 발행을 통한 사상적 선도와 마찬가지로

일종의 "온정주의"[16]적 전략이다. 정지용의 가맹은 11월 4일 오전 10시에 이루어진다.[17]

나는 소위 야반도주하여 38선을 넘었다는 시인 정지용이다. 그러나 나에 대한 그러한 중상과 모략이 어디서 나왔는지는 내가 지금 추궁하고 싶지 않은데 나는 한 개의 시민인 동시에 양민이다. 나는 23년이란 세월을 교육에 바쳐 왔다. 월북했다는 소문에 내가 동리 사람에게 빨갱이라는 칭호를 받게 되었다. 그래서 나는 집을 옮기는 동시에 **경찰에 신변보호를 요청했던 바, 보도연맹에 가입하라는 권유가 있어 오늘 온 것이다. 그리고 앞으로는 우리 국가에 도움되는 일을 해볼까 한다.**[18](강조는 인용자)

조선문학가동맹을 탈퇴한 후 '심경 변화'로 자진가맹했다고 하나, 그의 가맹은 '권유'에 의한 선택이었다. 물론 심경 변화도 작용했겠지만, 신변 위협의 공포로부터 자유로울 수 없었던 사정과 관련이 깊다. 광복기 정지용의 정신적 혼란과 문학적 파탄은 이 공포의 정서에서 연유한다. 국민보도연맹시기 수작으로 꼽히는 「곡마단(曲馬團)」은 그의

---

15 「참회하고 돌아오라, 남로당원 자수주간을 설정」, 『동아일보』 1949. 10. 26, 2면. 30일까지 자진 가입한 사람이 1,815명에 이르러 연맹 최고지도위원에서는 이 주간을 11월 1일부터 7일까지 연기하였다. 「국민보도련맹의 남조선노동당 근멸주간 연장」, 『한성일보』, 1949. 11. 1.

16 서울지방법원 이대희 검사장은 검찰청의 반공투쟁전략을 두 가지로 본다. "하나는 온정주의로써 사상적으로 선도하여 충성된 우리 국민으로 하는 방법과 또 다른 하나는 엄벌주의로서 개과천선의 문호가 개방되었는데도 이에 불응하는 도배를 용서 없이 엄중 처단하는 두 가지다." 이대희 검사장의 담화 요지 가운데서, 『동아일보』, 1949. 10. 26, 2면.

17 정지용 외에 신문기사를 통해 알 수 있는 가맹 문학인은 다음과 같다. 정지용 · 정인택 · 윤태웅 · 이원수 · 배정국 · 김철수 · 이봉구 · 황순원 · 이성표 · 임서하 · 강형구 · 송완순 · 양미림 · 최병화 · 엄흥섭 · 박노아. 「저명한 문화인의 자진가맹이 이채」, 『동아일보』, 1949. 12. 1, 2면; 「각계 인사들 국민보도연맹에 가입」, 『자유신문』, 1949. 12. 2.

18 「시인 정지용 씨도 가맹, 전향지변(轉向之辨) '심경의 변화'」, 『동아일보』, 1949. 11. 5, 2면.

정신적 갈등을 단적으로 보여주는 시다.

물론 잇따른 정부 조치로 내적 갈등은 더욱 심화되었을 것으로 보인다. 1949년 9월 말에는 중등학교 교과서에서 국가이념과 민족정신에 위반되는 저작자의 저작물을 삭제한다는 문교부의 방침에 따라 가장 많은 수의 작품이 삭제 대상에 올랐다.[19] 이미 월북한 김남천, 오장환, 박팔양, 박아지, 이선희, 현덕, 안회남, 김동석, 조운 들과 마찬가지로 자신이 좌파계열의 작가로 분류된 데다가 후속조치를 예감할 때 편치는 않았을 것이다.[20] 그리고 조선문학가동맹 시부 위원이자 아동문학위원회 위원장으로 이름을 올렸던 전력 또한 당시 상황에서는 충분히 문제될 수 있었다.

금요일 저녁 전차 속에서 신문으로 알았습니다. 순간에 밀려오는 무슨 압력을 육체로 느끼었습니다. 전차 운전관계이었든지 나는 쓰러질 것 같았습니다. 이것을 역사와 세기의 중력이라고 할지, 우리 같은 사람도 이렇거늘 이것이 남조선 전 지역에서 느끼는 진감이 아니겠습니까! 북조선에서 보기 좋게 해낸 일이 조국과 민족과 다시 세계에 향하여 무슨 조금이라도 부끄러운 짓이 됩니까? 부끄럽지 않기에 당당하겠고 그렇기에 중력과 압력적 우리 조국의 반쪽으로부터 이제 팽창하는 것입니다. 어떻게 내가 거짓 대답을 합니까?[21]

---

19 구체적으로 들면 다음과 같다. 「고향」(『중등국어』 1), 「꾀꼬리와 국화」·「노인과 꽃」(『중등국어』 2), 「옛글 새로운 정」(『중등국어』 3), 「소곡」·「시와 발표」(『중등국어』 4), 「말별똥」·「별똥 떨어진 곳 더 좋은데 가서」(『신생중등국어』 1), 『중등국어작문』, 70면.
20 여기에 포함된 작가 가운데 이근영, 엄흥섭, 박노갑, 김철수는 국민보도연맹에 정식으로 가입했다가 한국전쟁기에 휩쓸리듯이 월북하고 말았다. 이용악은 국민보도연맹에 가입하지 않고 잠적했다가 체포되어 1950년 2월 복역하던 중 한국전쟁을 맞아 월북했다.

인민공화국 수립 소식을 접한 시민의 여론 가운데서 「압력 느꼈다」라는 제목이 붙은 정지용의 대답이다. 모두 인민정권의 수립을 적극적으로 지지하면서 기대에 찬 환영사로 일관하고 있다. 감회를 밝힌 사람들이 모두 일반 시민들[22]이라 문제될 수 없지만, 정지용의 발언만큼은 쉽게 지나칠 수 없다. 좌파신문의 여론청취인데다 이미 남한에서는 단독정부가 수립되었기 때문이다.

두루 알다시피 1947년 중반까지는 조선문학가동맹을 주축으로 문화공작대가 각 지역을 순회하면서 공개적으로 활동하였다. 미소공동위원회가 결렬된 후 단정 지지세력들은 단독정부를 수립하는 방향으로 가닥을 잡았고, 그 과정에서 좌파단체는 탄압 국면에 직면하여 활동이 크게 위축되었다. 단정 수립 이후에는 국가보안법과 보련이라는 법적·물리적 기구를 동원하여 탄압이 강화됨으로써 좌파계열의 설자리는 아예 없었다.[23] 이러한 상황에서 북한 인민정권의 수립에 대한 "쓰러질 것 같은" "압력"을 느꼈다는 것은 지극히 위험한 발언이다. 신변의 위협을 직접적으로 느끼지 못했던 이때까지만 해도 정지용의 이념적 지향은 북한 쪽에 가까웠던 셈이다. 따라서 광복기 정지용은 당대 많은 지식인들이 하나의 이론으로서 사회주의를 지향했던 것처럼 사회주의에 심정적으로 경도되어 있었을 수도 있다. 이러한 몇몇 계기를 통해 정지용은 불온한 작가로 규정될 수밖에 없었고, 결국 문학적

---

21 「인민공화국 수립! 애국인민 치열한 투쟁의 표현」, 『독립신보』, 1948.9.12, 2면.
22 「근로인민 투쟁의 결실」(노동자), 「문화통일 달성을 확신」(교원), 「혁명가의 조각(組閣) 쌍수(雙手)로 환영」(사무원), 「민주학원 건설로 조국에 보답」(학생), 「상계에 서광」(상인). 『독립신보』, 1948.9.12, 2면.
23 결국 1949년 10월 좌파 계열의 문학단체나 매체에 대한 본격적인 조치가 단행됨으로써 조선문학가동맹은 정식으로 등록 취소되는 과정을 밟는다.

생존의 한 방편으로 전향을 선택했던 것이다. 시필을 완강히 꺾었다[24]
는 평가와 달리 정지용은 지속적으로 문학 활동을 전개하였다.

보련 가입 이후 문화실장으로 일했으나 거의 활동하지 않았다[25]는
평가는 재고되어야 한다. 정지용은 보련에 가입하면서 자신의 전향을
언론에 공개적으로 밝힌 이후 중앙본부의 기획 아래 다양한 선무 활동
을 벌였다. 이러한 과정 속에서 1950년 2월경 문화실장으로 취임[26]하
게 된다.

보련 가입 이후 정지용의 첫 활동은 12월 3일 한국문화연구소가 이
틀에 걸쳐 개최한 민족정신앙양 종합예술제다. 저녁 6시 반부터 열린
첫날 행사는 백철의 사회로 박종화의 개회사, 설의식의 강연, 서정
주·박두진의 시낭송이 있었다. 정지용·김만형·박용구·한형모는
월북문화인 이태준·길진섭·김순남·북조선문화예술총동맹과 북
조선영화동맹에 보내는 경고문을 발표하였다.[27] 정지용의 경고문을
소개하면 다음과 같다.

10여 년 전부터 네니 내니 가까웠던 벗 상허 이태준께

---

24 임학수, 「문화 1년의 회고(시단)」, 『서울신문』, 1948.12.22. 김재용 또한 정지용이 1949년 3월
    이후 거의 글을 발표하지 않았다고 보지만 사실과 다르다. 김재용, 「냉전적 반공주의와 남한
    문학인의 고뇌」, 『역사비평』, 1996 겨울, 278쪽. 실제로 정지용은 「작품을 고르고서」, 「어린
    이와 돈」, 『소학생』(1949.5), 『어린이나라』(동지사아동원, 1949.5), 「작품을 고르고서」, 『어
    린이나라』(동지사아동원, 1949.6), 「반성할 중대한 재료-특히 선생님들에게 드리는 말씀」,
    『소학생』(1949.7), 「평어」, 『여자중학생문예작품집』(교육주보사, 1949) 들의 심사평문이나
    수필을 잇따라 발표하고 있다. 박태일, 「새 발굴 자료로 본 광복기 정지용 문학」, 『한국 근대
    문학의 실증과 방법』, 소명출판, 2004.3, 87~104쪽.
25 『정지용전집』 1, 민음사, 2003.4(개정판), 620쪽.
26 「문단동정」, 『문예』 2-3, 1950.3, 199쪽.
27 「민족정신앙양 종합예술제 개최」, 『서울신문』, 1949.12.4.

이제 새삼스럽게 말을 고칠 맛이 없어 편지로도 농하듯 하니 그대로 들어주기 바라네. 자네가 간 줄조차 모르고 한 번 술을 차고 자네 댁을 찾았더니 자네가 애써 가꾸던 賞心樓 뜰 앞에 꽃나무 그대로 반가웠으나 상심루 주인 자네만이 온다 간다 말없이 행적이 이내 5년간 묘연하네 그려. 전에 없었던 월북이란 말이 생긴 이후 구태여 자네의 월북 사정이 아직도 이해하기 어려우이. 일제 질곡에서 사슬이 풀리자 8 · 15 이후에 자네가 반드시 좌익 소설가가 되어야 할 운명이라면 좌익은 어디서 못하겠기에 좌익지대에 가서 좌익 노릇 하는 것이란 말인가. 이왕이면 멀리 모스크바에 남아서 좌익은 아니 되던가?

자네 좌익을 내 믿기 어렵거니와 아마도 죽어도 살아도 민족의 서울에서 견딜 끈기가 없는 사람이 비행기 타고 모스크바 가는 바람에 으쓱했던가 싶어서 여기서 아메리카 기행을 쓴 사람이 아직 없는 바에 자네 소련기행이 분수없이 너무 일러 버렸네. 38선 책임을 자네한테 돌릴 수는 없으나, 자네 소련기행 때문에 자네가 친소파 소리 듣는 것이 마땅하고 민족문학의 좌우파쟁의 참담한 책임은 자네가 질 만하지 않은가. 나는 아직 친미파 소리 들은 적 없으나 아무리 생각해야 내가 친소파가 되어질 이유가 없네. 어려서부터 자네를 내가 아는 바에야 어찌 자네를 소련을 조국으로 삼는 소설가라고 욕하겠는가. 그러나 **왜 자네의 월북이 잘못인고 하니 양 군정 철폐를 재촉하여 조국의 통일 독립이 빠르기까지 다시 완전 자주 이후 무궁한 연월까지 자기가 민족의 소설가로 버티지 않고 분수없이 빨리 38선을 넘은 것일세.** 자네가 넘어간 후 자네 소설이 팔리지 않고 자네 독자가 없어지게 되었네. 자네들은 우리를 라디오로 욕을 가끔 한다고 하더니만 나도 자네를 향하여 응수하기에는 좀 점잖아졌는가 하네. 38선이 장벽이 아니라 자네의 월북이 바로 분열이요 이탈이 되고 말았네. 38선의 태세가 오늘날 이렇게까지 된 것도 자네의 一助라 할 수 있지 않는가?[28](강조는 인용자)

　정지용은 "분수없이 빨리 38선을 넘은" 이태준을 나무라면서 그의 월북이 "분열이요 이탈"이라 규정한다. 문장파를 이끌던 이태준에 대한 애정 어린 비판을 통해 자신의 전향을 뚜렷이 표명한 셈이다. 인용문은 이태준의 "월북 사정"을 이해하기 어렵다며 그의 선택을 은근하게 꾸짖고 있다. "반드시 좌익 소설가가 되어야 할 운명이라면 좌익은 어디서 못하겠기에 좌익지대에 가서 좌익 노릇 하는 것이란 말인가 이왕이면 멀리 모스크바에 남아서 좌익은 아니 되던가?"라는 말은 좌익 문학 활동 자체를 탓하는 것이 아니라 다만 장소만을 문제 삼은 것이다. 이는 그의 보련 가입 동기의 자발성과 강제성 여부를 추론할 수 있는 단서가 된다. 이태준의 "운명"으로서의 좌익 문학 활동 자체를 비판하는 것이 아니라 "민족문학의 좌우파쟁"과 "분열"의 책임을 묻고 있기 때문이다. 상이한 체제가 들어서지 않았더라면 정지용에게 사회주의는 여전히 가치 있는 이념체계가 아니었을까? 그를 심정적인 사회주의자로 규정한다면, 전향이란 일시적인 신변보호책이었을 뿐이다. 그리고 둘째날 행사에서도 사회를 맡아[29] 그는 다시 한 번 전향을 공개적으로 알렸다.

　이 행사에 이어 보련에서는 12월 18일 국민사상선양대회를 개최하였

---

28 「상허(尙虛)에게」, 『서울신문』, 1949.12.5.
29 「민족정신앙양 종합예술제 개최」, 『한성일보』, 1949.12.5. 둘째 날 낮에는 정지용이 사회를 맡았으며, 오종식·염상섭의 강연, 김용호·설정식·유치환의 시낭독, 김기림·장추화·신막·김정섭·박은용·박경아가 각각 이원조·최승희·박영근·안영일·북조선음악동맹·조선연극동맹에 보내는 경고문을 발표하였다. 밤 행사는 문화실장 양주동의 사회로 진행되었다.

으며,[30] 1950년 1월 초(10.8~10)에는 문화실 소속 문화인들이 총동원되어 제1회 국민예술제전을 개최하였다. 8일에는 설정식, 양주동, 박인환, 임학수가, 9일에는 송돈식, 정지용, 김용호, 김상훈이, 10일에는 임호권, 김병욱, 여상현, 박거영이 시를 낭독했다.[31] 이 행사에서 정지용은 "유머틱한 사회"로 개막식을 주도하였다고 한다.[32] 이를 통해 보련 문화실에서 그의 위상을 짐작할 수 있으며, 문화실장으로 취임하는 것은 예정된 순서였는지도 모른다. 이러한 과정을 거쳐 1950년 5월 초부터 6월에 이르는 남행 또한 일종의 선무 활동이었다고 볼 수 있다.[33]

4. 국민보도연맹시기 정지용의 발굴시 세 편

이제껏 공개된 적이 없는 「처(妻)」, 「여제자(女弟子)」, 「녹번리(碌磻里)」는 『새한민보』 제4권 제1호(통권 제62호, 서울신문사, 1950.1.20, 34~35쪽)에 발표된 작품이다. '지용'이라는 이름으로 발표하였으며, 「시3편(詩三篇)」이라는 큰 제목 아래 세 편을 묶었다.[34]

---

30 「국민보도연맹 서울시본부 주최 국민사상선양대회 개최」, 『동아일보』, 1949.12.20.
31 그리고 정갑, 김기림, 송지영(8일), 인정식, 설의식, 홍효민(9일), 최진태, 전원배, 김병달(10) 들의 강연이 있었으며, 정인택, 안기영, 정현웅(8일), 김정혁, 엄흥섭, 김용환(9일), 박노갑, 김막인, 신막(10일) 들이 메시지를 낭독하였다. 「국민보도연맹, 제1회 국민예술제전을 개최」, 『평화일보』, 1950.1.8.
32 『조선일보』, 1950.1.9.
33 『국도신문』에 연재된 「남해오월첩철(南海五月點綴)」 18편(1950.5.7~6.28)은 남행(南行)의 산물이다.

① 山楸子 따러

山에 가세

돌박골 들어

山에 올라

우리 같이

山楸子 따세

楸子 열매

기름 내어

우리 孫子 방에

불을 키세

— 「처(妻)」 전문[35]

〈그림 2〉 지용, 「시3편(詩三篇)」, 『새한민보』 제4권 제1호

①은 언어 절제의 미덕을 잘 살려내고 있는 시다. 아내와 함께 산에 올라 "산추자(山楸子)", 그러니까 개오동나무 또는 오동나무 열매를 따 기름을 내어 불을 밝히자는 내용이다. 이를 새로운 세계로의 방향 설정 으로 읽기에는 앞뒤 맥락이 느슨하다. 현실세계로 열린 시선이 차단되

---

34 이 잡지에는 시와 시조로 정인보의 「설오촌(薛梧村) 선생(先生)을 생각하고」, 김광섭의 「편 지」, 김약성의 「조춘(早春)」을, 홍영의의 수필 「설야독보(雪夜獨步)」, 진우촌의 시대극 「왕 건(王建)」이 수록되어 있다.

35 인용시의 띄어쓰기는 현행 어문규정에 따랐다.

어 있어 ①에서는 뚜렷한 주제의식을 찾을 수 없다.

널리 알려진 「사사조오수(四四調五首)」와 마찬가지로 인용시 4·4조라는 정형성에 갇혀 버린 시다. 그러나 그가 사상을 담는 시적 방법을 모색하는 데 골몰했다고 보면, 이러한 형식 실험은 이데올로기적 혼란에서 비롯된 정신적 고통의 산물로 볼 수 있다. 한 연구자의 지적처럼 불안한 현실과 수습되지 못한 자기동일성을 시의 형식적 정형성을 통해서 회복함으로써 시를 원점으로부터 새롭게 시작하려는 노력[36]일지도 모른다.

그러나 그가 선택한 4·4조의 형식은 내용을 함축적으로 전달하기 위한 방법적 선택이라고 볼 수 없으며, 후기시의 특징으로 거론하는 "정적의 공간과 여백미"[37]로 해석하기에도 난감하다. 따라서 이러한 형식적 정형성은 언어를 단순화하고 현실을 단순화시켜 혼란스러운 자신을 그 형식에 가두어 버림으로써 현실과의 대결의식을 스스로 포기한 결과로 읽힌다. 그만큼 ①은 국민보도연맹시기 정지용 시의 면모를 가장 잘 드러내는 작품인 셈이다. 사상성을 담지하지 못한 문학을 빈곤한 문학으로 간주했던 그의 문학론을 고려한다면 이러한 경향은 분명 퇴행적 현상이다. 이 시기 거의 시는 주로 내면세계나 풍경 묘사에 머물러 있다. ② 또한 ①과 크게 다르지 않다.

②먹어라

어서 먹어

36 장도준, 『정지용 시 탐구』, 태학사, 1994, 228쪽.
37 이숭원, 『정지용 시의 심층적 탐구』, 태학사, 1999, 149~165쪽.

자분자분
사각사각
먹어라

늙고 나니
보기 좋긴

뽕닢 삭이는 누에 소리
흙뎅이 치는 봄비 소리
너 먹는 소리

"별꼴 보겠네
날 보고 초콜렡 먹으래!"
할 것 아니라

어서 먹어라
말만치 커 가는 처녀야
서걱서걱 먹어라.

— 「여제자(女弟子)」 전문

②는 ①과 마찬가지로 시적 변용을 일으킬 만한 주제의식이 희박하다. 여제자가 성장해 가는 기쁨을 형상화한 작품에 불과하다. 그러나 이 시기에 쓴 작품의 일반적인 경향과는 달리 다소 희화적인 어투가

눈길을 끈다. 제자가 아니라 '여'제자라는 제목뿐만 아니라 "먹어라"는 서술어를 반복적으로 사용함으로써 여제자의 빠른 성장을 기원하는 대목이 흥겹다. 이러한 희화성을 드높이는 데 청각적 이미지를 선택한 것은 상당한 효과를 갖는다. "늙고 나니 / 보기 좋"은 것은 "뽕닢 삭이는 누에 소리"이자 "흙뎅이 치는 봄비 소리"로, 이것은 곧바로 여제자의 "너 먹는 소리"와 동일시된다. "자분자분" "사각사각" "서걱서걱" 들의 감각적인 의성어 또한 여제자의 성장을 기리는 데 적절하게 기여하고 있다. ②에서 정지용의 후기시의 한 양상인 위트와 결부된 유머감각[38]을 발견할 수 있지만, 이것이 정신이나 사상의 한 단면을 적절하게 환기하지 못하는 것은 한계다.

③ 여보 !
운전수 양반
여기다 내뻐리구 가믄
어떠카오 !

礴磻里까지만
날 데레다 주오

冬至 섯달
꽃 본 듯이 ……… 아니라

---

38 위의 책, 138~149쪽.

碌磻里가지만

날 좀 데레다 주소

취했달 것 없이

다리가 휘청거리누나

帽子 아니 쓴 아이

열여들쯤 났을가?

"碌磻里까지 가십니까?"

"넌두 少年感化院께까지 가니?"

"아니요"

캄캄 야밤 중

너도 突變한다면

열여들 살도

내 마흔아홉이 벅차겠구나

헐려 뚫린 고개

상여집처럼

하늘도 더 껌어

쪼비잇하다

누구시기에

이 속에 불을 키고 사십니까?

불 디레다 보건

낸데

영감 눈이 부시십니까?

탄탄大路 신작로 내기는

날 다니라는 길이겠는데

건다 생각하니

논두렁이 휘감누나

소년감화원께까지는

내가 찾어 가야겠는데

인생 한 번 가고 못 오면

萬樹長林에 雲霧로다 ………

— 「녹번리(碌礎里)」 전문

　③은 이 시기 정지용의 시 가운데 「곡마단(曲馬團)」과 더불어 가장 손
꼽을 만한 작품으로, 녹번리 소년감화원까지 가는 불안한 여정을 형상
화하고 있다. ①, ②와는 달리 그의 내면 풍경을 가장 구체적으로 형상
화하고 있는 시다. 시적 배경이 "캄캄 야밤 중"인 만큼 분위기는 어둡
고 음울하다. 소년감화원을 찾아 나서는 화자의 여정 또한 험난할 뿐
아니라 공포스럽기까지 하다. 어떤 까닭인지 알 수 없으나 운전수는

목적지인 소년감화원까지 화자를 데려다 주지 않는다. 중도에 내린 화자에게는 목적지까지 걸어가야 하는 고단한 여정이 기다리고 있다.

화자는 처음으로 열여덟 살쯤 된 모자 쓴 아이를 만난다. "캄캄 야밤 중 / 너도 돌변한다면 / 열여들 살도 / 내 마흔아홉이 벅차겠구나"라는 대목에서 짐작할 수 있듯이, 화자는 소년감화원까지 혼자 가야 하는 처음의 불안과 공포의 정서가 증폭되어 아이를 공포의 대상으로 인식한다. 게다가 그들이 나누는 대화 자체도 소통구조가 차단된 부정의식의 고조를 보인다. 뒤이어 그는 "헐려 뚫린 고개 / 상여집"처럼 "하늘도 더 껌어 / 쪼비잇"하다고 여기는 공포의 순간에 직면한다. 8연 역시 5연의 대화체처럼 부정의식이 고조되어 있다("불 디레다 보긴 / 낸 데 / 영감 눈이 눈부십니까?"). 이러한 공포는 "탄탄대로 신작로"를 걸어가지만, "논두렁이 휘감"는다는 생각에 이르러 절정에 도달하게 된다.

10연에서 알 수 있듯이, 화자는 소년감화원의 위치를 모른다. 그런 까닭에 공포의 정서는 배가 될 수 있다. 정지용은 이화여대 교수직을 사임한 1948년 2월에 녹번리 초당(현재 은평구 녹번동 소재)으로 이사하였는데, 이 당시까지도 녹번리에 머무르고 있었다. 따라서 그의 집이 소년감화원 주변에 있었을 개연성은 거의 없다. 그런 까닭에 화자의 소년감화원 행은 보련 문화실이 기획한 계몽활동의 일환으로 볼 수도 있다.

당시 보련 문화실의 선무 공작 대상에는 일반 시민뿐만 아니라 교도소나 소년감화원의 재소자도 포함되어 있었다. 앞서 언급했듯이, 보련에서는 각종 강연회와 음악회, 연극·영화 상연 들의 각종 문화행사를 통해 일반 시민들을 교화하는 사업에 힘썼다. 제1회 국민예술제전에서는 시낭송, 무용, 각종 강연과 더불어 연극과 영화를 상연하였다. 박노아 원작의 연극 〈돌아온 사람들〉과 보련 문화실 제작 영화 〈보련특보(保聯特報)〉제1집(기획 김정혁, 제작 허달)이 그것이다.[39] 이러한 맥락에서 ③은 국민보도연맹시기 정지용의 보련 선전 활동을 단적으로 보여주는 시가 아닌가 한다.

특히 마지막 연에서 화자의 여정이 공포를 넘어 허무에 이른다는 점은 다분히 문제적이다. 「곡마단」의 마지막 연에서 "방한모(防寒帽) 밑 외투(外套) 안에서 / 위태(危殆) 천만(千萬) 나의 마흔아홉 해가 / 접시 따러 돈다 나는 박수(拍手)한다"고 접시돌리기의 위태로움을 자신의 삶의 위태로움과 동일시했던 그였다. 따라서 "인생 한번 가고 못 오면 / 만수장림(萬樹長林)에 운무(雲霧)로다"는 마무리는 「곡마단」과 동일한 지점에 놓이는 인식으로, 국민보도연맹시기 그의 삶에 대한 자책과 불안이 잘 드러나고 있는 셈이다.

5. 마무리

이 글은 국민보도연맹시기 정지용의 보련 가입 과정과 전향 이후의 활동을 고찰하고, 『새한민보』제4권 제1호(1950.1.20)에 게재된 발굴시 「처」, 「여제자」, 「녹번리」를 통해 그의 문학 활동과 내면세계를 살피는

---

39 「국민보도연맹, 제1회 국민예술제전을 개최」, 『서울신문』, 1950.1.8.

데 목적을 두었다.

첫째, 정지용 문학에서 국민보도연맹시기를 별도로 설정하는 까닭은 크게 두 가지였다. 우선, 보련이 결성되면서 문학인들이 국가기구에 의해 직접적으로 통제·관리되었는데, 조선문학가동맹 중앙집행위원회 시부 위원이자 아동문학위원회 위원장에 이름을 올렸던 정지용의 좌파 전력이 크게 문제되는 시기라는 점이다. 국가보안법과 보련이라는 국가감시체계의 작동으로 사상적 제약이 극심한 상황에서 그의 전향은 필연적인 선택이었던 셈이다. 다음으로, 형식과 내용이 절묘한 조화를 이루었던 이전과는 달리 이 시기는 과도하게 형식에 집착하고 있다는 점이다. 대부분의 시들이 언어를 아끼되 감정을 최대한 절제함으로써 형식에 집착하고 있으며, 산문시 또한 심한 눌언에 빠져든 것처럼 서술어의 쓰임새가 급격하게 퇴조하고 있다. 특히 이 시기에 보이는 4·4조 형식의 시는 다분히 문제적이었다. 「녹번리」와 「곡마단」과는 달리 이 시들은 최대한 말을 아끼되 대상이나 풍경을 가볍게 형상화하는 데 그치고 있을 뿐이다. 이 시기 이데올로기적 갈등과 혼란을 거듭했던 정지용의 처지를 생각할 때 예사롭지 않은 변화라 볼 수 있다.

둘째, 정지용의 광복기 좌파 활동과 발언을 고려했을 때, 그의 전향은 자연인으로서, 명망가 시인으로서 생존하기 위한 전략적 선택이었다. 정지용을 심정적인 사회주의자로 규정할 수 있다면, 그의 전향은 일시적인 신변보호책으로 이루어졌을 가능성이 높다.

셋째, 학계에 널리 알려진 바와는 달리, 정지용의 보련 문화실 선전·계몽 활동은 상당히 적극적이었다. 1950년 2월 문화실장에 오른 것을 보면 보련에서 그의 역할이 어느 정도였는지 짐작할 수 있다. 이러한 활동은 지역 선무 공작의 일환으로 전개된 남행(1950.5~6)으로까지 이어졌다.

넷째, 이 시기 정지용의 시는 주로 내면세계를 표출하거나 단순히 풍경을 묘사하는 데 머물고 있었다. 「처」에서 보이는 4·4조의 형식 실험은 이데올로기적 혼란에서 비롯된 정신적 고통의 산물로서, 내용을 함축적으로 전달하기 위한 방법적 선택이라 보기 어려웠다. 따라서 형식적 정형성은 현실과의 대결의식을 스스로 포기한 결과를 반영한 것이었다. 「여제자」 또한 「처」와 마찬가지로 시적 변용을 일으킬 만한 주제의식이 희박했으나, 희화적인 어투가 눈길을 끌었다.

다섯째, 발굴시 세 편 가운데 「녹번리」는 그의 보련 활동을 단적으로 보여주는 시였다. 화자의 소년감화원행은 누적된 공포의 정서를 넘어 끝내 허무에 도달하고 말았다. 이 시는 접시돌리기의 위태로움을 자신의 삶과 동일시했던 「곡마단」과 마찬가지로 국민보도연맹시기 정지용의 회한 어린 자책과 불안을 잘 드러내고 있는 작품으로 볼 수 있었다.

정지용은 1949년 10월 문교부의 지시로 교과서 수록 시가 삭제된 이후, 문학정전의 대상에서 철저하게 밀려났다. 특히 서정주가 엮은 『작고시인선(作故詩人選)』(1950)이나 이한직이 엮은 『한국시집(韓國詩集)』(1952)들의 각종 선집에서 이러한 배제가 전면적으로 이루어졌다. 1988년 해금되기 전까지 정지용의 문학적 명성은 반공이라는 짙은 그늘 속에 묻히고 말았던 것이다.

제2부
—
4월혁명과 '1960년' 남북한문학

제1장 4월혁명시의 매체적 기반과 성격
제2장 4월혁명과 조선작가동맹 중앙위원회 기관지 『문학신문』
제3장 4월혁명과 북한 어린이문학
제4장 4월혁명문학과 부산
제5장 부산 지역 4월혁명과 청소년

제1장 4월혁명시의 매체적 기반과 성격

1. 들머리

4월혁명은 이데올로기적 국가장치에 의해 억압된 집단 기억 가운데 하나다. 혁명 1주년 이후 거의 모든 문학인들이 침묵과 공허의 은유로서 이 무거운 주제에 대한 집단적 책무를 망각해 왔다. 그만큼 4월혁명은 기념과 추념의 형식으로 의례화되었던 셈이다. 이러한 침묵과 망각의 메커니즘을 극복하게 된 계기는 우리 사회의 민주화와 더불어 역사적 진실을 회복하려는 사회적 분위기와 밀접한 관련이 있다.

공식적 기억에 반대하여 대항 기억을 회복하는 일은 집단 망각으로서의 역사에 대한 투쟁 그 자체다. 4・3민중항쟁이나 전쟁기 민간인학살사건, 4월혁명, 광주민주화항쟁의 역사화가 지배 이데올로기의 자장 속에 놓여 있었다면, 억압된 집단 기억을 발굴하는 일은 동질화된 기억의 균열을 통해서 역사의 복합성을 있는 그대로 들여다보기 위한 지적 노력이라 하겠다.

그러나 이제껏 4·3민중항쟁이나 광주민주화항쟁에 견주어 4월혁명의 경험은 충분히, 그리고 지속적으로 기록되지 못했다. 사단법인 4월회의 주도로 4월혁명 관련 자료를 주제별로 정리한 목록집[1]이 나와 있기는 하나 4월혁명 자료를 온전하게 갈무리하지는 못했다. 문학의 경우도 마찬가지다. 1983년『4월혁명기념시전집』이 발행된 이후 체계적인 '4월혁명문학전집'을 가지지 못한 것이 우리의 현실이다. 그런 까닭에 최근 항쟁 경험과 전통을 계승하고 재창조하는 차원에서 지역의 혁명문학 자산을 정리한 일은 값진 성과라 할 만하다.[2]

3·15의거기념사업회나 2·28대구민주운동기념사업회가 보여주듯이 구체성과 개별성을 가진 지역의 항쟁 경험과 실상을 갈무리하고 연구하는 일은 4월혁명의 심층적 이해와 밀접한 관련이 있다. 따라서 4월혁명에 관한 기억의 재구성과 확장, 문학사료의 실증적 이해, 혁명문학의 재생산과 향유가 거듭 요구되는 것이다. 특히 기억은 진실의 문제와 결부되어 개인의 정체성뿐만 아니라 역사적 진실과 정당성을 회복하는 일이기 때문에 당시의 혁명문학 사료를 갈무리하는 일은 필수적이다.

갈래의 다양성이나 작품의 양을 따질 때, 4월혁명문학은 '1960년'에 생산과 재생산, 향유가 가장 폭넓게 이루어졌다. 4월혁명 직후 발행되

---

1   4월회 4·19혁명 40주년 기념사업추진위원회, 『4·19혁명 자료목록집』, 4월회, 2000.4.
2   마산 지역이 대표적이며, 지역항쟁사에서 중요한 역할을 담당하고 있는 문학사료를 잇따라 출간했다. 변승기 외, 『깃발, 함성 그리고 자유』, 도서출판 경남, 1990; 3·15의거기념사업회 편, 『너는 보았는가 뿌린 핏방울을』(3·15의거기념시선집), 불휘, 2001.

었거나 제작된 영화,[3] 기념시집, 수기집,[4] 소설,[5] 추모집, 투쟁사, 화보집 들에서 확인할 수 있는 것처럼, 혁명 당시의 문학적 수용과 열기는 가히 폭발적이었다. 신문 잡지 매체는 말할 것도 없고, 추모집이나 투쟁사, 화보집에서도 혁명문학의 성과를 부분적으로 갈무리했다. 4월 혁명문학의 연구 영역이 그만큼 광범위한 셈이다.

그런데도 우리는 4월혁명에 대한 문학적 관심과 열기를 지속적으로 이어가지 못했다. 그런 까닭에 1960년에 양산된 혁명문학의 성과는 피의 대가에 걸맞지 않은 일시적이고 단발적인 반응으로밖에 이해할 수 없다. 사회운동사를 제외하고, 문학만 보더라도 신경림의 『4월혁명기념시전집』(학민사)이 1983년에 나왔으니, 혁명문학의 의의를 제대로 살려내지 못한 셈이다. 이는 반공이데올로기의 자장으로부터 자유로울 수 없었던 문학 지형의 형성, 4월혁명 이후 예술이 국가화의 기획 속으로 재편되는 과정과 무관하지 않다. 1980년대 중반 민주화 이후 본격적인 연구가 이루어질 수 있었다.

최근 연구 또한 대상이나 갈래의 편향성을 극복하지 못하고 있으며, 1960년대 문학을 논의하는 자리에서조차 4월혁명을 소홀하게 다루고

3　『동아일보』 1960년 7월 18일 자 3면 하단 광고에서는 "제작 방대훈, 편집·감독 한형모"라는 기사와 함께 장편실록영화 〈사월혁명(四月革命)〉을 소개하고 있다.

4　이강현 편, 『민주혁명의 발자취』, 정음사, 1960.7.10; 강효순, 『이계단(李桂丹) 여사의 수기』, 도덕신문사, 1960.12.28.

5　조정식, 『4·19의 별』, 아동문화사, 1960.7.15. 신문 매체에서도 "4·19의거와 애정의 비극, 학도의거의 실명소설"이라는 책 광고(『동아일보』, 1960.7.27, 1면)를 내고 있다. 혁명의 열기가 여전했던 당시의 상황을 고려할 때 이 소설은 널리 유통되었을 것으로 추정된다. 그런데도 학계에는 알려진 바가 전혀 없다. 이 소설은 독립투사 이성환의 아들로 K대 정치과에 다니는 이선일을 주인공으로 내세워 4월혁명의 과정, 주인공의 부상과 죽음, Y여대 국문과 전종림과 S대학 음악과 오근자의 사이에서 벌어지는 연애 문제를 다루고 있다. 혁명 당시 대학생들의 의식을 엿볼 수 있다는 점에서 4월혁명문학의 중요한 성과다.

있다. 비교적 가까운 시기에 4월혁명을 독자적으로 다룬 연구성과[6]가 있으나, 이 역시 정형화된 연구틀과 방향, 명망가 작가에 초점을 맞추고 있다는 점에서 편향적이다. 혁명문학의 도식성과 주제의 단순성, 대상텍스트에 대한 연구자의 안일한 접근방식 들이 복합적으로 작용한 결과로 보인다. 따라서 수기문학과 일기, 증언문학 들로 연구대상을 확대해야 하며, 시기 또한 혁명문학의 창작과 향유가 가장 활발했던 1주년까지를 실증적으로 재조명할 필요가 있다. 북한과 중국, 일본문학계의 4월혁명에 대한 관심과 동향도 연구거리다.

북한문학에서는 4월과 6월에 걸쳐 시와 소설, 정론, 수필 들을 신문잡지 매체에 집중적으로 발표하고 있다. 일본과 중국 또한 관심이 적지 않았을 것이라 예상한다. 물론 일본 매체에서 4월혁명에 대한 관심과 반응을 구체적으로 확인하지 못했다. 하지만, 1960년 8월 『피의 4월(血の四月)』이라는 항쟁사를 발행할 만큼 관심이 높았던 편이다. 여기에는 남한에서 발표된 시, 혁명참가자와 유족들의 수기, 일기, 유서, 편지들을 수록하고 있다.[7] 중국 또한 같은 맥락에서 이해할 수 있으리라 본다.[8] 그만큼 4월혁명이 국제적 관심과 반향을 불러일으켰던 사건이었기 때문이다.

이 글에서는 '1960년'에 한정하여 4월혁명시[9]의 창작과 향유를 추동

---

6 최원식·임규찬 편, 『4월혁명과 한국문학』, 창작과비평사, 2002.

7 재일본조선문학예술가동맹 편, 『피의 4월(血の四月)』, 동경 : 조선청년사, 1960.8.15.

8 『남조선인민분노적화염(南朝鮮人民憤怒的火焰)』, 평양 : 외국문출판사, 1960.4. 이외에도 북한에서 발행된 『조선문학』 1960년 6월호에는 중국 시인 류란산의 시 「산악들도 분노에 떤다―싸우는 남반부 인민들에게」를 번역하여 수록하고 있어 4월혁명에 대한 중국의 관심과 반응을 확인할 수 있다.

9 글쓴이는 4월혁명을 암시적·명시적으로 노래한 시들을 모두 4월혁명시로 보았다. 여기에는 현장시나 증언시, 기념시, 송가, 후일담시가 포함된다.

한 매체 환경과 성격을 실증적으로 고찰하고자 한다. 연구 대상의 범위와 시기를 1960년에 발표된 시갈래로 한정한 까닭은 혁명시의 창작 열기와 향유를 가장 구체적으로 확인할 수 있기 때문이다. 4월혁명시의 생산과 재생산의 주요한 거점으로 작용했던 단행본 혁명문학선집의 성격, 신문과 잡지 매체에 드러난 혁명시의 창작 현황과 창작 주체의 문제, 혁명시의 전개과정을 전체적으로 살펴보고자 한다.

2. 4월혁명시의 창작 환경과 매체

매체는 문학 향유의 필수적인 제도 가운데 하나다. 나라잃은시대 말기처럼 매체 활동을 문학인의 이념 선택과 직결시킬 수는 없다. 하지만, 매체의 특성과 성격에 따라 갈래 선택이나 작품 활동이 편차를 드러낸다. 갈래에서는 삶의 순간적 파악에 용이한 시가 압도적으로 많으며, 현장 수기나 보고문학이 뒤를 따른다. 순간의 파악은 시대 상황과 관련 있으며, 1960년은 과거를 되돌아보거나 멀리 미래를 내다볼 수 없는 격변기였다. 따라서 시는 당대 사회집단의 요구에 적절하게 부응한 갈래로 기능했다. 소설은 갈래의 특성상 1960년 당시에는 조정식의 『4·19의 별』이 유일할 정도로 시나 수기, 투쟁기 들의 집중성에 미치지 못한다. 여기에서는 혁명문학선집으로 갈무리된 단행본 매체와 신문 잡지 매체를 중심으로 4월혁명시의 매체적 기반을 실증적으로 고찰할 것이다.

1) 선집 발간과 혁명시의 갈무리

출판은 독자의 요구와 취향에 대한 가치판단을 수반한다. 그런 점에서 당대 독자의 요구에 부응한 혁명문학선집의 출간은 출판사회학의 관점에서 자연스러운 현상이다. 일시적인 열풍으로 끝나버리고 말았지만 4월혁명의 이념과 가치를 보다 잘 파악하여 이를 확립하겠다는 의도를 담고 있다.

4월혁명문학의 실질을 전체적으로 파악할 수 있는 자료는 혁명문학선집이며, 추모집, 항쟁사와 화보집에도 혁명문학 작품이 부분적으로 수록되어 있다. 혁명시의 창작과 유통이 문학사료와 역사사료를 넘나들며 이루어졌기 때문이다. 당시 출간된 혁명문학선집을 발행 순으로 들면 아래와 같다.

> ① 한국시인협회 편, 『뿌린 피는 永遠히』, 서울 : 춘조사, 1960.5.19.
>
> ② 정천 편, 『힘의 宣言』, 부산 : 해동문화사, 1960.5.30.
>
> ③ 김종윤 · 송재주 편, 『不滅의 旗手』, 서울 : 성문각, 1960.6.5.
>
> ④ 김용호 편, 『抗爭의 廣場』, 서울 : 신흥출판사, 1960.6.10.
>
> ⑤ 이상로 편, 『피어린 四月의 證言』, 서울 : 연학사, 1960.6.10.
>
> ⑥ 머들령문학동인, 『焚香』, 대전 : 세창출판사, 1960.6.10.
>
> ⑦ 교육평론사 편, 『學生革命詩集』, 서울 : 효성문화사, 1960.7.10.

인용문에서 알 수 있듯이 혁명문학선집은 혁명의 열기를 고스란히 안고 있는 5월에서 7월 초순 사이에 집중적으로 출판되었다.[10] 혁명에 대한 전체적인 조망이나 해석이 결여된 채 신속하게 이루어진 기획 출판이다. 이는 학교제도나 사회단체 주도로 개최되는 기념행사와 크게 다르지 않다. ②와 ⑥을 제외하고는 1983년 신경림이 『4월혁명기념시전집』에서 간추렸던 선집이다.

우선, 이들 선집이 학생과 전문시인의 작품만을 수록하고 있다는 점에서 4월혁명을 지식인 혁명으로 바라보는 편자의 공통적인 시각을 확인할 수 있다. 두루 알다시피 4월혁명의 주도 세력은 학생과 지식인 집단이다. 4월혁명을 계기로 역사의 전면에 등장한 이들 지식인 집단은 민주화가 진전되던 1990년대까지 사회변혁의 주체로서 중요한 역할을 수행해 왔다. 당시 반정부적 입장을 견지했던 대표적인 잡지 『사상계』와 『새벽』을 보더라도 필진들이 대부분 교수, 언론인, 문학인, 대학생 들의 지식인 집단이며, 이들이 당시 여론 형성을 주도했다고 볼 수 있다. 일반 시민들이 정보를 얻을 수 있는 가장 결정적인 원천으로 기능했던 신문 매체에서도 지식인이 주요한 필진으로 참여했으며, 특히 논설위원의 대다수는 대학 교수들이었다.

둘째, 선집들의 특성을 구체적으로 살펴보자. '4월혁명 희생 학도 추도시집'이라는 표제를 달고 있는 ①은 발간사나 발문 없이 학도영령들에 대한 추념적 성격을 전경화했으며, 혁명시선집 가운데 가장 먼저 발행된 시집이다. 전체 2부로 구성되어 있으며, 1부에서는 학생들의 시를,

---

10 4월혁명 1주년 기념판으로 발행된 『추억의 혁명』(이평락·서정권 편, 연합신문사, 1961.4. 19) 또한 내용 면에서 크게 다르지 않다. ①~⑦에 수록된 박명훈, 이수길, 이봉운, 심재신, 유선준, 김명희, 천규석, 이해현, 이종운, 김용상, 주소천 들의 학생과 구상, 박희진, 양상경 들의 전문시인의 시를 재수록하고 있으나, 전체 47편 가운데 30여 편이 새로운 시편들이다. 문인으로는 구상, 박희진, 이희승, 양상경, 예종숙, 박주일이 작품을 실었다.

2부에서는 기성문인의 시를 실었다. 특기할 점은 ③과 달리 학생들의 소속만 밝혔을 뿐 수록시편의 정확한 출처는 밝히지 않았다. 혁명이 종결된 지 얼마 지나지 않은 당시의 급박한 사정을 엿볼 수 있는 대목이다. 정현종을 제외하고는 1부에 포함된 정진규, 김재원, 주문돈 들은 1959년과 1960년에 신춘문예를 통해 등단한 학생문사들이다. 아마도 학생 신분이었고 아직까지는 비교적 덜 알려진 신진시인이었기 때문에 1부에 포함시켰던 것 같다.

4월 혁명 '기념시집'이라는 표제를 달고 있는 ②는 여태껏 학계에 전혀 알려지지 않았던 혁명시선집이다. '4월혁명 기념시집'이라는 표제를 단 각 시편들의 출처는 밝히지 않았다. 하지만 "수록된 작품은 이미 여러 지상(紙上)에 발표된 것이 대부분"이라는 편자의 말에서 짐작할 수 있듯이 지역 연고성을 강하게 띤다. 발행지가 부산이고 필진 대부분이 부산·경남에 지역적 연고를 두고 있는 까닭에 실제로 『부산일보』와 『국제신보』에 발표된 시가 많다.[11] 이 시선집은 "조고마한 힘이나마 4

---

11 박태일은 이 시집의 의의를 밝히는 자리에서 엮은이 정천이 정진업이나 제3의 인물일 가능성도 있지만, 당시 『민족일보』 기자를 역임했던 시인 정영태가 가장 유력하다고 보았다. 「경자 마산의거가 당대 시에 들앉은 모습」, 『현대문학이론 연구』 31, 현대문학이론학회, 2007, 82쪽 각주 10번 참고. 그러나 정천이 필명이라는 사실에는 선뜻 동의할 수 있지만, 이는 치밀한 조사를 거쳐 확정해야 할 사항이다. 이 시집에는 5월 30일 이전에 발표된 『민주신보』 소재 4월혁명 시가 수록되지 않았다. 편자가 민주신보사 기자인 정영태라면 자사의 매체에 발표된 15편의 시 가운데 단 1편도 포함시키지 않았을 리 없다. 따라서 정진업이 편자일 가능성이 높다고 본다. 광복기 이후 줄기차게 현실비판적인 시풍을 유지해 왔으며, 4월혁명시기에 가장 많은 혁명시와 비평, 공론을 발표했기 때문이다. 언론사 재직 당시의 인적 교분과 지역 연고를 바탕으로 신속하게 시집을 낼 수 있었을 것이다. 물론 이러한 추정에도 쉽게 이해되지 않는 부분이 있다. 시집을 내면서 군 검열로 삭제된 자신의 시 「노래 속에 나오는 '니이나처럼」을 온전하게 되살리지 않은 점이 그것이다. 5월말의 상황은 편자의 신분을 숨겨야 할 만큼 엄혹하지 않았다. 그리고 정공채 또한 편자일 가능성이 낮다. 김태홍, 이주홍, 정진업, 장하보, 손동인 들은 작고한 지 오래고, 글쓴이가 당시 전화로 연락했던 정공채는 이 시집의 존재조차 인지하지 못하고 있었기 때문이다. 다른 혁명시선집들이 신문 잡지 매체를 통해 널리 광고되었던 것과

월혁명을 기념코저" 지역을 거점으로 기획 출판된 시집이라 그 의의가 각별하다. 이 선집은『깃발, 함성 그리고 자유』와 3·15의거기념시선 집『너는 보았는가 뿌린 핏방울을』,『근현대 부산·경남 항쟁문학 사료집』I∼V(구모룡·김경복 외편, 부산민주공원, 2003)로 이어지는 경남·부산 지역 혁명문학의 전범으로서 중요한 의의를 지닌다.

또한 정진업의「노래 속에 나오는'니이나'처럼」을 통해 당시 정부 당국의 보도관제가 작동되고 있었던 사정[12]을 구체적으로 확인할 수 있다. 발표지면인『부산일보』(5.5, 4면)에서도 군검열 삭제 흔적을 발견할 수 있으며, 김태홍의「조국이여!−합동위령제에 붙임」(『부산일보』, 4.24. 4면)은 군 검열로 삭제되었으나 4월 26일 자 3면에 삭제된 부분을 다시 수록하기도 했다.[13]

'4월민주혁명 순국학생 기념시집'이라는 표제를 단 ③은 전체 3부로 구성되어 있으며, 1부 기성시인, 2부 대학생, 3부에서는 초중고등학생들의 시를 실었다. 이숭녕이「서(序)」를, 박목월과 이창로가 각각「발문(跋文)」을 싣고 있다. 이 선집은 작품 출처를 소상하게 밝히고 있어 사료적 가치가 높다.『동아일보』,『조선일보』,『연합신문』,『경향신문』,『세계일보』,『한국일보』들의 중앙 일간지와『대학신문』,『단대학보』,『고대신보』,『한양신보』,『중대학보』,『경대학보』들의 서울 지역 대학신

는 달리, 당시『부산일보』와『국제신보』,『민주신보』,『자유민보』에서 '정천'의 실체를 해명할 수 있는 서평이나 광고 기사를 찾을 수 없는 형편이다.

12 당시 마산의거의 보도와 관련하여 국제신문사에도 당국의 압력이 있었다고 한다. 이광우,『회고와 추억』, 자가본, 2003, 140∼141쪽.

13 편집자 주를 달아 삭제된 사정을 밝히고 다시 삽입된 부분을 보면 다음과 같다. "네 가난한 품속에서 / 그래도 엮어보는 꿈도 마지막 목숨까지도 / 못난 祖國이여. / 네 無知한 銃뿌리에 / 無慘히 짓밟혀 죽던 날을 / 祖國이여… / 이날을 명심(銘心)하라"

문과 학보에 발표된 시를 가려 뽑았다. 그러나 지역지와 잡지 매체 수록 시는 크게 반영하지 않았다. 잡지 매체는 『여원』에서 2편(박두진, 박목월)을, 지역지는 「국제신보」에서 단 1편(박양균)만을 수용함으로써 혁명시의 성과를 서울 중심으로 갈무리함으로써 다른 지역의 역동성과 개별성을 고려하지 않았다.

④는 '4월혁명 기념시집'이라는 표제로 김용호가 엮었다. 이 시집 또한 ①과 마찬가지로 전체 2부로 구성되어 있다. 1부에서는 시인들의 작품을, 2부에서는 학생들의 작품을 수록하였다. 서울 지역 중심으로 혁명시의 성과를 갈무리했던 ①, ③과는 달리 지역적인 배려를 하고 있는 점이 눈길을 끈다. ③의 중앙지나 학보뿐 아니라 『영남일보』, 『대구매일신문』, 『민주신보』, 『부산일보』, 『국제신보』, 『전남일보』에 발표된 시를 수용함으로써 지역적 균형을 의식하고 출간했던 것으로 보인다. 대구에서는 백기만, 이윤수, 이민영의 시를, 부산에서는 김춘수, 정영태, 정진업, 조순의 시를 수록하고 있어 마산 출신인 편자의 지역적 연고를 엿볼 수 있게 한다.

⑤는 전체 2부로, 1부는 시를, 2부는 산문을 실었다. '4·19민주혁명 문학선'이라는 표제를 내세웠다. 일기와 추도문, 수필, 논문 들을 함께 수록한 혁명문학선집으로서는 유일하다. ①, ③과 마찬가지로 서울 지역 중심으로 혁명문학의 성과를 압축시켜 놓았다.

⑥은 대전 지역 남녀 고교 재학생들로 구성된 머들령문학동인회에서 발간한 애도시집이다. 이들은 4월혁명 때 희생된 어린 영웅들의 혼을 위로하기 위해 '4·19 추도시제(追悼詩祭)'를 개최했었다. 이 시집은 추도정국에서 펼친 동인활동을 기념하기 위해 '애도시집'이라는 표

제를 내세워 발간되었던 것이다. 결성 당시부터 고문으로 참여한 시조 시인 정훈을 비롯하여 동인 21명의 추도시를 한데 엮었다.

이 시집은 비슷한 시기에 발간된 다른 시선집과 차이가 난다. 무엇보다도, 문인단체나 출판사, 명망가 문인들에 의한 기획 출판물이 아니라 고교생 문학동인회에서 주도한 혁명시선집 발간의 첫 사례다. 교지나 문예지에서 4월혁명을 특집으로 마련한 경우는 있지만, 이 시집처럼 혁명의 기억을 오롯이 한 권의 단행본으로 갈무리한 적은 없었다. 또한 혁명의 진원지이자 중심지인 부산이나 마산, 대구, 서울이 아니라 대전에서 발행되었다는 점을 특징으로 꼽을 수 있다. ②와 더불어 4월혁명의 지역적 경험을 살필 수 있는 소중한 자료인 셈이다.

⑦은 전국에서 투고한 521편의 학생 시편 가운데 71편만을 추려 실었다. 1장과 2장을 차지하는 작품 대부분은 "모두 직접 혁명 데모에 참전(參戰)하여, 혹은 총상 입고 병원에 누워서, 혹은 벗을 여의고 거리에 통곡하면서 읊은 젊은이들의 작품"[14]이다. 1장은 중고등학생의 작품을, 2장에서는 대학생들의 작품을 실었다. '혁명기념현상당선'이라는 표제에서 알 수 있듯이, 지역적으로 가장 폭넓게 혁명시의 성과를 갈무리한 선집이다. 그리고 이들 작품의 격조를 높이기 위해 기성시인의 작품을 2부에 배치하였다. 특징적인 것은 애초 수록 예정 작품으로 200여 편을 선정하였으나 지면 관계상 실리지 못한 학생들의 명단과 소속을 선집의 끝에 덧붙이고 있다는 점이다. 이를 통해 학생들의 4월혁명에 대한 문학적 열기와 관심을 확인할 수 있다.

---

14 편집위원회, 「혁명시집을 발간하면서」, 교육평론사 편, 『학생혁명시집』, 효성문화사, 1960, 253쪽.

셋째, 이들 혁명시선집에서 훗날 기성문인으로 활동했던 학생문사들의 시편들을 두루 수록하고 있다. 1960년『동아일보』신춘문예로 등단한 정진규(고려대), 1959년『조선일보』신춘문예를 통해 이미 등단한 김재원(고려대), 마찬가지로 1959년『한국일보』신춘문예로 등단한 주문돈(성균관대), 1964년『현대문학』에 추천이 완료되어 등단한 정현종(연세대), 1958년『사파집』을 발간한 이후 1960년『자유문학』에 추천 완료된 김사림(동국대)이 대표적이다. 특히 김재원은 등단 당시부터 현실적인 문제에 큰 관심을 보이며 신문과 잡지 매체를 넘나들며 다분히 저항적인 시를 썼다. 학생문단에서 문재를 떨쳤던 이들 청년문사들의 활동은 다소 소박한 분노를 표출하는 데 그치고 있지만 4월혁명시의 뚜렷한 성과로 자리매김할 수 있을 것이다. 당시 혁명시선집에 갈무리된 4월혁명시는 연구의 편의를 도모하고자 '〈자료 1〉 4월혁명시선집 수록시 목록'에 제시해 두었다.

혁명시선집과 다른 자리에서 4월혁명사료로 참고할 만한 것으로는 항쟁사와 투쟁사, 추모집, 화보집을 들 수 있다.

① 이휘재 편,『四月에 핀 꽃』, 서울 : 민중서관공무국, 1960.12.1.

② 안종길,『봄 · 밤 · 별』, 서울 : 경향신문사, 1960.7.1.

③ 현역일선기자동인 편,『四月革命 : 學徒의 피와 勝利의 記錄』, 서울 : 창원사, 1960.5.15.

④ 김재희 편,『靑春義血』, 광주 : 호남출판사, 1960.6.10.

⑤ 안동일 · 홍기범,『奇蹟과 幻想』, 서울 : 영신문화사 : 서울, 1960.6.13.

⑥ 변광도 편,『民主革命 勝利의 記錄』, 마산일보사, 1960.7.1.

⑦ 전국민권투쟁업적편찬위원회 편, 『四月革命과 時代人物』, 서울 : 여론문화사, 1960.7.15.

⑧ 조화영 편, 『四月革命鬪爭史』, 서울 : 국제출판사, 1960.7.25.

⑨김성학 편, 『영광의 기록-4 · 19학생의거 화보』, 서울 : 한국신문연구소, 1960.5.9.

⑩ 김동익 편, 『民權鬪爭-民主革命의 歷史的 記錄』, 서울 : 동방사진뉴스사, 1960.5.23.

⑪ 『民主革命은 이렇게 이루워졌다』, 서울 : 주간교육신문사, 1960.5.

⑫ 고재욱 편, 『民主革命의 記錄』, 서울 : 동아일보사, 1960.6.1.

⑬ 이준철 편, 『四月革命 勝利의 記錄』, 대구 : 경북상공안내사, 1960.7.10.

①, ②는 추모집이며, ③~⑧은 항쟁사, ⑨~⑬은 화보집이다. 모두 1960년 당시 발간된 4월혁명사료다. 여기서 주목해야 할 매체는 추모집이다. ①은 4월혁명 당시 희생된 경기고등학교 2학년 학생 이종량의 유고작품과 사진, 일기, 각계의 조사, 가족과 친지의 애도사들을 싣고 있다. 엮은이는 고인의 아버지다. 이어령이 서문을, 엮은이의 후배인 유달영이 편지를, 당시 서울대 총장인 윤일선이 조사를 쓸 정도로 저명인사들이 참여하였다. 조병화가 조시 「구원(久遠)의 이름 앞에」를, 경기여고 2학년 김춘자가 「라이락 피는 계절엔-벗의 묘지에 라이락을 심으며」를 실었다. 그리고 민주혁명학생위령비에 새겨진 이희승의 시 「경기 남아의 피여!」와 이미 『학생예술』지에 발표되었던 정연길의 「너를 여기 묻게 한 자 누구냐?-4 · 19 희생학도들의 영전에」를 재수록하고 있다.

②는 4월혁명의 와중에서 4월 19일 16세의 나이로 순국한 안종길의

유시집이다. 유고 120여 편 가운데 47편의 시를 추려 묶었기에 '혁명이 낳은 시집'이라 할 수 있다. 엄밀히 말해 ①과 ②는 혁명문학작품집이라 볼 수 없다. 그러나 혁명의 와중에서 숨진 영령들의 삶을 기릴 목적으로 유족이나 지역사회, 소속 단체 들에서 이러한 종류의 추모집을 두루 발간했을 가능성이 크다.

투쟁사나 항쟁사에는 문학 작품이 두드러지게 수용되지 않았다.[15] ③에서는 널리 알려진 강명희의 「오빠와 언니는 왜 총에 맞았나요」를, ④에서는 박봉우의 「젊은 화산」을, ⑤에서는 김태홍의 「마산은!」을, ⑥에서는 기획의도에 걸맞게 김춘수의 「베꼬니아의 꽃잎처럼이나— 마산사건에 희생된 소년들의 영전에」를 모두 서시로 실었다. 그리고 ④와 ⑦은 광주, ⑥은 4월혁명의 기폭제가 된 마산 지역의 항쟁사를 통해 4월혁명의 역사적 전개 과정을 전체적으로 조망하고 있어 각별한 자료집이다.

⑦은 항쟁사 가운데서 매우 특별한 저작물이다. 서울에서 발행되었지만, 이 자료는 광주 지역을 중심으로 다루고 있다. 서시 격으로 4월혁명에 부치는 정공백의 「4·19와 내일」이라는 시를 앞자리에 실었다. 본문은 크게 세 부분으로 구성되어 있다. 우선, '4·19혁명의 횃불 상아탑 박차고 나온 민주학생들!'에서는 서울 지역과 타도(他道)의 투쟁사를 간단하게 정리하였다. 다음으로, '4·19 투쟁은 이렇다'에서는

---

15 반면 『사월의 탑』(사월의 탑 편찬위원회 편, 세문사, 1967. 10)에는 정비석, 조흔파, 선우휘의 추도문과 함께 '사월의 시'라는 별도의 장을 마련하여 김남조, 박봉우, 강명희, 김재원, 박목월, 이정혜, 박태수, 이봉운, 김명희, 김용호, 박화목의 시를 재수록하고 있다. 비록 혁명선집에 갈무리되었던 작품이지만, 혁명시의 향유는 시간적 간격을 두고 1980년대 신경림의 작업으로 이어지는 매체 발간 전통을 지니고 있다.

광주고, 광주여고, 광주농고, 전남대, 조선대 들의 광주 지역 12개 학교의 항쟁 경과를 담았다. 광주 지역 학생투쟁사를 학교별로 조망하고 있는 셈이다. 마지막으로 '시대인물편'은 다른 혁명사료에서는 거의 찾아볼 수 없는 내용인데, 이 지역에서 4월혁명을 주도한 100여 명의 약전을 수록하고 있다.

화보집 또한 역사사료와 같은 맥락에서 이해할 수 있다. ⑨는 4월혁명시기에 가장 먼저 발간된 화보집이다. 4월 19일 경찰의 총탄에 숨진 경기고 3학년생 고완기를 추도하는 시 「아우의 영전에」(누나 순이)를 수록하여 추모 열기를 진작시키고 있다. ⑩은 김기철(건국대)의 「영(靈)이여 미소를 지어다오」를, ⑫의 경우 사진과 함께 수록된 시로는 조지훈의 「진혼가(鎭魂歌)—사월혁명회생학도위령제 노래」, ③에도 수록된 강명회(수송초등학교)의 시, 신현경(창신초등학교)의 「거룩하신 형님들」, 이종운(군산고)의 「저 빛을 보았기에」, 이한직의 「진혼(鎭魂)의 노래」가 있다. 이 시들은 화보의 내용과 적절한 조화를 이루며 항쟁의 참상과 비극적 정조를 고조시키는 역할을 하고 있다. 이처럼 투쟁사나 항쟁사, 화보집 들의 역사사료는 드물게나마 혁명시의 생산과 재생산을 가능하게 한 매체라고 볼 수 있겠다.

2) 신문 잡지 매체의 기동성과 민의의 소통

4월혁명문학의 주요한 창작 매체는 신문 매체였다. 정부 기관지였던 『서울신문』을 제외하고는 『동아일보』와 『조선일보』, 『경향신문』

들의 중앙지와『부산일보』,『국제신보』,『민주신보』,『자유민보』,『마산일보』,『영남일보』들의 지역지,『사상계』,『새벽』,『세계』,『여원』들의 종합 월간지는 문학작품보다는 사회성 짙은 평문으로 4월혁명을 촉발시키는 데 크게 기여했다고 볼 수 있다.

신문은 4월혁명문학의 보고라 할 수 있을 만큼 혁명시를 가장 활발하게 생산한 매체였다. 작가와 독자대중 사이에 이루어지는 교환의 성질을 감안한다면, 일간지는 당대 독자의 사회적 요구와 의도를 수렴하고 합치시키는 데 가장 손쉬운 매체였다. 출판 매체에서는 잡지가 결정적인 역할을 담당하였다. 단행본 매체는 혁명 직후에 곧바로 혁명문학선집으로 출판되면서 혁명문학의 성과를 향유하는 데 크게 기여하였다. 반면, 혁명 과정이나 이후에 산발적으로 발표된 개별 시인의 작품은 단행본 시집으로 갈무리되는 까닭에 혁명문학의 집약적인 성과로 볼 수 없다. 월간지 또한 신문 매체의 신속한 대응에는 미치지 못하지만 당대 혁명문학의 주요한 발표 매체였다.

당시 신문은 특정 정당의 대변지로서 대립하고 있었다. 이를 고려한다면『동아일보』,『조선일보』,『경향신문』,『국제신보』는 비교적 반정부적인 성향이 강한 대표적인 야당지다.『동아일보』는 사주인 김성수가 이승만 세력과 대립하면서 정부에 대한 비판의 강도를 높여갔다. 상대적으로 온건적이었던『조선일보』는 이승만 정부가 독재 정치를 강화하자 건국 초기의 중립적인 태도에서 벗어나 비판적인 태도를 분명히 했다. 정부 수립 이후 보수적인 노선을 견지했던『경향신문』도 한국전쟁기 정치파동을 겪으면서 반정부적인 입장을 취하다 1956년 장면 저격 사건 이후 비판적인 태도를 더욱 강화해 나갔다. 이 때문에 1959

년 4월 30일 폐간되었다가 4월혁명 직후인 1960년 4월 26일 복간되었다.[16] 『국제신보』와 『부산일보』도 1958년 전후로 자유당 말기의 민의를 적절히 반영해 오다 1960년 마산의거를 맞아 진상 보도와 대담한 논평으로 큰 주목을 받았다.[17] 이러한 논조 변화는 『국제신보』의 이상우와 이병주, 『부산일보』의 황용주, 박두석 들의 편집진 성향과 밀접한 연관을 지니고 있다. 특히 지역지는 혁명의 지역적 개별성과 고유성을 오롯이 전달할 수 있는 조건을 갖추고 있다. 따라서 이들 신문 매체는 4월혁명시기 항쟁의 전위에 섰던 시민들의 의견을 수렴하고 증폭시키는 역할을 수행하면서 혁명문학의 주요한 창작 공간으로 기능했다. 그런 만큼 4월혁명시의 창작 기반과 성격을 파악하기 위해서는 기동성이 두드러졌던 신문 매체에 대한 실증적 이해가 필수적이다.

1960년대는 사회비평과 학술, 문예를 포괄했던 종합 잡지 매체의 성장과 영향력이 절대적이었다. 『사상계』, 『새벽』, 『세계』, 『여원』 들은 4월혁명시기 대표적인 종합 월간지다. 뒤이어 『세대』, 『청맥』, 『한양』 들이 잇따라 창간되었다. 이들 종합지는 1950년대 중반 이후 이승만과 자유당 정권에 대한 비판을 강화하면서 발행부수가 비약적으로 늘어났다. 1950년대 중반에 창간되어 문단제도 진입의 통로이자 작가들에게 발표 지면을 제공했던 문학전문 월간지 『현대문학』이나 『자유문학』보

---

16 반면 자유당 정권에서 정부기관지로 개편된 『서울신문』을 비롯하여 『자유신문』, 『연합신문』, 『국도신문』, 『평화신문』 들이 대표적인 여당지다. 김민환, 『한국언론사』, 사회비평사, 1996, 400~401쪽.

17 김대상, 『부산경남언론사 연구』, 대왕문화사, 1981, 217~238쪽과 박경장 편저, 『부산언론계 현황』, 부산언론계편찬회, 1967, 12~32쪽. 이 무렵 정부 당국의 신문사에 대한 보도관제가 작동되고 있었던 까닭에 마산의거에 대한 진실한 보도는 시민들의 큰 호응을 얻었다. 국제신문사 편집국장을 지냈던 이광우의 『회고와 추억』, 자가본, 2003, 139~145쪽을 참고할 것.

다 훨씬 광범위한 독자층을 형성하고 있었다. 따라서 이들 종합지는 필진이나 갈래, 내용 면에서 훨씬 대중적이고 정치 사회적이었다고 볼 수 있다. 이들 잡지는 사회평론이 중요한 비중을 차지했지만 문학작품에도 적절하게 지면을 배려했다. 『현대문학』이나 『자유문학』에 발표된 시들은 혁명문학선집과 개인시집에 혁명시의 성과로 수록되었다. 당시 영향력이 절대적이었던 『사상계』와 『새벽』은 〈표 1〉에서 알 수 있듯이, 신문 매체에 견주어 작품 수가 현저히 부족하다.

잡지 매체에서는 혁명시의 재생산만이 두드러질 뿐이다. 월간 발행이었으므로 신문 매체의 기동성을 따라갈 수는 없었다. 그런 만큼 잡

〈표 1〉 4월혁명시의 창작 현황(『사상계』, 『새벽』)

번호	지은이	제목	발표 매체	비고
1	박두진	우리들의 깃발은 내린 것이 아니다	『사상계』 1960.6.	
2	김춘수	이제야 들었다. 그대들 음성을	〃	
3	성찬경	英靈은 말한다	〃	
4	신동문	아 神話같이 다비데群들	〃	
5	박봉우	참으로 오랜만에	『사상계』 1960.7.	
6	박목월 박남수 이한직 조지훈	激流에 부친다	『사상계』 1960.10.	연작시. 훗날 선집 『피어린 四月의 證言』에서 「터지고야 만 喊聲」으로 개제하여 재수록
7	조지훈	歸路	〃	
8	조병화	祖國이여…나의 어두운 사랑아	『새벽』 1960.5.	
9	김춘수	베꼬니아의 꽃잎처럼이나	〃	
10	구상	鎭魂曲	〃	
11	박두진	우리는 보았다	『새벽』 1960.6.	
12	장만영	世代와 세대와의 交替	〃	
13	김수영	우선 그 놈의 사진을 떼어서	〃	
14	신동문	學生들의 죽음이 詩人에게 ─아─四月十九日이여	〃	
15	김윤식	合掌	〃	
16	조지훈	偶吟	『새벽』 1960.9.	

지 매체에서는 4월혁명에 대한 문학적 충격과 수용이 산발적으로 이루어졌다. 그것도 5월과 6월에 집중되기 때문에 4월혁명의 원형질을 발견하기란 쉽지 않다.

『사상계』나『새벽』과는 달리 구독층이 엷은 잡지 매체는 기껏해야 1편 정도만을 수록하고 있을 뿐이다. 김경수의 「엄숙한 선언」(『새가정』 6월호), 이석형의 「4·19에 쓰러진 벗의 영전(靈前)」(『정계재계』 5·6월 합병호), 안장현의 「피의 항쟁-피지도 못하고 가버린 형제여」(『의회평론』 6월호) 들에서 보듯이, 잡지 매체는 5~6월호를 4월혁명 특집으로 다루면서 문학 지면을 할애하는 형식을 취하는 데 그치고 말았다.

3. 4월혁명시의 창작 주체와 현황

신문매체는 매체별, 월별, 작가별로 4월혁명시의 창작 현황을 확인하는 데 효과적이다. 이를 통해 혁명시 창작의 지속과 빈도, 4월혁명시가 의례화되는 과정을 구체적으로 고찰할 수 있다. 1960년 신문 매체에 발표되었던 4월혁명시의 창작 현황을 '[자료 2] 신문 매체 수록 4월혁명시 목록(1960.3.1~12.31)'에 제시해 두었다. 시기는 2월 대구의거부터 12월 31일까지로 한정했으며, 구독률이 높았던『동아일보』,『조선일보』,『국제신보』,『부산일보』를 주된 대상으로 삼았다. 특히 지역지 가운데 부산 매체를 주로 다룬 까닭은 두 가지다. 4월혁명의 진원지 역할을 했던 마산의거의 상황을 즉각적으로 수용한 곳이 부산이고, 전국적으로 혁명시의 창작과 향유가 가장 두드러졌던 지역 또한 부산이기 때문이다.

우선, 창작 주체를 살펴보자. 4월혁명시의 창작 주체는 대체로 전문 시인과 학생으로 이루어진 지식인 계층이다. 이들은 혁명시선집뿐만 아니라 신문 잡지 매체에서 가장 활발하게 혁명시를 창작한 주체다.

① 학생

강남주 1, 강명희 1, 김명희 1, 김민한 1, 김산초 1, 김순현 1, 김용상 1, 김의준 1, 김충효 1, 김형필 1, 류재형 1, 박명훈 1, 박태수 1, 박하석 1, 신현경 1, 심재신 1, 안철 1, 오난옥 1, 오충수 1, 옥교랑 1, 유우희 1, 이봉운 2, 이수길 1, 이수연 1, 이정혜 1, 이종운 1, 이해현 1, 조석동 1, 주소천 1, 천규석 1, 최일수 1, 최창호 1.

② 시인

고두동 1, 구상 1, 김남조 1, 김상옥 1, 김수영 1, 김요섭 1, 김용호 2, 김재원 1, 김춘수 1, 김태홍 4, 박남수 1, 박두진 2, 박목월 1, 박봉우 1, 박화목 1, 박희진 1, 손동인 2, 송석래 1, 신소야 1, 양상경 1, 이동섭 1, 이세권 1, 이영도 1, 이원수 1, 이인석 1, 이주홍 2, 이한직 1, 장하보 2, 전영경 1, 정공채 2, 정진업 2, 조순 1, 조병화 1, 조지훈 2, 최종두 1, 홍두표 1, 홍준오 2.

4월혁명을 노래한 시인은 37명에 이른다. 물론 부분적인 조사 결과다.[18] 김태홍이 4편으로 가장 많고, 조지훈, 김용호, 박두진, 손동인, 장하보, 정진업, 홍진오가 각각 2편씩 싣고 있다. 이 가운데 부산 · 경남에 연고를 둔 시인은 고두동, 김상옥, 김춘수, 김태홍, 손동인, 신소야, 이원수, 이영도, 이주홍, 장하보, 정공채, 정진업, 조순, 홍두표 들이다. 부산 · 경남 지역이 혁명시의 창작과 유통을 주도했음을 알 수 있다. 학생 집단도 32명에 이른다. 특히 강남주와 오난옥은 훗날 제도문단에 발을 들여놓으며 활발한 활동을 벌였다.

창작월별 작품 편수는 단연 1960년 4월과 5월에 집중된다. 두루 알다시피 4월혁명시는 4월 후반부터 5월 초순까지 각종 신문 매체를 화려하게 장식했다. 5~6월에 작품 편수가 크게 증가하는 것은 혁명시선집의 발간과 깊은 관련이 있다.

③ 월별 작품 편수

1960년 3월 - 1편(동아 0, 조선 0, 국제 1, 부산 0)

1960년 4월 - 40편(동아 11, 조선 14, 국제 7, 부산 8)

1960년 5월 - 32편(동아 9, 조선 6, 국제 11, 부산 6)

1960년 6월 - 2편(동아 1, 조선 0, 국제 1, 부산 0)

1960년 7월 - 1편(동아 1, 조선 0, 국제 0, 부산 0)

1960년 8월 - 5편(동아 2, 조선 0, 국제 2, 부산 1)

1960년 9월 - 0편(동아 0, 조선 0, 국제 0, 부산 0)

1960년 10월 - 0편(동아 0, 조선 0, 국제 0, 부산 0)

---

18 부산 지역만 보더라도 『민주신보』와 『자유민보』를 조사 대상에 포함시키지 못했다. 이들 매체와 함께 『마산일보』까지 아우른다면, 부산 · 경남 지역 4월혁명시의 성격을 제대로 규명할 수 있으리라 본다.

1960년 11월—1편(동아 0, 조선 0, 국제 1, 부산 0)

1960년 12월—0편(동아 0, 조선 0, 국제 0, 부산 0)

③을 통해 알 수 있듯이, 4~5월에 발표된 작품 수는 72편에 이른다. 혁명시의 양적 팽창이 두드러졌던 시기라 할 수 있겠다. 이들 신문 매체에 발표된 시들은 뒷날 혁명시선집에 대부분 갈무리되었다. 이는 문학선집 『불멸의 기수』와 『항쟁의 광장』을 통해 구체적으로 확인할 수 있다. 특히 『불멸의 기수』에서 드러나듯이 잡지 매체에 발표된 시는 박두진과 박목월의 시(『여원』, 1960.6)뿐이어서 혁명시의 창작과 향유에서 기동성을 지닌 신문이 결정적인 매체로 기능했음을 알 수 있다. 잡지 매체와 신문 매체, 단행본 매체 간 중복 현상도 엿보이는데, 그것은 신문이나 잡지에 발표했던 시를 다시 혁명시선집에 재수록했기 때문이다.

①4·19 이전 대부분의 시인들은 체념자에서 혹은 방관자로서 혹간은 또 절망적인 포즈로 시작을 해온 것이다. 4·19가 닥치자 이를 시인들에게는 청천벽력이었다. 더러는 너무 놀라 말문이 막히고, 더러는 자괴지심(自愧之心)에 사로잡히기도 하고, 더러는 젊은이들의 거사를 약간은 미안한 마음으로 찬양하기도 했다.

그러나 5월이 가고 6월이 가고 7월도 가고 가을이 다가서자 엉거주춤하다가는 모두들 제자리에 다시 돌아가 버린 것이다. 참으로 '혁명은 소낙비처럼 산을 넘어 가고' 말았다. (…중략…) 4·19 직후의 그 수다한 혁명시들의 무명기수들은 지금은 어디서 무엇을 하고 있는가? 시로서는 한갓 소음만 남긴 채 뒤가 없으니 오히려 한층 허전해진다. (…중략…) 4·19를 계기로 시단에 신선한 공기가 일지 않을까 하는 기대를 하였지만 기대를 저버리고 말았다. 구태의연하게 제각기 제 고소(故巢)로 찾아들어가고 말았다. 당분간 더 기다려 보자. 희망을 가지고—.

— 김춘수, 「혁명은 소낙비처럼 지나가고」 가운데서[19]

②핏발울이 고인 채로 / 잊혀져 있던 / 한 컬레의 헌 신발처럼 / 歷史는 이렇게 無慘한가. // (…중략…) 保證 못할 盟誓로써 / 내 오늘 어찌 / 입치레의 追悼로써 / 내 오늘 어찌 // 그날을 回想하며 즐겁겠는가 / 아아 그날 孤絶했던 한 컬레 신발, / 핏발울 흥건히 고였던 신발처럼 / 나는 외롭게 혼자 돼서 / 오늘을 진종일 통곡할 뿐 / 소리도 다 못 내고 통곡할 뿐

— 신동문, 「핏방울이 고여 있던 한 컬레의 신발처럼—痛憤과 넋두리일 뿐인 이 한 篇의 詩를 四·一九의 孤魂 앞에」 가운데서[20]

4월혁명시는 1960년 4월과 5월에 걸쳐 가장 역동적으로 창작되고 향유된 경우의 시(Occasional Poetry)다. 그러나 1960년 후반기로 갈수록 혁명시의 밀도는 줄어들거나 아예 관심 밖으로 밀려났다.[21] 대체로 혁명선집의 발간이 본격적으로 이루어진 5월 중순부터 마무리되는 7월 초순까지 거듭 재생산되는 과정을 거치면서 점점 퇴조하는 경향을 보인다. 그러다가 1960년 9월 이후부터는 단발적인 관심을 표출하는 선에서 정리되고, 1961년 이후부터는 각종 기념식이나 추모식에서 의례화되는

---

19 『동아일보』, 1960.12.14, 4면.
20 『민족일보』, 1961.4.21, 4면.
21 김춘수는 당시의 이러한 분위기를 4월혁명 이전의 안일한 자세로 돌아간 결과로 보았다. 김춘수, 「4·19 이후—시단 (상)」, 『부산일보』, 1960.12.20, 4면.

과정을 밟았다. 이것이 혁명시의 운명이었다. 일종의 대유행(boom)문학이었던 셈이다. ①에서 김춘수가, ②에서 신동문이 4월혁명 1주년을 맞아 탄식하고 통곡한 것도 바로 이 때문이다. 4월혁명의 기억을 "한 켤레의 헌 신발"처럼 방기하지 않을 때, 4월혁명시는 항쟁문학(민주문학, 혁명문학)의 새로운 전통을 창조할 수 있는 바탕이 될 수 있을 것이다.

4. 마무리

4월혁명은 광복 이후 가장 뚜렷한 사회변혁운동이자 우리 문학사에서 혁명문학의 새로운 가능성을 보여준 역사적 사건이었다. 이 글에서는 1960년 3월부터 1960년 12월까지 4월혁명을 노래한 시들의 매체 기반과 성격을 고찰함으로써 4월혁명시에 대한 실증적 이해를 심화시키고자 했다.

첫째, 4월혁명시의 주요한 창작 기반은 신문과 잡지 매체였다. 『동아일보』, 『조선일보』, 『경향신문』, 『한국일보』 들의 중앙지가 가장 결정적인 창작 환경을 제공했다. 『국제신보』, 『부산일보』, 『영남일보』, 『전남일보』, 『마산일보』 들의 지역지 또한 4월혁명시의 성과를 온축하고 있었다. 반면 『사상계』나 『새벽』, 『세계』, 『여원』 들의 잡지 매체는 신문에 비해 혁명시의 창작과 향유의 밀도가 상대적으로 낮았다. 그것은 발행주기와 밀접한 관련이 있었다. 신문이나 잡지 매체에 수록되었던 혁명시들은 혁명시선집의 출판에 힘입어 항쟁문학의 성과로 온전하게 갈무리되었다.

둘째, 창작 계층을 살펴보면, 전문시인과 학생으로 이루어진 지식인 집단이 압도적으로 많았다. 이들은 혁명문학선집이나 신문 매체에서 가장 많은 수의 작품을 발표한 창작 주체였다. 혁명에 직접 참가했거나 경험했던 시민들도 혁명시의 주요한 주체로 볼 수 있으나 지식인 집단에 견주면 그 성과는 미미한 편이다.

셋째, 창작월별 작품 편수는 1960년 4월과 5월, 6월에 편향되어 있었다. 4월과 5월은 혁명의 경험과 기억이 가장 집약적이고 신속하게 이루어졌기 때문에 신문 매체의 기동성을 고려하면 당연한 결과다. 6월과 7월, 특히 6월에 작품수가 현저하게 많은 까닭은 혁명시선집의 잇따른 발간과 관련이 깊었다.

넷째, 내용적인 측면에서 볼 때 소박한 분노를 표출한 시편들이 압도적으로 많고, 기념시나 추념시의 유형 또한 무시할 수 없는 비중을 차지하고 있었다. 혁명의 당위에 대한 격정적인 감정과 정형화된 의식을 표출하고, 민주적 가치만을 과도하게 강조하고 있었던 셈이다. 가장 큰 문제는 4월혁명의 전개 과정을 전체적으로 조망한 증언시가 드물다는 점이다.

다섯째, 4월혁명시는 이승만 정권에 대한 비판과 투쟁을 전면화하면서 민주주의적·평등주의적·민족주의적 가치를 추구하였다. 한편으로는 희생자들의 고귀한 죽음을 기리고 살아남은 자들의 결의를 다지면서 혁명정신을 계승하고자 했다. 그러나 1960년 후반으로 갈수록 혁명시의 밀도는 줄어들거나 아예 관심 밖으로 밀려났다. 4월혁명 1주년을 맞아 혁명의 기억은 단발적인 관심을 표출하는 선에서 정리되고, 이후부터는 기념이나 추념의 자리에서 의례화되고 말았다. 1960년 후반으로 갈수록 혁명시의 생산과 재생산이 지속적으로 이루어지지 못했던 셈이다. 그만큼 4월혁명시는 희생자들의 피의 대가에 걸맞지 않은 일시적이고 단발적인 반응에 머문, 일종의 붐(boom)으로서의 문학에 가깝다고 볼 수 있다.

침묵과 망각의 논리에 맞서 4월혁명의 기억과 경험을 재구성하여 이른바 혁명문학의 지평을 넓히는 일은 지금도 유효한 시대적 과제다. 기억의 재구성은 역사적 진실을 회복하는 일이자 개인의 정체성을 창출하는 일이기 때문이다. 이를 위해 혁명문학을 현실비판과 고발의 기록으로 보는 미학적 회의주의를 극복해야 한다. 그리고 글쓴이가 실증적으로 제시한 몇몇 매체에서 나아가 당시의 중앙지와 지역지를 아우르는 신문, 종합지와 문학지 들의 잡지, 혁명문학선집과 개인시집, 동인지 들을 실증적으로 파악하여 혁명문학의 실상을 구체적으로 확인할 필요가 있다.

|자료 1|

4월혁명시선집 수록시 목록

① 『뿌린 피는 永遠히』

번호	지은이	제목	비고
1	강영희	오빠와 언니는 왜 총에 맞았나요	본문에는 '강명희'로 표기 수송국민학교
2	윤무한	구원한 기도의 章	경북고
3	최윤복	별은 빛난다	성남고
4	전정치	歷史의 그늘 밑에	휘문고
5	이재철	光明의 아침	경기공고
6	이건청	태양	
7	양윤식	묘지에서 —四·一九를 회상하며	중앙고
8	최창호	타버린 얼굴에게	동성고
9	배재균	식지 않을 體溫	성대
10	황문숙	오 잊지 못할 그날이여!	숙명여대
11	김산초	廣場의 證言 —散華한 벗들에게	
12	정진규	이 純金의 아침에 나는—	고대
13	이정숙	四月의 얼굴에	고대
14	김춘석	一九六〇年의 悲歌	연대
15	김종기	四月의 旗手들에게	고대
16	정현종	오오랜 음성	연대
17	이중흡	四月의 會話	고대
18	이석형	民主의 碑銘을 쓰리라 —四·一九에 쓸어진 벗의 靈前에	중대
19	김기현	革命 속에서	고대
20	신일수	自由의 旗手들에게 —돌아오지 않는 꽃들의 영전에	중대
21	김재원	그날 너는 내 옆에 있었는데	고대
22	주문돈	나와 키를 다투던 너는	성대
23	신동문	學生들의 주검이 詩人에게 —아— 四月十一九日이여	
24	박희진	썩은 貪官汚吏들에게	
25	박목월	동이 트는 瞬間을	
26	송욱	四·一九 學徒追悼歌	

번호	지은이	제목	비고
27	유치환	하늬바람의 노래	
28	황금찬	성난 獅子들	
29	이한직	깨끗한 손을 가진 분이 계시거든	
30	정한모	빈 椅子	
31	김수영	하… 그림자가 없다	1960.4.3
32	박성룡	祖國은 모두 너희들 것이다	
33	장만영	吊歌 -四・一九 젊은 넋들 앞에	
34	김원태	太陽처럼 가슴에 피는 꽃	
35	박두진	우리들의 깃발을 내린 것이 아니다 -4・19에 부쳐	
36	김광림	진달래	
37	박남수	不死鳥에 부치는 노래	
38	고원	욕된 목숨 이어온 우리들 여기	
39	조지훈	늬들 마음을 우리가 안다 -어느 스승의 뉘우침에서	

② 『힘의 宣言』

번호	지은이	제목	비고
1	정천	序詩 -長詩 「총알은 눈이 멀었다」의 序詩에서	
2	김태홍	馬山은!	
3	오난옥	그 하늘 아래서	
4	박세운	우리의 눈은 감을 수 없다 -四月에 꽃진 英靈들의 말	
5	정공채	또다시 젊은 獅子들의 怒한 데모를	
6	신대하	단 몇개의 조약돌	
7	이주홍	묵은것의 잿더미위에 다시 太陽은 쏟는다 -永遠의 感激 四月二十六日	
8	최종두	빨래 -第二共和國에 부쳐	
9	정진업	노래속에 나오는 「니이나」처럼	
10	김상호	朱烈君 靈前에	
11	장하보	여기는 아무도 오지 말라 -四・二六學生義擧의 날에 犧牲된 英靈의 慰 靈塔詩文을 爲하여	
12	손동인	餘恨 -아직은 香불 사르지말라	合同慰靈祭에 부쳐서
13	김민한	慰靈詞	

번호	지은이	제목	비고
14	박창문	지금은 말할 수 있느냐	
15	정천	詩의 宣言 -四月革命記念詩集 끝에 부치다	

③ 『不滅의 旗手』

번호	지은이	제목	비고
1	이희승	四・一九 犧牲者들의 祭壇에	1960.4.24
2	고우 (古雨)	祭床 앞에서 -舊世代는 머리 숙인다	『연합신문』, 4.29
3	구상	鎭魂曲	『동아일보』, 5.19
4	구자운	젊은 짙은 피로써 물들인 큰길에서	『세계일보』, 4.24
5	권용태	내 祖國을 向하여	『동아일보』, 5.12(夕)
6	김상중	記錄	『경향신문』, 5.14
7	김남조	奇蹟의 塔을	『경향신문』, 4.24(夕)
8	김용호	해마다 四月이 오면 -모든 榮光은 젊은이들에게	『조선일보』, 4.28(夕)
9	김재원	멍든 四月	『조선일보』, 4.26
10	박경용	鎭魂歌	『한국일보』, 5.19
11	무명녀	그 地點에서	『조선일보』, 4.25
12	박기원	鎭魂歌	『한국일보』, 4.27
13	박남수	不死鳥에 부치는 노래	『조선일보』, 5.2(夕) ①과 중복
14	박두진	당신들은 우리들과 한 핏줄이었다	『여원』, 6월호
15	박목월	죽어서 永遠히 사는 분들을 위하여	『여원』, 6월호
16	박봉우	젊은 火山	『동아일보』, 4.25(夕)
17	박양균	無名의 힘은 眞實하였다 -四・一九에 前後한 時局에 말한다	『국제신보』, 4.27
18	박화목	四月	『조선일보』, 5.3(夕)
19	송욱	소리치는 太陽	『한국일보』, 5.1(朝)
20	순이	아우의 靈前에	『한국일보』, 4.25 경기고 故 完基君의 누나
21	신기선	歷史에 새겨진 꽃들 -젊은 靈魂 앞에 부치다	『한국일보』, 4.27(朝)
22	양상경	正義의 旗手	『동아일보』, 4.26
23	이경남	가을은 아직	『세계일보』, 4.27(夕)
24	이수연	꽃구슬 꿰며 -四・一九 負傷者에 바쳐진 人情頌歌	『조선일보』, 4.26(夕)
25	이용상	廣場에 홀로	『경향신문』, 5.17

번호	지은이	제목	비고
26	이인석	證言 —國民은 勝利한다	『조선일보』, 4.27(夕)
27	이철균	四・一九	『세계일보』, 4.27(夕)
28	이한직	깨끗한 손을 가진 분이 게시거든	『경향신문』, 4.27(夕). ①과 중복
29	이홍우	꽃과 피가 滿發한 四月을 記憶하다 —코리아・1960・그리고 四月의 事件을 위하여	『연합신문』, 4.30(夕)
30	장국진	널 속에서 꽃이 피었다	『동아일보』, 4.29(朝)
31	장만영	吊歌	『한양신보』, 5.1.①과 중복
32	장수덕	피의 日蝕 —忠魂들 앞에서	『고려시보』, 5.13
33	전영경	대한민국 만세	『조선일보』, 4.28(夕)
34	조병화	一九六〇年 四月 —어린 先烈에	『조선일보』, 4.30
35	조지훈	마침내 여기 이르지 않곤 끝나지 않을 줄 이미 알았다	『경향신문』, 4.27(夕)
36	최민순	피의 勝利	『경향신문』, 4.30(夕)
37	최백	四月의 死者에게서 온 편지	『경향신문』, 5.1(朝)
38	최원	아주 가는 것일까	조시 『한국일보』, 4.29(夕)
39	최천	民族의 햇불	시조 『경향신문』, 5.14(夕)
40	황금찬	성난 獅子들	『한국일보』, 5.3(夕)
41	고신만	兄! 兄! —모래 위에 새긴 피의 記錄	『연합신문』, 4.24
42	김광협	不滅할 星群의 그늘 아래	조시 『대학신문』, 5.2
43	김명희	님은 가시고	『동아일보』, 5.2(夕), 이대
44	김산초	廣場의 證言	『동아일보』, 4.24(夕), 서울대 ①과 중복
45	김석주	방아쇠와 誤解와	『고대신보』, 5.3, 고대
46	김태룡	四月에 부치는 노래	『단대학보』, 5.1, 단대
47	김용상	불러도 대답 없는 벗아	『동아일보』, 4.26, 고대
48	김충석	한 피	『경대학보』, 4.20, 경기대
49	김형필	市民의 눈	『조선일보』, 5.5(夕), 외대
50		눈을 감은 學友들에게	『동아일보』, 4.23(夕), 무명 대학생
51	박명훈	民主의 새 아침은 밝았다	『동아일보』, 4.28(夕), 고대
52	안철	서러운 골목	『동아일보』, 4.28, 국학대
53	류계천	四・一九	『한양신보』, 한양대
54	유선용	旗—이름 없는 별들을 위하여	『동아일보』, 5.3(夕), 연대
55	유우희	삶을 찾는 무리들	『조선일보』, 5.5(夕), 동대

번호	지은이	제목	비고
56	이봉운	어머니	『동아일보』, 4.29(夕), 중대
57	이석형	民主의 碑銘을 쓰리라	『중대학보』, 5.1, 중대, ①과 중복
58	이수길	歷史 위에서	『동아일보』, 5.16, 성대
59	이중흡	四月의 會話	『고대신보』, 5.3, 고대, ①과 중복
60	이해현	그대는 아시겠지요	『동아일보』, 4.30, 경기대
61	주소천	푸른 墓碑들이여	『동아일보』, 4.29(夕), 대학생
62	천주석	이제는 얼마 쯤 사랑할 줄 아는 너와 나와	『동아일보』, 4.27(夕), 서라벌예대
63	P.E.O	親舊여 對答하라	『한국일보』, 4.25, 서울대
64	김신자	개나리꽃 지던 날	『한국일보』, 4.27, 대전호수돈여고
65	김요섭	군중(群衆)	『조선일보』, 5.1(朝)
66	박태수	먼저 가신 그네들에게	『동아일보』, 4.24(朝), 대광고
67	송영치	그래서 歷史는 바뀌게 마련이다	『동아일보』, 4.30(朝), 동성고
68	신문경	거룩하신 형님들	『동아일보』, 4.24, 창신국민교
69	윤권태	鎭魂歌 －金朱烈君의 英靈 앞에	『한국일보』, 마산고
70	이원수	아우의 노래	『동아일보』, 5.1(朝)
71	이종운	저 빛을 당신은 보았기에	『조선일보』, 5.1(夕), 군산고
72	최창호	創造된 불꽃	『조선일보』, 4.29(夕), 동성고
73	한경자	오빠 언니 영전에	『한국일보』, 4.30(夕남), 남대문국민교

④ 『抗爭의 廣場』

번호	지은이	제목	비고
1	권용태	내 祖國을 向하여	『경향신문』, ③과 중복
2	구상	鎭魂曲	③과 중복
3	김광림	꽃망울 터질 때 나는 소리	『세계일보』
4	김구용	四・一九頌	『주간성대』
5	김남조	奇蹟의 塔을	③과 중복
6	김수영	하… 그림자가 없다	①과 중복
7	김용호	해마다 四月이 오면 －모든 榮光은「젊은 獅子들」에게	③과 중복 부분적으로 손질함
8	김춘수	베꼬니아의 꽃잎처럼이나 －馬山에서 犧牲된 少年들의 靈前에	『새벽』
9	김태홍	조국이여	『부산일보』
10	김해성	四月의 隊列	『경향신문』
11	박기원	鎭魂歌	③과 중복
12	박남수	不死鳥에 부치는 노래	①, ③과 중복

번호	지은이	제목	비고
13	박두진	당신들은 우리들과 한 핏줄이었다	③과 중복
14	박목월	죽어서 永遠히 사는 분들을 위하여	③과 중복
15	박화목	四月	③과 중복
16	백기만	吊詞	『영남일보』
17	송욱	소리치는 太陽	③과 중복
18	신기선	歷史에 새겨진 꽃들	③과 중복
19	이설주	四月落花 －殉國學生英靈들에게	『조선일보』
20	이윤수	鐘	『영남일보』, 1960.4.17. 서울에서
21	이민영	우리들 이 길을 간다	『대구매일신문』
22	이희승	四·一九 犧牲者들의 祭壇에	③과 중복
23	장만영	吊歌	①, ③과 중복
24	전영경	대한민국 만세	③과 중복
25	정영태	피로 뿌린 시 來日은 꽃피리	『민주신보』
26	정진업	系圖	『부산일보』
27	조병화	旗는 또다시	『경향신문』
28	조지훈	뉘들 마음을 우리는 안다	①과 중복
29	조순	秩序의 隊列로	『국제신보』
30	최민순	피의 勝利	③과 중복
31	고양순	아우의 靈前에	『한국일보』, ③과 중복 故 完基君 누이
32	김명희	님은 가시고	③과 중복
33	김사림	反射鏡	동국대
34	김산초	廣場의 證言	①, ③과 중복
35	강정원	病室에 누워	『세계일보』, 성균관대 적십자병원에서
36	김신자	개나리꽃 지던 날	③과 중복
37	김태룡	四月에 부치는 노래	③과 중복
38	김찬옥	이제는 자리를 바꾸어야 한다	숙명여고
39	김형필	市民의 눈	③과 중복
40	박명훈	民主의 새 아침은 밝았다	③과 중복
41	박용환	四月의 憤怒	『대구일보』, 대구대
42	범빈호	다시는 말하지 않으련다	『전남일보』, 광주공업고
43	백인빈	旗	서라벌예대
44	서동원	祈願에의 默禱	『전남일보』, 조선대
45	송영치	그래서 歷史는 바뀌게 마련이다	③과 중복
46	심재신	부끄러움	『동아일보』, 이화여대
47	양재훈	또 하나의 死者를 본다	『전남일보』, 전남대

번호	지은이	제목	비고
48	유선준	旗—이름 없는 별들을 위하여	『동아일보』, 연세대
49	유계천	四·一九	③과 중복
50	윤경남	瞑想의 시	서울대
51	이봉운	어머니	③과 중복
52	이석형	民主의 碑銘을 쓰리라	①, ③과 중복
53	이중흡	四月의 會話	①, ③과 중복
54	이종운	저 빛을 당신은 보았기에	③과 중복
55	이향무	또 하나의 旗幅 아래서	서라벌예대
56	이홍상	천추에 빛날 靈들이여!	『국학학보』, 국학대
57	장병화	黎明	『영남일보』, 대구대
58	전재일	언제 다시 새 하늘이	『민주신보』, 금성고
59	천규석	이제는 얼마 쯤 사랑할 줄 아는 너와 나와	③과 중복
60	함근호	죽음이 가기 전에	『건대학보』, 건국대

⑤ 『피어린 四月의 證言』

번호	지은이	제목	비고
1	최남규	彈痕의 陳述	경신고
2	한구석	총알 맞은 世代	서울대
3	박하석	正義는 땅 위에	서울대
4	오기환	총소리	건국대
5	최종률	추악한 下午	연세대
6	이해현	여기는 鍾路 二街	경기대
7	이윤화	바리케이트	동아공대
8	김산초	廣場의 證言	①, ③, ④와 중복
9	유선준	旗	④와 중복
10	노익성	革命	4. 28.
11	강명희	나는 알아요	①과 중복, 제목 변경
12	윤석호	피의 喊聲	동국대
13	안철	서러운 골목	국학대
14	배기현	여기 쓰러졌노라	
15	정광영	네가 부르짖던 舖道 위에서	대광고
16	강정헌	四月의 깃발 —赤十字病院二○六號室에서	성균관대
17	심창서	산 自由의 하늘이여	
18	권오견	天國을 지나가는 레일	중앙대
19	정인갑	一九六○年 四月 十九日	건국대
20	이민웅	凝視의 詩語들	서울대, 4. 22

번호	지은이	제목	비고
21	오기환	觀覽席에서인가	건국대
22	심재신	부끄러움	④와 중복
23	이열	나의 하늘 아래에서	
24	심순옥	四月의 이야기 ―스러진 石들에 부처	
25	장국진	四月의 꽃들은	
26	박찬명	어느 少女의 遺書 ―어머님에게 남긴 글	서울대
27	김용상	불러도 대답 없는 벗아	고려대
28	김신자	개나리꽃 지던 날	③, ④와 중복
29	윤권태	鎭魂歌	③과 중복
30	독고수	저 멀리 바닷 가에는	
31		눈을 감은 學友들에게	무명대학생. ③과 중복
32	주소천	푸른 墓碑들이여	③과 중복
33	박태수	먼저 가신 그네들에게	대광고
34	순이	한 송이의 꽃	③, ④와 중복. 제목 변경
35	신현경	거룩하신 형님들	창신초등학교
36	김명회	임은 가시고	③, ④와 중복
37	김춘덕	同志들 무덤 가에서	고려대
38	신무웅	살아 있는 음성	성균관대
39	이봉운	아들의 발 소리	중앙대
40	천규석	이제는 얼마쯤 사랑할 줄 아는 너와 나	③, ④와 중복
41	김재원	씨앗의 悲劇	고려대
42	장성원	맑은 音量의 종 소리	서울대
43	최건	審判의 날	고려대
44	서호생	歷程	4.26
45	문영수	分娩	연세대
46	박명훈	民主의 새 아침은 밝았다	③, ④와 중복
47	태암	植木 ―나무는 심는대로 간다.	시조
48	이정수	復活의 외침 ―義血 名士 앞에…	
49	박용삼	意味를 위한 꽃들의 합창	서울대
50	김용철	아직은 살아서 살아 갈 목숨들아	동국대
51	권충웅	죽어 간 벗들의 絶叫를 듣는다	한양대
52	이수연	꽃 구슬 꿰며	③과 중복
53	최준	卽興 二題(아빠들한테, 형님들한테) ―敎授의 行列과 國軍의 微笑를 보고	시조 조선대
54	이중흡	四月의 會話	①, ③, ④와 중복
55	김정현	피의 意味 ―四·一九 義擧 學生 記念碑 建立을 위하여	4.26

번호	지은이	제목	비고
56	김성열	불꽃처럼 번쩍이다 一瞬에 진 꽃망울들이여 −4・19 犧牲者 合同慰靈祭에 부쳐	
57	김춘수	베꼬니아의 꽃잎처럼이나	④와 중복
58	구상	鎭魂曲	③, ④와 중복
59	구자운	젊은 길은 피로써 물들인 큰 길에서	③과 중복
51	박목월 박남수 이한직 조지훈	터지고야 만 喊聲	연작시
52	황금찬	성난 獅子들	③과 중복
53	송욱	四・一九革命의 노래	
54	이경남	가을은 아직	
55	김광림	꽃망울 터질 때 나던 소리	④와 중복
56	이홍우	꽃과 피가 滿發한 四月을 記憶하며	③과 중복
57	이철균	4・19	③과 중복
58	신기선	歷史에 새겨진 꽃들	③, ④와 중복
59	이한직	깨끗한 손을 가진 분이 계시거든	①, ③과 중복
60	이희승	四・一九 희생자들의 祭壇에	③, ④와 중복
61	박화목	四月	③, ④와 중복
62	김선현	落花의 뜰악에서	
63	여영택	고이 잘 자라	
64	박희진	썩은 貪官汚吏들에게	①과 중복
65	박두진	우리들의 깃발을 내린 것이 아니다	①과 중복
66	이상로	四月의 訥詩	

⑥ 『焚香』

번호	지은이	제목	비고
1	정 훈	젊은 英靈들에게	시인, 머들령 고문
2	곽문자	無言의 무덤 앞에서	대전여고 3년
3	김기태	四月의 그날은	대전고 3년
4	길원옥	떠나가던 靈魂들에게	호수돈여고 3년
5	남춘희	또 하나의 太陽을 위하여	대전사범 3년
6	문동건	푸른 넋들의 祭壇에	대전공고 2년
7	박광자	푸른 五月이 오기까지는	호수돈여고 3년
8	송영웅	壯한 이야기	대전고 3년
9	심재봉	님이여! 四月은 당신의 계절	대전보문고 3년
10	구중모	통곡	보문고 2년
11	윤 충	四・一九의 日記	대전사범 2년

번호	지은이	제목	비고
12	원도길	가도 있는 님들에게	대전고 3년
13	이연숙	내내 길이 잠드소서	대저여고 2년
14	이덕영	落花의 가슴에	대전공고 2년
15	이상문	파도	대전사범 2년
16	이귀자	장미는 피고	대전여고 2년
17	이문영	聖火	대전고 3년
18	이정희	떠나간 님들아!	대전보문고 2년
19	임선묵	별처럼 진 꽃잎들	대전고 3년
20	최경자	候鳥의 마음	대전여고 3년
21	박준수	哀歌	대전3고 3년

⑦『學生革命詩集』

번호	지은이	제목	비고
1	김동녕	샛별의 이야기	경기중
2	김동녕	수술실 밖에서	경기중
3	김동녕	일은 아직 끝나지 않았다	경기중
4	조정남	피빛 장미꽃 위에 나부끼는 것	진주사범
5	정광숙	아직도 가슴에 남아있는 건	이화여고
6	조성임	그날 탄생한 동생아	이화여고
7	조성임	씻기지 않는 자욱	이화여고
8	민용태	星座	전남 광주고
9	봉필창	더 참을 수 없었다	대신고
10	윤수천	태양 아래서	안성농고
11	김헌구	아! 저 깃발	덕수상고
12	허태임	하얀길	동명여고
13	허태임	太陽의 눈물	동명여고
14	윤권태	鎭魂歌	③, ⑤와 중복
15	김병룡	四月	체신고
16	김신자	개나리꽃 지던 날	③, ④, ⑤와 중복
17	이무웅	가신 벗이여 고이 잠드소서 －죽은 벗 南을 생가하며	동성고
18	이문웅	내 조국 민주대한아	중동고
19	이성욱	少年	서라벌예고
20	황파	꽃은 피다 －가버린 형에게	강문고
21	강예섭	四月十九日	동북중
22	강정자	사월이 기지갤 펴면	전주사범

번호	지은이	제목	비고
23	김영자	無窮香	동덕여고
24	이훈	休日	광주고
25	신난영	待期	전주사범
26	한은순	장미의 넋들	경주여고
27	김효성	꽃불덩이의 行列	중동고
28	김창수	자유는 정말 돌아오지 않으려나?	마산중
29	김준식	포도를 갈냥이면	서울사범
30	민경남	사월은 꽃 피리	동양공고
31	최경자	민족의 수호자	평택여상
32	최정자	분수는 아직도 하늘을 향해 뿜어 오른다 -섭에게	경북여고
33	이지우	먼저 떠나신 형님께	부산고
34	금재환	새역사	광주농고
35	이순매	사랑하는 사람의 영혼 앞에서	신광여고
36	송헌	四月과 피	영동고
37	김광협	自由의 나무 -어느 少女의 證言	서울대
38	김정숙	祈願 -自由의 礎石위에 잠든 永에게	숭실대
39	김정숙	어머니	숭실대
40	김용하	별들의 勝利	경희대
41	김용하	그것은 倫理다	경희대
42	정인식	民族의 悲哀가 떠나가는 날	서울대
43	이정옥	꽃잎의 영혼아!	숙명여대
44	박상돈	民主의 旗	서울대
45	심재신	부끄러움	④, ⑤와 중복
46	이승남	吊章 -앗겨간 친우 鬥에게	고려대
47	학천	모두는 證言한다	동국대
48	이희인	四月의 榮光	공주사대
49	고무일	좋은 結實이더니 -義死한 서울美大 高嬢에게	고려대
50	박재홍	歷史는 恒時 말할 줄 안다	서울대
51	이신창	沈默의 意味	중앙대
52	이신창	아들	중앙대
53	변종식	젊은 旗手에 바치는 노래	고려대
54	김향순	祖國의 거울	숙명여대
55	이두희	정아에게	중앙대
56	김일기	피의 노래	장로회신학교

번호	지은이	제목	비고
57	염무남	하루 아침에 찾아온 봄	연세대
58	이봉운	어머니	③, ④외 중복
59	김신현	어제와 오늘	서울대
51	안석근	蟬皮	국학대
52	오봉엽	흙을 뒤엎자	전북대
53	박윤기	거리	장로회신학교
54	이규호	하늘에서 오는 비	충남대
55	김성진	그날을 위해 살아온 젊음이기에	서라벌예대
56	오영생	태양이 되여	경희대
57	유창범	피를 태워 날은 밝았다	중앙대
58	용하식	여기 旗를 올려야 하는 族屬이 있다	서울대
59	강형중	表情	부산대
60	성낙현	解體의 눈	성균관대
61	김화	코리아의 넋	연세대
62	김주경	우리들의 四月	청구대
63	정두채	해바라기 殉死	서라벌예대
64	황의영	爲政者들아 네 나이 몇 살인가?	대한신학교
65	강록	碑銘	한국외대
66	김기환	잊히지 않는 얼굴들	중앙대
67	이항관	벗의 屍體옆에서	성균관대
68	박재일	해는 구름에 가려도 밝다	서울대
69	임연택	永久히 빛나다오 －너와 함께 웨치던 光化門 네거리를 지나며	고려대
70	안일영	友情花 지던 날 －친구 日福에게	국민대
71	김계수	不死鳥 －벗 안승준君 영전에	서울대
72	박두진	우리들의 깃발을 나린 것이 아니다	①, ⑤와 중복
73	이성교	鎭魂歌	
74	박목월	죽어서 永遠히 사는 분들을 위하여	③, ④와 중복
75	안도섭	누가 막을 수 있었으라	
76	김구용	四·一九頌	④와 중복
77	김순현	우리의 太陽	
78	정한모	빈 椅子	①과 중복
79	황금찬	學徒慰靈祭에 부처	
80	전영경	대한민국 만세	③, ④와 중복
81	이철균	四·一九	③, ⑤와 중복
82	김춘수	이제야 들었다 그대들 음성을	

번호	지은이	제목	비고
83	박희진	이른일곱줄의 悲悔 東方의 黎明에 부치는	
74	김재원	雨後의 街頭에서	
75	이경남	가을은 아직	⑤와 중복
76	이한직	깨끗한 손을 가진 분이 계시거든	①, ③, ⑤와 중복
77	황운헌	偉大한 憤怒로 터진 四月의 血管이여	
78	이홍후	꽃과 피가 滿發한 四月을 記憶하며	③, ⑤와 중복
79	박성룡	祖國은 모두 너희들의 것이다	
80	김해성	鍾이 울던 날	
81	김남조	奇蹟의 塔을	③, ④와 중복
82	김선현	落花의 뜰악에서	⑤와 중복
83	박남수	不死鳥에 부치는 노래	①, ③, ④와 중복
84	김광림	꽃망울 터질 때 나던 소리	④와 중복
85	박희진	썩은 貪官汚吏들에게	①, ⑤와 중복
86	신동문	아 神話같이 다비데群들	
87	신동엽	阿斯女	
88	고원	욕된 목숨 이어온 우리들 여기	
89	조지훈	마침내 여기 이르지 않곤 끝나지 않을 줄 이미 알았다	③과 중복

신문 매체 수록 4월혁명시 목록(1960.3.1~12.31)

① 『동아일보』

번호	지은이	제목	발표일자	비고
1	안철	서러운 골목	4.23, 4면	국학대
2	박태수	먼저 가신 그네들에게	4.24, 4면	소년동아 61호 대광고
3	신현경	거룩하신 형님들	4.25, 3면	창신초등학교
4	김산초	廣場의 證言 ―散華한 벗들에게	4.25, 4면	서울대
5	양상경	哭 正義의 旗手	4.26, 4면	
6	김용상	불러도 대답없는 벗아	4.27, 4면	고려대
7	천규석	이제는 얼마쯤 사랑할 줄 아는 너와 나	4.28, 4면	서라벌예대
8	박명훈	民主의 새 아침은 밝았다	4.29, 4면	고려대.
9	주소천	푸른 墓碑들이여	4.29, 4면	대학생 · 조시
10	이봉운	어머니	4.30, 4면	중앙대
11	심재신	부끄러움	4.30, 4면	이화여대
12	이해현	그대는 아시겠지요	5.1, 4면	경기대
13	이원수	아우의 노래	5.1, 4면	소년동아
14	이종운	저 빛을 당신은 보았기에	5.2, 4면	군산고.
15	김명희	님은 가시고	5.3, 4면	이화여대
16	김의준	旗―이름 없는 별들을 위하여	5.4, 4면	연세대
17	박희진	썩은 貪官汚吏들에게	5.8, 4면	
18	이수길	歷史 위에서	5.17, 4면	성균관대
19	조지훈	鎭魂歌 ―四月革命犧牲學徒慰靈祭 노래	5.19, 4면	
20	구상	鎭魂曲 ―學生 慰靈祭에 부쳐서	5.20, 4면	
21	이봉운	花園의 노래 ―顯忠日에 부쳐	6.7, 4면	중앙대
22	김수영	푸른 하늘을	7.7, 4면	
23	박두진	警告 · 痛哭 · 決意 ―第二共和國 첫 八 · 一五에	8.16, 4면	
24	박하석	鮮紅의 忿怒	8.23, 4면	서울대

② 『조선일보』

번호	지은이	제목	발표일자	비고
1	강명희	오빠와 언니가 왜 피를 흘렸는지…	4.23, 3면	수송초등학교
2	김남조	奇蹟의 塔을	4.24, 4면	
3	박봉우	젊은 火山	4.25, 4면	
4	이수연	꽃구슬 꿰며 －四・一九 負傷者에 바쳐진 仁情頌歌	4.26, 4면	
5	박목월	동이 트는 瞬間을	4.26, 2면	
6	김재원	멍든 四月	4.26, 4면	
7	이인석	證言－國民은 勝利한다	4.27, 4면	
8	김용호	해마다 四月이 오면 －모든 榮光은 젊은이에게	4.28, 4면	
9	이한직	鎭魂의 노래	4.28, 4면	나운영 작곡
10	전영경	대한민국 만세	4.28, 4면	
11	최창호	創造된 불꽃	4.29, 4면	동성고
12	이정혜	새날에	4.29, 4면	고려대
13	조병화	一九六〇年 四월 －어린 先烈에	4.30, 4면	
14	이세권	결실한 피의 대가 －형님, 아우, 누나들 잘 싸웠소	4.30, 4면	
15	김요섭	群衆	5.1, 4면	
16	박남수	不死鳥에 바치는 노래	5.2, 4면	
17	박화목	四月	5.3, 4면	
18	김형필	市民의 눈	5.5, 4면	외국어대
19	유우희	삶을 찾는 무리들	5.5, 4면	동국대
20	김순현	우리의 太陽	5.23, 4면	

③ 『국제신보』

번호	지은이	제목	발표일자	비고
1	김춘수	베꼬니아의 꽃잎처럼이나…… －馬山事件에 犧牲된 少年들의 靈前에	3.28, 2면	
2	정공채	하늘이여	4.14, 1면	
3	이영도	哀歌－故金朱烈君 靈前에	4.19, 4면	
4	강남주	十九歲 少年 죽음 －合同慰靈祭에 부쳐	4.24, 3면	독자투고
5	이주홍	꽃들에 부치어 －四・一九에 져버린 젊음들의 靈前에	4.24, 4면	
6	김용호	鎭魂歌	4.25, 4면	

번호	지은이	제목	발표일자	비고
7	박양균	無名의 힘은 眞實하였다 ―四·一九를 前後한 時局에 말한다	4.27, 2면	
8	조순	秩序의 隊列로	4.28, 4면	
9	오충수	祈願―風化되어가는 碑의 音聲	4.30, 4면	해동고
10	신소야	希望의 길로	5.1, 4면	
11	장하보	頌歌	5.2, 4면	
12	정공채	또다시 젊은 獅子들의 怒한 「데모」를	5.4, 4면	
13	김요섭	오월과 빈 책상	5.5, 4면	동시
14	최일수	사월의 별이 되어라	5.7, 4면	동아고
15	최종두	빨래 ―第二共和國에 부쳐	5.12, 4면	독자투고
16	오난옥	그 하늘 아래서	5.14, 4면	부산대
17	류재형	四·一九가 다녀간 거리에서	5.15, 4면	
18	김태홍	遺書 ―죽은 學生은 말한다	5.19, 3면	
19	손동인	餘恨 ―아직은 촛불 사르지 말라	5.19, 4면	
20	김민한	慰灵詞	5.21, 4면	부산대
21	이동섭	五月의 窓을 열면 ―피뿌린 한 달은 지나고	5.23, 4면	
22	고두동	늠름한 꽃들 ―義擧負傷學徒들의 慰問을 在釜文友들과 함께 마치고	5.30, 4면	
23	이상민	오월의 하늘처럼	6.18, 4면	부산대
24	송석래	죽은 旗手의 가슴에 핀 薔薇꽃	6.20, 4면	
25	박남수	불씨가 삭기 전에 ―北韓 兄弟들에 주는 멧세지	6.25, 4면	
26	장수철	비오는 밤에	6.25, 4면	『소년국제』 제53호
27	이상호	함께 흐를 강물 아닌가	7.2, 4면	동국대
28	박두진	우리들의 八·一五를 四·一九에 살자	8.15, 4면	
29	이동섭	韓國의 脈搏 ―열다섯 八·一五 前後에 말한다	8.16, 4면	
30	한얼	불꽃놀이 ―第二共和國 序曲	10.21, 4면	부산대
31	서정봉	隊列	11.5, 4면	
32	강인숙	墓地에서 ―벗의 靈前에 부치며	11.11, 4면	부산여고
33	박수일	풍선	11.26, 4면	경남고
34	박창문	푸른 祖國이여	12.2, 4면	부산대

④ 『부산일보』

번호	지은이	제목	발표일자	비고
1	김태홍	馬山은!	4.12, 1면	
2	홍두표	꽃봉오린채 떨어진 꽃송이들이여 －馬山事件의 銃彈에 쓰러진 學生들의 靈前에	4.13, 4면	
3	김태홍	祖國이여! －合同慰靈祭에 붙임	4.24, 3면	4.26, 3면에서 군 검열로 삭제된 부 분을 삽입
4	김태홍	독재는 물러갔다	4.27, 1면	
5	정진업	系圖 －四月 十九日의 招魂을 위하여	4.27, 4면	
6	손동인	學徒義擧의 노래	4.28, 1면	
7	홍준오	그대 冥福만을 빌겠노라 －門生 故姜壽永君의 芳魂에 붙임	4.30, 2면	경남공고 교사
8	김충효	오호! 장하거니 내 아들아 －4·19에 죽은 학생 어머니를 대신하여	4.30, 4면	『소년부일』 제61호.
9	이주홍	묵은 것의 잿더미위에 다시 太陽은 쏟는다 －永遠의 感激, 四月二十六日	5.1, 4면	
10	홍준오	鎭魂의 노래	5.4, 4면	
11	정진업	노래 속에 나오는 '니이나'처럼	5.5, 4면	
12	김상옥	思母曲	5.8, 4면	
13	옥교랑	감지 못하는 눈과 눈 －4·19 犧牲學生 慰靈祭에 부침	5.18, 4면	
14	장하보	여기는 아무도 오지 말라 －四·二六 學生義擧의 날에 犧牲된 英魂의 慰靈塔 詩 文을 爲하여	5.19, 1면	
15	변양철	하와이섬 앞 바다에서 낚시질하는 老人에게	9.19, 4면	

제2장

4월혁명과 조선작가동맹
중앙위원회 기관지『문학신문』

1. 들머리

　4월혁명에 대한 연구 영역이 점점 넓어지고 있다. 시각도 섬세해졌을 뿐만 아니라 기록문헌 중심에서 구술증언을 적극적으로 활용하는 단계에 이르렀다. 그 가운데 4월혁명의 지역적 전개 과정[1]과 세계사적 의미를 탐색한 논의가 눈길을 끈다. 그동안 4월혁명에 관한 연구가 한국사회 안쪽의 문제에 집중되었다는 점을 고려한다면, 국민국가 단위의 일국적 관점을 벗어나 국제적인 시각에서 4월혁명의 영향을 고찰하려는 시도는 주목할 만하다. 물론 북한의 공식문헌과 러시아대사관

1　정근식 · 권형택 편,『지역에서의 4월혁명』, 선인, 2010.

문서를 활용하여 4월혁명에 대한 북한의 인식과 평가, 대남정책과 통일노선의 변화를 규명한 연구가 이미 한 차례 있었다.[2] 그러나 4월혁명에 대한 일본과 중국, 영국, 프랑스, 미국 등 세계 각국의 인식을 실증적으로 규명하기 시작한 것은 비교적 최근의 일이다.[3] 2010년에는 미국 국가기록청 소장 기록을 비롯하여 일본, 영국, 독일, 스위스, 프랑스 들의 공문서와 신문기사를 묶은 사료집[4]이 출간되어 연구지형을 한껏 넓혀 놓았다. 북한과 중국 자료가 '특수자료'로 규정되어 사료집에서 빠진 것은 아쉬운 대목이다. 비록 때늦은 감이 있다 하더라도, 일본, 중국, 북한의 인식을 서로 비교할 수 있는 연구 바탕과 시각을 마련하고, 4월혁명을 국제적인 시각에서 조망해야 할 토대를 확보한 셈이다. 이를 바탕으로 당시 북한의 매체에 광범위하게 수록된 사회주의 국가들의 지지와 연대의 실체를 밝히는 일 역시 4월혁명 연구의 과제 가운데 하나다.

문학 영역에서도 연구 경향의 변화가 이루어지고 있다. 최근 들어 한국문학사의 자장 안에서 명망 있는 작가 중심으로 논의되던 틀을 벗어나 북한문학으로 연구 대상을 확장하고 있다.[5] 이제껏 북한문학 연구

---

2   한모니까, 「4·19항쟁 시기 북한의 남한 정세 분석과 통일·대남 정책의 변화」, 가톨릭대 국사학과 석사논문, 2001.2, 1〜60쪽.

3   민유기, 「서양의 4월혁명 인식과 그 세계사적 의미-영국, 프랑스, 미국의 언론과 외교문서를 바탕으로」, 『사총』 71, 고려대 역사연구소, 2010.9, 165〜196쪽; 오타 오사무, 「'4월혁명'과 일본」, 『사총』 71, 고려대 역사연구소, 2010.9, 197〜220쪽; 손과지, 「중국의 한국 4·19 혁명에 대한 인식-『인민일보(人民日報)』를 중심으로」, 『사총』 71, 고려대 역사연구소, 2010.9, 221〜242쪽.

4   『4월혁명사료총집 6-외국기록』, 민주화운동기념사업회, 2010.

5   남상권, 「북한판 4·19소재 소설의 대남인식-진우석의 『4월의 성좌』를 중심으로」, 『한민족어문학』 49, 한민족어문학회, 2006.12, 315〜348쪽; 김종회, 「북한문학에 나타난 마산의거와 4월혁명」, 『현대문학이론연구』 30, 현대문학이론학회, 2007.4, 5〜25쪽; 한정호, 「북한 아동문학에 나타난 경자년 마산의거」, 『현대문학이론연구』 31, 현대문학이론학회, 2007.8, 31

에서도 4월혁명의 경험이 주목받지 못했다는 점에서 이러한 접근이 갖는 의의는 적지 않다. 그러나 이들 연구는 대체로 단행본 매체나 『조선문학』과 같은 잡지 매체를 대상으로 하고 있는 까닭에 4월혁명 당시 북한문학계의 동향을 종합적으로 조망하는 데는 일정한 한계를 지닌다. 따라서 4월혁명에 대한 북한문학계의 인식과 동향을 입체적으로 분석하기 위해서는 기동성 있는 신문 매체로 눈길을 돌릴 필요가 있다.

이 글은 조선작가동맹 중앙위원회 기관지인 『문학신문』을 대상으로 4월혁명에 대한 북한문학계의 인식과 동향을 살피고, 4월혁명시의 성격을 규명하는 데 목적을 둔다. 주간지 『문학신문』은 북한의 4월혁명에 대한 인식과 성격을 이해할 수 있는 가장 기본적인 매체다. 이 글에서는 4월혁명을 가장 집중적으로 다룬 1960년 3월부터 12월까지 발행된 신문을 연구대상으로 삼았다.[6]

물론 『문학신문』만을 대상으로 4월혁명에 대한 북한문학계의 논리를 제대로 고찰하기 어려울 수도 있다. 하지만, 『문학신문』이 당과 조선작가동맹의 정치적 입장을 적극적으로 대변하고 있는 매체인 까닭에 이 신문을 통해 북한문학계의 근본 입장을 이해하는 데는 큰 어려움이 없을 것으로 보인다. 두루 알다시피 북한문학은 조선작가동맹의 통제 아래 창작 방향이 결정되고 이것이 창작활동과 연계된다. 이러한 방식

5~345쪽. 이순욱, 「4월혁명과 북한 아동문학─『남녘땅에 기'발 날린다』를 중심으로」, 『한국문학논총』 46, 한국문학회, 2007.8, 373~398쪽.

6   통일부 북한자료센터에서 마이크로필름으로 소장하고 있는 『문학신문』에는 1960년치 발행분이 통째로 빠져 있다. 이 자료는 한림대 아시아문화연구소 소장 자료의 복사본이어서 한림대 측에도 문의해 보았으나 역시 보유하고 있지 않았다. 글쓴이가 텍스트로 삼은 1960년치 『문학신문』은 2008년 하버드대학교 교환교수로 일했던 임주탁 교수(부산대 국어교육과)가 제공한 옌칭도서관 소장 자료다. 글자가 뭉개지고 결락되어 쉽게 판독할 수 없는 경우가 적지 않다. 판독 불가능한 경우에는 글자 수만큼 □로 표시하였다.

을 고려한다면, 『문학신문』이 김일성의 연설문이나 당의 성명서에서 제기된 입장을 그대로 반영하고 있다고 해도 틀린 말은 아니다. 따라서 이 글에서 다루지 않은 『로동신문』이나 『민주조선』[7], 『교원신문』들의 신문 매체, 『조선문학』, 『아동문학』, 『청년문학』들의 잡지 매체에 발표된 북한의 4월혁명시도 같은 맥락에서 이해할 수 있으리라 본다.

2. 4월혁명과 북한문학계의 동향

조선작가동맹 중앙위원회 기관지 『문학신문』은 1956년 12월 6일 창간된 주간신문이다. 발행소는 평양시 중구역 경상동 문학신문사다. 1961년 3월 조선작가동맹이 조선문학예술총동맹으로 확대 개편된 이후에는 문예총 중앙위원회 기관지가 되었다. 초기에는 주 1회 발행되다가 1959년 이후부터 1960년대에는 주 2회 발행되었다.[8] 『문학신문』과 마찬가지로 조선작가동맹 중앙위원회 기관지인 『조선문학』(월간)과 달리 당시 나라 안팎의 정세 변화에 신속하게 대응한 신문 매체였다.

1960년의 신문을 보면, 대체로 주 2회(화요일, 금요일) 4면으로 발행되

---

7   조선민주주의 인민공화국 최고인민회의 상임위원회 및 내각 기관인 일간지 『민주조선』 1960년 4월에 수록된 시를 통해서도 이러한 사실을 확인할 수 있다. 대표적으로 다음과 같은 시들이 있다. 「불길은 타올랐다」(박승, 4.13, 3면), 「원한의 화산은 터졌다」(조벽암, 4.14, 3면), 「끝까지 싸워 이기라!」(전초민, 4.20, 3면), 「때는 왔다! 끝장을 낼 때는⋯」(송찬, 4.22, 3면), 「한자리에 마주 앉자!」(전동우, 4.24, 3면).
8   김성수 편, 「북한『문학신문』 기사목록(1956~1993)」, 한림대 아시아문화연구소, 1994, 16쪽.

었다. 그러나 「해방 후 15년간의 극문학—극문학 분과위원회의 보고(요지)」(8.12)나 「당적 시문학의 영광스러운 15년—시문학 분과위원회의 보고(요지)」(9.13)를 5, 6면에 전재하고 있는바, 특집 기사나 주요 보고가 있을 경우에는 6면으로 발행하기도 했다. 대체로 1면에는 사설, 정론 들의 문예정책과 동맹 산하조직과 관련된 기사를, 2면에는 시, 소설, 평론 들의 문학 관련 기사를, 3면에는 고전문학과 연극·영화·음악·미술·무용 들의 예술 관련 기사를, 4면에는 외국 문학과 문예이론, 남한의 문예 동향 기사를 실었다. 이러한 편집 원칙은 큰 변화 없이 지속되었다고 한다.[9] 그러나 1960년 발행분을 보면 이러한 편집 체재가 지켜지지 않았을 정도로 문예 작품이 1면에서 4면에 걸쳐 수록되었다. 따라서 지면을 구성하는 내용이나 형식이 특별히 정해져 있었다고 보기 어렵다.

이 자리에서는 문학 관련 기사와 사설, 정론 들을 중심으로 4월혁명 시기 북한문학계가 4월혁명을 어떻게 인식하고 있었는가를 구체적으로 살펴보고자 한다. 특히 정론과 사설은 4월혁명에 대한 당의 정치적 입장뿐 아니라 조선작가동맹의 시각을 일정하게 반영하고 있다는 점에서 북한 당국의 시각으로 보아도 큰 무리는 없을 것이다.

3·15선거와 관련된 최초의 보도는 최명익의 「남조선 작가들이여, 당신들은 모르지 않을 것이다」이다. 3·15선거를 맞이하여 남한 문학인들의 역할을 강조한 글이다.

---

9   위의 책, 17쪽.

미 제주의자들과 그 주구들인 한 줌도 못 되는 반역자 매국노들은 이번 '선거'에서도 갖은 폭압과 협잡질을 다해 가며 리승만 '정권'을 다시금 조직하여 남조선 인민들의 머리 우에 짓눌러 놓으려는 것이다. (…중략…) 우리가 글을 쓰는 것은 우리 글을 읽는 독자들에게 알리고 싶고 주장하고 싶은 사상이 있기 때문이다. 아마 당신도 그럴 것이라고 나는 믿는다. 사상은 그대로는 무형(無形)한 것이지만 그러나 그것이 인민 대중 속에 침투되어 그들을 발동시킨다면 거대한 물질적 력량으로 된다는 것도 당신은 아실 것이다. 그러니까 **우리의 붓은 원쑤를 물리칠 수 있는 무기로 될 수도 있다는 것을 당신도 아실 것이다. 이 얼마나 보람 있는 일이겠는가! 당신은 이 보람 있는 일을 위하여 – 즉 남조선을 미제 강점자로부터 해방하며 조국의 평화적 통일을 촉진하기 위하여 지금 당신이 처해 있는 남반부 인민들을 고무 추동하는 사상으로써 글을 쓰시라.**[10](강조는 인용자)

이승만 정권이 주도하고 있는 부정선거의 양상을 언급한 뒤, 남한 작가들에게 "원쑤를 물리칠 수 있는 무기"로서의 글쓰기를 요구하고 있다. 이승만 체제에 대한 북한의 인식은 "하루 속히 동댕이쳐 버려야 할 짐짝이요 다시는 지지 말아야 할 짐짝"이며, 미국이 내세운 "괴뢰 정권"에 불과하다. 따라서 정권이 하루라도 더 연장되지 않도록, 조국 통일을 방해하는 "원쑤"인 "미제 강점자들과 리승만 도당"에게 "붓끝을 비수삼아 치명적 타격"을 주는 것이 작가의 응당한 직분이라 본다. 같은 날 신문 1면에 발표된 정하천의 시 「개」와 「누가 더 나으냐?」, 2면 정문기의 풍자시 「산송장이 죽은 송장과 싸우는 이야기」, 「각하님에

---

10 『문학신문』, 1960.3.15, 1면.

게 '영광'이 있었다」도 모두 이승만 정권에 대한 '타격'에 초점을 맞추고 있다. "곡예사 워싱톤의 나라"와 그 "피리에 맞춰 춤추며 짖는 길들은 개", "늙은 개 이승만"(「개」)에 대한 비판과 "미국에서 수입한 밀가루에다 사기를 짓이겨 반죽을 한" "리승만의 민주주의"(「산송장이 죽은 송장과 싸우는 이야기」)에 대한 비판이 바로 그것이다. 당시 북한문학계에서는 남한문학이 미영 부르주아 문학의 직접적 영향 아래 있으며, "제국주의 침략 정책의 노골적인 예찬과 병적 색정주의의 선동, 퇴폐적 허무주의의 구가"를 특징으로 한다고 본다. 그런 까닭에 이 목소리로부터 남한의 인민들을 구출하고 건전한 민족문화를 수호하는 것이 작가들의 긴급한 임무라고 인식한다.[11] 북한의 대남 인식과 남한문학에 대한 이러한 진단은 1950년대 이후 일관되게 견지해 온 북한문학계의 일반적인 시각이다.

최명익의 글이 발표된 이후 남한 정세와 관련된 기사, 정론, 사설 들이 광범위하게 생산되었다. 대표적인 글을 들면 다음 〈표 1〉과 같다.

〈표 1〉 『문학신문』(1960.3~12)에 나타난 북한문학계의 대남 인식

지은이	제목	발표일자	갈래	비고
김수경	발광자들은 땅에서 나가라!	3.22, 4면	정론	
조성호	불 우에 앉은 자들의 잠꼬대	3.25, 3면	정론	

---

11 림학수, 「미영 반동문학과 그 아류들」, 『문학신문』, 1960.3.18, 4면. 이는 이 시기만의 특징이 아니라 이전부터 지속되어 온 경향이다. 대표적으로 다음을 들 수 있다. 오정삼, 「권력과 폭력에 신음하는 남조선 예술인들」, 『문학신문』, 1960.3.8., 4면; 김하명, 「남조선 문학에 반영된 리승만 반동 통치의 파멸상」, 『문학신문』, 1960.5.3, 4면; 전창식, 「미 제국주의에 복무하는 실존주의 문학」, 『문학신문』, 1960.6.17, 4면; 리상현, 「남조선 반동문학의 15년」, 『문학신문』, 1960.8.12, 4면. 그리고 염상섭을 "부르주아 반동작가"의 대표적 인물로 규정하고 그의 작품 경향을 비판한 다음 글도 같은 맥락에서 이해할 수 있다. 장형준, 「"반공" 정치에 복무하는 반동문학을 규탄한다」, 『문학신문』, 1960.7.1, 4면; 김문화, 「조국 반역의 문학」, 『문학신문』, 1960.9.16, 4면.

지은이	제목	발표일자	갈래	비고
김동전	더는 참을 수 없다!	4.12, 1면	정론	기자
리맥	울분, 원한, 분노의 폭발!	4.15, 1면	정론	
리동간	싸우라 나의 고향아	4.15, 1면	정론	
리상현	남조선 인민들의 투쟁을 더 많이 형상화하자	4.19, 3면	정론	
리기영	한자리에 모여 앉자	4.22, 1면	정론	
엄홍섭	용감히 뛰여 들라!	4.22, 1면	정론	
박웅걸	진정할 수 없는 마음으로	4.22, 4면	정론	
윤세평	붓끝을 더욱 날카롭게 벼리리라	4.22, 4면	정론	
	모여 앉아 국면을 타개하자	4.26, 1면	사설	
조벽암	사태의 해결책은 뚜렷하다	4.26, 1면	사설	
최일룡	불길이여, 더욱 세차게 타오르라!	4.26, 1면	정론	
	모든 애국적 력량을 단합해 투쟁하자	4.29, 1면	사설	
한설야	남조선 작가, 예술인들이여 정의로운 투쟁의 선두에 서라	4.29, 1면	정론	
신고송	이밖에 다른 길은 없다	4.29, 2면	정론	
황철	새로운 터전을 가꾸기 위하여	4.29, 2면	정론	
강효순	미제를 물러가게 하라	4.29, 2면	정론	
리근영	민주주의적 자유를 위해 오직 한길로!	5.3, 4면	정론	
박태영	깊이 생각하고 당장 행동하라!	5.6, 1면	정론	
리정숙	나의 동생, 나의 부모들에게	5.6, 1면	정론	
류기찬	그들은 새 생활을 위하여 싸운다	5.10, 1면	정론	
정종길	참된 음악으로 인민항쟁을 고무하라!	5.10, 3면	정론	
안성희	항쟁의 마당을 무대로!	5.17, 4면	정론	공훈배우
박팔양	미제를 물러가게 해야 한다	5.24, 1면	정론	
안기영	남조선에 있는 동생에게	5.24, 3면	편지	작곡가
김운룡	더욱 굳게 대오를 짜라	5.27, 4면	정론	기자
박덕수	그놈이 그놈	5.27, 4면	정론	
김운룡	허정 일당을 매장하라	6.3, 4면	정론	
최일룡	살인귀 미제의 만행을 규탄한다	6.7, 4면	정론	
김수경	주인 행세하는 승냥이	6.10, 4면	정론	
조진용	철저하게 결산을 해야 한다	6.14, 4면	정론	
황건	더욱 세차게!	6.17, 4면	정론	
현덕	양키는 사람이 아니다	6.24, 3면	정론	
윤석범	남조선 문학 예술인들은 인민의 편에 굳건히 서서 싸우라	7.8, 4면	정론	
양운한	남녘땅에 있는 시인 김 형에게 띄우는 편지	7.8, 4면	편지	
최일룡	항쟁의 열매를 빼앗기지 말라!	7.12, 4면	정론	

지은이	제목	발표일자	갈래	비고
류기찬	원쑤들의 추악한 정체를 폭로하라	7. 15, 4면	정론	
현녁	작가는 금간 사람이 되어서는 안돼다 ―남반부에 있는 작가 리형에게	7. 15, 4면	편시	
조벽암	좀 아프게 하고 싶은 말	7. 19, 4면	편지	
박산운	다시 만나기 위해! ―남반부에 있는 조 형에게	7. 26, 4면	편지	
송고천	〈정권〉욕에 미쳐 날뛰는 〈민주당〉 상층배들	7. 26, 4면	정론	
김광현	정말 만나고 싶소!	7. 29, 4면	편지	
현덕	오직 한길이 있을 뿐이다	10. 7, 4면	편지	
리상현	그놈이 그놈이다	10. 14, 1면	정론	
김동전	조선 문제는 오직 조선 인민의 손으로!	11. 15, 1면	정론	기자
	더는 배겨 내지 못하게 하라	11. 18, 1면	정론	기자
조벽암	시인이여! 투쟁의 선두에 서라!	12. 23, 4면	정론	

이기영, 한설야, 윤세평 들의 조선작가동맹의 핵심인물이 모두 참여하고 있는 〈표 1〉에서 나타나는 특징은 크게 세 가지다. 우선, 4월혁명에 대한 북한의 인식을 엿볼 수 있다. 북한문학계에서 4월혁명 관련 기사를 중점적으로 보도하기 시작한 것은 4월 12일부터다. 이후 매 호마다 후속 보도가 이어졌으며, 특히 4월에는 신문 1면 기사를 4월혁명과 관련된 성명, 정론, 문예작품으로 장식하는 날이 많았다. 4월혁명 관련 신문 보도에서 '마산인민봉기'란 말은 4월 15일 자 리맥의 정론「울분, 원한, 분노의 폭발!」에서 처음 사용되었다.

그렇다! 마산인민봉기는 당신들이 15년 동안 미제 강점과 리승만 역적들의 통치하에 쌓이고 쌓였던 울분과 원한과 분노의 폭발이다. 돌이켜 보라! 금년에 들어 와서만도 벌써 당신들에겐 그 얼마나 많은 참상이 버려졌는가. 서울역에서의 대참상의 기억도 채 가셔지기 전에 부산 고무공장 로동자들의 집단적인 참혹한 죽음, 그리고 지난 3월 15일의 협잡 '선거'를 계기로 마산을 비롯한 남반부 거리와 마을들에서 빚어진 또 하나의 일대 참극. 그러나 리승만 역적들은 아직까지도 총칼로, 야수적인 폭압으로 당신들을 위협하고 있다. 바로 당신들에게 날마다 불행이 그림자처럼 따라 다니게 하는 악귀는 다름 아닌 미제와 리승만 역적들이다.(강조는 인용자)

김동전의 정론 「더는 참을 수 없다!」(4.12)에서 확인할 수 있듯이, 4월 15일 이전에는 단순히 "반미, 반 리승만 기세", "화산처럼 터져오르는 거센 투쟁" 정도로 표현되던 것이 조선노동당 중앙위원회의 공식 성명 「남조선 인민들에게 고함」[12]을 통해 "마산인민봉기", "남조선 인민봉기"라는 용어로 굳어졌다. 이후 이 용어는 기사와 정론, 비평문에서 자주 등장한다.

그리고 이승만 정권과 미국에 대해서는 "악귀", "역적", "흡혈귀", "야수", "살인자", "승냥이", "악의 극치" 들의 신랄한 표현을 동원하여 비난하고 있으며, 남한의 현실을 "기아와 실업과 질병과 암흑밖에 없는" 그야말로 "암흑"과 "생지옥"으로 묘사한다. 이처럼 북한은 미국의 지배와 이승만 정권의 폭압 정치가 4월혁명을 유발한 결정적인 원인으로 보고 있는 것이다. 따라서 남한을 "인간 생지옥"으로 만든 "미 제국주의자들"이 물러가지 않고는 "식민지 테로 정치 제도가 청산될 수 없으며 남조선 인민들이 빈궁과 무권리에서 벗어날 수 없다"고 본다."[13] 그런 까닭에 "미제와 리승만 역적들"의 폭압에 대한 문학적 작업은 남한 문학사회가 감당해야 할 일이자 북한문학계에 주어진 과업인 셈이다.

12 『문학신문』, 1960.4.22, 1면.
13 「성명」, 『문학신문』, 1960.4.29, 1면.

둘째, 정론이나 편지 형식을 통해 남한 작가들에게 항쟁을 고무하는 문학작품을 창작할 것을 독려하고 있다는 점이다. 남한 문학인들에게 스스로 '이성'적으로 사태를 직시하고 인민의 편에 서서 항쟁의 대열에 뛰어들라는 "민족적인 의무"를 부과한다. "양키식 생활양식의 문화"를 청산하고 "평화와 자유, 민주주의적 권리"를 요구하는 인민의 요구와 이상을 형상화하는 것은 남한작가들의 임무가 된다.

① 남반부 작가들이여! 당신들은 리성을 가지고 남반부의 이 참혹한 사태를 바라보았다면 **붓을 들고 싸우는 인민의 편에 뛰여 들라**. 인민과 함께 살며 인민과 함께 싸우는 것, 이보다 작가에게 더 영예로운 일이 어디 있는가.[14]

② 남반부 문화인들이여! 용감히 항쟁의 대렬에 뛰여 들라. **저주롭고 썩어 빠진 양키식 '생활 양식의 문화'를 불사르라! 인민들의 항쟁을 더욱 거세차게 불러일으키는 분노의 노래와 시들을 쓰라. 민족적인 의무를 가지고 이미 진창 속에 파묻혀 빛을 잃은 민족문화 유산을 살려내라!**[15]

③ 남조선 문화 예술인들이여! 항쟁에 궐기한 거세찬 인민들의 폭풍 속에 뛰여 들어 그들의 심장이 되고 힘이 되어 소리 높이 웨치라. **평화와 자유, 민주주의적 권리를 요구하여 천지를 진동하는 인민들의 우렁찬 전진을 들끓는 심장으로 노래하라!** 항쟁에 궐기한 인민의 요구와 리상을 대변하며 그들의 격분과 투쟁을 심혈을 기울여 쓰며 노래하며 미제와 리승만 파쑈 도당의 죄

---

14 리맥, 「울분, 원한, 분노의 폭발!」, 『문학신문』, 1960.4.15, 1면.
15 엄홍섭, 「용감히 뛰여 들라!」, 『문학신문』, 1960.4.22, 1면.

악을 전 세계 인민 앞에 낱낱이 폭로 규탄하며 그들에게 준엄한 심판을 내리라![16]

④ 형이 쓴다는 글이 '예술을 위한 예술'이 '초현실'이니 하는 잡언, 루설이 누구를 위한 것임을 안다면 나의 말귀를 짐작하리다. (…중략…) **잉크로 써진 거짓말은 결코 깨끗한 피로 잇닿은 인민을 속이지는 못합니다. 더우기 학생과 청년과 인민 대중의 항쟁의 불길을 어찌 끌 수 있겠습니까.** 남조선의 4월의 불길 그것은 시초에 지나지 않는다는 것을 형이 깨달을 때는 오지 않았습니까.[17](이상 인용문의 강조는 인용자)

인용문들의 논조는 크게 다르지 않다. 시간적 거리를 두면서 이러한 글들을 지속적으로 발표하고 있다는 사실에 주목해야 한다. 당시 북한 문학계는 남한의 문학을 미영 부르주아 문학의 직접적인 영향 아래에 놓여 있는 반동문학이라 보았다. "잉크로 써진 거짓말"을 청산하고, "민족문화 유산을 살려내"는 것은 항쟁에 궐기한 인민의 혁명적 요구와 이상을 대변함으로써 가능하다. 4월혁명을 통해 작가 스스로에게 사상을 강화할 것을 요구하고 있는 셈이다. "미제와 리승만 파쑈 도당의 죄악을 전 세계 인민 앞에 낱낱이 폭로 규탄"하는 인물 전형을 창조하는 일은 당시 천리마시대의 북한문학이 강조하는 공산주의적 창작기풍이자 핵심 주제였다.[18] 북한문학에서 김주열과 그의 어머니를 대상으로 한 시와

---

16 한설야, 「남조선 작가, 예술인들이여 정의로운 투쟁의 선두에 서라」, 『문학신문』, 1960.4.29, 1면.
17 조벽암, 「좀 아프게 하고 싶은 말」, 『문학신문』, 1960.7.19, 4면.
18 이순욱, 「남북한문학에 나타난 마산의거의 실증적 연구」, 『영주어문』 12, 영주어문학회,

공연예술작품을 두루 창작한 것은 이와 같은 맥락에서 이해할 수 있다.

셋째, 남한 작가들을 독려하는 일 못지않게 북한문학계의 지침에 따라 '남조선 인민봉기'를 형상화한 작품이 양산되었다는 점이다. 국가와 당이 제시하는 비전을 수용하고 창작과 결부시키는 것은 북한문학인의 기본 의무다. 그런 까닭에 4월혁명에 대한 문학적 형상화는 사회주의 체제의 우월성을 확인하고 사상교양 학습을 제고시키는 전략적 방편이기도 했다. 정론이나 문학작품에서 구체적으로 확인할 수 있듯이, 당 중앙위원회에서 남한에 제안한 호소문이나 공동성명의 내용을 그대로 수용하고 있는 점이 특징적이다.

> 우리 작가들은 붓끝으로 인민에게 복무하는 것을 신성한 자기의 임무로 간주하고 있다. (…중략…) 지금 남조선에서 싸우고 있는 우리 동포 형제들의 아름답고 영용한 형상들을 창조한다는 것은 우리 작가들 앞에 나선 중요한 과업이다. 뿐만 아니라 미제의 군화에 짓밟히고 총탄에 쓰러지는 남조선 늙은이들과 어린이들, 리승만 역도들에게 삶과 자유를 빼앗기고 헐벗고 굶주리여 로두에서 살길을 찾아 헤매이는 동포 형제들의 참담한 생활을 작품에 반영하며 바로 그들은 누구 때문에 그렇게 되었으며 어떻게 살아가야 할 것인가에 대하여 작품을 통하여 형상화하는 문제는 가장 중요하다.[19]

북한문학계는 작가들에게 남한의 작품에서 풍기고 있는 부르주아 사상 독소를 비판·폭로하고 남조선 실정을 철저하게 연구하여 작품

2006.8, 281~282쪽.
19 리상현, 「남조선 인민들의 투쟁을 더 많이 형상화하자」, 『문학신문』, 1960.4.19, 3면.

창작에 임할 것을 요구하고 있다. 이것이 당면한 중요 과업 가운데 하나다. 이러한 관점에서 당시 북한의 문학예술계 전반에 걸쳐 4월혁명을 형상화한 성과가 양산되었던 것으로 보인다. 특히 4월 11일 조선작가동맹 중앙위원회와 조선작가동맹출판사 종업원 집회에서 시인 전초민은 "일반적 호소에만 머무를 것이 아니라 보다 예리하고 생동하고, 생활적인 측면을 파고 들어가 원쑤의 가슴팍에는 치명적인 날창으로, 인민의 가슴에는 투쟁의 불길을 안겨주어야 한다"고 말했다. 또한 결의문을 채택하여 금년 말까지 서정시(가사 포함) 100편 이상, 단편소설, 오체르크, 정론 들을 50편 이상, 사회주의 건설 투쟁을 형상화한 단막 및 장막 희곡과 시나리오를 8편 이상 창작하여 남조선 인민들의 항쟁을 지원해야 한다고 강조하였다.[20] 이는 전체 조선 인민들에게 보낸 당 중앙위원회의 호소문에 고무된 결과로 보인다. 실제로 서정 서사시, 장시 들을 비롯하여 200여 편에 달하는 서정시와 가사, 40여 편의 단편소설, 8편의 단막극과 인형극, 송영의 장막 희곡 〈분노의 화산은 터졌다〉와 시나리오 〈항쟁의 서곡〉 등이 창작되었다고 보고하고 있다.[21]

신문 매체에서 가장 신속하게, 가장 지배적으로 이루어진 시 이외에 남조선 인민봉기를 형상화한 작품들은 다양한 갈래에 걸쳐 생산되었다. 극작가와 무대예술인들의 창작 활동과 구체적인 계획이 소개되는가 하면,[22] 5월 10일 자 1면에서는 '남조선 인민들의 영웅적 항쟁을 창

---

20 「영웅적 남조선 인민 항쟁을 지지 성원하여 창작으로 남반부 형제들을 지원하자! ─조선작가동맹 중앙위원회, 조선작가동맹출판사에서」, 『문학신문』, 1960.5.13, 1면.
21 「남반부 인민들의 투쟁을 지지 성원하는 작품 창작 활발」, 『문학신문』, 1960.7.12, 2면.
22 국립 예술영화 촬영소에서는 서울 시민들의 투쟁을 그린 예술영화 〈피의 보복〉(한형원·주동원 합작 시나리오)을 창작하여 촬영하였다. 국립연극극장에서는 김주열의 어머니를 주인공으로 내세워 남한 인민들의 영웅적 투쟁을 그린 장막극(송영 원작)과 청년 학생들의

작으로 지지 성원하자'는 제목 아래 국립예술영화 촬영소, 작곡가동맹, 국립민족예술극장, 국립연극극장, 국립예술극장의 집회를 소개하고 있다.[23] 국립예술영화 촬영소에서는 8 · 15해방 15주년까지 18편의 예술영화를 만들 계획이며,[24] 작곡가동맹에서는 가요와 합창, 오라토리아, 칸타타 들의 일체 음악 장르들이 남조선 인민들의 투쟁에 합류해야 한다[25]는 의견을 내놓기도 했다. 5월 13일 자 1면에서도 조선작가동맹 중앙위원회, 조선작가동맹출판사, 국립무용극장, 조선예술영화촬영소 배우극장의 창작 지원을 소개하고 있다.[26]

이처럼 4월혁명은 1950년대부터 지속적으로 이루어져 온 남조선 해방에 대한 주제를 더욱 증폭시키고 강화하는 계기가 되었음을 알 수 있다. 이는 문화예술인들의 당면 과제였으며 문학예술을 대중화하여 광

투쟁을 묘사한 단막극 〈불길은 거세차게 타오른다〉(한도수 작)를, 영화배우극장에서는 소년 학생들이 자신들의 고혈을 짜는 시장을 처단하는 내용의 단막극 〈항쟁의 불길〉(김갑석 작)을 무대에 올릴 예정이라고 한다. 국립아동예술극장에서도 북한을 마음의 등대로 삼아 투쟁하는 소년들의 이야기를 그린 장막극 〈마음의 등대〉(최복선 작)를 개막할 예정이다. 또한 자강도립예술극장에서도 마산 인민봉기를 그린 단막가극 〈려명〉(강진 작)을, 개성시립극장에서는 서울 시민들의 투쟁을 묘사한 단막가극 〈항쟁의 노래〉를 준비하고 있다. 이 외에도 함북도립예술극장에서 준비 중인 칸타타 〈불길이여 타 올라라〉(차광남 시, 정도언 곡)를 비롯하여 국립교향악단, 국립예술극장, 강원도립예술극장 등 무대예술 단체에서 다양한 장르의 공연작품을 계획하고 있다는 기사가 보인다. 「무대와 영사막에 형상될 영웅적 남조선 인민 항쟁」, 『문학신문』, 1960.5.6, 1면.

23 「더 좋은 영화를 더 많이!-국립예술영화 촬영소에서」, 「연극예술의 보다 높은 창작적 앙양으로!-국립연극극장에서」, 「억센 투쟁의 노래를!-작곡가 동맹에서」, 「창극과 민족음악의 발전으로-국립민족예술극장에서」, 「더 많은 가극을-국립예술극장에서」, 『문학신문』, 1960.5.10, 1면.

24 「더 좋은 영화를 더 많이!-국립예술영화 촬영소에서」, 『문학신문』, 1960.5.10, 1면.

25 「억센 투쟁의 노래를!-작곡가 동맹에서」, 『문학신문』, 1960.5.6, 1면.

26 「영웅적 남조선 인민 항쟁을 지지 성원하여 창작으로 남반부 형제들을 지원하자!-조선작가동맹 중앙위원회, 조선작가동맹출판사에서」, 「더 많은 무용극과 춤으로-국립무용극장에서」, 「더 좋고 더 많은 연극을!-조선예술영화 촬영소 배우극장에서」, 『문학신문』, 1960.5.13, 1면.

범한 대중을 문학예술 활동에 참가시키려는 군중문화사업의 일환이기
도 했다. 이를 통해 북한 문화예술계가 인민대중에 대한 정치사상 교양
을 제고시키고 사회주의 체제의 우월성을 고취시키고자 한 것으로 보
인다.

또한 4월혁명을 지지하는 대규모 집회를 통해 항쟁 의의를 공유하
고 조국통일에 대한 기대를 드러내는 행사도 『문학신문』에서 중점적
으로 보도하고 있다. 주로 4월에 집중되고 있는 군중대회를 비롯하여
각계각층의 지지 행사를 통해서 4월혁명에 대한 북한의 인식과 대응
양상을 엿볼 수 있다.

남한의 투쟁을 지지하는 평양 시민들의 군중대회가 열린 것은 12일
이었다. 김일, 박금철, 김창만을 비롯한 당과 정부의 지도자가 참석한
가운데 조선전선 중앙위원회 김천해 의장의 개회에 이어 과학원 원장
백남운이 마산인민봉기의 경위를 보고하는 자리였다. 뒤이어 노동자,
농민, 청년 대표, 시인 원진관이 연단에 올라 마산 시민들의 투쟁에 대
한 지지를 호소하였다. 구호는 "이승만 파쑈 통치를 철폐하라", "마산인
민봉기를 지지, 성원하자!"였다. 마산시민들에게 보내는 편지와 남조
선 인민들에게 보내는 호소문을 채택하고 모임이 끝났다.[27] 20일에는
20여 만 명의 평양 시민들이 모인 가운데 김일성 광장에서 지지대회가
열렸다. 김창만, 정일룡 들을 비롯한 당 지도부가 연단에 오르자, 조선
노동당 중앙위원회 상무위원인 리효순이 경과보고를 하고 노동자, 농
민, 청년 학생, 문학예술인 대표가 연단에 올라 지지를 호소하였다.[28]

27 김동전, 「노한 목소리」, 『문학신문』, 1960. 4. 15, 1면.
28 김룡익, 「항쟁의 불을 더욱 높이라!」, 『문학신문』, 1960. 4. 22, 1면.

이 대회에서 주목할 점은 부모 형제들에게 총부리를 겨누고 있는 국군 장병들에게 인민의 편으로 넘어 오라는 청년학생 대표 리경희의 요구다. 이러한 주제가 두루 발견되는 것이 북한의 4월혁명문학의 특징 가운데 하나다.

20일 밤에는 영화배우극장에서 남한의 항쟁을 지지하는 '시인의 밤' 행사가 열렸다. 박팔양의 개회사를 시작으로, 조벽암, 한진식, 김학연, 김상오, 정서촌, 박산운, 박세영, 리맥, 원진관, 전동우, 마우룡, 허우연, 류종대, 한명천, 강립석, 박팔양 들이 시낭송을 했다.[29] 당시 북한시단의 핵심인물들이 총동원되었다고 해도 과언이 아닐 정도로 남한의 4월혁명에 대한 지지와 성원은 당시 북한문학계가 당면한 과업으로 인식하였던 셈이다. 특히 남한에 고향을 둔 조벽암, 박산운,[30] 박팔양, 박세영 들은 신념에 따라 월북을 감행했기에 4월혁명에 대한 감회가 남달랐을 것이라 짐작한다. 역시 28일에는 신의주시 도립예술극장에서 인민항쟁을 지지하는 '시인의 밤'이 개최되었다.[31] 이러한 행사는 평양뿐만 아니라 조선작가동맹 각 지부에서 잇따라 개최되었던 것으로 보인다.

21일에는 조선노동당 중앙위원회 명의의 성명서가 발표되었다.[32] 이 성명서에서 북한 당국은 남조선 인민봉기의 의의를 밝히고 현 정세를 진단하면서 남북 조선의 정당, 사회단체 대표들이 한 자리에 모여 조선

---

29 김운룡, 「분노의 노래」, 『문학신문』, 1960.4.22, 3면.
30 이 행사에서 낭독된 시 일부를 소개하면 다음과 같다. "오오 남조선에서 싸우는 나의 옛 제자들이여. / 그대들의 얼굴 하나 하나를 지켜본다. / 그대들을 사랑한다. / 일어나자 인제는 끝장을 내자. / 온 삼천만이 그대들과 함께 간다. / 그대들과 함께 투쟁과 승리의 길을 간다." 위의 글.
31 작가동맹 평북도지부, 「남조선 인민들의 항쟁을 지지 성원하는 평북도 '시인의 밤' 진행」, 『문학신문』, 1960.5.3, 2면.
32 조선로동당 중앙위원회, 「남조선 인민들에게 고함」, 『문학신문』, 1960.4.22, 1면.

사람끼리 모든 문제를 해결하자고 제안하였다. 이를 통해 미군 철수와 전체 조선 인민의 자유로운 의사에 의한 총선거를 통하여 조국통일을 실현하자고 촉구하였다. 북한의 이러한 제안은 "자립적인 민족경제를 건설해 놓았다"는 자신감으로부터 비롯된 것이다. 북한의 경제적 토대를 바탕으로 남한의 경제를 복구할 수 있으며, 인민들의 비참한 생활을 개선할 수 있다고 보았다.

4월 27일에는 여러 정당, 사회단체 지도자들의 연석회의에서 성명을 발표하였다.[33] 21일의 성명과 같은 맥락에서 "남북 조선 제 정당, 사회단체의 연합회의 소집"을 제안하고 있다. 이승만의 하야 직후 이루어진 이 공동성명은 아주 구체적인 제안을 담고 있다는 점에서 22일 조선노동당 중앙위원회 명의로 발표된 성명서(「남조선 인민들에게 고함」)에서 한 걸음 나아간 것이다. 내용을 요약하면 다음과 같다.

미군의 즉시 철수와 미제의 조선 내정에 대한 간섭 불허, 이승만의 인민재판 회부, 이승만 통치기구의 즉시 해산, 이승만과 결탁한 악질 관료들의 제거, 노동자·농민·청년 학생·과학 문화인·병사·기업가·상인 대표로 임시 행정 기구의 설치, 학살 도구인 경찰의 즉시 해산과 인민 경찰의 조직, 정당등록법이나 신국가보안법을 포함한 악법의 철폐, 한미호상방위조약·한미우호통상 및 항해 조약을 비롯한 불평등 조약의 폐기, 정당 사회단체들의 합법화와 자유로운 활동 보장,

---

[33] 「성명」, 『문학신문』, 1960.4.29, 1면. 이 성명에 조선노동당, 북조선민주당, 천도교 청우당, 민주독립당, 근로인민당, 근민회, 조선직업총동맹, 조선민주청년동맹, 조선민주여성동맹, 조선농민동맹, 조선기자동맹, 조선작가동맹, 조선작곡가동맹, 조선미술가동맹, 조선공업기술총연맹, 조선농림기술총연맹, 조선건축가동맹, 조선작가동맹, 조선대외문화연락협회, 조선민주과학자협회, 조선불교도연맹, 산업건설협회, 남조선기독교연맹 들이 이름을 올리고 있다.

언론·출판·집회·결사·시위의 자유와 민주주의적 권리 보장, 계엄령의 취소, 감금된 시위자와 정치범의 무조건 석방, 시위자들을 사살한 주모자와 하수인의 처벌, 이승만과 이기붕을 비롯한 매국노들의 재산을 몰수하여 실업자·유랑민·빈궁한 사람을 위한 구제 자금 마련, 남북의 자유로운 왕래와 서신 교환, 남북연합 경제위원회 구성 들이다. 물론 미군 철수가 전제되어야 하지만, "자주적인 민족적 경제 토대"를 구축하고 있는 "북조선의 강력한 경제력에 의존"함으로써만 이를 해결할 수 있다고 보았다.

이처럼 북한이 4월혁명을 북한의 체제의 우월성을 선전하는 전략으로 이용한 것은 경제적 우위에 바탕을 둔 자신감에서 비롯되었다고 볼 수 있다. 4월 29일 자 2면 '모든 불행의 화근을 뿌리째 뽑아 없애라!'라는 제목 아래 마련된 「이밖에 다른 길은 없다」(신고송), 「새로운 터전을 가꾸기 위해」(황철), 「미제를 물러가게 하라」(강효순)와 「민주주의적 자류를 위해 오직 한길로!」(리근영)[34] 들의 정론은 이러한 공동성명의 제안을 그대로 수용하고 있는 것이다.

---

34 『문학신문』, 1960.5.3, 4면.

3. 4월혁명시의 성격과 특징

『문학신문』에 수록된 글의 성격은 매우 다양한 편이다. 문학관련 기사에서부터 정당·사회단체의 성명서, 호소문, 현지보도, 사설, 정론, 평론, 작가방문기, 작가의 창작경험, 시(창작시, 번역시), 가사, 소설, 수필, 수기, 오체르크, 단편소설, 촌극, 우화, 서평, 신간 소개 들을 수록하고 있다. 4월혁명시기에는 남한 정세와 관련된 내용, 문예작품, 정론, 북한 내부 정세와 관련된 내용을 대폭 수록하고 있다.

4월혁명을 형상화한 작품은 시가 지배적이고, 극과 소설은 3편 정도에 그친다.[35] 특이하게도 3·15선거와 관련된 최초의 문학작품은 오송이의 촌극 〈감투와 리승만〉이다. 1960년 3월 17일 선거가 끝난 후 대통령(리승만)과 국회부의장(리재학), 공보실장, 국방장관, 사법장관, 외무차관 들이 한자리에 모여 서로 "몽둥이선거, 살인선거, 협잡선거"의 공을 다투는 장면을 시작으로 무대가 회전하면서 부정선거 시위와 진압 과정이 제시된다. 3월 15일 선거 당일 마산에서 '테로'와 '자유당 완장패'가 부정선거를 획책하고 경찰이 마산소요사건을 진압하는 장면, 광주의 민주당 의원 리필호와 민주당원들이 주도한 "곡 민주주의 장송" 사건과 그것의 진압 장면, 국회 본회의장에서 이루어진 민주당 의원들의 선거무효선언문 낭독과 가두시위 장면이 속이야기를 이루고

---

35 촌극으로 〈감투와 리승만〉(『문학신문』, 1960.3.22, 4면), 〈사면초가〉(오정삼, 『문학신문』, 1960.4.12, 1면)가 있으며, 단편소설 「인민의 편으로」(김승권, 『문학신문』, 1960.5.13, 3면)가 있다.

있다. 마지막으로 무대가 회전하면서 처음으로 돌아와 외무차관이 이번 선거에 대한 외신의 부정적인 평가를 이승만에게 보고한다. 이러한 보도를 접하고 공포에 질리면서도 "죽어두 이 감투는 벗을 수 없다"는 이승만의 독백과 함께 막이 내린다.

이 극에서 주목되는 점은 인물들의 발화를 통해 선거의 불법성이 폭로되며, 야당과 시민들의 시위가 남한의 언론 보도를 바탕으로 구성되어 있다는 점이다. 특히 남한 통신사(동양통신, 합동통신)의 기사나 외신 보도를 적극 인용하면서 극의 내용을 구성하고 있는데, 이를 통해 당시 북한이 3·15부정선거를 전후한 시기의 남한 정세를 주시하고 있었음을 알 수 있다.[36]

〈사면초가〉는 이승만과 내무장관, 국방장관의 대화로 이루어진 단막극이다. 경무대로 향하는 시위 군중들의 대열과 경찰의 대응, 시가전을 위한 군대의 투입 요구, 진해 해병대의 탈영과 폭동이 이들의 대화를 통해 드러나면서 이승만이 처한 "사면초가"의 상황을 잘 보여준다. 문제는 이 극에서 이승만이 난국을 돌파하기 위해 상정하고 있는 방법이다. "미국 어른이 나를 헌신짝이라고 내던지지만 않으면 된다. 내게는 이 난국을 면할 처방이 있어! 미국 어른이 지시해 준 그 묘법 말야. 북진! 북진! 북진!"이라는 발언이 바로 그것이다. 유혈진압으로도 해결되지 않는 급박한 상황에서 이승만이 체제를 유지하기 위해 북진을 "묘법"으로 생각하고 있다는 것은 당시 이승만이 추진한 북진정책

---

36 이는 『민주조선』의 보도를 통해서도 알 수 있다. 「테로, 폭압, 사기, 협잡으로 날조되는 어떠한 '선거'로써도 괴뢰 통치의 위기는 면할 수 없다」, 「남조선 출판물들에 반영된 협잡 '선거'의 내막」, 「더는 이대로 살 수 없다」 들의 3월 15일 자 3면 기사 전체가 남한의 부정선거나 시위와 관련된 내용이다.

에 대한 비판적 시각을 담고 있는 것이다.

시의 경우에는 4월 1일에 첫 시가 발표된 이래, 4월과 5월에 걸쳐 지속적으로 생산되었다. 1960년 3월부터 12월까지 『문학신문』에 발표된 4월혁명시의 목록을 제시하면 다음과 같다.

〈표 2〉 『문학신문』(1960.3~12) 소재 4월혁명시 목록

지은이	제목	발표일자	비고
안성수	너희 함성은 하늘 땅에	4.1, 2면	
강순	불길	4.12, 1면	재일본조선문학인
김상오	마산이여, 우리는 너와 함께!	4.15, 1면	
한진식	투쟁의 불길 더욱 높이라 ―마산 인민들에게	4.15, 1면	
박팔양	불길	4.19, 3면	
백인준	폭풍	4.19, 3면	
류기찬	불길이여! 타오르라	4.19, 3면	
한윤호	온 세계야 듣느냐, 내 오빠의 원쑤를 갚아다오	4.19, 3면	
정문향	나는 이 밤을 샌다	4.22, 4면	
정서촌	원쑤들이 바리케트를 쌓고 있다―서울 시민들에게	4.22, 4면	
허우연	어머니에게로 돌아오라 ―〈국군〉 병사에게	4.22, 4면	
전동우	오, 서울이여!	4.26, 1면	
리효운	혁명의 서곡(1)	4.26, 2~3면	장시
백인준	속지 말라! 남조선의 형제들이여!	4.29, 2면	
석광희	소년 영웅	4.29, 2면	
김철	아들아, 내가 너에게 젖을 먹였다! ―〈국군〉 병사에게	4.29, 2면	
리효운	혁명의 서곡(2)	4.29, 3~4면	장시
한명천	항쟁의 기치 높이 들고 나가라!	5.6, 1면	
현수박	장하다, 남조선 형제들이여!	5.6, 4면	중국시인 김정식 옮김
김영철	원쑤의 흉책을 짓부시자	5.10, 3면	
소살	노호하라, 남조선 인민들이여	5.10, 4면	중국시인 박홍병 옮김
창아벌	화산은 어디서나 터지리라	5.13, 4면	중국시인 강학래 옮김
김상오	불길과 폭풍에 대한 노래(1)	5.17, 2~3면	장시

지은이	제목	발표일자	비고
양운한	듣거라! 괴뢰들아	5.17, 4면	
김상오	불'길과 폭풍에 대한 노래(2)	5.20, 3면	장시
윤형덕	어중이떠중이들	5.27, 4면	북청 철제 생산 협동 조합 노동자
김경태	비여 있는 자리를 두고 −6.1절에 부른 노래	5.31, 1면	동시
강명회	오빠와 언니들을 따르렵니다	5.31, 1면	서울수송국민학교
허우연	엄마를 주라!	6.3, 4면	
남시우	남녘땅 시인이여!	6.14, 3면	재일본조선문학인
최진용	양키!	6.14, 4면	
김병두	네 놈의 모가지를 매여 달리라	6.21, 3면	
웨로니까 뽀를바구	나는 듣는다	6.21, 4면	루마니아 시인 최창섭 옮김
도빙을	려명을 앞둔 폭풍우 −영웅적인 남조선 인민에게 드림	6.21, 4면	중국시인 김상오 옮김
김철	가라!	6.24, 3면	벽시
전준계	남조선 고아들에 대한 생각	7.12, 4면	함북일보사 기자
윤형덕	허정에게	7.19, 4면	
박룡진	4월의 분노	10.4, 4면	대구대학 학생
고량순	아우의 령전에	10.4, 4면	고완기 군의 누이
리봉운	어머니	10.4, 4면	중앙대학교 학생
전재일	언제 다시 새 하늘이	10.4, 4면	금성고교 학생
오영재	피 흘린 사람들은 용서치 않으리라	10.14, 1면	
정문향	4월 항쟁자들의 분노	10.21, 1면	
전동우	끝나지 않았다, 4월 19일	11.18, 1면	
리계심	형제여 받으라, 우리의 마음을!	11.25, 3면	
김영철	자유의 바다로	12.6, 4면	
홍□민	어서 만나자 친구들아 −남쪽 땅의 지식인들에게	12.9, 4면	
정문향	가슴을 맞대이며 하는 말	12.13, 4면	
허남기	한 번 흐른 강물은 다시 막지 못한다	12.16, 4면	재일본조선문학인
박종렬	조국의 지도 밑에서	12.20, 4면	
박산운	통일 렬차 달린다	12.23, 4면	
김상훈	아버지의 부탁	12.23, 4면	

1960년 3월부터 12월까지 『조선문학』 소재 4월혁명시가 13편[37]에

---

37 여기에 대해서는 이순욱, 「남북한문학에 나타난 마산의거의 실증적 연구」, 『영주어문』 제

불과한 반면,『문학신문』에 발표된 4월혁명시는 무려 50여 편에 이른다. 물론 여기에는 4월혁명을 지지하는 사회주의 국가 시인의 번역시 5편과 남한에서 발표된 시 5편(강명희, 박용진, 고양순, 이봉운, 전재일)이 포함되어 있으나, 당시 북한문학계의 4월혁명에 대한 관심을 확인하기에 충분하다. 창작 시편의 절반 이상은 4월과 5월에 발표되었는데, 이러한 사정은 우리 문학의 경우와 크게 다르지 않다.

4월혁명에 대한 북한문학계의 반응과 관심은 우리와 견주어 보아도 결코 뒤지지 않을 만큼 지속적이었다. 특히 4월 12일 이후 신문의 한 면 전체를 4월혁명과 관련된 정론이나 시에 할애할 만큼 가히 폭발적이었다. 「불'길이여 더욱 세차게 타오르라!」(4.19, 3면), 「동이 튼다, 끝까지 싸워 승리하라!」(4.22, 4면), 「모든 불행의 화근을 뿌리채 뽑아 없애라!」(4.29, 2면), 「남조선 인민들이여! 투쟁의 불'길을 더욱 높이라!」(10.4, 4면)라는 제목 아래 발표된 경우가 바로 그것이다.

『문학신문』에서 4월혁명을 노래한 첫 시는 부산의 학생 시위를 다룬 아래의 작품이다. 이는 2차 마산의거가 발생하기 전까지 부정선거를 규탄하는 산발적인 시위가 지역 곳곳에서 전개되고 있었던 남한의 정세와 관련이 있다.

> 그곳은 경관들이 쏘다니는 / 대청동의 거리 어구 / 아니면 범천동의 소박한 집 우 / 겨드랑이에 총을 감춘 사복형사가 / 독사같이 도사린 총칼 우에서 / 너희들은 폭탄처럼 삐라를 뿌렸다. // 분명 공화국기 자랑스레 날려야

12, 영주어문학회, 2006.8, 284쪽을 참고할 것.

〈그림 1〉『문학신문』, 1960.4.15, 1면

할 / 푸르고 아름다운 남해의 하늘 밑에 / 허수아비 '대통령'의 더러운 손이 / 너희를 철창에 잡아 가두려는 / 원통한 우리의 땅 우에서 // "붉은 피가 흐르거든 일어나라!" / 천만 번 지당한 목소리를 높여 / 불을 뿜는 말의 구절 구절이 / 형제들의 뜨거운 가슴으로 날아 든 그곳 // 너희들이 꽃답게 젊은 까닭에 / 옳고 옳은 그 말이 메아리칠 때 / 살륙의 총검은 너희 가슴에 다 가들고 / 높이 쳐든 팔목엔 쇠고랑이 씌워졌다. // 총부리에서 너희들 막아 설 수 있다면 / 무너질 수 없는 □□의 시위 대열에 / 총 겨누는 손목을 비틀 수 있다면 / 낯익은 항구의 □□ □ / 사랑하는 너희들 싸우는 곳에서 − // 나의 셋째 아니면 넷째 아우뻘 / 짓밟히는 그 땅의 젖가슴 밑에 / 자장가 대신 죽음의 총소리를 들으며 / 반항의 더운 젖을 마신 아우들아 // 그 땅에서 죽어버린 자유의 시체 우에 / 사랑하는 조국의 기'발을 덮어라 // 테로에 채여 길바닥에 쓰러진 / 자유 없는 청춘의 시체를 메고 / 이제사 무엇이 두려우랴 / 정의의 대열을 시위하라 // 발길에 채울 수만 없는 너희 길 우에 / 폭풍과 같은 싸움의 구호가 / 우레 같이 울리는 하늘 밑에서 / 그대들의 이마는 □□ 없이 □□□고 / □목에 □ 총이 땅'바닥에 □어진다. // 아우들아 정의로운 나의 아우들아 / 너희들의 함성이 하늘 땅을 흔든다. / "붉은 피가 흐르거든 일어나라!"

　　　—안성수, 「너희 함성은 하늘 땅에 −눈 있거든 보아라 귀 있거든 들어라
　　　　　동포들이 쓰러지는 이 땅에서 붉은 피가 흐르거든 일어나라
　　　　　(부산 학생들의 삐라에서)」 전문[38] (□는 판독불가)

---

38 『문학신문』, 1960.4.1, 2면.

인용시는 이승만 정권의 폭압을 드러내고 청년 학생들의 영웅적인 투쟁을 강조함으로써 항쟁을 독려하고 있다. 이것은 북한의 4월혁명 시가 지닌 주류적인 경향이다. 그리고 수사의 과잉과 함께 반복, 대조, 나열, 과장 들의 구술문학적 특징을 지니는 북한시의 일반적인 경향[39] 을 고스란히 보여준다. 이는 4월혁명시가 청자 지향적이어서 생략이나 압축보다는 수사의 과잉과 반복을 통해 대중을 효과적으로 선동하는 데 주력했기 때문이다.

『문학신문』소재 4월혁명시의 주제는 크게 미국과 이승만 정권에 대한 노골적인 비판, 남한 인민들의 투쟁과 전개과정(마산과 김주열의 영웅적 투쟁 강조, 국군 장병들에 대한 시위 참가 요청), 사회주의 체제의 우월성과 조국통일에 대한 열망 표출 들로 나누어 살펴 볼 수 있다. 제국주의와 이승만 체제에 대한 비판은 이 시기만의 특징적인 현상이 아닌 까닭에[40] 이 자리에서는 마산과 김주열의 상징성을 노래한 시, 국군장병들의 시위 참가 요청을 독려한 시, 그리고 사회주의 체제의 우월성을 드러냄으로써 조국통일에 대한 기대를 표출한 시를 중심으로 살펴보고자 한다.

우선, 북한문학계는 김주열의 시체가 마산 부두에 떠오른 이후에 항쟁의 상징적인 장소로 마산을, 영웅적인 인물의 전형으로 김주열을 내세우는 데 주력했다.

---

39 오성호, 「북한 시의 수사학과 그 미학적 기초」, 『현대문학의 연구』 24, 한국문학연구학회, 2004, 286쪽.
40 특징적인 것은 허정 과도정부와 장면 내각을 이승만 정권과 동일시하고 있다는 점이다. 이는 앞서 제시한 「그놈이 그놈」, 「허정 일당을 매장하라」, 「주인 행세하는 승냥이」, 「더욱 세차게」, 「원쑤들이 추악한 정체를 폭로하라」, 「'정권'욕에 미쳐 날뛰는 '민주당' 상층배들」 들의 정론에서 구체적으로 드러난다.

① 소년은 기슭으로 돌아왔다. / 소년은 돌아왔다. 어머니에게로, 동무들께로. / 그의 피로 물든 바다가 그를 밀어왔다. / 소년은 살아났다. 홰불처럼… // 오, 마산이여! 마산이여! 불길의 거리여! / 나의 아들 같은 소년의 시체를 / 안고 가는 너의 발걸음 속에 / 나를 걷게 해다오. / 너의 팔을, 너의 팔을 끼게 해다오. / 원쑤들의 머리 우에 / 너의 수류탄처럼 나의 노래도 터지게 해다오.

— 김상오, 「마산이여, 우리는 너와 함께!」 가운데서[41]

② 정말로 이제는 끝장을 내자 / 사자처럼 그대들 일어났을 때 / 끝까지 철저하게 / 투쟁의 불길을 높이 올리라. // 대구와 서울, 남조선 방방곡곡에 / 그대들을 뒤따라 일어선 노한 형제들 / 붉은 심장 총칼 앞에 서슴없이 내밀며 / 죽음 아닌 자유를 웨치는 소리 // 조국의 통일과 사회주의를 위하여 / 고귀한 땀과 지혜, 자랑스리 바치는 천리마 대렬 / 그리고 저 평화를 사랑하는 세계 인민들 / 모두가 모두가 그대들의 웨침에 소리를 합치거니 // "리승만은 물러가라" "리기붕은 죽어라" / "살인 경찰을 타도하라" // 내 여 디딘 거센 걸음 늦추지 말라 / 불길은 탈대로 끝까지 다 태우라 / 김주렬 —사랑하던 그대들의 동무처럼 / 그렇게 붉은 심장 투쟁에 바치라.

— 한진식, 「투쟁의 불길 더욱 높이라」 가운데서[42]

인용시에서 "붉은 심장"을 투쟁에 바친 "소년"과 혁명의 성지로서 "마산"은 단순히 소재적인 차원으로만 기능하지 않는다. 김주열의 영웅적

---

41 『문학신문』, 1960.4.15, 1면.
42 『문학신문』, 1960.4.15, 1면.

인 행위에 대한 찬탄이 아무리 격정적인 수사로 표현되고 있다 하더라도, 그것은 4월혁명의 "횃불"을 "마산"에서부터 "대구와 서울, 남조선 방방곡곡"으로 확산시키는 기폭제로 작용한다. 어쩌면 단순해 보이는 이러한 선전선동시는 남한 인민들의 투쟁에 대한 동의와 지지를 이끌어내는 데 효과적이었을 뿐만 아니라 사회주의 체제의 우월성을 확인하는 장치이기도 하다.

다음으로, 4월혁명시의 특징적 현상으로서 국군들의 봉기 참여를 촉구하는 시를 들 수 있다.

①오, 아니다, 아니다 / 결코 늦지 않았다. / 돌아서라. 한생을 다 갚아도 모자랄 / 어머니 그 은혜를 어떻게 총으로 바꾸랴! / 어떻게 자식 신세까지 보라던 갸륵한 꿈을 / 하루아침의 이슬마냥 사라지게 하랴! // 사람이 세상에서 량심껏 사는 법을, / 바른길로 곧추 가는 걸음걸이를 / 어머니는 헛되이 일러 주지 않았고 / 우리 또한 헛되이 권하는 게 아니여니 / 돌아서라. 그대 어머니의 눈앞에서. / 마산, 서울, 부산의 피어린 문턱과 담벽에서 / 그대 지금 딛고 선 바로 그 자리에서 / '국군' 병사여, 그 총을 놓고 / 다른 것을 잡으라!

　　　　—허우연, 「어머니에게로 돌아오라—'국군' 병사에게」 가운데서[43]

②아들아, 네가 나를 겨누겠느냐 / 아들아! 네가 나를 찌르겠느냐? / 네가 네 아버지와 어린 아우를 / 무한궤도 밑에 깔아 죽이겠느냐? / 네가 네

---

43 『문학신문』, 1960.4.22, 4면.

누이와 귀한 처자를 / 피 비린 총탄으로 쓰러눕히겠느냐? // (…중략…) 아
니다. 나는 식인종을 낳은 일이 없다! / 나는 개에게 젖을 먹인 일이 없다! /
아니다. 나는 안다. 나의 아들아! / 네가 절대로 그럴 수는 없음을. / 나는
안다. 아들아! 나의 아들아! / 네가 그 총을 던질 것을. // 같이 가자. 아들아
사람들이 보고 있다! / 같이 가자. 아들아 항쟁의 때가 왔다! / 네가 우리들
에게 남이 아니었음을 / 부끄럽지 않게 뵈여 줄 때가, / 조선 사람들 속에
조선 사람으로서 / 너도 살아 있었음을 뵈여 줄 때가. // 내가 너를 낳았음
을 말할 수 있을 때가, / 네 아들이 너를 불러 아버지라 할 때가, / 우리 모두
어깨 걸고 한 대렬에서 / 떳떳이 마주 보며 웃을 수 있는 때가, / 아들아, 때
가 왔다! 항쟁의 때가 왔다! / 아들아, 함께 가자! 승리의 새벽이다!

— 김철, 「아들아, 내가 너에게 젖을 먹였다!—'국군' 병사에게」

가운데서[44]

4월혁명시기 미국과 이승만 정권이 군인의 봉기 참여를 두려워하여
군대에 실상을 제대로 알리지 않았다고 보는 견해도 있다.[45] 그런 까
닭에 북한에서는 이승만을 대통령직에서 물러나게 하기 위해서는 결
정적으로 군인의 역할이 중요하다고 본 것이다. 그런데 인용시에서는
시위를 진압하기 위해 투입된 군인들을 설득하는 데 초점을 맞추고 있
다. 군인의 봉기 참여 여부는 차치하고서라도, 군인의 역할은 러시아
와 북한이 공통적으로 중요하게 인식했던 문제로 보인다.

---

44 『문학신문』, 1960.4.29, 2면.
45 「조선민주주의인민공화국 주재 소련대사 A.M. 푸자노프 비망록」, 1960.4.26(한모니까, 앞
    의 글, 13쪽에서 재인용).

인용시의 주된 내용은 어머니와 아들의 관계 설정을 통해 어머니의 기대에 부응하기 위해서라도 아들이 스스로 항쟁의 대열에 참여하라는 것이다. 조국통일이나 이승만 정권의 붕괴라는 다소 추상적인 논리보다는 모자 관계라는 소박한 윤리에 기대 군인의 항쟁 참가를 요구하고 있다. ②에서는 어머니를 화자로 내세워 격정적인 어조로 "리승만의 개"가 되어 부모 형제자매를 향해 총부리를 겨누어서는 안 된다는 점을 강조하고 있다. "인민의 이익을 옹호하는 인민의 군대", "미국 양키들의 지휘를 받는 괴뢰군이 아니라 민족의 군대"가 되어야 하며, 인민항쟁의 대열에 합류하라고 요구한 연석회의의 성명[46]을 고스란히 따르고 있다. 이효운의 장시 「혁명의 서곡」의 '남녘땅 한 거리 말한다'에서도 국군 병사들에게 "민족 반역의 길을 벗어"나 "민중의 쪽으로 넘어 오라"고, 총부리를 "반역의 원흉 리승만에게 돌려대라"[47]고 말한다. 이는 단편소설 「인민의 편으로」에서도 공통적으로 발견할 수 있는 현상이다.

마지막으로, 북한의 4월혁명시는 전후복구건설의 결과로 우월한 경제적 토대를 마련함으로써 "남녘땅을 구원할 모든 것"을 갖추고 있다는 사회주의 체제의 우월성을 강조하고 있다. 이것은 남한과 북한 체제를 비교함으로써 남한 사회의 반인민적이고 폭압적인 실상을 예리하게 폭로해야 한다는 천리마 시대의 문학 주제를 적극적으로 구현한 것이다. 경제적 자신감에 기반하여 조국통일을 완수하기 위해서라도 사회주의 체제의 우월성을 거듭 강조할 필요가 있었던 셈이다.

---

46 「성명」, 『문학신문』, 1960.4.29, 1면.
47 『문학신문』, 1960.4.26, 3면.

①그대들이 불태우는 검은 하늘에 / 먼동은 북에서 튼다. / 아니다! 동에서가 아니다. / 그대들의 려명은 북에서 튼다. / 려명이 다가오는 그대들의 하늘로 / 우리 당의 호소문이 날아간다. / 우리의 성명서가 날아간다. / 날아가서 그대들의 가슴을 두드린다. / 가슴을 펴라, 형제들이여, 그것을 잡으라. / 그 민족의 운명에 관한 목소리를. / 그대들은 생각하고 판단하고 행동하리라. / 우리는 믿는다. 믿어 의심치 않는다. // 용감하게 싸우는 남녘형제들이여. / 잠시 바라보라. 여기 북쪽 하늘을. / 동터오는 그대들의 하늘을. / 바라보라 불타는 노을 속에 장엄하게 휘날리는 / 그대들의 기발, 우리 공화국의 기발을. / 기발 우에 빛나는 커다란 별을. / 그대들이 그처럼 갈망하는 그 모든 것이, / 그대들이 그것 위해 피 흘리는 그 모든 것이, / 목숨과도 바꾸려고 그대들이 결심한 그 모든 것이 - / 자유와 민주와 삶과 행복-그 모든 것이 / 그 우에 찬연히 새기여 있다.

　　　　　　　　　　　— 김상오, 「불길과 폭풍에 대한 노래 (2)」 가운데서[48]

②벌써 열 해가 지나갔다. / 내가 손에 총을 잡고 / 집을 나서던 그날 아침엔 / 너는 할머니의 품에 안겨서 / '아빠 안녕히'를 해 보였지. // (…중략…) 들리는구나! 너의 / 아버지를 부르며 찾는 소리 / 나도 달려가고 있다. / 네가 굶주려 헤매고 있는 / 남녘땅을 구원할 모든 것을 갖추어 / 시각을 다투며 달려가고 있다. // 너에게 더운 밥을 주고 / 너의 발에 신을 신겨주고 / 유리창 밝은 집과 학교를 주기 위해 / 증산에 증산을 높이며 가고 있다. // 내가 너를 향해 달려가고 / 네가 나를 향해 달려오는 / 혈맥으로 이어

48 『문학신문』, 1960.5.20, 3면.

진 이 곧은 길은 / 철조망이 백 겹이요 / 가시밭이 천 리라 해도 / 기어코 합

치고야 만다 / 기어코 합치고야 만다.

— 김상훈, 「아버지의 부탁」 가운데서[49]

①은 장시 「불길과 폭풍에 대한 노래」 가운데 '북쪽은 봄'의 일부분이다. 이 시에서 보듯이, 북한은 남한의 민중들이 "그처럼 갈망하는 그 모든 것", "목숨과도 바꾸려고 결심한 그 모든 것", "자유와 민주와 삶과 행복—그 모든 것"이 구축된 사회다. ②에서도 마찬가지로 "굶주려 헤매고 있는" 남한과는 달리 "증산에 증산을 높이며" 사회주의 체제를 완성해 가고 있는 곳이 북한이다. 따라서 "철조망이 백 겹"이고 "가시밭이 천 리"라 해도 조국통일은 포기할 수 없는 당위가 된다. 남한과 북한의 관계는 ②에서 드러나는 것처럼, 아버지와 아들의 혈연적 관계로 대치됨으로써 자연적이고 윤리적으로 결합할 수밖에 없기 때문이다. 이것은 국군 병사의 항쟁 참여를 독려한 시에서 드러나듯이, 아들이 어머니에 대한 도리를 지켜야 한다는 사실과 아버지가 아들을 보살필 수밖에 없다는 논리는 결국 같은 맥락에서 이해할 수 있는 것이다. 남북의 선명한 대립구도를 설정하여 북한체제의 우월성을 강조하는 것은 남한의 항쟁을 지지한 사회주의 국가 시인들의 시편들에서도 공통적으로 확인할 수 있다.[50]

---

49 『문학신문』, 1960.12.23, 4면.
50 대표적으로 다음 시를 들 수 있다. "형제들아! / 암흑을 뚫고 려명을 향하여 나아가라 / 국토가 갈라진 비극을 끝장내야 하나니. // 삼천만 인민은 본시 한집안 / 어찌하여 억지로 갈라놓아야 하느냐 / 당신들 너무나도 똑똑히 보지 않았느냐 / 군사 분계선 하나를 사이에 두고 / 북반부에서는 무한한 행복과 광명 / 남반부에는 야만과 암흑. // 더는 당신들 형제를 갈라놓을 수 없다. / 삼천만 강산은 평화적으로 통일되어야 하나니 / 모든 악의 뿌리—미제는 물

4. 마무리

　『문학신문』은 조선작가동맹의 공식적인 입장을 담고 있으며, 당과 정부의 논리를 적극적으로 반영하고 있는 주간지 신문 매체다. 당시 북한문학계의 4월혁명에 대한 인식을 가장 입체적으로 보여주는 자료이기도 하다. 이 글에서는 조선작가동맹 중앙위원회 기관지 『문학신문』 1960년 3월부터 12월까지를 대상으로 4월혁명시기 북한문학계의 인식과 동향을 살피고, 4월혁명시의 성격을 고찰하였다.

　『문학신문』 1960년 발행분의 지면 구성은 통상적인 편집 체재가 지켜지지 않았을 정도로 4월혁명과 관련된 정론과 사설, 문예 작품을 1면에서 4면에 걸쳐 두루 수록하고 있었다. 특히 정론과 사설은 4월혁명에 대한 당의 정치적 입장뿐만 아니라 조선작가동맹의 시각을 일정하게 반영하는 동시에 '북한의 시각'을 대변하고 있었다.

　특히 조선작가동맹의 핵심인물들이 모두 참여하고 있는 정론은 4월혁명에 대한 북한의 인식을 고스란히 담고 있었다. 북한은 4월혁명을 '남조선 인민봉기'로 인식하고 있었으며, 4월혁명이 미국 지배와 이승만 정권의 폭압 정치에서 비롯되었다고 보았다. 그런 까닭에 남한 작가들에게는 미제와 이승만의 폭압정책에 대한 고발을 요청하였다. 북

러가야 한다. / 그때에만 진정한 자유, 민주주의, □□이 있다. // 남조선의 형제 자매들이여 / 싸움을 멈추지 말라, 끝까지 싸우라! / 중국 인민은 끝까지 지지한다 / 당신들의 애국 투쟁을." 소살, 「노호하라, 남조선 인민들이여」, 『문학신문』, 1960.5.10, 4면; "어두운 남쪽 황량한 벌판엔 / 미국 병정들이 밤을 보는데 / 북쪽엔 - / 황금나락 물결치고 희망의 웃음이 꽃피었구나." 웨로니까 뽀를바꾸, 「나는 듣는다」, 『문학신문』, 1960.6.21, 4면.

한문학계에서는 남한문학을 미영 부르주아 문학의 직접적인 영향 아래에 놓여 있는 반동문학이라 간주하였다. 이러한 반동적인 부르주아 문학을 청산하고 항쟁에 궐기한 인민의 혁명적 이상을 작품에 담으라는 요구는 천리마시대의 북한문학이 강조하는 공산주의적 창작기풍이자 핵심주제들이었다.

4월혁명시기 북한문학인들은 당과 조선작가동맹의 요구에 따라 4월혁명을 형상화한 작품을 두루 창작하였다. 대체로 당 중앙위원회에서 남한에 제안한 호소문이나 공동성명의 내용을 그대로 수용하고 있었다. 그 결과 기동성 있는 신문 매체뿐만 아니라 문화예술계의 다양한 영역에서 4월혁명을 형상화한 작품들이 다양한 갈래에 걸쳐 생산 유통되었다. 이는 문화예술인들이 당면한 과제이지만 문학예술을 대중화하여 광범한 대중을 문학예술 활동에 참가시키려는 의도 아래 진행된 군중문화사업의 하나였다. 이를 통해 북한 문화예술계가 인민대중에 대한 정치사상 교양을 제고하고 사회주의 체제의 우월성을 고취하고자 했던 것으로 보인다.

4월혁명은 1950년대부터 지속적으로 이루어져 온 남조선 해방에 대한 주제를 더욱 증폭시키고 강화하는 계기가 되었다. 『문학신문』에서 4월혁명을 형상화한 작품은 시가 지배적이었으며, 극과 소설의 경우에는 3편 정도에 머물고 있었다. 이것은 4월혁명시기 남한 정세에 대한 북한문학계의 반응이 호흡이 긴 소설이나 희곡보다는 기동성 있는 시갈래가 적합했기 때문이었다. 크게 미국과 이승만 정권에 대한 노골적인 비판, 국군 장병의 시위 참가 독려, 마산과 김주열의 영웅적 투쟁 강조, 조국통일에 대한 이상, 사회주의 체제의 우월성 들이 당시 북한의 4월혁명시가 갖는 일반적인 특징이었다.

　해마다 4월혁명 그날이 오면 다양한 단체나 기관, 학회에서 이를 기념하는 행사가 열린다. 그런데도 그것이 1년 주기로 돌아오는 의례이거나 10년 단위로 기념해야 할 기억이나 사건으로만 접근하지 않았는가를 성찰할 필요가 있을 것이다. 문학 연구에서도 지형 변화가 요구된다. 앞으로 근대문학사에서 혁명문학의 전통과 특징, 남북한문학사에서 4월혁명문학의 위상과 의의, 남북한 4월혁명문학의 변별성, 4월혁명문학의 세계사적 동향 들을 섬세하게 고찰하는 후속 연구가 이어질 것이라 기대한다.

제3장 4월혁명과 북한 어린이문학

『남녘땅에 기'발 날린다』를 중심으로

1. 들머리

북한문학사에서는 4월혁명을 '4월인민봉기' 혹은 '4·19인민봉기', '4·19봉기'로 규정하면서 미국과 이승만 정권에 대한 투쟁, 조국통일에 대한 남한 민중들의 열망을 표출한 역사적 사건으로 평가한다. 이러한 관점은 통치체제와 기반이 김일성에서 김정일로 바뀐 이후 현재까지 지속적으로 유지되고 있다.[1] 그만큼 북한에서는 4월혁명문학을 체제의 우월성을 강조하는 선전 수단으로 널리 이용하고 있는 셈이다.

---

[1] "4월인민봉기는 지난 15년 동안 미제와 리승만 괴뢰도당의 학정 밑에서 쌓이고 쌓인 남조선 인민들의 원한과 분노의 폭발이었으며 새 정치, 새 생활을 요구하는 남조선 인민들의 정당한 투쟁이었습니다." 『조선문학사』12, 평양 : 사회과학출판사, 1996, 224쪽.

그런 점에서 남북한 4월혁명문학은 창작 환경과 매체 기반, 문학적 접근 방식과 성격, 창작 주체가 다르다고 볼 수 있다.[2]

그러나 북한문학에 대한 연구 성과가 지속적으로 축척되고 있는 최근 연구 동향을 살펴보아도 4월혁명문학에 대한 이해는 의외로 얕은 편이다.[3] 이러한 경향은 북한의 문학사료를 폭넓게 접하기 어려운 현실 때문이다. 북한의 4월혁명문학은『조선문학사』나『현대조선시문학연구』들의 문학사론에서 단편적으로 기술된 내용이나『문학신문』,『조선문학』들의 신문 잡지 매체에 수록된 작품을 통해 그 현황을 짐작할 수 있는 수준에 머물러 있다. 북한의 4월혁명문학 연구는 시작 단계에 놓여 있다고 해도 과언이 아니다.

4월혁명에 대한 북한의 첫 반응은 군중대회와 정당·사회단체의 회의에서 발표한 성명서를 통해 구체적으로 확인할 수 있다. 1960년 4월 12일 마산의거를 지지하는 성명을 내었으며,[4] 4월 22일에는 조선노동당중앙위원회의 이름으로,[5] 그리고 이승만의 하야 직후인 4월 27일에는 각 정당과 사회단체 지도자들이 연석회의를 개최하고「성명(聲明)」

---

2 남한의 4월혁명문학에 대해서는 이순욱,「4월혁명시의 매체적 기반과 성격 연구」,『한국문학논총』45, 한국문학회, 2007.4, 365~407쪽을 참고할 것.

3 이순욱과 한정호, 김종회가 4월혁명의 전사로서 마산의거를 다룬 북한시를 처음으로 다루었다. 이순욱,「남북한문학에 나타난 마산의거의 실증적 연구」,『영주어문』12, 영주어문학회, 2006.8, 267~297쪽; 한정호,「북한 아동문학에 나타난 경자년 마산의거」,『현대문학이론연구』31, 현대문학이론학회, 2007.8, 315~345쪽; 김종회,「북한문학에 나타난 경자년 마산의거와 4월혁명」, 같은 책, 33~47쪽. 그리고 소설 쪽에서는 남상권의 연구가 유일하다. 남상권,「북한판 4·19소재 소설의 대남인식」,『한민족어문학』49, 한민족어문학회, 2006.12, 315~348쪽.

4 「고남조선인민서(告南朝鮮人民書)」(조국통일민주주의전선중앙위원회);「급마산시민적신(給馬山市民的信)」(평양시지지화성원마산시민반대이승만법서사통치이기의적군중대회(平壤市支持和聲援馬山市民反對李承晩法西斯統治而起義的群衆大會), 1960.4.12);『남조선인민분노적화염(南朝鮮人民憤怒的火焰)』, 평양 : 외국문출판사, 1960.40, 44~52쪽.

5 「고남조선인민서(告南朝鮮人民書)」, 위의 책, 5~18쪽.

을 채택하기에 이른다.[6] 조선작가동맹도 이 회의에 이름을 올리고 있다. 4월혁명에 대한 북한문학계의 관심과 대응은『조선문학』[7]과『문학신문』[8] 들의 신문 잡지 매체를 통해 즉각적으로 드러났으며, 이후 단행본으로 발간되면서 4월혁명문학의 성과를 갈무리하게 된다. 우리의 경우와 크게 다르지 않다.

북한문학에서 4월혁명문학의 생산과 재생산은 1960년대에 가장 폭넓게 이루어졌던 것으로 보인다. 북한에서도 항쟁사[9]뿐만 아니라 시, 소설, 희곡, 어린이문학, 정론, 오체르크, 수필 들의 다양한 갈래에 걸쳐

6 이 회의에 참가하여 성명서에 이름을 올린 정당과 단체는 "조선노동당, 북조선민주당, 천도교청우당, 민주독립당, 근로인민당, 건민회, 조선직업총동맹, 조선민주청년동맹, 조선민주여성동맹, 조선농민동맹, 조선기자동맹, 조선작가동맹, 조선작곡가동맹, 조선미술가동맹, 조선공업기술총연맹, 조선농림기술총연맹, 조선건축가동맹, 조선대외문화연락협회, 조선민주과학가협회, 조선불교도연맹, 산업건설협회, 남조선기독교연맹"이다.「성명」, 위의 책, 36~43쪽.

7 백인준,「그날 밤에」(시); 정하천,「싸워 이기라」(시)(이상『조선문학』1960.5); 이기영,「투쟁의 기치를 더욱 높이라」(정론); 리맥,「어머니들이여 싸우러 나아갑시다」(시); 한윤호,「원쑤들은 대낮에 음모를 꾸민다」(시); 류란산(중국);「산악들도 분노에 떤다―싸우는 남반부 인민들에게」(시); 한설야,「우리 문학에서 혁신이 요구된다」(좌담 답변); 신고송,「이 편지를 꼭 전하고 싶다」(수필)(이상『조선문학』1960.6); 송영, 〈분노의 하산은 터졌다〉(희곡) 들을 수록하고 있다.

8 대표적인 것을 들면 다음과 같다. 리상현,「남조선 인민들의 투쟁을 더 많이 형상화하자」, 1960.4.19; 한설야,「남조선 작가, 예술인들이여 정의로운 투쟁의 선두에 서라」, 1960.4.29; 백인준,「속지 말라! 남조선 형제들이여!―모든 불행의 화근을 뿌리채 뽑아 없애라!」, 1960.4.29; 강효순,「미제를 물러가게 하라―모든 불행의 화근을 뿌리채 뽑아 없애라!」(정론), 1960.4.29;「속지 말라! 남조선 형제들이여!―모든 불행의 화근을 뿌리채 뽑아 없애라!」, 1960.4.29; 신고송,「이 밖에 다른 길은 없다―모든 불행의 화근을 뿌리채 뽑아 없애라!」, 1960.4.29; 김하명,「남조선 문학에 반영된 리승만 반통통치의 파멸상」, 1960.5.3. 이 각주의 모든 글은 김성수, 편,『북한『문학신문』기사목록(1956~1993)』, 한림대 아시아문화연구소, 1994, 149~151쪽 참고.

9 4월혁명만을 독자적으로 다룬 것으로는 전필수의『현 시기 남조선 인민 투쟁과 그 특징』(평양: 조선로동당출판사, 1961.7)과『애국의 피로 물든 4월의 광장』(평양: 조선사회주의로동청년동맹출판사, 1965.9)이 대표적이다. 그리고『남조선 학생운동』(조선로동당출판사, 1964.5)과『전후 남조선청년학생운동』(사회과학원 역사연구소 현대사연구실, 평양: 과학백과사전출판사, 1977.11)에서도 각각 4장과 2장, 3장에서 4월혁명을 비중 있게 다루고 있다.

4월혁명문학이 생산되었다. 김상오의 「마산이여, 우리는 너와 함께!」, 한진식의 「투쟁의 불'길 더욱 높이라―마산 인민들에게」(이상 『문학신문』, 1960.4.15), 백인준의 「그날 밤에」, 정하천의 「싸워 이기라」(이상 『조선문학』, 1960.5) 들이 4월혁명의 열기가 드높았던 시기의 작품들이다.[10]

그러나 최근 연구[11]에서도 단적으로 드러나듯이, 『조선문학』이나 『문학신문』 들의 익숙하게 알려진 신문 잡지 매체만으로 북한의 4월혁명문학의 성격을 전적으로 규정할 수 없는 일이다. 앞으로 인민학교 교과서, 『아동문학』과 『청년문학』 들의 잡지 매체뿐 아니라 『평양신문』, 『로동신문』, 『교원신문』 들의 신문 매체, 단행본 시집 매체로 연구 대상을 확대할 때, 북한의 4월혁명문학이 갖는 특수성을 제대로 규명할 수 있으리라 본다.[12]

이 글은 '4월인민봉기'를 노래한 어린이문학집 『남녘땅에 기'발 날린다』를 주된 대상으로 삼아 북한의 어린이문학에 나타난 4월혁명의 성격과 특징을 고찰하는 데 목적을 둔다. 어린이문학에 한정한 까닭은 혁명의 미래를 위해 어린이 교육의 중요성을 강조한 김일성의 교시를 통해 알 수 있듯이, 성인문학보다는 어린이문학이 당의 문예정책을 확고하게 실천하고 있을 것이라는 판단 때문이다. 또한 이 작품집은 4월

---

10 대체로 4월혁명 초기에는 첨예한 대립 구도를 설정해 놓고 항쟁주체들의 분노와 조국통일에 대한 강렬한 신념을 격정적인 어조로 형상화했다면, 이후에는 혁명정신을 계승하여 새로운 투쟁에 나설 것을 호소하는 데 초점을 맞추고 있다.

11 김종회, 「북한문학에 나타난 마산의거와 4월혁명」, 『현대문학이론연구』 30, 현대문학이론학회, 2007.4, 5~25쪽.

12 문학사료의 확보 못지않게 북한문학에 관한 새로운 연구방법론을 마련하는 일도 중요하다. 기존의 연구사를 검토해 보면 쉽게 확인할 수 있듯이, 북한 체제의 특수성을 인정하는 관점에서 북한문학을 바라보는 내재적 방법이나 우리의 관점을 중시하는 외재적 방법이 긍정적이거나 부정적인 해석의 과잉을 필연적으로 동반하고 있기 때문이다.

혁명을 형상화한 유일한 어린이문학 작품집으로서 신문 잡지 매체에 발표되고 향유된 작품과는 달리 교육제도에서 철저하게 기획된 교육용 도서다. 이를 통해 4월혁명에 대한 북한의 인식과 태도, 북한의 학교 교육과 문학 교육의 지향점, 사상교육의 수단으로서 어린이문학의 위상을 구체적으로 해명할 수 있으리라 기대한다. 이에 따라 4월혁명문학의 창작 의도와 매체 환경을 구체적으로 점검한 뒤, 어린이문학집 『남녘땅에 기'발 날린다』의 성격과 의미를 분석하고자 한다.

2. 4월혁명문학의 창작 의도와 매체 환경

북한문학사에서 1960년대는 1967년 주체사상의 확립과 더불어 사회주의 체제를 완성했다는 점에서 각별한 의미를 지닌다. 특히 1960년대 전반기는 문학사에서 '사회주의의 전면적 건설을 다그치기 위한 투쟁 시기'(1960~1967)로 기술되는, 이른바 천리마 시대의 문학에 해당한다. "천리마의 기상으로 들끓는 장엄한 현실"이 "시문학에 새로운 시대정신의 나래를 달아 주었다"[13]는 진술에서 알 수 있듯이, 북한의 1960년 문학은 천리마 운동의 현실적 특성을 반영하는 방향을 강조했다. 그것이 이 시기의 '새로운 시대정신'이었다. 이처럼 천리마 시대의 북

---

13 박종원 · 류만, 『조선문학개관』 II, 사회과학출판사, 1986, 251쪽.

한문학은 생산현장에서 일하는 천리마 기수들의 삶을 반영함으로써 공산주의적 인간형을 창조하는 데 주력하였던 셈이다.

그런 가운데 4월혁명이 발생한 이후에는 남한 인민의 혁명 투쟁과 이승만 정권에 대한 비판, 반미주의의 형상화를 적극적으로 요구하였다. 그런 까닭에 4월혁명을 계기로 반남한·반미의 극점을 보여주는 사상 교양의 기능이 강조될 수밖에 없었다. 이는 작가들에게 '의무적으로' 강조된 '중요한 요구'였다.

① 최근 남반부 정세와 관련해서 수상 동지는 문학예술 분야에서 혁신이 요구되며 기동성이 요구된다는 것을 강조하시였다. 남조선 정세를 더 연구해서 이 투쟁을 매개 작가들이 작품으로 형상하는 것이 무엇보다도 중요하다.

앞으로 반드시 남북이 교류하게 되는데 그 때 남반부 인민들이 자기들의 투쟁, 자기들의 생활 기록을 요구할 것이 사실이다. 남조선 생활에 대하여 더 연구하고 더 많이 쓰자.

전 세계 피압박 인민들의 커다란 고무로 된 남조선 인민들의 영웅적 봉기를 작품의 테마로 하는 것은 우리 작가들에게 있어 아주 **신성한 지상 과업**이다. 물론 지금까지도 남조선 문제를 취급한 작품이 적지 않았다. 그러나 이것은 봉기 전 작품이다. 때문에 봉기 후 새 환경에 조응하는 작품을 의무적으로 써야 한다.[14](강조는 인용자)

② 이 시기 민족 최대의 숙원인 조국통일을 위해 투쟁하는 남반부 인민

---

14 편집부와의 좌담(5.12)에서 한설야의 답변, 「우리 문학에서 혁신이 요구된다」, 『조선문학』 154, 1960.6, 6쪽.

들과 혁명가들의 투쟁을 그리는 것은 문학예술 앞에 나선 **중요한 요구**였다. 그것은 이 주제의 작품들이 남반부 인민들과 혁명가들을 교양하고 그들에게 혁명 투쟁의 방법과 경험을 가르쳐 주는 데 절실히 필요할 뿐 아니라 공화국 북반부 인민들을 남조선 혁명을 지원하고 조국통일을 위한 **혁명 정신으로 교양**하는 데서 중요한 의의를 가지기 때문이다.[15](강조는 인용자)

①에서 보듯이 4월혁명을 형상화하는 것은 작가들의 "신성한 지상 과업"이자 "의무"이다. 한설야는 답변에서 작가에게 제기되는 과업으로 "남조선 사람들이 읽을 수 있는 작품을 쓰자", "남조선의 영웅적 투쟁 모습을 진실하게 그리자", "조국 건설에 참가하고 있는 로동자의 모습을 진실하게 그리자. 사실주의가 요구하는 아주 건실한, 아주 매력 있는 작품을 쓰자", "박력 있는 것을 쓰라", "결정적으로 좋은 작품을 써야 한다"는 점을 강조하고 있다.[16] 이러한 혁신 요구 가운데 "제1차적인 테마"는 "남조선의 영웅 서사시"이므로 "오늘부터 쓰고 또 써야 한다"[17]는 점을 강조했다. 이것이 지향하는 바는 ②에서 구체적으로 확인할 수 있다. 즉 4월혁명문학은 "남반부 인민들과 혁명가들을 교양"하고 "투쟁의 방법과 경험"을 가르칠 뿐만 아니라 무엇보다도 "남조선 혁명을 지원"하고 "조국통일을 위한 혁명 정신"으로 북한 인민들을 "교양"하는 데 중요하기 때문이다.

---

15 김일성종합대학, 「위대한 수령 김일성 동지의 현명한 령도 밑에 전면적 개화기에 들어선 천리마 시대의 문학」, 『조선문학사』 4, 김일성종합대학출판사, 1983, 271쪽.
16 편집부와의 좌담(5.12)에서 한설야의 답변, 「우리 문학에서 혁신이 요구된다」, 『조선문학』 154, 1960.6, 6~7쪽.
17 위의 글, 9쪽.

이러한 관점에서 북한의 4월혁명문학은 사상교양의 성격을 과도하게 강조할 수밖에 없다. 이 시기에 집중적으로 창작된 4월혁명문학은 대체로 시에 편중되어 있다. 북한의 4월혁명문학은 시, 소설, 희곡,[18] 정론,[19] 오체르크, 어린이시, 어린이극, 어린이소설, 영화문학[20] 들의 다양한 갈래에 걸쳐 이루어지고 있다.

창작 주체는 주로 전문작가들이며, 어린이문학에 대한 비중이 높다는 점이 특징적이다. 이를 통해 북한의 문학예술이 인민 교양, 특히 어린이의 사상교양에 강조점을 두고 있다는 사실을 확인할 수 있다. 『남녘땅에 기'발 날린다』는 당시 북한 어린이문학의 교육적 기능과 지향점을 엿볼 수 있는 4월혁명 문학작품집이다. 여기에는 시 8편, 소설 1편, 오체르크 1편, 어린이극 1편, 희곡 1편이 실려 있다. 비슷한 시기에 발간된 '당 창건 15주년 기념 동시집' 『당에 드리는 노래』도 어린이에 대한 계몽적 의도를 엿볼 수 있는 작품집이다.[21] 이찬의 「행복」과 류연옥의 「우리들

18 송영의 〈분노의 화산은 터졌다〉(2장, 1960)와 지재룡의 〈푸른 잔디〉(4막 6장, 1965)가 대표적이다. 전자는 김주열의 희생을 계기로 분노의 화산이 터져 올라 투쟁이 전개된 상황을, 후자는 '4·19인민봉기' 이후 더욱 심화된 남한 청년학생들의 조국통일과 사회 민주화를 위한 투쟁을 형상화하고 있다. 김일성종합대학, 「위대한 수령 김일성 동지의 현명한 령도 밑에 전면적 개화기에 들어선 천리마 시대의 문학」, 앞의 책, 278~279쪽.
19 한설야, 「우리 문학에서 혁신이 요구된다」, 『조선문학』, 1960.6; 리기영, 「투쟁의 기치를 더욱 높이라!」, 『조선문학』, 1960.6; 한성, 「끝낼 수 없는 분노」, 『조선문학』 1960.7; 강효순, 「미제를 물러가게 하라」, 『문학신문』, 1960.4.29; 백인준, 「미제를 물러가게 하라」, 『문학신문』, 1960.4.29; 신고송, 「이 밖에 다른 길은 없다」, 『문학신문』, 1960.4.29; 황철, 「새로운 터전을 가꾸기 위하여」, 『문학신문』, 1960.4.29 들을 들 수 있다.
20 대표적인 작품이 조국통일을 지향하는 남한 인민들과 청년 학생들의 투쟁을 형상화한 백인준의 〈성장의 길에서〉(1965)다. 이 영화는 "4·19인민봉기로부터 6·3투쟁에 이르는 남조선 인민들의 앙양된 반미구국 투쟁을 시대적 배경으로 남조선 혁명의 필연성과 전략 전술적 방침을 예술적으로 확인하고 투쟁 속에서 자라나는 남조선 혁명 력량의 장성 과정을 폭넓고 깊이 있게 그린 의의 있는 작품"으로 평가된다. 김일성종합대학, 「위대한 수령 김일성 동지의 현명한 령도 밑에 전면적 개화기에 들어선 천리마 시대의 문학」, 앞의 책, 274~278쪽.
21 특징적인 것은 판권지에 '중학교 기술학교 학생용'(『남녘땅에 기'발 날린다』), '인민, 초중

의 마음도 날개쳐 간다」들이 4월혁명을 형상화한 작품들이다.

> 그렇다. 맘만 있다면 두 가지 뿐이랴
>
> 사람마다 온갖 재능 맘껏 나래치게
>
> 넓은 길 갈수록 더 넓혀주는
>
> 이 좋은 사회 이 따사로운 당의 품안에서
>
> (…중략…)
>
> 바로 오늘 남녘땅 어린이들도
>
> 그 같은 운명, 그 같은 설음
>
> 참다못해 땅크까지 맞받아 나아가는데
>
> 얼마나 행복하고 행복하냐 너희들은
>
> 감격어린 목소리로
>
> "고운 비단으로 어서 해 주구려" 했더니
>
> 둘의 얼굴에 활짝 피는 웃음꽃
>
> 웃음꽃 핀 두 볼이 얼싸 안고 부비네.
>
> ─ 리찬, 「행복」 가운데서[22]

창작일자를 1960년 5월로 밝히고 있는 인용시는 김일성 체제를 옹호

학생용'(『당에 드리는 노래』)이라 대상을 분명하게 밝히고 있다는 점이다. 따라서 이 작품
집은 학교 제도 안쪽에서 이루어진 문학교육용 교재일 가능성이 높다.

22 『당에 드리는 노래』, 아동도서출판사, 1960.9.30, 81쪽.

하고 반남한적 정서를 강조하는 사상교양의 성격이 강하다. 엄마의 입을 빌어 "무용"을 한다고 "조선 옷"을 해 달라는 막내딸의 요구에 화자는 "다사로운 당의 품안"에서는 "온갖 재능"을 한껏 발휘할 수 있다고한다. 그러면서 화전민의 아들로 태어나 "배움은 고사하고" "풀뿌리 캐다 그만 쓰러지던" 자신의 어린 시절을 남한의 현실과 동일시한다. 이를 통해 북한과 남한의 현실을 대비시킴으로써 북한체제의 우월성을 강조하고 있는 것이다.

북한문학이 선전 도구로서 체제 이데올로기를 과도하게 강조한다고 보면, 어린이문학 또한 이와 무관할 수 없다. 그런 점에서 학교는 문학을 매개로 당의 정책과 이념을 지배적으로 선전하는 효과적인 제도다. 헌법 43조에서 보듯이 북한의 교육은 "사회주의 교육학의 원리를 구현하여 후대들을 사회와 인민을 위하여 투쟁하는 견결한 혁명가로, 지덕체를 갖춘 공산주의적 새 인간"으로 양성하는 데 목적을 둔다. 체제 교육의 장이었던 학교제도에서는 이러한 논리를 개발하고 선전할 필요성이 제기될 수밖에 없다. 이때 가장 효과적인 수단이 문학이었다. 그만큼 교과서의 편제와 이에 따른 문학작품의 창작과 유통, 향유는 사회주의 교육의 목표와 밀접한 관련을 맺고 있는 셈이다.

북한의 문학교육이 지향하는 바는 지식교양, 공산주의 도덕교양, 계급교양을 강조함으로써 어린이들을 체제에 충실한 공산주의적 인간으로 창조하는 데 있다. 어린이문학은 체제가 강조하는 당성, 노동계급성, 인민성을 관철시키고 이를 내면화시키는 데 주력할 수밖에 없다. 어린이문학은 어린이의 정치사상교육을 실시하는 가장 효과적인 도구가 된다.

북한에서 4월혁명문학의 주요한 창작 환경은 당이 장악하고 있는 신문 매체다. 혁명문학의 즉각적인 생산과 향유를 가능하게 했던 신문 매체는 작가와 인민대중 사이에 이루어지는 소통의 신속성을 고려할 때 당의 요구와 의도를 수렴하고 합치시키는 데 가장 효과적인 매체 다. 잡지와 단행본 시집 매체 또한 4월혁명문학의 주요한 창작 환경을 제공하였는데, 특히 조선작가동맹 중앙위원회의 기관지 월간 『조선문학』과 주간 『문학신문』은 혁명문학의 생산이 가장 활발하게 이루어진 잡지 매체다. 『조선문학』에는 1960년 5월호부터 백인준, 정하천, 이맥, 한윤호, 전초민, 신고송, 한설야, 이기영, 송영, 김광현, 김귀련, 이찬, 한성, 김상오, 박세영, 일심, 신진순 들이, 『문학신문』에는 엄흥섭, 강효순, 한진식, 이상현, 김상오, 백인준, 신고송, 한설야, 황철, 김하명, 남시우, 이근영, 류기찬 들이 다양한 갈래에 걸쳐 작품을 발표함으로써 4월혁명문학의 속살을 두텁게 했다.[23] 단행본의 경우에는 『남녘땅에 기'발 날린다』나 『당에 드리는 노래』, 『항쟁의 불'길』들을 제외하고는 작가들이 개별적으로 또는 공동으로 작품집을 발간하면서 4월혁명의 문학적 성과를 갈무리하였다.[24] 이처럼 이 시기 북한의 4월혁명 문학은 반남한 · 반미주의, 조국통일의 지향을 형상화함으로써 사회주의 체제의 우월성을 선전하고 인민들을 공산주의적으로 교양하는 기능을 충실하게 수행하고 있었던 셈이다.

---

23 이들 매체에 발표된 4월혁명문학의 창작 현황에 대해서는 이순욱, 「남북한문학에 나타난 마산의거의 실증적 연구」, 『영주어문』 12, 영주어문학회, 2006.8, 284~285쪽을 참고할 것.

24 혁명 초기 4월혁명을 노래한 대표적인 작품으로 거론되고 있는 석광희의 「소년 영웅」(1960. 4.20)은 『결전의 길로』(조선문학예술총동맹출판사, 1963)에, 창작일자가 1960년 4월로 기록되어 있는 전초민의 「소년의 꿈을 찾아주라」는 『건설의 나날』(조선작가동맹출판사, 1961) 에 다시 수록되었다. 이들 작품이 개인 시집에 갈무리되었다면, 류연옥의 「우리들의 마음도 날개쳐 간다」는 공동 작품집인 『남녘땅에 기'발 날린다』와 『당에 드리는 노래』(아동도서출판사, 1960.9.30)에도 다시 수록되었다.

3. 어린이문학집 『남녘땅에 기'발 날린다』의
성격과 의미

『남녘땅에 기'발 날린다』는 유소년기 어린이들과 청년기로 넘어가는 청소년들을 대상으로 학교제도에서 기획한 작품집이다.[25] 이 책은 1960년 4월혁명을 노래한 유일한 어린이문학집이다. 1960년 9월 10일 교육도서 인쇄공장에서 인쇄하였으며, 같은 달 15일 아동도서출판사에서 발행하였다. 표지는 채용찬, 삽화는 최광, 편집은 유희준이 맡았다. 판권에 '중학교 기술학교 학생용'이라 밝히고 있어 북한 어린이들의 정치 사회화를 겨냥한 문학교육 텍스트임을 알 수 있다. 따라서 『남녘땅에 기'발 날린다』는 남한의 4월혁명을 다룬 작품을 의무적으로 쓸 것을 강조한 북한 문학계의 요구를 고스란히 수용한 어린이교육 매체인 셈이다.[26]

이 작품집에는 어린이시와 단편소설, 오체르크, 어린이극, 희곡이 수록되어 있다. 작품의 현황과 특성을 살펴보면 다음 〈표 1〉과 같다.

우선, 북한의 4월혁명문학이 공통적으로 제기하는 것처럼, 이 작품집에서는 남북한 체제의 대비를 통해 북한 체제의 우월성을 과도하게 강조하고 있다. 이는 "공화국 북반부의 사회주의 제도와의 대비 속에서 남조선 사회의 반인민적이고 반동적인 본질을 예리하게 폭로"[27]해

---

25 '인민, 초중 학생용'으로 발간한 어린이시집 『당에 드리는 노래』도 이와 같은 맥락에서 이해할 수 있다.
26 편집부와의 좌담(5.12)에서 한설야의 답변, 「우리 문학에서 혁신이 요구된다」, 『조선문학』 154, 1960.6, 6~7쪽.

〈표 1〉 『남녀땅에 기발 날린다』 수록 작품

번호	작가	작품 제목	갈래	비고
1	석꽝희	김주럴	시	1960.5.8
2	류연옥	우리들의 마음도 날개쳐 간다	시	
3	김경태	달려 가고 싶구나 한달음에	시	1960.4
4	우봉준	원쑤들이 떨고 있다	시	
5	백하	프랑카드로 총구를 밀고 나가자	시	
6	김동전	싸우라 내 아들아	시	
7	윤복진	어린 너희들도 나섰구나	시	1960.4.25
8	최석숭	더 힘차게 일어 나라	시	1960.6
9	원도홍	어머니와 아들	소설	1960.5
10	조병조	리승만의 목을 떼던 날	오체르크	
11	최복선	분노의 홰불	어린이극	
12	김갑석	남녁땅에 기발 날린다	희곡	1960.4.20

야 한다는 천리마 시대의 문학 주제와 일치하는 것이다.

① 우리들의 마음은

힘차게 날개 쳐 간다

굶주리고 헐벗고 불쌍히 살아 온

그러나 용감히 일어나 싸우는

남녁땅 동무들이여!

동무들이 원하는 모든 것

여기 북녁땅에 마련되고 있거니

27 김일성종합대학, 「위대한 수령 김일성 동지의 현명한 령도 밑에 전면적 개화기에 들어선 천
리마 시대의 문학」, 앞의 책, 272쪽.

이 행복 우리와 함께 나누기 위해

우리의 마음 날개 쳐 간다

—— 류연옥, 「우리들의 마음도 날개 쳐 간다」 가운데서[28]

② 빼앗긴 자유

짓밟힌 권리

되찾아 내는 그날까지

우리는 놓지 않으리라 놓지 않으리라

틀어쥔 항쟁의 깃발

높이 추켜 든 판가리 싸움의 햇불

행복이 꽃피는 북반부처럼

우리도 나래 펴고 떳떳이 살고 싶어

아버지도 할머니도 형님도 나도

어깨 걸고 나섰다 항쟁의 거리

원쑤의 발굽 밑에 몸부림치던 거리.

—— 우봉준, 「원쑤들이 떨고 있다」 가운데서[29]

③ **난희** : 생각을 하면 갉아 먹어두 시원치 않을 놈들이야. 정말 이번엔 이

놈들을 깡그리 잡아 치우구 이 썩어빠진 정권을 뒤집어 엎어야 해.

태영 : 암 그래야 우리들도 북조선 아이들처럼 공부할 수 있어. 저기 좀

28 『남녘땅에 기'발 날린다』, 아동도서출판사, 1960.9.15, 7~8쪽.
29 위의 책, 14쪽.

봐라! (두 학생 창밖을 내다 본다) 정말 신난다.

난희 : 요원의 불길처럼 불타라! 모두 일어나라!

△ 만세 소리

— 김갑석, 「남녘땅에 깃발 날린다」 가운데서[30]

인용시 ①, ②에서 드러나는 것처럼, 북한 체제는 "행복이 꽃피는", "원하는 모든 것"이 "마련되어 있"는 곳으로, 그야말로 "사회주의 락원"(최석숭, 「더 힘차게 일어나라」)으로 묘사된다. 이들 작품들은 공통적으로 극단적인 대립 구도를 설정하고 갈등을 첨예하게 형상화하고 있다. ①이 북한 어린이의 시각에서 4월혁명의 정당성을 주장하고 있다면, ②와 ③은 북한 체제를 동경하는 남한 학생들의 시선을 통해 북한 체제의 우월성을 강조하는 있다는 점이 다를 뿐이다.

특히 남한의 어느 소도시를 배경으로 삼은 ③은 태영과 난희 학생이 시장을 찾아 시청의 시장 사무실을 뒤지는 장면으로 극이 시작된다. 이들은 시장이 도망을 갔다 생각하며 서류함에서 돈뭉치와 극비 서류를 챙기던 도중 자신의 신분을 속이고 나타난 시장을 만나게 된다. 그러다가 시장을 알아 본 태영은 영란, 난희와 함께 그를 앞세우고 시위 대열로 나아가면서 막이 내린다.

"새 정권을 세울 때까지", "자유의 깃발이 휘날릴 때까지" 싸우겠다는 세 학생은 "속임수"나 "얼리움", "총칼의 위협"(「원쑤들이 떨고 있다」)에도 죽음을 무릅쓰고 혁명 대열에 나선 인물들이다. 이러한 인물은 "자

---

30 위의 책, 76쪽.

유"와 "권리"를 위해 헌신함으로써 영웅적 지위로 격상된다. 천리마 시대의 북한문학이 추구한 대중적 영웅주의의 전형을 보여주는 인물들인 셈이다. 이러한 인물형을 창조함으로써 어린이들은 "당과 수령, 노동계급과 인민"을 위하여 모든 것을 바치는 헌신적인 인간으로 무장하고 새롭게 '창조'될 수 있는 것이다. 이것이 북한의 어린이 문학교육이 지향하는 바다.

둘째, 이 작품집은 반미주의와 함께 남한의 부정부패, 계급갈등을 폭로하는 데 중점을 두고 있다. 북한 체제를 위협하는 가장 강력한 적대자는 조국통일을 방해하는 최대의 걸림돌인 미제국주의다. 이들은 대부분 악마화되거나 반동적이며 추악한 대상으로 격하된다. "미국 승냥이놈들 몰아내야 한다" 혹은 "미국놈은 당장 물러가라!"(우봉준, 「원쑤들이 떨고 있다」)는 선정적인 구호를 통해 알 수 있듯이, 미국은 가장 부정적인 배제 대상이다. 미제국주의의 본질에 대한 자각을 통해서만 혁명과 조국통일을 선취할 수 있다고 보기 때문이다. 문제는 미국에 대한 비판이 지나치게 감정에 치우쳐 있고, 증오와 분노의 차원에서 적대 세력에 대한 감정 고양 이상의 의미를 획득하지 못하고 있다는 점이다.

① 월사금 사친회비 못 낸다 해서

학교에서 내쫓는 원쑤놈들

미국놈의 종이 되라 가르치는

원쑤놈들과 싸우는 남녘땅 동무들이…….

(…중략…)

어찌 한 발자국 사이에 둔 너희들만이

한 조국 땅에서 즐겨야 할 너희들만이

자유를 뺏기고 암흑땅에 살아야 한단 말이냐?

미국놈의 총칼에 쓰러져야 한단 말이냐?

안 된다! 더는 못 참는다!

내 고향 남녘땅 동무들아!

생각해두 치가 떨리는 미국 승냥이놈들

하루 속히 몰아내야 한다! 몰아내야 한다!

빼앗긴 행복 다시 안겨 줄 평화 통일

평화 통일 앞당기기 위하여

더 힘차게 일어나야 한다!

미국놈들 쫓겨가는 날까지 싸워 이겨야 한다!

— 최석숭, 「더 힘차게 일어나라」 가운데서[31]

②돈 있고, 또 미국놈, 이승만에게 조금이라도 곱게 뵌 놈의 자식은 살인사건, 따기꾼이건, 낙제꾸러기건 가리지 않고 모조리 합격되고, 돈 없고 권세 없는 집 애들은 아무리 공부를 잘하고 시험을 잘 쳤어도 말끔히 떨어져 있었다. 영호는 설움이 북받쳐 올라 견딜 수가 없었다. 아직 '구구'도 제대로 못 따라 외는 놈의 새끼들이, 더욱이 첫 번 시험부터 마지막까지 모조리

---

31 위의 책, 23~24쪽.

백지로 낸 살인강도 동팔이, 따기꾼 백형이까지 뻐젓이 합격된 데 대해서는 가만있을 수가 없었다.

— 원도홍, 「어머니와 아들」 가운데서[32]

③10여 년간 미제의 앞잡이로서 나라와 민족을 팔며 인민들을 닥치는 대로 잡아 죽이며 그들을 무권리와 빈궁의 도탄 속에 몰아넣은 이승만! 이 원쑤의 죄상을 어찌 용서할 수 있으랴!

— 조병조, 「이승만의 목을 떼던 날」 가운데서[33]

인용시들은 무산자 어린이들이 삶 속에서 겪는 교육 불평등과 노동자 계급의 생활고를 계급 갈등으로 전면화함으로써 남한 사회의 구조적 모순을 제시하고 있다. 이는 노동자 계급의 이익을 말살하는 권력집단과 미제국주의에 대한 저항적 의미로 증폭된다. 이처럼 북한의 어린이문학이 반남한·반미주의를 중점적으로 형상화하는 까닭은 체제 이데올로기를 각인시킴으로써 어린이들을 체제 속에 안주시키려는 데 있다. 그만큼 문학을 매개로 정치사상교육을 강화하는 것은 효과적인 셈이다.

셋째, 이 작품집에서 남한의 항쟁 주체들은 대중적 영웅으로 부각되는데, 이들은 천리마 형상을 강조했던 시기의 '천리마 기수'에 해당하는 인물들이다. 사상운동으로서의 천리마 운동은 남한의 권력계층과 미국에 맞서 경제 영역뿐만 아니라 사상, 기술, 문화적 차원에서 혁명

---

32 위의 책, 33쪽.
33 위의 책, 52쪽.

을 선취하기 위한 사업의 일환이다. 따라서 영웅적 투쟁의 인물상을 형상화하는 것은 당연한 결과다.[34]

애젊은 가슴을 사정도 없이
저주할 원쑤의 총탄이 뚫었으니
어찌 눈 감을 수 있었더냐
아니다 김주열아…….
너는 죽지 않았다
타 번지던 네 눈길은
노도처럼 밀려가는 항쟁의 대열
수만의 눈길 속에 담겨졌구나…….
굳게 틀어쥐었던 네 주먹
삼천만의 주먹과 함께 하늘을 찌르누나…….
네 가슴에 치솟던 불길
겨레의 가슴속에 옮겨졌구나…….

우리의 동갑이 김주열 동무야
너는 항쟁의 선두에서 나아가누나…….
마치 당꼬의 심장이 비치는

---

34 김일성은 1960년 11월 27일 '천리마 시대에 맞는 문학예술을 창조하자'는 담화를 통해 문학
   예술이 인민의 생활에서 뒤떨어져 있으며 그들의 요구에 따라가지 못하는 원인을 세 가지
   로 분석하였다. 즉 작가와 예술인들이 당의 정책을 체득하지 못하고 있을 뿐만 아니라 인민
   들의 생활 속에 깊이 들어가지 못하고 있으며, 이 부문에 대한 지도 사업이 잘 되지 않고 있
   다는 점을 지적하면서 이를 극복하기 위한 과업을 구체적으로 제시하였다.『문학대사전』4,
   사회과학출판사, 1999, 25~26쪽.

거룩한 햇불 되어 성스러운 불길 되어

인민의 어깨에 실려 나아가누나!

어머니와 함께

어린 누이동생과 함께

우리 동갑이들과 함께

삼천만 동포와 함께

그렇듯 뜨거운 가슴을 벌리고

그렇듯 자랑 높은 머리를 쳐들고

승리의 날 동트는 새벽을 향해

발걸음도 굳세게 나아가누나!

전설의 동상되어 나아가누나!

— 석광희, 「김주열」 가운데서[35]

북한의 4월혁명문학에서 김주열의 영웅적 투쟁과 죽음을 다룬 시편
들은 우리의 경우만큼이나 많은 편이다.[36] 인용시는 인민을 위하여 심
장을 바친 청년 영웅 "당꼬"와 같이 김주열의 영웅적 투쟁과 죽음의 의
의를 부각시키는 데 초점을 맞추고 있다. 이를 통해 혁명정신의 영속
성을 강조하고 "승리의 날 동트는 새벽"을 이끌어 내려는 희망을 노래

---

35 『남녘땅에 기'발 날린다』, 4~5쪽.
36 인용시와 함께 김주열을 제재로 삼은 시는 이맥의 「어머니들이여 싸우러 나아갑시다」(『조
     선문학』, 1960.6)와 전초민의 「소년의 꿈을 찾아 주라」(『건설의 나날』, 조선작가동맹출판
     사, 1961.1.5)가 대표적이다. 이를 통해 4월혁명의 도화선으로 작용했던 마산의거에 대한
     인식이 결코 가볍지 않음을 알 수 있다. 혁명의 성소로서 마산과 마산 시민들의 투쟁을 노래
     한 김상오의 「마산이여, 우리는 너와 함께!」(『문학신문』, 1960.4.15)와 신진순의 「마산은 행
     진한다」(1960.4)도 같은 맥락에서 이해할 수 있다. 그만큼 마산의거는 4월혁명문학의 소재
     적 원천으로서 또는 영웅 담론의 관점에서 반복적으로 재생산되고 있는 셈이다.

한다. 김주열은 "판자'집"과 "비 새는 천막 속 글'방"이 아니라 "햇빛 흘러드는 학교", "삼천만이 갈망하는 / 조국의 평화 통일"을 갈망했기 때문에 항쟁의 선두에 나아가 희생되었다. 마산의거뿐만 4월혁명에서 김주열의 죽음이 지니는 무게와 상징성을 감안할 때, 북한문학에서 김주열을 영웅의 전형으로 격상시켜 지속적으로 강조한 까닭은 역시 어린이들의 사상 교육에 있다고 여겨진다.

이 시기의 북한 문학이 대중적 영웅주의를 바탕으로 공산주의적 인간형을 창조하는 데 주력했다고 보면, 김주열은 이른바 '조국해방전쟁 시기' 인민군 용사들과 이 시기 천리마 기수의 형상과 크게 다르지 않다. 이를 통해 남한 인민들과 혁명가들의 투쟁성과 대중적 영웅주의를 강조함으로써 어린이들에게 미국과 남한 정권에 대한 적의를 고취할 수 있었던 것이다.

넷째, 혁명정신을 고양하고 미국과 남한에 대한 적개심을 고취시키기 위해 '언어 형상법'에 따라 비속어를 많이 채용하고 있다.

> 우리를 교실에서 내쫓아 헐벗긴 자
> 어린 피를 빨아 '공납금' 처먹는 자
> 미국놈의 졸개를 짓밟고 나가리라.
> ― 백하, 「플래카드로 총구를 밀고 나가자」 가운데서[37]

인용시에서도 구체적으로 확인할 수 있듯이, 이러한 언어 구성은 어

---

37 『남녘땅에 기'발 날린다』, 14쪽.

린이들에게 김일성의 교시를 구체적으로 내면화하고 혁명 이념과 사상성을 심화시키는 역할을 수행한다. "원쑤놈", "미국놈의 졸개를 짓밟고 나가리라", "이승만 파쑈 통치 송두리째 뽑아 치우라", "생각해도 치가 떨리는 미국 승냥이놈들 / 몰아내야 한다", "저놈들을 막 깔아 눕혀라", "원쑤를 겨누어 도끼날이 번뜩인다", "네놈들을 요정 낼 복쑤의 날창", "간부놈", "개놈 새끼들", "개싸움" 들도 작품집의 곳곳에서 발견할 수 있는 예들이다.

이상에서 살펴보았듯이, 4월혁명을 노래한 어린이문학은 혁명과 조국통일의 당위성을 강조하기 위한 선전 선동의 전략으로 채택되었다. 이를 통해 북한의 어린이문학은 어린이들에게 체제의 우월성을 학습시킴으로써 체제 이데올로기에 적극적으로 동화되도록 유도하는 정치사상교육의 기능을 효과적으로 수행했다고 볼 수 있다.

4. 마무리

이 글에서는 4월혁명에 대한 북한문학의 접근방식, 창작 의도와 매체 환경, 북한의 어린이 교육과 문학교육의 지향점, 그리고 사상교육의 수단으로서 어린이문학의 위상을 점검하고, 이를 통해 『남녘땅에 기'발 날린다』의 성격과 특징을 살펴보았다. 이것은 북한문학계가 어린이문학을 통해 지향했던 대내외적 전략, 즉 문학과 정치의 관계 양상에 대한 해명이기도 하다.

우선, 북한문학사에서 천리마 시대의 문학에 해당하는 1960년대 전반기는 작가들에게 사회주의 제도의 수립, 천리마 운동의 현실적 특성 반영, 남한 인민과 혁명가들의 투쟁 형상화, 조국통일의 사상적 지향을 형상화하도록 요구했다. 특히, 남한 인민의 혁명 투쟁과 이승만 정권에 대한 비판, 반미주의의 형상화가 적극적으로 요구되었다. 4월혁명을 계기로 반남한·반미의 극점을 보여주는 사상교양적 기능이 강조되었기 때문에 4월혁명문학의 생산은 작가들에게 의무적으로 강조된 과업으로 인식되었다. 4월혁명문학을 통해 남한 인민들과 혁명가들의 투쟁을 지원하고 북한 인민들의 사상 교양을 강화함으로써 체제의 우월성을 선전할 수 있었기 때문이다.

둘째, 북한문학사에서 4월혁명문학의 생산과 향유는 1960년대 전반기에 가장 폭넓게 이루어졌다. 창작 주체는 전문작가 중심이며, 어린이문학에 대한 비중이 높았다. 어린이문학을 강조한 까닭은 문학을 통해 당의 문예정책과 이념을 적극적으로 내면화하는 사상교양에 강조점을 두었기 때문이다. 이를 통해 지식교양, 공산주의 도덕교양, 계급교양을 강조함으로써 어린이들을 체제에 충실한 공산주의적 인간으로 창조하고자 했다. 4월혁명을 노래한 북한의 어린이문학은 어린이의 정치사상교육을 실시하는 가장 효과적인 도구로 기능하였던 셈이다. 이러한 점에서 『남녘땅에 기'발 날린다』는 이러한 어린이 교육의 목표를 구체적으로 확인할 수 있는 작품집이었다.

셋째, 4월혁명문학의 주된 창작 매체는 조선작가동맹 중앙위원회의 기관지 월간 『조선문학』과 주간 『문학신문』이었다. 단행본 매체의 경우에는 훗날 작가들이 개인 시집이나 합동 작품집을 간행하면서 혁명 당시의 문학적 성과를 고스란히 수용하는 양상을 띠고 있었다.

넷째, '중학교 기술학교 학생용'으로 발간된 『남녘땅에 기'발 날린다』는 북한 어린이들의 정치 사회화를 겨냥한 문학교육 텍스트로서, 당의 이념과 정책을 적극적으로 수용하는 차원에서 전략적으로 발간한 작품집이었다. 여기에는 시 8편(석광희, 류연옥, 김경태, 우봉준, 백하, 김동전, 윤복진, 최석숭), 소설 1편(원도홍), 오체르크 1편(조병조), 어린이극 1편(최복선), 희곡 1편(김갑석)을 수록하였다.

남북한의 체제를 비교함으로써 북한 체제의 우월성을 강조하는 시각과 미국을 비판하고 남한의 부정부패와 계급갈등을 폭로하는 내용이 지배적이었다. 그리고 남한의 항쟁 주체들은 천리마 형상을 강조했던 창작기풍을 반영하듯 '천리마 기수'로 형상화되고 있었으며, 남한 사회와 미국에 대한 비판을 강화하기 위해 비속어의 사용이 두드러졌다. 이처럼 4월혁명을 노래한 북한의 어린이문학은 사회주의 체제의 우월성을 학습시키는 정치사상 교육담론으로서의 역할을 충실하게 수행했다고 볼 수 있다.

그동안 북한문학 연구는 문학사적 조망에서부터 문예이론, 주제론, 개별 작가·작품론에 이르기까지 상당한 성과를 축적해 왔다. 그런데도 북한문학의 속살을 두텁게 해 줄 1차 문학사료를 체계적으로 발굴하고, 남북한 통합문학사를 서술하기 위한 새로운 연구방법론을 모색해야 하는 과제는 여전히 남아 있다. 자료 부족은 본격적인 연구를 방해하는 가장 큰 걸림돌이다. 이 글 또한 월간문예지 『아동문학』과 『청년문학』 들의 잡지 매체, 교과서, 단행본 시집 매체 들의 중요한 간행물을 제대로 확보했더라면 4월혁명문학의 실상을 보다 깊고 넓게 고찰할 수 있었을 것이다. 따라서 북한문학의 환경과 현상을 제대로 조망해 내기 위해서는 1차 문학사료를 확보하는 일이 무엇보다 시급하다.

일러두기

1. 이 자료는 1960년 북한에서 발행된 『남녘땅에 기'발 날린다』를 원문에 충실하게 옮긴 것이다. '중학교 기술학교 학생용'으로 발간된 이 책의 편집은 유회준이 맡았다. 9월 10일 교육도서 인쇄 공장에서 인쇄하였으며, 9월 15일 아동도서출판사에서 발행했다. 가격은 13전, 발행부수는 3만 부다.

2. 우리의 현행 어문규정에 따라 표기하였으며, 분명한 잘못은 바로잡았다. 다만, 소설, 오체르크, 극, 희곡의 경우 인물들의 대화는 원문 그대로 두었다.
   예) 리 승만→이승만, 김 주렬 → 김주열, 홰'불→ 횃불, 웨치다→ 외치다, 돌리였다→ 돌렸다, 갇히여 → 갇혀, 가리우게→가리게

3. 뜻풀이가 필요한 경우에는 주석을 달아 독자의 이해를 돕고자 했다. 원래 주는 주석의 끝에 (원 주)라 밝혀 두었다.

4. 동음이의어를 된소리 표기로 구분하는 것은 그대로 두었다. 대표적인 예가 원수(元帥, 怨讐)다.
   예) 김일성 원수, 원쑤놈들과 싸우는 남녘땅

5. 외래어는 현행 표기법에 따랐다.
   예) 로케트 → 로켓, 라지오 → 라디오, 땅크 → 탱크

6. 과도하게 사용된 문장부호(《 》)는 다음과 같이 수정하였다.
   ① 강조의 뜻으로 사용된 명사(인명, 지명, 기타)는 처음 나왔을 때만 작은따옴표(' ')로 처리하고 이후에는 삭제하였다.
   예) '경찰' → 경찰, '국회 의사당' → 국회의사당
   ② 대화는 큰따옴표(" "), 혼잣말이나 생각은 작은따옴표(' ')로 처리하였다.

7. 방점에 의한 강조는 고딕으로 표시하였다.

8. 자료의 마지막에 영인의 일부를 추가하였다.

김주열

석광희

우리의 동갑이 김주열 동무야
너는 끝내나 돌아왔구나!
어머니 품으로 돌아왔구나!
우리의 가슴에 안기었구나!

저 소리 듣느냐? 저 소리 듣느냐?
너를 실어서 우리에게 보내 준
남해의 노한 파도 소리를
땅을 뒤흔드는 발구름 소리를
그리고 듣느냐 저 소리
너의 어린 누이동생이 부르짖는
"오빠의 원쑤를 갚아 주세요!"
애타는 소리! 불타는 소리!

살뜰한 동갑이 김주열 동무야
꿈 많은 네 가슴에 품었던 것 무엇이냐?
그것은 판잣집이 아니라
유리 창문 밝은 아파트
비 새는 천막 속 글방이 아니라
햇빛 흘러드는 학교
그리고 삼천만이 갈망하는

조국의 평화 통일 …….

애젊은[1] 가슴을 사정도 없이

저주할 원쑤의 총탄이 뚫었으니

어찌 눈 감을 수 있었더냐

아니다 김주열아 …….

너는 죽지 않았다.

타 번지던 네 눈길은

노도처럼 밀려가는 항쟁의 대열

수만의 눈길 속에 담겨졌구나 …….

굳게 틀어쥐었던 네 주먹

삼천만의 주먹과 함께 하늘을 찌르누나 …….

네 가슴에 치솟던 불길

겨레의 가슴속에 옮겨졌구나 …….

우리의 동갑이 김주열 동무야

너는 항쟁의 선두에서 나아가누나 …

마치 **당꼬**[2]의 심장이 비치는

거룩한 횃불 되어 성스러운 불길 되어

인민의 어깨에 실려 나아가누나!

어머니와 함께

어린 누이동생과 함께

---

1   앳되게 젊은
2   당꼬는 막씸 고리끼의 작품에 나오는 주인공으로 인민을 사랑하고 인민을 위하여 심장을
    바친 용감한 청년 영웅. (원주)

우리 동갑이들과 함께

삼천만 동포와 함께

그렇듯 뜨거운 가슴을 벌리고

그렇듯 자랑 높은 머리를 쳐들고

승리의 날 동트는 새벽을 향해

발걸음도 굳세게 나아가누나!

전설의 동상 되어 나아가누나!

1960. 5. 8.

우리들의 마음도 날개 쳐 간다

류연옥

우리들의 마음은 날개 쳐
남녘땅으로 날아간다
날로 커 가는 항쟁의 대열
그 대열로 날개 쳐 간다.

남녘땅 동무들의 가슴 가슴에
새 힘을 북돋아 주고 싶어
원쑤들과 싸워 이겨 낼
그 힘을 보태어 주고 싶어
우리들의 마음도 날개 쳐 간다.

공화국 이 북녘땅
화려하게 일어서는 새 도시들에서
가로수 푸르른 거리거리로
우리는 나란히 거닐 날 그리며

살찐 여기 협동벌
기계로 흥겹게 일하는 들에서
황금 이삭 드리울 무렵에도
우리와 만나 속삭일 그날 생각하며

우리들의 마음, 붉은 마음은
날개 친다 날개 쳐 간다.
원쑤와 싸우는 남녘땅 동무들
그 슬기로운 항쟁의 대열로.

누구나 마음껏 배울 수 있는
즐거운 낙원 자유의 학원
공화국 북녘땅 그 어디서나
우리를 위해 섰고 또 서거니

평양에는 오늘도 한창
장대재 위에 솟아오르는 궁전
웅장한 우리의 아동 궁전이
더욱 빛나는 미래를 불러 주거니

우리들의 마음은
힘차게 날개 쳐 간다.
굶주리고 헐벗고 불쌍히 살아 온
그러나 용감히 일어나 싸우는
남녘땅 동무들이여!

동무들이 원하는 모든 것
여기 북녘땅에 마련되고 있거니
이 행복 우리와 함께 나누기 위해
우리의 마음 날개 쳐 간다.

우리의 마음 오늘도 날개 쳐 간다.
아름다운 희망이 꽃피어 나는 듯
공화국에 이룩된 눈부신 건설
황무지 남녘땅에도 이루어 놓기 위해

우리의 마음, 붉은 마음도
슬기로운 동무들의 대열로 날개 쳐 간다.
온 삼천리 넓은 조국 땅에
자유의 꽃동산 세워 나아가고자.

원쑤들이 남긴 학정의 흔적 불사르고
침략자들의 더러운 발자국 지워 버리고
통일의 꽃동산 꾸려 나갈 길 찾아
붉은 넥타이 가슴에 휘날리며
우리들의 마음, 불타는 마음은
오늘도 내일도 날개 쳐 날개 쳐 간다.

달려가고 싶구나 한달음에

김경태

"썩은 국회를 해산하라!"
가슴에 사무쳤던 외침 소리
승리를 당겨 오는 발구름 소리
나 어린 우리 동무들도 일떠섰다.[3]

온 세계 착한 어머니들이 지켜 선 동무들
싸움으로 들끓는 서울의 아들
작은 그 손에서 불이 된 돌이
하늘을 찢으며 날아간다.

'국회의사당'의 유리창을 까 재낀다
"쩽!" 얼마나 좋으냐, 좋다!
미국놈의 발판이 산산이 부서진다
짓부시자,[4] 더는 참을 수 없다!

…… 죄 없는 동무의 맑은 손톱을 뽑고
궤짝에 넣어 못을 친 놈들
…… 세 살짜리 귀염둥이 가슴에
카빈총알을 쏘아 박은 놈들

---

3   기운차게 썩 일어나다.
4   마구 부수다.

기어든 첫날부터 미국놈들은
빼앗았다 모든 것을
너희들의 동무를, 너희들의 웃음을,
너희들의 학교를, 너희들의 놀음터[5]를…

그러나 놈들은 빼앗지 못했으니
원쑤를 미워하는 붉은 마음
공화국을 그리는 붉은 마음
붉은 마음만은 앗을 수 없었으니

달을 따라 해를 따라
붉은 마음 ─ 불씨는 자랐다.
국회의사당을 까부신 불씨
무서운 불길로 번져 나간다.

마산에서, 대구에서, 청주에서
원쑤를 무찔러 돌이 날은다
원쑤를 겨누어 도낏날이 번뜩인다.
서울이, 인천이, 부산이 일떠섰다.

싸우자!
이 얼마나 아름다운 말이냐
여기에 승리가 있기에

───────────

5 '놀이터'의 북한말

행복으로 가는 길이 여기 있기에

작은 두 손에 돌을 틀어쥐고
싸우는 서울의 동무들아
자랑찬 싸움의 나날을 거쳐
너희들은 안기리 조국의 품속 깊이!

김일성 원수의 품에 안기어
우리들은 반드시 함께 살리라!
희망의 나래를 활짝 펼치고
통일을 앞당겨 싸우는 동무들아

아, 달려가고 싶구나 한달음에
한달음에 달려가 얼싸안고 싶은 마음
싸우는 마음으로 우리 모두 외친다
"미국놈은 당장 물러가라!"

1960.4. (강조는 인용자)

원쑤들이 떨고 있다

우봉준

총칼 번뜩이며
징알 박은 군화 저벅거리며
원쑤들은 생각하였다
― 남조선이 통째로 떨고 있다고
맨주먹 쥔 사람들이 떨고 있다고―

판잣집을 탱크로 밀어 던지며
기름진 논밭에 '군용지' 팻말 두드려 박으며
원쑤들은 생각하였다
― 남조선이 송두리째 떨고 있다고
미국이 두려워
우리네 어버이들이 떨고 있다고―

쇠사슬로 남조선을 칭칭 동여매며
피바다로 남조선을 잠겨 가며
원쑤들은 생각하였다
― 조선 사람들은 말 못하는 벙어리
부려 먹기 좋은 '노예'들이라고 …….

아니다 우리는 겁쟁이도
네놈들이 깔보는 말 못하는 노예도 …….

우리는 버텨 왔다 오랜 세월
네놈들을 요정[6] 낼 복수의 날창.

짓밟히는 권리 피 흘리는 부모 형제
더는 더는 보고만 있을 수 없어
우리는 일어섰다 횃불 추켜들고
우리는 일어섰다 한 덩이 되어 …….

마산에서 일어 난 한 점의 불꽃
남조선을 불태우며 번져 간 불꽃
누가 끌 수 있다더냐 이 불길을
열다섯 해 쌓였던 분노의 불길을.

보아라 과연 누가 떨고 있는가
떨고 있는 건
대포와 총을 가진 미국 승냥이
탱크 믿고 뽐내던 이승만 정부.

우리는 무너져 내리는 천만 사태
우리는 소용돌이치는 사나운 홍수
속임수도 얼리움[7]도 총칼의 위협도
막아 낼 수 없다 멈춰 세울 수 없다
깍지 끼고 내닫는 우리의 전진

---

6   결판을 내어 끝마치다.
7   "얼리다"의 명사형. 요구에 응하거나 말을 잘 듣도록 구슬리다.

빼앗긴 자유

짓밟힌 권리

되찾아내는 그날까지

우리는 놓지 않으리라 놓지 않으리라

틀어쥔 항쟁의 깃발

높이 추켜든 판가리[8] 싸움의 횃불.

행복이 꽃피는 북반부처럼

우리도 나래 펴고 떳떳이 살고 싶어

아버지도 할머니도 형님도 나도

어깨 걸고 나섰다 항쟁의 거리

원쑤의 발굽 밑에 몸부림치던 거리.

원쑤가 떨고 있다

겁에 질린 원쑤가 거품 물고 늘어진다

나라 지켜 용맹 떨친 선조들의

후더운 붉은 피 이어 받은

슬기로운 우리들의 발밑에서

원쑤가 떨고 있다. 원쑤가 떨고 있다!

---

8   판가름. 승패나 생사존망을 결판내는 일

플래카드로 총구를 밀고 나가자

백하

순이 아버지도 총에 맞았다
철이 엄마도 피 흘려 쓰러졌다.

동무들아 모여라 대열을 짓자
싯누런 '국군'들 총을 겨누어
주루니[9] 앞길을 막아섰구나.

원한에 찬 부모들의 붉은 피로 쓴
플래카드를 날려라 펄펄 날려라
원쑤놈의 총구보다 높이 들고 나가자.

동무들아 듣느냐 저 목소리를
하늘같은 우리 부모 우리 형님
땅 위에 쓰러져 투쟁을 부른다.

우리를 교실에서 내쫓아 헐벗긴 자
어린 피를 빨아 '공납금' 처먹는 자
미국놈의 졸개를 짓밟고 나가리라.

---

9 '나란히'의 북한말

"군인들이여,

　　부모님들에게

　　　　총부리를 겨누지 말라!"

불타는 우리 마음 붉게 적은
플래카드로 총구를 밀고 나가자
저 앞에 부들부들 떨고 선
이승만의 '중앙청'을 밀고 나가자!

싸우라 내 아들아!

김동전

얼마만이냐 내 고향을 보는 것은
사랑하는 아들의 목소리 듣는 것은
싸우는 고향 산천을
나도야 함께 걷는 것은.

2천 리 먼먼 고향 길로
내 마음 언제나 줄달음쳤어도
가지도 듣지도 못하던 고향 소식을
들었노라 이 아침 라디오 곁에서.

"이승만 물러가라!" 외치는 대열
그 속에 들려오는 귀 익은 목소리
"오빠의 원쑤를 갚아 다오!"
애타게 부르짖는 소녀의 목소리.

모두 스물 안팎 한창 나이를
그 속에 울려오는 창남이 목소리
내 가슴 속에 허벼[10] 들어
아버지의 마음을 흔들어 주누나.

_____

10 몹시 괴롭게 하거나 아프게 하는

어미 없이 남겨 둔 내 아들
장하구나 창남아!
대열의 앞장에 서 나아가는
네 모습 정말 보이누나.

아 차가운 길가에 쓰러진
너 창남이 아니냐
너 어찌하여 누워만 있느냐
일어나라 이마에 흐르는 피를 닦고 …….

자유를 위해 삶을 위해
조국의 평화적 통일을 위해
사랑하는 내 아들아 나아가라
그 길로 나아가면 아버지를 만나리니 …….

"창남아!" "아버지!"
소리치며 만날 그날을 위하여
사랑하는 고향아 아들아!
싸우라 일어나서, 일어나서 싸우라!

일떠선 산천이여! 싸우는 바닷가여!
그대 떠나 멀리 북변에서
나도야 외치노라 나아가노라
"이승만 파쑈 통치 송두리째 뽑아 치우라!"
"미국놈 당장 나가라!"

어린 너희들도 나섰구나

어린 너희들도 나섰구나
윤복진
참고 참아 온 가슴들이
화산처럼 터졌구나

온 장안이 온 강산이
분노의 불길에 쌓였구나

어림없다 미제야
저 불길 총칼로는 못 막으리

총칼의 수풀을 뚫고
어린 너희들도 나섰구나

햇빛보다 찬란한
플래카드 높이 쳐들고

아니 그래 미국놈 총칼로
누굴 보고 겨누나

피 묻은 미국놈 탱크로

누구를 깔아뭉개려나

"언니 오빠들이여
부모들에게 총부리를
겨누지 말라!"

그렇구나, 햇빛보다 찬란한
싸우는 너희들의 붉은 글발[11]

총칼보다 힘 있구나
원자탄보다 힘차구나

총칼을 잡은 눈먼 손들이
옴짝달싹 못하고

미국놈 탱크는 못에나 박힌 듯
땅에 딱 붙었구나

'경무대'와 '의사당'은
사시나무처럼 떨고

바다 건너 '워싱톤'은
모래성마냥 흔들리는구나

---

11 적어 놓은 글

※

장하다 너희들의 플래카드
싸우는 너희들의 붉은 글발

새처럼 빠르구나
로켓인 양 날아가누나

온 나라 어린 동무들이
온 세계 우리 사람들이

경의의 눈으로 바라본다
환성을 올려 성원한다

※

싸우자 끝까지
질풍처럼 뚫고 나가라

싸우는 너희들의 플래카드
더욱 높이 쳐들어라

자유와 행복
우리의 평화 통일 위하여

원쑤 미제 몰아내자
이 땅에서 몰아내자.

1960.4.25.

더 힘차게 일어나라

최석숭

가없이 맑은 하늘을 담고
푸른 물 굽이쳐 흐르는 대동강가
꽃향기 그윽한 아동 공원에서
우리들은 뛰노네 조국의 품에 안겨.

설움에 겨웠던 오사카 거리
검은 연기 속에 짓눌려 기 못 펴던 우리들
희망의 가슴 부풀어 오르는 오늘
수직 회전대에 실리어 높이 올랐네.

아, 바라보이누나 녹음 속에 우뚝 솟은 학교
붉은 넥타이 나에게 매어 준 우리 학교가
아동 궁전 일떠서는 장대재 기중기도
손 저어 우리들을 반겨 주는데

해당화 붉게 피는 남해 바닷가
내 고향 동무들이 생각나누나
미국놈의 총칼에도 굴하지 않고
오늘도 싸우고 있을 용감한 동무들이 …….

월사금 사친회비 못 낸다 해서

학교에서 내쫓는 원쑤놈들
미국놈의 종이 되라 가르치는
원쑤놈들과 싸우는 남녘땅 동무들이 …….

오늘도 청진 부두에는
아득한 일본 땅에서 돌아온 우리 동무들
꽃묶음 꽃보라 속에 파묻혀
기쁨에 들끓고 있는데

어찌 한 발자국 사이에 둔 너희들만이
한 조국 땅에서 즐겨야 할 너희들만이
자유를 뺏기고 암흑 땅에 살아야 한단 말이냐?
미국놈의 총칼에 쓰러져야 한단 말이냐?

안 된다! 더는 못 참는다!
내 고향 남녘땅 동무들아!
생각해도[12] 치가 떨리는 미국 승냥이놈들
하루속히 몰아내야 한다! 몰아내야 한다!

빼앗긴 행복 다시 안겨 줄 평화 통일
평화 통일 앞당기기 위하여
더 힘차게 일어나야 한다!
미국놈들 쫓겨 가는 날까지 싸워 이겨야 한다!

---

12 원문에는 "생각두새"로 표기되어 있다.

동무들아! 내 고향 동무들아!
희망찬 우리들의 마음이
언제나 동무들과 같이 있다!
동무들과 같이 숨 쉬고 있다!

동무들아! 붉은 넥타이가 기다린다!
사회주의 낙원이 두 팔을 벌리고 있다!
어서 얼싸안고 같이 즐기자꾸나
행복의 노래 마음껏 부르자꾸나.

1960.6.

어머니와 아들

원도홍

영호는 정신이 더 말똥말똥해져서 잠들 수가 없었다. 그는 이불을 걷어차고 일어나 불을 켰다.

"야, 놈들 또 올라. 어서 꺼라."

대문을 열어 줘고 아까부터 큰아들 오기를 기다리고 있는 어머니가 갑자기 방안이 환해지는 바람에 질겁을 하며 소리 질렀다. 비둘기장만한 행랑방에서 흘러 나가는 불빛이 마치 등댓불과 같이 어둠에 묻힌 거리를 비췄다.

거리에서 호각 소리가 요란하게 울리고

"불 꺼라."

하는 귀청을 째는 고함 소리가 터졌다.

어머니가 황급히 방안으로 뛰어들어 수심으로 하여 더 병색이 드러나 보이는 갸름한 얼굴로 영호를 쏘아보며

"너 어쩌자고 그러니?"

하고 아들의 머리를 쥐어박아 자리에 밀어 넣고 불을 껐다. 다시 거리는 어둠에 묻혀 한 점의 불빛도 볼 수 없었다. 그러나 서울 거리는 잠든 것이 아니었다. 어둠 속에서 서울 거리는 도가니 속처럼 술렁술렁 끓고 있었다. 아우성 소리, 총소리, 탱크 엔진 소리, 요란한 소방차 고동 소리가 뒤섞여 마치 금방 전쟁이 일어난 때처럼 사람의 마음을 흥분시키고 긴장하게 하였다. 원쑤놈들의 소굴이 타는 불기둥들이 사방에서 솟구쳐 올라 밤하늘을 태우고 있었다.

영호는 가만히 자리에 누워 있을 수가 없어 머리를 내밀어 어머니가 대문

간으로 나가자 살그머니 일어나 뙤창문[13] 밖으로 머리를 내밀었다. 아우성 소리가 더 쟁쟁히 들렸다.

"마산 학생을 석방하라!"

"더러운 정부 타도하라!"

"학원에 자유를 달라!"

"선거 다시 하자!"

영호의 귀에는 낮에 들은 시위 군중들의 악에 받친 외침 소리가 지금까지 쟁쟁히 울렸고, 거리가 미여지게 모여든 시위 군중의 용감한 투쟁 모습이 눈에 선히 떠올랐다. 그는 하루 종일 시위 대열들을 따라 다니면서 별의별 것을 다 보았다. 시위 대열을 막으려고 물총질을 하는 소방차를 빼앗아 불 지르는 것도 보았고, 경찰놈들의 총에 맞고 원쑤를 갚아 달라고 외치며 쓰러지는 학생들도 보았고, 총질하는 경찰놈들의 총을 빼앗아 원쑤놈들을 쏴 죽이는 것도 보았다. 또 원쑤놈들의 소굴에 뛰어들어 모조리 까부시고 불을 지르는 것도 보았다. 그럴 때마다 영호도 열이 올라 시위 군중들에 끼어 돌질도 하고, 구호도 외치고 또 시위 군중이 까 엎은 원쑤놈들의 자동차에 올라타 보기도 하고, 시위 군중과 맞붙은 경찰놈들의 꽁무니들을 차 주기도 하였고 놈들이 차고 다니는 몽둥이를 빼앗아 막 패 주기도 하였다.

쿠릉쿠릉쿠릉— 집을 뒤흔드는 요란한 소리가 가까이에서 들려왔다. 영호는 골목길로 내다보이는 앞거리를 보았다. 시꺼먼 탱크들이 긴 포들을 드리우고 장안으로 들어가고 있었다.

'개놈 새끼들!'

영호는 눈을 번뜩이며 장안으로 들어가는 무시무시한 탱크들의 그림자를 노려보았다.

---

13 방문에 낸 작은 창문

"야, 아무래도 내가 학교 좀 갔다 와야겠다."

대문을 열어 쥐고 탱크들을 보고 있던 어머니가 대문을 닫고 떨리는 목소리로 영호에게 말을 하였다.

"일없어요.[14] 가다 경찰놈들한테 붙들리지 말고 들어와 계세요. 정말 아까 형을 봤어요. 아마 집에 오지 못하구 장안에 있는 어느 동무네 집에 있을 거예요."

영호는 어머니가 공연히 근심하고 있는 것 같았다.

"넌 속이 편안한 모양이구나. 무슨 일이 안 생겼으면 왜 지금까지 집에 들어오지 않겠니?"

어머니는 성을 내며 대문으로 나갔다.

"어머니, 글쎄 학교 가야 소용없어요. 형님이 왜 학교로 찾아 가겠어요. 가서 공연히 선생들한테 야단만 맞지 말고 어서 들어와 계세요."

그러나 어머니는 돌아다보지도 않고 거리로 나갔다.

"어머니!"

영호는 뙤창문에서 몸을 빼고 어머니를 뒤쫓아 대문 밖으로 달려 나갔다.

"어머니, 학교 가야 소용없대두요. 제가 칠성 형네 집에 넘어가 보고 올 테니까 집에 들어와 계세요."

영호는 거리로 나가는 어머니를 붙들었다.

"고만 둬라. 내가 갔다 올게."

어머니는 가던 길을 멈추고 돌아섰다.

"제가 뛰어갔다 오겠어요."

"고만두래두. 너까지 괜히 밤에 싸다니다가 순경들한테 붙들려 이 에미 속 썩이지 말고 어서 들어가 잠이나 자라."

---

14 걱정하거나 개의할 필요 없다.

어머니는 영호를 대문 안으로 밀어 넣고

"야, 넌 에미 간 말리지 말고 제발 집에 좀 박혀 있어라."

하고 밖으로 고리쇠¹⁵를 걸었다.

어머니는 기둥 같이 믿고 사는 두 애가 이 난리 통에 어떻게 될까봐 매우 근심스러웠다. 어머니는 대문 밖으로 고리쇠를 걸고도 안심이 안 되는지 재삼 나오지 말고 방에 들어가 자라고 신신당부하고 칠성이네 집을 향해 캄캄한 언덕길로 올라갔다.

어머니가 형을 찾으러 간 후 영호는 또 뙤창문으로 몸을 내밀고 황황히¹⁶ 타오르는 불기둥을 바라보며

"어서 빨리 이놈 세상이 망하고 나쁜 놈들을 모조리 잡아 없애야 해……."

하고 얼마 전에 헌병대에 잡혀갔다 나온 일을 생각하며 이를 갈았다.

영호는 한 달 전에 국민학교를 졸업하였다. 일제 시기부터 담배 공장 사무원으로 일하시던 아버지가 오랫동안 폐병으로 누워 계시다가 돌아가신 후 한때 어머니가 직업이 없어 2년 동안 쉬기는 하였으나 그는 1학년 때부터 1, 2등 자리를 내놓지 않았다. 졸업식 때는 표창장까지 받았다.

어머니는 공부를 못하면 몰라도 그렇게 공부를 잘하는 애를 그저 국민학교만 졸업시키고 내버려 두고 싶지 않았다. ─난 일본놈들 때문에 중학교도 다니다 말았지만 이 애들은 어떻게 해서든지 대학까지 보내야지. 영일인 의학대학에 보내 의사를 만들구, 영호 이놈은 뺄¹⁷이 센 걸 보니 법과대학에 보내 정치가를 만들어야겠소. 이 두드러진 이마와 이 시꺼먼 눈을 보우. 어디 하나 어리숙한 데가 있나 …… 이놈은 반드시 큰 인물이 될 놈이야─ 하고 세

---

15 쇠고리
16 번쩍번쩍 빛나서 밝게
17 배알. '배짱'을 낮잡아 이르는 말

살 위인 제 형 머리만큼 큰 영호의 머리를 쓰다듬어 주면서 늘 말하던 죽은 남편의 말이 생각났다. 그는 어떻게 해서든지 중학교 맛이라도 뵈 보고 싶었다. 형도 그랬다. 새 학년에 중학부(우리 초급 중학교 초급반과 비슷함) 3학년에 올라갈 그는 자기가 그만두고 밥벌이를 하더라도 뛰어나게 공부를 잘하는 영호는 꼭 대학까지 공부를 시키겠다고 마음먹고 자기가 다니는 중고등학교(초중 고중 병설학교와 비슷함)에 시험을 치게 하였다.

영호는 자신 있게 입학시험을 쳤다.

영일이는 하나도 틀리지 않고 시험 답안을 써낸 동생이 아주 기특하게 생각되었다. 수험장 밖에 기다리고 섰다가 어떤 문제가 나왔고 어떻게 답안을 썼는가 물어볼 맛이 있었다. 늦도록 거리를 쓸고 밤 한 시, 두 시가 돼야 집에 돌아오시는 어머니도 영호가 단어 한 개도 틀리지 않고 모두 만점을 맞았다는 말을 듣고는

"어디 한 번 더 풀어봐라."

하고 몸 지친 것도 잊고 영호가 막힘없이 제꺽제꺽[18] 풀어 나가는 것을 보고 매우 기뻐하였다.

그러나 어머니는 남들처럼 선생들을 먹이고 돈을 찔러 주지 못하는 것이 안타까웠다. 돈이 조금이라도 있으면 영일이 담임선생을 모셔다 놓고 저녁 한 끼라도 대접한들 얼마나 힘이 되랴 싶었다. 그는 그러다 못해 영일이 아버지와 한 고향 친구인 최 선생이 학교에서 쫓겨난 것까지가 한탄스러웠다. 영일이가 입학할 때는 최 선생이 많이 힘을 써 주었다. 그러던 그 최 선생이 사상이 나쁘다고 해서 학교에서 쫓겨나고 말았다.

영일이도 안타까웠다. 그는 담임선생을 모셔다 한 끼 대접할 만한 돈은 마련해 가지고 있었다. 그러나 그것을 다 먹이고 나면 영호가 입학시험에 든다

---

18 '제꺽덕제꺼덕'의 준말. 어떤 일을 시원스럽게 빨리 해치우는 모양

하더라도 소용이 없는 것이다. 영일이는 오래전부터 피도 팔고, 가정교사 노릇도 하고, 삯일도 해서 영호의 입학금이라고 푼푼이 모아 둔 돈이 좀 있었다. 영일이는 어쩔까 하고 망설이다가 담임선생에게는 거저 가서 청을 들기로 하였다.

요새는 선생들을 만나기가 힘들었다. 그들은 집에 붙어 있는 날이 없었다. 매일 저녁 학부형들에게 불려 다녔다.

영일이는 겨우 선생을 만나 동생에 대한 이야기를 하였더니

"영일군도 공납금을 못 물어 학교에서 쫓겨날 형편에 동생은 또 어떻게 공부를 시키려고 그러나?"

하고 마치 동정이나 하듯이 얼굴을 찡그리고 말하는 것이었다. 이 말을 들으니 영일이는 눈물이 불쑥 솟았다. 그러나 영일이는 꾹 참고

"전 학교 그만두겠습니다. 그 대신 제가 벌어서 동생의 공납금은 어떻게든지 대겠습니다."

담임선생은 술기운이 오른 벌건 눈을 쪼프리고[19] "힘은 써 보자구" 하고 쓰겁게[20] 대답을 하고 빨리 영일이가 가기를 기다리는 듯이 더 말없이 담배만 뻑뻑 빨고 있었다. 영일이는 꾸어 온 보릿자루처럼 앉아 있기기 쑥스러워 자리에서 일어섰다.

"가려나?"

담임선생은 힐끗 영일이를 쳐다보았다.

"네."

영일이는 멸시당한 것 같아 울컥 밸이 솟구치는 것을 가까스로 참고 일어서 나왔다. 대청에는 비단 마구자[21]를 입은 웬 뚱뚱한 사람이 기다리고 있었

---

19 '찌푸리다'의 북한말
20 '쓰다'의 북한말. 달갑지 않게
21 '마고자'의 북한말

다. 입학 청을 들러 온 학부형이 틀림없었다. 그를 본 담임선생은

"아! 언제 오셨습니까. 어서 들어오시지요."

하고 없는 아양을 떨었다.

이 꼴을 본 영일이는 담임선생이 더 미꼴사나워[22] 볼 수가 없었다. 그는 대문을 뛰쳐나오면서

'저런 걸 다 선생이라구, 이번에 실력 대루 안 넣었다간 모두 폭로해 버릴 테다.'

하고 단단히 마음속으로 벼르면서 모자를 벗어 구겨 쥔 채 집으로 돌아왔다.

영호는 중학교에 다 든 것만 같았다. 그는 흰 줄을 두르고 금빛 중자 모표가 박힌 형의 까만 모자를 남몰래 머리 위에 올려놓고 어머니의 손거울에 자기 모습을 비춰 보며 저 혼자 히쭉 웃어도 보고, 모자를 한옆으로 갸우뚱하게 비껴도 써 보고, 가죽 차양을 둥실하게 꺾어 써 보기도 하고, 또 평평하게 펴서 써 보기도 하고 두드러진 이마가 다 가리게 눈썹 위까지 푹 눌러 써 보기도 하면서 중학교에 들어가서 공부할 일들을 상상해 보며 빨리 합격자 발표 날짜가 오기를 손꼽아 기다렸다.

그런데 권총으로 사람을 쏴 죽이고 한때 서울 거리를 들썩하게 했던 국군 정훈장교의 아들 동팔이는 벌써 뼈젓이 새 중학 모자를 쓰고 영화관, 술집들을 돌아다니면서 거리의 부랑배들에게 합격탁[23]을 내고 있었다.

사실 그는 그때 감옥에 갔을 것이다. 그런데 어떻게 되었는지 소문이 잦아지자 다시 거리에 나타났고, 또 학교에도 적을 붙였다. 그러나 그는 그 후에도 학교에 오는 날보다 오지 않는 날이 더 많았다. 학교에 와서도 공부는 하지 않고 사람 죽이는 미국 영화 이야기, 또 자기 아버지가 파주에서 국군 특무대에 있을 때 미국 군대와 마을에 불을 지르고 사람들을 태워 죽이고 쏴 죽

---

22 꼴사나워
23 '합격턱'의 북한말

이던 이야기들을 큰 자랑거리나 되는 듯이 떠벌렸다.

휘발유불에 불바다가 된 마을에서 뛰어나오는 사람들을 쏴 죽이는 미국 군대들이 아주 멋이 있더라는 말을 하였을 때 영호는 아주 기분이 상해서

"이 자식아, 넌 그렇게 조선 사람 죽는 게 좋니?"

하고 동팔이를 때리려고 대들었다.

그러나 시라소니 같이 볼꼴 없이[24] 생긴 동팔이는 자기보다 몸집이 크고 힘이 센 영호에게 맞서지는 못하고 어디 두고 보자는 듯이 "힝" 하고 코나발[25]을 불며 달아나면서 미국 사람들이 자기 아버지 칭찬을 해 주었다고 뽐까지 냈다.

기다리던 합격자 발표 날짜가 왔다. 운동장에는 오늘을 초조하게 기다리던 수험생들과 학부형들로 꽉 찼다.

봄날이 흔히 그러하듯이 흐릿한 날씨였다. 형의 모자를 써 볼 때와는 달리 영호는 심드렁한 표정을 하고 교사 앞에 서서 현관을 바라보고 서 있었다. 현관에는 조금 전에 들이닿은 동팔이 아버지의 찚차가 서 있었다. 이윽고 교사로 들어갔던 형이 달려 나왔다.

"나온다."

형은 영호 곁으로 다가와서 나지막한 소리로 말하였다. 영호는 가슴이 두근거리기 시작하였다. 현관문이 열리며 흰 두루마리 종이를 쥔 선생이 나타났다. 영일이가

"저 선생이 서무 주임이야."

하고 영호에게 귀띔을 해 주었다. 운동장 여기저기에 널려 있던 사람들이 지남석에 쇳가루 달라붙듯이 교사 앞으로 우— 몰려들었다. 노무자들이 사다리를 가지고 와서 서무 주임이 내주는 종이 두루마리를 교사 벽 위에 붙이기 시

---

24 흉하거나 망측하여 볼 나위가 없는
25 '코나팔'의 북한말. 코로 흥얼거리거나 콧방귀를 뀌는 소리

작하였다. 두루마리가 펼쳐지자 "1번 붙었다!" 하는 함성이 터졌다. "7번 붙었다!", "8번도 붙었다!"…… 흰 두루마리가 뻘건 벽돌 벽 위에 굴러 펴질 때마다 벽 밑에 모여 선 사람들이 웅성거렸다. 벌써 우는 애들도 있었다. 그러나 영호의 귀에는 아무것도 들리지 않았다. 그의 온 신경은 펼쳐지는 두루마리에 집중되어 있었다. 자기 번호가 가까워 왔다. 영호는 형의 손을 꼭 쥐고 서서 숨을 죽이고 번호를 쏘아보았다. 311, 312, 313, 315, 318, 330…… 316은 없었다. 그는 형을 쳐다보았다. 형은 입술을 지그시 깨물고 합격자 번호를 쓴 긴 종이를 노려보고 섰다가

"야, 너 여기 있어라, 나 교무 주임한테 가 어떻게 됐는지 알아보고 올 게 ……."

하고 현관으로 달려 들어갔다.

동팔이는 물론, 영호와 한 반이었던 포목상 주인집 아들 인국이도, 동대문 경찰소 사찰계 주임의 아들 경익이도, 심지어는 지난 3·15선거 때 선거 위원들과 참관인들을 까눕혀 선거장에 못 나오게 해서 협잡 선거에 '공'을 세우고 사람들에게 죽일 놈이라고 미움을 받고 있는 깡패의 아들인 따기군[26] 백현이까지도 뻐젓이 합격이 되어 있었다. 돈 있고, 또 미국놈, 이승만에게 조금이라도 곱게 뵌 놈의 자식은 살인자건, 따기군이건, 낙제꾸러기건 가리지 않고 모조리 합격되고, 돈 없고 권세 없는 집 애들은 아무리 공부를 잘하고 시험을 잘 쳤어도 말끔히 떨어져 있었다. 영호는 설움이 북받쳐 올라 견딜 수가 없었다. 아직 '구구'도 제대로 못 따라 외는 놈의 새끼들이, 더욱이 첫 번 시험부터 마지막까지 모조리 백지로 낸 살인 강도 동팔이, 따기군 백형이까지 뻐젓이 합격된 데 대해서는 가만있을 수가 없었다. 영호는 동팔이와 한 책상에서 시험을 쳐서 그가 모두 백지를 낸 것을 잘 알고 있었다.

---

26 '소매치기'의 북한말

영호는 번호를 다 붙이는 것을 보고 현관으로 들어가는 서무 주임 앞으로 달려갔다.

"나 한 가지 물어 보겠습니다."

"뭐 말이냐?"

서무 주임은 안경 너머로 영호를 힐끗 돌아다보았다.

"저, 제 시험지를 한 번 봤으면 좋겠습니다."

서무 주임은 들으나마나 한 수작을 한다는 태도로

"안 돼!"

하고 다시 돌아다보지 않고 현관으로 들어섰다.

"왜 안 되나요?"

영호는 그를 놓칠 새라 현관 안으로 들어가는 그를 따라 들어갔다.

"안 된다면 안 되는 줄 알고 나갓!"

서무 주임은 허줄한 무명옷을 입은 영호를 흘겨보며 호령했다.

"내 시험지 보겠다는데 왜 안 되나요?"

영호는 이상하였다.

"요놈 새끼가 …… 잔말 말고 나갓!"

영호는 공연히 눈을 흘기며 땍땍거리는 서무 주임이 미꼴사나워서

"난 시험지 보기 전엔 못 가겠어요."

하고 시꺼먼 눈을 치뜨고 서무 주임을 쏘아보았다.

"요놈 새끼가 …… 잔말 말고 나가라면 나갓!"

서무 주임은 눈을 치뜨고 쳐다보는 고집스럽게 생긴 영호의 눈을 흘겨보며 을러댔다.[27]

그러나 영호는 얼굴빛 하나 변하지 않고 딱 마주 서서

---

27 위협적인 언동으로 을러서 남을 억누르다.

"난 시험지 보기 전엔 절대로 못 가겠어요."

하고 대꾸하였다.

"요 새끼가……"

말이 막힌 서무주임은 따귀를 붙였다. 영호는 눈에서 번갯불이 번쩍 일어나며 가슴에 맺히고 맺혔던 울화가 불끈 터져 올라왔다. 그는 무서운 것이 없었다. 그는 손찌검을 한 서무 주임의 말상 같은 낯짝을 노려보며

"왜 때려요. 내가 뭘 잘못 했어요. 사바사바해서 뵈 줄 수 없으면 솔직히 못 뵈 주겠다고 그래요. 그러면 난 갈 테예요. 난 이런 시시한 학교 안 다녀두 공부할 수 있어요."

하고 울음 섞인 소리로 대들었다.

어느 새 사람들이 모여들어 영호에게 손을 댄 서무 주임을 노려보며 수군거렸다. 서무 주임은 갑자기 얼굴빛이 달라지며

"뭐? 이놈이 어디서 그따위 말버릇이야."

하고 영호의 팔을 잡아끌고 안으로 들어갔다.

교장실에는 볼이 늘어진 늙은 교장과 국군 장교복을 입은 동팔이 아버지가 마주 앉아 무슨 이야기를 하고 있었다. 교장은 서무 주임이 끌고 들어오는 영호를 보고

"그 앤 뭐요?"

하고 거만하게 뜨적뜨적[28] 말을 하였다.

"글쎄 요놈이 학부형들이 많이 모인 데서 입학시험을 사바사바했다고 큰소릴 치며 야단입니다."

"뭐 사바사바했다구?"

교장의 눈이 찌그러졌다.

---

28 말이나 행동이 매우 느린 모양

영호는 동팔이 아버지와 교장이 서로 이마를 맞대고 수군대는 것을 보니 더 수상스러웠다.

"사바사바하지 않았으면 왜 시험지를 못 뵈 줘요"

교장이 책상을 "탕" 하고 치며

"이놈 ……."

하고 호령을 하였다. 주름 잡힌 그의 얼굴이 풍이 일어난 것처럼 씰룩거렸다. 동팔이 아버지는 반지르르한 얼굴을 약간 찡기고[29] 독기 어린 눈알을 굴리며 영호의 아래위를 훑어보며

"저놈 어느 학교에서 온 놈입니까?"

하고 교장에게 물었다. 교장은 화가 나서 대답을 못하고 입만 씰룩거리고 있었다.

서무 주임은 기가 차서 입만 씰룩거리고 앉아 있는 교장의 대답을 가로채 "네 이제 저놈 입학원서를 가져 오지요" 하고 밖으로 뛰어나갔다.[30]

그들은 영호의 입학원서를 가져다 보고 서로 눈치만 보며 말을 하지 못하였다. 공교롭게도 동팔이의 시험지와 바꾸어 놓은 애였기 때문이었다. 그러나 일본놈 때부터 순사 노릇과 형사 노릇을 해 온 동팔이 아버지는 영호를 이대로 내보냈다가는 좋지 않은 일이 생길 수 있다는 것을 직각적으로 깨닫고

"저놈이 그런 나쁜 말을 하는 것을 보니 아무래도 저놈 뒤에 뭣이 있는 것 같소. 그렇지 않고서야 조그만 놈이 그렇게 당돌하게도 신성한 학원을 모독할 수가 있소. 저놈을 제게 맡겨 주십시오. 군부에서 잘 알아서 좋게 처리해 드리리다."

하고 슬쩍 말을 돌렸다.

---

29 팽팽하게 켱기지 못하고 구겨서 쭈글쭈글하게 하다.
30 원문에는 아래와 같이 되어 있다. ""네. 이제 저놈 입학원서를 가져 오지요" 서무 주임은 기가 차서 입만 씰룩거리고 앉아 있는 교장의 대답을 가로채 하고 밖으로 뛰어나갔다."

"그렇게 해 주십시오. 저런 놈들을 잘못 넣었다가 학교 사업을 몽땅 망치지 않소. 저런 놈들은 좀 단단히 알아봐야 합니다."

교장은 머리를 끄덕이며 영호를 쏘아보았다.

교무 주임한테 달려 들어가서 동생의 시험 문제에 대해서 밝혀 달라고 대들다 못해 만일 밝히지 않는다면 재미없을 것이라고 을러대고 현관으로 나온 영일이는 뜻밖에 영호가 잡혀갔다는 말을 듣고 어리둥절해졌다. 도깨비 장난에 든 것만 같았다. 그는 동팔이 아버지가 있는 정훈국으로 달려갔다. 그러나 면회도 시켜 주지 않았다. 어머니가 이 일을 아시고 동팔이네 집에 달려 갔으나 역시 거기에서도 만나 주지 않았다. 어머니는 무슨 일인지 몰라 이리 뛰고 저리 뛰던 끝에 영호 입학금이라고 모아 둔 돈을 헌병대놈들에게 뇌물을 먹여 영호가 '학원을 모독한 죄'로 끌려 들어갔다는 것을 알았다.

영호는 보름만에 헌병대에서 놓여나왔다. 개학식도 다 끝나고 또 입학시험에 대해서 더 이렇다 저렇다 말이 없이 순조롭게 '결말'을 지은 이때까지 영호를 가두어 둘 필요가 없었다.

영호는 보름 동안 유치장에 갇혀 억울한 매를 맞으면서 동팔이 아버지와 동팔이와 교장 같은 살인 협잡꾼만이 잘 살 수 있는 무서운 세상이라는 것을 똑똑히 깨달았다. 헌병놈들이 누가 그런 나쁜 짓을 대 주었는가 대라고 때렸으나 영호는 자기가 한 말이 어디까지나 옳다고 끝까지 생각하였다. 그놈들이 사바사바하지 않았으면 왜 시험지를 내뵈지 못하겠는가, 영호는 그놈들이 자기들의 협잡이 세상에 폭로될까봐 무서워서 자기를 유치장에 가두어 넣은 것이라고 생각하였다. 이럴 때 그는 세상이 무서워졌으며 빨리 이런 세상을 뒤엎고 동팔이 아버지, 교장 같은 나쁜 놈들을 모조리 다 없애야 올바른 말을 하고 잘 살 수 있으리라고 생각하였다.

땅— 안집에서 한 시를 알리는 시계 소리가 울려 나왔다. 그런데 어떻게 된

일인지 형의 소식을 알려 나간 어머니도 돌아오지 않는다. 영호는 적이 근심이 되었다. 어머니도 경찰놈들에게 붙들렸나, 그렇지 않으면 형이 어떻게 돼서 못 오시는 것이 아닐까?…….

영호는 속이 클클해서[31] 더 기다릴 수가 없었다. 그는 한 시 치는 시계 소리를 듣고 자리에서 일어나 대문간으로 나갔다. 대문을 밀었으나 밖으로 고리가 걸려 열리지 않았다. 그가 문틈 사이로 나무 꼬챙이를 내밀어 고리쇠를 벗기려고 덜거덕거리고 있는데 밖에서

"너, 뭘 하니?"

하는 어머니의 목소리가 들렸다.

"어머니, 왜 지금 오세요?"

영호는 오래 헤어졌다 만나는 것처럼 매우 반가웠다.

"칠성이도 안 들어와서 칠성이 어머니하구 딴 집에 좀 찾아 다녔는데 모두 없두구나."

"글쎄 제가 뭐라고 그래요. 오늘은 다 집에 없을 거라구 그러지 않아요. 이젠 걱정마시구 들어와 주무세요."

어머니도 영일이네 반 애들이 모두 집에 들어와 있지 않다는 것을 알고 적이 마음이 놓이는 모양이었다. 그는 대문을 걸고 방안에 들어와

"늦었는데 빨리 자자."

하고 영호를 눕히고 자기도 그 옆에 웅크리고 누웠다.

얼마나 잤는지 창문을 두드리는 소리를 꿈결에서처럼 듣고 어머니는 눈을 떴다.

똑똑…… 분명히 누가 뙤창문 유리를 두드린다.

"거 누구요?"

---

31 마음이 좀 답답하거나 궁금한 생각이 있다.

어머니는 몸을 일으켰다.

"나 칠성이예요."

"아니 네가 어떻게……."

어머니는 푸르스름한 새벽빛이 비낀[32] 뙤창문 유리에 다가서 있는 칠성이의 핏기 없는 얼굴을 보고 뙤창문을 열었다.

"그런데 어떻게 너 혼자 왔니?"

"영일인 지금 병원에 있어요."

"뭐? 그럼 영일이가 어떻게 됐냐?"

어머니의 목소리가 커졌다.

"어제 좀 다쳤어요."

"뭐 영일이가……."

어머니는 더 말을 못하고 대문 밖으로 뛰어나갔다. 영호도 어머니와 칠성이가 주고받는 말에 잠이 깨어 형이 다쳤다는 말을 듣고 벌떡 일어나 어머니를 뒤따라 대문 밖으로 나갔다.

어머니는 칠성이의 뒤를 따라 거리로 달려 나가고 있었다. 영호는 신 뒤축을 바로잡아 신고 그들 뒤를 쫓아갔다.

거리에는 제복을 입은 경찰놈, 총칼을 꽂아 쥔 국군들이 눈을 희번덕거리면서 골목을 지켜 서 있었다. 놈들은 통행금지 시간이 풀리자마자 울상을 하고 달려가는 심상치 않은 세 사람을 보고 눈들을 굴렸다. 어떤 놈들은 앞에 막아서서 어디 가느냐고 물었다.

"여보, 사람 죽어 간다고 해서 병원에 가우."

어머니는 길을 막아선 경찰들을 물리치며 동대문 쪽으로 줄달음쳐 갔다.

칠성이는 동대문 앞에 있는 병원으로 어머니를 모시고 들어갔다. 병원은

---

32 비스듬히 비치는

죽은 듯이 고요하였다. 문소리를 듣고 간호원이 나왔다.

"여보, 우리 애가 어디 있소?"

어머니는 신을 신은 채 마루에 올라서며 큰소리로 물었다.

"어머니, 조용하세요. 환자들이 많은데 그렇게 떠들면 어떻게 해요?"

간호원은 삽삽하였다.[33]

"어머니 여기 앉아서 잠깐만 기다리세요. 제 의사 선생한테 잠깐 들어갔다 오겠어요."

간호원은 어머니를 안정시키고 안으로 뛰어 들어갔다. 그러나 어머니는 그가 나올 때까지 기다리고 있을 수가 없었다.

"칠성아, 어느 방이냐?"

어머니는 칠성이를 앞세우고 영일이 방문을 열고 들어섰다.

영일이는 머리에 흰 붕대를 칭칭 감고 죽은 듯이 침대에 누워 있었다. 어머니는 현관에 들어설 때와는 달리 숨소리 하나 내지 않고 아들 곁으로 다가갔다.

"야, 영일아!"

어머니는 고개를 떨구고 누워 있는 영일이를 보고 눈이 둥글해졌다.

"야, 영일아!"

어머니는 고함을 지르며 영일이를 그러안아[34] 흔들었다. 그러나 영일이는 아무 대답도 못하고 누워 있었다. 영호도 칠성이도 침대 앞으로 달려갔다.

영일이를 안고

"야, 영일아! 영일아!"

하고 울부짖던 어머니가 울음을 터뜨리며 아들을 안고 침대에 쓰러졌다. 그 뒤를 어어 영호가

"형님!"

---

33 태도나 마음 쓰임이가 부드럽고 사근사근하다.
34 두 팔로 싸잡아 껴안다.

하고 울음보를 터뜨렸다.

간호원은 문을 열고 들어서다가 이 광경을 보고 살근히[35] 문을 닫고 도로 나갔다.

칠성이는 눈알이 삐져나올 듯이 눈이 둥글해 가지고 영일이를 보았다. 그는 얼마 전까지 성난 사자마냥 펄펄 날뛰던 동무가 이렇게 죽으리라고는 믿어지지 않았다.

"썩은 정치 타도하라!"

"이승만이 물러가라!"

고 대열 맨 앞에 서서 우레 같은 소리로 구호를 외치던 그가, 시꺼먼 경찰놈들이 총을 겨누어 쥐고 길을 막아섰을 때 "스크럼을 무어[36] 밀고 나가자!"고 외치면서 동무들의 팔짱을 끼고 돌진해 나가던 그가, 일제 사격을 하는 경찰놈들의 총알에 머리를 맞고 피 묻은 모자를 벗어 쥐고 "살인 경찰놈들아, 학생들의 피값을 물어내라!"고 날뛰면서 경찰놈들을 짓밟아 뭉개던 그가, 병원에 업혀 와서도 이승만, 이기붕은 죽어도 난 안 죽는다고 악에 받혀 외치던 그가 이렇게 죽으리라고는 생각하지 못했다. 그러나 그는 다시 눈을 뜨지 못했다. 칠성이는 고개가 숙여졌다. 그는

"영일아!"

하고 영일이의 손을 잡고 흐느껴 울었다.

24일 저녁 서울 시민들은 원쑤와의 싸움에서 고귀한 청춘을 바친 128명의 애국투사들을 땅에 묻었다. 서울 거리는 눈물과 울음으로 싸여 있었다. 1만여 명의 유가족들과 친우들이 가슴을 치며 "내 아들을 내 놓으라!"고 울부짖었다.

---

35 행동이 은근하고 가볍게
36 '짜서' 정도로 보인다.

또 무슨 일이 생길까봐 겁을 먹고 경계망을 늘어놓고 있던 정부 관리들과 헌병들은 불안한 마음으로 이들을 지키고 있었다.

형을 묻고 그가 남긴 단 하나의 유물인 흰줄배기 중학 모자를 손에다 붙끈 틀어쥔 영호는 가슴이 터져 와 견딜 수가 없었다. 어머니는 영일의 무덤을 그러안고 떨어지려고 하지 않았다.

"어머니, 날이 다 어두웠는데 이젠 내려가세요."

하고 위로하는 영일의 동무들의 말을 듣지 않고 정신없이 땅을 치며

"이놈들아, 내 아들을 내 놓으라!"

고 통곡을 하였다.

영호는 영호대로 자기 형을 쏴 죽인 경찰놈들을 때려죽이겠다고 펄펄 날뛰면서 울었다.

"영호야, 너까지 그러면 어머니가 더 마음 상할 것 아니냐. 자, 어서 어머니 모시고 내려가자."

하고 영일이 동무들이 영호를 붙들고 말렸으나 영호는

"난 죽어도 좋아요. 난 그놈들을 때려죽이구 죽어도 좋아요. 어서 놔 주세요."

하고 발버둥을 치며 울었다.

"그러지 마. 우리 이제 내려가서 그놈들 때려 부셔 줄 테니까. 자, 어서 어머니 모시구 다 같이 원쑤놈들 짓부시러 가자."

학생들은 아들, 형을 잃은 어머니와 영호를 데리고 싸움의 거리로 나왔다.

25일 오후, "학생들의 피에 보답하라!" 플래카드를 들고 나선 대학 교수단의 시위에 뒤이어 학생들과 시민들의 시위 대열이 노도와 같이 '국회의사당' 쪽으로 밀려들었다.

영호는 형의 동무들의 시위 대열에 끼어 "썩은 정치 타도하라!", "살인 경찰 죽이라!"고 목청껏 구호들을 외치며 '중앙청'을 향해 돌진하였다. 어머니도 그들 속에 끼어서 "이놈들아 내 아들을 내놓아라!"고 가슴을 치며 울부짖었

다. 영호는 무서운 것이 없었다. 더러운 놈 나쁜 놈들이 제 살 구멍 만났다고 구더기처럼 욱실대던[37] 그 더러운 세상이 뒤집어지고 그런 놈들이 하나도 없는 새 세상이 되는 것만 같았다. 그는 시위 대열 맨 앞에 달려 나가 학생들이 부르는 구호를 목청껏 부르며 중앙청을 향해 밀려 나아갔다.

쿠릉쿠릉쿠릉…… 중앙청 입구에서 굴뚝같은 포 아가리를 아래로 드리운 탱크들이 시위 대열을 맞받아 달려 나왔다.

"죽어도 물러가지 맙시다."

자기들의 가슴에 포와 기관총을 겨누고 달려오는 탱크들을 본 학생들은 더 악에 받쳐 기세를 돋구었다. 맨 선두에 선 영호는 형의 동무들과 같이 어깨를 맞걸고 탱크를 향해 맞받아 나아갔다.

"학생 제군, 대열을 헤치고 집으로 돌아가십시오. 대열을 헤치고 집으로 돌아가십시오."

탱크 뒤에 따라 오는 계엄사령부 선전차 마이크가 계속 해산하여 집으로 돌아가라고 짖어댔다. 나중엔 만일 해산하지 않으면 발포하겠다고 을러댔으나 시위 군중들은 끄떡도 않고 탱크와 마주 서서 "만고역적 이승만이를 끌어내오라!"고 아우성을 쳤다.

영호는 자기들의 앞길에 막아선 탱크들을 모조리 까부시지 못하는 것이 안타까웠다. 그는 학생들과 굳게 어깨를 걸고 이를 갈며 앞에 늘어선 탱크들을 노려보며 이승만이를 끌어 내오라고 계속 외쳤다.

이윽고 탱크 뒤에서 스리쿼터 한 대가 시위 대열 앞으로 굴러 나왔다. 차가 시위 대열 앞에 나와 멎자 위 뚜껑이 넓은 국군 고급 장교모를 쓴 한 놈이 마이크를 쥐고 일어섰다. 영호는 그놈의 반드르르한 얼굴을 본 순간 '저놈이……' 하고 주먹을 부르쥐며 이를 갈았다. 동팔이 아버지였다.

---

37 여럿이 한데 많이 모여 몹시 들끓는

"학생 제군, 시민 여러분, 이승만 대통령께서는 늙고 병이 있어서 나오시지 못합니다. 그 대신 우리 계엄사령부에서는 정의와 민주주의를 위해 싸우는 여러분에게 모든 것을 다할 것입니다. 여러분……."

영호는 치가 떨려 더 들을 수가 없었다. 정의와 민주주의를 위해 모든 것을 다하겠다는 그의 수작을 들었을 때 가슴이 터질 것만 같았다. 그는 어떻게 뛰어나갔는지도 모르게 탱크와 마주 서 있는 대열 앞에 뛰어나가

"형님들, 이놈의 수작을 믿지 마십시오. 이놈은 미국놈을 도와 파주에서 우리 부모 형제들을 불태워 죽인 살인마입니다. 이런 놈이 정의와 민주주의가 다 뭡니까. 형님들! 이 저주스러운 살인마를 처단해 주십시오."

하고 두 주먹을 높이 휘두르며 외쳤다. 시위 군중들이 동팔이 애비를 향해 돌들을 던지며 저놈을 잡아 때려죽이자고 스리쿼터 앞으로 달려 나갔다. 군중이 달려드는 바람에 질겁을 한 동팔이 애비는 차를 몰아 뒤로 뺑소니치면서

"저놈들을 막 깔아 눕혀라!"

하고 탱크를 향해 호령을 하였다.

이 말을 들은 영호는 눈에서 번개가 번쩍하였다. 그는 발동을 건 탱크 앞에 번개처럼 달려 나가며

"이놈들아, 깔 테면 깔아라!"

하고 탱크 앞에 버티고 섰다.

이것을 본 어머니가

"야, 영호야!"

하고 외마디 소리를 지르며 대열을 헤치고 달려 나와 영호 앞을 가로 막아서며

"이 에밀 깔아라!"

하고 가슴을 헤쳤다.

앞으로 굴러 나오던 탱크들이 주춤 물러섰다. 그러자 격분한 군중들이 와—하고 밀려가 탱크 위에 기어오르기 시작하였다.

어머니는 물밀듯이 밀려오는 시위 군중에게 떠받들려 탱크 위에 올라탔다. 탱크를 빼앗은 시위 군중들은 마치 동[38]이 터진 것처럼 '중앙청'을 향해 무섭게 달려가고 있었다. 영호는 그들 속에 끼어 막 내달렸다.

탱크 위에 올라서서 노도와 같이 달려가는 수십만의 시위 군중들을 내려다보는 어머니는 무한히 기뻤다. 그는 너무 기뻐서 탱크를 빼앗아 탄 학생들에게 소리 높이 외쳤다.

"학생들아, 이 탱크를 몰고 가 이승만일 깔아 엎자!"

1960.5

---

38 동(峒). 크게 쌓은 둑, 동둑.

이승만의 목을 떼던 날

조병조

콩 볶듯 한 총소리와 하늘을 찌르는 불길 속에서 밤을 샌 서울의 새날은 밝았다.

날이 밝으면서부터 학생들과 시민들의 시위는 더욱 억세게 벌어졌다.

동대문 쪽에서 '고려대학'이라고 쓴 수건을 머리에 질끈 맨 고려대학교 학생들이 구호를 외치면서 종로 쪽으로 굽이쳐 나간다.

그 뒤를 서울대학교 문리과대학 학생들, 동국대학교 학생들, 건국대학교 학생들이 따라 섰다.

그들은 모두가 "이승만은 물러나라!", "학생들이 흘린 피의 대가를 치르라!"고 외치고 있다.

이승만 괴뢰 통치 제도를 없애버리기 위해 남조선 학생들과 인민들은 벌써 근 두 달 동안 이렇게 싸우고 있다.

그 동안에 마산에서, 부산에서, 바로 여기 서울에서 학생들과 인민들은 수많은 피를 흘렸다.

그들은 이미 흘린 피의 대가를 헛되게 하려 하지 않는다.

그들은 끝까지 싸워서 이승만 괴뢰 정부를 꺼꾸러뜨리려 하고 있다.

바다를 가르고 산이라도 옮겨 놓을 듯한 학생들의 기세를 막을 자는 없었다.

학생들은 "이승만에게 죽음을 주라!", "이기붕(이승만의 졸개)에게 죽음을 주라!"고 외치면서 계속 앞으로 나아가고 있다.

이때 을지로 쪽에서 소년 시위대가 나타났다.

그들은 모두 여남은 살 나는 '국민학교' 소년들이다.

"군인들이여! 부모들에게 총부리를 겨누지 말라!"고 쓴 플래카드를 들고 그들은 행진하고 있다.

소년 시위대는 더욱 의기충천하여 '국회의사당' 쪽으로 행진해 나간다.

그 앞장에는 최용진 소년이 서 있다.

그는 주먹을 쳐들고 "이승만은 물러나라!", "우리 아버지 원쑤를 갚아 달라!"고 외치면서 앞장서 나가고 있다.

용진은 바로 일주일 전에 있은 항쟁 때에 아버지를 잃었다.

그의 아버지는 항장에 참가했다가 '경찰'놈의 총에 맞아 죽었다.

용진의 아버지는 자유 노동자였다. 그는 지게로 남의 삯짐을 지어 몇 푼 안 되는 돈으로 식구들과 그날그날 살아 왔다.

생활이 곤란하다 보니 용진이도 학교에 갔다 집으로 돌아오면 거리에 나가서 때로는 담배도 팔고 때로는 신문 배달도 하여 번 돈으로 겨우 학교에 다니고 있다.

용진의 아버지는 식구들과 모여 앉으면 "우리는 언제 좋은 세상을 만나 잘 살겠느냐?"라고 말하면서 자기들이 못 살게 된 것은 미국놈들과 이승만 도당 때문이라고 하였다.

사실 해방 전 가혹한 일제 통치 하에서도 용진의 아버지는 농촌에서 얼마 되지는 않았지만 그래도 제 땅을 부쳐 밥은 먹고 살아 왔다.

그런데 미국놈들과 이승만 역적들이 남조선에 기어든 후 그는 이 원쑤들에게 땅을 몽땅 빼앗기고 선조들의 백골이 묻혀 있는 정든 고향을 떠나 도시로 흘러나왔다.

그가 식구들을 데리고 머물게 된 곳은 인천이었다. 그는 도시에 나온 첫날부터 일자리를 구하러 다녔다. 그러나 그는 끝내 일자리를 구하지 못하였다. 할 수 없이 그는 지게를 지고 그날그날 일감을 찾아 거리를 헤매게 되었다.

하루는 그는 미국놈의 부대에서 일감을 얻었다.

배의 짐을 선창에 부리는 일이었다.

그는 아침부터 밤늦게까지 뼈가 빠지도록 일했다. 일을 마치고 그가 삯전을 요구하였을 때 미국놈들은 다음 날 와서 받으라는 것이었다.

이튿날 그는 다시 미군 부대에 찾아 갔으나 미국놈들은 삯전을 줄 대신 삯전을 요구한다고 도리어 그를 난장으로 뚜드렸다.

삯전도 못 받고 억울하게 매만 맞고 집으로 돌아온 용진의 아버지는 그 길로 인천을 떠나 서울에 왔다. 그 후 이날 이때까지 그는 서울 거리를 헤매면서 지게꾼으로 살아 왔다.

"못된 놈의 세상! 이놈의 세상이 언제 뒤집힌담!"

용진의 아버지는 미제 침략자들과 그 앞잡이인 이승만 도당을 더없이 미워하였으며 놈들이 꺼꾸러지기만 바라 왔다.

그러던 중 남조선의 모든 곳에서 이승만 도당에 대하여 쌓이고 쌓였던 인민들의 울분과 반감이 터져 나왔다.

용진의 아버지는 학생들과 인민들의 시위가 있었다는 소식만 들으면 두 주먹을 불끈 쥐곤 하였다.

학생들과 인민들의 거세찬 항쟁은 드디어 서울에서도 연달아 벌어졌다.

그것은 지난 4월 19일이었다.

이날 서울 시내에서는 이승만 도당을 반대하는 학생들과 시민들의 대규모적인 시위가 벌어졌다.

학생들과 시민들은 '중앙청'(중앙청은 이승만 괴뢰 정부가 있는 건물이다)에 밀려가서 유리창을 짓부시고 서류를 끄집어내어 닥치는 대로 찢어 버렸다.

그들은 '주한미경제협조처'(이곳은 남조선 경제를 미국놈들에게 예속시키기 위한 사무를 보는 미국놈들의 사무소였다) 사무실도 습격하여 돌을 던졌으며 그곳에 있는 미국놈의 승용차 4대와 찦차 2대를 완전히 까부셨다.

학생들과 시민들은 이승만의 '자유당 중앙본부' 건물과 '반공청년단 본부'가 들어 있던 '반공회관' 건물도 불살라 버렸으며 '경찰서'와 '파출소'들도 돌아가면서 짓부시고 불질렀다.

그리하여 서울시는 삽시간에 불바다로 화하였으며 마치 전쟁터와도 같았다.

이날 용진의 아버지는 여느 때와 같이 아침 일찍이 거리에 나갔다가 이 줄기찬 항쟁의 대열에 참가하였다.

그는 노한 파도와 같이 밀려가는 학생들과 시민들의 시위 대열에 끼어 이승만이가 살고 있는 집인 '경무대'로 향하여 갔다.

이때 경무대 앞에는 경찰들이 시위대를 막기 위해 철조망으로 2중 3중의 방어선을 치고 방어하고 있었다.

그러나 시위 군중들은 이것을 두려워함이 없이 경무대로 접근하여 갔다.

시위대가 경무대 부근에 접근해 가자 경찰들은 미칠 듯이 총질하였다.

그러나 학생들과 시민들은 돌로 대항하면서 앞으로 계속 밀고 나갔다. 물론 용진의 아버지도 그 속에 끼어 있었다.

어느덧 방어선에 다다른 시위대와 경찰 간에는 격투가 벌어지기 시작하였다.

시위 군중들은 맨주먹으로 경찰놈들에게 맞섰다.

경찰놈들은 더욱 미칠 듯이 총을 쏘아댔다.

여기저기에서 피를 흘리며 쓰러지는 사람들이 나타났다. 군중들은 피를 흘리며 쓰러지는 동지들을 일으키면서 계속 경찰들과 싸웠다.

군중들 가운데서는 경찰놈들의 총을 빼앗아 그것으로 경찰놈들을 후려갈기는 사람도 있고 경찰과 맞붙어서 싸우는 사람도 있었다.

용진의 아버지도 경찰놈에게서 빼앗은 총탁[39]으로 한 놈의 경찰을 까눕혔다.

이때 옆에서 악을 쓰면서 달려드는 '경찰'놈의 총탄에 맞아 용진의 아버지는 그만 그 자리에 쓰러지고 말았다.

그는 "여러분! 끝까지 싸우시오. 이승만이란 놈을 잡아 죽이시오. 이승만

---

39 총탁(銃托). '개머리'의 북한말

정부를 타도하시오"라고 외치고 마지막 숨을 거두었다.

이에 고무된 군중들은 더욱 용감히 싸웠다.

군중들의 이 억센 투쟁에 질겁한 이승만 도당은 군대를 풀어 시위 군중들을 탄압하기 시작하였다.

그리하여 시위 군중들은 할 수 없이 경무대 앞에서 퇴각하지 않을 수 없었다.

경무대 앞에서 일단 퇴각은 하였지만 군중들의 투쟁 열의는 식지 않았다.

학생들과 시민들의 싸움은 계속되었다.

일주일 지난 4월 25일 서울 시내 학생들과 시민들의 항쟁은 다시 일어났다. 25일 오후부터 다시 일어난 항쟁은 이날 밤새 계속되었으며 그것이 다음 날에는 10만 군중의 대규모의 항쟁으로 번졌다.

용진이는 밤을 한잠도 자지 않고 새웠다. 거리에서 들려오는 시위 군중들의 함성과 총소리에 귀를 기울이면서 그는 한 장의 플래카드를 만들어 냈다.

아버지가 돌아가신 후부터 병석에 누운 어머니는 옆에서 "용진아! 너는 어디다 쓰려고 그런 것을 만드느냐?"고 묻곤 하였다.

"나도 동무들과 같이 시위에 참가할 테예요."

"시위! 고만두어라! 군대까지 나서서 총질한다는데 너 어쩌자구 그러느냐?"

"괜찮아요! 무서울 게 없어요. 나는 아버지 원쑤를 갚고야 말 테예요. 관동집 경호랑, 수도집 영수랑 같이 시위를 하자고 약속돼 있어요. 영수두 형님 원쑤를 꼭 갚고야 말겠다고 그랬어요."(동국대학교에 재학 중이던 영수 형님도 4월 19일 항쟁에서 희생되었다)

그리하여 날이 밝자 용진이, 영수, 경호 등 10명의 소년들은 용진이가 밤새 만든 플래카드를 들고 10만 항쟁 군중의 흐름 속에 떨쳐나서게 된 것이다.

을지로 6가에서 떠날 때에는 단 10명이였던 소년 시위대원들은 점점 늘어갔다.

길옆에 늘어섰던 같은 또래의 '국민학교' 아동들이 너도 나도 모여들어 여기에 합류하였다.

을지로 네거리에 이르렀을 때 소년 시위대는 300여 명으로 늘었다.

이것을 바라본 군중들은 계속 박수와 환호를 울리면서 성원을 보냈다.

소년대원들의 기세는 하늘을 찌를 듯 드높았다. 소년 시위대가 반도호텔을 지나 '시청'앞을 굽이쳐 나갈 때였다. 바로 얼마 떨어지지 않은 국회의사당 앞에서 총소리가 요란하게 들려왔다.

국회의사당 앞에서 방어하고 있던 괴뢰군놈들이 시위 군중들에게 총질을 들이댄 것이다.

소년 시위대원들은 문득 발걸음을 멈췄다.

4월 19일 항쟁에서 겁을 집어 먹은 미제 승냥이들과 그 졸개들 이승만 도당은 군중들의 항쟁을 억누르려고 탄압 기구인 계엄사령부를 설치하고 서울 시내에만도 괴뢰군 15사단과 한 개 중대의 탱크를 풀었다.

이 원쑤들은 시내 요소요소에 괴뢰군과 탱크를 배치하여 놓았다. 특히 경무대와 중앙청 앞, 그리고 여기에서 국회의사당 앞까지 이르는 태평통에는 2중 3중 방어선을 쳐 놓았다.

"이승만은 물러가라!", "민족 반역자 이승만을 때려 부셔라!"고 외치면서 경무대로 향하던 시위 군중들은 이 방어선에서 괴뢰군과 맞부딪치게 된 것이다.

시위 군중들은 어떻게 하나 이 방어선을 뚫어야 했다.

이것을 뚫어야 경무대로 돌진할 수 있었다. 시위 군중들은 목숨을 내걸고 괴뢰군과 싸웠다. 지금까지 소년 시위대원들의 앞장에 서서 행진해 오던 용진은 들려오는 총소리를 듣고만 서 있을 수 없었다.

그는 국회의사당 앞으로 달음박질쳐 갔다. 이때 한 대학생이 용진이 쪽으로 달려오면서 "돌을! 돌을!" 하고 외쳤다.

용진은 그것이 무슨 소리인지 곧 알아차렸다. 그는 자기 또래가 서 있는 곳으로 도로 달려 와서 "동무들! 돌을 나릅시다. 돌을 날라 형님들을 도웁시다!"

라고 소리를 쳤다.

그리하여 소년 시위대원들은 돌을 주워서 괴뢰군과 싸우는 형님들에게 날랐다.

소년 시위대원들이 날라다 준 돌은 시위 군중들에게 큰 도움을 주었다.

시위 군중들은 저마다 손에 돌을 쥐고 괴뢰군의 방어선에 육박하였다.

성난 파도와 같이 밀려 나가는 수만 군중의 압력에 괴뢰군 방어선은 무너졌다.

군중들은 "왓!" 소리를 지르며 방어선을 뚫고 앞으로 내달았다.

국회의사당 앞 방어선이 무너지자 이에 질겁한 이승만 도당은 중앙청 앞에 배치해 놓았던 탱크를 군중들에게 내몰았다.

육중한 탱크는 군중을 향하여 덜커덕거리면서 굴러 왔다.

굴러 오는 탱크는 이쪽에서 밀려가는 군중을 깔아뭉갤 것만 같았다.

탱크가 군중들 앞에 얼마 떨어지지 않은 데까지 왔을 때였다.

군중들 속에서 한 소년이 앞질러 뛰어나가 굴러 오는 탱크 앞으로 내달았다.

그는 용진이었다. 용진은 웃통을 벗어제끼고 탱크 앞에 가서 우뚝 섰다.

무엇이 용진이로 하여금 이 같은 용감한 행동을 하게 하였던가?

그것은 아버지를 살해한 원쑤들에 대한 불타는 증오심이 그로 하여금 이 같이 적의 탱크 앞에 대담하게 나서게 하였다.

그는 두 주먹을 쳐들면서 "이놈들아! 쏠 테면 쏘라! 우리 아버지를 죽인 놈들이 네놈들이다. 나는 아버지의 원쑤를 갚고야 말겠다"고 고래고래 외쳤다.

이때 군중들이 "왓!" 하고 탱크를 포위하였다. 그리하여 군중을 깔아 눕히려던 괴뢰군 탱크는 군중들에게 완전히 잡히고 말았다.

탱크를 노획한 군중들의 사기는 더욱 충천하였다.

군중들은 그 기세로 경무대에 돌진하였다.

이와 때를 같이 하여 종로 쪽으로 행진해 오던 시위 군중들은 파고다공원

안에 몰려 들어가서 이승만의 동상을 넘어뜨린 후 그것을 쇠로프줄로 목을 졸라매고 시내로 끌고 다니다가 그 길로 경무대에 밀려왔다.

또한 서대문 쪽에서 행진해 오던 시위 군중들은 서대문로에 있는 이기붕의 집을 습격하여 산산이 까부시고 경무대로 몰려 왔다.

그리하여 어느덧 경무대 앞에는 수만 명의 군중들이 모여들었다. 군중들은

"이승만은 물러가라!"

"이승만은 군중 앞에 나와서 물러갈 것을 밝히라!"고 외쳤다.

이제 와서 이승만은 더는 견딜 수가 없게 되었다.

이 원쑤놈은 군중들의 압력에 못 이겨 시위 군중들의 대표와 만나서 자기가 '대통령' 자리에서 물러갈 것을 약속하겠다고 굴복하여 나섰다.

시위 군중들은 대표 4명을 뽑아서 이승만이 도사리고 앉아 있는 경무대로 파견하였다.

4명의 대표들은 괴뢰군 당국의 '경호'를 받으면서 경무대에 들어갔다.

대표가 나타나자 이승만은 벌벌 떨었다.

"여러분, 나를 용서하시오. 나는 대통령직을 내놓겠습니다."

어제까지 아니 바로 얼마 전까지도 인민들을 탄압하며 학살하라고 호통질하던 이승만은 이렇게 말하면서 대표들에게 머리를 숙였다.

10여 년간 미제의 앞잡이로서 나라와 민족을 팔며 인민들을 닥치는 대로 잡아 죽이며 그들을 무권리와 빈궁의 도탄 속에 몰아넣은 이승만! 이 원쑤의 죄상을 어찌 용서할 수 있으랴!

"나는 국민에게 면목이 없습니다. 나는 대통령 직에서 물러가겠습니다."

매국 역적은 다 죽어 가는 소리로 거듭 이렇게 말하였다.

그리하여 대표들은 이승만에게서 대통령 자리를 내놓겠다는 다짐을 받고 경무대를 나왔다.

경무대에서 나온 대표들은 군중들에게 그 소식을 알렸다.

"만세!" 군중들 속에서는 우람찬 만세 소리가 터져 나왔다. 그리하여 근 두 달 동안에 걸쳐 싸워 온 남조선 인민들과 학생들은 끝내 만고역적 이승만을 대통령 자리에서 내쫓았다.

"계엄 사령관! 이승만 대통령은 쫓겨났소!"

이승만이 목이 떨어진 날 미국 대사 맥코노이란 놈은 '계엄사령관'인 송요찬이란 인간 살인귀를 미국 대사관에 불러다 놓고 이렇게 말하였다.

"계엄사령관! 당신은 일을 잘못했소. 왜 시위 군중을 막아 내지 못했소? 우리 미국에서 당신에게 탱크도 주고 기관총도 주지 않았습니까! 왜 그것으로 시위 군중을 닥치는 대로 쏘아 눕히지 않았는가 말이오?"

"각하, 죄송합니다."

"계엄사령관! 이제는 더는 시위가 일어나지 못하게 하시오. 군대를 더 많이 푸시오. 그리고 만일에 또 시위가 일어날 때에는 더 심하게 탄압하시오."

"각하! 각하의 지시대로 이미 군대를 더 풀어 시내에 배치해 놓았으니 이제는 다시는 시위가 일어나지 않을 겝니다."

이때였다. 밖에서 "썩은 국회 물러가라!", "기성 정치인들은 다 물러가라!"는 군중들의 외침 소리가 들려왔다.

"계엄 사령관! 보시오. 또 군중들이 들고 일어났소. 또 시위가 일어났단 말이오!"

맥코노이란 놈은 어쩔 줄을 몰라 했다. 이놈은 탱크와 기관총으로 군중을 탄압하라고 하였지만 그에 굴하지 않고 계속 시위에 떨쳐나선 군중들의 위력 앞에 마치 불을 맞은 승냥이처럼 바빠 돌아갔다.

군중들의 외침 소리는 점점 더 높아 갔다. 군중들은 이렇게 외쳤다.

"미국 대사 맥코노이는 물러가라!"

"미군은 남조선에서 물러가라!"

분노의 횃불

최복선

곳 : 남조선의 소도시

때 : 3·15 선거 전

나오는 사람

　　김용필 13 세

　　강권욱 15 세

　　박애숙 14 세

　　천수 할아버지(곡예단 소제부)

　　기타 곡예단 소년들

　　군중들 수 명

　　서만호(곡예단 단장)

　　송왈파(곡예단 훈련사)

　　이태식(이승만 졸개)

　　경찰 수 명

1장

무대

스산한 바라크 집, 곡예단 연습장으로 사용하는 곳이다.

여기저기 낡은 곡예 기계들이 널려 있다.

△ 어디선지 애수에 잠긴 피리 소리 구슬프게 들려 온다.

△ 권욱, 애숙, 기타 소년들 땅재주 넘기에 열중하고 있다.

　몹시 기진한 듯 피로에 지친 모습들이다.

△ 옆방에서 자지러지듯 때리는 소리. 이어 "아앗!" 어린애의 비명이 섞여 들린다.

△ 땅재주를 넘던 어린이들 흠칫 놀란 듯 소리 나는 쪽으로 격분에 찬 눈으로 노

　려본다.

권　욱 :　저런 성난 고양이 새끼! 또 용필이를 때리는구나. 저걸 거저

　　　　…….

애　숙 :　안타까워 죽겠다니까…… 용필인 그렇게 애쓰는데두 땅재주

　　　　를 못 넘구 저렇게 매를 맞아야 하니 말야.

권　욱 :　(몸부림치듯) 에잇 개같은 자식들! 용필이를 데려 온 지가 얼

　　　　마나 됐기에 밤낮 못한다구 때리는 거야.

애　숙 :　요전날 도망치려는 눈치를 알아채구 나서부터 더 발광하는

　　　　것 같아.

권　욱 :　그날 용필이만이라두 어떻게든지 도망쳤어야 했는 걸…….

애　숙 :　어디 빠져 나가는 수가 있었니? 요사인 점점 더 우릴 감시하는

　　　　걸…….

권　욱 :　애당초 여기 끌려 들어온 게 잘못이야.

애　숙 :　팔려만 오지 않았어도 어떻게든 빠져 나갈 구멍이 있겠는데

　　　　…… 참.

권　욱 :　이런 때 용필이 아버지나 나타났으면 얼마나 좋겠니?

애　숙 :　그런 부질없는 생각은 그만둬!

　　　　용필이 아버진 원해 작업 나가서 몇 달이 되도록 안 돌아오셨

　　　　다니까 돌아가신 게 틀림없어.

권　욱 :　야— 참 어떡허면[40] 여길 빠져 나갈 수 있담. 요사인 경일 아저

　　　　씨랑 순칠 아저씨두 안 오시는구나.

△ 다시 회초리로 때리는 소리.

권 욱: (소리 나는 쪽을 노려보며 주먹을 불끈 쥔다) 에잇! 저걸 거저
        …….

애 숙: 권욱아! 어떡허니? 용필일…….

권 욱: 저놈들이 왜 점점 더 기승을 부리는 거야.

소년①: 얘! 이승만이 선거 때문이라더라. 단장이 말하는 걸 들었는데
        …… 우리들이 곡예를 잘해서 사람들을 모아 놓구 이승만을
        선거하게만 하는 날이면 우리 곡예단에 듬뿍 돈을 준대.

권 욱: 걷어쳐! 시시한 소리! 언젠 이승만이가 대통령이 안 돼서 이렇
        게 쫄쫄이 고생들만 해 왔나?

△ 용필 다리를 절며 나온다.

애 숙: 용필아!

권 욱: 저런! 이 다리에 멍든 것 좀 봐.

용 필: (격한 소리로) 씨 난 난 …… 어떻게든지 …….

애 숙: 쉿! 그러다 더 큰일 만날려구 …….

권 욱: 용필아! 저놈들이 우리들을 죽은 개, 돼지만큼두 못 하게 여기
        는구나.

애 숙: 먹을 것두 제대루 안 주면서 온종일 회초리질만 하니 기운이
        나야 하지 참.

권 욱: 어떻게든지 빠져나가야 해.

소녀①: 그렇지만 별 수 있니? 여기서 빠져나가면 우린 거지밖에 될 수

---

40 '어떡하다'는 '어떠하게 하다'의 준말로, 북한말이다.

없는 걸 ······.

소년② : 아무델 가면 나을 줄 아니? 권욱이 넌 구두닦이 하면서 미국놈
한테 매 맞던 생각을 다 잊은 게로구나 ······.

권 욱 : 내가 미국놈들 하던 것을 잊는다구 ······ 개자식들! 공짜루 구
두를 닦아 가면서두 잘못 닦았다구 발길루 차구 총대질을 하구
······.

소녀① : 그것뿐인 줄 알아! 밑두 끝두 없이 달려들어서 도둑놈이라구
때린 건 어떡허구 ······.

소녀② : 쉿! 작은 소리루 말해. 그러다 또 훈련사가 들으면 요전 모
양으로 큰일 난다.

권 욱 : 그놈들 실컷 마음대루 하라지. 에잇, 내 동생을 자동차에 치어
놓구두 껄껄 웃으면서 달아나던 놈들을 그저 ······.

애 숙 : 그놈들 하는 짓을 이루 다 말할 수 있니? 언제나 다 없어지려
는지 ······.

권 욱 : 이렇게두 저렇게두 죽어라 고생만 할 바엔 차라리 너 죽구 나
죽구 한바탕 해 봤으며 씨원하겠다.

애 숙 : 야, 그렇지 않아두 요사이 거리에선 자유당하구 또 무슨 당이
라나 ······ 응 민주당이 싸움판이라더라!

소녀② : 그래그래. 강탈 싸움, 패거리 싸움, 어깨패, 깡패까지 모두 싸
움판이래.

용 필 : 체! 실컷 싸우다 다 죽고 말라지.

△ 모두 격한 가슴을 억제하듯 묵묵히 앉아 있다.
△ 피리 소리 더욱 처량하게 들린다.

권 욱 : 천수 할아버지가 또 피리를 부시는구나.

애 숙 : 난 저 소리만 들으면 우리집 생각이 나더라.

권 욱 : 넌 고향이 어딘지두 모른다면서 밤낮 무슨 집타령이냐?

애 숙 : 난 어렸을 때 어머니, 아버지를 잃구 혼자서 떠돌아 다녔지만
다 생각난다. 아까시아 나무가 둘러싸인 언덕에서 미끄럼지
치기를 하고 놀면 동산지기 할아버지가 저런 피리를 불어 주
시던 생각이 나는데 머.

권 욱 : 야! 집 얘기는 그만두자!

△ 피리 소리 멎는다.

애 숙 : 피리 소리가 멎는 것을 보니까 할아버지가 또 일을 시작하시
나 부지.

권 욱 : 할아버진 바쁜 틈을 타서 짬만 있으면 피리를 부시는구나.

용 필 : 아냐! 요사인 피리두 마음대루 못 부신다. 훈련사가 할아버지
한테 피리를 불지 못하게 욕했어.

애 숙 : 그래? 피리가 뭐 어쨌다구…….

△ 천수 할아버지 비를 들고 들어온다. 인자한 얼굴에 깊이 주름 잡힌 모습이 일
견 세파에 시달린 듯 보인다.

천 수 : 왜 그렇게들 쉬구 앉았냐? 또 큰일 만날려구…….

애 숙 : 할아버지! 방소제를 하실려구요.

천 수 : 아니다. 너희들이 잠잠하기에 들어왔다. 훈련사 녀석이 이리
루 오나 부더라.

권 욱 : 할아버지! 괜찮아요.

천 수 : 철부지들아! 괜찮긴…….

애 숙 : 할아버지두 좀 쉬세요.

천 수 : (한숨을 쉬며) 몸이나 쉬면 뭘 한다더냐. 마음이 고닲은 걸
        ……. 그래 뭘 좀 얻어먹었느냐?

권 욱 : 아직 못 먹었어요.

천 수 : 그런데 그렇게 쉬구들 있어?
        어서들 하는 척이라두 해야지 또 굶을라!

권 욱 : 네!

천 수 : 오늘 또 맞은 건 어느 애냐?

애 숙 : 용필이야요. 애 말야요.

천 수 : 에구…… 몹쓸 놈들! 어린 것을 그렇게 때리다니 …… 그래 뼈
        를 다치지나 않았냐?

애 숙 : 할아버지! 용필인 어떡허면 좋아요?

천 수 : 글쎄, 딱한 노릇이다. 아무델 가나 너희들 고생하기 마련인 걸
        …… 학교에 다녀야 할 나이에 이 고생들을 하다니 …… 이놈
        의 세상이 바루 돼야지 …….

△ 가까이에서 발자국 소리

천 수 : 자, 어서 어서 …… 저기 오나 부다.

△ 어린이들 다시 땅재주를 넘는 척 서두른다.
△ 천수 서두르며 나가려는 훈련사인 송왈파 회초리를 들고 등장.

송왈파 : 영감은 왜 여기 자꾸 드나드는 거야? (어린이들에게) 그동안
         착실히 연습했을 테지 자─ 차례루 해 봐라! 땅재주를 못 넘는
         녀석은 저녁을 줄 수 없다! 알았냐? 자─ 시─작.

△ 어린이들 차례로 땅재주를 넘는다.

△ 권욱이가 넘는다. 차례로 순순히 몇 아이가 넘는다.

송왈파 :   됐어! 다음?

애 숙 :   (넘는다)

송왈파 :   다음!

용 필 :   (넘으려다 그만 그 자리에 쓰러진다)

△ 송왈파 다시 회초리질을 한다.

애 숙 :   엄마!

권 욱 :   (달려들어 용필이를 일으킨다)

송왈파 :   너희들은 뭐야! 앙?

권 욱 :   훈련사 선생! 용필인 기운이 없어요.

송왈파 :   뭐 뭣이 어째?

애 숙 :   용필일 한 번만……

송왈파 :   썩 나가지 못할까? (권욱, 애숙을 떠민다)

△ 권욱, 애숙 애타게 용필이를 뒤돌아보며 나가려다 엉거주춤 선다. 증오에 찬
   눈으로 송왈파를 쏘아보며—

송왈파 :   야! 왜 나가지 못하는 거야? 네놈들도 맞구 싶어?

△ 권욱, 애숙 피하듯 나가버린다.

송왈파 :   (용필의 어깨쭉지를 세게 흔들며)

야! 이 빙충맞은[41] 놈아! 우린 널 거저 먹여 줄 수는 없어. 우린
널 사 왔단 말이다. 돈을 내구 사 왔어. 다시 일어섯!

용 필 : (반응이 없이 쓰러져 있다)

송왈파 : 이 자식이? 죽었나? (발길로 찬다)

용 필 : 뭐야요? (벌떡 일어나며 노려본다)

송왈파 : 야, 이놈 봐라! (다시 달려들어 때린다)

△ 서만호, 이태식 등장.

송왈파 : (굽신거리며 인사한다)

서만호 : 보시다시피 이렇게 훈련 중입니다.

이태식 : (만족한 듯) 음— 기합을 가하시오. 기합을!

서만호 : 저! 안으루 좀 들어가시지요.

이태식 : 아니, 난 바쁜 몸이오.

서만호 : (의자를 권하며) 자 그럼 여기라도 좀 …….

이태식 : 그래, 그 동안 몇 종목이나 마련됐소?

송왈파 : 네! 단장님께서 말씀을 듣고 이렇게 악착스럽게 연습하느라
　　　　 …….

이태식 : 음— 이번은 특히 국가의 대사니만큼 조끔도 소홀히 여겨서는
　　　　 안 되오.

송왈파 : 네네 …… 알고 있습죠.

서만호 : (송왈파에게) 저쪽으로 가서 연습하시오.

송왈파 : (못마땅한 듯 용필이를 끌고 퇴장)

이태식 : 단장! 그래 어떻게나 됐소?

---

41 똘똘하지 못하고 어리석은

서만호 : 네! 분부하신 대로 하고 있습죠.

이태식 : 지금 야당파들도 우리 자유당에 못지않게 '선거 운동'에 미치고 돌아가는 판이오. 그러니까 이번 선거가 너 죽냐 나 죽냐 하는 위험판이 아니오. 그런데 국민들은 이번 선거를 콧방구만 뀌구 앉았지, 그러니까 단장! 곡예를 잘 해야 길 가던 사람들이라도 모여 들게 하고 그 기회를 타서 연설이라도 본때 있게 해 보잔 말이요.

서만호 : (황송하다는 듯) 네! 명심하고 있습죠. 그런데 이 주사님! 지금 그렇게 말씀하시니 저두 말합니다만 그 저 …… 요사이 세상 공기 돌아가는 걸 보면 심상치 않던데 이번 선거가 무사할까요?

이태식 : 여보 단장! 내 친한 사이라 터놓고 하는 말이지만 이건 사기, 협잡, 살인, 테로 난장판 세상이니 까딱하단 어느 놈 목이 달아날지 모르는 세상 아니오. 그렇지만 여기저기 정사복 경찰이 빽빽이 들어 박혔고 경찰서에서두 '반공 청년단' 어깨패, 깡패까지 모조리 동원시켜 놓았으니까 그다지 근심할 건 없소. 그러니까 단장! 내가 신신 부탁하는 게 아니오.

서만호 : 그래서 나두 이번 일엔 목숨 내 걸었수다. 일만 잘 되는 날이면 우릴 모른다구 하시지는 않을 게지요.

이태식 : 모른다니! 그거야 뻔하지 않소. 단장! 누구나 그걸 바라구 이렇게 핫핫! …….

서만호 : 그런데 이 주사님! 그 좀 어려운 말씀이지만 일을 위해선 할 수 없기에 저 …….

이태식 : 왜? 무슨 말이오?

서만호 : 자 보시다시피 악착스럽게 연습을 시켜야겠는데 그러자면 저 – 영양 보충을 시켜 가면서 해야겠기에 …….

이태식 : 음– 영양 보충이라 …… (잠시 생각하더니) 단장! 그런 비용

때문에 우리 일이 진척되지 않을 수야 없지요. 어서 마음 놓고 일만 잘해 주시오. (돈을 꺼내 센다)

서만호 : (탐욕스러운 눈으로) 예! 예! 그저 큰일을 하시는 분이라 다르시군요.

이태식 : 자! (돈뭉치를 준다) 자, 이만하면 어김없이 할 수 있겠지!

서만호 : 헤헤……. (돈에만 정신이 팔리는 듯 세고 있다)

이태식 : 그래 단장의 연설 준비는?

서만호 : 아 염려 마시래두요. 내 술술 외워 가지구 나가서 본때 있게 해낼 테니 ……,

이태식 : 내 단장의 웅변술을 모르는 바 아니지만…….

서만호 : 마음속에서부터 우러나오는 이박사, 이기붕 선생 추천인 걸 …… 그것쯤 못해 내겠습니까 원…….

이태식 : 허허 …… 단장이 많이 애써 줘야겠소. 그럼 내 믿구 가겠소.

서만호 : 저 그런데 아이들 영양비를 요것만 가지고는…….

이태식 : 음― 적다 이 말이지. 자! (돈을 선선히 더 꺼내 주며) 이승만 박사만 올려 세우는 날이면 단장이나 나나 핫핫…….

△ 이태식 (퇴장)

서만호 : (돈 뭉치를 꺼내어 흐뭇한 듯 세어 보려는데 발자국 소리. 재빨리 돈뭉치를 주머니에 넣는다. 송왈파 등장)

송왈파 : 단장님! 거 좀 받았습니까?

서만호 : 음! (주머니에 손을 넣으며) 사정을 해두 어디 줘야지.
(약간 당황하나 속심을 감추려는 듯 투덜거리며) 이런 일에 돈을 아껴 가지구 무슨 일을 하자는 셈판[42]인지 원…….

송왈파 : 네? 그럼 누가 공짜루 이 일을 해 준단 말입니까 원. 그렇다면

우린 자유당 편에 서서 해줄 필요도 없지요. 단장님! 지금이라
두 민주당 편에 서는 게 ······.

서만호 :   아냐! 그래두 자유당이 우세할 거요. (적은 돈을 꺼내 주며)
자! 이걸 줄테니 더 기합을 넣어서 아이들을 훈련시키시오!

송왈파 :   네! 네 ······. (돈을 받는다)

서만호 :   아무렇든 특별 프로만 마련하오. 값은 듬뿍 받아내서 줄 테니

송왈파 :   헤 ······ 예예 ······.

△ 서만호 퇴장

송왈파 :   저런 놈의 배엔 욕심만 들어찼다니까 ······. 다 제 주머니에 쓸
어 넣은 게 뻔하지.

(밖에 대고) 들어 왓!

△ 용필 다시 등장.

송왈파 :   그새 좀 해 봤냐?

용 필 :   ······.

송왈파 :   (회초리로 후려 갈기며) 이 자식! 할 수 있을 때까지 뭘 먹을 생
각은 말라! 어서 연습이나 햇! 또 못하면 알지!

용 필 :   (송왈파를 노려 보며 격한 듯 그 자리에서 털썩 주저 앉는다)

△ 용필 생각에 잠겨 있다.

---

42   어떤 일의 형편.

△ 사이

△ 송왈파 퇴장

△ 천수 할아버지 등장

천 수 : (용필을 보며) 쯔쯔…… 왜 또 굶게 됐냐?

용 필 : 할아버지! 전 아무래두…….

천 수 : 글쎄 날구 기는 놈인들 그렇게 단번에 해 낼 수야 있나? 몹쓸 놈들이지. 그놈들 매일 밤 요릿집에 다니면서 술 처먹지 말구 너희들 빵쪼각이라두 제대루 먹일 노릇이지 ……. (주머니에서 빵을 꺼내 주며) 자, 옛다.

용 필 : 할아버지! 괜찮아요.

천 수 : 어서 받아라. 먹어야 기운두 나지. 어젯밤에 내 이 피리 소리가 마음에 든다구 어떤 사나이가 몇 푼 주구 가더구나. 어서 먹고 기운을 차려라.

용 필 : 할아버지! (울먹인다)

천 수 : 에구 이게 다 세상을 못 만난 탓이지 …… 이눔 세상 망할 날이 멀지 않았다구는 하더라만…….

용 필 : 할아버지! 그게 정말일까요?

천 수 : 글쎄 낸들 장담이야 하겠냐? 이승만이를 또 선거하려구 발광을 한다니 그렇게 되는 날이면 백성이야 다 죽을 판이지…….

용 필 : 어떤 사람을 선거하면 우린 잘 살게 될까요?

△ 송왈파 살그머니 와서 엿듣는다.

천 수 : 여기서 정치라구 하는 놈이야 다 그놈이 그놈이지 쥐꼬리만 두 나을 놈이 있는 줄 아냐. 다 미국놈의 손아귀에서 하는 일

인 걸 …… 그저 우리나라가 바루 되려면 남북이 확 터져서 저
기 북조선에서처럼 정치를 해야 되지.

용 필: 북조선이요?

천 수: 그래.

용 필: 할아버진 그걸 어떻게 아시나요?

천 수: 내 왜 모르겠니! 모두 말하더라. 그리구 직접 내가 겪어 봐서
다 알지.
(과거를 회상하듯) 늠름한 인민 군대가 우리 고장에 들어 왔을
때만 해두 우린 처음으루 땅을 받았었지 ……. 다시 그런 좋은
세상이 돼서 너희들이 학교에서 공부하게 되는 걸 보면 내 원
이 없겠다.

용 필: 야! 우리들이 공부하게 되는 날! 그렇게 되면 얼마나 좋을가요?

천 수: 그런 날이 오지. 오구말구. 나도 어릴 적에 무척 배우구 싶어
했느니라. 나는 어릴 때 남의 집 소몰이꾼으로 일하면서 온종
일 일을 해야 했었다. 그래서 피리를 불기를 좋아했지. 구름이
오고 가는 푸른 하늘을 바라보면서 피리를 불면 나도 모르게
마음이 편해지군 했다.

용 필: 할아버진 그래서 그렇게 피리를 잘 부시는군요.

천 수: 잘 불면 뭘 하겠니? 실은 피리를 불구 싶은 생각에 곡예단에
발을 들여 놓은 것이 …… 어디 뜻대루 되는 세상이냐?

△ 천수 조용히 피리를 불기 시작한다.

아름다운 곡이 흘러나온다.

△ 송왈파 급히 안으로 들어간다.

△ 권욱, 애숙 등장.

권 욱 : (종이에 싼 것을 용필에게 내 주며) 자, 먹어. 밥이야.

용 필 : 이건?

애 숙 : 식모 아주머니가 이렇게 주먹밥을 해서 몰래 줬단다.

권 욱 : 어서 먹지 못하겠니? 그러다 고놈의 성난 고양이 새끼에게 들키면 어떡헐려구…….

천 수 : (아름다운 어린이들의 정에 눈물 머금으며) 그래야 한다. 너희들은 아무리 어려운 속에서도 서로 돕고 사랑하고 셋이 하나가 되고 열이 하나가 되고 우리 겨레들이 한 덩어리가 되는 날이면 나쁜 놈들은 이 땅에 숨쉬고 있을 자리가 없을 게다.

권 욱 : 할아버지! 빨리 그렇게 됐으면 좋겠어요.

천 수 : 멀지 않았다. 다 썩은 놈의 세상에서 사는 백성들이 참는다는 것두 한이 있는 법이지. 너희들은 아마 갇혀 있다시피 지내는 터이라 못 들었을 게다. 요사이 여기저기서 막 들구 일어나서 거리마다 삐라 투성이구 경찰서가 부서지구 대단하다더라.

용 필 : 정말이야요?

천 수 : 그럼 인젠 어른이구 아이구 가만 있을 사람이라구 없지.

용 필 : 인제 두구봐요. 나두 단장하구 훈련사 목아질 비틀어 놓구 말 테니까…….

△ 송왈파, 서만호 나와서 엿듣고 있다.

서만호 : (음흉하게 너털웃음을 웃으며) 뭣이? 어쨌다구 영감! 그런 말을 함부로 했단 재미없을 걸…….

천 수 : (속으로 몹시 놀라나 태연히) 난 못할 말한 것 없수다.

서만호 : 이눔의 늙다리가 하는 짓이 엉뚱하다 생각했더니 지껄이는 꼴이 진짜 빨갱이거던 내 참!

△ 영감을 후려갈긴다.

천 수 : (그 자리에 쓰러진다)

어린이들 : (천수 할아버지를 부축한다)

서만호 : 이 자식들아! 나갓! 이눔 영감을 당장 경찰에 연락하시오.

용 필 : 할아버지!

서만호 : 이눔들! 한 패란 말이지. 아직 맛을 몰라서 ……. (후려갈긴다)

용 필 : 천수 할아버지를 왜 잡아가는 거야요.

서만호 : 헤헤 …… 고놈 꼴에 …….

송왈파 : (어린이들을 후려갈기자 어린이들 나가 쓰러진다)

서만호 : 이눔들이 숭어가 뛰면 망둥이두 뛴다구 선거를 앞두구 싸움 판이라니까 세상이 다 돼 가는 줄 아는 모양이지. 대가리 피두 안 마른 것들이 …….

송왈파 : (천수 할아버지를 끌고 나간다)

△ 서만호 따라서 퇴장한다.
△ 어린이들 격한 가슴으로 노려본다.

용 필 : 어디 이놈들 보자!

△ 두 주먹을 불끈 쥐고 노려보는데—
~암전~

2장

△ 행길 가.

선거를 앞둔 수일 전

무대

게시판이 서 있다. 게시판에는 "전국의 유권자 여러분! 대통령에 이승만 박사를, 부대통령에 이기붕 선생을!"이라고 쓴 옆에 빨간 동그라미가 쳐 있는 종이가 붙어 있다.

△ 경찰들이 수 명 총대를 쥐고 주의 분위기를 살피듯 지나간다. 삼엄한 분위기.

△ 군중들이 지나간다.

△ 가까이에서 총소리

지나가던 사람들 : (총소리에 몹시 놀란 듯 뛰어 들어오며 소리나는 쪽을 흘겨 본다)

지나가던 여인 ① : 무슨 일이 또 생겼을까?

지나가던 여인 ② : 일은 무슨 일. 그놈들이 언제 무슨 일 때문에 그러나요?

군중 ③ :   괜한 사람들을 거리에 나오라구 강제루 끌어 내다 왜 저 지랄이야?

군중 ④ :   무슨 판인지 요사인 머리가 띵한 것 같수다. 그눔 선건지 뭔지 정말 송구스러워서 먹은 게 다 안 내린다니까요.

군중 ③ :   선거라구 이름 걸구 할 게 뭐 있나. '무더기표 집어 넣기', '투표함 바꿔치기', 그래두 마음이 놓이지 않아 별의별 흉계를 다 꾸미고 있으면서 …….

여인 ① :   말조심하슈. 자기 사복한 게 다 경찰이라우.

군중 ③ :   홍! 조심하니 이렇게 구석에서 말하지 않소. 마음대루 했으믄 그저 …….

여인 ② :   저게 농사꾼처럼 차린 것두 다 형사라누만.

여인 ① :   에구! 이눔 세상 끝날 날이 다 돼 가는 셈인 것 같긴 한데 …….

여인 ② :   그랬으믄야 …….

여인 ① :   저기 뛰어 오는 건 또 뭐야?

군중③ : 깡패들 아닌가?

군중④ : 다 섞여 있을 테지. 어서 가세. 어름어름 하다간 죽는단 말두 못하구 어느 놈에게 맞아 죽을지 모르겠네.

△ 군중들 빠른 걸음으로 퇴장.

△ 사이

△ 일반 군중들이 한 떼 뛰어온다. 그들은 군중으로 변장한 곡예단 소년들이다. 용필, 권욱, 애숙이가 상기된 얼굴로 앞장섰다.

용 필 : 얘들아! 잠깐들 모엿. 그놈들의 목표지가 바로 여기야.

권 욱 : 옳아! 어물거리지 말고 어서 피해 있자.

용 필 : 잠깐만(모인 소년들을 세어 보며) 하나 둘 빠진 앤 없지.

애 숙 : 영일이가 없구나.

소년② : 나 여기 있어.

용 필 : 됐어. 얘들아! 우리들이 노리던 날은 왔다. 그럼 어제 밤에 말한 대로 행동을 시작하자.

모 두 : 그래!

애 숙 : 용필아! 빨리빨리! 저―기 나타난 게 단장 같다.

권 욱 : 경찰들이 온다. 빨리빨리.

용 필 : 자! 흩어져!

△ 어린이들 산산히 흩어진다.

△ 사이

△ 서만호 온다. 몹시 초조한 듯 주위를 둘러보며 서성거리고 섰다.

△ 주위에서 들려오는 소음, 사람들의 외침, 구둣발 소리, 어쩐지 불안을 자아내는 분위기다.

소리 : "어디 가는 거냐? 임마! 경찰의 말두 안 들을 테냐?" "난 가야 해요."
"안 된다. 안 돼. 못 간단 말이다." 등등
△ 학생들 혹은 노동자들 어린애를 업은 여인들이 지나간다.

서만호 :   (길 가는 사람들을 가로막으며) 여보시오. 여기들 좀 모이시오.
길 가던 여인 : (돌아보며) 우린 어린 것이 앓고 있어요. 제발 좀 (빠른 걸음
              으로 피하듯 뛰어 지나간다)
서만호 :   길 가는 여러분! (큰소리로) 지금 여러분들을 위해서 사―카스
            가 벌어지겠습니다. '무궁화 곡예단'에서 출연할 테니 기다리
            시오.

△ 누구 하나 들은 척 안 하고 뛰어 지나갈 뿐이다.
△ 어린이들 몇이 밀려 지나간다.

서만호 :   무궁화 곡예단에서 곡마단을 보여 드리겠습니다. (메가폰에
            대고 큰소리로 외치자 어린이들 호기심에 끌리듯 모여온다)
길 가던 어린이 ② : 지금 곡마단을 하나요?
서만호 :   그럼. 종목만 해도 30종목이 넘는다. 어서들 모이시오. 모이시오.
길 가던 어린이 ④ : 애! 춤추는 게 더 볼 만하지 머. 저―기 네거리에선 춤춘
              다는데 그리 가보자.
길 가던 어린이 ① : 저리 가자야. 잘못하단 경찰한테 붙들려 매맞는다.
서만호 :   우리 무궁화 곡마단은 공중에서 자전거를 탈 수 있으며 나란히
            선 공중 줄타기는 정말 눈 뜨구 볼 수 없는 희귀한 재주입니다.
            여러분! 애들아! 가서 저―기 서 있는 어른들을 다 모시구 오
            너라 응.
어린이 ③ : 어른들이 우리 말을 듣나요?

△ 어린이들 돌아서 가려고 한다.

△ 경찰①② 총대로 어린이들을 떠밀며 달려든다.

어린이들 : 왜 이래요? 우린 선거할 나이두 아닌데…….

경찰① : 무슨 잔말이야. 네눔들두 어른들에게서 물이 들었구나. 이눔들!

어린이 : 무엇 때문에 우릴 가지구 이래요? (뛰어가련다)

경찰① : 어디루 달아 빼냐? 이눔! 선거 반대자들!

어린이① : 선거는 어른들이나 하지 우리두 하나요?

경찰② : 요놈들 봐라! 가자! 갓! (어린이들을 끌고 간다)

어린이들 : 싫어요! 놔요. 뭐야요. (소리)

△ 가까이에서 경찰들의 꽥꽥거리는 소리 소란하게 들려온다.[43]

서만호 : (꽹과리를 뚜드리며) 자, 빨리 모이시오.

△ 송왈파 뛰어온다.

서만호 : 여보! 이게 어떡허자는 거요. 저것 보오. 여기저기서 한패거리 시작하는데 …… 이태식이가 나타나기 전에 시작해야 할 게 아니요.

송왈파 : (당황하며) 네! 알고 있습죠. 그런데 단장님! 아아 이 새끼들이 모두 길을 잘못 알고 딴 곳으로 가버렸는지 아무델 찾아 봐도 없습니다.

서만호 : 뭐, 뭣이? 그럼 아이 새끼들을 잃었단 말인가?

송왈파 : 네! 그런 셈이지요.

서만호 : 내 이것 참, 아니 그렇지 않아두 요사이 아이 새끼들 때문에 골을 썩고 있는 판인데 잘 마음을 사지 못하고 뭘 했소. 앙?

---

43 원문에는 "경찰들의 거리는 꽥꽥소리 소란하게 들려온다"로 되어 있다.

송월파 : 분부 대루 마음을 사느라 힘을 썼습니다만 …… 아직 어린 것 들이 무슨 일이야 저지르겠습니까? 길을 어긴[44] 모양이지요.

서만호 : 아하 …… 그렇다면 좋소. 빨리 가서 데려 오시오. 이 주사가 나타날 시간이 다 됐소. 빨리빨리 행동을 취하지 않고는 우리 둘이 다 불온 사상이라구 몰릴 판이요.

저기 사복한 게 모두 경찰이란 말이요. 경찰!

송월파 : 내 이것 참! (퇴장)

서만호 : (더욱 큰소리로 꽹과리를 뚜드린다) ~사이~

△ 이태식 등장 경찰들 수 명 따라온다.

이태식 : 여보! 단장! 이게 웬 일이요?

서만호 : 이 주사! 염려 마시오. 인제 저기 옵니다. 곧 시작합지요. 특별 프로로 말입니다.

이태식 : 이것 봐! 단장! (신경질적으로) 아니 사람들을 다 놓치구 나서 특별 프로면 뭘 하는 거요? 빨리 시작하라구 그렇게 당부했는 데도 …….

서만호 : 네 ……. 죄송합니다.

이태식 : 죄송이구 황송이구 어서 …….

서만호 : 넷!

이태식 : 연설은?

서만호 : 자! 다 준비됐습죠. (몹시 초조히 기다리고 섰다)

△ 이태식 경찰에게 귓속말을 하자 경찰 퇴장.

---

44 서로 길을 어긋나게 지나친

△ 송왈파 뛰어 온다.

송왈파 : 단장님! 크 큰일 났습니다.

서만호 : 아니 큰일이라니?

송왈파 : 아이 새끼들을 찾아내는 재간이 없습니다.

서만호 : 아니 뭐라구?

이태식 : 단장! 어떡허자는 거요? 엉? 내 그 무더기 돈을 다른 곳에 들였
다면 이런 봉변을 당하지 않았겠소.

서만호 : 이 주사님! 아직 그렇게 말씀하시긴 이르지 않습니까? 곧 올
겝니다.

이태식 : 단장! 이번 일이 만약 성공하지 못하는 날이면 그 돈은?

서만호 : 이 주사님! 그건 너무한 말씀이시군요. 그거야 아이들 영양 보
충에 이미 …….

송왈파 : 단장님! 그것 보시오. 내 말 대루 아이들 영양 보충에 좀 더 써
줬어도 이렇게까지는 …….

이태식 : 아니 그럼? 그 돈은 다 어디다 썼단 말이요?

서만호 : (몹시 당황하여) 아니 닭두 잡아 먹이구 …… 또 …… 어서 훈
련사! 여보 왈파!

송왈파 : 내 말하긴 죄송합니다만 제대루 먹이지두 않구 죽어라 연습
만 시켰더니 아이 새끼들이 도망친 게 분명합니다.

이태식 : 아니 뭣이?

서만호 : 아니 그 그건 …… 엉터리 없는 수작입니다. 문을 꼭 잠가 뒀는
뎁죠…….

송왈파 : 말씀 마십쇼. 그 애들이 사다릴 타구 담벽을 넘어가는 것쯤 식
은 죽 먹기보다 헐하게[45] 여길 판인데 …….

서만호 : 누가 그렇게 만들었소. 아이들이 도망친 데 대해선 당신이 책

임지시오.

송왈파 : 이런? 돈은 다 제 주머니에 넣고 인제 와서 무슨 책임이라구?

서만호 : 그래, 네 주머니엔 안 들어갔냐?

이태식 : 이눔들이 정말 누굴 놀리나? 돈을 내라! 돈을!

서만호 : 이 주사! 그렇게 성급히 날뛸 건 없습니다.

△ 군중들 모여온다.

이태식 : (고래고래 소리치며) 아니 뭣이?

서만호 : (당황하여) 쉿! 싸움판일 줄 알구 사람들이 모여 듭니다. 제발
좀 조용……

이태식 : 단장! 이눔! 돈을 내라. 당장 돈을 내지 못할까?(서만호께 달려
든다)

△ 군중으로 가장한 권욱, 용필, 애숙 끼어 있다.

권 욱 : (통쾌한 듯 웃으며) 하하…… 이건 또 무슨 싸움판이야?
여기 싸움이 일어났어요. (소리친다)

용 필 : 여기선 돈 싸움판이 벌어졌군. 무슨 판이지 수라장인 걸……

권 욱 : 하하…… 정말 특별 프로다.

△ 지나가던 사람들 모여든다.
△ 경찰들 군중을 몰고 온다.

---

45 수월하게

경 찰 :   (이태식에게) 어느 놈이 야당팝니까?

이태식 :   (신경질적으로 어쩔 줄 몰라 한다)

서만호 :   (간사하게) 아닙니다. 제가 연설부터 시작하겠습니다.

경 찰 :   (군중들을 제재시키느라 애쓰나 계속 소란스럽다)

서만호 :   (이태식의 눈치를 살피며) 이 주사님 …… 그럼 시작하지요.
자! 군중들 여러분! 잠시 후에 우리 무궁화 곡예단의 특별 프
로가 시작될 테니 흩어지지 마시오.

서만호 :   (연단에 오르며) 여러분! 곡예단이 시작되기 전에 한 말씀 드
리겠습니다. 에헴! 여러분! 전국의 유권자 여러분! 우리의 대
통령과 부대통령을 선거할 역사적인 투표의 날은 다가왔습니
다. 대통령은 이승만 박사를, 부대통령은 이기붕 선생을 모십
시다. 다 아는 바와 같이 이승만 박사가 그동안 우리 국민들의
마음에는 썩 들지 못했습니다. 그러나 그러나 말입니다. 이승
만 박사께서는 그 일평생을 신생 대한민국을 위하여 백발이
되신 분입니다. 그리고 앞으로 대통령만 된다면 우릴 행복하
게 해 주겠다고 결심이 대단하신 것으로 봐서 ……

△ 군중들에게서 조소와 웅성거리는 소리.

서만호 :   에헴! 우리는 이승만 박사를 믿을 수 있다고 생각합니다. 또
이기붕 선생으로 말한다면 이승만 박사의 유일무이한 보필자
이심을 우리는 굳게 믿는 바입니다. 에헴 …… 그리고 ……

△ 군중들에게서 비웃는 소리.
△ 어린이들 준비했던 돌을 꺼내 단장이 연설하는 데 대고 벼락 같이 달려든다.

용 필 :　이눔들! 돈으루 선거를 팔구 사는 놀음을 해?

권 욱 :　자! 우리가 준비했던 특별 프로를 보여 줄 테다.

모 두 :　와— (더욱 기세 높이 달려든다)

서만호 :　(비칠비칠 그 자리에 넘어진다)

△ 총소리.

△ 군중들 일시에 흩어지려다 어린이들의 기세에 합세된다.

△ 잠시 피어린 투쟁이 벌어진다.

△ 경찰이 수 명 달려온다. 군중들의 강한 투쟁 기세에 겁먹듯 피한다. "이태식 졸
　개를 잡아라!" "서만호, 송왈파를 잡아라!"

△ 꽁지가 빳빳해져서 달아나는 서만호, 송왈파에게 달려들어 어린이들 돌로 까
　부셔 너부러뜨린다.[46]

용 필 :　이눔들! 천수 할아버지를 내 놓아라!

△ 순식간에 돌무더기가 산더미처럼 쌓인다.

　용필 연단에 올라선다.

용 필 :　(목청껏 소리친다)

　　　　여러분들! 오늘의 선거를 반대합시다. 이눔들은 돈에 팔려서
　　　　이승만, 이기붕을 선거하자고 외치고 있는 미국놈의 앞잡이
　　　　졸개들입니다. 우리에게 이승만이구 이기붕이구 무슨 소용이
　　　　있단 말입니까? 우리는 굶주리고 시달리며 참을 대로 참고 살
　　　　아 왔습니다. 그러나 우리는 더는 참을 수 없습니다.

46　힘없이 너부죽이 바닥에 까부라져 늘어지게 하다.

용 필: (횃불을 높이 든다) 이렇게 썩고 더러운 세상에서 사람의 대접
         을 못 받고 살 바에야 차라리 한 번 싸워서 죽는 것이 씨원하지
         않습니까? 싸웁시다. 빈주먹으로도 우리 힘만 합친다면 못 싸
         울 게 어디 있습니까? 이것이 모두 누구 때문입니까?

△ 이때 소란스러운 소리와 함께 경찰이 나타나서 총질을 한다. 용필이를 향해 쏜
  총이 옆에 선 애숙의 팔에 맞는다.

애 숙: 앗! (쓰러진다)

△ 권욱 기타 군중들 애숙을 부축한다.
△ 어린이들 격한 목소리로 외친다.
△ 경찰들 군중의 기세에 질린 듯 뒷걸음 친다.
△ 달려오는 군중들의 노기등등한 항거의 기세.
△ 가까이에서 총소리.
△ 물밀듯 밀려 드는 군중들 끄떡도 하고 그 자리에 선 채 외친다. "선거 놀음을 배
  격한다"
....
....
△ 어린이들, 군중들 기세 높이 돌무더기로 경찰을 향해 던진다.
△ 돌무더기는 어느새 돌산을 이룬다. 인민들의 항쟁의 외침 더욱 드높아 가는데

~막~

남녘땅에 깃발 날린다

김갑석

한 점의 불꽃에서 불길이 타오르듯이 오늘 공화국 남반부에서는 미제와 이승만 도당들을 반대하는 영웅적인 인민 봉기가 계속 요원의 불길처럼 일어나고 있다.

여기는 공화국 남반부 어느 자그마한 도시

나오는 사람들
　　태영 학생
　　영란 학생
　　난희 학생
　　허가 시장
　　맹산 그의 아들
　　경찰
　　기타 군중

무대
　　시청 시장의 사무실. 일견 수라장이다. 좌우편 쪽에 달린 문은 반쯤 떨어져 바람에 끽끽 소리를 내며 흔들리고 의자는 여기저기 뒹굴고 있다. 산산히 깨져버린 창밖 멀리는 화광이 충천한다. 아마 큰 건물이 타 번지는 게 분명하다. 군중들의 아우성 소리 "이승만 정권 물러가라 ⋯⋯", "이기붕 죽어라 ⋯⋯" 등등의 외침 소리 멀리 혹은 가까이에서 들려온다. 이따금 총소리가 날 때면 군중들의 외침 소리는 더욱 커진다.

허가 허줄한 옷을 입고 한 쪽에 쪼그리고 앉아서 머리에 붕대를 칭칭 동여매고 있다.

이층 충계로 달려 올라오는 발자국 소리. 허가 질겁을 해서 아래 층의 기미를 살피다가 허겁지겁 옆문으로 사라진다. 이윽고 태영과 난희 몽둥이를 들고 뛰어 들어온다.

태영 : 꼼짝 말아! (소리를 지른다)
난희 : 벌써 뺑소니를 친 게지?
태영 : 아니야 어디든 숨어 있을 게야!

△ 두 학생 방안을 두리번거리며 뒤진다.
△ 전화벨이 요난희 운다.

태영 : 시끄럽게 전화는…….
난희 : 들어 봐! 혹시 또…….
태영 : (의자에 걸터앉아 수화기를 들고 굵은 목소리로) 어, 어디야?
경찰서? 그래 시장실이다. 시장 바꾸어 달라구? 나 시장인데.
어서 말해 뭐? 응원 경찰 천 명이 왔는데 어디다 배치를 했으
면 좋겠느냐구? 가만 좀 기다려(긴장해서 난희와 귓속말로 소
근거린 다음) 이봐, 그 응원 경찰을 동동리 쪽에다 보내. 뭐야?
고등학교 학생 2천 명과 시민들이 합세해서 자유당 본부와 경
찰서를 습격할 기세라구? 그까짓 건 일 없으니 내 명령대루
해. 뭐야! 명령대루 하라면 할 게지 무슨 잔소리야.
(수화기를 탁 내려놓는다.)
난희 : (그만 참았던 웃음이 터진다.)
호호…… 태영이 넌 정말 심장이 이만저만 아니구나!

태 영 : 다 망한 세상에 나두 한 번 허재비[47] 노릇을 해 본 게지.

난 희 : 근데 응원 경찰 천 명이 또 왔다구?

태 영 : 응. 이놈의 새끼들이 이젠 바빠났거든. 그렇지만 걱정할 건 없어, 근데 요 아귀 같은 시장놈이 어디루 도망을 쳤을까?

난 희 : 그리게 말이야. 조곰 전까지두 여기서 간부놈들과 밀회하는 것을 봤다는데.

태 영 : 모두 돌려 메따치구 문짝들이 떨어진 걸 보니 또 제놈들끼리 개싸움들을 한 게 분명해. 그러다가 우리들이 무서우니까 어디들 틀어 박혀 숨어 있을 게야. 내 눈엔 띄기만 하면 없다. (몽둥이로 책상을 꽝 내리치며) "이놈아! 네놈이 우리 부모들의 피땀을 긁어다가 양육집 사구 자식들에게 오토바이랑 사 줬지" 하구 말이야.

난 희 : 생각을 하면 갋아 먹어두 시원치 않을 놈들이야. 정말 이번엔 이놈들을 깡그리 잡아 치우구 이 썩어빠진 정권을 뒤집어 엎어야 해.

태 영 : 암! 그래야 우리들도 북조선 아이들처럼 공부할 수 있어. 저기 좀 봐라! (두 학생 창밖을 내다본다) 정말 신난다.

난 희 : 요원의 불길처럼 불타라! 모두 일어나라!

△ 만세 소리

난 희 : 가자!

태 영 : 가만있어. 이 시장놈을 어떡하든 잡아야 할텐데 …… (서류함 등을 열어 보다가 가방 하나를 끄집어낸다) 아니 여기 가방이

---

47 허수아비.

있다.

난희 : 뺑소니치기가 급하니까 미처 못 가지고 간 게로구나.

△ 두 학생 가방을 열어 본다.

난 희 :   어머나! 이게 다 돈이야!

태 영 :   (돈뭉치를 꺼내 놓는다.) 야! 시장놈의 욕심 좀 봐라. 이 많은
          돈을 다 어디다 쓸려구.

난 희 :   정말 죽일 놈이지. 숫한 사람들이 돈이 없어 굶어 죽구 또 학
          교에서 쫓겨나는 동무들이 얼마나 많으니! 그런데, 이렇게 많
          은 돈을 혼자서만…….

태 영 :   이 돈이 다 우리의 돈이야…….
          우리 아버지, 어머니들의 피땀으로 짜낸 돈이야! 그러니 이놈
          의 세상이 안 망하고 어찌겠니? 또 찾아보자! 이 방안에는 중
          요한 것들이 또 있을 거야? (돈을 가방에 꾸려 넣고 또 찾는다)

난 희 :   (서랍에서 서류 뭉치를 꺼낸다) 이게 무슨 서류야?

태 영 :   모두 '극비'라고 도장을 찍었구나!

난 희 :   쉬!

태 영 :   왜?

난 희 :   발자국소리가 났어.

태 영 :   우리 동무들일 게야. 일없어.

난 희 :   경찰놈이면?

태 영 :   이렇게 까 넹기지 어때? 경찰이 그렇게두 무서우니? 힝! 그놈
          들두 이젠 맥을 못 써. 그놈들두 저희 세상이 다 간 것을 알고
          있거든. 난희야 우리 이거 다 가지구 가자.

난 희 :   그래 갔다가 불살라 버리자!

△ 두 학생 서류들을 보자기에 싸고 있는데 허가 살그머니 등장

허 가 :　(한참 바라보다가 소리친다) 누구야요?

△ 두 학생 깜짝 놀라 물러선다.

허 가 :　늬들은 여기서 뭘 하고 있느냐?
태 영 :　(당돌하게) 당신은 누구신가요?

△ 잠시 서로 처다볼 뿐 말 없다.

허 가 :　(이윽고) 뭣들 하니?
태 영 :　당신은 뭘 하는 사람이야요?
난 희 :　(찬찬히 허가를 처다보며) 왜 머리랑 얼굴을 동여맸나요?
　　　　경찰놈들한테 얻어맞았어요?
허 가 :　(잔기침을 캥캥 짖고 나서) 그렇다. 시위에 참가했다가 그만
　　　　…….
난 희 :　저런! 안 됐군요.
태 영 :　그래요?
난 희 :　많이 다치셨나요?
허 가 :　그만하다. 그런데 늬들은 뭣 하는 애들인데 여길 다 들어 왔니?
태 영 :　학생들이야요. 시장놈을 잡으러 왔어요.
허 가 :　시장을 잡으러 왔어? (놀라움을 감추고) 늬들이?
태 영 :　네 …….
허 가 :　아니 늬들이?
태 영 :　네! 근데 왜 그렇게 이상하게 처다보시나요!

우리 학생들이 아버지와 형님들보다도 먼저 악질인 경찰 서장놈과 시장놈을 잡아 치우겠다고 결정했어요.

허 가: 응. 그래! (공포를 감추고 능글맞게)

참 늬들은 용쿠나.

아이구 머리야. (한편에 주저앉는다)

난 희: 그렇게 아프시면 병원에 가시지 않구 어디 좀 보자요.

허 가: 괜찮다. 괜찮다는데 (난희가 그의 앞으로 가자, 손을 저으며 돌아앉는다)

태 영: 이제 우리들이 아저씨의 그 원쑤를 갚아 드릴테니 우리의 솜씨를 두고 보세요. 근데 이 시장놈이 어디루 뺑소니를 쳤을까?

허 가: 그래, 시장놈을 잡으면 어떻게 할 테냐?

태 영: 그 시장놈을 잡으면 저 분노에 떠는 군중들 앞에 끌고 가서 ········.

허 가: 그리구?

태 영: 군중 재판을 하지요 뭐.

허 가: 재판을 해.

태 영: 그럼요. 그놈의 더러운 죄악을 제 입으로 실토하게끔 하구.

허 가: 그리구 죽이겠다구들 하더냐?

태 영: 왜 그렇게 놀래세요?

허 가: 놀래긴 ······ (헛기침을 한다)

태 영: 글쎄 이걸 좀 보세요? (가방을 앞에 가져다 놓으며) 이게 다 돈이야요.

난 희: 백성들의 피땀을 짜내서 긁어모은 돈을 이놈은 이렇게 처먹었어요.

태 영: 이놈을 잡기만 하면 그냥! (주먹을 불끈 쥐고 휘두른다)

허 가: (기가 막혀) 흐흐··· 그런데 그 시장놈을 잡아야 말이지.

태 영 : 왜 못잡아요. 힝! 어쨌든 우리는 잡아내고야 말 테니까요. 제놈이 도망을 치면 어디루 가겠어요. 아주 죽어 없어지기 전에야.

허 가 : (공포에 떤다. 그러나 태연하게) 그 패기는 좋다면 조심들 해라.

태 영 : 뭘 조심해요.

허 가 : 이제 경찰들이 또 응원 올 게구 국군두 오구 또 미군까지두 가만히 안 있을 게다.

태 영 : 그게 무서우면야 아무 일두 못 하지요.

허 가 : 무섭지 않구. 그럼 그 사람들은 무력을 가지구 있구 우리들은 뭐가 있니. 암만 머리는 살았어두 빈주먹이 아니냐? 빈주먹으루 강대한 무력을 당해 낼 수 있겠니?

태 영 : 그렇게 무서우면 어떻게 시위 대열엔 참가했어요.

허 가 : 너희들은 아직 어리다.

난 희 : 물론 아저씨보다 나이야 어리지요. 그렇지만 우리들이 지금 하고 있는 행동에는 아마 우리 보기엔 아저씨두 우리만 못 해요.

허 가 : 함부루 입질들 말아. (점잔을 빼며) 늬들 혼자 다 아는 것 같구나. 되지 못한 것들 …… 나두 부상까지 당하면서 시위한 사람이야. 그리구 나두 시장놈을 잡으러 왔고…….

태 영 : 그런데 왜 그렇게 겁을 먹고 선동을 해요.

허 가 : 선동이라니? 이 괘씸한 것들.

태 영 : 그럼 똑똑히 말해서 당신은 어느 편인가요?

허 가 : 나 나 말이냐? 나야 물론…….

태 영 : 저길 좀 보라요. 수천 수만 명이 이승만 정권을 반대해서 계속 일어나고 있어요. 요원의 불길처럼 서울에서두 부산에서두 그리구 대구, 전주, 인천 할 것 없이 남조선 전체가 일어났어요. 그런데 뭐가 무서워요.

허 가 : 그렇지만 주의들은 하란 말이다. (공포에 질리나 내색은 감춘다)

난희: 태영아! 가자! 괜히 시간만 보내구 시장놈두 못 잡겠다.

△ 영란 등장

영란: 애들아! 시장놈을 잡았니?
난희: 없구나.
영란: 그럼 그놈이 어느 구멍에 틀어 박혔을까?
난희: 아무래두 밖으루 도망친 게야.
영란: 밖에서 망보는 애들이 나가는 걸 못 봤다고 하던데… 3층에 올라가 봤니?
난희: 아니.
영란: 그럼 3층에 올라가 보자!
허가: 옳지 그래, 3층에들 올라가 봐라. 아마 거기 숨어 있을는지도 모른다.
난희: 태영아, 올라가 보자!
태영: 응 먼저들 올라가, 내 곧 올라갈게.

△ 영란과 난희 퇴장

허가: 넌 왜 안 가니?
태영: 시장놈을 잡으러 오셨다면서. 같이 올라 가시지요.
허가: 난 머리가 아파서 좀 앉아 있어야겠다.
태영: 그럼 이 가방과 서류들을 단단히 맡아 주시겠어요?
허가: 오냐, 오냐. 아무 걱정 말구 어서 올라갔다 오너라.

△ 태영 눈치를 살피며 퇴장.

허 가 : (태영이가 다 나간 다음 후— 하고 긴 한숨을 내쉬며 주위를 둘러본다. 그리고 가방을 들고 급히 나가려 할 때 "쿵쿵" 발자국 소리가 들려온다. 그는 그만 질겁을 하고 물러선다. 태영 몽둥이를 들고 살그머니 나오다가 움찔하고 몸을 숨긴다. 허 가는 긴장해서 두리번거리며 서 있다)

△ 맹삼이 울상이 돼서 등장

맹 삼 : 우리 아버지 못 봤나요?

허 가 : 쉬!

맹 삼 : 누구야요?

허 가 : 맹삼아, 나다!

맹 삼 : 아니 아버지!

허 가 : 떠들지 말아!

맹 삼 : 아버지! 왜 그렇게 무섭게 머리를 동여맸어.

허 가 : 이 자식아, 아버지라고 부르지 말아.

맹 삼 : 왜 아버지?

허 가 : 이 자식아, 글쎄 제발 아버지라구 부르지 말라지 않니.

맹 삼 : 아버지, 왜 그래?

허 가 : 쉬! (주위를 둘려보고 나서 극히 조심스럽게) 왜 왔니?

맹 삼 : 큰일났어.

허 가 : 뭐가 큰일나?

맹 삼 : 지금 청년들과 학생들이 우리집에 몰려 와서 세간살이랑 다 때려 부셨어.

허 가 : 뭐 어째?

맹 삼 : 엄마랑 동생들이랑 모두 집에서 도망쳐 나왔어. 아버지 어떡

하면 좋아. (훌쩍훌쩍 운다)

허 가 :　후— (긴 한숨)

맹 삼 :　서장네 집은 불타버리구 또 국회의원네 집은 돌멩이로 까서
　　　　엉망진창이 됐어.

허 가 :　정말 죽을 때가 왔나 부다. 이걸 어떡하면 좋단 말이냐?

맹 삼 :　아버지, 우리가 잘못했다고 빌면 안 되나?

허 가 :　이 자식아, 우리가 잘못하긴 뭘 잘못했어.

맹 삼 :　그럼 왜 우리 집을 까구 또 아버지를 잡으러 다녀.

허 가 :　이 자식아! (쥐어박는다)

맹 삼 :　아야야! 왜 때려 잉잉 …… (운다)

허 가 :　아버지라고 부르지 말라는데 이 자식아!

맹 삼 :　그럼 뭐라고 불러?

허 가 :　아이휴! 저 못난 자식을. 야 이 지식아, 어따 (돈을 꺼내 주며)
　　　　제발 울지말구 아버지라구 부르지 말아다우. (사정하듯이)

맹 삼 :　싫어.

허 가 :　받아 가지구 썩 가지 못해!

맹 삼 :　힝! 누가 돈 달렸나? (받아서 팽개친다)

허 가 :　이 애물아, 썩 가지 못해 (주먹으로 사정없이 쥐어박는다)

맹 삼 :　앙! 왜 때려, 내가 뭘 잘못했다고……. (울며 나간다)

허 가 :　아이구 하나님, 이 일을 어떡하면 좋담. (털썩 주저앉았다가
　　　　가방을 들고 급히 나가려 할 때)

△ 총소리

허 가 :　아이쿠(놀라 파르르 떤다).

△ 태영 불쑥 나타난다.

태 영 : (비양조로) 왜 그리 떨고 있습니까?

허 가 : 어(흠칫 놀랐으나 태연하려고 애쓰며) 응. 머 머리가 막 쑤셔
오는구나.

태 영 : 어디 상처 좀 봅시다.

허 가 : 괜찮다. 그런데 3층에두 시장놈은 없던?

태 영 : 우린 3층에 가서 찾지 않은 걸요.

허 가 : 어째서.

태 영 : 3층에 없다는 것을 알았으니까요. (그를 빤히 쳐다본다)

허 가 : 그럼 너희들은? …… (이마의 땀을 씻으며 시선을 돌려 혼잣소
리로) 그럼 그놈이 어디 멀리루 도망친 게로구나. 그 죽일 놈이.

태 영 : (격해지는 감정을 억제하고) 그 죽일 놈이 잽힐 시간도 다 된
것 같습니다.

허 가 : 어? 어. 그렇지 그래, 암 잽히구 말구, 가면 그 놈이 어딜 갔겠
니? 잡기만 해 봐라 그 땐 내가 가만 내버려 두지 않을 테다.

태 영 : 허허…….

허 가 : 왜 웃니?

태 영 : 이제 잽힐 시장놈의 생각을 하니 불쌍해서요.

허 가 : 불쌍하긴 뭐가 불쌍해. 그 천하에 못된 놈을…….
생각을 하면 이가 갈린다. 백성들의 피땀을 긁어모아 부자가
된 놈이거든. 이승만의 아주 흉악한 졸개구 그런 놈을 가만 놔
둬. 힝 원쑤다 원쑤.

태 영 : 하하…… 아주 통쾌하군요.

허 가 : 암. 그런 놈은 제명에도 못 죽느니라. 물매를 맞아 죽을 놈이
지. 애, 그런데 우리 하나 의논 좀 하자.

태 영 : 네. 뭔가요?

허 가 : 여기 누가 있니? 너와 나 단 둘이 아니냐?

태 영 : 그래서요?

허 가 : 헤헤. 그래서 말이다. 저(눈치를 보며) 이 가방에 든 돈이 수천
만 환 되는 것 같은데 우리끼리 말이다. 말하자면 나와 너와
똑같이 나누는 게 어떻겠니?

태 영 : 나누다니요.

허 가 : 그래! 이것만 가지면 팔자를 곤칠 게 아니냐? 응 흐흐 …….

태 영 : 그 돈이 맘에 있어요?

허 가 : 암. 돈 우에 또 뭐가 있겠니?
돈이 잘났지 사람이 잘난 줄 아니? 흥.

태 영 : 그렇게 중한 돈 당신 혼자 다 가지라요.

허 가 : 뭐 혼자 다 가지라구?

태 영 : 네, 어서 다 가져요.

허 가 : 그럼 내가 나쁜 사람이 되게, 자 어서 논자.[48] 어서 흐흐 …….

태 영 : …… (말없이 증오에 찬 눈으로 허가를 바라볼 뿐)

△ 두 사람 한동안 마주 쳐다본다.

허 가 : 학생에게두 공부하자면 돈이 많이 필요해. 자 이렇게 받으라구.

태 영 : 난 싫다지 않아요.

허 가 : 음! 보아하니 학생이 무척 정의감이 세구만. 암 학생은 그래야
지. 그러나 학생, 사람이 너무 고지식하구 단순해두 못 쓰는 법
이야. 더구나 이런 세상에선 형편 돌아가는 대루 약게 살아야

---

48 '논다'는 '노느다'의 준말. 여러 몫으로 갈라 나누다.

	지. 그렇지 못할 땐 손해라는 걸 알아야 해(밖을 내다보며 주위를 살피다가 허리춤에서 벼락같이 권총을 꺼내 든다) 손 들엇!
태영 :	(이미 알고 있었다는 듯 태연하게 서 있다)
허가 :	손 들어! 소리를 지르면 쏜다.
태영 :	난 벌써부터 당신이 누구라는 것을 알고 있었지요. 당신이 바루 우리가 잡자는 시장이지요.
허가 :	음! 깜찍한 놈. 그래 나를 어떻게 할 테냐?
태영 :	…… (쓴 웃음으로 바라볼 뿐)
허가 :	내가 하라는 대루 할 테냐? 안 할 테냐?
태영 :	뭘 어떻게 하란 말이오?
허가 :	뭐든지.
태영 :	…… 말해 보세요.
허가 :	내가 하라는 대루만 하면 목숨두 살려 주고 돈두 줄 테다. 달라는 대루. 약속 대루 하겠니?
태영 :	무엇인지 말을 해야지요.
허가 :	(총을 들고 다가 서며) 나와 같이 밖으로 나갈 수 있겠지 응?
태영 :	밖에만 나가면 당신은 당장 맞아 죽소.
허가 :	그럼 네가 나를 감추어 줄 수 있겠니? 내 생명을…… 내가 이렇게 변장한 것을 너밖에는 아무도 모른다. 나 하라는 대루만 하면 난 네 은혜를 죽어두 잊지 않을 테다. 죽어두.
태영 :	그러니까 나두 당신과 똑같은 사람이 되란 말이지요.
허가 :	그래서 내 하라는 대루 못 하겠단 말이냐? 앙? (발악적으로 위협을 한다)
태영 :	당신을 잡으러 온 내가 당신을 감춰 줘요?
허가 :	그래서? (다가선다) 그래서 못 하겠단 말이냐?
태영 :	(버티고 섰다가 물러서며 그를 무섭게 노려본다)

△ 허가 태영이 가슴에다 권총을 겨누고 악에 치받쳐 노려볼 때 영란과 난희 들어
　오다 이 광경을 보고 "불이야 불이야!" 하고 외친다. 그 순간 허가 찔끔 놀래며
　돌아 볼 때 태영 번개같이 달려들어 허가의 팔을 내리친다. 권총이 바닥에 떨
　어지며 터지는 소리. 난희 재빨리 권총을 집어 들고 허가를 겨눈다.
　"손 들엇!"

허　가 : 　(사경이 돼서 두 손을 힘없이 쳐든다)

영　란 : 　태영아, 너 하마터면 ……．

태　영 : 　힝 이까짓 놈한테. 애들아 이놈이 누군 줄 아니?

영　란 : 　뭘 하는 놈이야?

태　영 : 　똑똑히 봐라. 징그러운 저 상판대기를 ……．

난　희 : 　뭘 하는 놈이냐?

태　영 : 　대답해 봐!

허　가 : 　(부르르 떨 뿐)

태　영 : 　(허가 앞으로 가서 머리에 감은 붕대를 끄른다)

영　란 : 　멀쩡한 놈이 변장을 했구나.

난　희 : 　아니 시장놈이야. (놀랜다)

영　란 : 　뭐?

태　영 : 　흉물스러운 놈, 대갈통은 왜 이렇게 싸 맸느냐? 봐라, 바로 이
　　　　　놈이 우리가 잡으려던 시장놈이다.

영　란 : 　톳 …… 그래두 더러운 목숨을 더 유지해 보겠다구.

난　희 : 　이 늙다리야, 너두 시위 대열에 참가했다구.

태　영 : 　이따위 놈들은 살아 나가기 위해선 수단과 방법을 가리지 않
　　　　　거든, 어서 이 옷을 벗어.

허　가 : 　네네. 그저 목숨만 목숨만 살려 준다면 …… (허줄한 옷을 벗

으니 안에는 한다한[49] 신사복을 입었다)

난 희 : 우리 아버지를 네 놈들이 잡아다 강제루 국군에 내 보내서 죽
였지(격해서 쏘려고 할 때 허가 털썩 주저앉으며)

허 가 : 아닙니다. 그건 경찰놈들이 잡아다 내보냈지 난 아무 상관 없
습니다. 난 아무 죄두 없습니다.

태 영 : 경찰놈들은 바로 네 졸개가 아니냐?

허 가 : 네네. 그저 목숨만 목숨만……

태 영 : 인민 봉기가 왜 일어난 줄 아니, 바로 네놈 같은 원쑤들을 처
단하자는 게다. 더러운 정권을 때려부시고 새 정권을 세우자
는 게다.

난 희 : 우리는 네놈들의 억압이 없는 자유와 행복을 요구한다.

영 란 : 거리로 끌고 나가자! 이런 놈은 저 거리에다 내다 세워 놓구
군중 심판으로 처단해야 해.

허 가 : 네? (그만 자지러지게 놀란다)

태 영 : 놀라긴…… 그럼 너 우리들 하라는 대루 할 테냐? 안 할 테냐?

허 가 : 네네.

태 영 : 덮어놓구 네네면 어떻게 하겠다는 거야.

허 가 : 목숨만 그저 목숨만……

태 영 : 그럼 우리들이 하라는 대루 꼭 하겠어?

허 가 : 네네!

태 영 : 됐다. 그럼 여기 잠깐 서 있어. (가방에서 돈을 꺼낸다)

허 가 : 아! 그 돈 그 돈만은……

난 희 : 이 판에도 돈? 정말 돈벌레로구나.

태 영 : 이 돈은 창밖으로 뿌릴 테다.

---

49 수준이 상당한

허 가: 나리 나리님, 나에게 그 돈을 나에게 …… 아이구 난 정말 망했구나! (주저앉는다)

태 영: (돈을 창밖으로 뿌린다. 돈이 바람에 흘날리며 창밖으로 떨어진다)

난 희: 이 서류는?

태 영: 그건 우리들이 보관하자! 자(허가에게) 일어섯!

허 가: 네네 ……. (일어난다)

태 영: 저 멀리 창밖을 내다보란 말이야.

허 가: 제발 목숨만은 ……. (손을 싹싹 비빈다)

영 란: 그 중한 목숨이 아깝거던 어서 돌아섯.

태 영: 창밖을 내다 보구 만세를 불러.

허 가: 네네. 아이구! (긴 한숨).

태 영: "시민 여러분! 일어서라! 일어서라!" 이렇게.

허 가: 네?

태 영: 그리구 계속해서 "이승만 정권 타도하자! 이기붕 죽어라! 새로 선거하자! 새 정권을 세우자!" 이렇게 그만 두랄 때까지 불러. 그러면 우리는 네 죄를 용서할 테다.

허 가: 네네. "시민 여러분, 일어서라! 이승만 정권 타도하자! 새 정권 세우자!……" (하고 계속 외칠 때 발자국 소리, 태영 급히 문쪽으로 가서 기미를 살피고 나서 난희와 영란이를 데리고 살그머니 반대편 문으로 나간다.)

△ 경찰 등장, 그도 머리를 붕대로 감았다.

경 찰: (총을 겨누고) 이놈의 자식 꼼짝 말아. 어따가 대구 선동이냐?

허 가: (정신 빠진 자처럼 계속 외친다) "새로 선거하자! ……"

경 찰 : (총대로 후려친다) 그래두 이놈의 자식이.

허 가 : 아이쿠 하라는 대루 다 했는데두 때리는구나. (덜썩 주저앉는다)

경 찰 : 뭣하는 놈이냐?

허 가 : 나리, 이건 정말 너무 하외다.

경 찰 : 뭐가 너무해. 이 자식아 돌아섯!

허 가 : (고개를 조심스럽게 돌린다) 아니 이놈 (벌떡 일어나며) 네 놈 두 폭동꾼이로구나?

경 찰 : 아니, 시장님이 아니옵니까?

허 가 : 이놈, 시장이구 뭐구 너두 폭동꾼이지.

경 찰 : 경찰이 폭동꾼이라니요?

허 가 : 이놈, 그럼 왜 날 총대루 후려쳤느냐? 이놈!

경 찰 : 그럼 당신은 지금 밖에다 대구 뭐라구 외쳤소? 알고 보니 당신 의 사상두 옮았구려. 폭동을 선동하구.

허 가 : 뭐! 내가 폭동을 선동해? 네가 폭동꾼이다. 이놈 시장을 때린 놈이 폭동꾼이 아니란 말이냐?

경 찰 : "이승만 타도하자!" 하고 외친 네가 폭동꾼이지 내가 어째 폭 동꾼이냐? 엉, 그리구 네놈이 응원 경찰을 동동리루 몽땅 보내 라고 그랬지.

허 가 : (기가 막혀) 뭐 내가? (울상이다)

경 찰 : 그래 네놈 때문에 경찰이 어떻게 된 줄 아니? 학생놈들한테 되 레 쫄딱 망했다. 그래서 난 네 놈을 잡으러 왔다.

허 가 : 아니 이게 도대체 어떻게 된 일이람.

△ 그 때 학생들 불쑥 나타난다. "꼼짝 말아! ……"

태 영 : 손들엇!

난 희 :   쏜다!

△ 허가와 경찰 "으악!" 소리를 치고 손을 바짝 꼬나든다.[50]

태 영 :   가자! 걸엇.
허 가 :   난 하라는 대루 다 했는데!
태 영 :   잔말 말고 어서 걸어.

△ 노래 소리가 들려온다.

영 란 :   수천수만 명의 우리 학생들이 왜 피를 흘리면서 네놈들과 싸
         우는 줄 아느냐?
태 영 :   우리는 진정한 자유와 행복을 위해서 싸우는 게다. 네놈들과
         반역자들은 인민의 심판을 받아야 한다.
난 희 :   자유를 달라는 저 항쟁의 목소리를 듣는가!
태 영 :   우리는 네놈들을 하나하나 모조리 잡아 치울 테다. 진정한 새
         정권을 세울 때까지 싸울 테다.
세 학생 :   (동시에) 이 땅에도 자유의 깃발이 휘날릴 때까지 우리는 싸울
         테다.

△ 만세 소리. 항쟁의 노래 고조된다.
△ 세 학생 허가와 경찰을 앞세우고 나간다.
~막~

1960. 4. 20.

---

50 힘 있게 손을 들다.

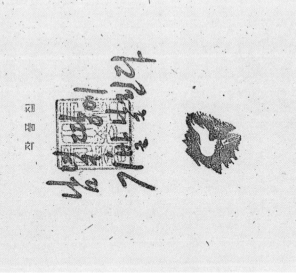

『남녘땅에 기'발 날린다』 속표지

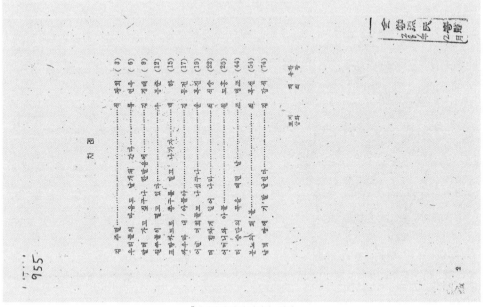

『남녘땅에 기'발 날린다』 차례

석 광희

김 주렴

우리의 동강이 전 주렴 들우우
바는 들녀나나 왔구나!
어머니 품이 왔구나!
우리의 가슴에 싱기였구나!

저 소리 들느냐? 저 소리 들느냐?
저를 실어서 우리에게 보내 준
날개달린 저 소리를
밤은 비돋는는 말·구름 소리를
그리고 듭느냐 저 소리
비 어머니 누이 동생이 주에서는

《그이만 소리》!
에미나는 말한다는 것이다

우리들이 마음도 늡개 서 간다

우리들의 마음은 날개에
남녀 밤이 모르으 앉으 간다
날도 키 가는 행경의 대물
그 대물로 늡개서 간다.

남네 명 동무들의 가슴가슴에
세함은 복음을 주고 살어
빗수함이 써바 이겨 살어
그 힘을 보내여 주므로 살어
우리들이 마음이 늡개에 간다.

둥화주 이 늡 늡 날
화벽하게 이서는 저 도시율을에

달려 가고 싶구나 한달음에

김정태

«네 옷 옷매를 세계하라!
가슴에 사무칠때 메여 손이
송이를 엉겨 오으는 밤구름
나의레 동무들도 일어 섰다.

온 세계 향한 어머니들이 지켜 선 동무들
서름으로 들들는 저분티 아픔
작은 그 손에다 굳이 펼 붙이
하늘을 붉으며 달아 섰다.

«엥!」엽마나 좋으냐,
비구름의 밥발이 산산이 부서졌다

나의레장송이 우러러을 가 계셨다

9

온 세상이 들고 있다

윤복진

용남 민주야
겨울 닮은 군화 게 벌거비며
빼쫒들은 령마하섰다
—남조선이 통체를 들고 있다고
별주의 선 사람들이 들고 있다고

때가'집을 덩그로 불여 당겨서
기둥진 논밭에 껸송가슴 게발 무드레 밤이며
빼쫒들은 생각하였다
—남조선이 손녹리 게 들고 있다고
비구이 부녀와
우리네 어머니들이 들고 있다고

12

포랑이드로 총구를 믿고 나가자

백 ○

순이 아버지도 총에 맞섰구나
물이 엄마도 피흘려 쓰러졌구.

두 무릎 안 고여위 태엽을 지키
시구누뤼 4주교 돌을 숨을 거누우
주혼히 꽃봉을을 따라야 싶구나.

행인에 쩐 부모들이 붉은 피로 든
포랑카드를 날카바 쩔쩔 넘어비
억무른의 총구초의 다 돌이 나가가.

두무릎아 돌느나 게 우뤼나뤼
하른 굳은 칼은 우뤼 우뤼 혐 밥

15

씨움 내 이름이여!

김 둘련

엘마 만이 나 네 고향을 보는 것은
사랑하는 아들과 우소히 돌는 것은
씨우는 고향 산천을
나므앙 함께 붓는 것은.

2혜 메 인턴 고향'밭로
네 마음 은겨나 줄걸음없어므
가지도 둘치도 못하멘 고향 소식을
둘섰노뤼를 이 아렌 바지오 붙에서.

4티 숭인 분희 가비 1〉해쳐는 태엽
그 속에 둘메 오는 너미운 무소뤼
〈소녀의 입술을 잦아 다오 !〉

17

어린 넋의 춤들도 나섰구나

윤복

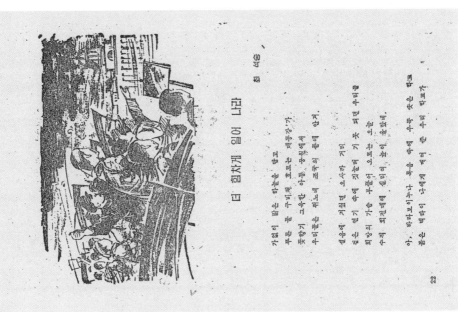

더 힘차게 일어 나라

외 여섯

어머니

소월

리 슘만의 목물 때

조 병조

아동극

분노의 화물

1막 2장

최 복선

곳 남조선의 어느도시
때 3.15 선거 직후
나오는 사람
영 순 … 13 세
영 수 … 15 세
예 순 … 14 세
락수 할아버지(극에서 손재주)
기동 락수던 소년원
군중을 수 명
시 민호(극에서 시장)
순 임녀(극에서 훈련수)
미 애동(비 승만 출개)
경찰 수 명

희 곡

남북 평화 기발 날린다

1막

김 진석

나오는 사람들
영 남 … 학생
영 동 … 학생
순 희 … 학생

제4장 4월혁명문학과 부산

1. 들머리

우리문학사에서 1960년대는 한국전쟁 이후 단절되다시피 한 문학의 사회정치적 역할을 자각하게 되는 시기다. 4월혁명은 이러한 극적전환을 마련해 준 역사적 사건이었으며, 문학의 새로운 좌표를 설정하는 계기로 작용하였다. 한국전쟁의 상흔과 피해의식에 사로잡혀 있던 문인들에게 민주주의에 대한 자각과 정치의식을 일깨웠을 뿐만 아니라 문단 혁신에 대한 논의를 촉발시켰기 때문이다.

4월혁명문학은 이승만 정권과 비민주적인 가치 체계에 대한 단죄를 표명한다는 점에서 본질적으로 반국가적인 성격을 띤다. 그것은 정치의식과 실천을 전면에 표출한 '힘의 선언'이자 피의 선언이었다. 혁명 당시 신문과 방송매체에서 즉각적으로 생산된 시[1]는 곧바로 단행본 혁명기념시집으로 갈무리되면서 가장 폭넓게 재생산되었다. 시뿐만 아니라 소설,[2] 수기, 논픽션,[3] 어린이문학, 방송극,[4] 추모집, 항쟁사, 화보집, 장편기록영화의 생산은 피의 함성으로 얼룩진 혁명 열기를 고스란히 반영하고 있다.

그런데도 1960년 4월혁명문학에 대한 연구는 충분하게 이루어지지 못했다. 명망주의 작가나 작품만을 대상으로 한 나머지 4월혁명의 성격을 소박하게 정리하는 차원에서 머물고 말았다. 신동엽과 김수영, 박봉우로 대표되는 몇몇 작가에 매몰되어 4월혁명의 문학적 지향을 재단하려는 연구 경향 또한 여전하다. 더욱이 『4월혁명기념시전집』(신경림 편, 학민사, 1983)이 정전의 반열에 오름으로써 지역별 · 매체별로 다양하게 생산된 4월혁명문학에 대해서는 눈을 닫고 말았던 것

---

1 방송시의 존재는 4월혁명문학의 존재방식을 규명하는 데 대단히 중요하다. 현재 관련 자료가 남아 있지 않으나, 문화방송에서 방송시를 낭독한 정공채의 경험담을 통해서 이 시기 혁명시의 공론성을 엿볼 수 있다. "10동안 전파를 타고 흘려보낸 나의 목소리는 「이번 봄에 관해서」란 제하(題下)에 민주주의 쟁취의 최초의 피의 교두보였던 3 · 15의 유혈의 마산 데모 사건이었다. 나는 짐짓 태연하려 했으나 나의 목소리는 사실상 떨려 나갔다. 얼마간 얘기를 한 뒤 준비해온 시 한 편을 읽었다. 그 시 역시 마산에서 총을 맞아 죽은 오성원(吳成元)이의 억울하고 불쌍한 그의 무덤에 그의 친구 담배팔이 구두닦이 소년들이 때 묻은 돈을 서로 모아 가난한 묘비를 세우고 그 비명에 "길가는 나그네여! 여기 잃어버린 민주주의를 찾으려 3월 15일 밤 무참히도 쓰러진 21년의 꽃봉오리가 누워있음을 전해 다오……"란 내용을 '테마'로 한 비분의 시였다. 방송을 끝내었을 때 속이 후련했다. 하지만 은근히 ― 오히려 젊은 놈답지 못하게 겁이 났다." 정공채, 「자유의 기수 '젊은 사자(獅子)들'」, 『국제신보』, 1960. 5. 1, 4면.
2 조정식, 『4 · 19의 별』, 아동문화사, 1960. 7. 15. 조정식은 이후에도 4월혁명을 다룬 실명소설 『이 生命 다하도록』(미림출판사, 1968)을 출간하기도 했다.
3 김용규, 『주열(朱烈)은 죽지 않았다!』, 국제신보사, 1960. 7. 3. 이 책은 표제에 '고 김주열군의 수기편'이라 밝히고 있으나, 내용을 보아 김주열의 투쟁사를 재구성한 논픽션에 가깝다.
4 4월혁명을 제제로 삼은 방송극으로는 한운사의 〈조용한 분노〉(『방송』, 1960 여름)가 있다. 또한, 김영수가 4월혁명을 다룬 방송극 〈나는 보았다〉(1960. 4. 29)와 학생 희생자 추모특집 극으로 〈찬란한 아침〉(1960. 5. 19)을 썼다는 기록이 있다. 김영수의 방송극은 KBS방송국에서 보관하고 있지 않으며, 기타 단행본이나 잡지 매체에서도 온전하게 갈무리되지 못했다.

이 학계의 현실이다. 이렇듯 익숙하게 알려진 편협된 연구대상에서 탈피하지 못하고 기존 논의를 반복적으로 재생산한다면, 앞으로도 4월혁명문학의 실상을 제대로 파악할 수 없을 것이다. 연구대상과 시기, 방법에서 새로운 관점의 전환이 필요한 셈이다.

이 글은 부산 지역 4월혁명문학의 발생론적 환경을 점검하고, 혁명문학의 창작 주체와 성격을 고찰하는 데 목적을 둔다. 물론 부산 지역 항쟁을 형상화하거나 부산의 장소성과 역사성을 담은 혁명시를 찾아보기 어렵다. 부산의 독자성을 추출할 수 없을 정도로 마산의거에서 촉발된 4월혁명문학의 일반적 특징을 고스란히 따르고 있다. 이처럼 혁명문학의 지역적 독자성이 뚜렷하게 드러나지 않은 까닭은 지역별 항쟁의 개별성과 고유성이 분명하지 않기 때문이다.

그러나 지역에 눈길을 주는 것은 4월혁명문학의 공시적·통시적 흐름으로 수렴되지 않은 부분들에 대한 재구성이란 측면에서 의미가 있다.[5] 역사가 단일한 흐름이 아니라 여러 가지 힘들의 복합적 상호작용으로 구성되어 있다면, 마산의거의 직접적인 영향 아래 놓였던 부산 지역 4월혁명문학을 고찰하는 것은 중요하다. 이를 통해 부산 지역 사회운동사를 재구성할 수 있는 시각을 마련할 수 있으리라 기대한다.

---

5 부산 지역에서의 4월혁명 전개과정과 정치적 지향, 지역민들의 역할에 대해서는 부분적으로 연구가 이루어졌다. 하일민·박철규, 「4월혁명과 1960년대 부산 지역 민주화운동」, 『부산민주운동사』, 부산광역시, 1998, 171~204쪽; 유영국, 「한국 정치변동과 부산시민의 정치적 역할—4월혁명, 부마항쟁, 6월항쟁을 중심으로」, 『부산학 총서』 2, 신라대 부산학연구센터, 2004, 146~159쪽; 김선미, 「이종률의 민족운동과 정치사상」, 부산대 박사논문, 2008, 141~180쪽.

2. 4월혁명문학의 창작 환경과 부산

1) 4월혁명문학과 부산의 매체 환경

매체는 문학의 창작과 향유를 증폭시키는 실질적인 토대이다. 대표적인 것이 신문이다. 신문 매체는 4월혁명의 이념과 의의를 대중에게 전달하는 공론장(public spheres)으로서의 역할을 수행한 실질적 환경이었다. 당시 부산의 지역지인『부산일보』와『국제신보』,『민주신보』는 혁명문학의 창작과 향유를 사회적으로 확산시키는 데 결정적인 역할을 수행했다. 이들 신문 매체는 '독자투고란'을 두어 전문문인뿐 아니라 시민과 학생들에게도 발표 지면을 제공하였다. 1960년 혁명의 시작단계부터 12월 말까지 4월혁명시는『마산일보』16편,『조선일보』20편,『동아일보』24편 정도를 헤아린다.[6] 이에 반해『국제신보』와『부산일보』에 50편에 가까운 시가 발표되었다는 사실은 부산이 혁명문학의 창작과 향유에서 지역 대표성을 갖는다는 점을 암시하고 있다.

부산에서 4월혁명문학이 적극적으로 생산되고 유통되었던 까닭은 크게 두 가지 측면에서 이해할 수 있다. 첫째, 1950년대 부산의 문화론적 환경이다. 한국전쟁기를 거치면서 지식인들의 도시 집결과 교육기회의 확대, 대중매체의 영향력 확산이 청년계층과 학생계층의 문화의식을 드높이는 결정적인 계기로 작용하였다. 한국전쟁기 부산은 임시

---

6   여기에 대해서는 이순욱, 「남북한문학에 나타난 마산의거의 실증적 연구」, 『영주어문』12, 영주어문학회, 2006, 276~277쪽; 이 책의 2부 1장을 참고할 것.

수도로서 이러한 사회적 제도와 물적 기반이 집중됨으로써 문화지형의 재편과 변화 속도가 급격하게 진행되었다. 정부의 환도 이후 임시적인 공동화(空洞化) 현상을 경험하기도 했지만 비교적 안정적인 문화기반을 유지할 수 있었다. 이러한 측면이 부산 지역민들의 문화수준과 의식을 향상시키는 데 결정적인 역할을 했던 것으로 보인다.

특히 학생동인지 문학운동[7]을 통해서도 알 수 있듯이, 청년학생들의 의식적 성장과 사회 활동이 두드러졌다. 1950년 후반부터 산발적으로 이루어진 시위의 주체는 주로 학생이었다. 이와 더불어 민족문화협회[8]의 결성과 암장(岩漿) 그룹[9] 활동이 청년학생운동을 대중적으로 확산시키는 데 일정한 영향을 미쳤다. 학생과 지식인 계층이 주도한 4월혁명의 전개 과정에서 부산 지역 희생자가 다른 지역에 비해 많았던 점은 이러한 사정과 무관하지 않을 것이다.

둘째, 정론직필의 자유언론을 고수했던 부산의 미디어 환경이다. 마산의 상황을 객관적으로 보도함으로써 항쟁을 증폭시켰던 데는 『국제신보』와 『부산일보』, MBC부산문화방송의 역할이 컸다. 1958년에서 1961년까지 『국제신보』 사회부장으로 일했던 3년의 시기를 "4·19 정국"[10]으

---

7 이순욱, 「한국전쟁기 부산 지역문학과 동인지」, 『영주어문』 19, 영주어문학회, 2010, 121~156쪽.
8 이종률이 주도하고 훗날 김정한과 이주홍까지 참여한 민족문화협회의 결성과 활동은 김선미가 자세하게 다루었다. 김선미, 앞의 글, 132~134쪽.
9 당시 부산고를 비롯한 부산 지역 고등학생들의 이념서클인 '일꾼회'를 개명한 '암장'은 졸업한 후에도 정기모임을 통해 서로의 활동을 보고하고 시국강연회나 문학의 밤을 개최하는 등 다양한 대중운동을 벌였다. 여기에 대해서는 이수병선생기념사업회 편, 『암장』, 지리산, 1992, 48~100쪽. 암장 성원들과 부산의 진보적 청년들의 결합은 4월혁명 이후에 이루어진다.
10 이광우, 『회고와 추억』, 자가본, 2003, 136쪽. 당시 논설위원으로 일하면서 1958년 11월부터 이일구라는 필명으로 「백만 독자의 정치학」을 연재했던 이종률은 세 차례(1958.11.30~12.2)에 걸쳐 '민족혁명론'을 개진하는 등 부산 지역 민주화운동의 앞자리에 섰다.

로 규정한 이광우의 회고는 당시 부산 지역 언론계의 동향을 잘 보여준다.

> 60년 들어 3·15의거 이전에도 부산의 젊은이들이 여러 차례 산발적인
> 거리 시위를 주도하고 있었다. 영도다리가 들려 있는 동안 준비하고 있다
> 가 내리면 갑자기 스크럼을 짜고 '민주주의'를 외치며 달려간다거나, 동아
> 극장 오후 상영이 끝나면 영화보고 나오는 관객 속에 섞여 있다가 기습적
> 인 시위를 한다거나 하는 식이었다. 시위대는 대체로 고등학생들이거나
> 야당 청년 당원들이었다. 기습 시위의 주동자는 미리 신문사로 전화를 해
> 서 거사 계획을 알려주었다. 그러면 나는 기자를 미리 파견해 두었다가 시
> 위가 일어나면 현장에서 생생한 기사를 작성하게 하였다. 비록 작은 기사
> 지만 국제신보의 특종이 이어졌고, 시민들의 머리 속에 '국제신보는 민주
> 주의를 알리는 신문'이라는 이미지가 형성되어 갔다.[11]

당시 야당지로 분류되던 『경향신문』과 『동아일보』의 발행부수가 여
당지를 압도하던 가운데, 『국제신보』는 여론의 성장을 북돋우며 국가를
여론의 법정으로 끌고 나왔다. 1958년 11월 민족혁명론의 연재와 이병
주의 주필 영입에서 보듯이, 『국제신보』는 기존의 국가기구의 권력 행
사 방식을 단순히 수정하기보다는 완전히 다른 정치적 장치들을 창출하
는 식의 변화를 지향했던 것으로 보인다. 새로운 시민사회의 이름으로
비밀스럽고 독단적인 국가 활동을 견제하기 위해 토론하고 독서하는 잠
재적인 공개장[12]을 형성하였던 것이다. 이를 통해 초법적 권력을 행사

---

11 위의 책, 139쪽.
12 J. 키인, 주동황 외역, 『언론과 민주주의』, 나남출판, 1995, 48쪽.

하던 자유당 정권의 위험성을 비판함으로써 "민주주의를 알리는 신문"
으로 평가받았다. 전국 일간지 가운데『국제신보』에 게재된 4월혁명시
가 가장 많다는 점 또한 이와 관련 있다. MBC부산문화방송의 자매회사
였던『부산일보』또한 다분히 야당지의 성격을 띠고 있었다.

　방송매체 또한 신문 매체와 마찬가지로 자유당 말기의 민의를 대변
하면서 마산의거를 맞아 시민들의 열렬한 호응을 받았다. MBC부산문
화방송의 정확하고 신속한 보도는 마산과 부산을 넘어 전국적인 관심
을 끌면서 4월혁명을 고무하는 계기가 되었다.

　　드디어 1960년 3·15선거일이다.

　　내가 경영하는 부산문화방송의 방송 마이크를 신문사 사장실로 옮겼다.
　신문과 방송의 취재망을 하나로 묶어 그 능률을 올리는 한편 신속하고 소
　상한 상황방송이 될 수 있게끔 하기 위한 것이었다. 특히 이 선거는 정·부
　통령을 선출하는 것이었고 더구나 기왕에 선거 부정을 보아온 터여서 시민
　들의 관심이 날카롭게 고조되어 있었기 때문에 그러한 시민들의 관심에 응
　해 주는 의미에서도 정확하고 신속한 보도가 절실했던 것이다.

　　투표가 끝나고 개표가 시작되자 곳곳에서 산발적인 웅성거림이 있는 듯
　하더니 부정선거를 규탄하는 시민들의 궐기가 마산에서 거센 물결처럼 터
　져 나왔다. 그러자 마산에 특파돼 있는 기자로부터 제보가 들어왔다. 개표
　를 지켜보던 시민들이 울분을 터뜨려 파출소를 습격해서 기물을 부수고 불
　을 지르자 경찰관이 군중을 향해 총을 쏘아 사상자가 생겼다는 것이다.

　　이때 이미 나의『부산일보』사장실에는 문화방송의 마이크가 설치되고
　직통전화는 물론 다른 모든 전화선을 집결시켜 나의 진두지휘하의 비상체

제로 옮겨져 있었다. 이 보도가 문화방송의 제일성으로 전파를 타자 소상한 상황을 알리는 시민들이 방송국으로 몰려들어 아우성이었다. 방송원은 밀폐된 『부산일보』 사장실이라는 걸 한 사람도 알지 못했다. 이 문화방송의 제일보가 나가 채 1분도 못돼서 일본의 NHK가 우리 방송을 따서 방송하는 것을 듣고 나는 쾌감을 느꼈다. 일이 이렇게 벌어지니까 문화방송국에는 관계요로에서의 빗발치는 전화벨이 울렸으나 연결이 되지 않아서 무위로 끝났다. 나중 경남경찰국장이 방송국을 거쳐 나에게로 찾아와 그러한 방송의 중지를 호소했으나 그땐 이미 방송이 끝날 무렵이었고 나는 마이동풍 격으로 흘려버렸다. 나는 오랜 정치보복을 받아온 숙원을 이 국가비상시에 통쾌한 언론으로 푼 것이 된 셈이다.[13]

방송매체의 속보성과 동시성은 신문보다도 훨씬 즉각적으로 청취자들의 여론을 조성하는 역할을 한다. MBC부산문화방송은 경찰당국으로부터 보도를 중지하라는 통고를 받는 동시에 사옥에 상주하는 형사수가 증가하면서 감시가 한층 강화되었다.[14] 이러한 상황 속에서도 마산과 부산의 상황을 지체 없이 보도함으로써 청취자들의 열렬한 호응을 받았다.[15] 당시 KBS가 4월 19일의 상황을 왜곡하여 보도하거나, 22일부터는 〈계엄사령부의 시간〉이라는 코너를 신설하여 계엄사령부의 요망사항을 방송했던 상황과 확연하게 차이가 난다.[16] 이처럼 4월혁명

13 김지태, 「4・19의 불꽃」, 『나의 이력서』, 한국능률협회, 1976, 196~197쪽과 자명김지태전기간행위원회 편, 「사일구혁명을 점화한 민주 언론의 영웅들」, 『문항라 저고리는 비에 젖지 않았다』, 석필, 2003, 382~389쪽을 참고할 것.
14 전응덕, 『이 사람아 목에 힘을 빼게』, 중앙M&B, 2002, 73~91쪽.
15 김영출, 「MBC부산문화방송의 1년」, 『방송』 송년호, 대한방송사업협회, 1960. 12, 20~21쪽.
16 KBS는 4월 23일에 이르러서야 계엄사령부의 통제로부터 해방되었다. 4월 19일 당시의 방

시기 이승만 정권에 적대적이었던 부산 지역의 신문 방송매체는 여론을 이끌면서 혁명을 추동하였다. 청취자의 알 권리를 충족시켰다는 점에서 정부당국의 감시와 협박이 잇따랐으나, 시민을 어둠 속에 가둬 놓은 국가로부터 해방시키고 시민의 정치적 권리를 수호하는 데 주저하지 않았던 것이다.

> 燦發한 憤怒가
> 怒濤와 같이 쏟아져 나온 거리
> 오ー 獨裁는 물러갔다.
>
> 썩은 등걸에 피에 젖은 새 얼굴
> 民主主義는 되살아났다.
>
> 잘 싸웠다. 이겼다.
> 學生이여! 市民이여! 新聞이여!
> 오! 腐敗에 뿌리박은 獨裁는 물러났다.

송 내용 일부를 소개하면 다음과 같다. "학생 여러분, 그리고 시민 여러분 일부 학생들과 시민들의 이성을 잃은 행위는 지금 여러분들의 부모형제들에게 두려움을 주고 있습니다. 여러분, 우리는 다 같이 6 · 25남침의 민족적인 비극을 겪어온 동포들입니다. 우리들의 마음은 한결 같습니다. 우리의 지나친 행동으로 사회질서가 어지러워지고 국가와 동족의 재산이 부서진다면 그 얼마나 슬픈 일입니까? 지금까지 방송을 들으셔서 아시는 바와 같이 정부에서는 사회질서를 어지럽히는 일부 학생과 시민들의 데모를 가라앉히기 위해 오늘 오후 다섯 시를 기해 비상계엄령을 내렸습니다. 여러분의 자녀 가운데 학생이 있으면 부모님들께서는 학생들이 데모에 참가하지 못하도록 타일러 주시기 바랍니다." 편집실, 「특집 4월민주혁명과 방송」, 『방송』 여름호, 대한방송사업협회, 1960.7, 8~13쪽.

또 하나의 解放을 謳歌하며 도는 輪轉機는

鎭魂歌란다.

— 김태홍, 「독재(獨裁)는 물러갔다」 가운데서[17]

부산일보사 논설위원으로서 이승만 정권의 폭정에 대해 필주(筆誅)를 가하던 김태홍의 시를 통해 언론 매체의 바람직한 역할을 읽을 수 있다. 혁명을 추동하는 무기로 기능했던 "윤전기"는 이승만의 하야 이후, 추도정국에서는 이제 "또 하나의 해방을 구가하며 도는 진혼가"로서 끊임없이 돌아갈 것이다.[18] 4월혁명시기 언론의 공론장 형성 기능을 잘 보여주고 있는 시다.

『동아일보』와 『조선일보』가 처음으로 혁명시를 수록한 때는 "피의 화요일"을 지난 4월 23일이었다.[19] 반면 『국제신보』가 마산의거를 노래한 최초의 시 「베꼬니아의 꽃잎처럼이나······마산사건에 희생된 소년들의 영전에」를 수록한 것은 3월 28일이다. 이는 부산 지역 미디어 환경이 혁명문학의 생산과 향유를 이끄는 발생론적 조건이었음을 드러내는 것이다.

이상에서 부산 지역 4월혁명문학의 창작 기반과 매체 환경을 살펴

---

17 『부산일보』, 1960.4.27, 1면.
18 물론 새로운 시대가 열리자, 언론 매체가 이러한 진혼의 문맥을 전경화하면서 '피의 대가'와 '피의 공적'을 지나치게 강조한 측면이 있다. 천상병은 언론이나 지식인들이 계산하는 피는 "글자로 나타난 피라는 활자 그리고 얼마나 많이 흘렸던가 하는 양적인 통계적인 뜻의 피"라고 비판한다. 그래서 그는 우리 민족의 어느 누구도 이 피에 '객관적'일 수 없으며, 피의 양을 계산하고 있는 기성세대들의 이러한 태도는 미래가 아니라 현재를 망칠 우려가 있다고 보았다. 천상병, 「4월혁명의 피는 씻을 수 없다」, 『국제신보』, 1960.5.11, 4면.
19 안철, 「서러운 골목」, 『동아일보』 1960.4.23; 강명희, 「오빠와 언니가 왜 피를 흘렸는지···」, 『조선일보』, 1960.4.23.

보았다. 한국전쟁 이후 문화지형의 변화와 시민의식의 성장, 청년학생
운동 조직의 결성과 활동, 국가의 요구에 굴복하지 않은 언론 방송매
체의 공론장 형성과 적극적인 여론 주도 들이 복합적으로 작용하여 부
산은 4월혁명문학을 주도할 수 있었던 것이다.

2) 4월혁명시의 생산과 신문 매체의 기동성

4월혁명시기 『국제신보』와 『부산일보』는 서울의 일간지와 달리 사
실적 취재와 대담한 논평으로 큰 주목을 받았다.[20] 『국제신보』, 『부산
일보』, 『민주신보』, 『자유민보』를 중심으로 1960년에 발표된 혁명시
의 창작성과를 살펴보자.

〈표 1〉 『국제신보』 소재 4월혁명시 목록

번호	지은이	제목	발표일자	비고
1	김춘수	베꼬니아의 꽃잎처럼이나…… ─馬山事件에 犧牲된 少年들의 靈前에	3.28, 2면	
2	정공채	하늘이여	4.14, 1면	
3	이영도	哀歌─故金朱烈君 靈前에	4.19, 4면	
4	강남주	十九歲 少年 죽음 ─合同慰靈祭에 부쳐	4.24, 3면	독자투고
5	이주홍	꽃들에 부치어 ─四·一九에 져버린 젊음들의 靈前에	4.24, 4면	
6	김용호	鎭魂歌	4.25, 4면	
7	박양균	無名의 힘은 眞實하였다 ─四·一九를 前後한 時局에 말한다	4.27, 2면	
8	조순	秩序의 隊列로	4.28, 4면	

---

20 김대상, 『부산 경남 언론사 연구』, 대왕문화사, 1981, 217~238쪽; 박경장 편저, 『부산 언론
계 현황』, 부산언론계편찬회, 1967, 12~32쪽.

번호	지은이	제목	발표일자	비고
9	오충수	祈願－風化되어가는 碑의 音聲	4.30, 4면	해동고
10	신소야	希望의 길로	5.1, 4면	
11	장하보	頌歌	5.2, 4면	
12	정공채	또다시 젊은 獅子들의 怒한 「데모」를	5.4, 4면	
13	김요섭	오월과 빈 책상	5.5, 4면	동시
14	최일수	사월의 별이 되어라	5.7, 4면	동아고
15	최종두	빨래 －第二共和國에 부쳐	5.12, 4면	독자투고
16	오난옥	그 하늘 아래서	5.14, 4면	부산대
17	류재형	四‧一九가 다녀간 거리에서	5.15, 4면	
18	김태홍	遺書 －죽은 學生은 말한다	5.19, 3면	
19	손동인	餘恨 －아직은 촛불 사르지 말라	5.19, 4면	
20	김민한	慰灵詞	5.21, 4면	부산대
21	이동섭	五月의 窓을 열면 －피뿌린 한 달은 지나고	5.23, 4면	
22	고두동	늠름한 꽃들 －義擧負傷學徒들의 慰問을 在釜文友들과 함께 마치고	5.30, 4면	
23	이상민	오월의 하늘처럼	6.18, 4면	부산대
24	송석래	죽은 旗手의 가슴에 핀 薔薇꽃	6.20, 4면	
25	박남수	불씨가 삭기 전에 －北韓 兄弟들에 주는 멧세지	6.25, 4면	
26	장수철	비오는 밤에	6.25, 4면	『소년국제』 제53호
27	이상호	함께 흐를 강물 아닌가	7.2, 4면	동국대
28	박두진	우리들의 八‧一五를 四‧一九에 살자	8.15, 4면	
29	이동섭	韓國의 脈搏 －열다섯 八‧一五 前後에 말한다	8.16, 4면	
30	한얼	불꽃놀이 －第二共和國 序曲	10.21, 4면	부산대
31	서정봉	隊列	11.5, 4면	
32	강인숙	墓地에서 －벗의 靈前에 부치며	11.11, 4면	부산여고
33	박수일	풍선	11.26, 4면	경남고
34	박창문	푸른 祖國이여	12.2, 4면	부산대

〈표 2〉『부산일보』소재 4월혁명시 목록

번호	지은이	제목	발표일자	비고
1	김태홍	馬山은!	4.12, 1면	
2	홍두표	꽃봉오린채 떨어진 꽃송이들이여 －馬山事件의 銃彈에 쓰러진 學生들의 靈前에	4.13, 4면	
3	김태홍	祖國이여! －合同慰靈祭에 붙임	4.24, 3면	4.26, 3면에서 군 검열로 삭제된 부분을 삽입
4	김태홍	독재는 물러갔다	4.27, 1면	
5	정진업	系圖 －四月 十九日의 招魂을 위하여	4.27, 4면	
6	손동인	學徒義擧의 노래	4.28, 1면	
7	홍준오	그대 冥福만을 빌겠노라 －門生 故姜壽永君의 芳魂에 붙임	4.30, 2면	경남공고 교사
8	김충효	오호! 장하거니 내 아들아 －4·19에 죽은 학생 어머니를 대신하여	4.30, 4면	『소년부일』 제61호.
9	이주홍	묵은 것의 잿더미위에 다시 太陽은 쏟는다 －永遠의 感激, 四月二十六日	5.1, 4면	
10	홍준오	鎭魂의 노래	5.4, 4면	
11	정진업	노래 속에 나오는 '니이나'처럼	5.5, 4면	
12	김상옥	思母曲	5.8, 4면	
13	옥교랑	감지 못하는 눈과 눈 －4·19 犧牲學生 慰靈祭에 부침	5.18, 4면	
14	장하보	여기는 아무도 오지 말라 －四·二六 學生義擧의 날에 犧牲된 英魂의 慰靈塔 詩文을 爲하여	5.19, 1면	
15	변양철	하와이섬 앞 바다에서 낚시질하는 老人에게	9.19, 4면	

〈표 3〉『민주신보』소재 4월혁명시 목록

번호	지은이	제목	발표일자	비고
1	전재일	언제나 다시 새 하늘이 －釜山合同慰靈祭에 부친다	4.25, 3면	금성고 2년
2	김녹당	－4·19비극에 부쳐	4.26, 4면	
3	김규태	새로운 여명黎明 －비겁卑怯한 자者들이 마지막 물러간 날에	4.28, 4면	
4	김일구	勝利의 날에	4.29, 4면	
5	정영태	피로 뿌린 씨 來日은 꽃 피리	4.30, 3면	
6	김홍배	因果應報	5.3, 4면	
7	최창호	젊은 靈前에	5.3, 4면	부산시 좌천동 3동회

번호	지은이	제목	발표일자	비고
8	황선호	隊列	5.3, 4면	양산군 물금면 물금리
9	조정옥	조국의 소리	5.3, 4면	경남 함안
10	정진업	다시 한 번 接木의 노래 −民主救國 先驅者의 靈을 위하여	5.4, 4면	
11	이종택	어린이날 어른들게 −제38회 어린이날에	5.5, 4면	동시
12	이순경	오늘을 위한 노래	5.10, 4면	교사 경남 창녕
13	최순익	祖國의 품에서 흩어진 4·19 꽃에게	5.19, 4면	서울대 국문과 부산 5육군병원 입원실에서
14	정공채	잘 가라	5.20, 4면	학도장(學徒葬) 조시
15	한명수	祈願 −祖國의 하늘에 부쳐	5.24, 4면	학생
16	최창도	민주의 꽃밭 위에 물을 주자	5.31, 4면	경남공고 3년
17	고진숙	꽃노을에서	6.2, 4면	
18	최창도	革命의 꽃망울 −급우 고 강수영 군의 추념탑 제막식에 부친다	6.21, 4면	경남공고 3년
19	정공채	憲法의 나라 民主主義의 나라	7.19, 4면	
20	진경선	눈	10.11, 3면	경남 한글백일 장 중등부 장원

〈표 4〉『자유민보』 소재 4월혁명시 목록

번호	지은이	제목	발표일자	비고
1	홍석윤	九泉으로 가신 先輩任들 −4·19事件을 追念하면서	5.1, 3면	여수고 2년
2	문봉남	이 어인 슬픔인가요 −4·19에 가신 형들게	5.7, 3면	경남상고
3	이명남	民權의 曙光	5.21, 3면	경남상고

〈표 1〉～〈표 4〉에서 알 수 있듯이, 혁명시의 창작 주체는 전문시인과 학생, 시민이다. 전문시인으로는 김태홍, 손동인, 이동섭, 이주홍, 장하보, 정공채, 정진업, 홍준오, 고두동, 김상옥, 김용호, 박양균, 김요

섭, 김춘수, 박남수, 박두진, 서정봉, 신소야, 이영도, 장수철, 조순, 홍두표, 김규태, 정영태 들이 기동성 있게 작품을 발표하였다. 이들 가운데 김태홍과 정공채가 4편, 정진업이 3편, 손동인, 이동섭, 이주홍, 장하보, 홍준오가 각각 2편, 김규태, 박양균, 김요섭이 1편을 실었다. 박양균, 김요섭, 박두진, 박남수와 장수철을 제외하고는 모두 부산 경남 지역에 연고를 둔 시인들이다. 이를 통해 지역 매체에서는 토박이 문인이든 출향 문인이든 이 지역과 연고를 둔 시인들의 투고가 절대적이었음을 알 수 있다. 고두동, 홍준오, 장하보, 김상옥, 서정봉, 이영도 들의 시조시인과 어린이문학가 손동인과 김요섭이 이름을 올리고 있어 갈래의 다양성을 확보하고 있다.

이들 외에 오충수, 최일수, 강인숙, 박수일, 최창도, 전재일, 문봉남, 이명남은 고등학생이며, 강남주, 오난옥, 김민한, 이상민, 이상호, 한얼, 박창문은 당시 부산 지역의 대학생이다. 나머지 김충효, 류재형, 변양철, 송석래, 옥교랑, 최종두는 일반 시민이거나 학생일 가능성이 높다. 전체 72편 가운데 학생과 시민들의 작품이 30편에 가깝다는 점은 4월혁명에 대한 당대의 열기를 반영하는 대목이다. 하지만 이들의 시는 당시 언론 매체에서 생산된 공적 담론을 되풀이함으로써 기성 시인들의 주조적인 경향에서 한 발짝 나아가지 못했다. 이러한 한계에도 지역 내부에서 자생적으로 이루어진 문학적 응전들을 통해 신문 매체가 4월혁명문학의 대중적 생산과 유통에 기여한 바를 직접적으로 확인할 수 있다.

특징적인 것은 다음 〈그림 1〉에서도 확인할 수 있듯이 신문 방송매체에 가해진 검열 흔적을 여러 곳에서 발견할 수 있다는 점이다. 정진업의 「노래 속에 나오는 '니이나'처럼」과 김태홍의 「조국이여!-합동

〈그림 1〉 김태홍 시의 검열 흔적　　　　〈그림 2〉 정진업 시의 검열 흔적
『부산일보』, 1960.4.24　　　　　　　　『부산일보』, 1960.5.5

위령제에 붙임」에서 당시 정부 당국의 보도관제(報道管制)[21]에 따른 군 검열의 흔적을 엿볼 수 있다. 특히 『부산일보』 4월 24일 자 3면에 수록된 김태홍의 시는 군검열로 삭제되었으나 4월 26일 편집자 주를 달아 삭제된 시구를 다시 수록하기도 했다.

　　네 가난한 품속에서

　　그래도 엮어보는 꿈도 마지막 목숨까지도

21　당시 『국제신문』에 가해진 검열에 대해서는 이광우, 『회고와 추억』, 자가본, 2003, 140~141쪽. 보도관제는 5월 10일부터 폐지되었다. 「10일부터 보도검열폐지」, 『국제신보』, 19060.5.10, 1면.

〈그림 3〉 4월 24일 삭제되었다가
다시 게재된 김태홍의 시 3연
『부산일보』, 1960.4.26

못난 祖國이여.

네 無知한 銃뿌리에

無慘히 짓밟혀 죽던 날을

祖國이여…

이날을 銘心하라

【註】이 詩句는 二十四日字 夕刊 金泰洪 氏
의 「祖國이여」中 軍檢閱에서 삭제된 部分입
니다. 讀者를 위해 揷入해 드립니다.

인용시는 인쇄매체에 가해진 사후검
열의 흔적을 잘 보여준다. 두루 알다시
피 국가는 미디어를 정부의 의지에 굴복
시키기 위해 훈령, 협박, 금지, 체포와 같
은 위협적 방법을 동원한다. 이러한 정
치적 억압 기술에는 사전금지와 사후검열이라는 두 가지가 있다. 사전
금지는 전화를 통한 단순한 요구나 경고에서 강제적이고 무조건적인
지침 하달에 이르는 공식적·비공식적 절차를 포함한다. 반면 사후검
열은 간행물의 최초 발간에서부터 배부까지의 전 과정에 적용된다. 신
문의 배포 금지와 삭제, 소각, 압수가 그것이다. 극단적인 경우에는 신
문사나 방송국의 폐쇄조치로 나아갈 수 있다.[22] 4월혁명과 같은 위기
상황에서는 두 가지 억압 수단이 결합되어 작동하는 경우가 많다. 당시

22 J. 키인, 앞의 책, 123쪽.

KBS와 MBC부산문화방송에 대한 계엄사령부와 관할경찰서, 검찰의 통제는 이러한 결합을 잘 보여주는 사례다. 혁명이 절정에 도달하면서 계엄사령부는 혁명 과정에서 작동하였던 신문 통신에 대한 검열제를 「계엄포고 8호」를 통해 25일 새벽 5시부터 폐지한다고 밝혔다.[23]

다음으로, 4월혁명시는 4월 후반부터 5월 중순까지 신문 매체를 화려하게 장식하고 있다. 창작 월별 편수를 보면, 3월 1편, 4월 21편, 5월 33편, 6월 6편, 7월 2편, 8월 2편, 9월 2편, 10월 2편, 11월 3편, 12월 1편이다. 단연 4월과 5월에 집중된다. 6월 이후의 창작성과가 턱없이 부족한 것은 혁명시의 창작과 향유가 문단의 일시적인 현상이었음을 단적으로 드러낸다. 극단적으로 말하면 4월혁명시는 1960년 4월과 5월에 걸쳐 가장 역동적으로 창작되고 향유된, 단발적인 유행문학이자 추도문학이라 규정할 수 있다. 신문 매체에 발표된 이들 혁명시는 혁명기념시집이 발간되는 5월 중순부터 7월 초순까지 재생산되다가 이후부터는 아예 의례화되는 과정을 밟는다.

4월혁명이 문학계에 미친 파장은 문단의 혁신 논리로 발전했으나, 구체적인 성과를 거두지는 못했다. '만송족'으로 불리며 자유당 정권에 적극적으로 협조한 문학인들의 자기반성이 부재했다는 점은 당시 문학사회의 동향을 잘 보여준다. 특히 자유당 정·부통령 선거 중앙대책위원회의 지도위원[24]으로 이름을 올린 김말봉,[25] 모윤숙, 박종화, 이

---

23 「25일부터 통금환원, 신문검열제도 폐지」, 『국제신보』, 1960.4.24, 호외.

24 이들 외에 강인택, 권승렬, 공진항, 김동성, 김두헌, 김연준, 김용진, 김활란, 김현철, 배은희, 백낙준, 백성욱, 유석창, 유호준, 윤치영, 이규갑, 이선근, 이윤영, 이재만, 임영신, 장형, 전규홍, 조동식, 조영식, 최찬익, 홍성하 들의 교육계와 문화예술계 명망가 인사들이 지도위원으로 이름을 올렸다. 『서울신문』, 1960.1.26, 1면, 광고.

25 선거에 참여한 문인들이 모두 자발적으로 나섰다고 보기는 힘들다. 정권의 회유가 깊이 작

은상의 공개적인 자기반성은 없었다. 하지만, 문단 일각에서는 이들에게 자숙하거나 모든 공직에서 사퇴할 것을 주장하기도 했다.[26]

①記─4·19 사태에 대해서 침묵하고 있는 것 같으신데 그 이유는?

李─ 부끄러운 생각 때문입니다. 외국의 예를 보면 역사적인 사건의 선두엔 으레 지성인과 문인들이 서는 법입니다. 더구나 권력의 횡포에 대해서 자유를 쟁취하려고 나선 4·19와 같은 사태는 응당 문인이나 지성인들이 그 선두에 섰어야 했을 것입니다. (…중략…) 그런데 **우리는 그렇지 않았습니다. 비겁하였을 뿐 아니라 오히려 그 악과 권력의 횡포에 가담했다는 말입니다.** 이것은 참으로 부끄러운 일입니다. 글을 쓰는 한 사람으로 공동의 책임의식을 느끼지 않을 수 없습니다. 한데, **4·19사태가 일어나 세상이 뒤바뀌니까 이 겁쟁이들이 신문 4면을 장식들하고 있더군요.** 언제부터 그렇게 용기가 있었고 언제부터 그렇게 자유를 사랑했었는지 이것은 정말 피차에 미안스러운 일입니다. 정치가도 양심이 있어 반성하는 이때에……. 이런 일은 이번만이 아닙니다. 친일파 문인들이 해방 후에 꼭 그랬습니다. 6·25 후

용한 흔적이 보이는데, 김말봉이 대표적인 경우다. 김말봉의 당시 사정에 대해서는 박경리의 글을 통해 짐작할 수 있다. "만송(晩松)족으로 지탄이 극심했던 말년, 말년이라기보다 돌아가시기 직전의 참담했던 선생님 처지를 상상하기에 어렵지 않다. 4·19의 피 흘리는 학생들이 수없이 실려 들어오던 역전의 옛날 그 세브란스병원, 그곳에 입원해 계시던 선생님의 심정이 오죽했을까. 그 분을 병원으로 찾아갔을 때 "내가 잘못했다, 그 놈들이 신문사 사장 자리 주겠다, 문교부 장관 자리 주겠다 하는 바람에"라는 말을 되풀이 하셨다." 박경리, 「참회와 회한의 눈물」, 정하은 편저, 『김말봉의 문학과 사회』, 종로서적, 1986, 197~199쪽.

26 「문단의 혁신정화를 위하여」, 『조선일보』, 1960.5.7, 4면. 7일 자 조간과 석간에 걸쳐 게재된 설문조사를 통해 당시 문학계의 동향을 짐작할 수 있다. 설문 내용은 다음 세 가지다. ① 해체론이 대두되고 있는 요즈음 문총, 자유문협, 한국문협 들의 문학단체 거취에 대한 견해 여하, ② 어용작가들의 거취에 대한 견해 여하, ③ 현 예술원에 대한 견해 여하. 이희승, 박화성, 조병화, 김남조, 최정희, 박영준, 주요섭, 고석구, 김우종이 답변을 했는데, 대체로 ①에 대해서는 해체를, ②에 대해서는 자숙을, ③에 대해서는 개혁을 요구했다.

에 부역한 문인들이 역시 그러했습니다. **지조도 없고 양심도 없고 심장도 없**
는 '박쥐'들입니다. 이것이 한국의 문학인인가 생각할 때 차라리 붓을 꺾고
지게라도 지고 싶은 심정입니다.[27](강조는 인용자)

　②"아 4월혁명의 영웅들이여!"라고 우리는 노래 부를 수는 있다. 그러나
목숨을 한마디의 부르고 싶던 구호와 바꾸는 일은 주저한다. 옛날 알렉산
더 대왕이 신시(神市)에서 신제(神祭)를 개최할 때에 몸을 더럽히고 죄를 지
은 자는 여기에 참가하지 말라고 했다 한다.

　현대에서도 마찬가지다. 사월의 영령들을 노래할 자격만이라도 가진 자가 몇
사람이나 기성세대에 있을 것인가. 그렇게 노래 부를 자격도 못 가진 자들이 그들
의 영전에서 향불을 피우고 있다면……. 그것은 그들의 가슴에 총알을 집어넣은
자보다 더 증오할 일이다.

　새로운 미래를 운운하는 것도 좋을 것이다. 그들의 구호와 생명의 역사
적 가치를 한 편의 논문으로 논의하는 것도 물론 좋을 것이다. 그러나 왜 그
들의 피는 이미 벌써 과거의 것이 되고 연구의 대상으로서 객관화되어야
하는가. 나는 항의한다. (…중략…)

　우리가, 살아남은 우리가 지금 가장 해야 할 일은 우리 하나하나가 그들
의 피가 피부 밖으로 새어나올 때에 그들의 가슴속에 일어났을 '생각'을 통
감하고 잊지 말아야 하는 일이다.[28]

27　이어령, 「말해야 할 사람은 지하에 있다―문인들은 묵묵히 반성하라」, 『부산일보』, 1960.5.3,
　　4면.
28　천상병, 「4월혁명의 피는 씻을 수 없다」, 『국제신보』, 1960.5.11, 4면.

①에서 이어령은 4월혁명에 "침묵"한 이유를 묻는 기자의 질문에 "선두"에 서지 못한 "부끄러운 생각" 때문이라고 답한다. 그리고 4월혁명 이후 자유당 정권에 부역했던 문인들이 신문지면을 화려하게 장식하는 행태를 "지조도 없고, 양심도 없고, 심장도 없는 박쥐들"이라 비판한다. 문학인들의 기회주의적 행태와 자신 또한 새로운 역사를 견인하는 선지자가 되지 못한 까닭에 "차라리 붓을 꺾고 지게라도 지고 싶은 심정"이라고 말한다. 이어령의 침묵은 부끄러움에 대한 자기표현이었던 셈이다.

자격 시비는 ②에서도 중요한 문제이다. 천상병은 "노래 부를 자격도 못가진 자들이 영전(靈前)에서 향불을 피우고 있다"면 "목숨"을 "구호(口號)"와 바꾼 영령들의 가슴에 "총알을 넣은 자보다 더 증오할 일"이라 비판한다. 이 또한 문학인들의 행태에 대한 반성적 성찰이다. 혁명 대열에 무조건 편승하거나 무임승차하여 과오를 덮으려는 문학사회에 대한 전면적인 반성을 촉구하고 있는 것이다. 나아가 그는 당시 문학인들의, "대중의 정신적 저변에 흐르는 시대적 진실성을 증명하는 의지의 결여"[29]를 비판하기도 했다.

결국 4월혁명이 문학사회에 던진 충격과 문학인의 자기 역할에 대한 비판적 성찰이 제기되었는데도 문학인들은 새로운 문학적 실천을 보여주지 못했던 셈이다. 김춘수가 조지훈의 시 「귀로(歸路)」(『사상계』,

---

[29] "한국의 작가들은 (물론 나 자신도 포함해서) 4·19를 전후한 시기를 겪으면서 '그의 작품'도 없었고 '군중의 행렬'에도 없었습니다. 창피스러운 체면입니다. 그러나 더 창피스러운 일은 그 후에 하나 추가되었습니다. 4·19를 마치 저희들의 힘으로 수행한 것처럼 날뛰는 군중들이 대두한 것입니다. 나는 그들이 누구라고 밝히고 싶지 않습니다. 다만 그들이 불쌍할 따름입니다." 천상병, 「4·19 이전의 문학적 속죄―왜 현실적이 되지 못했던가?」, 『자유문학』, 1960.9, 200쪽.

1960.10)의 한 구절을 빌어 "혁명(革命)은 / 소낙비처럼 산을 넘어 가고" 있는 당시의 상황을 비판했듯이,[30] 4월혁명문학은 충분한 내적 계기와 동력을 갖지 않은 상태에서 일종의 붐(boom)으로서의 문학에 그쳤다고 볼 수 있다.

3)『힘의 선언』과 경남·부산 지역성

신문 매체와 학보나 교지에 수록된 4월혁명시는 즉각적으로 기념시집으로 갈무리되면서 재생산되었다.『뿌린 피는 영원히』,『불멸의 기수』,『항쟁의 광장』,『피어린 사월의 증언』,『분향』,『학생혁명시집』들이 바로 그것이다. 대체로 추모비를 세우거나 위령제가 한창이던 5월 중순에서부터 7월 초에 걸쳐 발간되었다. 4월혁명에 대한 전체적인 조망이나 해석이 결여된 채 학교제도나 사회단체 주도로 이루어진 기념행사와 같은 맥락에서 이해할 수 있는 신속한 기획 출판이라 볼 수 있다.[31] 이러한 기념시집은 1983년 신경림에 의해『4월혁명기념시전집』으로 선별적으로 재생산되면서 4월혁명시의 성과를 확산시키고자 했다. 그런데도 오히려 이러한 선택과 배제가 4월혁명의 폭을 좁히는 결과를 초래하고 말았다. 앞에 든 혁명기념시집은 모두 서울에서 출판되었으며, 이 과정에서 지역에서 발행한 시집은 간과되고 말았다. 대표적인 것이『힘의 선언(宣言)』과『분향(焚香)』이다. 이 자리에서는 부산

---

30 김춘수,「혁명은 소낙비처럼 지나가고」,『동아일보』, 1960.12.14, 4면.
31 이순욱, 2007,「4월혁명시의 매체적 기반과 성격 연구」,『한국문학논총』45, 370~374쪽.

<그림 4> 『힘의 선언』 표지

지역에서 발간한 『힘의 선언』을 대상으로 논의를 진행하고자 한다.

『힘의 선언』은 정천이 엮고, 해동문화사에서 1960년 5월 30일 발행하였다. 여태껏 학계에서 이름조차 알려지지 않은 이 기념시집이 부산에서 발행되었다는 점은 시사하는 바가 크다. 마산의거에서 촉발된 경험을 동시적으로 공유했던 지역사회의 구성원들이 필진으로 참여하고 있어 강한 지역 연고성과 4월혁명에서 부산 경남 지역이 갖는 위상을 상징적으로 드러내기 때문이다.

시집에는 수록시편들의 출처를 정확하게 밝히지 않았으나, 다음 <표 5>의 '비고'에서 알 수 있듯이 대부분 부산 지역 신문 매체에 발표되었던 작품이다. 발행지가 부산이고 필진들의 대부분이 부산·경남에 지역적 연고를 두고 있는 까닭에 출처가 불분명한 시는 고등학교 교지나 학보 같은 지역 매체에 발표되었을 가능성이 높다. 따라서 『힘의 선언』은 오롯이 부산 지역 매체에서 생산된 시편들을 묶었으며, 필진 또한 부산 지역에 한정했을 것이라 본다. 부산대 학생인 오난옥[32]과 박창문[33] 외에 필진 성격이 불분명한 박세운, 신대하, 김상호는 부산 시민이거나 학생임이 분명하다.

---

32 『국제신보』 5월 14일 자에 발표된 오난옥의 「그 하늘 아래서」는 부산대학교 문학회가 발간한 『부대문학(釜大文學) 제8회 문학제기념작품집』(부산대 출판부, 1960. 10)에서 다시 갈무리된다. 이를 통해 혁명시의 지속적인 재생산과 향유 과정을 알 수 있다.
33 박창문은 『국제신보』 12월 2일 자에 「푸른 조국(祖國)이여」를 발표하였다.

〈표 5〉『힘의 선언』 차례

번호	지은이	제목	비고
1	정천	序詩 －長詩「총알은 눈이 멀었다」의 序詩에서	
2	김태홍	馬山은!	『부산일보』, 4.12, 1면
3	오난옥	그 하늘 아래서	『국제신보』, 5.14, 4면
4	박세운	우리의 눈은 감을 수 없다 －四月에 꽃진 英靈들의 말	
5	정공채	또다시 젊은 獅子들의 怒한 데모를	『국제신보』, 5.4, 4면
6	신대하	단 몇 개의 조약돌	
7	이주홍	묵은것의 잿더미위에 다시 太陽은 쏟는다 －永遠의 感激 四月二十六日	『부산일보』, 5.1, 4면
8	최종두	빨래－第二共和國에 부쳐	『국제신보』, 5.12, 4면
9	정진업	노래속에 나오는 「니이나」처럼	『부산일보』, 5.5, 4면
10	김상호	朱烈君 靈前에	
11	장하보	여기는 아무도 오지 말라 －四・二六學生義擧의 날에 犧牲된 英靈의 慰靈塔 詩文을 爲하여	『부산일보』, 5.19, 1면
12	손동인	餘恨－아직은 香불 사르지 말라	『국제신보』, 5.19, 4면
13	김민한	慰靈詞	『국제신보』, 5.21, 4면
14	박창문	지금은 말할 수 있느냐	
15	정천	詩의 宣言 －四月革命記念詩集 끝에 부치다	

기존의 기념시집 목록에서뿐만 아니라 「한국현대시집총목록」에서
조차 그 실체가 알려지지 않았던 이 시집은 기념시집으로는 보기 드문
지역 대표성, 출판의 기동성, 혁명에 대한 역사적 화석화에 맞서는 새
로운 담론 창발과 재구성을 위한 기폭제로서의 상징성[34]을 지닌다.

---

34 박태일, 「1960년 경자마산의거가 당대시에 들앉은 모습」, 『현대문학이론연구』 31, 현대문
　　학이론학회, 2007, 81~82쪽.

3. 4월혁명문학과 민주주의적 동원

1) 증언시와 현장성

모든 문학작품은 어떤 면에서는 기념이 되긴 하지만, 경우시(Occasional Verse)는 개인적인 경우가 아니라 공공 또는 사회적인 계기를 가진다는 점에서 다르다.[35] 4월혁명문학이 대표적인 경우다. 시인들은 4월혁명이라는 대중적이고 역사적인 사건을 창작에 이용한다. 당시 폭넓게 생산된 4월혁명시는 오늘날까지도 후일담이나 회고담, 기념이나 추도, 저항의 문맥에서 지속적으로 향유되고 있다. 그러나 4월혁명시는 항쟁의 현장을 사실적으로 형상화하기보다는 애도와 추념, 선언적 수사에 머물고 있는 경우가 많다. 갈래의 특성상 소설이나 수기문학에 견주어 증언의 내용을 효과적으로 담아내기가 쉽지 않기 때문일 것이다.

문학과 역사의 관련성을 고려할 때, 4월혁명의 본질을 가장 오롯이 드러내는 시적 유형은 증언시다. 물론 혁명의 전개 과정을 전체적으로 조망한 증언시는 드물다. 기동성 있는 신문 매체를 통해 가장 먼저 발표된 김춘수의 아래 시는 증언의 실감을 구체적으로 전달해 준다는 점에서 각별하게 읽힌다.

> 南城洞派出所에서 市廳으로 가는 大路上에

---

35 Alex Preminger · T.V.F. Brogan(eds.), *The Princeton Encyclopedia of Poetry and Poetics,* Princeton Universty Press, 1993, p.851.

또는

南城洞派出所에서 北馬山派出所로 가는 大路上에

너는 보았는가… 뿌린 핏방울을,

베꼬니아의 꽃잎처럼이나 선연했던 것을…

一九六〇年 三월 十五일

너는 보았는가… 夜陰을 뚫고

나의 고막도 뚫고 간

그 많은 銃彈의 行方을…

南城洞派出所에서 市廳으로 가는 大路上에서

또는

南城洞派出所에서 北馬山派出所로 가는 大路上에서

이었다 끊어졌다 밀물치던

그 아우성의 怒濤를…

너는 보았는가… 그들의 애띤 얼굴 모습을…

뿌린 핏방울은

베꼬니아의 꽃잎처럼이나 선연했던 것을…

　　　　— 김춘수, 「베꼬니아의 꽃잎처럼이나 …… — 마산사건에 희생된

소년들의 영전에」

　인용시는 부제 '마산사건에 희생된 소년들의 영전에'를 보아 추념시로도 볼 수 있지만, 독자들에게 긴박했던 당시의 상황을 제시하기에 부족함이 없다. "~로 가는 대로상(大路上)에서"와 말줄임표를 반복적으로 제시함으로써 현장의 구체성을 확보하고, 화자의 분노와 충격의 정서

를 효과적으로 드러내고자 했다. 특히 화자의 실제 경험을 살려낸 이 시는 "너는 보았는가 …"라는 시구를 세 차례에 걸쳐 반복함으로써 마산 의거에 대한 독자들의 공감을 확보하고자 했다. 당시 민주신보사 기자로 마산 현지에서 의거를 생생히 경험한 정영태의 「피로 뿌린 시 내일은 꽃피리」(『민주신보』, 1960.4.30)도 같은 맥락에서 이해할 수 있다. "나는 보았다 / 최루탄이 쳐박힌 김주열 군의 얼굴을 / 그 위에 덮인 피묻은 태극기를"에서 드러나듯이, 현장에서 증언하는 방식을 통해 4월혁명의 희생과 그것이 지니는 중대한 국면을 효과적으로 환기할 수 있는 것이다.

四二九三年
二月二十八日
大邱中央通에서
慶北高等學校
검은隊列은
學園의 自由와
民主主義 守護를 부르짖었을 때
나는 자꾸 感傷에 젖어 눈물이 목구멍을 메웠다.
(…중략…)

釜山에서는 東萊高校 慶南工高校
西面에서 凡一洞에서
光州에서 大田에서 仁川에서 淸州에서
晋州에서

할아버지가 할머니가 어린것이 大學敎授들이

아! 얼마나 魅力的인 學生이라는 이름이야
아! 얼마나 榮光인 學生의 긍지이었더냐
그들은 불길처럼 터졌다
氷花처럼 싸늘하게도 외쳤다.
　　──박양균, 「무명의 힘은 진실하였다─4·19를 전후한 시국에 말한다」
　　　　　　　　　　　　　　　　　　　　　가운데서

4월 26일 오전 11시 하야성명을 듣고 쓴 것으로 부기되어 있는 인용시는 크게 두 매듭으로 이루어져 있다. 우선, 이 시는 대구의 2·28민주항쟁에서 3월 15일의 마산 상황, 4월 11일 김주열의 죽음, 4월 18일 고려대 학생들의 시위, 4월 19일 전국 대학생과 고등학생, 시민이 참여한 혁명의 전개과정을 형상화하였다. 그런 다음, 혁명의 의의와 "무명(無名)의 힘"의 중요성을 자각하고 화자의 결의를 되새겨 놓았다. 그런데도 한 편의 시에 항쟁의 긴 과정을 담으려 했던 까닭에 증언의 구체성을 확보하지 못하고 있다.

4월혁명을 노래한 시는 대부분 혁명의 영속성과 낙관적 전망, 희생자의 헛되지 않은 죽음의 의미를 지나치게 전경화함으로써 애초부터 증언의 가능성을 차단하고 있다. 혁명 당시부터 지금에 이르기까지 기억투쟁으로서 증언의 존재가치를 효과적으로 드러낸 시편들을 쉽게 발견할 수 없다는 점은 4월혁명시의 가장 큰 문제점이다.

역사적 기록으로서의 문학은 역사의 잔재가 아니다. 문학을 오로지역사의 잔재로만 본다면 더욱 폭넓고 본질적인 역사적 차원을 간과하는 것이다. 이 역사적 차원은 그 출처가 단순히 역사의 기록으로서가 아니라 예술작품으로서 매개될 수 있는 것이다. 따라서 예술작품은 그 자체로 단순한 역사기록의 진술을 넘어선다. 심미적 구성물로서의 예술작품은 역사현실에 반응하며 그 정신세계의 구조를 포함하여 현실을 판별하고 더 나아가 현실에 대해 비판을 가하거나 거부하며 무엇보다 현실을 보완할 수도 있다.[36] 그만큼 문학은 현실을 변화시키는 힘을 지니고 있는 셈이다. 그런 측면에서 4월혁명 이전 한국 작가들이 신비적인 비현실관을 지니고 있었고, 혁명의 과정에서도 그들의 정신에는 "군중의 행렬"인 현실이 정당한 위치를 잡지 못했던 까닭에 한국작가들에게 남아 있는 것은 "속죄"뿐이라는 천상병의 지적[37]은 설득력이 있다.

2) 추도시와 혁명의 영속성

4월혁명으로 희생된 영령에 대한 애도와 추념은 후대들이 받들어야 할 마땅한 몫이다. 4월혁명시 가운데 양적으로 가장 많은 시는 합동위령제나 영전에 바친 진혼가(鎭魂歌)나 조시(弔詩), 애가(哀歌), 송가(頌歌)다. 이는 혁명의 영속성을 강조하려는 의도에서 비롯된 바가 크다. 특히 추도의 숭고한 대상으로 널리 현양되는 인물이 김주열이다.

---

36 호르스트 슈타인메츠, 서정일 역,『문학과 역사』, 예림기획, 2000, 101~102쪽.
37 천상병,「4·19 이전의 문학적 속죄 ─ 왜 현실적이 되지 못했던가?」,『자유문학』, 1960.9.

눈에 포탄을 박고 머리엔 맷자욱에 찢겨

남루히 버림 받은 조국의 어린 넋이

그 모습 슬픈 호소인양 겨레 앞에 보였도다

행악이 사직을 흔들어도 말없이 견뎌온 백성

가슴 가슴 터지는 분노 천둥하는 우뢰인데

돌아갈 하늘도 없는가 피도 푸른 목숨이여!

너는 차라리 義의 제단에 애띤 속죄 羊

자욱 자욱 피 맺힌 歷史의 旗빨 위에

그 이름 뜨거운 숨결일네 퍼득이는 蒼空에!

                — 이영도, 「애가(哀歌)―故 김주열 군 영전에」 전문

   인용시는 김주열의 영전에 바친 '애가' 가운데 하나다. 이 시는 추도 시에서 보편적으로 발견할 수 있는 감정의 남발과 직접적인 공분의 표출을 절제하고 있다. 두루 알다시피 김주열은 마산의거에서 희생된 한 개인이 아니라 4월혁명 전과정을 통해 희생된 영령을 대표하는 상징성을 지닌다. "포탄"이 눈에 박히고 고문으로 "머리엔 맷자욱이 찢긴" 채 마산 중앙부두 앞바다에 떠오른 그는 "역사"와 "의(義)의 제단"에 바쳐진 "속죄양"이다. 그런 까닭에 살아남은 자들은 죽음의 의의를 되새기며 계승해 나가야 할 역사적 책무를 지니게 되는 것이다.

   民主의 햇불 높이 들어서

이 나라위해 피 흘린 그대들

祖國의 꽃송이 고히 잠드소서

아아! 靑史에 길이 빛날

四月十九日!

— 김용호, 「진혼가(鎭魂歌)」 가운데서

「진혼가」는 4월혁명의 희생자를 기리는 전형적인 추도시다. 1연에서는 "조국의 꽃송이", 2연에서는 "민족의 영령", 3연에서는 "자유의 기수"라 올려세움으로써 역사에 길이 빛날 4월 19일을 기념하고자 했다. 추도시는 애도의 형식 또는 내용이 기계적으로 반복되는 특징을 지닌다. 무엇보다도 당시 여론이나 공론에서 끝없이 되풀이되고 있었던 논리를 고스란히 답습하고 있다. 이러한 유형의 작품을 통해서는 당시의 사회사나 정신사에 대한 인식을 찾아보기 힘들다.

3) 정치시와 투쟁성

정치시는 억눌린 자들의 투쟁 수단 가운데 하나다. 그것은 지배권력에 대항하며 투쟁을 선도하는 민주주의적 동원으로서 정치문학이다. 4월혁명시에는 민주적인 투쟁을 위해 집단의 연대와 행동을 촉구하는 정치시가 지배적이다. 1950년대 후반 '만송족'들이 그러했던 것처럼 지배자들에게 공헌하는 문학이 아니라 민주주의로 가는 시민 학생들의 단결과 분명한 인식을 보여준다는 점에서 지극히 당파적이다.

馬山은

고요한 合浦灣 나의 故鄕 馬山은

썩은 답사리 비치는 달그림자에

抒情을 달래는 傳說의 湖畔은 아니다.

봄비에 눈물이 말없이 어둠속에 괴면

눈동에 彈丸이 박힌 少年의 屍体가

대낮에 漂流하는 埠頭—

學生과 學生과

市民이

"戰友의 屍体를 넘고 넘어—"

民主主義와 愛國歌와

목이 말라 온통 설레는 埠頭인 것이다.

파도는

良心들은 歷史에 돌아가 冥想하고

붓은 馬山을 後世에 고발하라

밤을 새며 외치고

政治는 凝視하라. 世界는

이곳 이 少年의 表情을 읽어라

異邦人이 아닌 少年의 못다한 念願들을 생각해보라고

無數히 부딪쳐 밤을 새는

피절은 潮流의 아우성이 있다.

馬山은

고요한 合浦灣 나의 故鄕 馬山은

世界로 通하는 埠頭!

썩은 답사리 비치는 달그림자에

抒情을 달래는 傳說의 湖畔은 아니다.

陣痛이

아우성이 少年의 피가

憤怒의 소용돌이 속에

또 하나의

오─움직이는 世界인 것이다

氣象圖인 것이다.

— 김태홍, 「마산은!」 전문

김태홍에게 고향 마산은 "썩은 답사리 비치는 달그림자에 / 서정을 달래는 전설의 호반"이 아니라 "민주주의"에 "목이 말라 온통 설레는 부두"다. 이러한 인식은 마산의거에 대한 새로운 의미 규정에서 비롯된다. 마산의거를 전국적인 투쟁으로 확대시키는 데 결정적인 역할을 한 김주열의 죽음을 통해 마산을 4월혁명의 진원지로 인식하고 있는 것이다. "고발하라", "표정을 읽어라", "생각해 보라"는 명령적인 어조는 독자들에게 마산의 장소성, 그러니까 "소년의 피"가 "움직이는 세계"이자 "기상도"임을 강하게 일깨워 준다. 이제 마산은 더 이상 변방이 아니라 세계의 중심으로 거듭나게 된다. 4월혁명시의 전통에서 이만큼 마산의거의 의의를 간명한 비유 속에 효과적으로 담아낸 시는 드물다.

여기에서 "붓은 마산을 후세에 고발하라"는 문학의 정치참여에 대한 김태홍의 시각을 읽을 수 있다. 그는 문학인의 정치 참여를 논하면서 "생명은 정치 이전에 있으며, 정치를 위한 생명이 아니고 생명을 위한 정치"[38]라 강조했다. 그는 문학의 정치 참여가 선거판에서 찬조 연설을 하는 데 있는 것이 아니라 "문학작업을 통한 이외의 길이 없다"[39]고 본다. 그런 까닭에 "눈동에 탄환이 박힌 소년의 시체가 / 대낮에 표류하는" 마산의거에 대해 문학으로 응전할 것을 요구한다.

①내일을 믿자

그리고

그날을 기다려

우리 다함께 歷史의 이름으로

저 원수!

---

38 김태홍, 「예술인의 정치참가」, 『국제신보』, 1960.3.24, 1면.
39 김태홍, 「문학인의 선거참가」, 『국제신보』, 1960.3.8, 1면.

원수를 告發하자.

　　—정천, 「서시－장시 '총알은 눈이 멀었다'의 서시에서」 가운데서[40]

② 命令은 내렸다

詩人이여

일제히

武器를 들자

(…중략…)

붓은

우리의 武器다

詩句 그것은

한字 한字가 총알이다.

글줄 그것은

砲列 ……

砲列과 砲列이 나아가는

오! 장엄한 示威

그것은 우리의 詩다 우리의 힘이다.

40　『힘의 선언』, 해동문화사, 1960, 11쪽.

— 정천, 「시의 선언 — 사월혁명기념시집 끝에 부치다」 가운데서[41]

"총"이 "법"인 나라에서 시인의 노래는 "시탄(詩彈)"으로서의 기능을 수행한다. 인용시에서 보듯이 4월혁명시는 "원수", "사람 백정(白丁)"이라는 타도의 대상과 타도의 대상과 적대감정을 노골적으로 표출함으로써 독자들에게 정치적인 행동을 자극하는 '분명하고 명확한 요구'로서 존재한다. 정치시가 지향하는 바는 "사람 백정이 / 사냥개를 몰아 / 백성을 덤으로 죽여 쌓아도 / 빨갱이란 꼬리표 한 장이면 / 오히려 죄가 공으로 바뀌는 나라"를 고발하고 민주주의를 쟁취하려는 정치적 실천이다.

현대문학사에서 1960년만큼 문학의 공리성과 정치성이 강조된 시기도 드물다. 정치시는 분명히 어떤 특정한 시대의 산물이다. 그것은 하나의 '도구'로서 독자들에게 열정적으로 수용된다. '무기'로서의 시는 문학의 정치성이 강조되던 1920년대 계급주의 시문학이 지향했던 바이기도 하다. 그러나 독자들의 행동을 자극하는 선전 선동을 중요시하는 까닭에 정치시는 종종 비판적으로 평가되기도 한다.

이상에서 4월혁명시를 증언시, 추도시, 정치시라는 세 유형으로 나누어 살펴보았다. 이 시들은 당대 혁명시의 지배적인 유형으로서 4월혁명이 지향했던 민주주의에 대한 열망을 오롯이 담고 있었다. 문제는 당시의 4월혁명시가 너무 쉽게 단명했다는 데 있다. 전문시인들이 발표한 혁명시들은 훗날 개인시집으로 갈무리되었지만, 시인의 현실인

---

41 『힘의 선언』, 82~85쪽.

식과 전망이 1960년에 머물러 있다는 느낌을 지울 수 없다. 이제 4월혁명의 경험과 기억을 재구성하여 혁명문학의 지평을 넓히는 일은 우리세대의 몫이다. 혁명정신을 계승하는 일뿐만 아니라 당시의 각종 문학사료를 갈무리하여 4월혁명문학의 내포와 외연을 확장하는 일 또한 중요하다.

4) 어린이문학과 민주공화국에 대한 기대

부산의 4월혁명문학에서 주목할 만한 갈래는 어린이문학이다. 북한문학에서 어린이문학집 『남녘땅에 기'발 날린다』(1960.9)를 발간하여 아동의 사상 교양을 고취하고자 했다면, 우리의 경우 어린이문학의 성과는 의외로 부족한 편이다. 그런 점에서 혁명 당시 사실을 바탕으로 당시의 상황을 증언하고 새로운 결의를 다지는 동심의 눈이 예사롭지 않다.

나의 곁의 책상은 비었다
'데모'가 있던 날
총알이 ○○에서
나의 동무를 쏘았던 것이다

우리들은
다시 평화를 찾고
새로 공부를 시작하는 날

나의 곁의 책상은 비었다

그 아이는 가난하였다
나는 '크레온'이랑 연필을
많이 빌려주었다
그러나 지금은
내가 머 많은 것을 빚진 생각이다

빈 책상의 얼굴
나는 보고 싶다
아무도 없을 때
빈 책상위에 그리운 얼굴을 그릴까

선생님은 야단치겠지
내가 장난질을 한줄 알고…

그렇다!
빈 책상에 얼굴을 그린다고
그 아이가 다시 살아오를까

내 마음에 사랑이 있을 때 마다
길이 그 아이의 얼굴은 그려질 것이
아닌가

그런 마음으로

살아있는

새 친구를 열심히 사랑하지.

— 김요섭, 「오월과 빈 책상」 전문

    인용시는 혁명 과정에서 희생된 옆자리 친구의 부재를 통해 스스로 성숙해 나가는 모습을 보여준다. 현실에 대한 울분을 토로하며 추상적 관념을 남발하였던 성인문학의 격정적 수사와는 달리 "새 친구를 열심히 사랑"하는 일이야말로 희생된 친구의 얼굴을 잊지 않는다는 사실을 잔잔하게 그려내고 있다. 그러한 깨달음이 동반될 때 비로소 뜻하지 않게 죽은 친구가 자신의 삶 속에서 함께 할 수 있는 것이다. 이 화자는 친구의 희생 속에서 선생님이나 부모가 당부했을 만한 말을 스스로 인식하고 있는 성숙한 어린이다.[42] 이 화자를 아이에서 어른으로 변신시키는 계기가 바로 4월혁명인 셈이다. 실제로 혁명의 과정에서 초등학생의 희생이 있었다. 22일 시위대가 부산진경찰서를 습격했을 때 구경하던 박점도 어린이(당시 성남초등학교 4학년, 11세)가 유탄에 복부관통상을 입고 숨졌으며,[43] 극적으로 살아나기도 했다.[44]

---

42 이 시기 부산에서 생산된 어린이문학의 화자는 계몽 대상이 아니라 대부분 성숙한 어린이이다. 부산동신 초등학교 4학년 박선희 학생의 수필에서도 이러한 면모가 드러난다. 이 수필은 혁명이 끝난 후 아버지의 물음에 자매가 대답하는 형식을 취하고 있다. 학교를 쉰 이유, 데모가 발생하고 끝난 이유, 데모의 이유, 시위대에 총을 쏘는 일이나 시위가 파출소를 습격하는 행위에 대한 판단의 문제에 대한 딸들의 성숙한 인식을 보여준다. 박선희, 「'데모' 이야기」, 『국제신보』, 1960.5.6, 4면.

43 「"유탄에 맞았다" 박군 유족들이 호소」, 『국제신보』, 1960.4.23, 3면.

44 부산진초등학교 3학년 박맹우 학생 또한 복부관통상을 입었으나, 5육군병원에서 수술을 받고 기적적으로 의식을 회복하였다. 「살아난 총상 소년, 11세의 김군 복부관통 수술 받고」, 『국제신보』, 1960.4.24, 3면.

<그림 5> 손동인, 「민이의 부탁」, 『부산일보』, 1960.5.5.

어린이날을 맞아 발표한 손동인의 동화 「민이의 부탁」[45]은 이러한 경험을 적극적으로 수용한 수작이다. 저승세계라는 흥미 있는 상황을 설정하여 이야기의 재미와 어린이의 의지를 적절하게 융합시키고 있다. 작가는 부제를 달아 이 동화를 "부모님들과 같이 읽어" 달라고 당부하였다. 다소 길지만 전문을 소개한다.

민이는 요단강을 건넜습니다. 요단강은 이승과 저승의 경계를 흐르고 있는 강이었습니다. 처음으로 온 저승은 참으로 이상한 곳이 많았습니다.

어느 지옥이란 마을을 지나니 이마에 뿔이 난 무서운 귀신들이 큰 가마솥에 이승 사람들을 넣고는 불을 때고 있었습니다.

민이가 그 가마솥을 자세히 바라보니 민이네 나라 '이완용'과 독일의 '히틀러', 일본의 '도오죠오'의 얼굴도 보였습니다.

민이는 다시 안내인을 따라 또 다른 마을을 지나게 되었습니다. 그곳은 참으로 경치가 좋은 극락이란 곳이었습니다. 아름답고 커다란 연꽃 위에

---

45 『부산일보』, 1960.5.5, 1면.

앉은 분들이 목과 두 손에는 금으로 만든 목걸이와 팔찌가 찬란하였습니다.

그분들의 얼굴 가운데는 '안중근' 의사, '손병희' 선생, '김주열' 형님, 그리고 '짠다아크'의 얼굴도 보였습니다.

민이는 안내인을 따라 저승의 임금이란 염라대왕의 앞에 무릎을 꿇고 앉았습니다. 그곳에는 이미 한 사람이 무릎을 꿇고 염라대왕의 심판을 받고 있었습니다.

"너 이놈 그래도 네 죄를 모른단 말야?"

"예 그저 죄라곤 뭐 큰 게 아닙니다만 이승만 박사의 동상을 세우자고 한 것뿐이죠. 그저 살려줍소서."

"이놈 그래 세종대왕 같은 분의 동상도 못 세우는 놈이 산 사람의 동상을 세운단 말이야? 그래 놓고도 너 이놈 잡으러 가도록 기다리고 있었어. 저 이기붕 좀 보아라. 제 죄를 제가 알고 스스로 이곳에 오면 그 죄를 가벼이 다스린다. 지옥은 면했단 말야. 정치가로서 그 정신이 됐단 말야. 여봐라! 이놈은 당장 그 지옥 똥가마 솥에 넣어 부글부글 삶아 끓여라."

이번에는 민이의 차례가 되었습니다.

"나이 어린 네가 여기를 어찌 왔느냐?"

"예 전 우리나라 四・一九 학생 '데모'대들이 마실 냉수를 떠 주다가 여기 계신 아저씨에게 붙잡혀 왔습니다."

"허어 그것 잘못됐구나. 이놈아 사람을 똑똑히 보고 잡아 오랬는데두 아직 잡아 올 놈들이 얼마든지 있잖나 ……. 그래 그 '데모'는 뭣 때문에 하는 거냐?"

"한국의 정치가들은 모두 썩은 정치를 하고 있었습니다. 백성들의 생활은 말이 아닙니다. 더군다나 우리 어린이들에게는 놀이터 하나 만들어 주지 않았습니다. 그러니까 우리들의 놀이는 어른들의 흉내내기가 많았습니다. 권총놀이, 물총놀이, 딱총놀이 이런 총놀이들이 많았습니다. '데모'도 말하자면 이 같은 정치가들의 썩은 정치를 올바르게 잡자는 데 있었습니다."

"어허 그놈 참 착한 놈이다. 여봐라! 얘를 극락으로 데려가거라. 근데 참 너 소망을 말해 봐라. 내가 다 들어주지."

"예 고맙습니다. 우리나라 정치가들이 참된 민주정치를 하게 해 주셔요. 그러구 우리 어린이들을 위해서도 잘 보호해 주고 어린이들의 복된 대한민국이 되게 해 주셔요. 그래야만 대한민국의 어린이 회관, 어린이 보호소, 어린이 보호사업, 어린이 공원, 어린이 도서관, 어린이 극장, 그밖에 어린이를 위한 착한 일들이 많이 해 주게 부탁합니다."

"어허 그건 어렵잖지. 네가 착한 일을 했으니 너의 기특한 맘씨를 그대로 받아들여 새로 난 대한민국이 참된 어린이 공화국이 되게 해 주마. 그리구 너의 부모님껜 너에 못지않은 훌륭한 아들을 낳게 해 드리겠다."

"대왕님! 고맙습니다. 감사합니다."

이 동화는 4월혁명 당시 학생 시위대에 물을 떠 주다가 저승으로 오게 된 민이의 이야기를 다루고 있다. 어린이문학이 쉽게 노정하고 있는 계몽적 의도를 물리치고 어린이의 발언을 통해 "참된 어린이 공화국"의 이상을 제시하고 있다는 점에서 특징적이다.

「민이의 부탁」은 두 가지 매듭으로 이루어져 있다. 첫 번째는 요단강을 건너면서 만나게 되는 두 마을의 풍경에 대한 묘사다. "이마에 뿔이 난 무서운 귀신들"이 불을 때고 있는 지옥에는 매국노 이완용과 독재자 히틀러, 전범 도조 히데키가 처벌을 받고 있다. 반면 의사 안중근과 민족지도자 손병희, 구국의 영웅 잔다르크, 민주열사 김주열은 극락에서 복락을 누리고 있다. 명백한 선과 악의 대립 구도를 통해 민주적 · 민족적 · 반제국주의적 가치를 선으로, 이에 배치되는 반민주적 · 반민족적 · 제국주의적 가치를 악마적인 것으로 규정한다.

두 번째는 염라대왕 앞에서 독재정권의 동상을 세우는 일[46]에 앞장섰던 정치인에 대한 단죄와 민이에 대한 처분을 담고 있다. 이 또한 다분히 선악의 이분법적 대립을 전제로 한다. 동상건립으로 상징되는 이승만 정권에 동조하는 정치인과 그러한 세력에 저항하다 희생된 민이의 대립을 통해 염라대왕의 심판이 바람직한 가치를 지향하고 있음을 드러낸다. 이때 이기붕에 대한 심판을 눈여겨 볼 필요가 있다. 이기붕은 이승만 정권에 동조하였지만 "제 죄를 제가 알고 스스로" 반성한 정치가로 간주한다. 때문에 지옥행을 면한다. 자신의 잘못을 반성할 줄 아는 사람은 구원의 여지가 있음을 시사하는 것이다. 이기붕의 자살을 반성으로 읽어내는 시각을 차치하더라도 염라대왕의 심판 방식은 어린이문학의 교훈성과 계몽성을 잘 보여주고 있다.

이 동화에서 민이는 투사도 아니요 나약한 동심을 지니지도 않았다. 혁명의 조력자로서, 나아가 4월혁명의 이상적 가치를 내면화한 영령 전체를 대변하는 인물에 가깝다. 민이의 소망은 "우리 정치가들이 참된 민주정치"를 하고, 어린이와 관련된 이상적 사회제도를 확립한 "복된 대한민국"을 건설하는 데 있다. 새 시대를 이끌고 나갈 주체로서 어린이와 그들이 지향하는 민주공화국에 대한 전망을 구체적으로 표명

---

46 실제로 군중들이 4월 26일 오전 파고다 공원의 이대통령 동상을 파괴하기도 했다. 「이대통령 동상을 도괴(倒壞)」, 『국제신보』, 1960.4.26, 1면. 이는 이승만 정권의 붕괴를 상징한다.

하고 있는 셈이다. "참된 민주정치"가 "썩은 정치", 즉 비민주적인 가치에 대한 개혁적 이상을 함축하고 있다는 점에서 4월혁명의 지향과 맞닿아 있다. 물론 이러한 '소망'의 설정과 설명의 논리 정연함은 어린이의 시각과는 어느 정도 거리가 있다. 부모님과 함께 읽어 달라는 작가의 당부를 고려한다면, 오히려 4월혁명을 통한 작가의 바람이 민이의 시각에 투영되어 있다고 볼 수 있다.

4. 마무리

4월혁명문학은 혁명의 열기가 한창이던 짧은 시기에 즉각적으로 생산되고 소비되었던 일종의 대유행(boom) 문학으로 그친 감이 없지 않다. 물론 4월혁명을 거치면서 1960년대 문학이 역사성과 정치성을 점진적으로 회복한 사실을 전적으로 무시할 수는 없다. 하지만, 4월혁명의 충격과 감동을 격정적으로 노래한 당시의 문학적 관심은 의식적으로 형성된 것이 아니라 분위기에 휩쓸려 편승한 측면이 강했다. 당시 문학사회가 혁명의 가치를 내적 동력으로 삼아 새로운 문학적 지향과 실천에 소홀했던 것은 당대 문학인의 허약한 의식을 드러내는 것이다. 그것은 또한 정치현실의 격변에도 쉽게 좌초하지 않는 실천적 기반이 부재한다는 사실을 반증한다.

4월혁명은 침묵을 강요당한 기억 가운데 하나다. 혁명의 열기가 채

가시기도 전에 손쉽게 침묵과 망각 속으로 의례화되었던 까닭은 한국 정치사와 밀접한 관련이 있다. 특히 서울 중심적인 한국의 독특한 사회문화적 분위기는 4월혁명의 기억들 가운데 큰 자리를 차지하고 있는 지역에서의 삶과 경험들을 소홀하게 취급해 왔다. 그런 점에서 부산 지역 4월혁명시에 주목하는 것은 문학을 통해 지역의 정치사와 사회운동사를 재구성할 수 있는 시각을 마련해 줄 수 있다.

그런데도 부산에서 전개된 4월혁명의 역사적 경험들을 면밀히 형상화한 시편은 의외로 찾아보기 힘들었다. 다시 말하면 4월혁명 기간 동안 부산 지역에서 전개된 반독재 민주화 투쟁의 양상을 형상화한 증언문학이나 보고문학을 발견하기 어렵다. 부산 지역의 독자성을 추출할 수 없을 정도로 마산의거의 경험에서 촉발된 4월혁명문학 일반이 가지는 특징을 고스란히 따르고 있었기 때문이다.

4월혁명시의 결정적인 창작 환경은 신문 매체가 제공하였다. 중앙 일간지에 비해 질량 면에서 결코 뒤지지 않는 작품을 생산했다. 『국제신보』와 『부산일보』, 『민주신보』, 『자유민보』에 발표된 시는 70여 편에 이른다. 주로 지역 작가 중심으로 작품 활동이 이루어졌으며, 시민과 학생들도 주요한 창작 주체로 활동하고 있었다. 창작월별 작품 편수는 1960년 4월과 5월에 집중되어 있었으며, 이는 혁명의 열기와 당시의 사회적 분위기, 무엇보다도 신문 매체의 기동성에서 힘입은 바 크다. 6월 이후 혁명시가 의례화되고 창작 편수에서도 현저하게 감소하는 경향을 보이는 까닭은 혁명시선집의 발간과 관련이 있다. 추도시가 압도적으로 많았으며, 드물게도 정치시와 증언시가 혁명시의 한 유형을 차지하고 있었다. 이러한 시들은 이승만 정권에 대한 비판과 투쟁을 전면화하면서 민주주의적·평등주의적·민족주의적 가치를 추구하는 한편, 희생자들의 고귀한 죽음을 기리고, 살아남은 자들이 결연한 의지를 다지면서 혁명정신을 계승하는 데 초점을 맞추고 있었다.

4월혁명 50주년을 지난 지금까지 시, 소설, 희곡, 수기, 어린이문학, 방송문학 들을 모두 갈무리한『4월혁명문학전집』을 가지지 못한 우리의 현실은 너무도 초라하다. 이제는 아직껏 실체가 알려지지 않은 문학사료를 확보하는 동시에 지역 단위의 신문 잡지 매체와 교지, 학보들에서 광범위하게 생산된 4월혁명문학의 성과를 실증적으로 검토하고 의미화하는 작업이 필요하다.

제5장 부산 지역의 4월혁명과 청소년

1. 2013년 겨울 대자보문화의 감성 정치와
1960년 4월 거리의 정치

2013년 12월 고려대 주현우 학생이 '안녕들 하십니까?' 인사를 건넸다. 우리 시대의 절망에 대한 88만 원 세대의 이토록 차가운 자기 응시에 대해 '안녕하지 못한' 이들이 뜨겁게 화답했다. 대학 울타리를 넘어 중고등학교의 초록 담장을 지나더니 어느새 혹독한 겨울을 사는 삶의 어느 자리에서든 너나없이 "안녕하지 못해!" 외치거나 되물었다. 지극히 아날로그적인 안부 인사는 부당한 삶의 임계점을 돌파하려는 욕망으로 출렁이며 SNS를 타고 삽시간에 남하했다. 마치 1960년 4월 저 남쪽의 항구도시 마산에서 발화한 항쟁의 불길이 권력의 심장부를 정조

준하며 북상했듯이.

"모두 안녕들 하십니까?" 그냥 '툭' 던진 이 물음이 우리의 먹먹한 가슴을 이리도 '확' 뒤집어 놓았던 까닭은 무엇일까? 이제껏 대중들의 침묵에 기대어 몸집을 부풀려왔던 부당한 권력과 권위주의에 대한 공분이 그만큼 컸던 셈이다. 권력과 자본을 장악한 '안녕들 한' 집단과 '안녕들 한 척' 외면해 왔던 정치적 무관심과 패배주의에 대한 비판, 지속적으로 '안녕들 할 수 있는' 삶을 전취하려는 '안녕들 하지 못한' 자들의 억압된 목소리들이 봇물처럼 터져 나왔다. 이로써 이 시대에 안녕을 묻는 인사는 비로소 하나의 선언이 되었다.

신자유주의의 충실한 아들딸로 살기를 강요당하는 고등학생들에서도 정글 같은 현실을 가로지르고자 하는 담대한 힘을 발견할 수 있다. 이들은 2008년 미국산 쇠고기 수입 반대 촛불 시위의 맨 앞자리에 서 있었다. 이즈음에도 국정원의 대선개입을 규탄하고 민주주의 회복을 외치며 여전히 자기 세대의 목소리를 내고 있다. 그들 또한 묵묵히 '안녕들 하십니까' 대자보를 붙인다. 학벌이라는 괴물과 스펙을 강요하는 가혹한 현실에 대하여, 국가권력의 사유화와 자본의 횡포, 부당한 차별과 인권 탄압, 무엇보다도 결코 안녕할 수 없는 그들 불쌍한 청춘에 대하여. 금방 떼이고 마는 대자보를 오늘도 '간신히' 붙인다. 학교당국의 무단철거와 압박에도 참정권과 표현의 자유를 보장하라는 구호를 외치면서 말이다.

한국 현대사에서 이러한 청소년의 정치의식이 가장 강력하게 발현된 시기는 1960년 4월혁명이었다. 혁명의 전조는 학원의 정치도구화에 맞서 교문을 박차고 나선 고등학생들의 가두시위로부터 시작되었다. 2

월 28일 일요일, 민주당 부통령 후보 장면의 선거 유세에 가지 못하도록 등교 지시를 내린 학교당국의 조치에 반발하여 대구 지역에서 첫 봉화가 올랐다. 공명선거를 통해 민주주의를 사수하고자 하는 학생시위는 마산, 부산, 대전, 서울로 들불처럼 확산되어 나갔다. 그들은 대자보 문화의 아날로그적 감성정치와는 달리 학교 담장과 철조망을 거침없이 넘나들며 거리로 나섰던 것이다.

이제껏 4월혁명은 대학생과 시민, 서울 중심 논리에 포획되어 특정 세력과 지역을 지나치게 강조한 측면이 없지 않다. 혁명의 도화선 역할을 했던 부산 지역만 보더라도 항쟁의 중심세력은 단연 고등학생들이었다. 선거를 앞둔 3월 12일 학교 당국과 경찰의 제지에도 "학원의 자유를 달라", "뿌리 뽑자 정치악", "살인선거 물리치자", "동포여! 잠을 깨라"는 구호를 외치며 해동고등학교 학생들이 구보 데모를 했다. 항쟁의 열기가 드높았던 4월 19일 경찰의 몽둥이세례를 돌파하면서 데레사여고 학생들이 울면서 외쳤다. "협잡선거는 무효다", "평화적 데모는 우리들의 권리다"라고. 이렇듯 무장경관의 방어선을 뚫고 죽음까지 불사했던 부산고, 동래고, 경남공고, 데레사여고, 동성고, 혜화여고 등 부산 지역 고등학생들의 자발적 시위는 현대사에서 청소년들의 정치의식을 오롯이 확인할 수 있는 자리다.

2. 비겁한 자여! 네 이름은 방관자니라

근대 이후 부산 지역에서 정권을 붕괴시킬 정도의 정치의식을 지닌 계급이 성장할 수 있었던 것은 한국전쟁으로 인한 사회의 지역적 재편에 힘입은바 크다. 무엇보다도 중고등 교육기관의 도시 집중화에 따른 교육기회의 확대와 신문 방송매체의 영향 증대가 결정적인 요인이었다. 여기에다 한국전쟁기 보수동 책방거리를 매개로 이루어진 문화적 파급 효과는 지식에 목말라하던 청소년들의 의식을 밀도 있게 재구성하는 통로로 작용하였다. 보수동이야말로 학교제도와 달리 새로운 지식을 습득할 수 있는 거점이었던 셈이다. 또한 이 시기 근대적인 사회통합을 이루기 위한 의무교육의 실시와 문맹퇴치운동의 전개 들도 고등 교육인구의 양적 성장을 이끌어내는 데 큰 기여를 했다. 이는 학생 계층의 정치 문화의식을 예각화하는 동시에 지식인 집단 중심으로 이루어지던 사회운동의 힘들을 일정하게 분산시키는 역할을 담당했다. 전후 학생 문학사회가 폭넓게 형성되고, 암장(岩漿)으로 대표되는 고등학생 이념 써클이 조직될 수 있었던 것도 이 때문이다.

1960년 3·15선거 운동 과정에서부터 각종 부정이 광범위하게 자행되었을 때, 부정선거 항의 시위를 전개하며 공명선거를 촉구한 주체는 고등학생들이었다. 부산의 경우도 마찬가지였다. 선거 직후 고등학생들이 거리 곳곳에 뿌렸던 전단에서 확인할 수 있듯이, 청소년은 이 시기 종언을 고한 민주주의를 사수하고자 정치 변화의 새로운 주체로 거듭났다. 반공규율사회에서 탈정치화된 대중의 의식을 일깨우며 그들의 대의를 호소문에 새겨 박았다.

학도들은 일어섰다. 우리가 단군의 자손인 이상 우리는 죽지 않고 살아 있다. 우리에게도 눈, 코, 귀, 입이 있다. 우리더러 눈을 감으라 한다. 귀를 막고, 입을 봉하라고 한다. 공부나 하라고 한다. 그러나 그러기에는 가슴속에 한 조각 남은 애국심이 눈물을 흘린다. 우리는 상관 말라고 한다. 왜 상관이 없느냐? 내일의 조국 운명을 어깨에 멜 우리들이다. 썩힐 대로 썩힌 후에야 우리들에게 물려주려느냐? 우리더러 배우라고 한다. 그러나 무엇을 배우랴. 국민을 기만하고 민주주의를 오용하고 권모술수 부리기와 정당 싸움만 일삼는 그 추태를 배우란 말인가!

— 「동포에게 호소하는 글」 가운데서

3월 24일 '전 부산 학생 대표' 명의로 발표된 선언문의 일부다. 이때 함께 채택된 결의문은 "1. 동포여 잠을 깨라!, 2. 협잡선거 물리치고 공명선거 다시 하자! 3. 경찰은 학생 사살 사건을 책임지라!, 4. 비겁한 자여! 너의 이름은 방관자니라! 5. 평화적인 시위는 우리의 권리다"였다. 고등학생들의 애국적·민주주의적인 정서와 의식이 자유당 정권의 파시스트적 억압에 대한 거부감을 분명히 드러낸 것이다. 그리하여 그들은 "가슴속에 한 조각 남은 애국심"으로 항쟁의 주도 세력으로 찬연히 나섰다. 그들의 일상을 통제하고 배움의 본질까지도 왜곡하는 이데올로기적 국가기구에 대한 순수한 거부, 민의를 왜곡하는 정치지형의 재편이 표면적인 이유였다. 이처럼 1960년 4월을 거리의 정치 시대로 만든 것은 "국민을 기만하고 민주주의를 오용하고 권모술수 부리기와

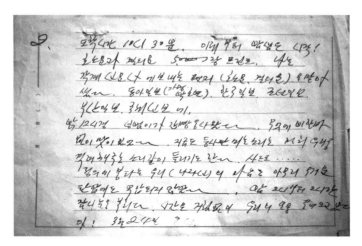

〈그림 1〉 1960년 부산고 3·24의거를 주도했던 박현용 씨

(부산시 사하구 다대동 거주)의 3월 23일 자 일기[1]

정당 싸움만 일삼는 그 추태"를 용납할 수 없는 청소년들의 '호소'의 정
치학으로부터 비롯되었다.

진보적 정치운동이 공론의 장에서 철저하게 소멸된 상황에서 호소
문과 결의문을 쓰는 청소년 세대의 정치적 사유를 발견하는 것은 어렵
지 않다. 당시 부산고 2학년생으로 3월 24일 항쟁을 주도했던 박현용
씨의 3월 23일 자 일기는 시위 준비과정을 잘 드러내고 있다. "3월 24일
9시"는 청소년 세대가 국가권력의 폭력성과 정치 실종에 대해 그들 세
대의 대의를 표명하는 혁명적인 시간이다. 민주주의와 '정의'의 이름으
로 전개될 학생민주화의 시간은 그렇게 '거침없이' 다가오고 있었다.

1 　이 일기는 주동선의 주선으로 등사기를 구하여 신성범의 집에서 밤새 전단지를 등사하던
　거사 전날(3월 23일 저녁)의 상황을 기록하고 있다. 4월혁명 직후 학교 측으로부터 신상에
　피해가 갈 만한 개인 기록을 폐기하라는 말을 듣고 모두 없앴으나, 이날과 3월 24일 자 일기
　만은 남겨 놓았다.

도착 시간 10시 30분. 이제부터 밤샘은 시작! 호소문과 결의문 5,000장 프린트. 나는 각계 신문사에 보내는 편지(호소문, 결의문)를 맡아 썼다. 『동아일보』(가명 박호연), 『한국일보』, 『조선일보』, 『부산일보』, 『국제신보』에.

밤 12시경 성범이가 감빵을 사왔다. 무엇에 비할 바 없이 맛이 있었다. 지금도 등사판 미는 소리는 마치 우리를 격려해 주는 소리같이 들리기도 한다. 사르르⋯⋯.

정의에 불타는 우리(나 자신)의 마음은 아무리 무거운 탄압에도 억압되지 않았다. 밤 2시부터 2시간 잠시 눈을 부치다. 시간은 거침없이 우리의 일을 끌어오고 있다.

아! 3월 24일 9시.

3・15부정선거 이후 부산 시내 중고등학교에 휴교령이 내려진 상황에서도 부산고를 필두로 경남공고, 동성고, 데레사여고의 시위가 잇따랐다. 4월 11일 최루탄이 눈에 박힌 채 마산 중앙부두 바다 위에 떠오른 김주열의 주검은 이 거부가 임계점을 넘어 혁명으로 비약되는 순간이었다. 잔인한 국가폭력에 격분한 학생과 시민들 사이에서 "이승만 물러가라!"는 현실적인 요구가 등장했으며, 항쟁 주도세력이 전면적으로 확대되기 시작했다. 초기의 공명선거・재선거 실시 요구를 넘어 항쟁이 내전 양상을 띠면서 새로운 체제의 등장을 예고했다. 4월혁명이 아기를 업은 가정주부, 노인, 초등학생, 엿장수로까지 확대된 데는 전국적으로 전개된 고등학생들의 시위가 결정적 역할을 했던 셈이다.

3. 젊은 혼은 통곡한다. 그들의 죽음을 헛되이 하지 말라

4월혁명문학의 기간 매체는 신문이었다. 특히 권력의 감시와 협박에 굴복했던 서울과는 달리 정론직필을 지향한 부산 지역의 신문 매체는 혁명문학의 생산과 향유에 큰 기여를 했다. 그런데, 청소년 혁명문학을 가장 광범위하게 갈무리한 매체는 교지였다. 혁명의 열기가 사그라든 하반기 들어 각급 학교에서 발간된 교지는 중고등학생들이 혁명의 경험과 기억을 공유하는 가장 지배적인 매체였다. 혁명의 진원지였던 부산 지역에서 청소년들이 항쟁의 최전선에 서 있었다는 점을 고려한다면, 교지야말로 4월혁명 청소년문학의 산실이라 할 만하다. 그런데도 고등학생들의 정치적 지향을 오롯이 담고 있는 교지를 집중적으로 살핀 시도는 거의 없었다.

4월혁명 청소년문학은 시, 소설, 수필, 수기, 방송시나리오, 일기 들로 갈래가 다양하며, 양적인 측면에서 성인문학의 창작성과를 훨씬 뛰어넘는다. 김주열 표상에 전적으로 매몰되었던 혁명문학의 주류적 경향에서 비켜 서 있는 점이 특징적이다. 특히 수기나 증언은 지역의 고유성을 담지하고 있다는 점에서 지역항쟁사를 복원할 수 있는 실증자료로서 손색이 없다. 그런 점에서 4월혁명 청소년문학은 이 시기 지배적인 추도문학적 성격에서 나아가 증언문학의 성격을 가장 집약적으로 보여주는 자리이기도 하다.

항쟁에 함께 참여했던 동지 의식의 발로였을까. 아니면 그들 세대가 주도한 혁명의 기억을 상징적으로 표출하는 구심력이었을까. 불멸의 비문(碑文)으로 남은 4월 19일 피의 화요일, 민주제단에 바친 동료 학생에 대한 추념의 글들도 넘쳐난다. 특히 부산진경찰서 앞에서 경찰의 총탄에 산화한 경남공고 3년생 강수영은 김주열에 비견될 만한 혁명의 꽃이었다. 전장을 누빈 전우의 죽음 앞에서 민주주의를 수호하기 위한 그들 세대의 연대는 이념적 차원을 넘어 정서적으로 결속력을 지니기에 충분했다. 그를 통해 혁명의 정당성과 혁명 과업의 방향, 혁명 이후의 정치를 구체적으로 상상하고 구현할 수 있었던 것이다.

① 세인(世人)은 / 그대의 이름을 일컬어 / 잠든 사자라고 한다. / 기맥히게 억센 힘을 가졌던 / 잠든 사자라고들 한다. // 박탈당한 주권을 찾기 위하여 / 불꽃처럼 난무하던 포화 속을 / 천연한 행렬을 이어며 / 겨레의 가슴을 부풀게 한 그대. // 피를 치쏟으며 쓰러질 때 / 그대 남긴 말이 무엇이던가 / 한마디, 단 한마디가 / 그것은 그대만이 아는 / 피 맺힌 유언(遺言). / 아직도 / 그날의 총성은 멎지도 않았고 / 세상은 멍든 그대론데ㅡ. / 그대 / 다시 앳된 얼굴로 나타나 보라. // 꽃다운 청춘을 / 미련도 없이 조국을 위해 불사르며 / 끝내 처절한 임종으로 / 세속에의 고별을 내린 / 그대 이름은 오롯이 잠든 사자. // 아ㅡ. / 강산에 평화가 깃드는 날 / 내 그대 명복을 빌며 / 그대 영전에 하이얀 꽃송이 날리리. / 날리리.

　　　ㅡ 이종환(경남공고 2년), 「잠든 사자여!ㅡ강수영 형의 영전에 바친다」

전문[2]

2　『지축』 6, 경남공고 학생자치회 학예부, 1961.1.31, 30~31쪽.

②지금 이 瞬間에도 / 등을 찾고 肝을 찾는 徒輩야 / 또 무슨 辯明을 甘言利 說을 / 術策을 / 金權의 權力의 榮達의 執念을 / 그 阿附의 근성을 / 새로운 民 主歷史 터전 위에서 / 그렇게도 / 버리지 못하고 뉘우치지 못할손가? / 學生 들의 崇高한 피 앞에 / 眞實로 깨끗이 懺悔하라. / 새로운 民主共和國 / 선혈 로 이룩하노니 / 깨끗한 이 礎石위에 / 티끌 하나 있을손가? / 새롭고 아름 다운 民主建設 / 萬邦에 빛나려나 / 學生들의 崇高한 피 앞에 / 眞實로 깨끗이 懺悔하라─

　　　　─ 김윤희(데레사여고 2년), 「숭고한 피 앞에 참회하라」 가운데서[3]

①에서 후배 이종환은 조국을 위해 순사(殉死)한 그를 "잠든 사자"라 표상한다. 그러나 여전히 "멍든" 세상에서 "박탈당한 주권"을 온전히 회 복하지 못한 까닭에 지금은 명복을 빌고 헌화할 수 없다. "강산에 평화 가 깃드는 날"로 추념의 시간을 유예시킨다. "앳된 얼굴" 그대로 강수영 을 '다시' 호출하는 것은 그들 세대가 주도한 민권투쟁의 순수한 대의가 훼손되었다는 인식에 기초한다. 그런 점에서 강수영은 영면한 존재가 아니라 다시 푸르게 깨어나야 할 '잠든' 사자다. 피로 절규한 그의 "유언" 은 살아남은 그들 세대를 일깨우며 부정적인 현실과 대결하기 위해 다 시 그를 호출하도록 만든다. 강수영은 죽었지만 죽지 않은 영웅으로 기 억되는 셈이다.

②에서는 민주제단에 바친 "학생들의 숭고한 피"를 더럽히는 세력에 대한 참회를 직접적으로 표명하고 있다. 혁명 당시 청소년들의 선언에서

3　『소화』 5, 데레사여자중고등학교, 1960.12.1, 105∼106쪽.

엿볼 수 있는 이념적 기조는 "새로운 민주공화국" 건설이었다. 비록 민주주의의 실현에 대한 구체적인 고민이 결여되어 있다 하더라도, 청소년들이 내세웠던 정치적 이상은 이승만 정권을 추방함으로써 어느 정도 달성될 수 있었다. 그러나 혁명의 이상이 무력화되는 현실 앞에서 그들의 분노는 숭고한 피의 대가에 대한 정당한 요구로 다시 등장할 수밖에 없다. "진실로 깨끗이 참회하라"는 명백한 요구. 이것은 혁명담론의 실천이 좌절된 정치 지형에서 청소년들의 또 다른 '선언'이었다.

강수영의 스승인 홍준오 시인 또한 학생들이 자유를 외칠 때 "불안에 싸여 / 강권에 눌려" "비굴한 교사들" "유약한 스승들" 가운데 한 사람이었다고 자책한다. 그러면서 "비굴과 아부만을 일삼던 무리들도 / 탐욕과 권세만을 꾀하던 무리들도 / 스스로를 자랑삼아 / 들뜨는"(「그대 명복(冥福)만을 빌겠노라―문생(門生) 고 강수영군의 방혼(芳魂)에 붙임」) 현실을 발견한다. 혁명 전후 자신을 포함하여 4월혁명의 성과를 전유하려는 기성세대들의 행태가 학생들의 혁명정신을 모독하는 일이라 비판하고 있다. 피의 4월은 제자를 제물로 바친 절름발이 혁명에 지나지 않으므로, 다만 명복'만'을 빌겠다고 고백하는 것이다.

시와 달리 허구적 상상력의 개입 가능성이 차단된 투쟁기(항쟁기)는 증언과 기록을 바탕으로 자신의 경험을 형상화하고 있다는 점에서 4월혁명문학의 중심자리에 드는 갈래다. 그것은 글쓴이 스스로가 겪은 삶의 기록이다. 물론 소속 학교의 투쟁 상황을 과장하는 측면이 없지 않다. 그러나 청소년 계층이 겨냥했던 혁명의 정치적 목표와 전개과정, 지도부의 성격, 투쟁방식, 경찰의 대응 양상, 시민사회의 동향 들을 고스란히 확인할 수 있어 각별한 의미를 지닌다. 「쌓인 분노는 혈화산(血

火山)처럼 폭발했다」(해동고 유학조), 「불의에 항거하여 노도와 같이」(데 레사여고 정추봉), 「우리는 이렇게 항쟁했다」(경남공고 이을랑), 「저주 받을 총검을 헤치고」(부산고 학생회), 「분노에 찬 젊은 사자들」(동래고 학생회) 는 당시 청소년들의 정치적 의제와 항쟁의 전개과정을 여실히 보여주 는 수기다.

누군가 "운동장까지 돌진하자!"고 외치자 이 제이 부대는 성낸 사자처럼 서면 쪽으로 향하여 목이 터져라 하늘 높이 구호를 외치면서 달리기 시작 하였다. 우리들은 남문구에 다달았을 때 우리들의 행동에 제지가 없는 한 투석을 중지하도록 결의했다. 이미 우리들 뒤에는 수백 대의 자동차가 따 르고 차내에 앉은 승객들의 따뜻한 구원의 박수 소리가 새어 나왔다. 한국 의 어머님들의 눈에는 어느덧 사랑 띤 안개가 끼었다. "한국의 어머님이시 여! 눈물을 거두소서. 우리들은 나라를 위하여 거룩한 목숨을 바치기로 결 심했습니다"라고 승객을 타이르며 우리들의 삐라를 넣어 주었다. "협잡 선 거 물리치고 공명선거 다시 하자!", "내 동족이여! 동족을 살해하지 말라!" 라고 구호를 외치며 달리고 달렸다. 모두 분노 속에 스크람을 짜고 행진을 계속했다. 분노에 터져 나오는 노래 소리! "압박과 설움에서 해방된 민족 싸우고 싸워서 세운 이 나라 동포여 일어나라 나라를 위해 ……." 가슴 속 에 쌓이고 쌓인 원한의 절정!

　　　　— 신성태(동래고 3년), 「민족의 태양 '동래고' 4·18을 회상하며」

　　　　　　　　　　　　　　　　　　　　　　　가운데서[4]

4　『군봉(群蜂)』10, 동래고등학교 문예반, 1961.2.20, 49쪽.

4월 18일 동래고의 항쟁은 그때까지의 학생 시위 가운데 가장 규모가 컸다. 6시간에 걸쳐 동래고 교정에서 범일동을 오간 "최고 장거리 데모요 장시간 데모"였다. 철책 교문을 박차고 다다른 온천장 입구에서 경찰과의 치열한 격투, 거제리에서의 투석전, 서면, 범냇골 로터리, 범일동시장을 거쳐 삼일극장 앞에서 무장경찰과의 대치와 공방, 선생님의 설득으로 귀교하게 되는 과정을 소상하게 묘사하고 있다.

수기에서 드러나듯, 3월 12일 해동고의 가두시위를 필두로 3월 24일 부산고, 4월 18일 동래고, 4월 19일 데레사여고와 경남공고 학생들이 시민들의 열렬한 지지와 호응 속에서 적극적으로 항쟁을 전개하였다. 혁명 직전까지만 해도 대학생은 정치의식이 결여된 지극히 개인주의적인 집단이라는 세평이 나올 만큼 혁명성을 담지한 계층은 아니었다.[5] 오히려 청소년들에게서 희망의 논리를 발견하기도 했다. 새로운 정치 주체의 탄생을 예고했던 그러한 당대의 사회적 인식이 4월혁명을 통해 증명되었다고 볼 수 있다. 부산 지역의 사례에서도 드러나듯이, 대학생들의 항쟁은 고등학생들의 자발적 시위에 견주어 지나치게 소극적이었을 뿐만 아니라 크게 주목받지도 못했다. 이처럼 청소년은

---

[5] 이러한 점은 4월 24일에서 26일까지 모금운동에 나선 부산대 약대 3학년이던 박경자 학생의 수기에서도 잘 드러난다. "과거에도 해본 적 없는 이 모금운동을 위해 막상 함을 들고 거리에 나섰을 때는 부끄러웠고 다소 창피(?)도 했던 혼잡한 감정은 실로 무어라 표현할 수 없었다. 어린 중고등학교 학생들 심지어 초등학교 학생들까지 모두가 앞장서서 모금을 하는가 하면 채혈까지 함으로써 부상자들을 돕겠다는 걸 목격하고 나도 모르게 확 하니 얼굴이 달아오름을 어쩔 수 없었다. (…중략…) 이번에는 살며시 다방문도 밀어보았다. 한가한 남녀 손님들의 영광스런(?) 주시를 받는 속에서 너무나 놀랍고 분한 말을 들었던 것이다. "부산대학교 학생이 무슨 낯짝으로 모금하러 다니는 거냐? 미워서 돈 못 주겠어!" 물론 이런 뜻을 내포한 별별 소리를 여러 번 들었었고 자신도 다소 미안한 감이 없지 않았으나, 이같이 다방의 손님들에게 웃음거리가 될 줄은 뜻밖이었었다." 「피의 값에 보답하라」, 『부산대학교학보』, 1960.5.20, 5면.

3·15부정선거가 획책된 시기부터 4월 26일 그날 이승만 대통령의 하야에 이르기까지 현실정치에 대한 거부감을 적극적으로 표출하면서 정치의 주역으로 떠오른 세대였다.

4. 마무리

4월혁명문학은 항쟁의 끝자락과 이후 짧은 시기에 양산된 대유행(boom)문학이자 추도문학적 성격이 강하다. 혁명을 선지적으로 예고한 예언자적 목소리나 혁명 당시의 기억과 경험을 재구성한 증언문학이 보기 드문 것은 한국문학의 한계라 말할 수 있다. 더욱이 혁명의 정치적 의제가 퇴색하면서 심화된 문학인들의 침묵과 망각은 어떻게 설명해야 할까.

그나마 항쟁의 주도세력이었던 청소년들이 교지에 발표한 다양한 작품을 통해 민권투쟁의 실천 동력과 그들 세대의 정치적 지향을 엿볼 수 있다는 점은 다행이라면 다행이다. 이를 통해 청소년 세대의 정치 참여가 사회 변화를 추동하는 새로운 가능성으로 열려 있음을 확인할 수 있다.

오늘날도 마찬가지다. 광화문에서든 언제 철거될 지도 모르는 학교 담벼락 대자보를 통해서든 여전히 목소리를 내고 있는 청소년들이 적지 않다. 그들의 대의가 무엇인지 묻기 전에 먼저 그들 세대가 어쩔 수 없이 감당하고 있는 현실의 벽에 주목하는 일이 시급하다.

2010년이었던가. 대학을 그만두는 게 아니라 거부한다던 고려대 김 예슬 학생의 자발적 퇴교가 사회적으로 큰 반향을 불러일으켰던 적이 있었다. 내부로부터의 망명을 감행한 김예슬의 선언과 마찬가지로, 세 대를 뛰어넘어 공감을 불러일으키고 있는 이즈음의 '안녕들 하십니까' 열풍 또한 대중들의 무뎌진 정치감각을 일깨우는 일회적 현상으로 그 칠지도 모른다. 그러나, 이 세대가 제기한 자기정체성의 회복과 사회 변혁의 욕망, 대중이 두루 공명했던 '안녕들 하지 못한' 현실에 대한 슬 픔과 분노만큼은 내내 푸르리라 기대해 본다.

인도신화를 보면 자간나트(Jagannath) 마차가 있다. 이 마차는 달리면 서 길 위의 모든 것을 파괴한다고 한다. 지난 세월 우리는 마차의 목적 지를 비판적으로 사유할 겨를도 없이 안전한 자리와 조종간을 잡는 데 만 골몰해 왔던 것은 아닐까? 어쩌면 살아남기 위해 어디로 가는지도 모르는 이 마차에 간신히 매달려 왔는지도 모른다. 우리의 정치적 환 멸이 극단에 도달할 때, '참사'가 일상화되는 날들을 간신히 살아갈 때, 마차에서 뛰어내리거나 파괴하는 유쾌한 반란을 꿈꾼다. 거리 곳곳에 새로운 변화의 에너지가 넘쳐나고 해맑은 구호가 쟁쟁하던 1960년 초 봄 그날처럼 말이다.

4월혁명을 말한다*

- 때: 1960년 10월 29일(토)
- 곳: 경남공고 도서실
- 참석자(무순)

사회	홍준오 선생님
본교측	손기태(자치회장), 정명덕(자치 부회장), 이을랑
타교측	임규옥(금성고교), 강국남(동성고교), 안병관(동성고교), 이북출(대양공고), 강대성(대양공고), 박우영(해동고교), 이홍수(배정고교), 박기출(동래고교), 정진철(동래고교), 최규옥(부산사범), 박미자(남성여고), 조은옥(남성여고)
속기사	제일고등학원(부전동 소재) 구자초, 제창억, 윤선지, 한금오, 이종택

▲ 사회: 오늘은 모처럼 토요일인데도 불구하시고, 저희 본교가 개최하는 이
러한 초라한 모임에 참석의 영광을 주신 여러분의 성의에 먼저 심심한 사
의를 표함과 아울러 우리들의 초청에 응해 주신 귀교의 학생 자치회 여러
분에게도 삼가 감사의 뜻을 표해 마지않습니다. 그러면 지금부터 '4월혁명
을 말한다' 이런 주제를 가지고 오늘의 좌담회를 진행시키기로 하겠습니

---

* 3·15부정선거를 거치면서 부산 지역 학생운동은 다분히 연합 시위의 성격을 지니고 있었
다. 각 학교 대표들의 거듭된 회동과 치밀한 계획은 원래 뜻대로 실행되지 않았으나, 그 자
체로 청소년 세대의 주체성과 항쟁의 자발성을 보여주는 뜻 깊은 사례다. 그들은 혁명 이후
에도 지역 안팎의 학생조직과 사회운동단체와의 수평적·수직적 연대를 강화함으로써
1960년대 사회변혁 운동의 중심자리에서 자기 세대의 사회문화적·정치적 정체성을 공고
히 다져 나갔다. 덧붙이는 자료는 4월혁명 특집으로 마련된 경남공업고등학교의 교지『지
축』6호(경남공고 학생자치회 학예부, 1961) 105~117쪽에 수록된 '경남공고 주최 타교생
초빙 좌담회' 「4월혁명을 말한다」를 그대로 옮긴 것이다. 당시 부산 지역 학생운동의 동향
을 살필 수 있는 값진 자료다.

경남공업고등학교 교지 『지축』 제6호 표지

다. 이런 행사가 순연히 학생 자신들의 손으로 이루어졌어야 하겠지만 부득이한 사정으로 이 사람이 사회를 맡아 보게 됨을 사과드리고 양해를 구하는 바입니다. 선히 모시는 말씀에도 언급한 바 있습니다만, 금년 경자년에는 무척 다사다난했다고 할까요? 끔찍하고도 환희로운 일들이 많았다고 생각됩니다. 특히 그 중에도 3·15 부정선거를 도화선으로 해 가지고, 급기야 '3·15 마산 봉기 사건'이 던진 '4월혁명'은 12년간의 독재 아성을 보기 좋게 무너뜨리고 제2공화국의 탄생을 맞이하게 된 것입니다. 폭풍우 뒤에 오는 정적이라고 할까? 우리들은 환희에 벅찬 가슴을 부여안고 내일의 어기찬 소망을 위해서 보다 값있는 한생을 누리고자 애써 보기도 합니다마는 과연 이런 현실이 우리가 바라는 바와 같이 영원무궁토록 지속되어 나가려는지 아니면 다시 시들어 버리려는지 지금 섣불리 속단할 수가 없습니다마는 아무튼 지금은 오랜 분노와 울분 뒤에 맛보는 기쁨이기에 앞날에 대한 큰 기대를 가져도 좋을 것입니다. 얘길 하다 보니 너무 장황한 말씀이 된 것 같습니다. 그럼 지금부터 앞서 여러분에게 배부해 드린 시사(示事) 문제에 대해서 좋은 말씀을 들어보기로 하겠습니다. 되도록 서로 서로 명랑한 분위기를 조성하셔서 같은 형제끼리 한자리에 모였다고 생각하시고 별로 차린 건 없습니다만 앞에 놓은 음식을 잡수시는 가운데 얘길 주고받았으면 좋겠습니다. 혹시 내가 명단을 갖고 지명을 하더라도 널리 용서해 주시고 가급적이면 자진해서 말씀해 주시는 게 더욱 좋을 것으로 생각합니다. 한 가지 덧붙여 부탁할 것은 말하시기 전에 교명과 성명을 확실히 밝혀 주셨으면 좋겠습니다. 그럼 먼저 우리가 자유당 치하에서 보고 듣고 느끼시고 한 재미있는 일화라든지, 또는 울분에 못 견디던 쓰라린 추억이든지…… 이러한 것에 대해서 말씀해 주시면 좋겠습니다. 가령 선거를 통한 당시의 사회상이라든가, 또는 시민들의 민생고 문제라든가, 이승만 정권에 대한 불신을 토로하던 동기 등등 말하자면 이러한 숨은 얘기들을 공개해 주시면 좋겠단 말씀입니다. 옛날 얘기와 같은 구수한 말씀씨로 되도록 유머러스하게 웃어가며 화제를 교환합시다. 그럼 순서에 따라서 배정고등학교 이홍수 군 자유당 치하

좌담회 장면

에서 보고 듣고 느낀 감상을 좀 말씀해 주실까요.

(1) 자유당 치하에서 보고 듣고 느낀 일

▲ 이홍수: 조금 있다가 말씀 드리겠습니다.

▲ 사회: 예, 그럼 잠깐 생각을 정리하셔서 말씀해 주십시오. 그럼 아무래도 동래고등학교가 4·19의거를 유도해주는 데 역할이 컸다고 생각되는데, 동고에서 오신 정진철 군 좀 말씀해 주십시오.

▲ 정진철: 자유당 치하에서 보고 느낀 것은 별로 없습니다만, 한 가지 기억되는 것은 3·15 부정선거 전에 학교에서 동래군 출신의 민의원인 ×××씨는 우리 학교 선배였었는데, 학교 강당에다 수업 시간에 우리를 모아 놓고

선배로서 강연을 하겠다고 하시기에 우리는 아무 것도 모르고 모였더니, 처음에는 그럴 듯한 말로 공부에 열중하고 훌륭한 일꾼이 되어야 한다고 훈시 하시더니, 나중엔 선거 연설로 들어가서 이승만과 이기붕을 선출하지 않으면 안 된다는 요지의 연설을 하였고, 또 집에 가서 협력을 바란다고 덧붙여 말하기에 난 그때 당장 퇴장하려고 하였으나 마음에 한 가닥 불안도 있고 해서 그냥 주저앉고 말았습니다마는 학교는 엄연히 중립하여 정치에 가담해서는 안 된다고 하던 그들이 어쩌면 그렇게도 시치밀 뚝 떼고 공공연한 정치 운동을 할 수 있는지 참 생각하면 암담한 현실이었습니다.

▲ 사회 : 예, 그러니깐 다소 불안한 감도 없지 않아 있었다는 그런 말씀이겠습니다. 확실히 그들은 그때가 가장 전성시대였으니까요.

▲ 이북출 : 제가 살던 곳이 광안리의 남천동이란 동리였습니다. 그 동리 주민들은 원래 대부분 고기장수를 해서 생활을 이어 나가는데, 그때 우리 동리에서 배를 가진 부자가 있었는데 주민들은 그 부자한테서 고기를 나눠받아 그것을 판 돈으로 생활을 유지하였거든요. 그런데 그 부자는 마침 부산진 을구 자유당 간부였습니다. 그래서 선거 당시에 자유당에게 투표하지 않으면 고기를 주지 않겠다고 주민들을 위협했습니다. 그리고 난 뒤에도 그 부자가 남천동에 아직 살고 있는데 그를 볼 때마다 웃음을 참지 못합니다. (웃음)

▲ 사회 : 그러니까 사람은 돈을 배경으로 해서 불쌍한 어민들을 괴롭혔군요. 다시 말하면 우리 민주사회에서는 있어서는 안 될 존재다 그런 말씀이 되겠습니다. 그럼 다음에는 이런 문제에 대해서 말씀해 주실까요? 가령 그 당시 민생고에서 오는 이승만 정권에 대한 불평이라든지 울분을 토로하는 말씀을 들어보신 적은 없으신가요?

▲ 이을랑 : 그때가 주일날이었다고 생각됩니다. 그래서 나는 교회에 다녀오다가 웬 사람이 다리 위에서 하늘을 쳐다보면서 "이승만 이놈 나쁜 놈이다,

그런 놈이 살아 있으면 우리나라는 망한다. 선거는 다시하자." 이렇게 고함을 지르는데, 마침 지나가던 경찰관이 그를 끌고 가서 정신 감정까지 의뢰하는 걸 보았어요.

▲ 사회: 확실히 경찰들은 무지했습니다. 안타까운 현실이었지요.

▲ 박기출: 우리나라에서는 4·19 이전에 너무나 경찰관에게만 특권을 줘 놔서 버스비만 치더라도 군인은 차임을 지불하는데 경찰은 차임은커녕, 되려 행패를 부렸기 때문에, 차장들은 그들의 위압에 눌려 차임을 받을 생각조차도 하지 못했으니까요.

▲ 사회: 예, 그러니까 이승만 정권이 경찰에게 모든 특권을 줬기 때문에 경찰이 그토록 포악해졌다는 결론이 되겠습니다.

▲ 이홍수: 어느 날 내가 학교에서 집으로 돌아오니까, 낯 모른 사람이 찾아 왔기에 이상하다 싶어서 우물쭈물하는데 서울서 왔다면서 성함도 밝히지도 않은 채 날 빵집으로 데려다 놓더니 하는 말이 "학생 생각이 없느냐" 하고 묻는 게 아닙니까? (웃음)

▲ 사회: 무슨 생각이 없느냐고 그래요?

▲ 이홍수: 예, 물론 정치에 관한 생각이죠. 말하자면 가담해 보지 않겠느냐는 것이었습니다. 난 학교 가서 동무들과 상의해 보겠다고 하니까 그러면 안 된다고 극력 반대 의견을 표시했습니다. 그 뒤에 하루는 경공에 있는 영대군이 찾아왔기에 이승만 치하에서의 부정을 논하며 이런 얘기로 꽃을 피웠습니다.

▲ 최규옥: 자유당 치하에 대한 소감을 잠깐 요약해서 말씀 드리겠습니다. 제 생각으로서는 그들 위정자의 머리는 거의 말단까지 푹푹 썩어버려 거의 절단 상태에 놓여 있었다고 말할 수 있습니다. 그런데도 불구하고 왜 일찍 썩어 빠진 팔을 잘라내지 못했던가 하는 탄식이 나올 정도였으니까요. 또 자유당 치하에선 이런 일화까지 있었습니다. 이승남의 부인 프란체스카가 가

장 사랑하는 개가 있었는데 그 개가 잘못해서 물에 빠졌을 때 진해에 있는 해군 한 사람이 옷을 벗고 들어가서 손수 건져 주었더래요. 그런데 이 일을 전해들은 이박사가 그 자리에서 그 해군을 불러 "너 계급이 뭣이냐?" 하고 묻고는 계급을 올려준다는 것이 그분의 계급에 대한 내용을 잘 몰랐던 지, 그 결과가 오히려 1계급 하등이란 넌센스를 빚어냈다는 것입니다. 이 정도로 썩어 빠진 팔을 일찍 잘라내지 못한 것이 한탄스럽습니다.

▲ 사회 : 어디 너무 곪아놔서 칼로 도려낼 수가 없었던 게 아닙니까. 그럼 다음 문제로 옮아가겠습니다. 데모 발생지인 대구에서 2·26의거를 전해 듣고 느끼신 감상을 간단히 말씀해 주셨으면 감사하겠습니다. 그때의 의거 보도를 듣고 올 것이 왔구나 했다든가 또는 저러다가 무슨 탈을 당하지나 않을까 하고 염려 했다든가 하는 그런 감상 말입니다. 그럼 이번에는 남성여고 박미자 양께서 간단히 말씀해 주셨으면 합니다.

(2) 대구에서 일어난 학생 데모를 전해 듣고 느낀 소감

▲ 박미자 : 제일 처음 대구에서 2·28 데모가 발생했다는 얘길 듣고 저는 역사의 필연적인 대조류에 역행할 수 없기 때문에 반드시 올 것이 오고야 말았다고 생각했습니다.

▲ 이북출 : 저는 그때 자유당원도 아니고 그들의 수족도 아니었지만 학생들이 공부나 할 일이지 쓸데없이 데모를 하나 생각했습니다. 그런데 요즘 와서 생각해 보니 부끄럽기 그지없습니다. (웃음)

▲ 사회 : 솔직히 숨김없는 말씀해 주셔서 감사합니다.

▲ 박우영 : 이승만은 나보다 똑똑할 텐데 하필 일요일에 등교하라고 했으니 망령이 아닙니까.

▲ 이홍수 : 대구의 경우에는 확실히 기회가 좋았다고 볼 수 있겠습니다.

▲ 사회 : 영남 사람의 기질이 어때요? 영동 이북 사람보다 영남 사람이 기질이

좋은 편이 아니에요? (이구동성 : 확실히 좋지요)

영남 태생 아닌 분은 듣기가 좀 따분하실 것입니다만 그렇게 봐도 좋을 겁니다. 물론 이건 농담입니다만, (웃음) 그럼 다음으로 3·15 부정선거 당일에 느끼신 감상이랑 그 전야에 보고 듣고 느끼신 재미있는 얘길 듣기로 하겠습니다.

(3) 3·15 부정선거 당일에 느낀 감상

▲ 강국남 : 그때 저는 절에 있었습니다. 그래서 이틀 후에 내려와 보니까 대부분의 사람들이 돈에 매수되어 양심을 속여 가며 신성한 표를 함부로 행사하는 것을 보고 또 들었을 때 너무나 국민들의 무지한 소치를 다시 한 번 한탄하지 않을 수 없었습니다.

▲ 사회 : 이런 일은 국민 서로가 자아 반성의 기회를 가져야 할 것입니다. 그러면 우리 국민이 왜 이토록 무지했던가 하는 그 원인에 대해서 느끼신 바가 있으면 말씀해 주실까요.

▲ 임규옥 : 이승만 정권 시대에는 국민을 위하여 존재한다는 모든 기관들이 선거 전까지는 좋은 임무를 띠고 일하는 척 했지만, 목전에 선거가 다가오면 국민을 위하기는커녕, 통장 반장까지 자유당 완장을 두르게 하여 갖은 악행을 자행했으니까요. 예를 들면 우리 학교 교무처에 어느 통장이 찾아와서 자유당에 가입하지 않겠는가고 했을 때, 우리 교무 선생님이 이를 완강히 거부했습니다. 그 뒤에도 치근치근 찾아와서 서류에 도장만 꼭 찍어달라고 했더래요. 그래서 교무 선생님이 "난 그런 부정 불의에 가담할 수 없노라." 하고 엄숙히 타일러서 보낸 일까지 있었댔어요. 아무튼 앞으로의 사회는 이런 부정 불의가 없어야 할 것입니다.

▲ 사회 : 예, 지당한 말씀입니다. 이승만 정권은 국민을 너무 심하게 농락했으니까요. 나도 그런 과거의 경험이 있어요. 이건 선거 전야에 겪은 고충 담

인데요. 공개해 드릴까요?

▲ 박우영 : 예, 말씀해 주십시오.

▲ 사회 : 그럼 여러분이 원하시니까 말씀드리기로 하겠습니다. 선거가 내일
로 박두한 그 전날 밤입니다. 그날 저녁에사 하필 공교롭게도 내가 숙직이
었거든요. 그렇잖아도 숙숙한 분위기가 못마땅한데다가 평소에도 숙직이
라면 질색인 나인지라 불쾌했지만, 그런대로 책무상 나와 보니까 벌써 교
문 앞엔 삼엄한 경비망이 쳐져 있고 거기다가 무슨 반공 청년이다, 무슨 단
체다 해 가지고 완장을 두르고 있는 품이 심상치 않아 조심조심 교문 앞을
막 들어서려는데, 정문 안에서 "누구야!" 하고 고함을 지르는 게 아니에요.
참 기가 막혀서⋯⋯. 잠시 분노를 참고 신분을 밝혔더니, 그제사 겨우 통
문을 허락해 주잖아요. 주객이 전도된 셈이랄까요. 그런데 그 뒤가 더 문
제가 컸었거든요.

　내가 서무실에서 저녁 식사를 치르고 있는데, 소사가 달려와서 "누군가
지프차를 몰고 학교에 들어오려고 하는데 어떡하면 좋으냐?"는 것이었어
요. 그래서 난 일단 신분을 밝혀 보고 들여보내라고 했더니, 돌아와서 하
는 말이 국회의원 일행이란 것이었습니다. 그래서 난 국회의원 같으면 상
당히 높은 사람들이니 들여보내도 좋다고 농담 삼아 얘기하곤 그냥 계속
해서 식사를 하고 있는데, 이때 소사가 또 황급히 달려오더니 이런 말을 나
에게 조심조심하는 것이었습니다. "들어온 국회의원은 민주당이고 지금
개표소에서 경찰들과 충돌이 일어났다고⋯⋯." 나는 그때 가슴이 섬찟함
을 어쩔 수 없었습니다.

　먹던 밥을 팽개치고 막 서무실에서 복도로 나오려는 순간 순경과 마주
치고 말았거던요. 그때 순경 아저씨의 눈초리는 확실히 살기가 등등했었
다고 기억에 남습니다. 날 보더니 "당신 뭣 하는 사람이야?" 이렇게 일괄 호
령을 하고 나더니, 방망이를 추켜들고 날 노려보며 이렇게 묻는 것이었습

니다. "오늘 밤 숙직은 어느 놈이냐?", "뭣 하는 게 숙직이냐?", "왜 야당의원 따위를 함부로 들여보냈느냐?", "너하고 결탁한 게 아니냐?", "이 새끼들 여기가 어디라고 함부로 들어와 야단들이야?", "앞으로 재미없을 테니 그리 알라" 등 갖은 폭언과 저주로써 날 위험인물로 단정하고 나더니 뒤미처 들어온 소사를 보자 방망이를 휘둘러 잔등을 내려 지르며 갖은 욕설을 퍼붓고는 노발대발 한바탕 신이 나서 굴더니, 전화로서 뭐라고 본부에다 연락을 하고……. 이런 일을 저지른 게 마치 숙직 선생이나 소사의 소행으로 꾸미려고 애를 쓰는 걸 보아하니 한편 우습다가도 두렵기조차 해서 난 슬그머니 그 자리를 빠져 나오다가 또 한 번 공교롭게도 그때 마침 복도에서 성큼성큼 걸어 나오는 이종남 국회의원과 딱 마주치고 말았었어요. 그때 이 의원은 나에게 악수를 청했으며 나도 평소에 야당의원에 동정이 갔던지라 수고한다는 말까지 덧붙여 손을 마주잡던 광경을 그들이 봤다면 아마 난 그때 그들이 휘두르는 방망이 세례를 받고 박살이 나고 말았을 것이에요. (폭소) 참 스릴이 넘치는 장면이었다고 생각합니다. 재미도 없는 얘길 너무 길게 지껄여서 죄송합니다.

그럼 다음 3·15 마산 봉기 사건을 전해 듣고 느낀 소감에 대하여 간단히 말씀해 주셨으면 좋겠습니다.

(4) 3 · 15 마산봉기사건을 전해 듣고

▴ 강국남 : 저는 그때 마산에 있는 작은집에 놀러 갔다가 이 사건을 직접 목격했는데 참 끔찍하더군요. 마산 사람들의 기질이 대단했어요.

▴ 사회 : 3·15 마산봉기사건, 그날 김주열 군이 사망하였던가요?

▴ 강국남 : 그날 호외에 행방불명이라고 말했습니다. 아무튼 그때부터 우리 국민들의 마음에는 자신 모르게 불안과 분노가 타 올랐다고 생각합니다.

▴ 이홍수 : 그보다 우리 국민이 무지했다는 것은 먼저부터 생각하여 온 바이

지만 위정자들부터가 무식했다고 봅니다. 왜 그러냐하면 우리나라 칠할 이상이 농민들인 만큼 그들의 눈만 가려도 충분히 당선되고도 남을 텐데, 어리석게도 도시민까지 속이려다가 그런 변을 당하고 말았잖아요. 그런데 이 마산사건 땐 확실히 정남규 의원이 울면서 부르짖은 절규의 효과도 컸다고 봅니다.

▲ 사회: 이와 같은 사태가 그 당시 부산에도 일어났으면 하고 난 생각했는데 그때 여러분의 생각은 어떠했습니까.

▲ 박우영: 부산에서는 일어나지 않았으면 좋겠다고 생각했습니다.

▲ 사회: 솔직한 말씀을 하여 주셔서 고맙습니다. 그밖의 분들은 어떻게 생각하셨습니까?

▲ 이홍수: 3·15 전에 데모를 하다가 굴다리 위에서 잡혀서 경찰서 신세를 졌었고 그 후로도 그네들이 자주 찾아오곤 했기 때문에 되도록이면 참아주었으면 하고 생각했습니다.

▲ 사회: 예, 그랬어요. 그러나 결코 비굴한 생각만은 아니었을 겝니다.

▲ 박미자: 마산서의 그런 사건을 듣고 저 자신, 여학생으로서 어떻다고 말할 수 없었습니다만 남학생들이 앞장을 서 줬으면 나도 용기를 얻어 가지고 일어났을 텐데 모두들 왜 가만히 있나하고 생각했습니다.

▲ 사회: 호, 남자보다 훨씬 용기가 대단했네요. 그러면 시간도 많이 흘렀으니까 3·15 당시에 느낀 시민들의 표정과 경관들의 발악상 등등에 대해서 말씀해 주셨으면 좋겠습니다.

▲ 최규옥: 구체적으로 내가 목격한 바를 말씀드리겠습니다. 그 당시 우리 마을에 아주 단란한 가정이 있었습니다. 그런데 그 집에 투표할 용지가 남자에게는 나오고 여자에게는 안 나온 모양이지요. 그 남자는 회사원이지만 반공청년단에 가입했던 모양입니다. 아내가 왜 나에게는 투표용지가 나오지 않느냐고 질문을 하니까, 자유당은 투표용지는 경찰이 가지고 있다

고 타일렀으나 그 여자는 정치에 큰 관심을 가진 사람이었기 때문에 말하자면 방안에 앉아서 정치하는 민주당 열성 당원이었던 모양이에요. (웃음) 그래서 결국 3차 대전이…… (웃음) 일어나고 말았댔지요.

▲ 강대성 : 그때 선거 진상을 볼 것 같으면 대통령 부통령 양 후보가 한 당에서 나오고 다른 당에서는 부통령밖에 안 나왔기 때문에 부통령은 별로 권한이 없으므로 부통령직쯤은 야당에 양보하여도 좋을 것을 끝내 악착같이 굴다가 그런 꼴을 당하고만 셈이지요.

▲ 사회 : 그때의 정치인들은 대체로 말해서 권력에 눈이 뒤집혀 환장을 했다 이런 말씀이 되겠습니다. 그럼 다음으로 옮겨 가겠습니다. 그 당시 여러분들의 학교에서 학생들 간에 여러 가지 재미있는 일들이 많이 일어났을 줄 아는데, 말하자면 아직도 남에게 공개하지 아니한 일들에 대한 숨은 비화, 이런 일에 대하여 좀 말씀해 주셨으면 좋겠습니다.

(5) 의거 전야에 숨은 비화

▲ 박기출 : 4·18 그 전날은 확실히 한번 조직적으로 해보려는 생각으로 3부로 나눠 결행해 보았지만, 실상 결과적으로 얻은 성과는 별로 신통하지 못했습니다.

▲ 사회 : 아무튼 부산 데모에 있어 동래고등학교가 선봉적인 역할을 한 것만은 누구도 부인 못할 사실이었습니다.

▲ 이홍수 : 실은 우리가 제일 먼저 꿈틀거렸습니다. (웃음)

▲ 사회 : 들먹거리기만 하다 말았으니, (웃음) 그러니까 결국 제자리걸음을 한 셈이군요.

▲ 이홍수 : 아닙니다. 증거자가 있으니까요. 이영대 군 잘 압니다마는, 우리들 수명이 모여서 데모를 모의하고 있던 도중에 경관들에게 포위를 당해서 결국 일을 일으키지 못하였지만 결과적으로 한 번 밖에 성공하지 못한 셈입니

다. 데모를 모의할 때는 학교 간부들이 앞장섰으나 막상 데모를 할 때는 슬금슬금 달아나는 형편이었고요. (웃음) 대단히 섭섭하게 생각했습니다.

▲ 사회: 벙어리 냉가슴 앓는 격이었군요. (웃음) 그때 우리 학교의 이을랑 군이 태극기를 몸에 감고 동분서주하는 용기에는 참 놀랐습니다. 학생위원장 손기태 군을 말하더라도 그때 내가 담임이었는데, 나에게 와서 "선생님 데모하는 것이 나쁩니까? 좋습니까?", "왜 묻느냐?" 나는 속으로 기특하게 여기면서 이렇게 반문했더니, "선생님은 평소에 정의를 사랑하라고 하시지 않으셨습니까? 지금 우리가 하는 일은 정의가 아닙니까?" 하고 정색을 하며 나를 공박이나 하는 듯 대들었어요. 난 그때 이렇게 답했다고 생각됩니다. "너희들 정의감은 나도 잘 알아. 그러니까 좀 더 계획적이고 조직적인 데모를 하란 말이야. 그저 들어앉아서 웅성거리지만 말고, 좀 더 지능적인 데모를 용감히 감행해 주기를 바란다"고, 이렇게 토로한 적이 있었어요. 그때 형세가 조직적인 데모를 감행할 처지는 못 되었지만, 난 그래 주기를 얼마나 속으로 염원하고 있었는지 몰랐댔어요. 그러나 한편 데모를 하다가 실수를 하면 어떻게 하나 하는 일말의 불안감도 없지 않아 있었던 게 사실입니다. 그래서 강수영 군이 죽었을 때도 나는 울면서 속으로 부르짖기를, "비열한 자여, 그대 이름은 교육자다." 이렇게 한탄하기까지 했었지요.

▲ 임규옥: 우리 학교는 단체적으로 데모에 참석하지도 못하였지만, 교내에서는 제가 모든 주모자였었는데도 경찰과 그리고 선생님들의 강압적인 제지 때문에 결국 허사가 되고 말았습니다. 그 당시 제가 주모자 노릇을 했던 덕분에 이렇게 위원장이란 감투까지 쓰게 된지도 모르겠어요. (웃음)

▲ 사회: 그보다도 평소에 용감하고 정의감에 불타는 사람이므로 위원장이 되었겠지요. 얘길 듣고 보니, 공개되지 아니한 각 학교 데모 실태가 많았다고 짐작됩니다. 우리 경공보다 더욱 용감한 데모를 감행하고자 노력한 자취가 완연해서 기쁩니다. 그러면 다음 의거 당일에 시가에서 벌어진 광

경이라든가, 시민들의 표정은 어떠했다고 보셨는지 이런 것에 대해서도 좀 말씀해 주실까요.

(6) 4·19 그날의 데모 광경

▲ 박우영 : 4·19 그날 데모대들이 시청을 점령하고 시민들이 시청 앞에 모여 있을 때 깡패들이 유리창을 부수고 태극기를 꽂는 걸 봤는데, 나 자신도 모르게 감격의 눈물을 흘렸습니다.

▲ 사회 : 그때가 언제든가? 동성 데모대가 우리 학교에 왔었을 때 우리 학생들은 여러 선생님의 만류로 나가지 못한 것을 나도 아는데, 이을랑 군이 그때의 심정이 어떠했는지 솔직히 말씀해 주십시오.

▲ 이을랑 : 그때는 선생님들이 몹시 미웠습니다. 평소에 가르치실 때는 절대 불의에 굽히지 말라고 이러한 말씀을 하시고는 막상 불의를 보고서도 모른 척 하시는 게 참 못마땅했습니다.

▲ 사회 : 참 그때를 생각하니까 우리 교사들이 너무 무지했다고 할까요. 뭐라고 공박을 들어도 할 말이 없습니다. 그런 이야기는 이제 그만두는 게 좋겠어요. (웃음) 그럼, 다음 그 당시 계엄령이 선포된 그때의 실정에 대해서 말씀해 주실까요.

(7) 계엄령 선포 당시의 실정

▲ 박기출 : 계엄령을 선포하여 국민들을 무마해서 정권을 계속 잡으려는 수작인 줄 알았어요.

▲ 강국남 : 그때 우리들은 경공과 합세해서 데모를 하려 했지만, 경관들이 미리 알고 학교에 와선 우리 간부들을 협박하다 못해 점심까지 사주었습니다. 그러다가 하오 한 시에 계엄령이 선포되어서 실패는 했습니다만 불안한 감이 들었습니다.

▲ 사회: 그럼 다음으로 옮겨가서 4·22 UN 감시 하에 재선거를 실시한다는 호외 보도를 들었던 그때 느끼신 점을 간단히 말씀해 주실까요.

(8) 재선거 실시의 보도를 듣고

▲ 조은옥: 그때 제가 느낀 소감을 간단히 말씀 드리자면 UN에서 우리나라의 민주화를 위해서 노력하고 있는데 대해서 감사한 마음도 들었습니다만 한 편으로 약소민족의 슬픔을 느꼈습니다.

▲ 최규옥: UN 감시하에 재선거를 실시한다기에 기대를 가져 보았습니다.

▲ 사회: 그러면 다음은 4·26 이 박사 하야 성명을 보고 듣고 느끼신 감상을 말씀해 주십시오.

(9) 4·26 이박사의 하야 성명을 듣고

▲ 정명덕: 신문지상의 보도를 보고 이런 의문이 생겼습니다. 이 박사가 국민이 "원한다면" (웃음) 하야하겠다는 "원한다면" 하는 그 말에 의심이 생기기도 했고, '이 박사는 철면피다.' (웃음) 이렇게도 생각하였습니다.

▲ 강대성: 참 국민이 원한다면…… 하는 말투는 참 의외로운 그의 말로를 단적으로 표시한 말이었지요. (웃음) 야비한 수작이었습니다.

▲ 이홍수: 그때 아무것도 몰랐더랬는데 국제신문의 보도를 듣고 나서는 정말 이것이 꿈이나 아닌가 하고 기뻐했습니다.

▲ 사회: 이 박사의 하야는 국민 전체의 소망이었으니까 별로 놀라운 일도 아니었건만 일시나마 큰 충격을 받은 것만은 부인할 수 없는 사실이었을 겁니다. 그럼, 다음으로 이기붕 일가의 자결 보도를 듣고 느끼신 감상을 좀 말씀해 주실까요.

(10) 4 · 25 이기붕 일가 자살 보도를 듣고

▲ 최규옥 : 모두 잘 죽었다고 생각했을 겁니다. 그러나 한편 생각하니 최후가 너무 처참한 것 같아서 일말의 동정감도 없지 않았습니다.

▲ 사회 : 잘 죽었다고 생각은 하면서도 인간적인 면에서 동정을 불금했다, 이런 말씀이 되겠습니다. 인간이란 자고로 무상한 존재니까요.

▲ 이홍수 : 저는 처음엔 절대 거짓말이라고 생각했었습니다. 뒷구멍으로 해외에 망명을 시켰다든가, 본인 등이 죽음을 가장해서 일시 피신한 걸로 알았습니다.

▲ 사회 : 아무튼 최후가 깨끗해서 좋았다고 생각합니다. 이기붕의 부부가 죽은 것은 당연하지만, 그들 자제가 죽었다는 사실은 정말 슬픈 일이라고 생각했어요. 그러나 만약 그들이 살았대도 인간 구실을 하기가 힘들었을 게고, 이 사람들이 몽땅 죽었기 때문에 자유당으로 봐서는 퍽 다행한 일이었을 걸로 압니다.

▲ 강국남 : 이강석이 살아 있을 때 사랑하던 여인이 있었는데, 그녀가 무덤에 가서 오열하는 광경을 본 사람이 있대요. 사랑이란 정말 위대한 거라고 생각합니다. (웃음)

▲ 사회 : 애정 문제가 대두된 것 같은데, 비록 죄는 미워할망정 사람은 미워할 수 없다는 그리스도의 말씀을 그대로 실천한 일면의 장면이라고나 해 둘까요. (웃음)

▲ 손기태 : 이강석이가 군대에 있을 때 악질로 놀았다고 하는데, 실지로 시대가 뒤집혀서 죽는 그 순간에는 선의로 돌아가서 죽었으므로 잘했다고 봅니다.

▲ 사회 : 여하튼 사내로서는 용감했지요. 그런데 누구나 다 자신의 죄과를 뉘우치고 회오한다면 용서해 줄 아량을 가지는 게 인간이니까요. 그러면 4 · 26 민권 승리의 날에 느끼신 감상을 들어보기로 하겠습니다.

(11) 민권 승리의 쾌보를 듣고

▲ 조은옥: 제가 민권 승리의 쾌보를 듣고 절실히 느낀 것은, 과연 우리나라가 다른 나라에 자랑할 수 있는 시기가 왔다고 느꼈고, 또 유순한 우리 국민도 독재를 물리쳐 참다운 민주주의 건설을 할 수 있다는 감격이 넘쳤습니다.

▲ 사회: 혁명으로 이룩한 나라가 역사상에 얼마나 있었나요?

▲ 박우영: 불란서가 그 대표적인 국가라고 할 수 있겠죠.

▲ 사회: 학생들 자신의 손으로 이러한 혁명을 이룩한 나라는 일찍이 없었던 게 아니에요?

▲ 이홍수: 우리나라에서만이 있은 일이겠죠. (웃음)

▲ 사회: 참 그랬군요. 그러기에 일본에서도 한국 학생의 정신을 따르라고 외쳤고, 터키에서도 우리 뒤를 따라 혁명을 이룩했고요. 아무튼 여러분은 위대한 혁명 투사로서 민족사에 길이 불멸할 업적을 남겼습니다. 기성세대의 인간으로서는 엄두도 못 가질 위대한 일입니다.

그럼, 다음에 제2공화국의 수립과 내각책임제 개헌안 통과 보도를 듣고 느끼신 감상에 대해서 말씀해 주십시오.

(12) 내각 책임제 개헌안의 통과의 보도를 듣고

▲ 이홍수: 한마디로 말해서 불신적이었습니다.

▲ 사회: 어째서 불신스러웠습니까?

▲ 이홍수: 그저 막연한 불신이었죠, 뭐.

▲ 강국남: 이 정권 때 훌륭한 인재를 없애던 그 위정자들이 다시 정치인으로서 보다 나은 정치를 해 줄 수 있을까 의문입니다.

▲ 사회: 문득 생각하는 말씀인데, 우리의 민족성을 어떻게 생각하십니까?

▲ 이홍수: 옛날부터 이런 말이 있습니다. 남이 올라가면 끌어내리고. (웃음)

▲ 박우영: 사촌이 논 사면 배 아프고. (폭소)

▲ 안병관 : 사대주의 사상이 농후했다고 봅니다.

▲ 사회 : 아직도 사대주의 사상이 뿌리 채 뽑히지 않고 있는 게 사실입니다. 이 문제는 다음 기회에 연구해 보기로 하고…… . 혁명을 전후해서 일어난 사회풍조나 시대사상에 대해서 느끼신 문제, 이런 점에 대하여 말씀해 주세요. 어떻습니까? 여러분 학교 내의 동태는 어떠한지요.

(13) 4 · 19 후의 학생의 풍기 문제

▲ 이복출 : 모든 학생, 사회, 시인들까지 혁명이랍시고 자유분방하게 자기들의 맡은 바 임무를 망각하고 자기들 할 일을 모르고 있는 사람이 많습니다. 학생들이 앞으로 시정하여 나가야 될 것은 기성세대가 혁명이란 것을 어떻게 생각할지 모르지만, 혁명을 완수하겠느니 뭐니 하며 혁명 분위기에 취하는 것을 막아야 될 줄로 생각하는 바입니다.

▲ 사회 : 그러니까 혁명 분위기에 취해서 그것을 악용한다는 말씀이 되겠습니다.

▲ 최규옥 : 요즘 사회 풍조를 보면 4 · 19 이후 쓸데없는 데모가 너무 많다고 생각합니다. 국민 각자가 잘 인식해서 데모의 개념을 올바르게 판단해서 옳은 방향으로 노력해 줬으면 좋겠습니다.

▲ 사회 : 사회질서를 확립하는 데 우리는 서로가 협조를 아끼지 않아야 할 것입니다. 그럼 다음 문제로 옮겨가겠습니다. 학생 풍기 등에 대해서 말씀해 주십시오.

▲ 이복출 : 학생 풍기 문제는 전 보다 좀 나아진 것 같습니다.

▲ 이홍수 : 학생과 선생님의 사이가 확실히 친밀해졌습니다. 확실히 사제지간의 사이가 가까워졌는데, 요사이 교복을 입고 책 보따리를 들고 극장에서 나오는 학생이 많은 것 같아요.

▲ 사회 : 영화 문제가 나왔으니 말이지, 영화를 무작정 보는 게 좋습니까? 아

니면 이성으로써 판단해서 보는 게 좋습니까?

▲ 박우영: 잡된 소설을 보는 것 보다 영화를 보고 느끼는 소득이 많다고 생각 해요. 그리고 물론 학교에서 금하는 영화는 보지 않아야지요.

▲ 이을랑: 영화는 소설의 일부분을 영상화시킨 것에 불과하다고 봅니다. 그 러니까 영화를 보는 폐단보다 소설을 보는 폐단이 더 많다고 생각됩니다.

▲ 최규옥: 사실 말이지, 학생들의 자유를 당국에서 너무 억제하는 것 같아요. 서울 보성고등학교에서는 그것을 개방하고 있답니다. 그러므로 우리 학 생들도 자기 각자의 이성으로 판단해서 영화만은 자유로 볼 수 있도록 우 리 학교도 그러한 방향으로 나가자고 주장하고 있습니다.

▲ 사회: 교사의 입장으로서는 학생들의 지성도를 봐서 아직은 올바른 판단 을 내리기 어렵다고 보기 때문에 허락을 않는 것입니다. 그럼 다음에 새 정 부에 바라는 바를 말씀해 주실까요.

(14) 새 정부에 대한 제언

▲ 박기출: 우리나가 국민 전체가 원하는 통일을 바랍니다. 그 방법으로서는 외부에서 말하는 것과 같이 중립국으로 통일을 기할 수도 있을 것으로 생 각합니다. 그리고 정치인들은 양심껏 정치를 해 줬으면 합니다.

▲ 강국남: 학생들의 실력 문제에 있어서 시험을 위한 공부보다도 학문을 위 한 공부를 시켜줬으면 좋겠다고 생각합니다.

▲ 사회: 학문적 교육을 시켜 달라는 말씀이시지요?

▲ 이복출: 학생을 좀 더 정서적인 면에서 교육을 시켜줬으면 좋겠습니다.

▲ 사회: 절실한 느낌입니다.

▲ 박우영: 감투 싸움을 하지 말아줬으면 좋겠습니다.

▲ 강대성: 우리 학교에서도 감투를 쓰기에 말썽이 많았어요. (웃음)

▲ 박우영: 그 아버지에 그 아들인데 뭐. (폭소)

▲ 사회 : 농담도 좋습니다만 꼭 바라고 싶은 말씀만 해 주십시오.

▲ 최규옥 : 학생으로서 또 나 개인으로서 바라는 것은 역시 감투 싸움을 하지 말았으면 하는데 동감이며, 또한 정상 거래를 지양해 줬으면 좋겠습니다. 이유로는 선거 당시에 써버리는 선거 비용의 본전을 찾기 위해서 악질적 행위를 하는 수가 많으니까요.

▲ 사회 : 이 문제에 대해선 이만 정도로 하고, 다음엔 본교에 대해서 평소에 느낀 소감을 말씀해 주셨으면 감사하겠습니다.

(15) 난 경공을 이렇게 본다.

▲ 박우영 : 4·19 전에는 경공에 대해서 별로 몰랐으나 4·19 이후에 알게 되었고, 또 저번 범어사에 갔을 때 대표들끼리 다툼이 생겨 공설운동장에서도 서로 싸움이 생길 뻔하였으나, 경공 학생들이 상상 외로 얌전하게 돌아갔기 때문에 참으로 경공에 대한 새로운 인식을 갖게 됐습니다.

▲ 사회 : 분에 넘치는 말씀입니다. 다음에는 본교 학생들에게 주시고 싶은 말씀을 들려주십시오.

▲ 이우영 : 아무쪼록 경공 학생들만큼은 혁명 분위기에 휩쓸리고 취하지 마시기를 바랍니다.

▲ 이홍수 : 4·19 당시의 훌륭한 정신과 용감성을 그대로 지녀 주셨으면 좋겠습니다.

▲ 사회 : 고마운 말씀입니다. 이제 막 어둠의 장막이 내려 덮이는 시각이 됐나 봅니다. 3시부터 6시가 가까운 이 시간까지 지루하신데도 불구하시고 이렇게 여러 가지 유익하고도 재미있는 말씀을 들려 주셔서 실로 감개무량합니다. 끝으로 이 모임을 계기로 해서 여러분 상호간의 친목이 더욱 친밀해 지기를 염원하고, 또한 장차 어떠한 불의가 닥쳐오더라도 지난날의 '4월혁명의 정신'을 길이 되살려서 이 나라 만대 민주주의의 수호자가 되어

주기를 바라고, 아울러 여러분의 학교에 영원한 발전이 있기를 기원하면서 오늘의 좌담회를 마치겠습니다. 감사합니다.

타고생 초빙 좌담회에 관한 변

우리가 치룬 혁명 과업에 관한 문란한 뒤처리 문제와 앞으로의 우리 학생들이 할 여러 가지 당연한 문제에 관해서 의논하고자 본교에서는 시내 일원에 걸친 다수 학교를 초대했으나, 불과 8교가 참석했을 뿐이었다. 너무나 섭섭했다. 물론 그네들 개개인의 사정이 없는 바는 아니었겠지만, 우리 동지 강수영 군이 열아홉의 채 피지도 못한 꽃봉오리 채 떨어져 간 억울함을 생각해서라도 다수 참석 있기를 얼마나 고대했는지 몰랐다. 앞으로도 종종 서로끼리 이런 모임을 갖고 비단 이러한 문제가 아니더라도 좌담회를 갖게 되는 의의만은 높이 평가되어도 좋으리라고…… 우린 이렇게 느껴보는 것이다.

— 편집부

참고문헌

1. 1차 자료

『교육평론』, 『군기』, 『낭만』, 『대한의학협회지』, 『문예공론』, 『문예』, 『문학예술』, 『문화전선』, 『별나라』, 『비판』, 『사상계』, 『새가정』, 『새동무』, 『새벽』, 『새한민보』, 『신건설』, 『신소년』, 『신여성』, 『아이생활』, 『예술운동』, 『우리 동무』, 『음악과 시』, 『인물계』, 『인민』, 『자유문학』, 『적성』, 『전선』, 『정계재계』, 『의회평론』, 『조선문예』, 『조선문학』, 『조선시단』, 『조선지광』, 『주간춘추』, 『진상』, 『학조』, 『학지광』, 『향학』, 『현대문학』, 『형상』, 『혜성』

『건대학보』, 『경남일보』, 『경향신문』, 『고대신문』, 『국제신보』, 『대학신문』, 『독립신보』, 『동아대학보』, 『동아일보』, 『로동신문』, 『마산일보』, 『문학신문』, 『민족일보』, 『민주신보』, 『민주조선』, 『부대신문』, 『부산일보』, 『수대학보』, 『애국자』, 『자유민보』, 『조선일보』, 『중외일보』, 『평양신문』, 『한국일보』

「演劇運動社員 및 映畫部隊社員 등 檢擧에 관한 건」(京鍾警高秘 제1937호), 1933. 2. 10.
「出版法違反及其他檢擧에 관한 건(우리 동무事件)」(京本警高秘 제16786호), 1932. 12. 15.
「出版法違反事件 其他에 관한 건」(京本警高秘 제10082호), 1932. 9. 13.

『그날을 위하여』, 조선작가동맹출판사, 1960.
『남녘땅에 기'발 날린다』, 아동도서출판사, 1960.
『南朝鮮人民憤怒的火焰』, 평양 : 외국문출판사, 1960.
『농민소설집』, 별나라사, 1933.
『당에 드리는 노래』(당창건 15주년 기념 동시집), 아동도서출판사, 1960.
『민주혁명은 이렇게 이루워졌다』, 주간교육신문사, 1960.
『민주혁명의 족적』, 정음사, 1960.
『사월혁명 승리의 기록』, 경북상공안내사, 1960.
『서정시선집』, 조선작가동맹출판사, 1955.
『석향(石香)』 5, 경북사대 부속고등학교, 1960.
『승리자들』, 조선작가동맹출판사, 1954.
『전우의 노래』, 조선작가동맹출판사, 1953.

『조선명사서한대집』, 명성출판사, 1940.

『카프시인집』, 집단사, 1931.

『평화의 초소에서』, 문화전선사, 1952.

『횃불』, 우리문학사, 1946.

3・15의거기념사업회 편, 『3・15의거기념시선집―너는 보았는가 뿌린 핏방울을』, 불
　　휘, 2001.

4월의 탑 편찬위원회, 『사월의 탑』, 세문사, 1969.

강효순, 『이계단 여사의 수기―4・19투사의 모친』, 도덕신문사, 1960.

고재욱 편, 『민주혁명의 기록』, 동아일보사, 1960.

교육평론사 편, 『학생혁명시집』, 효성문화사, 1960.

국견미태랑(國見米太郞) 편, 『비봉지록(飛鳳之綠)』1, 경남공립사범학교, 1925.

권　환, 『자화상』, 조선출판사, 1943.

＿＿＿, 『윤리』, 성문당서점, 1944.

＿＿＿, 『동결』, 건설출판사, 1946.

김동익 편, 『民權鬪爭-民主革命의 歷史的 記錄』, 동방사진뉴스사, 1960.

김성학 편, 『영광의 기록―4・19학생의거 화보』, 한국신문연구소, 1960.

김용규, 『주열은 죽지 않았다!』, 국제신보사, 1960.

김용호 편, 『항쟁의 광장』, 신흥출판사, 1960.

김재희 편, 『청춘의혈(靑春義血)』, 호남출판사, 1960.

김종윤・송재주 편, 『불멸의 기수』, 성문각, 1960.

류희정 편, 『1920년대 아동문학집』1～2, 문학예술종합출판사, 1993～1994.

머들령문학동인, 『분향(焚香)』, 세창출판사, 1960.

문화전선사 편, 『조국의 깃발』, 조광출판사, 1948.

박석정, 『개가(凱歌)』, 북조선문학예술총동맹 문화전선사, 1947.

＿＿＿, 『박석정 시선집』, 조선작가동맹출판사, 1956.

박태일 편, 『소년소설육인집』, 도서출판 경진, 2013.

변광도 편, 『민주혁명 승리의 기록』, 마산일보사, 1960.

변승기 외, 『깃발, 함성 그리고 자유』, 도서출판 경남, 1990.

석광희, 『결전의 길로』, 조선문학예술총동맹출판사, 1963.

시인 권환 생가 / 유택 보존을 위한 문학인 대회 자료집, 『목화와 콩』, 전망, 2001.

신경림 편, 『4월혁명기념시선집』, 학민사, 1983.

안동일 · 홍기범, 『기적과 환상』, 영신문화사, 1960.

안종길, 『봄 · 밤 · 별』, 경향신문사, 1960.

엄필진, 『조선동요집』, 창문사, 1924.

이강현 편, 『민주혁명의 발자취』, 정음사, 1960.

이상로 편, 『피어린 사월의 증언』, 연학사, 1960.

이준철 편, 『불별』, 중앙인서관, 1931.

이평락 · 서정권 편, 『추억의 혁명』, 연합신문사, 1961.

이휘재 편, 『사월에 핀 꽃』, 민중서관공무국, 1960.

재일본조선문학예술가동맹 편, 『血の四月』, 동경 : 조선청년사, 1960.

전국민권투쟁업적편찬위원회 편, 『四月革命과 時代人物』, 여론문화사, 1960.

전초민, 『건설의 나날』, 조선작가동맹출판사, 1961.

정천 편, 『힘의 선언』, 해동문화사, 1960.

조정식, 『4 · 19의 별』, 아동문화사, 1960.

조화영 편, 『사월혁명투쟁사』, 국제출판사, 1960.

진우석, 『4월의 성좌』, 문예출판사, 1987.

한국시인협회 편, 『뿌린 피는 영원히』, 춘조사, 1960.

현역일선기자동인 편, 『사월혁명 – 학도의 피와 승리의 기록』, 창원사, 1960.

황선열 편, 『아름다운 평등』, 전망, 2002.

2. 단행본

4월혁명동지회, 『4월혁명』, 4월혁명동지회출판부, 1965.

4월혁명연구소 편, 『한국사회변혁운동과 사월혁명』, 한길사, 1990.

4월혁명청사편찬위원회, 『4월혁명청사』, 1960.

4월회 4 · 19혁명 40주년 기념사업추진위원회, 『4 · 19혁명 자료목록집』, 4월회, 2000.

권영민, 『한국 계급문학 운동사』, 문예출판사, 1998.

김경숙, 『북한현대시사』, 태학사, 2004.

김기진, 『끝나지 않은 전쟁, 국민보도연맹』, 역사비평사, 2002.

김대상, 『부산경남언론사연구』, 대왕문화사, 1981.

김동춘 외, 『1950년대 한국사회와 4 · 19혁명』, 태암, 1991.

김민환, 『한국언론사』, 사회비평사, 1996.

김성수 편,『북한『문학신문』기사목록(1956~1993)』, 한림대 아시아문화연구소, 1994.

김용직,『현대경향시 해석 / 비판』, 느티나무, 1991.

김윤식,『작가론의 새 영역』, 강, 2006.

김을한,『동경유학생』, 탐구당, 1986.

김일성종합대학,『조선문학사』, 김일성종합대학출판사, 1983.

김재용,『북한문학의 역사적 이해』, 문학과지성사, 1994.

김재홍,『카프시인비평』, 서울대 출판부, 1991.

김정일,『주체문학론』, 조선노동당출판사, 1992.

김준오,『한국 현대장르비평론』, 문학과지성사, 1993.

_____,『문학사와 장르』, 문학과지성사, 2000.

김지태,『나의 이력서』, 한국능률협회, 1976.

김진송,『장미와 씨날코』, 푸른역사, 2006.

김학동,『정지용 연구』, 민음사, 1997(개정판).

나간채·정근식 외,『기억 투쟁과 문화운동의 전개』, 역사비평사, 2004.

류 만,『현대조선시문학연구(해방 후편)』, 사회과학출판사, 1988.

류종렬,『이주홍과 근대문학』, 부산외대 출판부, 2004.

류종렬 편저,『이주홍의 일제강점기 문학 연구』, 국학자료원, 2004.

리재현 편저,『조선력대미술가편람』, 문학예술종합출판사, 1999.

민병욱,『한국 희곡사 연표』, 국학자료원, 1994.

민영빈,『4월의 영웅들』, 일신사, 1960.

민족문학사연구소 현대문학분과,『1960년대 문학 연구』, 깊은샘, 1998.

박경수,『잊혀진 시인 김병호의 시와 시세계』, 국학자료원, 2004.

_____,『정노풍 문학의 재인식』, 역락, 2004.

_____,『아동문학의 도전과 지역 맥락』, 국학자료원, 2010.

박경장 편저,『부산언론계현황』, 부산언론계편찬회, 1967.

박제환,『지봉한담(芝峰閑談)』, 학민사, 1992.

박종원·류만,『조선문학개관』 II, 사회과학출판사, 1986.

박태일,『경남·부산 지역문학 연구』 1, 청동거울, 2004.

_____,『한국 근대문학의 실증과 방법』, 소명출판, 2004.

_____,『한국 지역문학의 논리』, 청동거울, 2004.

백일민,『푸락치 일기』, 삼팔사, 1952.

부산민주운동사편찬위원회 편,『부산민주운동사』, 부산광역시, 1998.

사회과학원,『문학대사전』1〜5, 사회과학출판사, 2000.

서범석,『우정(雨庭) 양우정(梁又正)의 시문학』, 보고사, 1999.

신형기・오성호,『북한문학사』, 평민사, 2000.

양승국 편,『한국근대희곡작품자료집』, 아세아문화사, 1989.

오제도,『붉은 군상』, 남광문화사, 1951.

_____,『공산주의 A.B.C』, 국민사상지도원, 1952.

_____,『추격자의 증언』, 희망출판사, 1969.

오제도 편,『자유를 위하여』, 문예서림, 1951.

이광우,『회고와 추억』, 자가본, 2003.

이명재 편,『북한문학사전』, 국학자료원, 1995.

이숭원,『정지용 시의 심층적 연구』, 태학사, 1999.

이주홍,『격랑을 타고』, 삼성출판사, 1976.

임규찬 편,『일본 프로문학과 한국문학』, 연구사, 1987.

자명 김지태 전기 간행위원회 편,『문항라 저고리는 비에 젖지 않았다』, 석필, 2003.

전응덕,『이 사람아 목에 힘을 빼게』, 중앙M&B, 2002.

전필수,『현 시기 남조선 인민 투쟁과 그 특징』, 조선로동당출판사, 1961.

정근식・권형택 편,『지역에서의 4월혁명』, 선인, 2010.

정영진,『통한의 실종문인』, 문이당, 1989.

_____,『문학사의 길찾기』, 국학자료원, 1993.

주경철,『역사의 기억, 역사의 상상』, 문학과지성사, 1999.

지헌모,『마산의 혼』, 한국국사연구회, 1961.

진주교육대학교발전사 편집위원회,『진주교육대학교발전사』, 진주교육대학교・진
　　　주교육대학교 동창회, 1994.

진주교육대학동창회,『진주교육대학 동창회원명부』, 영남인쇄소, 1967.

최　열,『한국근대미술의 역사』, 열화당, 1998.

_____,『한국근대미술 비평사』, 열화당, 2001.

최원식・임규찬 편,『4월혁명과 한국문학』, 창작과비평사, 2002.

편집부 편,『4・19혁명론』II, 일월서각, 1983.

학민사 편집실 편,『4・19의 민중사』, 학민사, 1984.

한국예술연구소 편,『북한 잡지 총목록과 색인』, 한국예술종합학교 한국예술연구소,

2002.

한국정신문화연구원 편, 『북한현대사 문헌 연구』, 백산서당, 2001.

한정호, 『지역문학의 이랑과 고랑』, 경진, 2011.

현대시학회 편, 『한국서술시의 시학』, 태학사, 1998.

홍지영, 『공산주의 비판 33강』, 동일출판사, 1952.

『4월혁명사료총집』 1~8, 민주화운동기념사업회, 2010.

『남조선 학생운동』, 조선로동당출판사, 1964.

『남조선민중문학의 발전과 특징』, 사회과학출판사, 1992.

『문학예술사전』 상~하, 과학백과사전종합출판사, 1988.

『애국의 피로 물든 4월의 광장』, 조선사회주의로동청년동맹출판사, 1965.

『정지용전집』 1, 민음사, 2003개정판.

『조선총독부 금지단행본 목록』, 조선총독부경무국, 1941.

『좌익사건실록』, 대검찰청 수사국, 1973.

『회원명부』, 경도제국대학조선학생동창회, 1943.

『회지』 1, 진주사범학교동창회, 1953.

람핑, 디이터, 장영태 역, 『서정시―이론과 역사』, 문학과지성사, 1994.

슈타이거, 에밀, 이유영・오현일 역, 『시학의 근본개념』, 삼중당, 1978.

슈타인메츠, 호르스트, 서정일 역, 『문학과 역사』, 예림기획, 2000.

옹, 월터 J., 이기우・임명진 역, 『구술문화와 문자문화』, 문예출판사, 1995.

유협, 최동호 편역, 『문심조룡』, 민음사, 1994.

조지디키, 김혜련 역, 『예술사회』, 문학과지성사, 1998.

진필상, 심경호 역, 『한문문체론』, 이회, 1995.

키인, J., 주동황 외역, 『언론과 민주주의』, 나남, 1995.

프라이, N., 임철규 역, 『비평의 해부』, 한길사, 1982.

흡스, 제임스, 유병용 역, 『증언사 입문』, 한울아카데미, 1995.

3. 논문

강성현, 「한국 사상통제기제의 역사적 형성과 '보도연맹 사건', 1925~50」, 서울대 박
　　　사논문, 2012.

강　헌, 「한국근대음악운동의 전개과정 － 식민지시대에서 해방공간까지」, 『노래』 3, 노래동인 편, 이론과실천, 1988.

강　호, 「카프 미술부의 조직과 활동」, 『조선미술』 5, 조선미술사, 1957.

경남문학사편집위원회, 『경남문학사』, 경남문인협회, 1995.

구모룡, 「3 · 15시와 기억 투쟁」, 『서정과 현실』 4, 도서출판 작가, 2005.

구중서, 「4 · 19혁명과 한국문학」, 『한국문학과 역사의식』, 창작과비평사, 1985.

김경복, 「3 · 15의거와 민족저항시」, 『서정과 현실』 4, 도서출판 작가, 2005.

김선호, 「국민보동연맹사건의 과정과 성격」, 경희대 사학과 석사논문, 2002.

김윤식, 「4 · 19혁명에 대한 『지금 마산은』의 의의」, 『너는 보았는가 뿌린 핏방울을』, 3 · 15의거기념사업회 편, 불휘, 2001.

_____, 「혁명시인 에른스트 톨러와 카프시인 권환 － 두 개의 자료를 중심으로」, 『시와 비평』 10, 2005, 불휘, 2005.

_____, 「'제목'으로만 존재하던 권환의 처녀작 〈앓고 있는 영(靈)〉 발굴」, 『문학사상』, 2011.5.

김재용, 「냉전적 반공주의와 남한 문학인의 고뇌」, 『역사비평』, 1996 겨울.

남상권, 「북한판 4 · 19소재 소설의 대남인식」, 『한민족어문학』 49, 한민족어문학회, 2006.

목진숙, 「권환 연구」, 창원대 석사논문, 1993.

민유기, 「서양의 4월혁명 인식과 그 세계사적 의미 － 영국, 프랑스, 미국의 언론과 외교문서를 바탕으로」, 『사총』 71, 고려대 역사연구소, 2010.

박태순, 「4월혁명의 기폭제가 된 김주열의 시신」, 『역사비평』, 1992 봄.

박태일, 「1960년 경자마산의거가 당대시에 들앉은 모습」, 『현대문학이론연구』 31, 현대문학이론학회, 2007.

_____, 「권환의 절명작 연구」, 『현대문학이론연구』 56, 현대문학이론학회, 2014.

서경석, 「카프 문학 운동의 주역들」, 『어두운 시대의 빛과 꽃』, 민음사, 2004.

손과지, 「중국의 한국 4 · 19혁명에 대한 인식 － 『인민일보(人民日報)』를 중심으로」, 『사총』 71, 고려대 역사연구소, 2010.

손영부, 「풍산 손중행 연구」, 『재부작고시인연구』, 아성출판사, 1988.

신고송, 「우리를 격동시킨 10월 명절 － 일제 철창에서 맞이한 10월 혁명 기념일」, 『조선문학』 119, 1957.7.

안함광, 「북조선민주문학운동의 발전과정과 전망」, 『조선문학』 창간호, 문화전선사,

1947.9.

오성호, 「북한 시의 수사학과 그 미학적 기초」, 『현대문학의 연구』 24, 한국문학연구학회, 2004.

오타 오사무, 「'4월혁명'과 일본」, 『사총』 71, 고려대 역사연구소, 2010.9.

유영국, 「한국 정치변동과 부산시민의 정치적 역할―4월혁명, 부마항쟁, 6월항쟁을 중심으로」, 『부산학 총서』 2, 신라대 부산학연구센터, 2004.

이 석, 「나의 문학수업 반생」, 『향관(鄕關)의 달』, 현대문학사, 1973.

이순욱, 「카프의 매체 투쟁과 프롤레타리아 동요집 『불별』」, 『한국문학논총』 37, 한국문학회, 2004.

_____, 「국민보도연맹시기 정지용의 시 연구」, 『한국문학논총』 41, 한국문학회, 2005.

_____, 「박석정의 삶과 문학 활동」, 『어문학』 91, 한국어문학회, 2006.

_____, 「남북한문학에 나타난 마산의거의 실증적 연구」, 『영주어문』 12, 영주어문학회, 2006.

_____, 「권환의 삶과 문학 활동―권환 문학 연구의 쟁점과 과제를 중심으로」, 『어문학』 95, 한국어문학회, 2007.

_____, 「4월혁명시의 매체적 기반과 성격 연구」, 『한국문학논총』 45, 한국문학회, 2007.

_____, 「4월혁명과 북한 아동문학―『남녘땅에 기'발 날린다』를 중심으로」, 『한국문학논총』 46, 한국문학회, 2007.

_____, 「4월혁명문학과 부산」, 『항도부산』 26, 부산광역시사편찬위원회, 2010.

_____, 「권환의 소설 「알코 잇는 靈」의 자리」, 『근대서지』 3, 근대서지학회, 2011.

_____, 「4월혁명과 북한문학―조선작가동맹 중앙위원회 기관지 『문학신문』을 중심으로」, 『한국민족문화』 40, 부산대 한국민족문화연구소, 2011.

_____, 「북한문학사에서 시인 박석정의 문학적 복권과 재평가」, 『근대서지』 6, 근대서지학회, 2012.

이장렬, 「권환 문학 연구」, 경남대 박사논문, 2003.

임대식, 「1960년대 초반 지식인들의 현실인식」, 『역사비평』, 역사문제연구소, 2003.11.

조봉제, 「가난과 병고로 생애를 마치다―시인 권환」의 경우」, 『문학세계』, 1993.3·4.

차민기, 「박석정의 삶과 문학」, 『지역문학연구』 7, 경남지역문학회, 2001.

키다 에미코, 「한일 프롤레타리아 미술운동의 교류」, 김영나 편, 『한국 근대미술과 시각문화』, 조형교육, 2002.

한모니까, 「4·19항쟁 시기 북한의 남한 정세 분석과 통일·대남 정책의 변화」, 가톨릭대 석사논문, 2001.

한　효, 「우리문학의 10년 1~3」, 『조선문학』, 1955.6~8.

허　정, 「권환 시의 변모와 그 연속성」, 『신생』, 1999 겨울.

황　현, 「현실, 그 갈등과 성찰의 공간─권환의 시세계」, 『오늘의 문예비평』 29, 1998 여름.

＿＿＿, 「순결한 민족시인, 권환」, 『신생』, 1999 겨울.

▪ 찾아보기

〔4〕

4월혁명시   223

〔ㄱ〕

가족서사   60
강립석   278
강명희   284
강순   283
강호   22
강효순   269, 280, 308
결손 가족서사   59
경남·부산 지역문학   12
경우시   450
경우의 시   241
계급주의 문학   11
고두동   239, 439
고량순   284
공론장   436
국민보도연맹   92, 187, 189
권환   14, 17, 69
권환민족문학관   98
기관지   13
김갑석   276
김경태   284
김광현   270, 308
김귀련   308
김동전   269, 270
김동환   53
김말봉   443
김명순   50
김병두   284
김병호   18, 21

김사림   230
김상오   278, 283, 284, 289, 293, 308
김상옥   239, 439
김상훈   284, 294
김수경   268, 269
김순오   124
김영철   283, 284
김요섭   439
김용제   139
김용호   228, 439
김운룡   269
김재원   230
김정한   134
김철   283, 284, 291
김춘수   239, 242, 440
김태홍   227, 239, 435, 439
김하명   308
김학연   278

〔ㄴ〕

남로당 근멸주간(根滅週間)   199
남로당원 자수 선전 주간   199
남시우   284, 308
남조선 인민봉기   274
능동적 서정시   42

〔ㄷ〕

대화숙   77
동지사   134

[ㄹ]

류기찬   269, 270, 283, 308
류종대   278
리계심   284
리근영   269, 280
리기영   269
리동간   269
리맥   269, 278
리봉운   284
리상현   269, 270
리정숙   269
리효운   283

[ㅁ]

마산인민봉기   277
마우룡   278
만송족   443
매체   13, 223
맹오영   22
모윤숙   443
무산자사   134
문예동인사   130
문학대중화   52
문화실   190
민병휘   19
민주문학   242

[ㅂ]

박간농장(迫間農場)   69
박남수   440
박덕수   269
박두진   440
박룡진   284
박산운   270, 278, 284
박석정   124

박세영   22, 144, 278, 308
박아지   48
박양균   439
박영희   53
박완식   53
박웅걸   269
박종렬   284
박종화   443
박태영   269
박팔양   269, 278, 283
백인준   283, 308
보련   189
북조선문학동맹   162
북조선문학예술총동맹   145, 162

[ㅅ]

서간   38
서간체시   38
서술시   37
서정봉   440
석광희   283
소살   283
손동인   239, 439
손재봉   22
송고천   270
송영   275, 308
수기   223
신고송   28, 134, 144, 269, 280, 308
신동문   242
신말찬   22
신명균   18
신소야   239, 440
신진순   308
쌍방적인 서간체시   45

[ㅇ]

아기영   269
안막   144
안석영   31
안성수   283
안성희   269
야프   134
양우정   19
양운한   269, 284
양창준   21
엄흥섭   18, 19, 22, 144, 269, 308
오난옥   440
오송이   281
오영재   284
원진관   278
윤기정   17
윤석범   269
윤세평   269, 270
윤형덕   284
이갑기   21, 32
이구월   18, 22
이근영   308
이기영   144, 270, 308
이동규   144
이동섭   439
이맥   308
이상대   31
이상현   308
이석봉   22
이어령   445
이영도   239, 440
이원수   239
이은상   443
이일권   21
이주홍   19, 22, 239, 439
이찬   134, 308
이향파   22

이효운   292
일방적인 서간체시   45
일본프롤레타리아문화연맹(KOPF)   161
일본프롤레타리아미술가동맹   134, 161
일심   308
임화   52

[ㅈ]

장수철   440
장하보   239, 439
전동우   278, 283, 284
전재일   284
전준계   284
전초민   308
정공채   239, 439
정노풍   105
정문향   283, 284
정서촌   278, 283
정종길   269
정지용   105, 187
정진업   239, 439, 440
정하보   22
정하천   308
정현종   230
제시형식   44
조벽암   269, 270, 278
조선문화창조사   162
조선작가동맹   145
조선작가동맹 중앙위원회   264
조선프롤레타리아문학동맹   144
조선협의회   134, 161
조성호   268
조순   239, 440
조진용   269
주문돈   230
증언문학   222

〔ㅊ〕

창아벌　283
천상병　445
촌극　281
최명익　266
최일룡　269
최진용　284

〔ㅋ〕

코프　134

〔ㅌ〕

탈시(mask-lyric)　57

〔ㅎ〕

하자마[迫間房太郞]　79
한도수　276
한명천　278, 283
한설야　269, 270, 308
한성　308
한윤호　283, 308
한진식　278, 283, 289, 308
허남기　284
허우연　278, 283, 284, 290
혁명문학　242
혁명문학선집　224
현덕　269, 270
현수박　283
홍난파　28
홍두표　239, 440
홍준오　439
화보집　233
황건　269
황철　269, 280, 308

〔책〕

『4·19의 별』　223
『4월에 핀 꽃』　230
『4월혁명 승리의 기록』　231
『4월혁명－학도의 피와 승리의 기록』　230
『4월혁명과 시대인물』　231
『4월혁명기념시전집』　221, 225
『4월혁명투쟁사』　231
『개가』　145
『국제신보』　235
『군기』　19
『기적과 환상』　230
『남녘땅에 기발 날린다』　301
『농민소설집』　16
『대중의 벗(大衆の友)』　139
『동결』　89
『무산자』　14
『문예운동』　14
『문예』　131
『문학신문』　145, 264
『문화창조』　162
『민권투쟁－민주혁명의 역사적 기록』　231
『민주혁명 승리의 기록』　230
『민주혁명은 이렇게 이루어졌다』　231
『민주혁명의 기록』　231
『박석정시선집』　145
『별나라』　15
『봄·밤·별』　230
『부산일보』　235
『분향』　224
『불멸의 기수』　224
『불별』　12
『붉은 주먹(赤い拳)』　137
『뿌린 피는 영원히』　224
『소년소설육인집』　74
『신소년』　15
『신시단』　18

『애국자』 192
『영광의 기록-4·19학생의거 화보』 231
『예술운동』 14
『우리 동무(ウリトンム)』 137
『자화상』 88
『조선문학』 265
『청춘의혈』 230
『카프시인집』 16
『평양신문』 164
『피어린 4월의 증언』 224
『피의 4월(血の四月)』 222
『학생혁명시집』 224
『학조』 101
『항쟁의 광장』 224
『활살』 131
『힘의 선언』 224

〔글〕

「거머리」 24
「고향에 돌아와서」 141
「곡마단」 200
「그대」 87
「나의 동생」 127
「남조선 작가들이여, 당신들은 모르지
　　않을 것이다」 266
「노동자인 나의 아들아-어느 아버지가
　　아들에게 보내는 편지」 50
「노래 속에 나오는 '니이나'처럼」 440
「녹번리」 188
「다시 네거리에서」 60
「독재는 물러갔다」 435
「동지 김군에게-감옥에 보내는 편지」 139
「반전 데이」 137
「보리」 82
「사랑하는 대륙아」 139
「삶도 문학도 그 품속에서-위대한
　　수령님께서 시인 박석정에게 베풀어

「주신 사랑과 믿음」 164
「새 쫓는 노래」 27
「소사」 144
「송군사」 86
「수령이 주신 말씀」 146
「숙아」 48
「썩은 안해-감옥내의 환몽」 106
「아리랑고개」 86
「앓고 있는 영」 100
「애산강 제방에서」 146
「어머니」 31
「여제자」 188
「우리 옵바와 화로」 45, 54
「유치장에서」 128
「인민의 편으로」 281
「자선당의 불」 106
「조국의 빛발 아래」 146
「조국이여!-합동위령제에 붙임」 441
「처」 188
「초소에서 우리는 왔다」 146
「추야장」 83
「침묵」 132, 133
「토론만 하는 사람」 146
「혁명의 서곡」 292
「황취」 86

〔기타〕

〈감투와 리승만〉 281
〈려명〉 276
〈사면초가〉 281, 282
〈한 시인을 당 사상전선에 내세워 주시여〉
　　154, 165